Jorge Luis
Borges
Adolfo
Bioy Casares

Dos fantasías memorables

两个值得回忆的幻象

[阿根廷] 豪尔赫·路易斯·博尔赫斯　阿道夫·比奥伊·卡萨雷斯 著

刘京胜 译

上海译文出版社

目 录

1_ 见证人

23_ 记号

见证人

《以赛亚书》第六章第五节

您说得对，伦贝拉。有些极其固执的人，他们宁愿听一些就连圣座大使听了上千遍都得打哈欠的故事，也不愿意倾听有关无疑更高尚的主题的一对一辩论。您张开嘴，差点儿让颈骨脱臼，为了说点做白日梦时的胡思乱想，话音刚落，这些人先往馅饼里塞进一个故事，让您听了之后，再也不会光顾这家乳品店了。就是有不善于倾听的人。不是说笑话，老家伙，现在我再派一个伙计去酒窖，如果您不催我，我就举一个具体的例子，而如果您听了没有人仰马翻，那一定是因为当别人把您的外套翻过来的时候，您还留在外套里面。尽管要承认非常痛苦——我还要鼓起勇气说,这么说也完全公平,您虽然没有沐浴在约翰逊牌的油蜡中,但无论如何,也是阿根廷人——像断奶的孩子一样叫喊道,在蚯蚓方面,共和国在退步,这无助于使它处于有利境地。我的女婿在裙带关系的庇护下潜入迪奥戈兽医福利研究所后,我的情况出现了转机。他以囚犯的耐心,在绕来绕去从未出现过我的名字的统一阵线上打开了一个稳固的缺口。这就是我总是向卢恩戈·卡查萨——罗马教廷的老虎,这您知道——反复说的,总有火爆性子的人,在垃圾桶里使劲翻找,重提一些无稽之谈,其实这些故事早已人尽皆知,例如那次没收金枪鱼罚我款,或者另一次拉斐埃拉小黑手党死亡证明上的失误。多么了不起的时代!我只需踩一下我的"钱德勒六号"的油门,就可以展现出一幅拆散了的闹钟的完整图画,看内地的技工像苍蝇般赶来,幻想把破家伙装回原样,让我笑掉大牙。拖车工又做了一番努力,汗流浃背地想把我从路边施工用的白黏土中拔出来。我在这里跌倒，就在这里爬起来。我能够在一个八百公里的环路上爬行，这是我其他同行不能接受的，更不要说参加老帕洛梅克作品的摸彩活动了。由于我总是走在进步的前列，我的职责就是按照我们新部门的需要触摸市场的脉搏，这个部门致力对抗猪虱，事实上，也就是我们的老朋友罐装木薯淀粉。

难以解释的小肠结肠炎在布宜诺斯艾利斯西南地带造成大量猪死亡，以此为借口我必须对我的钱德勒说再见了，半路在莱乌布科[1]集合，和一群狂热的人混在一起，他们承诺用木薯淀粉把我肚子撑胀，而我终于加入一个兽医小组，安然无恙地到达普安外围。我的格言一直就是，如果一个地方的人既有智慧又是斗士，他可以喂猪吃药品及定量食料，而这是提高脱脂脱骨火腿产量必需的——例如"小虱"·迪奥戈和"添加维生素"·塞

---

[1] 拉潘帕省的一个镇。

门缔纳——那外形让人一眼看去既讨喜又提气。尽管如此，我像个可怜的纳税人一样骗人没什么好处，请您准许我用最黑的笔描绘这幅由田野馈赠给心烦意乱的观察者的画面：那时暮色正消失在留茬地里，死猪发出几乎令人作呕的恶臭，留下一个荒凉的场面。

那种让人肚脐发紧的寒冷，加上亚麻布连体衣，减去那只口袋，里面有一头在垂死的临终喘息声中被塞进去的杜洛克泽西猪和我施予它的伪装罩衣，我和西尔韦拉肥皂厂的代理人换取他的农用车一程，他靠运输骨头油脂捞财。我潜入戈贝亚旅馆，要了一份热乎的配餐，这是值夜人提供的，他说已经过了九点，就这些东西了，还有一瓶温度确实低多了的虹吸式苏打水。吃来聊去的，我套出了值夜人的话。他属于那种只要一打开话匣子就像迪奥戈研究所的脱粒机似的收不住的人。那时去往恩帕尔梅·洛沃斯的第一班慢车就要到了。就在我为只要再等八小时而得意的时候，一股穿堂风刮了进来，把我像只袜子一样吹得转了半个圈，原来是门开了条缝儿，大腹便便的桑帕约进来了。别对我说您没认出这个胖子，我心知肚明他并不软弱，和垃圾为伍。他在大理石桌子旁坐下，我正在一边打哆嗦。他与值夜人花了半小时大谈香草热巧克力和一碗浓汤哪个更好，后来厌倦了，承认香草热巧克力更胜一筹。值夜人以自己的方式来理解，给他上了一瓶虹吸式苏打水。那年冬天，桑帕约把一顶草帽塞进后颈，挎着狸皮小包，已经找到了一条能以他的文学渴望盈利的渠道，用修饰过多的文字列出了一份有关猪养殖场、暖房和饲养人的长长清单，以便编写《洛沦索指南》全集。

就这样，我们蜷缩在温度计旁，假牙打战，一边看着这块分崩离析的黑暗之地——瓷砖地、铁柱、放着咖啡机的吧台——一边回忆着过去的美好时光，那时我们都竭力争抢顾客，在圣路易斯的浮土地上踏土奔波，当我们回到罗萨里奥的时候，地毯吸尘器都堵塞了。那个胖子，尽管他来自不知哪个热带地区的共和国，是个直肠子大肚汉，他想给我阅读他写在本子上的苦心孤诣之作，让我解解闷。我呢，在前四分之三小时里佯装不知，全速转动脑筋，设想那些阿瓦罗们、阿瓦拉特吉们、阿瓦蒂马尔科们、阿瓦戈纳托们和阿瓦坦托诺们能够成为我工作里的商号。可是桑帕约很快就出言不慎，冒失地说他们是省西北部的饲养员，那地方从人口密度上来说很不错，然而也很可惜被一些无害但蒙昧的竞争宣传侵占了。您看，我认识胖子桑帕约好多年了，可是我绝没有想到在那堆脂肪里，还存在着一个像模像样耍笔杆子的人！我喜出望外地趁我们的对话正在往有启发的方向发展，敏捷地把握机会，用一个连年轻气盛时的卡沃内神甫也会嫉妒的圈套，把话题引到"重要的问题"上，一心要把那个宝贵的将军肚引向"传道士之家"。我粗略地总结了一下法因贝格神甫的小记事本里的指示，留下一个刺痛他的问题：人像一列火车一样从一个虚无驶向另一个虚无，如何能够影射连唱诗班的最后一个孩子都知道的事情——比如五饼二鱼或三位一体——是纯粹瞎说。如果我对您透露说，伦贝拉先生，桑帕约受到这样的打击都不举白旗，您别用惊讶让我打瞌睡。他用比奶咖味冰淇淋更冷的语气对我说，有关三位一体，没有人比他更能领略迷信和无知的悲哀后果了，我不用再多说一个音节，因为他将向我的假发下灌输一次让他滞留在粗鄙唯物主义死亡之路上的个人经历。伦贝拉先生，我发誓再发誓，为了让胖子摆脱这个想法，我试图让他在台球桌上稍息片刻，可是他很专横，竟恬不知耻地向我讲述了下面这件事情，等我就着咖啡小口咽下此时糊住我嘴巴的黄油和面包屑，我就转述给您。他盯着我打着哈欠露出的小舌头，说道：

"您不要依据现在的情形——一顶过时的草帽，一身带补丁的三件套——来推测，我一直在发出野猪恶臭的平原和说话人大放厥词的客栈之间打转。我也经历过辉煌时代。我不止一次告诉您，我的故乡在马里斯卡里托港那边，那里的海滩一直不出名，我们当地的女孩子都想到那里去躲避疟疾。我父亲是六月六日市议会事件的十九分子之一，当温和派重新掌权的时候，他和整个共和派的人一起从上校级别的管理层沦为管理沼泽地的水上邮递员。他那只以前令人生畏地挥舞着短铳的手，现在只能分发盖好印的包裹，要不就是长方形信封。当然，我将贴着您的耳朵对您说，我父亲并非那种只会在酸橙、番荔枝、番木瓜和水果串上赚邮票钱的邮差，他被动的收件人里有一个办事谨慎又有经济头脑的印第安人，这个印第安人定期收购各种小物件以换取邮件。称赞我吧，马斯卡伦塔先生，是哪个新手在这件爱国的事情上插了一把手？就是现在正在向您通报这些可靠消息的八字胡小年轻。我刚学会爬，爬的是独木舟的下桁。我最初的记忆是关于绿水的，水里漂着树叶和大批凯门鳄。我当时还是个孩子，拒绝下水。可我父亲，他像加图一样，突然把我扔到水里，以消除我的恐惧。

"可是这个两条腿的将军肚[1]并非那种能永远被茅屋里寻常百姓的小玩意儿利诱的人。我渴望踏破鞋底，寻觅新景观，没有小斑点马，您就称它为蒙得维的亚山吧。我很想为我的集邮册增添颜色鲜艳的明信片，趁着有一张对我穷追不舍的'通缉令'，从一个渔船货舱里向温暖的金色平原，向绿色的丛林，向斑驳的羊瘙痒症告别，那是我的国家，我的祖国，我美丽的乡愁。

"这种在鱼群与星星之间的海洋穿越持续了四十个日夜，途中景色缤纷，而我确实不能忘记的是甲板上有个水手同情这个可怜人，下楼来向我讲述那些言过其实

---

[1] 大胆又合适的提喻，这里非常明确地表明，幸运的桑帕约并非那种把长长的手盗贼般伸向《小拉鲁斯词典》的亲法派上层人士，而是那种跪饮塞万提斯乳汁的人，而如果真有这种乳汁的话，一定丰沛雄浑。——马里奥·邦凡蒂，耶稣会[*]

[*] 出于我们这个校对员委员会洞察不到的原因，马里奥·邦凡蒂神甫在贝尔纳多·桑帕约先生的紧张支持下，以校对电报、挂号信、气压传送信件、乞求和威胁的形式，试图撤回上述注释。

的人所看到的事情。可是好事总有个限度,我被当作一卷毯子卸到布宜诺斯艾利斯的码头上,身边全是烟草灰屑和芭蕉树叶。我不会给您以字母顺序一一列举我作为阿根廷人的头几年里经历了多少次休业。如果我把它们列出来,连这间屋子都装不下。我只对您说一下迈农贸易公司的幕后详情。我作为唯一的雇员壮大了他们的队伍。它坐落在贝尔格拉诺大街一三〇〇号的大宅里,是家荷兰烟草进口公司。晚上,一合上他那由于工作劳顿已经麻木的眼睛,流亡者就会想起在阿尔托·雷东托心仪的烟草田里收割烟草的情景。店里有个写字台,是用来迷惑顾客的,我们还有个地下室。我呢,最初几年里,是个激进的青年,情愿以帕努科的全部黑金换取一点变化,比如把一张在视网膜右边的小矮桌移到别处去。但是亚历杭德罗·迈农先生一票否决了这个将家具移位和分配的无用计划,理由是他是盲人,依赖牢记的布局在房子里行动。他从未见过我,现在我都能回想起他戴着他黑得像两个夜晚似的眼镜看着我,他留着牧工胡子,皮肤是面包屑色的,不过个子很高。我不断地向他重复:'您,亚历杭德罗先生,天一热就该戴草帽啦。'不过事实是他戴着天鹅绒帽,从睁眼起就不会脱下。我十分清楚地记得,他有个铮亮的戒指,我对着他手指间的镜子剃胡须。我套出了他的话,放进我的嘴里,亚历杭德罗先生和我一样,是现代移民腐殖土中长出的芽,离他在赫伦加斯喝光最后一罐啤酒已经有半个世纪了。他在客厅兼卧室里堆了各种不同语言的《圣经》,是算术协会的正式成员,致力用地质科学校准《圣经》边注里的年代表来修正地质学编年史。他为那些疯子提供资助,而且数目不菲。他总是说,他已经为他的孙女弗洛拉准备了一笔比金斗篷还贵重的遗产,就是对《圣经》编年史的热爱。这个继承人是个瘦弱的小女孩儿,最多九岁,眼神空洞望着远方,像是在眺望大海,金头发,举止轻柔,犹如一把野生的虎尾兰,谁不会清晨在总统山的草原和峡谷里采摘呢？那个女孩儿没有与她年龄相仿的同伴，喜欢在空闲时间里听我打着手鼓唱故乡的国歌。不过俗话说得好，猴也不会一直耍把戏，当我忙于接待顾客或者休息的时候，小女孩儿就到地下室里玩'地心之旅'去了。祖父不喜欢这些历险。他坚持说地下室里有危险。他在家里总是如鱼得水，可只要走到地下室，就会抱怨东西已经换了地方，觉得自己迷路了。直言不讳地说，这些单纯的抱怨是一派胡言，因为就连小猫'蝴蝶结'都知道里面没有别的什么新奇的东西，只不过是一堆堆的荷兰烟草叶和从前E.K.T.五金百货店的废弃剩余物，在我的亚历杭德罗先生之前，后者曾租住在这里。所谓的'蝴蝶结'，我无法再隐瞒，这只猫加入了心怀不满的地下室兄弟会，因为它每次从楼梯上下来时，我觉得都仿佛是被魔鬼踹下来的。这是只被阉割过的老猫，很安静，如此突如其来的动作，完全可以让最愚钝的人发出尖叫。不过我总是循规蹈矩，就像吸铁石一样，即使在这种情况下，更好的建议就是拴住驴骡。后来，当我明白的时候，已经太晚了，我经历了同老猫一样的不幸。

"您就算有备用轮胎，也逃不过听我苦难的故事。它始于亚历杭德罗先生拎着人造革公文包，急于赶赴拉普拉塔的那天。还有一个信徒来接他。我们看到他招摇过市地去参加在达尔多·罗查电影厅举行的《圣经》学者大会。他在门口对我说，让我下星期一等他回来，到时准备好让咖啡壶大声啸鸣。他还说要去三天，让我细心照顾小弗洛拉。他十分清楚，他的这个吩咐是多余的，因为虽然您此时看到的我又黑又高，但做那个小女孩儿的看门狗是我的无上光荣。

"一天下午，我吃烤蛋奶吃撑了，打了个盹儿。而小弗洛拉趁这个机会，摆脱了令她烦心的看护，钻进了地下室。在祈祷时分，就是她让她的娃娃睡觉的时刻，我摸到她的脉搏狂跳，眼睛里充满幻觉和恐惧。考虑到她在发寒热，我求她盖上被子，给她倒了一杯薄荷茶。那天晚上，为了她能够安静地休息，我记得我躺在棕制门毡上，守在她床前。女孩儿醒得很早，状况并不好，倒不是由于发烧，烧已经退了，而是由于惊吓。下午晚些时候，我给她喝了点儿咖啡，让她舒服些，我问她是什么让她这么难受。她说前一天晚上她在地下室里看到了一个很古怪的东西，她无法形容它是什么样子，只记得它长着绒毛。我想那个长着绒毛的古怪东西并非她发烧的原因，而是表征，于是我就用猴子选希瓦罗人当议员的故事来分散她的注意力。第二天，女孩儿走遍了整个宅院，活蹦乱跳。我一看到台阶就腿软，要求她下去找残留的烟草，以便对比。我的请求令她不安。我知道女孩儿很勇敢，所以坚持让她赶紧执行我的命令，以便一次性驱除那些不健康的空想。我陡然想起了我父亲把我从独木舟上推下河，我并没有被怜悯之心所动。为了不让她难受，我陪她走到楼梯最上面，看她往下走的样子特别僵硬，就像枪靶上的士兵侧影像。她闭着眼睛下去，径直走向烟叶堆。

"我刚转过身，就听到一声尖叫。声音并不响，但现在想来，我在这叫声里，就像在一面小镜子里一样，看到了把女孩儿吓坏了的东西。我赶紧跑了下去，看到她躺在地砖上。她搂着我，像条倾倒的船在寻求帮助，她的胳膊犹如金属线。就在我对她说不要丢下她的叔叔圣贝尔纳多（她给我起的绰号）的时候，她的魂散了，我是说她死了。

"我觉得我已无足轻重。我感到直到那个事件，我的一生一直都由别人在过。哪怕我下楼梯的那个瞬间都显得很遥远了。我仍然坐在地上，手不由自主地卷起纸烟。目光游离，心不在焉。

"也就是在那个时候，我看到在柳条秋千椅上那个让女孩儿恐惧，并因此而死亡的东西。它轻飘飘地来来去去。人们可以说我无动于衷，可事实是，看到那个给我带来不幸的东西时,我不禁莞尔。第一个东西拱了一下,像飞舞般动起来。您可以看到一瞬间,三个东西在某种安静的混乱中一起推动了秋千椅。三个东西仿佛以科学方式处于同一个地方,不向后,不向前,不向下,也不向上。有点儿伤害视觉,特别是乍看第一眼的时候。圣父端坐着,我从浓密的胡子认出了他。他同时是圣子,带着圣伤痕,以及圣灵,一只鸽子,展示着基督徒的风范。我不知道有多少只眼睛在监视着我,因为就算是一个人的一双,想一下,也是同一只,同时在六面上。别提嘴和喙了,那就是自杀。再加上一个从另一个里出来,轮换得很快,那我开始产生眩晕就不奇怪了,就好像向一片旋转的水面探出身去。可以说,他们靠自己的动能发光,并且来到了距离不远的地方。如果我不经意伸出手去,也许可以被这股旋涡带走。那时候,我听到三十八路电车正沿着圣地亚哥·德埃斯特罗行驶,意识到地下室里少了秋千椅的声音。当我再看时,贻笑大方，秋千椅并没有动，我原来以为在晃动的其实是坐椅子的人。

"'只有我一人遇到了圣三位一体，天与地的创造者，'我对自己说，'而我的亚历杭德罗先生，在拉普拉塔！这个想法就足以把我从刚才的麻木中解脱出来。这并不是沉浸在美好沉思里的时候。亚历杭德罗先生是个守旧的男人，他不会认真听我为什么没有照顾好小女孩儿的解释。'

"她死了，不过我不想让她离那张秋千椅太近，于是我抱起她，把她放到床上，还有她的娃娃。我吻了一下她的额头，离开了，非常痛心不得不把她留在那座如此空旷又充盈的宅第里。我急于避开亚历杭德罗先生，从昂西大街出了城。有一天，传来消息说贝尔格拉诺大街的那幢房子，在大街拓宽时被推倒了。"

一九四六年九月十一日，普哈托

记号

《创世记》第九章第十三节

那儿，您看到的地方，伦贝拉朋友来得正是时候，他可以再为我买一整份早餐。奶油圆蛋糕能提供热量，而在下也绝不会拒绝几块黄油夹心蛋糕和某块油腻腻的甜点，我从嘴塞到肘，再变本加厉，喝上几大口咖啡和牛奶，现在又精神饱满地吞下一盘黑糖小面包。不是开玩笑，请客的先生，我的喉咙一空下来，我的口才一恢复，我就把一个长长的故事从您的两个耳朵塞进去，这是真人真事，您肯定会叫来服务员，让他那反叛的脑瓜重新整理一份巨大的菜单，之后方圆两里内都不会剩一点儿油星。

没什么能抵挡得住时间，伦贝拉！您刚把臼齿埋进这根英国猪血香肠，一切就已经陡然生变。刚才鹦鹉还吵得您耳朵疼，现在轮到您在笼子里，让鹦鹉不堪其扰了。如果我对您说，我比一个瓶塞还紧紧地依附于迪奥戈兽医福利研究所，您不要误会。我还要说，我熟悉火车的味道，就如同狗熟悉狗窝和您熟悉拉克罗塞[1]的味道一样。我是说，我作为旅行推销员，经常乘坐火车。转眼之间，只不过进行了持续了一年半的调查和诉讼之后，我毫无顾忌地用墨水精心涂抹了一份说明，然后溜走了。我套上四十四码的靴筒，去了《最后时刻报》[2]，而那个主编，他是个可悲的傻瓜，派我当巡回通讯员，我不是躺在去卡纽埃拉斯的火车上，就是乘坐在开往贝拉萨特吉的送奶车上。

---

[1] 指布宜诺斯艾利斯的有轨电车，由费德里科·拉克罗塞（Federico Lacroze，1835–1899）设计建造。
[2] 1908年由阿道夫·罗斯科夫（Adolfo Rothkoff）创办的布宜诺斯艾利斯晚报。

毫无疑问，出行在外的人常常会与城区外围的表层接触，无数次被奇特的人物所震惊，您听到后也很可能会得睑腺炎。不劳您张嘴，就连我这杯牛奶里的苍蝇都知道你会说出什么陈词滥调，我是个老手，我的记者嗅觉比一只短鼻子狗的鼻子还灵敏……老实说，也就是昨天吧，就像有人用包装纸包着一块木头似的把我发配到了布尔萨科。就像一块奶酪贴在玻璃窗上一样，十二点十八分的小太阳让我额头上的脂肪一滴滴淌下，我的脑袋空空，从柏油路到木板路，从木板路到果园，从果园到了养猪场。或者，简单来说，我在布尔萨科下了车。我向您发誓，那个如此闷热的下午，我压根就没有预料到等着我的是什么。我一次又一次最潇洒地问自己，谁会告诉我，就在那儿，就在布尔萨科的中心，有一个奇迹将向我显现，如果您听了，血液都会凝结起来。

也不知道什么时候，我到了圣马丁大街，就在第一个大岔路口，它从地面上冒出来，奉上一杯 Noblesse

Oblige[1]马黛茶，我有幸向伊斯梅尔·拉腊门迪先生的宅第致意。您想象一下一个无法修复的废墟，一所怡人的小屋，只剩下半截残垣，所谓老天废弃的房屋。您本人，伦贝拉先生，您在打盹的时候都不会嫌弃蚂蚁窝，进那里却不会不戴长围巾和带雨伞。我穿过杂草丛生的花坛，来到门厅，普里莫·卡尔内拉[2]式的圣餐大会盾形纹章下，冒出一个半秃老头，穿着一件罩衣，看得出来经过反复洗涤，让我极想把裤子口袋里积攒的棉絮都撒上去。伊斯梅尔·拉腊门迪——绰号马黛西托先生，我看见他戴着裁缝眼镜，留着八字撇胡子，脖子上系一块口袋巾，我把这张名片推到他的面前时，他矮了几厘米。就是现在我在您那张肚脐一样的脸前面来回挥的那张，您可以读到那张聚丙烯纸上用波兰科字体写着"T. 马斯卡伦阿斯，《最后时刻报》"。不等他开口以此人不

---

1 法文，位高则任重。与Nobeza gaucha茶叶品牌的发音相近。
2 Primo Carnera（1906—1967），意大利拳击手，世界重量级冠军。

在家为由推脱，我用谎言堵住了他的嘴巴：他有前科记录，即使他留了胡子，我也可以看出他的体貌特征。考虑到餐厅有点小，我就把炉子转移到用来洗衣的院子，把宽檐帽拿去卧室，给我的屁股找了一把摇椅。我点燃一根那个老家伙迟迟不愿给我的萨卢塔里斯牌香烟，并把我的脚搁到一个放着加拉什手册[1]的北美油松小架子上。我请老家伙坐在地上，像个老式留声机似的谈谈他的已故导师文塞斯劳·萨尔敦多。

我说什么来着！他张开嘴，以奥卡里纳似的刺耳细嗓音吹起了牛皮，我可以用面前这堆三明治向您保证，我现在不再听到这声音，完全是因为我们现在在伯多的这家乳品店里。我甚至没来得及分析一下赛马大势，他就说道：

---

[1] 加拉什图书出版机构于1899年在西班牙巴塞罗那成立，专门出版有关艺术、世界史、地理的百科全书，同时也出版实用主题相关的各式指南手册。

"先生,请您放眼从那个矮窗户看出去,很容易看到比第二只端着马黛茶的手更远的地方,当然,该死,一直没有上过灰浆。您可以完全放心地画个十字,向那座房子许三个愿,因为曾经在那间房子里居住过的那个人应当得到比很多那些真正的吸血鬼更好的评价,那些吸血鬼既吸穷人的血,也不放过富裕的实业家。我正在谈的是萨尔敦多,先生!

"这个小圆镜[1]看到这一切已经有四十年了——确切地说,三十九年了——从那个难忘的傍晚开始,也许是清晨,我在那时认识了文塞斯劳先生。认识他或认识别人,因为时间会带来遗忘,这是一大幸事,一个人最后会忘记上次是和谁在宪法酒吧[2]一起吃零嘴,或者对胃大有裨益的麦芽燕麦奶。不管怎么说,我认识了他,我

---

[1] 很显然,这是再普通不过的单目镜了。我们的人用拇指和食指随手一捏,放在眼前,他挤弄了一下眼,善意地笑了。了解一切,就会原谅一切。(赫瓦西奥·蒙特内格罗博士潦草写下的注释。)
[2] 指布宜诺斯艾利斯宪法火车站里于1907年创立的糕饼店。

善良的先生,我们无所不谈,不过特别爱谈圣比森特路线上的车。在喇叭汽笛声之间,我戴着遮阳帽,穿着罩衣,每个工作日六点十九分到广场去乘火车。文塞斯劳先生走得更早,他肯定错过了五点十四分那班车。我从远处看到他借着合作社摇晃的灯光,躲开结冰的小水洼。他和我一样,是罩衣的忠实信徒,也许几年之后,我们会穿着同样的罩衣一起合影。

"先生,我一直厌恶干涉他人的生活,所以,我保持克制,没有去问我的新朋友,为什么外出时还要带着辉伯嘉铅笔和一卷校样,以及《罗克·巴尔西亚[1]大词典》,那可是一部很完备的工具书,有很多卷呢!能找到算他厉害!您要理解,我时不时有点心痒难耐,不过我很快就得到回报,文塞斯劳先生,他亲口对我说他是奥波泰特与黑雷塞斯出版社的校对,以可敬的毅力在火

---

[1] Roque Barcia Martí(1823—1885),西班牙词典学家、哲学家、政治家,1880 年出版了《西班牙语大词典及词源说明》。

车上埋头改稿，邀请我助他一臂之力。对您说实话，我这方面的才能十分有限，起初我还犹豫是否要跟随他的脚步。不过勤勉的好奇心占了上风，在检票员出现之前，我已经一头扎进了阿曼西奥·阿尔科塔[1]的《中等教育》。我的天啊！那第一个上午我对文学的贡献十分有限，因为我被一大堆有关教学的问题气得直冒火，读了又读，连最严重的印刷错误、跳行、漏页或错页都没注意到。到了广场，我只得说声"愿一切顺利"，不过第二天早晨，我又给了我的新朋友一个大惊喜，带着铅笔来到站台上，那支铅笔是我从欧洲书店的一个很严肃的分店里弄到手的。

"那些修改工作差不多持续了一个半月，通俗来讲，学习了西班牙语拼写和标点的基础知识，没什么比这更能锻炼人的了。我们从阿·阿尔科塔转到拉克尔·卡马

---

[1] Amancio Alcorta（1842—1902），阿根廷作家，1886年出版《中等教育》论述十九世纪初高中教育政策。

尼亚[1]的《社会教育学》，中途还经停了佩德罗·戈耶纳[2]的《文学批评》，经此一役我更有活力去面对何塞·德马图拉纳[3]的《橙树花开》或拉克尔·卡马尼亚的《伤感的爱好》。除此之外，我就列不出其他书名了，因为完成了最后一本后，文斯塞劳画上了句号。他对我说，他很欣赏我的认真态度，可是他尽管不情愿却不得不让我刹车了，因为巴勃罗·奥波泰特先生本人提议在近期大大提拔他，让他能够手头宽裕，不致捉襟见肘。这事说不通：文斯塞劳先生与我分享，他的物质条件将大大改观，但我看他萎靡不振，几乎要崩溃了。一星期后，我为布尔萨科的药剂师马尔古利斯的孙女买玉米甜甜圈，拿着一个小包从宪法酒吧出来时，有幸遇到了文斯塞劳先生，他对着一块煤气路灯似的烤糊的鸡蛋卷和几杯格

---

1 Raquel Camaña (1883—1915)，阿根廷社会主义激进分子。
2 Pedro Goyena (1843—1892)，阿根廷律师、作家、记者、政治家，反对公立世俗教育及世俗婚姻法律。
3 José de Maturana (1884—1917)，阿根廷作家、记者、剧作家。

罗格酒,那几杯酒再加上烟呛得他直咳嗽。他旁边有个身着俄国羊羔皮外套、橄榄肤色的贵人,当时正为他点燃一支纸烟。那人轻轻抚弄一下胡须,像个拍卖师似的说起话来。而我在文斯塞劳先生的脸上看到一种死人的苍白。第二天,在到达塔列雷斯之前,他非常谨慎地向我透露说,前一天和他说话的人是莫洛奇·莫洛奇公司的莫洛奇先生,他掌握着胡利奥大道和里维拉大道的所有书店。他还说,他已经与那位先生签订了一份合同,供应科学作品和明信片,后者如今与充当赌场的土耳其浴室不再有正式的关系。他反复考虑后,才告知我那上天的赠予,领导层已经决定任命他为出版社的社长。他以此身份出席了印刷商中心的一个长会。会上他还未坐稳,那帮阿斯图里亚人就打发他奔赴别处。我听得入了神,先生,就在那时,车厢猛地晃了一下,文斯塞劳先生正在修改的一张纸掉落到了地上。我知道自己的责任,马上四肢着地去捡它。我都干了什么呀!我瞥见一幅非常放荡的图像，让我脸涨得通红。我尽力掩饰，若无其事地把它还给了他。幸亏我运气好，文斯塞劳先生一心扮演特里斯坦·苏亚雷斯，完全没有察觉。

"第二天是星期六，我们没有一起走。我们肯定是前脚后脚，错过了对方。您明白吗？

"睡过午觉后，我瞟了一眼日历，想起星期天是我的生日。细心的阿基诺·德里西夫人送的一盘小馅饼证实了这一点，她曾为我的母亲做过助产士。闻着盘子里美食的香味，又想到能和文斯塞劳先生共度傍晚会多么富有教益，就像我们在布尔萨科说的，这二者必居其一。我在厨房的长凳上忍耐着，直到太阳变得暗淡——以这些警察般的日照为议事日程——这样我一直耗到八点一刻，给用'兰塞洛斯'糖盒制作的小装饰家具再上了一层黑漆。我紧裹着一条披巾，因为凉风似魔鬼，坐上Ⅱ路电车，我是说，我步行去了那位亦师亦友的人的家。我像条狗回到窝里似的钻了进去，文斯塞劳先生家的门总是敞开的,就像他的心扉一样。主人由于不在而生辉!为了不白跑一趟,我决定耐心等一会儿。他说不定很快就回来。在离洗手盆和水罐不是很远的地方,有一堆书,我允许自己翻了一翻。我再跟您说一遍,那是奥波泰特与黑雷塞斯出版社的书,或许我该克制自己。有话说得好,脑子进得少,想忘也忘不了。至今我也不会忘记文斯塞劳先生印的那些书。封皮上有裸体女人,全彩印的,书名:《芳香花园》[1]、《中国密探》[2]、安东尼奥·帕诺尔米塔诺[3]的《雌雄同体》,还有《爱经或欲经》、《忧伤的避孕套》,外加埃莱凡蒂斯和德贝内文托大主教[4]的作品。何为白糖,何为肉桂。我并非那种极端

---

1 突尼斯作家奥马尔·伊本·穆罕默德·奈夫扎维(约586—644)的情色文学作品。
2 法国探险家、记者、作家皮埃尔·昂热·德·古达尔(1708—1791)出版的作品。
3 Antonio Panormitano (1394—1471),意大利诗人、历史学家、作家。
4 Archibishop of Benevento (1503—1556),意大利作家、主教。

的清教徒，也会让步于一时的疯狂，即使图尔德拉神甫说几个猥亵的谜语，我也不至于拍案而起。可是您看，这太过分了，有些放纵之举越过了界限。我决定回家。不瞒您说，我逃也似的离开了。

"几天过去了，我没有一点儿文斯塞劳先生的消息。后来，一条爆炸性新闻在人群中传播开来，我是最后一个知道的。一天下午，理发店的学徒让我看了一张文斯塞劳先生的照片。他看起来像是个黑人。下面的标题写道：淫秽读物出版者雪上加霜。欺诈罪无可辩驳。我虽然坐着，仍觉双腿发软，倒在躺椅里视线也模糊了。我把那篇小短文从头看到尾，可我并没有看懂它说了什么，最让我痛心的是文中说到文斯塞劳先生时那种不尊重的语气。

"两年之后，文斯塞劳先生出狱了——他并没有大张旗鼓，这不符合他的性格——回到了布尔萨科。他回来的时候瘦得皮包骨，先生，可是高昂着头。他告别了铁路，闭门不出，也不到四周各具特色的村镇去散步。

从那时开始,他得到了一个'老龟先生'的绰号,暗指,您也知道,他从不出门,也很难在布拉蒂粮草仓库或雷诺索禽类养殖场里找到他。他从不想回忆造成他不幸的原因,不过我把事情联系到一起,意识到奥波泰特先生利用了文斯塞劳先生无尽的好意,当大事不妙时,把书店交易的责任推到他身上。

"我出于一片好心,想让他散散心,终于商定在某个星期天,当气氛合适,带上马尔古力斯医生那些化装成丑角的孩子们。星期一我又哄他去水塘里钓鱼。钓鱼和嬉闹都无法让他开怀,我像个傻瓜似的呆在那里。

"'老龟先生'在厨房里烧水泡茶。我背向窗户坐着,窗外正对着体育联盟俱乐部的院子,以前那里是露天运动场。老先生极其礼貌地拒绝了我的钓鱼计划,并以他随时聆听自己心声的那种亲切态度补充道,自从老天给了他明示,他就不再需要娱乐消遣了。

"我冒着招人烦的风险,请求他详细说说。这位见

过异象的人提着手里的红酒色的茶,对我答道:

"'我被指控欺诈和贩卖下流书籍,被关进国家监狱二七二号牢房。在那四堵墙中,我关心的只有时间。第一天的第一个早晨,我想我正处于最糟糕的阶段,不过要是到了第二天,那就是第二天了,也就是说,是在走向最后一天,第七百三十天。不幸的是我在做这种思考,可时间并没有过去,我还是处在第一天早晨的初始。在可观的时间流逝之前,我已经想尽了我所有可以想到的东西。我数了数。我背诵《宪法》序言,说出巴尔卡尔塞与拉普拉塔大街和里瓦达维亚与卡塞罗斯之间所有街道的名字。后来我又转到北部,说出圣菲与特里温比拉托之间的街道名称。幸好说到哥斯达黎加附近的时候,我记混了,这为我赢得了一点儿时间。就这样我熬到了上午九点。大概就是在那个时候,一位有福的圣人触动了我的心,我开始祈祷。我感到浑身轻松,觉得很快就到了晚上。一周以后,我已经不再想时间了。相

信我,年轻的拉腊门迪,当两年刑期满的时候,我觉得只过了一口气的时间。上帝真的给了我很多启示,老实说都很有意义。'

"文斯塞劳先生对我说了这些话,脸上露出温柔的表情。起初我以为他的这种幸福感来源于他的回忆,然后我才明白,在我身后正在发生着什么。我转过身去,先生。我看到了占据文斯塞劳先生视线的东西。

"空中有大量浮动的形象。从'源泉'乡间农场和火车弯道处升起了许多东西。它们列着队向天顶行进。其中一些仿佛围绕着另外一些变化,但并没有扰乱总体的活动,它们都在上升。我一直盯着它们,仿佛在和它们一起上升。您一定猜不到,最初我搞不清那些东西到底是什么,不过它们已经给我带来一种舒适的感觉。后来我想它们可能自己会发光,因为当时天已经晚了,可是它们的亮度丝毫不减。我首先认出来的是——应该说很奇异,因为它们的形状可以说并不清晰——有夹馅茄子那样大小,当它们被走廊的廊檐挡住后,就从视线里消失了,可是有一个巨型多层蛋糕跟随着它,我估计了一下,足有十二个街区那么高。最让人惊讶的是在右侧,在更高的位置,出现了一份单独的西班牙荤素乱炖,有血肠和培根,周边放有银汉鱼片,是的,让你不知道该向哪边看了。整个西边都是意大利烩饭,而南边则是肉丸、焦糖南瓜和烤蛋奶。带花边的馅饼右侧排列着东方肘条肉,上面散落着黏糊糊的玉米饼。只要我还保留着记忆,我就会想起几条相互交叉却又不相混的河流:一条是撇去油脂的鸡汤,另一条流淌着大块的带皮肉。看到它后,您就不会用彩虹来开玩笑了。若不是那条狗的一声咳嗽让我转移了视线,错过了一个菠菜可乐饼,它一瞬间里被烧烤拼盘里的猪小肠抹去,更不用说几个加热过的奶油小卷了,它们呈扇形展开,牢牢地占据了天穹。而一块鲜奶酪又荡涤了它们,奶酪松软多孔的表面覆盖了整个天空。它一动不动,像是镶嵌在全世界中一样。我幻想我们会永远拥有这景象,就像以前头顶上的星星和蓝天。可过了一会儿,那块烤肉就无影无踪了。

"我的天啊,我竟没有向文斯塞劳先生说声再见。我双腿打颤,走了一里路,溜进车站的小饭馆,大快朵颐地吃了晚饭。

"这就是全部,先生。或者几乎全部。我再也没有见过文斯塞劳先生的其他幻象,不过他对我说也都一样精彩。我深信不疑,因为文斯塞劳先生是个银器,还不说一天下午,从他家经过时,到处都是街头烧烤的味道。

"二十天后,文斯塞劳先生成了一具尸体,而他正直的灵魂得以升天,现在在那里,肯定有各种各样的菜肴和甜点陪伴着他。

"感谢您认真听我说了这些,我只差对您说愿天助您。

"祝您好运!"

一九四六年十月十九日,普哈托

JORGE LUIS BORGES
ADOLFO BIOY CASARES
Dos fantasías memorables

Copyright © 1995 by Maria Kodama
Copyright © Heirs of ADOLFO BIOY CASARES and JORGE LUIS BORGES, 1946
All rights reserved

图字：09-2010-605号

图书在版编目（CIP）数据

两个值得回忆的幻象 /（阿根廷）豪尔赫·路易斯·博尔赫斯（Jorge Luis Borges），（阿根廷）阿道夫·比奥伊·卡萨雷斯（Adolfo Bioy Casares）著；刘京胜译. — 上海：上海译文出版社，2020.8
（博尔赫斯全集）
ISBN 978-7-5327-8372-4

I. ①两… II. ①豪… ②阿… ③刘… III. ①幻想小说－小说集－阿根廷－现代 IV. ①I783.45

中国版本图书馆CIP数据核字（2020）第087964号

两个值得回忆的幻象 Dos fantasías memorables	豪尔赫·路易斯·博尔赫斯 阿道夫·比奥伊·卡萨雷斯 刘京胜 译 关心予 校	著	出版统筹 赵武平 责任编辑 缪伶超 装帧设计 陆智昌

上海译文出版社有限公司出版、发行
网址：www.yiwen.com.cn
200001 上海福建中路193号
上海信老印刷厂印刷

开本850×1168 1/32 印张1.75 插页2 字数13,000
2021年4月第1版 2021年4月第1次印刷

ISBN 978-7-5327-8372-4/I·5135
定价：58.00元

本书中文简体字专有出版权归本社独家所有，非经本社同意不得转载、摘编或复制
如有质量问题，请与承印厂质量科联系。T: 021-39907735

宋朝往事系列

耿元骊 主编

狄青
戴面具的武曲星

仝相卿 著

辽宁人民出版社

© 仝相卿　2025

图书在版编目（CIP）数据

戴面具的武曲星：狄青 / 仝相卿著 . — 沈阳：辽宁人民出版社，2025.1
（宋朝往事系列 / 耿元骊主编）
ISBN 978-7-205-11157-1

Ⅰ.①戴… Ⅱ.①仝… Ⅲ.①狄青（1008—1057）—传记—通俗读物 Ⅳ.① K825.2-49

中国国家版本馆 CIP 数据核字（2024）第 092626 号

出版发行：	辽宁人民出版社
	地址：沈阳市和平区十一纬路25号　邮编：110003
	电话：024-23284191（发行部）　024-23284304（办公室）
	http://www.lnpph.com.cn
印　　刷：	天津光之彩印刷有限公司
幅面尺寸：	145mm×210mm
印　张：	10
字　数：	170千字
出版时间：	2025年1月第1版
印刷时间：	2025年1月第1次印刷
责任编辑：	赵维宁
助理编辑：	姚　远
封面设计：	乐　翁
版式设计：	一诺设计
责任校对：	郑　佳
书　　号：	ISBN 978-7-205-11157-1
定　　价：	78.00元

总　序

宋朝往事，如在眼前

后周显德七年，岁在庚申，公元纪年则曰960年。这一年的春节，就在公历1月31日。经过了数十年各方势力混战，天下仍大乱，百姓仍生活在苦难之中（当然，传统王朝盛世，百姓也在苦难之中，乱世倍增而已）。不过，古今一例，大过年的，百姓们假装也要假装一下，麻醉也要麻醉一下，大户小家都欢天喜地，撤旧符，换新桃，祭祖悬影，张灯结彩，宴饮欢唱。无论内忧外患如何，生活总要继续下去。可是，就在中原大地一片祥和的气氛之中，突然——可以说非常非常突然，大年初一，北境传报紧急军情！北汉勾结辽军攻打过来！开封城内，惊慌失措的百姓，惊慌失措的大臣，还有惊慌失措的小皇帝，焦急地一叠声：怎么办？怎么办？

大周，说起来总是中原正朔，且正处蓬勃之际，岂能坐以待毙！必须抵抗，必须派最富军事指挥才能的大将率军抵抗！不过，谁是具有这样能力的大将呢？当然，朝廷知道，百姓知道，只有赵匡胤一人而已。赵匡胤成竹在胸，也不推辞，安排妥当，于大年初三带兵北征。走了一天，来到陈桥驿，夜色降临，驻扎下来。接下来的故事，三尺孩童以上，便无人不知无人不晓了，"黄袍加身"的"陈桥兵变"成为古今耳熟能详的"往事"。显德七年飞速变成了建隆元年，开启了一个全新朝代：宋朝。由此，也就进入了我们想重新回忆的"宋朝往事"。

在中国历史上，"宋"之魅力，独树一帜，让人不停地想起它。提起宋朝往事，很多人都感觉历历在目。那么，以后见者之明，再观察宋代，到底该如何认识宋呢？陈寅恪先生讲"华夏民族之文化，历数千载之演进，造极于赵宋之世"，就已经为它定性定向，成为我们认知宋朝的一个基底性叙述了。不过晚清民国以来，学者与世人在外敌入侵的背景下，看待宋朝总是觉得它"积贫积弱"，几乎只有陈先生独具慧眼，但是随着世界变化，研究逐步深入，观念多轮更新，世人越发理解了陈先生先见之明，发现宋朝既不贫也不弱，乃至更多强调宋朝有趣又有生机的那一面了。在当代中国人看来，这是一个有意思、有故事的风雅时代。

宋朝文化，偏于"雅致"气象，已经有无数学者指出过了。虽然"西园雅集"其事本身未必完全符合史实，但是"雅集"精神却是宋代真实的"文化心理"。他们吟诗词而唱和，他们抚琴听音，他们绘山水而问禅风，"宋型"文人风貌就显现其中。从对"西园雅集"千年反复阐释与模仿当中,足见其影响之深远。而"雅集"所体现出来的"极简"美学,是宋代高雅文化全部核心所在。扬之水先生说:"抚琴、调香、赏花、观画、弈棋、烹茶、听风、饮酒、观瀑、采菊、绘画和诗歌,携手传播着宋人躬身实践和付诸想象的种种生活情趣。"当然,这种风雅文化,也深深影响到市井文化,推动了市井文化与风雅文化同步大放异彩。甚至或者可以说,在宋人那里,市井文化就是风雅文化的变身。

宋朝经济,以工商流转增值为主要经济运行模式,初步迈向了现代经济门槛。又因为总掌控区域大幅度缩小,外部军事压力过大,财政供给压力倍增,不得不开拓在传统农业经济之外的财政来源,竟有意外收获,也就是发现了一条新经济之路:由工商业繁荣,进而推动生产力提高。手工业和商业贸易,对比前朝,都有了大幅度进步。作为衡量经济发展的一个重要指标,宋常年铜钱铸造数量,比唐代鼎盛高峰期还多出数倍,更不用提出现"交子"这样具有现代化性质的纯信用货币了。当然,受限于诸多因素,并未能或者说完全没可能实现从传统经济向现代经济的惊险一跃。

宋朝政治,在传统时代政治大势中堪称特例。皇帝与士大夫共治天下,不因政治斗争因素随意诛杀大臣,都是宋朝独有特殊之处,因而建立了一种相对开明的政治局面。虽然我们完全了解,宋代政治也有诸多问题,党同伐异,文字狱,争执与整肃似乎也都没少过，但是在整体上观察帝制时代政治进程，完全可以确认，宋朝相对偏于宽松。从整个王朝政治史上观察，两宋还都可以说是独特的存在。而科举取士，更是奠定了读书人在政治上的进取之心，社会流动开了一个虽不宽松但也绵绵不绝的上下交通渠道。有志者，可以通过考试进入统治阶层，自认对天下有责任，亦有担当，"先天下之忧而忧，后天下之乐而乐"。

无论从哪个角度看，宋朝都是奠定中华文化最终形成的重要一环，无宋则不足以言中华文化。不过，普通读者对宋朝的印象，在经历了长期看低之后，则有近180度大转弯。最近数年，欣赏宋朝、研读宋朝、描绘宋朝生活成为影视、阅读、游戏等各类市场的新宠。各类时新或传统媒体，时不时地就弄出个宋代专题，制作了各种各样的音频课、视频课，坊间也在学术著作大批出版的同时，出现了无数种关于宋朝的通俗著述。在关于宋朝叙述大繁荣之时，在这无数种关于宋代的讲述中，为什么我们还要再增加新一种呢？这大概就是因为，宋之魅力势不可当。虽然名家大作珠玉在前，但我们还是想试图提供更多维度给读者进行参考和对比。

如何提供更多维度？孟浩然诗句"人事有代谢，往来成古今"最能代表我们的心情和缘起之思。就是想通过人和事两方面，与读者诸君讨论宋朝独特之处。宋之风雅、政事、富庶，都体现在人和事之中了。没有那些特立独行之人，风雅不可见；没有那些风雅之士行动，政事不可知；没有那些百姓努力创造，富庶无可求。想要全方位观察宋、了解宋，欣赏大宋之美，就请和我们一起来回首"宋朝往事"。

面对浩瀚宇宙，面对苍茫大地，面对漫漫人生，我们内心常常涌起一种深远庄严之感，不由得想去探究和思考。这就是人之所以为人的根本，只有人类才渴盼了解自身，试图了解自己的过往。而有着世界上最长久、最多历史记载的中华民族，算得上是最愿意了解自身历史的族群之一。与历史人物、事件建立起属于我们自身的沟通管路，唯一渠道和办法，就是读史。读其书，想其人，念古人或雄壮或卑微的一生，感慨万千，油然而生一种复杂情绪弥漫胸间。这大概也是想了解历史、阅读历史的普通读者之常有心境。不过世易时移，学有专攻，不可能让有阅读愿望的各行各业读者，都能重新从工具书层面开始入手研读，所以回首"宋朝往事"，十人十事，纵横交织，就是我们所提供的优质的精神快餐。

宋代人物纷繁，我们选择了赵匡胤、赵普、寇准、范仲淹、包拯、狄青、沈括、岳飞、陆游、文天祥十位代表性人物。相信以读者诸君的敏锐度，已经明了我们的选择用意。赵匡胤，开国之君，没有他的布局和冒险一搏，不会有大宋的建立；没有他所奠定的基础，宋朝也许就是那个"第六代"了。赵普是宋朝开国元勋，也是宋初文臣之中较为有名的那一个。他一生三次入朝为相，影响很大。世人知道他，多以那句"半部《论语》治天下"的典故。他长于吏道，善于出谋划策，"智深如谷"，开国大政，多依赖于赵普策划。寇准，评书演义中的最佳人物，一句"寇老西儿"牵动了多少我辈凡夫俗子之心！可以说，他就是那个有棱角有缺点的最佳演员。范仲淹，相信没有人不知道其千古名句"先天下之忧而忧，后天下之乐而乐"。几乎每个当代中国人都会反复学习那千古名篇，没有他，宋朝就缺失了一点什么。包拯，明清以后，已经成为中国古代清官杰出代表，是为政清廉、公正执法、断案如神的象征，民间呼为"包青天"。以他为主角衍生出的历史演义、戏剧、小说、影视剧为数众多而历代相传。戏说虽然于史无征，却激起我们窥探历史上包拯究竟是何种模样的极大兴趣。狄青，从一名基层农家子弟应征入伍，出身低微，一无权二无势，通过自己精湛的武功、高妙的指挥能力和优良的人品，以及在国家危难之际奋不顾身的突出表现，成长为接近权力巅峰的枢密使，是底层小人物逆袭的典型，后代小说家甚至以他为主角写成了诸多小说演义作品。传说狄青是武曲星下凡，与文曲星下凡的"包青天"一起享誉天下。沈括，我们了解大书《梦溪笔谈》，更了解他记述下来的活字印刷术。他是那个时代文人的典范，虽然后人未必赞同他为官为人之道，但是都欣赏他作为文人士大夫而能关注普通人技术进步的开放心态。岳飞，更是无数传奇小说中的最优榜样。千百年来，不知道影响了多少英雄豪杰！陆游是伟大的诗人和伟大的爱国者，大多中国学生都学习和背诵过他那首千古名诗《示儿》。一辈子渴望北伐中原，收复失地，但是时代没有给他机会。从宋金和战历史大背景观察，我们才能发现一个真实的陆游。文天祥，更是我们常常耳闻的伟大人物，为了匡扶南宋这座将倾大厦，妻离子散，家破人亡，但依然志向不改、视死如归。伟大的人格力量，在中华历史上铸就了一块无与伦比的正气丰碑，内化为中华优秀传统文化不可分割的一部分。纵观文天祥一生，无负于"人生自古谁无死，留取丹心照汗青"的铮铮誓言。

因人而成事，宋代历史上，几乎每天都有大事发生。这些大事如何走向，以后见之明来看，在历史上就更有关键节点作用了。我们同样选择了十件大事作为代表，算是尝一脔而知一鼎之味。东封西祀、女主临朝、宋夏之战、熙丰新政、更化与绍述、靖康之难、三朝内禅、开禧北伐、襄阳保卫战、崖山暮光是我们选定的若干"大事"。读者诸君当然更明了这十件事在宋代历史上的关键性作用。宋真宗不甘平淡，又缺雄才大略，导演了一场天书降临的闹剧，东封西祀，营造太平盛世，将宋朝引到了一条歧路上，带坏了政治风气，无谓消耗财富积累，导致社会出现重大方向调整。宋真宗的章献明肃刘皇后，最著名的传说就是"狸猫换太子"，而这只是个谎言。事实上，刘皇后作为宋代第一位垂帘听政的太后，她身上的故事远比"狸猫换太子"更加精彩。自宋建国起，宋朝与党项李氏一直保持着友好关系，西部边界也一直处于相对稳定的局面，直到李继迁公开与宋朝决裂。党项李氏逐渐壮大，并建立西夏，发展到足以抗衡辽、宋，三足鼎立，宋朝西部边患不断，几无宁日，漫长曲折的战争故事也陆续上演。宋神宗继位之后，梦想成为一个大有为的君主，强烈想要改变现状。与王安石一遇即合，君臣相得，开启了一条"改革之路"。不过这改革既艰难又复杂，在宋人眼里更如乱来。千载之下，评说仍未有完结之期。宋哲宗继位之后，新法逐渐由改善民生、行政、财政、兵政等大目标，转而成为清除异己与聚敛钱财的工具，丧失了正当性，而这一切还在继承神宗之志旗帜下进行。借着更化到绍述之名，大宋这一艘漏水的航船驶入了更加风雨飘摇的末路。靖康之难，更是一段伤心之史。在繁华富足当中突然崩溃，亦是千年少见之事。再建南宋，久居钱江之畔，临安临安，已再无临意。不过相对长期稳定的政治局面之下，皇位继承这个中国传统政治大难题，在南宋前半期又成为难上加难的超级难题。南宋前四帝，总共见过了四次内禅（高宗为皇子时，见徽钦之禅）。王朝体系下，就没有真正的家事与国事的分别，这一家事国事大难题，搅得政局翻覆，影响极大。再到开禧北伐，只好说它是虚假反攻。韩侂胄大冒险，最终把屠刀留给了自己。而由此导致的政局动荡，让后人感觉平添了几分萧瑟。更不幸的是，蒙古崛起，应对失当，为最终的没落埋下了种子。宋元之间，襄樊大战则是南宋灭亡的关键。让我们一同进入宋末历史世界，看看舞台上主角人物如何抉择，观其言，察其行。在13世纪末欧亚大舞台上，从全球视角看看襄樊之战前因、后果、始末、影响与结局。襄樊大战失败之后，元军继续南下，宋人多路义军闻风而动，试图收复故土，好不热闹。但元军一路直下，鏖战50年，四川最终陷落。宋廷退守崖山，张世杰摆一字长蛇阵，决战一日，十万军民漂尸海上，南宋彻底灭亡。大宋忠臣遗民，以生命为国尽忠，为国招魂。只留待我们后人唏嘘南宋往事，或叹或悲或感慨。以此十事，可见宋朝历史脉络的大关节之处。

以上十人十事，共同构成了"宋朝往事"。知人论世，读人读事，把"人"和"事"立体组合起来，这是我们设想的一种新尝试。希望读者诸君与我们携手，一起走进宋朝，欣赏大宋往事，感慨世事变迁，回到大宋场景中，感受历史长河的孤独前行，回味大宋的波澜壮阔。

本人供职于坐落千年古都的河南大学，日常所居之处，每日教学相长之所，就在开封东北角，宋代遗存的"铁塔"之下。这个位置，大概也是王诜"西园"附近。无论"雅集"是不是真的存在，作为宋文化的象征，早已经名垂千古。在西园与宝绘堂旁，走在千年铁塔之下，不由得会生发出思宋之情，悬想宋人生活之景之情，与二三同志研读宋史，更体悟得"雅集"之趣。也是在这个宋文明萌生的一处所在，在辽宁人民出版社蔡伟先生的

戴面具的武曲星：狄青

盛情邀请下，本人虽不敏，但勇于任事，担下了组织撰写"宋朝往事"工作，幸不辱使命，丛书出版后得到了广大读者好评，故有精装版重印之举。希望我们12人通力合作，能以"轻学术"方式，既保有学术上的严谨厚重，又去掉严格脚注带来的束缚与阅读限制，带给大家一点不一样的阅读体会。感谢陈俊达（吉林大学）、黄敏捷（广州南方学院）、蒋金玲（吉林大学）、刘广丰（湖北大学）、刘云军（河北大学）、刘芝庆（湖北经济学院）、仝相卿（浙江大学城市学院）、王淳航（凤凰出版社）、王浩禹（云南师范大学）、张吉寅（山西大学）、赵龙（上海师范大学）等一众优秀青年学者（以上按姓名拼音排序）接受我的邀请并鼎力支持，一起完成了这项大工程。

我们也知道，坊间已经有很多种宋史普及读物，我们新增这一丛小草，希望它也有长久的生命力。我们贡献全力，虽然通俗，但不媚俗，文字尽量有趣，但是绝不流于戏说，希望能为您的读书生活增添一点真正的趣味。当然，高人雅士，亦望教导指出书中不当之处。您开卷展读之时，希望我们12人没有辜负您，也没有浪费您宝贵的时间，更愿读者诸君与我们一起走进宋朝，知宋，谈宋，理解宋。

耿元骊

2024年3月25日于开封开宝寺塔旁博雅楼

目 录

总　序　宋朝往事，如在眼前　　　　　　　　　　001

引　子　　　　　　　　　　　　　　　　　　　　001
　　一、北宋的"重武"和"抑武"　　　　　　　　003
　　二、宋朝的"重文"或"崇文"　　　　　　　　011

第一章　出自农门，拔足行伍　　　　　　　　　　017
　　一、出自农家，似曾为乡里恶少年　　　　　　017
　　二、黥面入伍，稳步成禁军好男儿　　　　　　038
　　三、奔赴沙场，的确是战场真英雄　　　　　　054

第二章　建节西陲，初涉政争　067
　　一、遭遇伯乐的边境猛将军　067
　　二、宋夏边境上的"救火队长"　078
　　三、张元公使钱案中的"躺枪者"　088
　　四、水洛城事件中朝臣的"议论焦点"　096

第三章　从战场到官场，官场也是战场　109
　　一、仕宦地方，备边防御辽夏　109
　　二、任职中央，成为枢密副使　120

第四章　从归附到对抗：侬智高行动转变的心路历程　128
　　一、侬智高发迹的背景和过程　129
　　二、侬智高由投宋到抗宋　140
　　三、宋朝地方官员的初步应对　145
　　四、宋朝的"广州保卫战"　158

第五章　宋朝平叛，狄青请命　172
　　一、侬智高肆虐两广　172
　　二、狄青准备南征　186
　　三、狄青赶赴前线　198

第六章　狄青南征，一战封神　　206
　　一、斩陈曙，立威宾州城　　206
　　二、平智高，血战归仁铺　　219
　　三、得胜归，事迹遭抹黑　　230

第七章　再入枢府，郁郁而终　　241
　　一、政治纠葛下狄青"被"枢密使　　241
　　二、行事低调仍陷流言的枢密使　　255
　　三、狄青之死　　266

第八章　狄青的后嗣与身后之事　　273
　　一、家族发展难超三代　　273
　　二、身后之事精彩纷呈　　285

后　记　　298

引 子

　　狄青（1008—1057）是宋代甚至整个中国古代都相当罕见的人物，他的传奇一生在宋人官方和私人笔记中记录不少，后代小说家甚至以他为主角写成了《万花楼杨包狄演义》《五虎平西前传》《五虎平南后传》《后宋慈云走国全传》等诸多小说作品。四大名著之一的《水浒传》中说狄青是"武曲星下凡"，与家喻户晓的文曲星下凡的"包青天"包拯（999—1062）共同辅佐宋仁宗（1010—1063；在位1022—1063）。20世纪，港台影视剧中有几部都是以狄青故事为题材的，其中香港无线电视台出品的1983年版《射雕英雄传》中，饰演杨康的苗侨伟，在1986年播出的电视剧《狄青》中饰演狄青,给人留下了较为深刻的印象。2018年以来,随着《知否知否应是绿肥红瘦》《清平乐》《大宋宫词》等反映宋朝历史的影视剧播出,社会上掀起了一股"宋朝热"的浪潮,其中《清平乐》中也有演员季晨饰演的狄青的身影,可圈可点。暂且搁置网络上各种各样的意见,单就剧中对狄青的描述,内容大多是基于历史事实而来,并没有过分戏说的成分。不过,因该剧并不是为了展现狄青的形象而设计,所以他的很多重要事迹匆匆交代或者略而不言,显得较为跳跃和割裂,部分内容甚至有点让观众摸不着头脑。狄青的生平事迹远比今天影视剧中所呈现的更加精彩,而本书就尝试为大家勾勒出一个历史上的真实狄青。

历史上的狄青,从一名出身低微的基层农家子弟应征入伍,一无权二无势,通过自己精湛的武功、高妙的指挥和正直的人品,以及在国家危难之际奋不顾身的突出表现,逐渐成为接近权力巅峰的枢密使,狄青的经历是一个底层小人物逆袭的奋斗史,这是狄青经历当中最富有魅力和为人传唱不衰的地方。然而,正因为这样的传奇经历,生在宋朝"崇文抑武"时代的他才会经常受到制度限制、文官鄙薄甚至帝王猜忌,又注定会被文官群体不断论奏、攻击和弹劾,导致被外贬陈州(今河南省周口市淮阳区)进而郁郁而终,很具有悲剧色彩。在讲述狄青故事之前,我们先来大概了解一下北宋前期这个大的时代环境。

一、北宋的"重武"和"抑武"

后周显德七年,也就是公元960年正月,时年34岁的后周禁军将领、殿前都点检赵匡胤(927—976;在位960—976),在京城开封北部30里外的陈桥驿(今河南省新乡市封丘县陈桥镇)发动兵变黄袍加身,成为宋朝的开国皇帝。宋朝的皇帝生前有尊号,死后有谥号、庙号和陵号,以宋朝第二位皇帝、赵匡胤弟弟赵光义(当上皇帝之后改名赵炅,939—997;在位976—997)为例,在他当上皇帝的第三年,臣僚上尊号称他为"应运统天圣明文武皇帝"。赵光义至道三年(997)去世后,群臣上谥号"神功圣德文武皇帝",同时上庙号"太宗"。赵光义去世之后,和北宋诸位帝王一样,埋葬在今天的河南省巩义市,陵墓被称为"永熙陵",所以有的传世文献用"熙陵"作为他的代称。我们通常在传世文献上看到称呼赵匡胤为"宋太祖"、赵光义为"宋太宗"、赵佶为"宋徽宗"(1082—1135;在位1100—1126)、赵构为"宋高宗"(1107—1187;在位1127—1162),等等,都是他们去世之后的庙号,这些皇帝在世时是绝对不可能有这种称呼的。不过，这样的称呼是我们了解宋朝某个皇帝时最为熟悉的，所以我们在行文过程中仍使用庙号来称呼皇帝。

宋太祖出生在一个世代将门的家庭，他自己也是一位能征善战的猛将，军事经验相当丰富。宋朝建立之初，其疆域周围，北边有立国已经近50年且实力强大的辽国，最为致命的是，自从中国历史上以"儿皇帝"著称的后晋皇帝石敬瑭（892—942；在位936—942）把幽云十六州割让给契丹之后，中原王朝已经失去了防御北面草原民族的屏障——长城，这一屏障的丧失让后继的宋政权不得不在北部边州投入大量兵力、物力以及财力等，这使得宋朝疲于应付。西北地区诸如党项、吐蕃、回鹘、藏才、白马、鼻家、保家等少数民族部落错综复杂，有些归附了宋朝，有些仅仅是表面归附而实质上并不听从任何命令，更有甚者连表面工作也懒得做，根本无视宋朝政权。这当中实力最强、最为棘手的是党项族，他们从宋朝建立之初就是西北地区相当不省心的存在，时而请求归顺却又时常叛乱，杀掠宋朝官军平民，到北宋中期（1038—1044年左右）甚至要求建立自己的国家，以至于和宋朝之间发生过多次战争。宋朝南边的川蜀、荆湖、两广地区也是少数民族众多，与宋朝接壤的交阯（其主体部分是现在的越南地区）在这一时期正处于民族意识觉醒阶段，成为宋朝南部边疆的重大隐患,在宋太宗和宋神宗(1048—1085;在位1067—1085)朝与交阯分别有过两次大的战争。同时,宋朝都城开封(今河南省开封市)地处中原腹地,建立在一望无际的华北平原上,没有任何山川河流等天险作为依靠,若要保卫都城安全就只能靠军队。这样的内外形势注定了宋朝必须"以兵立国",在武装力量的建设上不能有一丝一毫的松懈。

宋朝建国之初,正规部队数量有20万之多,开封周边驻扎10万,全国各地驻扎10万,基本保持内外均衡。宋太祖开宝年间(968—976),军队数量已经达到37.8万,增长了72%。宋太宗至道年间(995—997),军队数量为66.6万,20年时间增加了近30万。"澶渊之盟"以后,宋辽之间和平时间超过百年,但宋朝军队数量仍然节节攀升。宋真宗天禧年间(1017—1021),宋朝正规军数量为91.2万,20年间再增加25万之众。宋仁宗庆历年间(1041—1048),也就是范仲淹主持"庆历新政"以及他撰写流传千古的名篇《岳阳楼记》那个时期,宋朝正规部队人数已经达到125.9万,比宋真宗(968—1022;在位997—1022)时期增加35万,比宋太祖立国之初增加了100万之多。我们这里说的数字仅仅是宋朝的正规部队,也就是禁兵和厢兵这两种,还没有包括数量庞大但不作为正规部队的乡兵、蕃兵和土兵等。

与此相对应的是，两宋320年间军事理论研究持续发展，达到中国古代第二个高峰期并展现出两个特点：一方面是朝廷高度重视，一方面是私人著述相当发达。《宋史·艺文志》当中著录宋代兵书347部1956卷，并出现中国古代第一次动用国家力量编纂的兵书《武经总要》，且由当时的皇帝宋仁宗（1010—1063；在位1022—1063）亲自撰写序言。宋神宗统治期间，又由政府颁行《武经七书》，是北宋朝廷作为官方指定的兵法丛书，是中国古代第一部军事教科书。

在朝廷的带动下，一大批学者纷纷就军事理论著书立说，有总结用兵经验的《守城录》，有就当时重大军事问题进行应对的《翠微先生北征录》，有对古代兵书进行阐释的《十一家注孙子》，也有从名将用兵实践总结经验的《十七史百将传》，等等，文人论兵更是盛行一时。同时，宋朝还处于中国古代军事技术大发展的重要时期。钢铁冶炼技术促进了武器性能的提高，造船技术的进步带来宋朝水军的发展；筑城技术的成熟为城市防御提供坚实的智力和技术支持；最为突出的是火药技术应用于军事，这是世界历史由冷兵器时代到火器时代的萌芽，具有划时代意义。在这样一个时代，重视军队建设、军事理论发展和军事技术进步，无一不是"重武"的表现。这与学术界常常说的宋代是一个"重文轻武""崇文抑武"或者"重文抑武"的朝代是否矛盾?

实质上,所谓的"轻武"或者"抑武",是有特定含义的。

宋朝立国之初,接手的是一个藩镇将领都敢于公然宣称"当今天子,手握精兵强将的人都能当,哪里是什么天生的贵种呢"的烫手山芋,是一个藩镇敢于公然对抗中央、偏将敢于放逐杀害主帅、武将敢于取代皇帝的烂摊子,如何避免宋朝成为继五代之后的又一个短命王朝,是宋太祖需要直面的核心问题,而军事改革成为最为核心的环节。在这个过程中,宋太祖听从了名臣赵普(922—992)的计策,利用"稍夺其权,制其钱谷,收其精兵"的方针,削除了藩镇的财政权、行政权和兵权,解决了藩镇问题。另外,建隆二年(961)七月,宋太祖还利用"杯酒释兵权"的方法罢免了高怀德(926—982)、王审琦(925—974)、张令铎(911—970)等一批掌管禁军的宿将,利用资历较浅、级别较低的将领管理禁军。在此基础上,宋朝逐渐形成了一套管理相互制衡的"枢密院——三衙"统兵体制。对于"枢密院——三衙"统兵体制的相互制衡,宋人有相当清醒的认识。北宋中后期名臣范祖禹(1041—1098)总结道:"我大宋朝太祖太宗制定的军队管理办法精良,天下所有的正规部队管理权在枢密院,这个机构掌握着派遣军队、更换禁军驻防地等的权力,但是没有直接控制军队日常训练，正规部队的日常训练和管理属于三衙的工作，但三衙手握重兵却没有调动军队的权力，这样子分工合作，任何一个机构都没有可能一家独大，这就是大宋开基到现在130多年没有兵变亡国的秘密所在。"范祖禹道出了宋朝没有军队将领颠覆政权的关键所在，就是枢密院和三衙切割了军队日常军事训练和调动军队的权力，两者之间互相配合同时又互相牵制，没有哪一个机构有能力与皇权抗衡。

宋朝的枢密院，和宰相的办事机构"中书门下"合起来称"二府"，中书门下是"东府"，枢密院是"西府"。北宋时期，枢密院长官和副宰相（宋朝一般叫"参知政事"）合起来成为"执政"，若加上宰相（宋朝一般带有"同中书门下平章事"之类的官衔），就是宋朝中央政府最高的官僚集团——宰执大臣。枢密院的官员组成，有长官枢密使或知枢密院事，副长官为枢密副使或同知枢密院事、签书枢密院事、同签书枢密院事。宋太祖朝设置枢密使1名，到宋真宗朝用王钦若和陈尧叟同时为枢密使，以后成为"故事"，类似于习惯法中的惯例，开始设置2名枢密使，宋神宗朝之后又有变化，曾长达56年没有设置枢密使，一直到南宋高宗之后才恢复。枢密院是全国的最高军事管理机构，掌管全国军队调度、边疆防御、将士选派、后勤保障等。

引 子

  三衙又叫三帅，是殿前都指挥使司、侍卫亲军马军都指挥使司和侍卫亲军步军都指挥使司的合称，这三个机构名称又常常简称为殿前司、马军司和步军司，它们是宋代国家机器当中至关重要的强力军事机构。之所以称它们为三衙，直接渊源有可能与唐代京师的禁军有"南、北衙兵"的叫法有关。宋朝建立之初，三衙尚未分开，仅仅是"殿前司"和"侍卫司"二司，经过宋太祖和宋太宗两朝改革之后，在宋真宗朝最终完成了"三衙"的格局。生活在两宋之交的著名文人叶梦得（1077—1148）在《石林燕语》中总结了三衙的官员编制，他说："二司三衙，编制合计有十二员，掌管天下所有的军队。"但在实际执行过程中有所变化，其中最为重要的是三衙四厢的"管军八位"，殿前都指挥使、侍卫亲军马军都指挥使和侍卫亲军步军都指挥使等所谓的"三衙"最高长官因位高权重不设置，"管军八位"按照等级高低，编制依次固定在殿前副都指挥使、侍卫亲军马军副都指挥使、侍卫亲军步军副都指挥使、殿前都虞候、侍卫亲军马军都虞候、侍卫亲军步军都虞候、捧日天武四厢都指挥使和龙神卫四厢都指挥使八个职位上面。他们的长官由武将充任，主要负责守卫都城、宿卫皇宫、扈从皇帝、全权指挥军队、招募新兵、主管军事训练等重要内容。同时，三衙不仅仅统领在京师开封的禁军，绝大部分的地方禁军和厢军，在制度上也都属于三衙管理。

这两个机构的设置，实际上是宋代制度建设的缩影，也就是研究宋朝的人经常说到的"以防弊之政，为立国之法"。落实在机构设置上，就是这种本来可以一个部门负责的事情分成数个部门负责，本来一个人可以处理的事情分成数个人来处理，这样一来，权力一分为多，大家手里的权力自然变小，无从和最高统治者皇帝抗衡，犯上作乱颠覆政权的行为已经失去了存在的土壤。这样的制度甚至还同样运用在防范前线对敌作战的武将上。一方面，从宋太宗统治时期开始，皇帝经常向带兵作战的将领提供预先设计的"阵图"指挥前线作战，如果不按照阵图与敌军对垒，就是违抗皇帝命令，即便打了胜仗也会被责罚。肇始于宋太宗朝拘泥阵法、滥授阵图的做法，被后来的北宋诸帝王所继承。这样授阵图指挥千里之外的战争，剥夺将帅临阵处置的决断权，严重违背战争的基本原则，但这恰恰是北宋统治者控制将帅的手段。另一方面，利用监军制度约束和牵制武将行为。南宋时期有人专门询问著名学者朱熹（1130—1200）这样的问题："唐朝人为什么喜欢用宦官监军？"朱熹回答说："那是皇帝信不过派出去的将领，所以用身边服务的亲信宦官来监视约束。"宋朝对于将领出征，大概也是这种情况。宋朝政府"监军、钤辖、都监、巡检、走马承受"等名号由宦官担任的情况大量存在，其目的就是为了监督和约束带兵出征的将领。元朝人编纂的《宋史·宦者传》中强调，这些宦官以伺察军事将领不法行为当作自己的职责，甚至凌驾于将领之上，从而导致将领在作战期间畏首畏尾，难以抓住战机全力战斗。

综合以上，我们大体可以了解到，宋朝自立国之初就没有一刻松懈军队建设、军事理论提升和军事技术进步。经常谈到的"轻武"或者"抑武"，实际上特指的是"宋朝政府有意抑制武将群体和武力因素在国家政治及社会生活中的影响"。

二、宋朝的"重文"或"崇文"

五代遗留下来的社会风气是"枪杆子里面出政权"，是一个"粗人以战斗取富贵"的时代，当时在社会上的流行语是"朝廷大事，莫共措大商量"，是"安定国家在长枪大剑，安用毛锥子"。所谓的"措大"，就是对文人的蔑称，意思是穷酸书生；所谓的"毛锥子"，指的是毛笔，也是代指文人。总而言之就是朝廷需要出台的大政方针，不用和那些没有用的穷酸书生费口舌。所以社会上形成的是强烈的重武风气，以至于有"五代以来，四方多事，时君尚武，不暇向学"这样的说法，正是那个时代的写照。甚至有些文人弃笔从戎，如生活于五代至北宋初年的焦继勋（901—978），早年喜欢读书，手不释卷，后来却毅然决然地选择武事为业，他感慨道："大丈夫当立功异域，取万户侯，岂能孜孜事笔砚哉！"宋朝建立之后，统治者一改五代时期尚武的风气，持续不懈地重视和推进文官建设和文事发展。

宋太祖曾经大力提倡读书。建隆三年（962），他对臣僚们说："今之武臣，欲令尽读书，贵知为治之道。"之后还曾感慨"宰相须用读书人"等，多次在不同场合以不同方式表达出文臣的重要作用。国家大政方针的变化，生活在其中的人都感同身受。极端者如大字不识一个的宋初武将党进（927—978），他在朝堂上竟然文绉绉地说道："臣闻上古其风朴略，愿管家好将息。"前言不搭后语，搞得朝堂上哄然大笑。后来有人问他为何要说这样的话，他强调说："我老是看见那些措大引经据典掉书袋，陛下每每称赞有加，我虽然是大老粗一个，偶尔掉那么一两句书袋，也要让陛下知道我还是读了点书的。"就是貌似憨痴如党进般的武将，也明显感到朝廷导向的变化。所以宋朝人有过这样的总结："国家自艺祖开基，首以文德化天下。"这是相当中肯的认识。

有关宋朝重视文化和文教的议题，前辈学者讨论相当成熟，综合而言大体有以下方面。

第一，在中央和地方政府当中，都开始重用文官。宋太祖在位期间，宰相先后任用了赵普、薛居正（912—981）、沈义伦（909—987）、吕余庆（927—976）、卢多逊（934—985）等文臣。与此同时，他还不断从中央派出文臣到各地任职，逐渐取代地方机构中的藩镇部将，结束了武夫悍将操纵地方行政的局面。宋太宗统治时期，由于科举制度的大发展，他使用的宰执群体大都是进士出身的文臣，大批科举及第者成为京师内外机构中的长官，自此文官成为宋朝官僚机构中的主体，这样的局面一直延续到宋朝灭亡为止。

第二，拜谒孔庙用以传递尊崇儒学的重要信息。宋太祖刚登上帝位不久，就下令扩建儒家先圣祠庙，亲自拜谒孔庙，并以自己的名义为孔子撰写赞文，向天下传递一种尊儒学重文教的信息。建隆三年（962），宋太祖还下诏对宋朝境内所有供奉孔子的祠庙赐酒果等祭祀用品，下诏祭祀孔子祠庙用一品礼仪，在祠庙门口竖立16支戟的"棘门"。宋人范祖禹对于宋太祖这样的行为总结道："儒学复振，是自此始，所以启佑后嗣，立太平之基也。"宋太宗在位期间，率领群臣先后三次拜谒祭祀孔子的文宣王庙，使用非常隆重的礼仪表示对孔子的尊崇。继宋太祖、宋太宗之后，宋真宗、宋仁宗也都先后拜谒孔庙，宋真宗甚至在大中祥符元年（1008）东封泰山之际，专程到孔子老家曲阜（今山东省曲阜市）孔子墓前奠拜，亲自撰写赞文并刻石，为孔子加谥号为"玄圣文宣王"，有宋一代尊崇孔子到达中国古代一个高峰时期。

第三，大力发展科举取士制度。在宋太祖朝，一扫前朝帝王忽视士人的做派，形成了天子亲自主持的"殿试"制度，相当于把取士大权收归自己掌握，使得所有及第举子都成为天子门生，赢得了士大夫们的普遍认同。宋太宗即位之初，就亲自主持科举考试，一次录取进士、诸科和特奏名多达500多人，超过了宋太祖在位17年的总和，反映出了宋太宗"兴文教"的决心。从此之后，科举取士制度得到了空前发展，一直延续到宋朝灭亡。据学者统计，宋朝320年间一共举行过118次科举考试，贡举登科人数，正奏名进士43000多人，正奏名诸科17000多人，两者合计有6万多人；特奏名进士、诸科约有5万人，各类科目登科人数约有11万人之多。所以宋代流行着一首托名宋真宗的《劝学诗》：

富家不用买良田，书中自有千钟粟。

引 子

安居不用架高堂，书中自有黄金屋。

出门莫恨无人随，书中车马多如簇。

娶妻莫恨无良媒，书中自有颜如玉。

男儿若遂平生志，六经勤向窗前读。

读书风气大盛的宋代，遂有"科举社会"的美称。南宋前期著名文臣洪迈（1123—1202）在《容斋随笔》中这样说："科举取士，自太平兴国以来恩典始重。"总结得相当准确。大量及第士人直接授官步入仕途，成为宋代官僚体系当中的主力，这批文臣士大夫在"抑武"方面也做出了不懈努力。

此外，宋朝统治者还投入大量人力和财力，组织编修大型典籍《文苑英华》《太平御览》《太平广记》《册府元龟》等，并校勘核定经典书籍，作为推行和重视文化的手段。在这样环境下成长起来的士大夫，自然而然熏陶出一种轻视武将和武事的态度。宋仁宗朝知名士大夫，也是提拔本书主人公狄青的第一个伯乐——尹洙（1001—1047），就曾经这样说道："状元登第，虽将兵数十万，恢复幽蓟，逐疆虏于穷漠，凯歌劳还，献捷太庙，其荣亦不可及也。"大致意思是在宋朝科举考试中高中状元是非常荣耀的事情，即使率领数十万大军收复幽云十六州，驱逐强敌高奏凯歌大胜而归,在太庙当中向皇帝献上胜利的捷报这样巨大的功劳,和高中状元相比,也实在不值一提。尹洙在当时还是对军事和军人相当了解的文臣,尚且有这样的想法和言论,那么更多不懂武事的文臣对待武将和军事的看法,肯定更甚于尹洙。

在这样的时代大环境下,本书主人公狄青从一个基层农家子弟应募入伍,黥面刺字,借着两次少数民族侵扰边境,北宋政府焦头烂额的机遇,通过自身的努力成为接近宋朝权力顶峰的"枢密使",是普通人逆袭成为成功人士的典型。然而,这样的成功又变成文臣攻击他的突破口,导致狄青最终外贬而亡,年仅50岁。狄青的悲哀是在文臣们的攻击下造成的,更是重文抑武大环境下的必然结果,归根到底是一个时代的悲哀。下面,笔者按照时间的发展顺序,结合时代背景渐次展开,力图为大家描绘出一个历史上"非虚构"的狄青。

第一章
出自农门,拔足行伍

一、出自农家,似曾为乡里恶少年

山西省汾阳市位于山西省腹地,现今属于吕梁市下辖的县级市,西边依靠吕梁山,东边临汾河,地势西北高东南低,自然地形大体均匀分成了山地、丘陵和平原三个部分,各占三分之一左右。汾阳市是现在中国最大的清香型白酒生产基地,闻名遐迩的汾酒、竹叶青都产自这一地区,享誉中外的中华名酒第一村——杏花村也属于汾阳市管辖。在千年之前的宋朝,这里属河东路的汾州管辖，在五代和北宋初期曾经一度属于中原王朝和契丹等少数民族政权争斗的战争前沿，所以造就了当地的民风相当彪悍，我们熟悉的一位著名将领，也就是本书的主人公狄青，就出生在这片土地上。

狄青的籍贯相当确定，所有关于他的记载中，都说他是汾州西河县人，也就是我们上面所说的山西省汾阳市。有关狄青的家世状况，现存资料中并没有很详细的记录，仅从他的墓志铭和神道碑相关记载中能够稍微考察一二，两者在相互印证的前提下，也可以相互补充。

墓志铭和神道碑在安放位置方面截然不同，墓志铭随着墓主一起下葬，埋于墓中，神道碑则立在墓前，供后人瞻仰。不过，两者都属于记载墓主传记的石刻，把逝者生前无论是家族世系、德行学养、政绩功业、婚姻子嗣等情况，高度浓缩为一份个人的"简历"，用于彰显墓主生平功绩，寄托家人哀思，所以在行文风格方面，两者有很多相似的地方，同时，墓志铭和神道碑是对墓主生平事迹叙述最为翔实的资料。唐宋时期，一个人去世之后，家人为死者求墓志铭和神道碑之类的文字，是有很大讲究的。神道碑按照规定是五品以上官员才能用的，若官员没有达到这样的级别，就不能使用神道碑这样的称呼，所以有些称"墓表"，有些称"墓碑"之类,其实性质是相似的。官宦人家的墓志铭和神道碑,一般是死者家人请文采比较好或在当时社会上比较有名望的文人撰写,依托名家不朽的文字以便于墓主永存,内容以死者生平仕宦政绩为主,附加他的家世、婚姻关系等。以上是墓志铭和神道碑写作的一般原则,然而,具体到狄青的墓志铭和神道碑则稍有不同。

狄青墓志铭的作者是余靖(1000—1064),字安道,号武溪,韶州曲江人,也就是今天的广东省韶关市人。他在宋真宗咸平三年(1000)出生,比狄青大八岁。宋仁宗天圣二年(1024)余靖考中进士时,狄青还在老家西河县游手好闲不务正业。他在仕宦过程中曾经对狄青有过很激烈的批评和鄙视,不过后来平定宋朝南部边疆叛乱的时候,被狄青的能力所折服。所以狄青去世之后,他应狄青儿子狄谘(?—1100)的请求为狄青撰写了墓志铭,这属于我们刚才提到的一般情况。狄青神道碑的作者是王珪(1019—1085),字禹玉,他祖籍成都华阳,也就是今天的四川省成都市。他在宋真宗天禧三年(1019)出生,比狄青小八岁,年幼时随叔父迁居舒州(今安徽省安庆市潜山市)。庆历二年(1042)王珪考中进士,当时狄青正在西北战场上奋勇杀敌,这是作为榜眼的王珪肯定知道的事情。传世文献中没有狄青和王珪交往的任何记录，但狄青去世时王珪是翰林学士，宋仁宗专门指定王珪为狄青撰写神道碑。皇帝专门下诏为死者撰写神道碑，在宋代有制度性规定：一是死者必须是功劳卓著的人，二是神道碑作者必须是翰林学士或者知制诰之类代替皇帝起草文书的官员。在整个北宋时期，奉皇帝旨意撰写的神道碑，据材料中显示，应当不超过30人次，除了狄青之外，还有王旦（957—1017）、向敏中（949—1020）、寇准（961—1023）、王钦若（962—1025）、杨崇勋（956—1035）、吕夷简（978—1044）、富弼（1004—1083）及司马光（1019—1086）等诸多重要的宰执大臣。所以，奉皇帝圣旨撰写神道碑，对于死者和他的家族而言，是帝王礼遇的最高形式，是相当尊崇和荣耀的事情。王珪这次撰写狄青的神道碑，不是基于私人关系或者家人邀请，而是奉皇帝旨意撰写，属于神道碑写作的特殊情况。

余靖在狄青墓志铭中记载道："赠太傅讳应之曾孙，赠太师讳真之孙，赠中书令讳普之少子，汾州西河人。远祖唐纳言梁文惠公仁杰，本家太原，危言直节，再复唐嗣，子孙或从汾晋，世为著姓。"大致可以这样理解，狄青的曾祖父名叫狄应，祖父名字叫狄真，父亲名字叫狄普，狄青是家中最小的儿子，他们家族能够坐实的祖先，可以追溯到武周时期著名宰相狄仁杰（630—

700）。这里虽然明确了狄青在家中是最小的儿子，但是他究竟有几个兄弟，单凭这一条记载是没有办法搞清楚的。幸好，这样的缺憾在王珪为狄青撰写的神道碑中得到了补充，王珪这样写道："狄始周成王封少子于狄城，因以为氏，其后代居天水。至梁文惠公乃大显于有唐，其子孙或徙汾晋，闻公实西河人。赠太傅曰应，于公为曾王父，是生真，赠太师；太师生普，赠中书令，其配曰充国太夫人侯氏，公其次子也。"需要稍加解释的是，狄梁文惠公指的也是狄仁杰。狄仁杰去世之后，被追封为梁国公，谥号为文惠，所以有狄梁文惠公这样的称呼。在王珪笔下，我们不但印证了狄青先世和祖上三代的姓名准确无误，还补充说明了狄姓来源于周成王少子所封的狄城，属于流传已久的大姓，而且还提到了狄青母亲为侯氏、狄青为家中次子等关键信息，也就是说狄青上面只有一个哥哥。

然而，这种墓志碑铭文字也存在其自身的问题。一方面，不管墓主是谁，都有显赫的先世，亦即所谓的"攀附祖先"现象相当普遍；另一方面，不管墓主生前是善是恶，墓志碑铭文字当中都不会出现对他的负面描述，就是所谓的"隐恶扬善"书写风格。以上这两点是墓志铭和神道碑中普遍存在的，所以这样的文字常常被人讥讽为"谀墓"文。在宋代若墓主姓杨，很多时候会往上追溯到祖上为汉代的杨震,郡望为当时天下第一高门;若墓主姓田,墓志中大多数情况会描绘出他们是战国时候田忌的子孙;若墓主姓诸葛,大概率会写成是三国时期诸葛亮的后人。同时,类似墓志碑铭文字叙述方式有自身的逻辑,那就是远祖不容置疑,大都是这个姓氏历史上最著名的正面人物。同时,祖父和父亲辈无论是高级官僚还是寂寂无名,也都比较清楚,这是墓主人家族日常生活中耳闻目见的真实存在。然而,从远祖到祖父中间的世系和名讳,很多在墓志碑铭文字中难以自圆其说,有的简单提到各个时代的同姓知名人物,有的就直接用"难以备述"之类的话带过,这实际上是攀附祖先、制造郡望的惯常书写方法。具体到狄青也不例外,虽然墓志铭和神道碑中一直在强调他是狄仁杰的后人,但余靖在墓志铭中这样写道:"远祖唐纳言梁文惠公仁杰,本家太原,危言直节,再复唐嗣,子孙或从汾晋,世为著姓。"王珪在神道碑中称:"至梁文惠公乃大显于有唐,其子孙或徙汾晋间。"实际上除了狄仁杰之外,世系发展基本上一无所知,实在无法勾勒出他们的世系关系,所以两者是不是真有类似的血缘关系,实在难以核实,这也是两人在写作过程中用"或"字闪烁其词的原因所在。

有关这个问题,狄青自己实际上是有清晰认识的。生活于北宋晚期的晁说之（1059—1129）在《晁氏客语》中记载："五代郭崇韬既贵，而祀子仪为远祖。本朝狄青，人劝尊梁公，辞曰：子鄙人，岂可以声迹污梁公。"晁说之对比了五代时期郭崇韬和狄青在富贵之后的行为，郭崇韬做了宰相之后，祭祀时把唐朝郭子仪的牌位安放在自己的家庙中当作远祖，狄青当了枢密使后，也有人劝他把狄仁杰作为先祖来祭祀，而狄青却拒绝得相当果断。狄青称自己家世贫寒，实在不敢高攀和玷污了唐朝名相狄仁杰，一个攀附祖先，一个实事求是，两相对比高下立见。北宋百科全书式人物、著名科学家沈括（1031—1095）在《梦溪笔谈》中也有类似记录："狄青为枢密使，有狄梁公之后持梁公画像及告身十余通诣青献之，以谓青之远祖。青谢之曰：'一时遭际，安敢自比梁公。厚有所赠而还之。比之郭崇韬哭子仪之墓，青所得多矣。'"狄青当了枢密使之后，狄仁杰的后裔便拿着狄仁杰的画像和他在武周时期做官的委任状——"告身"到狄青府拜谒认亲，称他们是同宗。狄青很委婉地拒绝了这次最有可能攀附成为狄仁杰家族后嗣的绝佳机会，他说："我个人能力有限，不过是一时侥幸得到皇帝的信任，而狄梁公这样的大贤天下绝无仅有，'北斗以南，一人而已'，实在不敢高攀。"最终，狄青对到府上的狄仁杰后人赠与很多钱物，以表彰他祖先的英勇事迹。在沈括笔下，特别强调劝狄青的不是别人，正是狄仁杰的后人。这个故事在宋代笔记小说中被人反复提及，而且不同人笔下有不同的版本，但最后的结果都是以狄青拒绝认祖归宗而告终。类似的故事和同样的结局，不禁让人产生更多的联想，这可以和南宋著名史学家李焘（1115—1184）在《续资治通鉴长编》中记载的另一件事情对比观察。庆历三年（1043）正月，朝廷任命华州明法狄国宾为本州助教。任命狄国宾是当时的枢密直学士狄棐（977—1043）强烈推荐的，狄国宾是狄仁杰的后人，他为了结交权贵，就把狄仁杰做官时候的"告身"送给了当时的枢密直学士狄棐，狄棐得到了狄仁杰"告身"之后十分开心，就向朝廷推荐狄国宾为官，从此之后以狄仁杰第十四世孙自居。狄棐，字辅之，潭州长沙（今湖南省长沙市）人，宋真宗咸平三年（1000）进士甲科及第，王安石（1021—1086）曾经给狄棐撰写神道碑，虽然在文中极力让他与狄仁杰拉近关系，但实际上仍然无法按照谱系顺序将他与狄仁杰清晰勾连在一起，狄棐与狄仁杰之间，估计实在是八竿子打不着。一文一武，一个坦然接受极力标榜，一个反复拒绝果断撇清，更加能够彰显狄青的了不起。从宋人笔下描绘出的狄青拒绝攀附狄仁杰为祖先的事情来看，他自信务实的优秀品格值得大书特书。

第一章　出自农门，拔足行伍

需要说明的是，有人通过余靖和王珪的文字，认为狄青曾祖、祖父和父亲都曾经当过太傅、太师和中书令之类的高官，所以狄青属于官宦子弟，类似当下的"官二代"，这其实是不懂北宋职官制度的误读。《宋史·职官志》对赠官有明确规定，"自宋太祖以来，凡是文武升朝官、诸司使和诸司副使、军队当中马步都指挥使以上"这类人，他们的祖上三代在某种特殊场合都可以被封赠一定官职，这种所谓的官职只是象征性的，没有任何实际意义，类似家族一人高官，可以光宗耀祖的意思。墓志铭和神道碑中记载狄青曾祖、祖父和父亲三代获得的官职，正是他们去世之后宋廷赏赐的赠官，能够得到封赠没有别的原因，只是因为狄青官居高位，这绝对不能认为狄青曾祖、祖父和父亲本身就是五代和北宋的官员。北宋著名的文学家苏轼（1037—1101）在《书狄武襄事》一文中曾提道，"狄武襄公者，本农家子"，"武襄"是狄青去世后宋廷所赐的谥号，是对逝者一生行为的高度概括。从苏轼笔下我们可以得知，狄青实际上出生在一个普普通通的平民家庭当中。另外，在明清有关狄青的一些演义小说中，写到狄青的曾祖父狄泰（狄青墓志铭记载为狄应）是五代后唐明宗时期的翰林学士，文学修养极高；祖父狄元（狄青墓志铭记载为狄真）是宋太宗时期的"两粤总制"，在边疆赫赫有名，武功卓绝；

戴面具的武曲星：狄青

父亲狄普则是太原府总兵，威震一方，总而言之狄青是一个出身于文能安邦武可定国的官宦世家的子弟，这样的小说既没有注意到狄青曾祖与祖父的姓名在史料中全部都记录在案，又没有考虑苏轼所强调狄青"农家子"的实际情况，实为无稽之谈。相关的故事情节，企图把狄青的成功部分归结为优秀的家庭教育，类似"龙生龙、凤生凤、老鼠后代会打洞"。这样的安排似乎更容易让人理解和接受，但这是严重背离事实的，诸如此类的记载在一定程度上弱化了狄青成功是一部个人奋斗史的历史真实，并不科学。

根据墓志铭和神道碑的记载可以推算，狄青出生于宋真宗大中祥符元年（1008），是宋辽"澶渊之盟"（1004—1005）之后的第三年。这一年宋朝中央发生了一件重大事件，那就是当时皇帝宋真宗为了洗刷"澶渊之盟"为非常屈辱的"城下之盟"之耻，在道统上宣誓自己才是天下独尊的帝王，于是决定封禅泰山。同时，宋真宗还亲自到曲阜（今山东省曲阜市）祭拜孔子，尊崇孔子和文教达到了一个高峰时期。而且，在宋太祖、宋太宗和宋真宗持续不断重视文教政策下，读书科举成为当时人成功的标志，根据学者研究可知，在9—13世纪也就是北宋和南宋所处的时代，社会各阶层的识字率普遍提高，包括普通的平民阶层。另外有学者根据北宋潞州地区出土的平民墓志观察到,当地普通民众读书的风气是比较盛的,读书人的数量也较多。在这样的环境下,狄青兄弟二人少年阶段似乎也应该在家人的督促下读书就学。若按照家庭的安排,狄素和狄青兄弟二人会走上读书科举、耕读传家之路,如果顺利的话,科举及第进入官僚阶层,光耀门楣。假如科举不顺利,那么有可能会返乡做一位教书先生,或者做一个占卜师,也有可能当一名文吏,等等,从事和文化有一定关联的事情。或者仅仅是像父辈一样继续务农,期待子孙再通过读书翻身。不过,狄素和狄青显然没有按照家庭安排,走这样一条按部就班的坦途。

狄素和狄青少年时期和其他男孩儿一样,从小就顽皮好动上蹿下跳,不喜欢舞文弄墨,读书并不用心,上树掏鸟下河摸鱼的事情倒是干了不少,是让父母不省心的主儿。随着年龄增长,狄青热衷于骑马射箭,父母渐渐难以驯服,于是由着他们折腾,兄弟二人在乡里找了一个略懂武艺的师傅,跟随师傅练得了一些武艺,逐渐在乡里"混"出了一点名堂,身边甚至还汇聚了一帮"里间侠少"。说得好听一点,狄青他们是一群行侠仗义打抱不平的"少侠";说得难听一点,这样一批人类似"古惑仔",心智尚未完全成熟,做事不计后果,若没有人适当引导,一般而言会发展成乡村当中难以遏制的"恶少年"。

宋仁宗天圣元年（1023）狄青16岁，这一年的夏天，哥哥狄素和村里一个绰号叫作"铁罗汉"的人因为一点小事儿在河边起了争执，并逐渐升级为双方互殴。两人从河边打到河里，狄素在愤怒之下不计后果，将铁罗汉的头按到水中导致铁罗汉溺水昏迷。本来是看热闹的围观众人看出了人命，顿时乱作一团，有人赶紧去通知狄青家人说狄素打死了铁罗汉，有人跑去通知里正说狄素杀了人。狄青正在地里干活儿，听说哥哥的事情之后也很快赶到现场，不久之后里正也到了案发现场，保长、里正见到地上躺着的面色苍白的铁罗汉，就要绑了狄素去见官。狄青拦住里正说："里正大人，和铁罗汉斗殴的是我，是我失手将他推下水的，但我不知道他不识水性才导致现在的情况，和我哥哥毫无关系，我哥哥是为了保护我才认罪的，您千万不要冤枉了他。"狄青虽然年少，但为人讲义气，平日里保长催督赋税、维护治安时经常跑前跑后乐于帮忙，保长本来就熟悉他的为人。再加上狄青平日里骑马射箭、舞枪弄棒以及和里间侠少交往颇多的事实，保长一干人等就相信了狄青，有鉴于人命关天他们也不敢怠慢，于是很快放了狄素去绑狄青，狄青又接着说："保长大人先不着急绑上我去见官，您放心，我绝对不会逃跑，大宋刑律我很清楚，逃跑会累及家人。现在请大人您允许我先去救铁罗汉,刚才他只是在河中溺水时间过长,但不至于溺死,若果真是溺死而无可挽回,要杀要剐悉听尊便。"在征得保长同意之后,狄青和大家一起按压铁罗汉腹部施救,铁罗汉吐出许多水后苏醒过来,保长见人没有死,也就对双方口头训诫了事,狄青也免于牢狱之灾。

宋朝《刑统》中规定,甲乙双方打架斗殴期间,甲方原本无心杀人但致乙方死亡,甲处以绞刑,保留全尸;若斗殴期间使用诸如管制刀具等器械,则是有杀心,处以斩刑,身首异处。若这次铁罗汉没有被救活,那么属于没有杀心但导致对方死亡,用现在的法律术语叫"过失杀人",狄青将要被处以绞刑,相当严厉。从狄青勇于代兄受过的行为可以看出,一方面他和哥哥感情深厚,他个人很重感情,甚至不惜牺牲自己的性命保护家人安全,敢于担当;另一方面说明狄青思维敏捷、临危不乱。这些从小养成的优秀品质,奠定了他以后战场杀敌、指挥战斗的良好基础。

这一则故事在狄青施救溺水的铁罗汉时还加上了神秘色彩:"狄青心里默默祈祷,如果我以后能飞黄腾达,就不会栽在这件事上,铁罗汉一定能够复活,结果铁罗汉果然吐出数斗水之后复活。"看似荒诞不经的故事记录者是大文豪苏轼,苏轼在记录这件事时特别说明,故事的讲述者是狄青的儿子狄咏(?—1097

后），两人在宋哲宗（1077—1100）刚刚即位的元祐元年（1086）一起接待契丹使者，夜晚一起聊天时说到的。据狄咏的说法，他之所以知道这件事，是他在宋仁宗嘉祐年间（1056—1063）回家乡安葬父亲时闻自家乡父老的，毋庸置疑。故事虽然现在看起来有荒诞不经之处，但在狄青飞黄腾达之后，种种神迹附加在他身上并且在乡里父老之间口耳相传，或许属于正常现象。就像现在某个偏远地区出了一个了不起的人物，当地也会说他小时候多么多么厉害、多么多么神奇之类的故事。

需要说明的是，经常有人认为狄青脸上有刺字，就发生在这一次代兄受过的时候，类似《水浒传》中宋江、林冲、武松等犯罪后的刺配刑罚。如果熟悉宋朝的法律制度和刺字习惯的话，就知道这个说法实际上是不准确的。因为涉及狄青脸上是因犯罪刺字还是其他情况，对于他个人而言意义重大，所以在这里必须特别辨析。就这一问题，笔者试图从宋代法律制度和刺字习惯两个方面加以说明。

一方面，依据宋朝既有法律条文规定，狄青、狄素和铁罗汉斗殴这种情况，尚未达到需要处以刺字的惩罚。宋朝刑法体系当中有主刑和从刑之分：主刑是我们通常了解到的五种基本刑，按照严重程度小大顺序为"笞、杖、徒、流、死"。每一种基本刑又可以细分,如死刑就有"斩首、绞杀、凌迟、杖杀、腰斩"等不同用刑方式。从刑又叫附加刑,宋朝附加刑最主要的有配隶刑和编管刑,这些通常适用对象是重罪犯。宋代建国初期为了减轻对罪犯的处罚,推行"折杖法"作为"笞、杖、徒、流"基本刑的代用刑。例如,犯人张三按照大宋法律条文需要"流放三千里",具体执行时使用折杖法折算后只需要"杖二十,配役一年",犯人张三不再流放到外地,就地服役即可。在折杖法实施的前提下,流刑实际上在实施过程中已经不具备"流放远徒"的性质,所以宋朝政府在流刑的本刑之外,常常利用附加刑当中"配隶刑"的方法来惩处重犯。举例说明,宋朝对于机密情报泄露处罚相当严厉,法律规定:"传报漏泄朝廷机密事,流二千五百里,配千里。"这条法律当中"流二千五百里"是"笞、杖、徒、流、死"五刑体系当中的"流刑"本刑,执行期间折成"杖脊十八",并不会真的把犯人流放到2500里之外;"配千里"是附加刑当中的"配隶刑",需要在犯人脸颊或额头刺"配某州牢城"等字样发配到千里之外。具体到狄素这次和铁罗汉斗殴事件上,由于铁罗汉最终被救活,没有出现伤人性命,实际上并不是大罪。

宋朝《刑统》规定:"对于打架斗殴的处罚,若是用手脚打斗而没有使用其他器械，斗殴双方当事人都要受到竹板打四十下屁股。若使用器械打人，或者将他人打伤，需要受到杖棍打六十下背部。这里说的器械，是指除了兵器之外的任何他物，包括板砖、桌腿、擀面杖之类；这里说的打伤，是指轻微伤，见血就算，哪怕是手指甲抓出血，也算伤。假若伤稍微重一点，以至于拔掉方寸以上的头发，就需要受到杖棍打八十下背部。若流血的地方是眼睛、耳朵以及口吐鲜血，罪责各加重贰等。斗殴过程中假若打掉人的牙齿、咬掉或扯掉人的耳朵鼻子，打瞎一只眼以及导致他人手足骨折，或者是用火烧伤及热水烫伤他人，要受到一年的徒刑。打落两颗牙齿，折断两根以上手指以及剃掉他人头发者，要受到一年半的徒刑。"这些都是折杖法之前需要受到的处分。

这次狄素和铁罗汉打斗，虽然没有更为细致的记载，但我们可以通过常理尝试进行推断。

首先，两人打架斗殴是偶然发生的。之所以认为这次打架并不是事先约架，是因为以狄青血气方刚的年龄和在乡间的所作所为，兄长约架他一定会毫不犹豫地前往助拳，绝不至于反而去田间劳作装作毫不知情。

其次，由于事出偶然，所以狄素和铁罗汉两人故意携带兵刃之类的可能性较小。两人打斗过程中主要是拳脚相加，没有使用兵刃等器械，即便使用他物，最大的可能也不过是随手摸到的棍棒、石头或者板砖之类。

最后，两个人身上的伤应该都不会太重。由于所使用器械相当有限，没有杀伤性武器，所以他们两个人主要是鼻青脸肿头上起包之类的轻微伤，也许会有指甲划伤之类的流血刮擦伤，若再严重一些，也许会有折齿、折手足指之类的外伤，但基本排除肢体残废之类的严重伤害。

综合以上分析大体可知，上述引用的法律条文基本上适用于狄素和铁罗汉斗殴事件，那么这次狄青代兄受过，最严重的惩罚不会超过"徒一年"的本刑，执行期间使用折杖法折成"杖脊十三"，绝对不至于加上附加刑脸上刺字发配到其他州军。从之后的生活经历也能证明，这次事件发生之后狄青仍然在家乡生活，一直到20岁为止。通过以上方法推测，狄青脸上刺字一定不是发生在这一时期。

另一方面，狄青脸上的刺字应该不会是犯罪之后的结果。宋代刺字至少可以细分为四种情况：第一种是作为一种刑罚对犯罪分子面部或其他部位刺字。这种刺字我们最为熟悉，宋朝中央或地方负责刑罚的部门会对需要刺配的犯罪分子额头刺"强盗""免斩""刺配某州牢城"等，凡是有这样刺字的人，相当于在脸上贴了一个罪犯的标签，让社会上的人敬而远之，这样的犯罪分子有时候会被宽大处理充军。我们看《水浒传》时，经常看到一些人给梁山好汉们冠以"贼配军"的蔑称，还是比较接近宋朝实际情况的。第二种情况是对招募的士兵面部或手背刺上小字，用来识别军号，防止士兵逃跑。北宋时期禁军刺字，分别刺诸如"天武、龙卫、忠猛、效顺"等军号，厢军更多的是在额头刺六个点等。第三种情况稍微有些极端，是士兵主动刺一些表示志向或誓言的词语。如宋仁宗庆历年间（1041—1048）贝州（今河北省邢台市清河县）王则发动叛乱，士兵脸上刺"义军破赵得胜"；南宋初年，抗金名将王彦（1089—1139）部下脸上都刺"赤心报国，誓杀金贼"八个字，故称"八字军"。这样的军队和敌人短兵相接，一定是血战到底，断无投降的可能，因为脸上的刺字，即便投降也不会有好下场。第四种是个人因爱好而刺字的自发行为，类似现代年轻人赶时髦的纹身。最为知名的是荆州一位叫葛清的巡街小卒，这位"葛大爷"是唐朝大诗人白居易（772—846）的资深粉丝，他"自颈以下，遍刺白居易舍人诗"，还在诗文旁边刺上图画，全身图文并茂，人们戏称他是"白舍人行诗图"。

通过对不同刺字情况的厘清,我们可以发现,若狄青是因为犯罪遭到流配刺字,那么脸上会刺上"刺配某州牢城"字样,这是他一生当中难以洗刷的"污点"。后面我们会讲到,当狄青做了高官之后,宋仁宗曾经让他处理掉脸上的刺字,他回答说这是激励部下建功立业最好的手段,不必费心抹去。那么我们有理由相信,狄青的刺字一定是从军之后所刺的禁军军号,而绝不可能是有天壤之别的犯罪后"刺配某州牢城"。

宋仁宗天圣五年(1027),正是民间故事《狸猫换太子》的主角刘太后(968—1033)垂帘听政如火如荼的那段时间,上一年西京洛阳(今河南省洛阳市)和福建路(范围大概是今天的福建省)遭遇了特大水灾,刚进入三月份,南京应天府(今河南省商丘市)和周边几个州也出现了大小不等的水灾,秦州(今甘肃省天水市)发生地震灾害。七月,黄河在滑州(今河南省安阳市滑县)决口。九月,陕西转运使上报当地因干旱导致蝗灾严重,百姓秋粮近乎绝收。全国各地的奏疏如雪花般地飞往京师开封,弄得刘太后和宋仁宗焦头烂额。同时,天圣五年是朝廷开科取士之年,上一年度在地方上获得解额的士人们已经从全国各地汇聚首都,力图在千军万马过独木桥的科举省试当中脱颖而出,金榜题名。然而,和科举士子、地方奏疏一起到京师的,还有一位汾州西河县20岁的青年人狄青,他是到京师开封应征入伍的,最终成功进入禁兵军营,系名于"拱圣军"中。也许是在这个时间或稍后,狄青取字"汉臣",寓意向汉代著名将领卫青一样英勇杀敌,令敌人闻风丧胆。

有一种说法是,狄青参军之前在家乡已经担任类似乡书手一类的职役,主要负责催督赋税。北宋中后期张舜民(?—1086后)在《画墁录》中记载称:"狄武襄,西河书佐也,逋罪入京。"书佐就是乡书手的别称,这是宋代乡役的一种。大略上讲,宋代的"役"是平民义务向国家服务的活动,乡役主要活动范围在广大的乡村地区。在贵官贱吏的宋朝,乡役人不是由中央政府任命的,他们地位低下,官方不支付薪水,没有固定的办公场所,更没有象征权力的官印。但是,乡役人是介于国家和乡村社会之间、官员和民众之间的一个不可或缺的群体,在填补县政和乡村之间的"权力真空"上起着极为关键的作用。由于充役没有薪水,所以有些能力较强,做事灵活的人从中徇私舞弊,获得一些经济上的实惠。宋朝中央政府委派的长官需要利用这些熟悉当地情况的吏人,以便于自己开展工作,对于他们徇私舞弊的情况虽然心知肚明,然而大多数时候睁只眼闭只眼,只要是不太过分就不追究。但是,狄青可能在赋税征收中太过放肆,西河知县已经决定拿他开刀以杀鸡儆猴，狄青是得到消息之后急急忙忙逃到京师的。就这样，一个"失足"青年在山重水复疑无路的时候进入军营，在军营当中逐渐改邪归正，发现了一片可以大展拳脚的天地，变成了一位"金不换"式的英雄。

然而，无论什么样的历史人物，后人在记录他们的生平事迹、言行举止的时候，常常会选择有代表性的、有影响力的、无法解释的，抑或猎奇式可以作为饭后谈资的内容大书特书，但青少年时期因没有可记录的东西而遭到有意无意的忽略，草根出身的狄青更是如此。以上所述就是我们能够最大程度上勾勒出来的狄青青少年时期的生活轨迹，除此之外因资料限制实在无法进一步深入考察，实属无奈。

另外，有学者从狄素、狄青兄弟二人取名用字中，推敲出了他们的肤色特征，值得在此着墨一二。狄青的哥哥狄素，应该是皮肤白皙所以冠名以"素"，而狄青本人肤色应该偏黑故冠名为"青"。这样的解读把"素"和"青"理解为颜色，很有想象力。但笔者觉得需要注意的是，"素"和"青"属于联名，两个字都是上下结构且带"丰收"的"丰"字，符合狄青家世代务农期待丰收的美好愿望，是不是能作为他们的肤色特征，在这里不敢断然下结论，暂且放置于此请读者自行判断。

二、黥面入伍，稳步成禁军好男儿

北宋的兵种较多，同样是宋朝官方记载也并不完全一致，有的地方认为宋朝军队有"禁兵、厢兵、乡兵和蕃兵"；有的地方认为有"禁兵、厢兵、民兵、土兵、蕃兵"等类型。其实宋朝较为常规和重要的兵种，有禁兵、厢兵、乡兵和蕃兵，民兵、土兵和弓手之类的则是作为常规部队的补充而存在的。禁兵是北宋的中央军队、正规部队，他们负责守卫京师和预备征讨戍边等，数量相当庞大，它的地位比其他兵种重要得多。宋初禁兵有20万之众，到宋仁宗统治初期，数量在100万左右。禁兵当中也可再按照不同番号细分，其中扈从皇帝的最为重要，被叫作"殿前司马军诸班直"和"殿前司步军御龙诸直"，这些番号的禁兵属于殿前司管理，充当诸班直者要在禁军中逐一挑选身材魁梧、武艺精强的人。诸班直实际上是军事编制的单位，每班直人员多少不等，宋仁宗统治时期可能有2000人左右。殿前司马军诸班直的统兵官员，有都虞候、指挥使、都知、副都知和押班，而殿前司步军诸班直的统兵官员有四直都虞候，每直有都虞候、指挥使、副指挥使、都头、副都头、十将和将虞候等。殿前司除了这些充当皇帝宿卫的班直单列之外，骑兵当中还有捧日，步军中有

第一章 出自农门，拔足行伍

天武，这两者加上侍卫马军司的龙卫和侍卫步军司的神卫，统称"上四军"，是禁兵中最精锐的部队，他们主要驻防在京师开封周边，极少数驻扎于开封邻近的州县。另外各种番号的禁兵还有数十种，为禁兵中的中军和下军。这些禁兵的编制是上四军各分左右厢，每厢各设三军，每军各设五指挥（也称"营"），每指挥兵士满额为500人，也就是说满额的上四军总计有60000人，但实际上远远达不到这个数字，大概会有15000人。禁兵上四军之外一般不再设厢一级编制，直接设置军，每军有十指挥。厢一级的统兵官，长官为厢都指挥使，副长官为厢都虞候；军一级统兵长官是军都指挥使，副长官是军都虞候；指挥一级统兵长官是指挥使，副长官是副指挥使。在宋代军队编制当中，指挥是最重要的、最普遍的军事编制单位，是军队的基层单位，一般而言满额一指挥步兵有500人，马军有400人。指挥下又设置都，每都100人，马军每都设军使和副兵马使为正副长官，步军每都设都头和副都头为正副长官。此外还有十将、将、虞候、承局、押官等军官。

厢兵最初出现于乾德三年（965），当时宋太祖将各地的精兵收归中央成为禁军之后，剩下的老弱士兵留在本地称为"厢军"，他们名义上是常备军，事实上是各州府和某些中央机构的役兵。

厢军不属于上场杀敌的作战部队，更类似于工程兵和后勤兵，他们主要负责修筑城池、制造武器、修路架桥、传递文书、治理水患等。厢军数量也相当庞大，宋真宗天禧年间（1017—1021）宋朝厢军数量有48万人之多，宋仁宗景祐年间（1034—1037）厢军数量是43.8万人，庆历年间（1041—1048）厢军数量是43.3万人。宋朝的乡兵与禁兵和厢兵不同，一般不脱离生产，多数乡兵是按照户籍来征发的，属于征兵，与禁兵和厢兵的募兵也不一样。他们的编制现在已经缺乏系统的记载，大体来说有些是参照正规军的编制设置，北宋晚期还参照保甲法来设置编制。宋朝的蕃军是为了应对西夏侵扰而设置的，属于归附宋朝的少数民族组成的部队，他们实质上是以部族为单位的，故不可能有整齐划一的编制。以上这些，就是宋朝部队中兵种的大致分类。

再说回天圣五年（1027）招募狄青的"拱圣军"，这支军队在北宋前期曾经先后三次改名。根据《宋史·兵志》记载："拱圣，指挥二十一。京师乾德中，选诸州骑兵送阙下，立为骁雄，后改骁猛。雍熙四年又改拱辰，未几改今名。"通过这条记载我们可以知道这支军队建军的来龙去脉。它成立于宋太祖乾德年间（963—967），兵员最初从各地的骑兵当中招募遴选到京师开封，名为"骁雄军"，属于殿前司管理，后来改名"骁猛军"，宋太宗雍熙四年（987）又改名"拱辰军"，最后定名为"拱圣军"。再查《宋史·兵志》当中骁猛军的建军记录这样说道："旧号骁雄，太平兴国中改。"可知骁雄军改为骁猛军时间在宋太宗太平兴国年间（976—983）。顾名思义，"拱辰军"和"拱圣军"都带有保卫皇帝的含义，他们的具体驻扎地点现在不能详细考察，不过大体驻防在开封城北，共计21指挥，合计1万人。

拱圣军虽然不是禁军中的上四军，然而作为北宋时期保卫都城的重要禁军之一，招募时对于身高、体重、视力、听力等身体素质和武艺、马术等军事素养都有着一套严格的标准，根据学者研究统计，假如张三遴选进入拱圣、神勇、胜捷、龙猛等军，身高要有5.65宋尺，约为现在1.75米强，要体格健壮、动作协调度高，还要检查视力和听力。例如，被检查人张三站在15米以外，捂住一只眼睛，检查人员伸出手指测试，看清楚并准确辨认几根手指为合格，否则为不合格，和我们现在招兵体检程序是类似的。而上四军的招募更为严格，天武第一军标准最高，身高需要达到5.8宋尺，折合现在1.80米。招募到不同的禁军当中，俸禄是不一样的，标准最高的收入也最高。狄青无疑是通过了这一系列入伍前体检才进入拱圣军的。

狄青加入拱圣军，打下了人生永远抹不去的印记——刺字。

前一节我们已经辨析了，狄青的刺字不属于犯罪之后的刺配，而是属于参军这种类型，其额头上应当刺"拱圣"之类的字眼。也只有这样的刺字，在狄青功成名就时皇帝让他抹去，他才能理直气壮地强调这是激励普通士兵报效国家、建功立业最好的方法。

宋真宗"澶渊之盟"（1004—1005）后的很长一段时间，宋朝和北方强敌辽国、西北地区党项族李德明（981—1032）之间一度处于和平状态，狄青服役于拱圣军，日常以军事训练为主，有时候皇帝出行会作为仪仗队扈从，并没有过多参与实战的机会。即便如此，狄青还是表现出相当良好的军事素质，经过自己的不懈努力和表现，他由拱圣军的普通士兵升为"骑御马直"。"骑御马直"隶属于骐骥院管辖，此机构成立于宋太宗太平兴国二年（977），刚成立时分左右番，太平兴国八年（983）分为二直，叫作"骑御马左、右直"，后来增加到八直。北宋时期骑御马直的编制是131人，其中设置有指挥使副、军使、十将、小底等，小底为最低一级有资级的军吏。他们的主要职责是掌管皇帝常朝及行幸时引驾、从马等随马照应，以及调教御马等事务。这与骐骥院主要负责皇帝御用马匹的饲养、调习、烙印以及为王公大臣挑选马匹等事宜完全吻合。关于这次升迁，也符合《宋史·兵志》中的制度规定，倘若"骑御马直小底"数量不足，就在拱圣军和骁骑军中选择年轻力壮且骑射精良的兵士进行填补。狄青便是在万余名拱圣军兵士中，由于才能出众、骑射精良、年轻力壮，从而脱颖而出的。

狄青在成为骑御马直小底一段时间之后再次被升迁为"散直"。散直是北宋禁军番号，隶属于殿前马军诸班直，在重要性上已经超越禁军中的上四军，是保卫皇宫最重要的近卫骑兵禁旅。散直共有四班，分别为散直左第一班、散直左第二班、散直右第一班和散直右第二班。这支队伍成立于宋太宗雍熙四年（987），成立之初对士兵要求很高，主要来源于地方募兵所设置的藩镇厅头军将，以及敲击登闻鼓自我推荐求试武艺且考试合格的士兵。宋真宗咸平元年（998）士兵的选拔标准有所改变，充任散直的士兵主要有两类：一类是遴选地方节度使身边的亲信，另一类是由骑御马直小底当中提拔。这为骑御马直小底狄青能够顺利进入散直打开了一条通路。宋仁宗统治时期，散直的选拔标准又有所变化，若有阙额，可以从殿前马军诸班直中的"员僚直"、殿前司步军御龙诸直和骐骥院下属的"骑御马直小底"三类军士当中选拔补充。

通过自身的努力，由禁军中军"拱圣军"的一名普通士兵，成长为御前禁旅殿前马军诸班直，狄青用了整整10年时间，他也从一个20岁的懵懂愣头青变成了成熟稳重的中年人,在这期间狄青还娶妻生子,他的妻子魏氏不是名门大户出身,但持家有方,一家人其乐融融,这点我们在后面还要单独再讲,这里暂且略过。在狄青参军之初,曾经发生了一件有趣的事儿。天圣五年(1027)科举发榜之际,整个开封城热闹非凡,24岁的状元王尧臣(1003—1058)春风得意,正在街上游行,狄青和军中几个不错的哥们儿也在街上驻足旁观。其中一个人说道:"看这位,年纪轻轻就考中状元,高官厚禄、富贵荣华很快就会接踵而至,再看看咱们哥儿几个,年轻的时候在军营混一混,老了之后凄风冷雨,惨淡人生啊。都是两个肩膀扛着一个脑袋,差别怎么这么大呢!"其他几位都表示认同,还有人打趣说道:"谁让你小时候不好好读书,在夫子让你学习时你不是睡觉,就是逃课玩耍,怨不得别人呀。"狄青却说:"人和人之间的差别要看能力大小,不必老盯着出身不放,就算是没有读书科举,我们还是能够干出一番事业的,最终结果不一定比他这个状元差到哪里去。"同伴们听了哈哈大笑,很不以为然,有一个甚至嘲笑狄青简直是痴心妄想,好比癞蛤蟆想吃天鹅肉。狄青却微微一笑并不争辩。这事或可说明,狄青在年轻时就有远大的抱负。而这样的抱负,在宋朝和西北党项族边境矛盾逐渐升级过程中最终得以施展。

第一章 出自农门，拔足行伍

宋朝西北边境，有众多少数民族，这些少数民族当中有些死心塌地归附宋朝政府，诸如麟州杨氏、府州折氏就是如此；有些相当强硬誓死不从；有些则采取相对灵活的归顺方式换取自己的利益最大化，说得难听一点就是两面三刀，叛附无常，而这当中最为棘手的就是党项一族。

唐朝末年，党项族首领拓跋思恭（？—895）参与了平定黄巢起义，被唐朝皇帝赐姓李，封爵夏国公，授予定难军节度使，管辖夏州（今陕西省榆林市靖边县）、宥州（今内蒙古自治区鄂托克前旗）、绥州（今陕西省榆林市绥德县）和银州（今陕西省榆林市米脂县）四州，成为西北地区实力较强的割据势力。宋朝建立之初，定难军节度使李彝殷（？—967）表示臣服，为了避宋太祖父亲赵弘殷（899—956）讳，自己改名李彝兴。乾德五年（967）李彝兴去世，赵匡胤追封他为夏王，他的儿子李克睿（？—978）继续授予定难军节度使，名义上听从宋朝统治，实际上仍然属于割据势力。宋太宗太平兴国四年（979），宋朝进攻北汉，定难军节度使李继筠（？—980）还派出军队协助宋军。这一阶段宋朝和定难军李氏名义上一直保持着君臣关系，而这样相对和谐的关系随着李继筠的去世被打破。李继筠去世之后，弟弟李继捧（962—1004）继任定难军节度使一职，太平兴国七年（982）五月，当时任绥州刺史、西京作坊使的李克文（？—982后），也就是李继捧的叔叔向宋太宗上表状告李继捧，认为他继承定难军节度使毫无根据，宋太宗想借着这个机会实际控制这一地区，所以就很快派遣使者到当地调查，召李继捧到开封询问，任命李克文为权知夏州事，安插宋朝官员西京作坊副使尹宪（932—994）为同知夏州事。

李继捧接到宋太宗命令，毫不犹豫地动身到了开封，这一举动让宋太宗相当高兴，因为从宋朝建立到现在，四代定难军节度使从未亲自到京师朝拜过，这是开天辟地第一回。不仅如此，李继捧还送给宋太宗一个超大礼包，因为他和族中叔父及兄弟矛盾重重，所以他愿意留在京师，献出自己定难军管辖下的四州八县之地。宋太宗大喜过望，把这看作是漳泉陈洪进（914—985）之后的又一次纳土献地，这是超越哥哥赵匡胤的一项重大功绩。宋太宗当即厚赐李继捧，并以家族团聚的名义前往夏州护送他的五服以内亲属到京师开封，根本目的是一举彻底消除李氏在定难军的势力。在这期间，一个漏网之鱼成为宋太宗的心头大患，那就是李继捧的族弟，时年17岁的银州蕃落使李继迁（963—1004）。

在李继捧家族集体内迁的时候，李继迁假称要安葬乳母，带领十余人向北逃窜到地斤泽（今内蒙古自治区巴彦淖尔），他虽然也向宋朝进贡马匹,但不奉宋朝诏令,这令宋太宗十分不满。雍熙元年(984),时任夏州知州的尹宪对生活在地斤泽的李继迁发动突袭,杀死部下数百人,擒获李继迁母亲、妻子,烧毁帐篷400多顶,得到羊马等万余只,李继迁仓皇之下孤身逃走,从而开启了宋朝和党项族之间的战争。继雍熙二年(985)小规模骚扰开始,雍熙三年(986)李继迁投靠辽朝,依托契丹为后盾不断对宋朝西北边疆发起进攻,战火不断,这样的战争一直持续到宋真宗咸平六年(1003)为止。

这一阶段不仅仅是宋朝和李继迁交恶,在北部边境和辽朝关系也极度恶化,是宋朝和辽朝战争最激烈的时期。太平兴国四年(979),宋太宗率军亲征并灭亡北汉后,他挥师北上想要拿下幽州(今北京市),恢复幽云十六州之地,完成周世宗、宋太祖想做但都没有做到的丰功伟绩,从而开启了宋朝和辽朝的战争。双方在战场上动用了大量的军事力量,消耗了巨大的人力、物力和财力,战争一直持续到宋辽"澶渊之盟"签订。所以在宋太宗朝和宋真宗统治前期,宋朝要同时面对辽朝的大举进攻和李继迁的不断骚扰。战争对于双方的消耗都很大,李继迁连年征战,虽然小有胜利但士卒伤亡也不少,赖以生存的农牧业生产遭到了较大破坏,所以他景德元年(1004)去世前,告诫他的长子李德明

（981—1032）和宋朝对抗要注意策略，自己是前车之鉴，可以使用非必要不对抗的方针。

宋朝一方连年应对辽朝和李继迁的进攻，也是疲于应付，朝中大政方针从宋太宗的锐意进取过渡到了休战羁縻政策。在李继迁去世后，朝廷多方招谕，李德明最终表示臣服于宋，在经过一番讨价还价之后，双方于景德二年（1005）签订和约，李德明接受宋朝所赐国姓，改称赵德明。西北边境出现了一个相对稳定的和平环境，景德四年（1007）已经能够看到"民人安居，旷土垦辟，稼穑丰茂"的繁荣景色。然而这也带来严重的后果，体现在两个方面：一方面是导致宋朝西北地区军备松弛。宋真宗在景德三年（1006）下诏："西边州军，现在赵德明已受朝命，缘边地区可以适当驻扎一些步兵，其他的重兵可以分开驻扎到河中府、永兴军等地，以方便军粮输送。"在选驻边境地区守臣时，宋真宗也有自己的道理："西北边境地区的守臣要选择不无故惹是生非的人，要以休养生息为重，要以保持和平环境为重。"坚决主战的名将曹玮（973—1030），就被宋真宗以"长时间在边境驻守，劳苦功高，不升迁官职实在是寒了边疆军士的心"等借口调回京师开封。这样一味姑息、松弛边防的做法无疑是自毁长城。另一方面，无视甚至纵容了赵德明对河西地区的攻略和兼

第一章 出自农门，拔足行伍

并。关于这一问题宋朝士大夫不是没有意识到，吏部尚书张齐贤（942—1014）就曾经向宋真宗上奏说："赵德明现在虽然臣服我大宋，但他近年来不断进攻河西地区的六谷部，若他得手之后，更西边的瓜州（今甘肃省酒泉市瓜州县）、沙州（今甘肃省酒泉市敦煌市）、甘州（甘肃省张掖市甘州区）、肃州（甘肃省酒泉市肃州区）以及于阗（今新疆维吾尔自治区和田市）等地，估计会被他逐步蚕食，这样一来他们势力强大，万一反过来攻击我大宋，恐怕会变成心腹大患。"宋真宗自己虽然也清楚其中利害，但并没有任何行动，最终使得党项实力一步步强大起来。

宋仁宗明道元年（1032）赵德明去世，其子赵元昊即位，这是大夏政权发展史上的重要阶段。如果说李继迁反宋性质属于被迫自卫后的自立，元昊就是将这种自立提升到建立民族国家的高度。赵德明在世时，就察觉到元昊经常表现出来向宋称臣是奇耻大辱的情绪，他就告诫儿子说："我们长时间征战绝对不是好事儿，敌视宋朝更不是好的决定，我们党项近三十年的大发展，全都是在与宋朝和平共处的前提下取得的，这一点一定要记住。"元昊反驳父亲道："穿着皮毛做的衣服，从事游牧生活，本来就是我们党项人的天性所在，征战沙场称王称霸才是英雄所为。"于是，在元昊继承父亲的王位之后，有计划、有目的地开始了他的王霸事业。赵元昊是辽朝的驸马，他即位之后辽朝很快就册封他为大夏国王。宋朝得知赵元昊即位的消息之后，也匆忙册封他为西平王、定难军节度使。我们前面所说的"大夏"，就是宋朝史籍中常常出现的西夏政权，因其地理位置处于宋朝西部，故有这样的称呼，为行文方便，我们后文称"西夏"。

赵元昊虽然当时接受了宋朝的封号，但他一改父亲赵德明臣服宋朝的政策，表现出相当强烈的"自立"态度，开始着手他的建国大计。在筹备建立国家的过程中，赵元昊有意识地突出党项民族的特点，把这种方式作为争取党项族人拥护的手段。他即位之后不久，就废去唐朝和宋朝所赐给的两个所谓的国姓——李姓和赵姓，以自己是元魏王室的后裔自居，鉴于拓跋氏族姓过于普通，于是改姓"嵬名氏"，改名曩霄（为行文方便，以下仍称元昊）。关于"嵬名"，不同文献记载有所区别。李焘在《续资治通鉴长编》当中经常写作"威明"，明代宋濂（1310—1381）在编撰《元史》时写作"於弥""乌密"和"吾密"等，这些实际上都是西夏文直接音译过来的。就像我们现在称乐器 guitar 为吉他，称饮料 Coca-Cola 为可口可乐，称饮品 coffee 为咖啡一样。"嵬名"的具体含义，学者们也众说纷纭，有一种说法认为类似于"元魏后裔中的知名家族"，这与元昊强调自己是拓跋氏之后高度吻合，或许可以聊备一说。元昊还自称"兀卒",有时候又写作"乌珠"或者"吾祖",这个没有西夏文的对应文字,是党项语音译。根据宋朝人的理解,"乌珠"意译过来是"青天子"的意思,他们称呼宋朝皇帝为"黄天子"。关于这种称呼,学界存在两种说法:一种说法认为,这是元昊的意图,即要成为和宋朝皇帝"黄天子"平起平坐的"青天子"。另一种观点则认为,按照中国古代"天玄地黄"的传统说法,元昊自称"兀卒"是根据尊天信仰而来的。中国北方少数民族多存在尊天信仰,天空苍蓝,鲜卑拓跋氏改汉姓为"元",元就是"玄",就蕴含了代表天空之青色。元昊所称"兀卒",尊自己为"青天子",而认为宋朝皇帝为代表土地的"黄天子",体现了那种不接受宋朝藩属地位,且有超越压倒之意。

同时,元昊发布了秃发的命令,恢复鲜卑族的故俗,强迫统治范围内的民众三日内一律秃发,否则即刻处死。又更改服饰,创制党项民族自己的文字,就是现在所称的西夏文。元昊还模仿宋朝创立自己的官僚制度、军队管理制度,升兴州为兴庆府(今宁夏回族自治区银川市),扩建宫殿,还借口"明道"年号犯父亲赵德明讳,更改为"显道"。这一系列措施,提高了党项民族族众的民族意识,把党项族列为首位,稳定部落联盟,巩固和加强了团结的力量,以便摆脱原来宋王朝的影响和控制。

军事方面,从宋仁宗景祐元年(1034)开始,元昊先后进攻回纥、唃厮啰、归义军等政权,切断了吐蕃与宋朝之间的沟通渠道,稳固了政权的大后方,并派军队小规模骚扰宋朝边境州军,借以试探宋廷的态度。具有讽刺意味的是,在元昊按计划、分步骤地准备称帝立国的同时,宋朝竟然视而不见,仍然奉行姑息政策,眼睁睁看着元昊一步一步坐大。

宝元元年(1038),元昊向宋仁宗上表,谎称要去五台山(今山西省忻州市)供奉佛祖,实际上是利用这个机会侦察宋朝河东道路,为大规模侵宋做好充分准备。他又和各个部落首领歃血为盟,相约对宋朝发起大规模的军事进攻。同年,元昊在兴庆府正式称帝,自称"始文本武兴法建礼仁孝皇帝",改元"天授礼法延祚元年",次年(1039)正月,元昊上表宋仁宗,宣称他受西北各个少数民族的拥戴,正式称皇帝,国号为大夏,要求宋朝正式承认这一结果,他在上表中写道:"臣祖宗本来是皇族后裔,在东晋末年创立了元魏。臣的远祖拓跋思恭,在唐朝时候率领军队平定黄巢叛乱,拯救唐朝于危难之中,被唐朝皇室赐给国姓。祖父李继迁知人善用,在他的不懈努力下,周边民族部众没有敢对抗的,沿边的灵州、夏州等七个州并肩前来降服。父亲李

第一章 出自农门，拔足行伍

德明继承祖业，悉心经营，听从大宋朝的命令，被大宋册封为定难军节度使，夏、银、绥、宥、静等州管内观察处置押蕃落等使，加封'西平王'。臣继承列祖列宗遗留下来的事业，希望能发扬光大，在属下们的协助下创立了自己的文字，更改了服饰发式，回归到元魏时期祖先的真实状态。现在衣冠发式更改完成，党项文字推行顺利，礼乐器物已经准备妥当。吐蕃、塔塔、张掖、交河等地全都俯首听命。就目前的情况而言，称帝的时机已经成熟，让我仅仅做西平王，恕我难以接受。群臣反复敦促，箭在弦上不得不发，现在向您上表，愿意在灵夏地区建立国家，计划在十月十一日昭告上天，我的尊号群臣已经拟好，为'始文本武兴法建礼仁孝皇帝'，国号为大夏，年号为天授礼法延祚，请求得到您的认可。"

经过几代人的努力，西夏终于从一个藩镇势力，一步步成长为独立的国家。他们称自己国名为"邦泥定国"，这个西夏文音译到汉语就是"白上国"，汉语意思就是"崇尚白色的国家"，这与党项民族的信仰习惯有直接关系。

对于宋朝而言，西夏的建国和辽朝建国虽然都是少数民族建立自己的国家，但性质是完全不同的。以契丹族为主体的辽朝建国时间在公元916年，当时中原王朝处于五代后梁（907—923）

统治时期，宋朝建国时辽朝已经存在半个世纪，所以对其一直当作独立政权看待。西夏在宋朝建立时表面臣服于宋，宋朝看待它一直是臣服自己的羁縻藩镇，甚至一度还纳入自己的版图范围，这样一个势力建立自己的国家，当然是宋朝所不能容忍的，鉴于当时形势，宋朝中央政府开始对西北边境的战略部署作一系列调整。宝元二年（1039）六月，宋朝以元昊谋反而削去所封官爵，关闭宋夏边境的榷场，张榜招募能擒杀元昊者给予重赏，狄青正是在这个时间被派到对西夏战争前线的。

战争是残酷的，但对于军人而言，保家卫国又是他们义不容辞的责任和使命，同时也可以打破论资排辈的升迁机制，提拔出一批真正有能力的军事将领，对于狄青而言，正可谓是施展其才华难得的机会。

在边境告急、国家危难面前，狄青义无反顾地离开了生活、工作12年的京师开封，赶赴当时战争的最前沿，从殿前司最精锐的班直序列，进入了完全不一样的北宋时期地方统兵体系序列当中。

三、奔赴沙场，的确是战场真英雄

北宋时期军权一分为三，《宋史·职官志》表述得相当清楚：

第一章 出自农门，拔足行伍

"枢密院掌握着兵籍和虎符，三衙掌管诸军日常训练，诸路帅臣直接负责指挥作战，三者各有分守。"在当时三衙禁兵的驻防和更戍是插花式的，驻扎在同一地区的禁军可能包括原本属于侍卫马军、侍卫步军和殿前司的多个指挥。以河东路太原府为例，北宋前期该地区驻扎禁军36指挥，其中殿前司统辖的马军安庆直、三部落和吐浑直计4指挥，侍卫马军司统辖的广锐军、骁骑军、克戎军等计8指挥，侍卫步军司统辖的雄武军、神锐军、神虎军、宣毅军等计24指挥。所以，各地不可能按照禁兵原有的厢、军、指挥等统兵体制加以管理，而无论原来属于哪一个司，是什么样的军号番号，一律按照守边御敌的需要在驻地被重新组织起来，另外委派所谓的"帅臣"，整合统一管理，负责镇守、作战等。枢密院和三衙我们在前文已经有过介绍，此处不再赘述，这里稍微谈一下"帅臣"。在宋人文献中，帅臣通常被看作是安抚使的别称，但就北宋历史的实际过程而言，帅臣语义显然经历了一定的发展演变。北宋前期由于武将担任的都部署一般为征战和驻防军队的统帅，所以他们被称为帅臣。宋真宗曾经夸赞去世的邠宁、环庆两路都部署、殿前副都指挥使王汉忠（949—1002）"好学知书，帅臣中实在不容易得到这样的人才"。宋仁宗朝宋夏战争开始时，随着文臣经略安抚使的陆续设置，以及文臣兼任都部署及以下统兵官制度的运行，原来武将所拥有的帅臣称号，逐渐转移到文臣经略安抚使或者安抚使身上，经略安抚司遂被称为"帅司"。在这里，我们先谈一下北宋前期的帅臣，有时候又被称为"率臣""主兵官员"或者"将帅之官"，这是一个包括都部署、部署、钤辖、都监、缘边巡检在内的职位体系——都部署体系，这也是宋仁宗朝宋夏战争前宋朝地方实际运作的，且随着宋夏战争进程逐渐瓦解的统兵体系。

在都部署体系下，边防军队的结构可以分成四层：第一层是"统兵官员"，包括上述的都部署，以及其属官部署、钤辖和兵马都监，还有一些相对独立的统兵单位——缘边巡检。第二层是"使臣"，即军中的"指使"，指的是在军中任职而没有明确职位的低级武选官和差使殿侍等候补武选官，通称为"指使使臣"。第三层是"军员"，指的是随队戍边的禁军军官。第四层是一般的禁军士兵。待到宋仁宗朝宋夏战争开始后，宋朝从根本上改变了武将出任都部署的体制，将以文驭武的政策贯彻到了各地统兵系统当中，具体而言，就是由文臣担任经略安抚使兼都部署，为一路帅臣。武将任副都部署，受到帅臣节制，平时负责军队的训练，战争期间则统兵出战，这就是北宋中期之后地方上新的统兵体制，也就是狄青在奔赴前线时的实际情况。这样的例子实在太多，例如，宝元元年（1038），宋廷下诏："知永兴军夏竦兼本路都部署、提举乾耀等州军马，泾原秦凤路安抚使、知延州范雍兼鄜延路都部署。"宝元二年（1039）正月，武将刘平任环庆路副都部署、兼鄜延环庆路安抚副使；武将石元孙为鄜延路副都部署。也就是说，武将刘平（973—1040后）和石元孙（992—1063）在某种意义上都是文臣范雍（981—1046）的副手。

随着宋朝西部边境战事逐渐紧张，宋廷下诏从全国各地禁军中选拔武艺高强、胆略过人的军士支援前线，狄青以殿前司马军诸班直的散直被征召为延州都巡检司指使，时间在宝元二年（1039）六月前后。狄青服役地点为延州，管辖范围大体是今天的陕西省延安市，距离西夏统治区域的夏州仅百里，处于宋夏战争的要冲，军事地位极其重要，当时的延州知州是范雍，他兼任泾原秦凤路安抚使，同时还兼任鄜延路都部署，是鄜延路军最高军事长官。在军事事务上的副手，是武将鄜延路副都部署石元孙。简单看一下该地区正副长官的履历：

范雍字伯纯，河南府（今河南省洛阳市）人，《宋史》有专门传记，他咸平三年（1000）进士及第，和吕夷简（978—1044）、陈尧咨（970—1034）为同年。范雍进士及第之后宦海沉浮，他曾经因处理环州、庆州少数民族骚扰边境有功，在天圣四年（1026）被授予右谏议大夫、权三司使，手握宋朝中央政府财政大权，天圣六年（1028）为枢密副使，成为宋朝的"国防部副部长"。景祐元年（1034）罢为户部侍郎外放，先后出知陕州、永兴军、河阳、应天府、河南府等。宋夏战争方兴，鉴于他处理过该地区少数民族问题，且经常谈论兵事，所以调任知延州兼鄜延路都部署。

石元孙字善长，家世地位相当显赫，他的祖父石守信（928—984）是宋太祖黄袍加身时的忠实追随者，父亲石保兴（945—1002）在宋太宗、宋真宗朝配得上猛将的称号，他是石守信的嫡孙，属于将家子。石元孙从天圣五年（1027）首次获得边地统兵官后，先后在澶州、莫州、保州、并州、代州负责军事事宜，景祐元年（1034）被任命为龙神卫四厢都指挥使，进入三衙管军行列。这样一位守边经验丰富、功绩昭著之人，在宋夏战争开始之后调任前线，也不意外。由此也可看出，宋廷任用人才考虑周全，并非颟顸无知。

狄青服役时为"都巡检司指使"，需要稍加解释。北宋地方统兵机构中，在都部署司之外，还有一些相对独立的统兵单位，那就是缘边巡检司，一般设置在宋辽、宋夏直接接壤的"极边"州军，狄青任职的延州巡检司就是如此。缘边巡检司的特点是以巡带守，属于"往来巡察"的性质。"指使"在边防军中一直大量存在，都部署司、部署司、钤辖司以及都巡检司等统兵单位当中都有指使。顾名思义，是在长官帐下听候命令、随时接受差遣的意思，这是低级武选官和禁军诸班直在边防军服务的一项重要名目。有的学者在叙述狄青这个职位时，直接写作"指挥使"，一下子把狄青提升为禁军掌握五百名军士的一个指挥的长官，是不准确的。

延州都巡检司指使、散直狄青到达延州之后，立即体会到了战争的残酷，西夏军队持续在边境地区骚扰宋朝军队，好友兼上司潘湜（？—1039）携带二子潘若愚（？—1039）、潘若谷（？—1039）和狄青一起到延州，潘湜当时为延州东路巡检使，是狄青的直属上司，在刚入冬的一次边地巡察过程中，他们遭遇西夏军队袭击，这一战宋军伤亡惨重，主将潘湜和两个儿子一同战殁，只是因救援部队及时赶到才免于全军覆没。狄青在这场小规模的遭遇战中见识到了什么是真正的战场，这绝对不是军事训练中的只分高下，而是既要分出高下，也要决出生死，对于狄青等在京师常年进行军事训练但实战经验缺乏的禁军来说，无疑是当头棒喝。看到共事多年的好战友、好上司竟然转眼间阴阳两隔，狄青的悲愤之情可想而知。但是，西夏的铁骑绝不会因狄青的悲伤而放慢脚步，还未安排好潘湜父子的后事，前线探马来报，西夏数万军队大举入侵保安军（今陕西省延安市志丹县），并且已经把保安军如铁桶般团团围住，若不及时救援，可能坚持不了多久就要失守了。军情紧急，鄜延路钤辖卢守勤（？—1048后）匆忙集结宁州都监郑从政（？—1040后）、延州东路权巡检使张建侯（？—1040后）等一万宋军，号称五万大军紧急支援。既为了替战友复仇，更为了保护家园不被外敌侵扰，狄青毅然披上盔甲。大军倍道兼程，一昼夜急行军一百余里，以迅雷不及掩耳之势到达了保安军城下，从保安军城东向西夏军队发起冲击，见到了援军的旗帜和潮水般的攻势，保安军城内军民士气大振，在北路巡检赵瑜（？—1052后）带领下，城中将士发起反攻。在战斗中，狄青披头散发、戴铜面具，率领的骑士们一马当先，奋勇杀敌，自己多处负伤但毫不退缩，最终击溃了来犯的西夏军队，打破了他们这次攻陷保安军的战略企图。

这是自和西夏开战以来，第一次在战斗中取得胜利，捷报传来，宋仁宗喜出望外，很快赏赐了这次保安军守御和援助的将士们。因为狄青在战斗中表现得极其英勇，他由"延州都巡检司指使、散直"超四资破格提拔为"右班殿直"，正式获得了武选官身份。右班殿直是武选官阶官，很多时候简称为"武阶"，属于三班小使臣序列，品阶为从九品，这个武阶是狄青用来取得俸禄和论资排辈的标准，类似当代社会军队中的少尉、上尉、少校、上校、上将之类军衔。或者可以说，自此开始，狄青正式进入了北宋的军官行列。

庆历六年（1046）正月，赠太子太师范雍去世，史料记载了一件事关狄青性命的事情，南宋陈均（1174—1244）在《皇朝编年纲目备要》中记载道："范雍守延安时，狄青为小校，坐法当斩，雍贷之。"类似记载还见于《续资治通鉴长编》和《宋史·范雍传》当中。文字基本相同，除此之外再无狄青在延州触犯军法当斩的任何记录，虽然就这么十余个字，却字字重如千斤，我们能够从中想象一下，狄青先因犯罪被捉拿，经过审理被定以斩刑，在绝望和危急之际，当时鄜延路最高统兵官、延州知州下令暂且宽恕他，一幅幅剑拔弩张的画面扑面而来。那么，狄青是在什么时间违犯军法，当时最有可能违犯什么样的军法呢？需要我们逐一分析和猜测。

先试着回答第一个问题，这个需要从范雍知延州的时间上面加以考察。《续资治通鉴长编》中清晰记载了范雍知延州和他离任的时间。他是宝元元年（1038）十二月，由吏部侍郎、知河南府任上改官为振武军节度使、知延州。康定元年（1040）二月，由于三川口一战宋军大败,范雍负有主要责任被处罚,朝廷委派环庆副都部署、知环州赵振(?—1049后)兼知延州。而狄青从京师开封奔赴西北战场的时间大概在宝元二年(1039)六月,所以狄青违犯军法的时间应该在宝元二年(1039)六月到康定元年(1040)二月之间,这也与材料中说的狄青当时身份为"小校"吻合。

再说第二个问题,这需要从北宋使用的军法上去辨析。宋朝的军法大体可分为"律令格式"四种:"律"相当于基本法,类似我们现在的宪法。"令"相当于处罚依据,类似我们现在的刑法、治安管理处罚条例等。"格"相当于修整和补充规定,类似宪法修正案、司法解释等。"式"相当于专门法,类似民法、经济法。宋初编纂有《宋刑统》,属于律的范畴,宋真宗景德元年(1004)曾颁布了《临阵赏罚之令》,是宋代具有原创性的战时军法。在此之后,很多条款随着时间推移有所修订,但整体性的条令没有出现。宋仁宗康定元年(1040),韩琦(1008—1075)曾经编成了一部《康定行军赏罚格》,但早已亡佚不存,内容无从得知。宋仁宗庆历三年(1043),曾公亮(999—1078)奉诏编纂的《武经总要》中有"赏格罚条",是现存最为完备的宋代战时军法。狄青在违犯军法时,最有可能使用景德年间之后的罚条修正案，但现在我们无从寻找，只能暂且使用距离他时代最近的《武经总要》记载加以对照。

笔者查阅了北宋曾公亮编纂的《武经总要》，军中赏罚之法的罚条律文共有 72 款，内容规定相当严密，几乎无所不包，其中兵士触犯了其中 67 条，都要被处以斩刑。根据学者研究，这 72 款律文可以分为 12 个大类，我们可以试着猜测一下，年龄 32 岁、从军 12 年的狄青，最有可能触犯了何种罚条。这其中，个人以为有 9 大类惩治对于狄青而言是可以直接排除的：第一类是对贪生怕死行为的惩治，共 5 款，其中 4 款为斩刑。第二类是对贻误战机行为的惩治，共 6 款，其中 4 款为斩刑。第三类是对贪赃枉法行为的惩治，共 5 款，皆为斩刑。第四类是对不尽忠职守行为的惩治，共 10 款，皆为斩刑。第五类是对掳掠奸淫行为的惩治，共 5 款，皆为斩刑。第六类是对扰乱、蛊惑军心行为的惩治，共 5 款，皆为斩刑。第七类是对泄露军机、私议军事行为的惩治，共 7 款，皆为斩刑。第八类是对行军、驻营不如法行为的惩治，共 6 款，其中 4 款为斩刑。第九类是对军用器物处置不当行为的惩治，共 3 款，皆为斩刑。对于一个人生观、价值观已经定型、勇于任事、能征善战之人而言，在上述方面似乎不会出现问题。

另外3大类中的某些条款，是狄青最有可能出现问题的地方：

第一类是对贪功滥杀行为的惩治，共3款，皆为斩刑，分别为战争过程中偷取他人所获首级、打败敌人后因争抢俘虏斗殴导致受伤，以及杀害战俘。这3款罚条当中前两种对于狄青而言似乎可以排除，第三种因为战争期间宋军伤亡惨重，西夏军队如虎狼一般击杀宋军的情形就发生在身边，甚至战友的鲜血染红了自己的盔甲，此情此景历历在目，所以狄青面对敌人俘虏是否能够保持足够的理性，值得深思。

第二类是对风纪不肃行为的惩治，共3款，皆为斩刑，分别为盗窃其他兵士的物品，恃强凌弱恐吓其他兵士、酗酒滋事喧哗恶骂，以及在军中博戏赌钱物。这3款罚条当中前两种对于狄青而言似乎也可以排除，第三种在军中博戏赌钱物，对于刚到前线作战之人或许可以认为是一种休息和放松手段，可以借助此类消遣活动降低创伤后应激障碍发生的概率。而且，狄青在做到统兵官之后，在某些军营当中还适当鼓励兵士赌博，目的是促使输了钱的兵士在前线奋勇杀敌获得更多的赏钱，这个我们在后面还要交代，所以"军中博戏赌钱物"若发生在狄青身上，或并不意外。

第三类是对擅自行动、不遵军令行为的惩治，共14款，皆为斩刑，这其中有规范统兵官的罚条4款，和狄青无关；还有规范兵士行为的如临阵先退、收兵徐行、贼远乱射箭等7款，于狄青而言似可排除。另外3款涉及违抗主将一时之令、不服差遣、追逐贼军没有按照将帅指定的远近等，这些涉及战场上变化万千的战机，是按照主帅的固定要求，还是可以见机行事，就狄青的战斗经验而言，或许后者更符合战场上的生存法则，若上述情况发生在狄青身上，个人觉得或许是有可能的。

通过对上述军法当中67款死刑规定的排除，笔者以为狄青此次触犯军法，可能是杀降，也可能是军中博戏消遣，还有可能是战场上见机行事，没有机械执行主帅命令。当然，这些都是在常识认知状态下的一种猜测，由于资料限制，实在无法坐实，这一记载给后世留下一个无法解开的谜团，同时也留下了无尽的想象。但无论如何，范雍这次刀下留人，对狄青而言是一辈子的教训，一辈子的感恩，这促使他时时反思、时时警醒，在以后的军旅生涯中更加谨慎，更加坚决，为成为一代名将打下坚实基础。在这个层面上说，范雍可以称得上是狄青人生道路上的贵人。

需要指出的是，狄青在对西夏军队作战过程中，经常以披头散发、戴铜面具的形象出现，为什么会这样，不同学者有不同的说法。有人认为他是因为要遮住脸上的刺字，甚至认为刺字的不良影响波及国家声誉，这是属于遮丑的行为，笔者觉得这纯属个人臆测。狄青当时入伍 10 年，身边所有军人都有刺字，不至于他一个人戴面具是为了遮丑。另一种说法是狄青长得眉清目秀，风度翩翩，简直可以称得上是"北宋第一大帅哥"，类似 400 年前的东魏权臣、北齐奠基人高欢的孙子兰陵王高孝瓘。史书上记载兰陵王"才武而面美，常著假面以对敌"，用现在的话讲就是武艺高强，能力突出而容貌俊朗帅气，打仗时常常戴着面具。狄青应该也是如此，他担心自己过于俊俏的容貌不足以威慑敌人，故而在冲锋陷阵的时候披头散发且戴上铜面具，让自己显得神秘粗犷，在视觉上甚至心理上对敌人产生强大的冲击力。如果真是这样的话，那么狄青戴铜面具则属于"遮美"的行为，这样的说法并没有直接证据，但部分传世文献的记载可以作为旁证。例如，有记载狄青儿子狄咏长得十分帅气，宋哲宗为其姐姐择驸马，要求长相要以狄咏为标杆，因为社会上都称赞他是"人样子"，大概意思就是标准的帅哥。所以清人在《万花楼杨包狄演义》中描述狄青外貌时称："生来堂堂一表，身躯不长不短，肥瘦合宜。面如傅粉，唇似丹朱，口方鼻直，目秀眉清，看来不甚像个有勇力有武艺之辈。"或是基于对史料理解之后的升华，故狄青披发戴铜是"遮美"行为，或可以聊备一说。

第二章
建节西陲，初涉政争

一、遭遇伯乐的边境猛将军

宝元二年（1039）十二月的保安军战役不久，西夏军队又以万余人、号称三万精兵，进攻延州城东北200里的承平寨（今陕西省榆林市绥德县境内）。就在准备攻寨之时，宋军数千人突然从寨中杀出，打了西夏军队一个措手不及。西夏将领很奇怪，根据探事人的报告来看，承平寨宋军不足千人，战斗力一般，怎么如此难攻？原来，和他对峙的宋军将领竟然是并不驻防而恰好经过的仪州刺史、鄜延路兵马钤辖许怀德（？—1049后）。当时科举出身的延州知州兼鄜延路都部署范雍，没有过多领兵打仗的经验，他因这两次胜利，开始高估自身的军事能力，又低估了西夏的实力与决心。而元昊则重新审视了双方实力，采用有策略的军事进攻，在宋夏边境造成一系列严重后果。

康定元年（1040）正月，元昊率领大军声东击西，先放言进攻延州，让范雍重兵屯驻防守，又突然从土门再次进攻保安军。范雍慌忙中命令驻扎在庆州的鄜延、环庆路副都部署刘平和鄜延路副都部署石元孙救援，待二人领兵到达保安军时，才发现保安军已经没有西夏军队，元昊已经攻下金明寨（今陕西省延安市安塞区），活捉了金明都监李士彬（？—1040后），进而围困延州。于是两人又带着疲兵支援延州，元昊施展围点打援的战术，在延州外的三川口（今陕西省延安市）布下天罗地网，等待宋朝援军。当时已经68岁的主帅刘平一向轻视元昊，他恃勇冒进，在三川口遭遇伏击后完败，刘平和石元孙被俘，宋朝军队死伤惨重，这就是历史上著名的"三川口之战"。元昊重创宋朝援军后，率领把延州团团围住的西夏军队全力攻城，计划全歼延州宋军的有生力量。这段时间狄青一直坚守在城门，甚至为了打退敌人进攻而缒城突袭反击，虽能屡次击退来犯之敌，但仍然无法打破西

第二章 建节西陲，初涉政争

夏军队铁桶般的围困。在城内指挥体系混乱近乎崩溃之际，一场突如其来的暴雪让宋朝军队获得喘息机会。暴雪整整下了三天三夜，西夏军士和军马冻伤无数，后续保障体系难以为继，而且极端天气下继续攻城已经绝无可能，故在延州被围十二天后开始撤退。

这次战役让狄青越发成熟，他不但更加深刻地领会到了战争的残酷，同时也意识到，单打独斗的个人英雄主义在大规模军事行动中是何等的微不足道，更明白了军事将领临阵指挥的重要意义，以及将领们目光短浅可能会导致严重的后果。

三川口一役大败，对北宋朝廷来说打击极大。主帅刘平是将门之后，他父亲刘汉凝（？—1016后）出身行伍，曾经随着宋太宗亲征北汉，宋真宗朝在对辽战斗中多次立功。刘平自幼受到父亲熏陶，擅长骑马射箭，但他的仕宦却走了一条艰难的科举之路。他通过景德二年（1005）科举进士及第，当时已经33岁，天圣元年（1023）由文换武后，处置边防和军队事宜一直相当成功，深得宋朝文臣和武将的共同认可，所以在60多岁的高龄时仍然被委以重任，处理西北边境对夏战争事宜。刘平当时为侍卫步军司副都指挥使，在三衙管军当中排名第三，可以说是宋朝能够派出的最有能力的将领。如何进一步筹划西北边境地区的防御，宋廷虽然在人事任命上有所变动，但总体思路并不清晰。

康定元年（1040）二月二十八日，鄜延路都部署、知延州范雍很快被降职，委派环庆副都部署、知环州赵振为神龙卫四厢都指挥使、鄜延路副都部署兼知延州。不过赵振能力并不足以扭转当时局面。在赵振赴任时，西夏军队不断骚扰延州周边堡寨，鉴于大军新败士气不振，他决定采取相对保守的消极防御政策，在保卫延州的名义下始终没有派出援军，最终导致金明寨、安远寨（今甘肃省天水市甘谷县）和塞门寨（今陕西省延安市安塞区）等堡寨先后陷落。故上任不足两个月，就被贬为白州团练使、知绛州。五月初一日宋廷安排陕西都转运使、工部郎中、天章阁待制张存（984—1071）为龙图阁直学士、知延州接替赵振。张存字诚之，冀州信都（今河北省衡水市冀州区）人，景德二年（1005）进士及第，自仕宦之日起从未接触过军事，也没有对兵事发表过任何言论，他得到这次任命之后相当不情愿，甚至拖拖拉拉，与前任交接日期晚了近一个月，且讨论边事时，张存动辄强调自己一介书生、素不识兵，又以年老多病的父亲膝下无人照顾，乞朝廷能授一方便养亲的差遣。从赵振和张存两人的延州知州的任命来看，这一阶段朝廷的人事任免实属过渡性质。而这一过渡在委任范仲淹（989—1052）和韩琦（1008—1075）统一负

第二章　建节西陲，初涉政争

责西北战事之后最终得以结束。

康定元年（1040）五月二十六日，宋仁宗下诏任命范仲淹和韩琦为西北边境最高统兵官，全权负责对西夏作战事宜，"以起居舍人、知制诰韩琦为枢密直学士，陕西都转运使、吏部员外郎、天章阁待制范仲淹为龙图阁直学士，两个人同时兼为陕西经略安抚副使，并兼同管勾都部署司事"。这一任命，是宋仁宗和二府大臣反复讨论之后的决策，因为当时的宰相吕夷简（978—1044）和范仲淹一直关系不和，所以这次吕夷简主动推荐范仲淹任西北战区总指挥，在很多研究者眼中是"将相和"的象征，是"吕范解仇"的最有说服力的根据。对于这种影响力极大的观点，需要稍加厘清。个人以为，研究者在强调吕夷简和范仲淹关系缓和的时候，忽略了宰相吕夷简借推荐范仲淹为自身赚取更多名声和利益的事实，这可以从三个方面展开讨论。

第一，就推荐范仲淹的结果来看，吕夷简赢得了较高声誉。北宋名臣司马光（1019—1086）在《涑水记闻》中的记载很能说明问题："当时吕夷简从知大名府再次充任宰相，他对宋仁宗说，范仲淹能力出众，可以委以重要职务。朝廷讨论后就任命范仲淹为龙图阁直学士、陕西经略安抚使。宋仁宗认为吕夷简是宅心仁厚、不计前嫌的长者，天下人都说吕夷简不念旧恶，举贤不避仇。"第二，吕夷简在推荐范仲淹的同时，还推荐对他屡屡不满的富弼（1004—1083）出使契丹，名义上也是外举不避仇的行为，但实质上有着更为深层的原因，李焘在《续资治通鉴长编》中就说："宰相吕夷简对富弼不依附自己的行为非常恼火，所以就推荐他出使契丹，而且在富弼出使之际偷偷换出来已经写好的国书，想借助这个阴谋陷害富弼。"这样卑鄙的手段，是因私废公的行为。第三，宋朝和西夏战事方起，当时的情况是宋朝久疏战阵，战败是常态，胜利一般属于意外，如何平定西北战局是当时的难题，所以士大夫都很怕被皇帝派到战争前线。为此，朝廷甚至不得不下诏，若"文武臣僚授边任而辄辞者，令御史台举劾之"，在这样的背景下，吕夷简推荐朝廷委派到最前线的不是有治兵经验之人，而是范仲淹、韩琦等与自己政见不合且毫无统兵经验的文臣，是举贤还是借机陷害，也值得读者去深思。

有关这一问题，当事人的记录是最有说服力的。范仲淹在接到任命之后，曾先后两次给吕夷简上书，均表达了自己的质疑。第一则在讨论西夏战事时，范仲淹说道："前段时间三川口一战，名将刘平战败身亡，范雍资政也因此被责罚贬官，现在任命韩琦与我做前线总指挥，总体而言还是不能有所突破，听说最近又要任命夏竦、陈执中等负责永兴军路和秦凤路等，以希望大家一起

第二章 建节西陲，初涉政争

努力平定元昊叛乱。朝廷一而再再而三地委任文臣作为总指挥，而没有一个是精通军事的武将，这样的安排符合常理吗？也许有人会认为这是宰执大臣对文臣的奖励，但这样的人事安排，实在是外行在指导内行，不但会被明眼人嘲笑，更要引起有识之士的愤怒。"第二则书信是范仲淹在辞邠州观察使时强调指出："现在西夏元昊大敌在前，若前线战事不能有所起色，要受到朝廷严惩。此情此景，以诗书为伴的儒臣文吏们如何能够游刃有余地应付？以名将刘平那样的超强能力尚且不能取得一胜，其他人更是等而下之，这是吕相您亲眼所见的。西北战事关系着国家之安危，生民之性命，我范某人哪有这么大的能力独立承担呀！"综合以上内容，笔者以为吕夷简推荐范仲淹可以说是一举多得的行为，既有举贤不避仇的美名，又有排斥政敌之实，且有陷害异己之嫌，其动机并不单纯，不宜以此简单化认为是吕夷简示好范仲淹以求和解的证据。

然而，范仲淹的伟大之处正在于此，他接到了朝廷的命令后义无反顾地奔赴前线，为拯救国家的危难不顾个人安危。范仲淹上任不久之后，发现延州知州张存做事推三阻四，以诸多借口推卸责任，这对于全力对抗元昊百害而无一利。见此情景，范仲淹于康定元年（1040）八月二十日上奏朝廷，表示自己愿意兼任知延州，把重担挑到自己肩上。范仲淹这次兼职，终于使得狄青归于他的麾下，可谓是猛士逢良帅，宝马遇伯乐。然而，狄青之所以能被范仲淹赏识，还要源于他邂逅泾原路经略判官尹洙（1001—1047）的一段趣事。

尹洙字师鲁，河南洛阳人，他出生于宋真宗咸平四年（1001），宋仁宗天圣二年（1024）进士及第，在地方上任职多年，入职中央不久就卷入知开封府范仲淹和宰相吕夷简之间的政治斗争。当时尹洙毫不犹豫地站在了范仲淹一边，斗争失败后被贬为崇信军节度掌书记、监郢州酒税。尹洙为人豪放，喜谈兵事，早年所著《叙燕》《息戍》都是谈论兵事并详细分析西夏形势的，其中既有历史上的教训，同时也有现实的经验，和一般文人泛泛而谈空发议论完全不同，他的论兵观点多有可取之处。康定元年（1040）三月，由泾原路副都部署、兼泾原秦凤两路经略安抚副使葛怀敏（？—1042）推荐，尹洙从知长水县任上改命为权签书泾原、秦凤经略安抚司判官事，成为泾原秦凤两路经略安抚司的高级幕僚。四月底，陕西转运使张存拟前往泾原、秦凤经略安抚司沟通后勤保障等问题，知延州赵振命令狄青带领军士随行，保护上官安全，狄青护送张存到了之后，张存与经略判官尹洙聊到西夏军队战斗力、元昊的战术以及延州被困等事情，二人请当事人狄青过来做详细介绍。狄青从西夏军队战斗力、进攻策略，以及宋军装备情况、军人士气、强弱优劣等诸多方面滔滔不绝地作答，尤其是狄青说到了对抗西夏应以谋略得当而非以兵多取胜时，尹洙禁不住暗暗称赞，这和他在《叙燕》中所强调的"制敌在谋，不在众"简直是不谋而合，就这样，尹洙与狄青两个本属于平行线式的人在西北边境竟然奇迹般地出现交点，且一见如故，也正是这次会面，彻底改变了狄青一生的命运。

在狄青和尹洙相谈甚欢不久，尹洙就写信给好朋友范仲淹，告诉他延州有这样一个能力和胆识俱佳的军人，请范仲淹好好考察使用，并强调称狄青今后一定能成为一名合格的将军，大力推荐这位仅有一面之缘的延州非知名小军校。范仲淹出于好奇，在接到尹洙书信后很快召见狄青，借着了解延州的具体情况加以考察。令人没有想到的是，范仲淹和狄青竟然也相谈甚欢，遂决定调狄青为鄜延路部署司指使，在自己麾下随时听候调遣。在交谈即将结束之际，范仲淹以一部《左氏春秋》赠与狄青，他说道："作为一名优秀的将军不通晓古今，不过是空有力气的一介莽夫罢了。回去在闲暇之余熟读此书，一定能有助于你成为真正的将军。"狄青少年时候本来读过几年村学，考取科举功名实在不足，但应付这部《左氏春秋》绝对绰绰有余，于是他在训练和作战之余开始细致阅读，前代著名战役、知名将领、兵书阵法等，逐渐了然于胸。

范仲淹兼知延州伊始，就对该地区的军事制度和奖惩措施做了全方位调整。第一，极大力度地调整边境的领兵及出兵政策。宋朝原本规定：边地部署领兵一万人，钤辖领兵五千人，都监领兵三千人，军事行动无论规模大小，官位低的人领兵为前锋。范仲淹感慨道："不考虑敌人多寡，以官位高下作为出兵先后顺序，是思维固化的官本位在作怪，是自取灭亡的手段，实在不足为训。"于是，范仲淹命令延州军士分六将统领，每个将领管理三千军士，由将领亲自训练，出兵时考虑到敌人多少的实际情况而派遣不同数目的军队应对。第二，修筑和完善堡寨。延州都监周美（？—1052）对范仲淹建议说："西贼元昊新得志，肯定会借助气势高涨时重新骚扰我军，金明、艾蒿等寨亟待修筑完善。"范仲淹认为建议可行，很快下令修筑沿边堡寨等防御工事，军心得以稳定。第三，改变以前主帅消极防御的措施，实施积极防御的对夏策略。范仲淹命令，西夏军队兵临城下的时候顽强抵抗是防御的一种形式，但只能称得上是被动的消极防御；西夏军队没有主动进攻，宋军出兵小规模骚扰，打乱敌军的战略部署也属于防御的另一种形式，亦即积极防御。范仲淹新官上任的三把火很快收到实际效果，狄青也能够感觉到明显的变化，军队士气很快恢复，延州军心逐渐得到稳定。

康定元年（1040）九月八日，范仲淹命令狄青、黄世宁等对西夏境内的卢子平（今内蒙古自治区鄂托克前旗）地区进行小规模反攻，取得了很好的效果。总体而言，范仲淹知延州之后知人善任、举措得当，军队低落的气势得以较好回升，延州的防御战进入了一个良性循环阶段。当年十一月中旬，因不畏强敌、指挥得当且训练有方，鄜延路部署司指使、右班殿直狄青被任命为右侍禁、阁门祗候、泾州都监。此处右侍禁为用于领取俸禄的武阶官名，与右班殿直一样属于三班小使臣，品阶为正九品；阁门祗候为阁职名，是低级武选官的加衔，一般不单独授予，任命武臣英勇无畏、战功赫赫者时带这样的阁职，和任命文学修养高的文臣时带龙图阁学士、天章阁待制等类同，更大的意义在于其荣誉性，同时，带有阁职的武选官可以加速升迁；泾州都监为泾州驻泊兵马都监的简称，为军职名称，掌管泾州禁军屯驻、训练、军事装备等事，和内地一般的兵马都监执掌本城厢军，负责一州防火防盗之类琐碎事务有极大差别。在自己的不懈努力，同时得到尹洙、范仲淹等文臣的赏识下，33岁的狄青终于成长为执掌大宋朝廷一州军事事宜的猛将军。

二、宋夏边境上的"救火队长"

康定元年（1040）狄青开始任泾州都监，他的驻地泾州（今甘肃省平凉市泾川县）当时属于西北战区战况相对缓和的区域，狄青刚着手开始工作，就因边界地区屡遭骚扰袭击，旋即和王信（？—1048）、张建侯（？—1041后）及黄世宁（？—1041后）等数名战将又被调往与西夏接壤的保安军驻扎，负责日常军事训练，备御西夏军队。

与此同时，宋廷对西夏的战略有了较大变化，当时负责宋夏战事的总指挥陕西经略安抚招讨使夏竦（985—1051）和副使范仲淹主张立足防守、安抚招降、稳扎稳打，而同为经略安抚副使的韩琦则主张进攻，韩琦遂向朝廷献上攻守两种策略，朝廷经过讨论要求主动进攻西夏。双方战略方针尚未达成一致的前提下，庆历元年（1041）二月，韩琦派大军进攻西夏，并委派尹洙约范仲淹进兵，在这个过程中因军队冒进及未能协同作战等原因，导致宋军在距离延州仅40里处的好水川地区大败，军校士卒死伤过万人，损失惨重。这次惨败的直接后果是范仲淹、韩琦等贬官，更换差遣，延州知州改任庞籍（988—1063），半年之后，更是着手调整整个边境防御体系，分陕西路为秦凤、泾原、环庆和鄜延四路，委派韩琦知秦州兼管勾秦凤路部署司事，王沿（？—1042后）知渭州兼泾原路部署司事，范仲淹知庆州兼环庆路部署司事，庞籍知延州兼鄜延路部署司事，各自根据本路分的实际情况，做针对性的部署对抗西夏军队。

在高层人员和战略频繁调整如火如荼的时候，作为坚守在最前线的基层官兵仍要随时防备来自西夏军队的小规模骚扰、大规模进攻，一直疲于应付，并未感觉到有什么样的变化，狄青当时应该也大都如此。庞籍任知延州兼鄜延路部署司事，成为狄青新上司之后，基本延续范仲淹之前积极防御的政策，修筑和完善诸如金明、承平（今陕西省榆林市子洲县）、塞门、安远等堡寨，在力量充足的时候对西夏小规模反攻。在庞籍的率领下，狄青在攻守两方面都取得了较大的成绩。庆历元年（1041），狄青曾进攻西夏边境重要的侵宋基地金汤城（今陕西省延安市吴起县），这座被西夏称为固若金汤的基地被宋军第一次攻破，让元昊等大为震惊。狄青率领军队借着胜利之势进一步向西北地区进攻，先后攻破干谷、三堆、杏林原等西夏堡寨，甚至一度进攻到宥州城下。这次狄青大获全胜，宋夏边境亲近西夏的生户帕克、密翠、章密、诺尔、将罗等部族遭到重创，烧毁他们积聚的粮草数万担，归降部众达到6000人之多。庆历二年（1042）五月，庞籍

戴面具的武曲星：狄青

沿途巡视时认为金明寨西北桥子谷是西夏军队入侵宋朝的必经之地，就派遣狄青在此地修筑招安寨以遏制西夏军队。随后，狄青又在该地区修筑了丰林、新寨、大郎等堡与招安寨遥相呼应，取得了抵御西夏军队良好的效果。大概在这个时候，狄青由右侍禁、阁门祗候、泾州都监晋升为西上阁门使、鄜延路都监。西上阁门使属于横行武阶官名，这类武阶官不是磨勘迁转能够得到的，而是需要皇帝特旨除授。鄜延都监是鄜延路驻泊兵马都监的简称，属于差遣，也就是说狄青从一州都监升迁到一路都监。

作为士兵的狄青武艺高强，勇于拼杀，作为将领的狄青除了优秀的身体素质外，还在心智上和指挥军队的技巧上历练自己。庆历元年（1041）七月，为了补充西北地区禁军数量，宋廷下诏在殿前司辖下组织一支新军号的步军——万胜军。万胜军置20个指挥，计有一万人，士兵从神勇、宣武和虎翼诸军中年龄在45岁以下者，以及其他州军身材达到宋尺五尺五寸（折合约现在1.70米）以上有才能勇力的人当中遴选充任。这样一支新组建的军队在与西夏交战中屡屡败北，为了锻炼他们，狄青决定亲自带领他们与西夏军队作战。在出发之前，狄青先要求万胜军和黄世宁率领的虎翼军旗帜对调。虎翼军成立于宋太宗太平兴国年间（976—984），是一支老牌劲旅，这支军队善用强弓劲弩，在宋夏战争期间屡次立功。西夏军队对宋军十分了解，他们看到了宋军旗帜之后，就集合全军进攻黄世宁率领的打着万胜军旗帜的虎翼军，企图从宋军薄弱环节打开缺口，击溃这支屡战屡败的"提款机"式的队伍。双方在接战后西夏军队才发现，这股宋军实力强劲，想撤退之际狄青率领打着虎翼军旗帜的万胜军截断他们的后路，这股西夏军队被一举歼灭，宋军获得羊、马、骆驼等数以千计，万胜军的气势在战斗中得到了极大提升。

在范仲淹、庞籍等人的领导下，鄜延路的防御能力有了质的提升，加之种世衡（985—1045）、狄青、范全（？—1042后）等良将能征善战，导致西夏军队在对鄜延路的进攻中屡屡受挫。于是，他们的进攻重心由鄜延路转向了泾原路。庆历二年（1042）九月，元昊兴兵十万从天都山（今宁夏回族自治区中卫市海原县）出发进攻宋朝镇戎军（今宁夏回族自治区固原市），计划从渭州（今甘肃省定西市陇西县）南下关中地区。泾原路最高统兵官部署司事王沿得到情报后，紧急派遣泾原路副都部署葛怀敏率军迎敌。葛怀敏，真定（今河北省正定市）人，北宋前期将领葛霸（933—1007）之子。葛怀敏以荫补入仕，在河北路经营多年，处置得当，深得朝廷信赖，宋夏战争不久，他就被任命为泾原路副都部署兼泾原、秦凤两路经略安抚副使，时间是康定元年

（1040）三月。在此之后，葛怀敏历任知泾州兼管勾秦凤路军马事、鄜延路副都部署等差遣，称得上是相当熟悉西夏军队的成熟将领。但是，由于他这几年较少和西夏军队直接交锋，故仍然有轻敌之心，他在接到王沿命令之后举全军之力，急于与元昊主力部队决战，被西夏军队采取诱敌深入、围而聚歼的战术，把葛怀敏和宋军主力部队引向定川寨（今宁夏回族自治区固原市）。这一战，葛怀敏、曹英（？—1042）、李知和（？—1042）、王保（？—1042）、张贵（？—1042）、李良臣（？—1042）等将领战死，宋朝损失军士9400多人、战马600匹。元昊在定川寨取胜后，按照既定方针向渭州进犯，在宋朝领土上屠掠居民，抢夺钱粮。环庆路、鄜延路等地的军队驰援，又被泾原都监、知原州景泰（？—1042后）阻击后拥兵返回，这就是历史上著名的"定川寨之战"。

在这样的情况下，朝廷为了重振泾原路军队士气，抗击西夏军队再次入侵，在庆历二年（1042）十月初九日，宋廷任命鄜延路都监、西上阁门使狄青为秦州刺史、泾原路部署，三日后又加兼本路经略安抚招讨副使。秦州刺史属于正任阶官名，主要用来授予边境立功的将领，相当难得，在北宋时期有"贵品"的称呼。

北宋前期的武阶有正任和遥郡之别，由高到低依次是节度使、节度观察留后、观察使、防御使、团练使、刺史，若遥领则需要兼领诸司使或横行使等。例如，张三被授予贵州刺史、定州路副都部署，这里的贵州刺史，就是正任阶官；假若此张三被授予西京作坊使、贵州刺史、定州路副都部署，这里的"西京作坊使、贵州刺史"就是遥郡官。无论正任官还是遥郡官，他们都没有职事，最大的区别在于正任官待遇比遥郡官丰厚。泾原路部署是泾原一路的职位最高的统兵长官，狄青在35岁时终于成为西北边境一路的总指挥。

其实，远在千里之外的京师开封，宋仁宗和朝臣们时时刻刻都在关心着西北边境的战局，在这几年和西夏作战期间，狄青这个名字屡屡和胜利、大捷等字眼一同出现，而且经常出现在范仲淹、庞籍等推荐人才的奏疏当中。关于狄青面戴铜面具冲锋陷阵的传奇经历，也不时传入宋仁宗耳中，久而久之勾起了宋仁宗的好奇心。庆历二年（1042）八月，宋仁宗本来已经下诏，以休养整顿的名义让狄青回京，想一睹这位神勇而神秘人物的风采。由于定川寨之战的突然爆发，狄青不得不留在前线，故宋仁宗命人先画一张狄青画像进御，先睹为快。宋仁宗手握狄青画像反复端详，口中喃喃自语道："狄卿，朕之关张；狄卿，朕之关张啊！"

把狄青比作当世的关羽、张飞,大体能够反映朝廷对其的倚重程度。宋仁宗对狄青的极高赞美很快传开,所以在宋朝境内狄青很快又有了御赐"敌万"的称呼,意思是一夫当关而万夫莫开,有以一敌万的能力。

狄青到了泾原路部署任上很快展开工作,安抚军士,补充新兵,充实粮草等有条不紊地进行。在之后不久,朝廷对选择资深官员充任泾原路都部署作为狄青的长官,却相当犹豫不决。十月十四日,宋仁宗下诏,以河东转运使、吏部员外郎、天章阁待制文彦博(1006—1097)为龙图阁直学士、知渭州兼泾原路都部署、经略安抚缘边招讨使,文彦博还没有赴任,宋仁宗又想让范仲淹代文彦博赴任泾原路,并派宦官王怀德(?—1042后)快马加鞭去和范仲淹商量。范仲淹指出:"泾原路地理位置相当重要,臣一人不足以当此重任,愿和韩琦一起驻扎在泾州经略泾原路,韩琦兼任秦凤路都部署,臣兼任环庆路都部署。这样一来,泾原路、环庆路和秦凤路就能够协同作战,边境地区一定会逐渐安定。此外,臣和韩琦在一起分工合作,选拔将帅整饬军队,不用多久元昊贼子当束手就擒。"接着,范仲淹又对西北地区官员任免做了自己的建议,宋仁宗全盘接受。经过这次商量,韩琦、范仲淹和庞籍同时被任命为陕西四路都部署、经略安抚兼缘边招讨使；文彦博转任秦凤路都部署、经略安抚招讨使，兼知秦州。而西上阁门使、果州团练使、知瀛州张亢（998—1061）为四方馆使、泾原路都部署、经略安抚招讨使，兼知渭州，成为狄青的新上司。

范仲淹作为陕西四路总指挥，又是狄青晋升过程中最重要的引荐人，上任之后很快向朝廷举荐人才，第一等推荐了狄青、王信、种世衡和范全四人，第一名就是狄青。他向宋仁宗上了一封现在题名为《奏边上得力材武将佐等第姓名事》的奏疏，其中强调说："臣根据近三四年在西北战场的观察，认为以下这一些将领才能武艺皆优，朝廷可以放心使用。第一等：泾原路部署狄青，他为人宽容大度；战场杀敌勇猛；心思缜密，做决定相当果断；临敌机智灵活，能随机应变。"范仲淹眼光独到地总结了狄青四项优秀品质，是非常准确的。我们前面反复强调了狄青战场杀敌的英勇事迹，这里说一下他临敌心思缜密和随机应变，为人宽容大度以后再讲。

沈括在《梦溪笔谈》中记载了一件事情：狄青在泾原路与西夏军队作战大胜，乘胜追击数里，逃跑撤退的西夏军忽然壅遏不前，宋军推测前方应该是深涧之类的天险，正要奋起直击一举歼灭。狄青看见西夏军队突然停止且掉转方向，立刻鸣钲收兵，西夏军队得以喘息退军。事后,宋军前去查验,发现前面的确是一个深涧。张玉(?—1075)、孙节(?—1053)等将佐们都后悔没有把握机会,狄青语重心长地对他们说:"敌军逃亡途中突然掉头和我军对抗,怎么判断这不是他们的阴谋呢?我军已经打胜,全部歼灭这股残兵算不得什么大的功劳。但是,元昊诡计多端,万一中了他的计谋,让我军陷入危亡的境地,存亡不可预料,那就得不偿失了。你们是士兵们的主心骨,无论何时万万不要把他们置于危亡之地,切记切记!"沈括对于狄青这种不贪功的做法高度评价说:"狄青用兵以胜利为主要目标,心思缜密不贪功,所以在西北战场没有败绩。虽然狄青不贪功,但累计起来获得的功绩仍然无人能及,最终成为著名将领,遇到利益能不沉溺其中,这是他的过人之处。"同样是《梦溪笔谈》,还记载了另外一件事:狄青在泾原路时,有一次带领小部分部队巡查辖区,不料遇到了大股西夏军队,西夏军队也看见这一小队宋军中赫然打着狄青的帅旗,两军人员对比悬殊,战斗一触即发。狄青迅速做出判断,眼前形势不能蛮干做无谓牺牲,只能以智取胜,于是他命令军士丢弃弓弩等远战武器,全都拿好刀剑做肉搏准备,并且告诉部队务必听号令行事,第一次听到钲鸣就停止前进,第二次听到要装作逃跑实际上严阵以待准备战斗,第三次钲鸣停止就转头与敌军肉搏，否则将死无葬身之地。当西夏军队听到宋军象征收兵的钲鸣与看到士兵抛弃弓箭等兵器意欲逃亡时，他们欢呼雀跃道："都说狄青勇猛如天神下凡，遇到我们也有丢盔弃甲逃窜的时候。"从而产生了轻敌之心。正在这时，宋军第三次钲鸣停止，狄青一马当先，在西夏军队队形尚未展开时快速冲击，打了他们一个措手不及，最终得以大获全胜。两则故事或许有夸张或虚构的成分，但既然进入了士大夫的视野并且不惜笔墨记录下来，仍能够从中印证范仲淹对狄青的准确判断，同时还能从另一方面反映出狄青的英勇事迹及计谋过人的形象在北宋社会上的流传广度。

定川寨之战后元昊逐渐认清了一个事实，自己与宋朝战争三四年间，虽然能够屡屡获胜，但仍然无法从中获取更大的利益。宋朝虽然经历数次大败且损兵折将，但实力仍然强大。定川寨一役西夏军队虽大获全胜，但宋朝西北边境还有二十多万大军驻扎。随着连年的战争，经济上的过重消耗，加之政权内部矛盾逐渐显露，西邻唃厮啰政权也频频偷袭，综合考虑之下，西夏再没有大规模入侵宋朝，而是开始谋求和平共处，并终于在庆历四年（1044）达成和议。和议规定：元昊以夏国主的名义向宋朝称臣，宋朝每年以岁赐的名义给西夏绢十三万匹、白银五万两、茶两万斤，宋朝重新开放双方边境上的榷场以便恢复贸易。从此之后，宋朝西北边境进入一个相对和平时期，一直持续到宋神宗（1048—1085，在位1067—1085）统治时期为止。

战场上任何成就都不可能凭空获得，而是刀尖舔血拼搏而来，狄青自然也不例外。他在战场上身先士卒英勇杀敌，虽然武艺高强，但毕竟不会刀枪不入，更不可能是神仙，综合他在这四年对西夏作战期间，大大小小经历了25次战斗，先后被流矢射中8次，小伤更是数不胜数。然而，正是这种英勇杀敌的事迹让狄青声名远播，骁勇善战之名威震边塞，让西夏兵士发自心底地恐惧，加之他打仗时总是戴一副铜面具，西夏军称之为"狄天使"，意为人间难得一见的良将。这与西夏人嘲笑宋朝几位负责宋夏军事事宜的重要官员形成了鲜明对比，他们曾称："夏竦何其耸，韩琦未足奇。满川龙虎辇，犹自说兵机。"大意就是宋朝将领能力平平而自以为是，类似夏竦、韩琦这样的主帅根本不足为惧，更不要说其他人了。

三、张亢公使钱案中的"躺枪者"

庆历二年（1042）十一月中旬，西上阁门使、果州团练使、知瀛州张亢被任命为四方馆使、泾原路都部署、经略安抚招讨

第二章 建节西陲，初涉政争

使、兼知渭州，成为狄青的新上司。而庆历三年（1043）七月，他就被卷入了一桩离奇的"公使钱案"当中。这件事需要从宋朝中央发生的重大改革开始说起。在范仲淹、韩琦和庞籍等被重新任命为陕西四路都部署、经略安抚兼缘边招讨使，经略边事有所起色时，宋廷鉴于西夏再没有发起更大规模的进攻，而且逐渐有向宋朝求和的意向，于是在庆历三年（1043）四月初把范仲淹和韩琦同时调回中央任枢密副使。在此之前，朝廷已经起用欧阳修（1007—1072）、王素（1007—1073）、蔡襄（1012—1067）和余靖（1000—1064）等为谏官。宋仁宗此举是想着手振兴朝政，解决社会危机，这就是历史上著名的"庆历新政"。

范仲淹和韩琦的继任者为知永兴军、资政殿学士、给事中郑戬（992—1053）。庆历三年（1043）四月初，郑戬被任命为陕西四路马步军都部署兼经略安抚招讨使，驻扎在泾州。郑戬字天休，苏州吴县（今江苏省苏州市）人，是天圣二年（1024）科举时的榜眼，他在仕宦期间善于决断、不畏权贵，颇有风范。然而，在郑戬上任不久，就和狄青上司泾原路都部署、经略安抚招讨使、知渭州的张亢因意见不合发生了数次激烈冲突，郑戬就向朝廷举报张亢在知渭州期间"过用公使钱"，类似现在某些领导利用职权滥用"三公"经费。郑戬这次的举报行为，是新官上任三把火的杀鸡儆猴，还是单纯的整顿纪律，抑或是张亢恃才傲物地不配合上官导致的引火烧身，我们现在无法进一步证明。不过，郑戬和范仲淹均娶前参知政事李昌龄（937—1008）之女为妻，属于连襟关系，私交密切且性格相近，而张亢和范仲淹关系也很好，他这次的任命也是范仲淹推荐。所以这次行为不必过分猜测而划入朋党之争的名下，但在御史台官员的参与下，情况变得复杂起来。

张亢字公寿，临濮（今山东省菏泽市）人，宋真宗天禧三年（1019）进士及第，然其人英武豪迈喜欢谈兵，在仕宦期间果断以文换武，在宋夏战争中曾经立下汗马功劳。庆历元年（1041）七月，西夏军队进攻宋朝河东路的麟州（今陕西省榆林市神木市）和府州（今陕西省榆林市府谷县）时，多亏张亢全力阻击，连胜数次才转危为安。他为人轻财好义，加之过着刀尖舔血的日子，大胜之后犒劳军士，败军之后宴饮抚慰战士，都是必不可少的。郑戬举报张亢滥用"三公"经费，他自己也没有否认。他说自己确实曾借用公使钱做生意，用获得的回报买了不少马匹充实马军，犒赏军队时也没有严格遵守规定，为了笼络和稳定军心，开销确实没有过分节制。但监察御史梁坚却不这样认为，他强调指出："张亢调借公使钱交给商人做生意，得到的报酬全部放到自己的腰包了！"这样一来，问题的性质就发生了严重的变化。

为什么同样是过用或滥用"公使钱"，性质会有不同呢？这其中和宋朝律法规定有密切关系。宋朝官员的犯罪类型，大类可分为公罪和私罪。《宋刑统》对公罪这样下定义："缘公事至罪，而无私曲者。"也就是官员在履行公务时，由于过失导致的触犯律令，并没有丝毫主动为自己谋取利益的因素在。私罪则是："不缘公事，私自犯者。虽缘公事，意涉阿曲，亦同私罪。"我们或许可以这么理解私罪的两种情况：一方面是官员由于私人事务触犯律令，犯罪的目的和动机在于为个人谋取一定利益；另一方面是官员触犯律令虽然是因为公事而引起，但其中存在假公济私的行为，也需要当作私罪来处理。具体到张亢过用公使钱的行为，若他的目的是犒劳兵士，进而鼓舞军队士气以便对西夏作战，没有一分钱进入自己的小金库，也就是说郑戬论奏属实且张亢认罪，朝廷在处理时要纳入到公罪的范畴当中。倘若张亢过用公使钱真的像梁坚说的那样，得到的报酬全都进入自己的小荷包，就属于利用公使钱获取私利，是中饱私囊的贪赃枉法行为，朝廷处理时候要纳入私罪范畴。虽然官员犯了公罪和私罪都要被处罚，但二者轻重不同，更重要的是，私罪对于一个官员来说是人生污点，在很大程度上影响其名望和声誉，而公罪不少时候甚至是官员荣耀的标志,以至于范仲淹曾经说过"公罪不可无,私罪不可有"这样的话。

在处理张亢公使钱一案时,朝廷大体采取的是息事宁人的态度,调离张亢为引进使、并代州副都部署,改命太常丞、直集贤院、知泾州尹洙为右司谏、知渭州兼管勾泾原路安抚都部署司事,使得提拔狄青的伯乐尹洙成为他的直系上司,同时专门让太常博士燕度(约997—约1066)前往陕西做进一步调查。燕度在调查过程中,一度有事态扩大化的趋势,欧阳修说此事闹得沸沸扬扬,达到"囚系满狱"的夸张状态,"西北边境上的军队将领,见到燕度这样捕风捉影地追查,人心惶惶"。在燕度追查期间,因为狄青作为副手经常跟随张亢一同处理公务,所以很快被问责追究,并且把过用公使钱的罪责引到他的身上,准备彻查之后一并处理。然对于如何处理狄青,朝廷内部的意见并不统一。

谏官欧阳修主张处理张亢而不问狄青,他说:"臣最近听说边臣张亢因为滥用公使钱在西北地区被调查,而调查组波及面过大,甚至听说他们已经掌握狄青也曾参与其中的关键证据,正要求狄青配合调查。臣以为,近四五年间咱们大宋和西夏的战争中,得到能征善战的边将仅仅狄青、种世衡两位能上得了台面。狄青作为一介武人不熟悉律法,即便参与了张亢滥用公使钱的行

第二章　建节西陲，初涉政争

为，也绝对不会是有意为之，最大的可能性是不了解情况，听信上司命令罢了。现在西北战局虽然相对稳定，但元昊贼子是否真心实意求和还未可知，正是危急时刻、用人之际，尽量不要伤了狄青这样优秀人才的心。若我们以滥用公使钱的名义拘囚狄青，这不是正合西夏的心意吗？臣希望陛下下旨命令调查组，只要问清楚来龙去脉，依法处理张亢一人即可，不要枝蔓牵连其他人，即便是狄青确实有过失之处，还请免于处理。臣和边臣之间没有任何私交，也不认识狄青，处理哪一位对臣而言没有任何联系，但是从国家安危大局出发，这件事情一定要慎重再慎重，一旦处理不当，则会后悔莫及。"这是现在能够见到的材料中，欧阳修和狄青之间的第一次交集，欧阳修从国家大局出发，主张利用狄青这样有能力的将领限制西夏元昊，并以此作为激励边境地区将领的手段。

新上任的渭州知州尹洙则从自己所见所闻出发，请求朝廷对狄青免于责罚。他说道："臣近年来一直在宋夏战场的第一线，对武将们的行为还是比较了解的。他们对公使钱的概念理解不透彻，常常大手大脚地拿着赏赐下属和士兵，甚至有些将领或许会当成自己的钱财。但臣敢保证，狄青在这一方面是相当谨慎的，他使用公使钱全都是用于公务，没有丝毫用于自己。之所以说他滥用也是有原因的，主要是战争吃紧，新添士兵需要训练，吃了败仗的军士需要提振士气，打了胜仗的官兵们要大加赏赐，等等，是开支过多的真正原因，并不是公款私用。"在向皇帝汇报了狄青在张亢滥用公使钱一案中的无辜和委屈之后，尹洙还说到这次调查对狄青的影响。他称："狄青向来做事小心低调，没想到这次遭遇数次盘问，他个人对朝廷的调查流程并不熟悉，总觉得是自己哪里做得不对，朝廷可能要对他进行惩罚，惶惶不可终日。臣虽然天天宽慰他说这仅仅是一般性的协助调查，并不是针对他，但作用终归有限，弄得整天带兵训练的时候也心不在焉。"

在讲述完事实之后，尹洙给出了自己的建议。他强调："陛下不拘一格，通过三四年时间把狄青从一个基层士兵提拔为主管一路军事的重要长官，一定是基于他为国尽忠奋力杀敌的行为，以及他才智过人、遇事果断的品格，狄青自己也常常相当感激地说起，觉得一定要竭尽全力为国效命，以报答陛下的知遇之恩。现在若因为这件本属于无中生有的小事对他惩罚，导致他惴惴不可终日，实在是得不偿失。况且边境探马日夜不停，万一西夏再次大兵压境，还需要他率兵抵御，若像这样整天心神不宁，恐怕会误了大事呀！请陛下下诏晓谕狄青免于责罚，让他能够安心边境西夏事务。请陛下三思，请陛下三思！"

宋仁宗看到了欧阳修和尹洙的奏议，又命宦官再次拿出狄青画像，观摩良久说道："狄卿近年来在西北边境为国家尽忠，防御西夏元昊数十次入侵，大伤八次，小伤不计其数，保安军外一战被创甚重几乎昏迷，听闻西夏再次冲锋，草草处理伤口便重新应敌，方挫败元昊，保我一方安宁！朕从行伍中亲自提拔擢用，乃朕之关张，朕之心腹，朕担保狄青断不会有不合规使用公使钱问题。即刻传令，调查人员不需枝蔓牵连，尽快结案，赏狄青绢帛五十匹，以慰其心。"

宋仁宗的这一命令，终于使得躺着中枪的狄青从张亢公使钱案中解脱出来。这对狄青而言更像是提醒，让他第一次见识到官场也是看不见刀光剑影的"战场"，这个"战场"不比西北边境对元昊作战轻松，甚至更为紧张，因为根本不清楚敌人在哪里，敌人会以什么面目出现，敌人会使用什么样的方式对待自己。这次危机虽然安全度过，但随后在政治斗争中产生了波及范围更大的事件，与过用公使钱一案被动躺枪不同，这次狄青在其中积极主动，承担了重要角色，这就是历史上著名的"水洛城事件"。

四、水洛城事件中朝臣的"议论焦点"

宋代的水洛城位于现在的甘肃省平凉市庄浪县，北宋时属于秦凤路的德顺军管辖，是沟通泾原路渭州和秦凤路秦州的连接点，此处地势平坦、土壤肥沃，还出产银、铜等矿物质，物产丰富。然而，当地居住的众多百姓西边与吐蕃相接，和宋朝并不亲密，史书上称呼这里一百八十里范围内全部都是"生户"，意思是没有归化的居民，与和宋朝关系密切的"熟户"相对。宋真宗朝名将曹玮在秦州戍守时，曾有在水洛建筑城池的计划，但没有成功。庆历三年（1043）十月底，宋仁宗收到陕西四路马步军都部署兼经略安抚招讨使郑戬的报告，他在报告中称，德顺军生户王氏家族元宁等人献水洛城要求归附宋朝，若大宋在此地修筑城池，可以得到少数民族军士三五万人，对抵御元昊无疑是大大有利的。宋仁宗看到之后同意了郑戬的筑城请求。

水洛城生户能够归附，郑戬在报告中提到的阁门祗候、静边寨主刘沪（？—1047）起到极大作用。刘沪字子浚，和狄青一样是一位在与西夏战争中成长起来的基层军官，他在当时颇能得到范仲淹和韩琦的赏识。庆历元年（1041）好水川大败之后，边境军将们气势低落，白天也经常紧闭城门，导致大量平民不能及时进城躲避西夏军队的袭击,当时只有刘沪敢于大开城门接纳民众,被人称赞为"刘开门"。范仲淹给宋仁宗上疏时曾称赞刘沪是"沿边有名的将领,最有战功",虽语涉夸张,但多少能反映出刘沪在当时还是有较高声望的。

就现有资料来看,收复水洛城地区是郑戬和刘沪互相成就的结果,且过程并非一帆风顺。庆历三年(1043)八月郑戬巡边至水洛城一带,刘沪随即号召铎厮那等部落首领献出结公、水洛、罗甘等地,依附于大宋管理体系当中,这无疑是郑戬履历中很闪亮的一笔。于是,郑戬委派刘沪前往接受这些部族的归附,到了之后发现情况有变,部族中有一部分人并不同意归附,率领数万部众反对,他们计划夜里纵火为号,杀尽宋朝官兵。当时刘沪领兵才千余人,方圆百里之内没有友军部队,在这样的危急时刻,他指挥千余军士进退有方,很快击退了部族的进攻,又反守为攻进而大获全胜。此后才有郑戬向朝廷上奏建议修筑水洛城的举措,朝廷遂听从郑戬建议,开始修筑水洛城。郑戬很快命令刘沪全权负责修筑水洛城事宜,所以前期工作展开一直较为顺利,然这样较为和谐的态势在年底前韩琦宣抚陕西时被打破。

庆历三年(1043)腊月初八当天,韩琦上疏称:"当下朝廷讨伐元昊力有未逮,但防御做得相当不错,元昊现在已经不战自困了。臣这次宣抚陕西，发现镇戎军一带因差役过重，厢军、弓箭手和民户们已经疲惫不堪了。然臣看到最近水洛城一带又大兴土木，实在是弊大于利。水洛城虽然是秦州和渭州之间联通的关键点，但秦、渭之间将近200里全都是生户占据，若通这一路，至少需要修筑两个大的城寨，十几个小的堡寨，才能够首尾相顾，需要耗费相当多的人力、物力和财力。即便修筑好了，还需要派遣至少四千禁军驻扎，粮草消耗又是一笔沉重负担。耗费这么多物资的目的是打开一条通过其他地方仅仅缩短了30里的道路，简直是匪夷所思。而且，刘沪和李中和已经分别降服附近一带的生户归附，即使不修筑水洛城，只要让刘沪和李中和分别充任泾原路和秦凤路巡检，每个月在此处巡行，效果基本上是一样的。陛下若觉得臣的建议有不周全的地方，可以派亲信前去调查，并询问文彦博、尹洙及狄青等边地军政大员。"宋仁宗接到韩琦奏议，也觉得很有道理，认为之前听信郑戬修水洛城的建议过于草率，经过二府集议之后，于庆历四年（1044）正月初五下诏陕西都部署司、泾原路经略司，要求停止修水洛城。朝廷或是已经估计到郑戬会反对罢役，所以这个诏书同时传达给陕西都部署司和泾原路经略司，这里朝廷或是有让尹洙牵制郑戬的意味。

郑戬接到诏书之后，果然没有立即执行，甚至为了加快进度

第二章 建节西陲，初涉政争

又派著作佐郎董士廉（？—1045后）带人相助。董士廉在当时被称为"关中豪侠"，郑戬幕僚当中招揽了一大批这样的人物，他们这些人在和平年代程序严密的科举考试中屡屡受挫，然具备一定的才识和胆略，所以混迹在边境地区行侠仗义，甚至尽可能鼓动朝廷开疆拓土以便建功立业，在没有类似机会的时候不惮投奔异域。例如，和董士廉私交甚好的郑戬幕僚姚嗣宗（？—1044后），就和投奔西夏被元昊重用的张元、吴昊气味相投，关系密切。所以董士廉到达水洛城之后，修筑城池的工程夜以继日。为此，宋廷采取了韩琦的建议，于二月二十一日撤销了郑戬陕西四路都部署、经略安抚招讨使一职，各路重新设置都部署、经略安抚招讨使，移郑戬为永兴军路都部署、知永兴军，将修筑水洛城一事置于泾原路经略安抚使尹洙的管辖范围内。

泾原路经略安抚使尹洙和副使狄青与韩琦意见一致，反复上疏称修筑水洛城有害无利，而郑戬虽然被罢职，但也一直向朝廷强调修筑水洛城的益处。有鉴于这种情况，三月十二日，朝廷派盐铁副使、户部员外郎鱼周询（？—1048）和宦官宫苑使周惟德（？—1045后），会同陕西都转运使程戡（997—1066）进行全面深入调查。

在调查团从开封出发但尚未到达的那段时间内，同时也是郑戬、尹洙双方不断向朝廷汇报讨论的过程中，已经被调离的前长官郑戬要求刘沪、董士廉等人加紧修筑，而作为现任长官的尹洙数次召刘沪、董士廉还城罢役。刘沪拒绝了尹洙的命令，在加紧修筑城池的情况下向尹洙报告称，当地归附蕃部强力挽留他和董士廉二人，甚至愿意使用自己的钱物赞助修城，若一再违背新归附蕃部的要求，恐怕会带来相当严重的后果，所以不得不夜以继日筑城不止。这明显是拿蕃部向背作为筹码的威胁手段，属于道德绑架的做派。尹洙看到刘沪的报告大怒，果断采取处置措施，命令瓦亭寨都监张忠取代刘沪现任职务，刘沪见到主帅命令仍然拒不执行，甚至在语言上出言不逊，大骂尹洙乳臭未干、狄青一介莽夫。在这样的情况下，尹洙命狄青带兵收捕刘沪和董士廉二人，准备以违抗主帅军令的罪名斩杀。我们在前述狄青触犯军法中的罚条时有过展开说明，这里尹洙如果按照罚条中"违主将一时之令"或者是"不服差遣"的规定，都可以对刘沪和董士廉处以斩刑，所以尹洙所下命令，且委派统兵官狄青前往收捕，在法理上并不是毫无依据。

不过事情远没有想象中的那么简单，在狄青收捕刘沪、董士廉过程中，二人被郑戬幕僚、华阴知县姚嗣宗设计解救。姚嗣宗在关中地区的侠义名头比董士廉大得多，在元昊刚称帝时，他曾

第二章　建节西陲，初涉政争

写下这样的诗："踏碎贺兰石，扫清西海尘。布衣能效死，可惜作穷麟。"尹洙很欣赏姚嗣宗，他这样评价道："姚嗣宗侠肝义胆，能力超群。即便不通过科举考试，直接让他以平民身份进入翰林学士院代天子言，也不会比现在的翰林学士们逊色。假若综合他的行为，认为他应该得到低死罪一等的惩罚，黥面流放到三千里外的海岛，估计也不会有什么冤枉的。"姚嗣宗听了哈哈大笑，认为尹洙的评价是相当中肯的。

南宋时期的王铚（？—1144后）在《默记》中记载了姚嗣宗解救刘沪性命的全过程。当狄青一行押解二人路过华阴县时，知县姚嗣宗和董士廉私交密切，为了朋友情谊，他毫不回避地出主意全力营救刘沪和董士廉二人。按照大宋制度规定，凡是囚犯经过的州县，州县官员需要派人护送到县界。这次狄青要求押送刘、董二人的军士严加看管，比照押送叛逆者的标准，故姚嗣宗派过去的人没办法和他们私下沟通。姚嗣宗情急之下想到了一个主意，他让护送的人在路上高声呼喊董士廉的行第以引起其注意，并反复两手向上举起。董士廉明白了姚嗣宗的意思，也大声回应道："放心，我会让他一路向上的。"到了渭州之后，尹洙和狄青等正等待发落刘、董二人，很多官员都在场，董士廉看时机已到，在槛车中大喊道："狄青，这回你一定能够加官晋爵，只不过是我碍着你晋升的道路，成为你晋升路上的绊脚石，所以你才要除掉我，你这次一定能成功。"狄青听了大惊，他一向回避这种流言蜚语，所以要求暂时不杀二人，先送至德顺军（今宁夏回族自治区固原市隆德县）监狱。

在刘沪和董士廉被狄青等枷送走之后，已经投靠宋朝的蕃部担惊受怕，开始抢夺粮草装备，杀害宋朝委派负责管理治安的官吏，导致水洛城地区出现局部骚乱。鱼周询等调查团到了水洛城后，看到了一片混乱的情形，自然容易得出修筑水洛城更为恰当的结论。在鱼周询等得出结论之前，朝廷内也分成了两派，一派是以韩琦为首的反对修筑水洛城者；另外一派是以范仲淹为首的主张修筑水洛城者，双方因水洛城事件的激化而在宋仁宗面前多次争论。

范仲淹等主张修筑水洛城者，对于是否能够打通秦州和渭州的通路，并没有十分的把握，所以他们的讨论重心就停留在两点上：第一点是招揽蕃部，第二点是安抚武将。换言之，奉命行事的泾原路经略安抚副使狄青对刘沪和董士廉的处置是否合适，成为主张修筑水洛城者论辩的第二个"焦点"。参知政事范仲淹认为，刘沪和董士廉修筑水洛城是在落实四路都部署的命令，并非二人擅作主张，在四路都部署撤销之后应该尊重本路部署司管

第二章 建节西陲，初涉政争

理，不应该抵制和抗拒命令。大概是想着此地蕃部归附顺利且修筑工程即将完成，不单对国家有利，还可纳入个人政绩当中，应该没有其他的意思。刘沪其人在边境多有战功，是国家必须爱惜的良将；董士廉是文臣京官，并非军事将领，两人定不能任由狄青对其戴枷问责。狄青之所以如此鲁莽，当是他乃普通士兵起家的粗人，不知朝廷事理。谏官孙甫（991—1057）、余靖和欧阳修等先后也有论奏，他们的出发点和对策虽各有侧重，但落脚点均从狄青是命令的执行者变成命令的决策并执行者出发。孙甫说道："泾原路副都部署狄青认为刘沪、董士廉等不听命令，于是枷送德顺军。"余靖称："狄青和刘沪、董士廉的分歧在于是否修筑水洛城，狄青因发怒而收押刘沪等人。"欧阳修也这样说："近来听说狄青和刘沪等因修筑水洛城事情发生争执，于是枷送刘沪等人到德顺军监狱。"狄青竟然成为士大夫们认为的矛盾起源，责任基本上被算到他身上，这或多或少地反映出文官集团对武将集团的偏见。

对于这些人的意见，韩琦在庆历四年（1044）五月份从客观环境、技术细节、实际效果等诸多方面给予了总结性回应，他提出了十三条理由反对修筑水洛城，其中很多内容是基于他长期驻防熟悉当地情况下的思考：第1、2、3、9条，韩琦强调水洛城的修建在经济上一定会成为宋朝的负担,在经营蕃部上收效甚微。因为水洛城周边只是一些小的蕃部,得到了该地区对于西夏元昊而言毫无损失,对宋朝实力增加有限,却需要驻屯军队,准备粮草,修筑更多城寨才能维持,得不偿失。第4、5、6、8、10条,他详细阐述了打通秦州到渭州道路的战略意图无法实现,这是水洛城修筑之初的重要说辞之一,但实在难以站得住脚。韩琦强调指出,新修通的黄石河路已经起到了打通秦州和渭州道路的效果,况且,援兵若真的要从水洛城一带通过,沿途会经过很多地界,又在陇山之外,更容易受到攻击。第7、11条,他指明了推动水洛城兴修的人着眼的私利。边地浮浪之人和商贾借助修城占地而获得商机,贪功官僚借助修城兴事求赏,考虑的都不是国家利益而是个体获益。第12条,韩琦对当事人的行为举止加以定性。刘沪和董士廉凭借郑戬为靠山,一而再再而三地轻视主帅命令,此风不可助长,否则以后官员效法会导致法度败坏,郑戬因为自己提出的建议遭到否决而意气用事,并不合适。总而言之,修筑水洛城既不是应对西夏作战的客观需要,又没有考虑到当下和将来的困难,是一种单纯贪功之人所发起的拓边活动。然而,朝廷只是把韩琦的奏议交给鱼周询等调查组综合考量,实在有失草率,这大概是范仲淹等人的调解论在当时朝廷中占据上风的原因。鱼周询等看到了混乱不堪的水洛城现状，很快向宋仁宗汇报支持郑戬修筑水洛城的主张。有鉴于此，朝廷命令尹洙释放刘沪和董士廉继续修筑水洛城，并派宦官内殿崇班陈惟信（？—1060后）催督修城事宜。几乎同时进行了人事调整，刘沪仍回水洛城，任水洛城主；狄青职务也没有变化；尹洙与孙沔（996—1066）差遣互换，环庆路都部署、知庆州孙沔调任知渭州，知渭州兼管勾泾原路安抚都部署司事尹洙调任知庆州。

庆历四年（1044）六月，孙沔因为身体原因并没有到渭州赴任，而尹洙也因此由知庆州旋即改为知晋州。渭州知州的空缺如何填补，宋仁宗原本想让狄青直接接任，但遭到谏官们的强烈反对。时任右正言的余靖接连四次上奏抗议，一方面述及泾原一路在整个陕西边防中的重要性，范仲淹在西北的时候尚且不敢独自担任长官，所以必须选才望卓著之人守御；另一方面强调狄青不过是一个粗暴刚悍的武夫，性格"率暴鄙吝"，作风"骄满之至""恣意妄为"，根本不可能胜任如此重要的职位。余靖在奏议当中甚至直接否定狄青此前的战功，公然称狄青"名义上武艺高强，其实是从来没有碰到过西夏的精兵强将，根本没有立下什么大的功劳，更多的是运气比较好罢了。朝廷对狄青的奖励太过，很多将领和士大夫并不服气"，若朝廷一意孤行，再让狄青担任知渭州这样重要的角色,"必然导致重大失败,将来后悔莫及"。余靖在所上的四份章奏中,动辄称狄青为"匹夫",轻蔑之情溢于言表,实在匪夷所思。笔者翻检了余靖自庆历三年(1043)初为谏官到论奏狄青时传世文献记载的所有奏议,像这样"泼妇骂街"式的论奏是第一次,没有材料能够显示出余靖与狄青此前有什么样的交集,似乎更不会存在任何利益冲突,所以他对狄青的谩骂和攻击当不是出于私人恩怨,而是单纯地为了维护"以文驭武"的统兵制度。

根据学者们的总结可知,北宋前期一般由武将承担统军征战或驻守地方的职责,文臣军事行动中只能扮演辅助性角色。宋真宗咸平二年(999),一些文官对高级武官以都部署之职统领大军的旧制提出异议,孙何(961—1004)建议由文臣取代武将统军,表明武将的军队指挥权受到执掌国政的文臣集团抵制。宋辽"澶渊之盟"以后,随着战事的平息,武将都部署的职权开始下降,文臣以地方长吏身份兼任都部署而管辖本地驻军的现象增加,但总体来看,高级将领仍在各地统军系统中居主导地位,尤其是在河北、河东和陕西缘边地区。到仁宗朝,特别是对西夏大规模作战后,北宋地方统兵体制发生根本性变化,确定了以文臣为经略安抚使、兼都部署,以武将为副职的基本原则,文臣控制了前线

第二章 建节西陲，初涉政争

军队的绝对指挥权，武将则沦为文臣主帅的部将。新的地方统兵体制以确保文臣对军队的绝对控制权为核心，这也是狄青出任渭州知州的任命遭到文臣群体抵制的原因，事件背后反映出狄青个人官职晋升与国家体制之间爆发的冲突。

为了避免士大夫们的反复纠缠，宋仁宗不得已把淮南转运使王素任命为泾原路经略安抚使、知渭州，暂且任命狄青为并代都部署以转移视线。未及两个月后的八月十六日，重新任命秦州刺史、权并代部署狄青为惠州团练使、捧日天武四厢都指挥使、泾原路部署。这次不仅把狄青的正任武阶官由"秦州刺史"提升到"惠州团练使"，更为重要的是加了"捧日天武四厢都指挥使"，跻身于北宋禁军高级将领"管军八位"的行列当中。

王素字仲仪，大名府莘县（今山东省聊城市莘县）人，是宋真宗朝著名宰相王旦（957—1017）之子，他做了狄青上司之后，也充斥着文臣对武将的鄙夷。王素知渭州兼本路经略安抚使时，知原州蒋偕（？—1052）接到命令修筑堡寨，在修筑期间被明珠、灭藏等生户部族袭击，蒋偕畏战逃跑，到王素庭下请罪。王素赦免了蒋偕，要求他重新前去修筑堡寨以戴罪立功。狄青建议道："蒋偕轻率无谋，派他重新过去，若再遇到袭击仍会大败而归。"王素毫不客气地冷言回答："若蒋偕败死，就派遣狄将军前去修筑,无需多言。"史载狄青被呛得"不敢复言",在和文官的政事往来过程中,狄青渐渐意识到这背后的厉害在某种意义上更甚于西夏军队。随着宋夏和议的签订,西北边防问题得到暂时解决,狄青于是开始了他任职地方的仕宦经历,一直到皇祐四年(1052)被朝廷任命为枢密副使为止,前后经历了八年时间。

第三章

从战场到官场,官场也是战场

一、仕宦地方,备边防御辽夏

庆历四年(1044)宋夏和议签订之后,宋朝周边基本上处于和平状态。有这样的观点,对于中国古代的职业军人来说,他们是战争的宠儿,唯有走向战场才能突出其价值。这样的观点虽然有些极端,但仍然能部分反映出战争和军人自身价值实现之间千丝万缕的联系。和平时期军队大部分时间是在进行训练、调防、淘汰和补充兵员等常规操作,将领作为不直接管理行政的军事官员，较少参与裁决地方民事纠纷，较少负责桥梁道路修建，更不会涉及地方上的日常行政管理等，故平日里显示程度一般不高。狄青在庆历四年（1044）到皇祐四年（1052）这八年，基本上处于这样的状态。

这八年时间，狄青的军职和武阶都有提升。我们前面已经对宋代禁军的"管军八位"做过介绍，按照等级高低，分别是殿前副都指挥使、侍卫亲军马军副都指挥使、侍卫亲军步军副都指挥使、殿前都虞候、侍卫亲军马军都虞候、侍卫亲军步军都虞候、捧日天武四厢都指挥使和龙神卫四厢都指挥使。"管军八位"的正常迁转顺序是依次拾阶而上。庆历四年（1044），狄青被任命为捧日天武四厢都指挥使、真定路兵马副都部署后，军职先后升迁为侍卫亲军步军都虞候、殿前都虞候、侍卫亲军步军副都指挥使、侍卫亲军马军副都指挥使，八年之间"管军八位"职位中的5个均曾有过任职经历，可以看出宋仁宗对狄青是相当信任和重用的。武阶官则先后经历了惠州团练使、眉州防御使、保大安远二军节度观察留后和彰化军节度使，达到了武阶正任六阶中最高一级的节度使。南宋史学家王称（？—1195后）在《东都事略·狄青传》中记载狄青这一时期职官迁转经历时，认为狄青武阶官没有"眉州防御使"和"彰化军节度使"，而是"宥州防御使"和"彰德军节度使",综合狄青墓志铭、神道碑、《宋史·狄青传》等其他记载,可以确认《东都事略》的说法是不准确的。

宋夏战争结束后不久,狄青就被提拔为"捧日天武四厢都指挥使"。神龙卫四厢都指挥使和捧日天武四厢都指挥使并列,初设于宋太宗朝端拱元年(988)。捧日天武四厢都指挥使属于殿前司,掌管捧日左右厢与天武左右厢禁军事宜;神龙卫四厢都指挥使属于侍卫亲军司,掌管神卫左右厢和龙卫左右厢禁军事宜,这些军队属于禁军中比较精锐的部分,负责保卫皇宫和京师安全,在宋代属于禁军中的"上四军"。两者当时属于领兵的军职,但由于他们的兵权过大,逐渐成为虚衔,用于禁军军职递迁中的一级。在康定元年(1040)十二月,宋朝政府调整禁军最高将领的人事安排之后,还专门下了一道诏书,其中强调:"步军都虞候、捧日天武四厢都指挥使皆未补入,俟边将有功者除之。"意思是步军都虞候和捧日天武四厢都指挥使两个职位暂时不授予具体人员,等待提拔西北边境地区对西夏作战功勋卓著的军事将领。可见这次狄青被授予捧日天武四厢都指挥使,是宋仁宗兑现了提拔优秀将领的承诺。

关于狄青"捧日天武四厢都指挥使"虚衔的授予,不同史籍的表述还有所不同。王称《东都事略·狄青传》和王珪撰写的狄青神道碑中,直接称授予狄青"捧日天武四厢都指挥使",而余靖在狄青墓志铭中则说这次是"以侍卫亲军职名宠公",若仔细追究,余靖的表述并不准确,因为根据前面的梳理我们能够知道,天武四厢禁军是隶属于殿前司而不是侍卫亲军司的。

在当时,狄青的实际职掌是真定路兵马副都部署,从西北战场调至备御契丹的河北地区。宋真宗"澶渊之盟"之后,宋辽边境基本上处于一种和平的态势,这样的状态在庆历二年(1042)契丹索要关南十县时被打破,经过富弼等的交涉,最终以增岁币银十万两、绢十万匹了结了这次索地风波,这一事件在历史上被称为"庆历增币"。如此结果宋仁宗虽然表示接受,但内心是相当不满意的。"庆历增币"风波平定后,宋仁宗就强调要在河北地区加强战争准备,以修筑完善传递军情信息的烽火台为例:庆历二年(1042)五月,宋廷要求宋辽边境地区的乾宁军(今河北省沧州市青县)大规模修筑烽火台。六月,宋仁宗又下诏河北转运司,要求全面清理和维修河北路旧有烽火台。这些烽火台很多是五代宋初时候设置,"澶渊之盟"后弃而不用的,现在全部提上日程修葺一新重新使用。宋朝一位著名官员刘敞(1019—1068)目睹这一情况,曾作诗《烽火》一首,现在收录在他的文集《公是集》当中:

第三章　从战场到官场，官场也是战场

齐秦谁谓远，烽火自相通。消息雌雄国，关防百二同。

流光下沧海，飞焰避惊鸿。不及承平日，空悲垂白翁。

为了解释这首诗的写作原因，刘敞还作了注释，其中说道："庆历二年，朝廷下诏修筑、整饬烽火台，自关中到河北，并且一直延伸到青州地区，于是从齐鲁大地、燕云地区到秦晋边关，烽火遍地。"狄青就是在这样的历史背景下被派到真定路的，这也能看出狄青已经成为当时宋仁宗所倚重和信赖的将领，哪里有困难，哪里就有他的身影。

由于宋辽之间小波折之后重新归于和平，这样的备战状态似乎仅仅持续了一段时间。狄青在真定路副都部署任内相关军事活动基本不见史籍，仅在《宋会要辑稿》中发现他上仁宗皇帝的两则奏疏。第一则上奏于庆历五年（1045）六月二十二日，在奏疏中狄青说道："之前在西北战场时，西夏军马入侵我大宋边境，不管大路还是小路，只要是军马能够通过的地方，就是一通乱冲，边境地区的牧民及农民根本没有躲避的机会，所以民众被掳走及杀害者众多。现在边境地区稍微安定，臣建议在我大宋沿边城寨与西夏接壤处附近开掘深五丈宽五尺的壕沟，并逐渐把开掘

的壕沟连接在一起,三五年间定能在边界挖出一条数百里长的壕沟作为屏障,用以阻挡西夏军马的突然袭击,为我大宋子民及时撤离拖延一定时间。这是臣的一点建议,请朝廷酌情考虑。"第二则上奏于庆历五年(1045)七月七日,狄青再次向宋仁宗建议宋夏边境防御事宜:"自从我大宋和西夏战争以来,靠近边境地区的州军城池都加固完毕,而距离边境稍微远一点的州军,并没有按照朝廷要求修葺城墙加固工事。西夏军队的骑兵长驱直入对泾州的那次突袭,我方毫无防备导致损失惨重,城墙没有完善以便阻止敌军是重要原因之一。现在西夏纳款,臣建议朝廷命令沿边及次沿边的州军及时修葺加固城墙,以防万一。"宋仁宗看了狄青的奏疏觉得很有道理,就下令陕西地区按照实际情况加以处理。

这两则奏议需要我们稍加笔墨予以说明,一般武将的日常应该是承平时期训练部队,战争时期冲锋陷阵,用时下的流行语叫作"活在当下"。狄青身在真定路,为什么一再地考虑西北地区防御问题,是因为对西夏作战地是自己发迹之地,念兹在兹无法割舍吗?个人以为并不是这样的,这两则奏议说明狄青一直在思考整个宋朝的边境防御问题。我们都知道,自从五代后晋石敬瑭割让幽云十六州给契丹之后,宋朝北部边境面临的尴尬局面是没有前代防御北方少数民族骑兵的长城屏障，为此北宋君臣费尽心机在北部边境构筑自己的防御体系，以诸如多种植树木、串联河川湖泊沼泽建成"水长城"等手段阻滞契丹骑兵，而西北边境主要是堡寨防御体系。狄青到了真定路熟悉情况之后，认为因地制宜地利用地理环境创建防御工事，应该会收到一定的效果，所以他借鉴了北部边境防御契丹的措施，建议改造和完善西北边境对西夏的防御。两则奏议当中，一则是在强调开掘壕沟，一则是在强调修筑城墙，再配合西北边境已有的堡寨防御，实际上是构筑了一个地下、地上和空中全覆盖的立体防御工事，这样的建议是没有实战经验的文臣和不善思考的武将都无法提出的优秀方案。这不禁让笔者联想到百余年之后的金朝（1115—1234），为了防御西部少数民族侵扰而修筑全长 1500 多公里的被称为"金长城"的防御工事，在当时的话语体系下称之为"壕堑与堡塞"，实质就是壕沟、堡寨和城墙的综合性防御工事，与狄青的方案如出一辙。前后对比，方能凸显狄青的水平之高，能力之强，不能不令人赞叹。

不过，在这一时期诸多传世文献记录的，更多是狄青与长官日常饮酒和冲突的情形，而这个长官不是别人，正是曾经提拔过狄青，且在水洛城事件中狄青力挺的陕西宣抚使韩琦。"庆历新政"失败之后韩琦辗转仕宦地方,在庆历八年(1048)四月被任命为知定州、河北路安抚使,成为狄青的上司,此时狄青在真定路任职已经有四年之久了。韩琦字稚圭,相州安阳(今河南省安阳市)人,他父亲是曾任右谏议大夫的韩国华(957—1011),属于出身于官宦人家的"官二代",他和王尧臣一样都是天圣五年(1027)进士,当年王尧臣是状元,韩琦是榜眼,依稀想起当年狄青和几个刚入伍的士兵在围观王尧臣等一干神采飞扬的及第进士时,当中或许就有韩琦的身影。

有数种文献记载了韩琦和狄青两人在定州任内的逸事,有一则是韩琦亲身经历之后记录下来,被后人整理到《韩魏王别录》中的,大概显示出狄青是一个很有气量的人。某次狄青邀请上司韩琦饮酒,只请了刘易(?—1048后)一个人作陪。刘易和前面说到的投奔西夏的张元、吴昊,以及郑戬幕僚中的姚嗣宗、董士廉一样属于常年游走在西北边境的豪侠,他是陕西地区的土著居民,性格豪爽,不拘小节,喜欢谈论军事。韩琦在陕西地区负责应付西夏战事时,把刘易收入自己幕僚当中。北宋邵伯温(1055—1134)在他的著作《邵氏闻见录》中记载了刘易和韩琦、尹洙及狄青之间交往的事情:"陕西豪士刘易,多游边,喜谈兵。宝元、康定间,韩魏公宣抚五路,荐于朝,赐处士号。易

第三章 从战场到官场，官场也是战场

善作诗，魏公为书石，或不可其意，则发怒洗去，魏公欣然再书不惮。尹师鲁帅平凉，延易府第尊礼之。狄武襄代师鲁，遇之亦厚。每燕设，易嗜食苦马菜，不得即叫怒无礼。边城无之，狄公为求于内郡，后每燕集，终日唯以此菜啖之，易不能堪，方设常馔，时称狄公善制也。"韩琦鉴于刘易其人对防御西夏有见解，就极力向朝廷举荐，朝廷授予刘易处士号。刘易喜欢写诗，韩琦经常把他的新诗写到石头或摩崖上，若有刘易不满意的地方，他就像疯子一样发怒用水洗去韩琦的字，韩琦也不生气，重新书写到他满意为止。尹洙和狄青对待刘易也很宽容，他比较喜欢吃一种叫苦马菜的植物，每次宴饮时没有就发狂做出诸多无礼举动，而这种菜边境地区极少，所以狄青每次宴饮都从内地州县专门找些苦马菜招待刘易，一直吃到他不能忍受才摆上正常筵席。

狄青在这次宴请上司韩琦过程中，一边饮酒一边请了一些伶优助兴，这些伶优扮演成穷酸读书人，演出了一场他们在科举落榜之后到处碰壁，做出种种令人可乐举动的滑稽剧。然而没想到这却触动到刘易脆弱的小心脏。刘易看见了勃然大怒，当场大骂狄青黥面小卒，竟然敢嘲笑读书人，骂到激动处摔了酒杯准备拂袖而出。只见狄青一点也不生气，赶紧拉着刘易赔笑道歉，重新换了一个新酒杯，刘易还在生气激动之中，完全不顾韩琦在场，

一点面子也不给狄青，甩手出了大厅。第二天，狄青专门到刘易家赔礼道歉，终于平息了这场小风波。

还有一则小故事收录在王铚的《默记》当中，是在韩琦宴请狄青时发生的。某一日韩琦宴请狄青，席间也让伶优助兴。这次韩琦请的是当地知名、人送绰号"白牡丹"的知名艺妓，她趁着酒酣之际向狄青劝酒说："请斑儿喝下这一盏酒。"意在指狄青脸上有刺字。这一玩笑开得着实有点儿大，即便脾气再好，狄青也心中有所不快，当着韩琦的面他并未发作，不过过了几天，还是找个借口给了白牡丹一顿板子。这件事情很快传到了韩琦的耳朵里，也记在韩琦的心里，觉得狄青责罚白牡丹是向自己示威。没过多久，狄青的老部下焦用押送一些兵卒路过定州，得知此事的狄青设宴给焦用接风洗尘，叙叙旧。在这期间出现了问题，押送的兵卒们因为俸禄发放不均，管理存在一定漏洞，甚至有克扣军饷的严重渎职行为，就把这些不法行为汇总之后向韩琦汇报，韩琦以迅雷不及掩耳之势当着狄青的面捉拿了焦用，准备按照军法处死。这让狄青着实震惊，狄青为了救焦用多次和幕僚去韩琦府上求情，但韩琦总是以公务繁忙为借口躲着不见。狄青没有办法，只好在韩琦门外台阶下蹲守，恳请能见一面。韩琦出门立于台阶之上，狄青见到之后叉手作揖说道："韩公，焦用跟着狄青

第三章 从战场到官场，官场也是战场

出生入死，军功卓著，您在陕西时亲眼所见，是好儿！"韩琦冷冰冰地说道："狄将军，在京城开封东华门外，张榜公布的新科状元郎被称为好儿，焦用是什么东西，配用好儿这个词吗？"接着当着狄青的面公布了焦用的犯罪事实，并处以斩刑。狄青眼见老部下将被处死而自己无能为力，一时间愤怒、屈辱、无奈、沮丧等情绪充斥脑中，呆呆站在原地很长时间，一直到幕僚提醒道："将军站在这里很久了，我们还是回府吧。"他才反应过来，悻悻而去。

在那个重文抑武的年代，狄青做事低调谨慎，一直回避和文官们之间发生冲突，但这件事一直深深扎根在狄青的心中。后来，狄青以军功做到了位极人臣的枢密副使一职，也凭借自己的能力做出了文官们难以企及的功业，他经常对人说这样一句话："韩琦枢密功劳、官职和我相同，而我唯一缺少的是进士及第呀。"

大概在皇祐三年（1051）的某个时间，狄青被任命为彰化军节度使、鄜延路经略使、知延州，重新回到宋夏边境任职，具体时间已经不能考证。根据一些材料能够知道，皇祐四年（1052）三月时他曾以鄜延路经略使的身份向宋仁宗进言，所以知延州的任命一定在皇祐四年三月之前。狄青认为："宋夏边境地区的保安军，弓箭手中押官以上全部都会分配身分田，现在可以扩大受

惠群体，根据所统计的家庭人员数量，弓箭手自十将到指挥使全部按照一定的等级给予闲置的田地，这样才能更好地笼络人心。"宋仁宗很快回应并执行了狄青的建议。六月十四日，宋仁宗下诏，提拔彰化军节度使、知延州狄青为枢密副使，成为宋朝中央"国防部副部长"。一个出身低下的禁军士兵做到了执政大臣，在宋朝历史上绝无仅有，这让职业军人引以为傲的事情，也成为文官集团攻击他的口实，在远离战争、由文臣主政的京师开封，狄青的日子注定不会逍遥快活。

二、任职中央，成为枢密副使

北宋时期，枢密院属于控制和调动军队的最高军事机关，与宰相办事机构"中书门下"并称为"二府"，位高权重。枢密院长官通常有枢密使和知枢密院事，副长官有枢密副使、同知枢密院事、签书枢密院事和同签书枢密院事，地位相当尊崇。有关北宋枢密院长官和副长官的选任，不同时期有所不同。根据宋史专家陈峰教授的研究可知，北宋168年间枢密院长官除了宦官童贯之外，共有71人，其中文臣53人，武职出身18人，在宋太祖、宋太宗和宋真宗三朝，武职出身者有12人，宋仁宗统治的42年间，武职出身者有6位当上了枢密使，宋仁宗之后再无武职出身者充任枢密使。北宋枢密院副长官共有 129 位,其中文职出身 108 人,武职出身 21 人。北宋前三朝,武职出身的枢密副使 14 人,宋仁宗朝 5 人,宋英宗朝和宋钦宗朝各有 1 人,宋神宗、哲宗和徽宗朝没有一个武职人员充任枢密副使。通过数据统计大体可以看出,宋仁宗朝实际上是枢密院长官和副长官由文武混用到专用文臣的转折期,武将出身在枢密院已经完全处于被压倒的局面,这在狄青被任命为枢密副使的开始就有较为清晰的显示。

狄青为枢密副使的命令刚下,御史台长官御史中丞王举正、左司谏贾黯(1022—1065)、侍御史韩贽等言事官们先后纷纷跳出来加以阻止。宋仁宗朝上一次御史台台官和谏院谏官联合起来论奏大臣,还是庆历三年(1043)宋仁宗任命夏竦为枢密使,遭到了御史中丞王拱辰联合谏官蔡襄、王素和欧阳修等言事官的抵制,导致夏竦已经到达开封而最终外放,由杜衍代其做了枢密使。御史中丞王举正说:"青出兵伍为执政,本朝所无,恐四方轻朝廷。"王举正这句话有两层含义:其一是祖宗法度最善,不可超越。狄青出身低下当上执政大臣,这样的事情在我大宋祖宗朝都没有,现在竟然敢越过红线破格提拔?其二是唯出身论。即便狄青是通过自己努力凭本事当上枢密副使,但由于出身卑微,仍然会让周边民族政权鄙视嘲笑我大宋无人可用。王举正字伯仲，河北真定（今河北省石家庄市正定县）人，出身官宦世家，他的父亲是宋真宗朝曾经当过副宰相的王化基。在王举正的头脑中，狄青任枢密副使和之前的武职任枢密副使的性质完全不同，宋仁宗即位之后的四位武职枢密副使，分别是杨崇勋、王德用、夏守赟、王贻永。为了详细说明他们之间的区别，我们简单罗列一下这四位枢密副使的家世和生平。

杨崇勋（956—1035）字宝臣，蓟州（今北京市）人。他的爷爷杨守斌武将出身，在宋太祖朝曾经任龙捷指挥使，父亲杨全美也是武将，在宋太宗朝曾经官至殿前指挥使。杨崇勋属于官宦世家出身的将门子弟，他以荫补进入仕途，在宋真宗朝最重要的事迹是揭发寇准（961—1023）和周怀政（？—1020）密谋奉真宗为太上皇，拥立太子即位，所以仕途一路顺利。夏守赟（977—1042）字子美，并州榆次（今山西省晋中市榆次区）人，父亲夏遇为武将，在对抗契丹作战期间战死，朝廷为了体恤烈士遗孤，就让他和哥哥夏守恩（975—1037后）服侍当时的襄王赵恒，也就是后来的宋真宗。王德用（979—1057）字元辅，赵州（今河北省石家庄市赵县）人，是宋太宗、真宗朝将领王超（951—1012）之子，家族中数代为官。王德用荫补进入仕途，早年跟随父亲对抗西夏李继迁，敢于担任先锋，应战沉着，能力突出。他一生谋略过人，治军有方，军事素质过硬。王贻永（986—1056）字季长，并州祁（今山西省晋中市祁县）人，他的爷爷是后周宋初宰相王溥（922—982）。王贻永娶宋太宗女郑国公主为妻，以驸马身份获得武职，进而取得了枢密副使和枢密使的职务。和上述这些家世显赫取得枢密使、枢密副使职务的人相比，狄青基层普通士兵出身，虽然有些能力，但家世贫寒毫无根基，简直是天壤之别，也难怪王举正会有那种奇怪的逻辑。

在宋仁宗坚持任用狄青的情况下，台谏官们综合炮制出来"五不可"，借助左司谏贾黯和御史韩贽之口进谏，他们的奏议现在保存在南宋赵汝愚编纂、现题名为《宋朝诸臣奏议》中，我们且欣赏一下："臣伏见国初武臣宿将，扶建大业平定列国，有忠勋者不可胜数，然未有起兵间登帷幄者。今其不可有五：四夷闻之有轻中国心，不可一也。小人无知，风闻倾动翕然向之，撼摇人心，不可二也。朝廷大臣，将耻与为伍，不可三也。不守祖宗之成规，而自比五季衰乱之政，不可四也。狄青虽材勇，未闻有破敌功，失驾御之术，乖劝赏之法，不可五也。"用现代汉语翻译过来，作为阻止任命狄青为枢密副使的五点理由是：

第一，周边少数民族政权听说了我大宋竟然让一个出身低贱的人充任枢密副使，一定会耻笑和轻视我大宋无人可用。

第二，出身低下的投机分子看到了这样的机会之后会纷纷效仿，带来一系列难以遏制的连锁反应，从而导致投机奔竞、世风日下。

第三，朝中文武大臣竟然要与黥卒出身的官员共事，甚至是作为他的下属出现，实在是一件相当羞耻的事情。

第四，破坏了太祖太宗留下来的祖宗家法，任用武夫悍卒为高官，是把我们政治清明的大宋盛世和衰落不堪的五代混同，完全是自甘堕落。

第五，狄青个人虽然有一定的能力，但并没有听说他有什么大的战功，这样没有规矩的人事任命会导致朝廷丧失控制臣下的能力。

然宋仁宗不为所动，坚持自己的意见。在历史上，宋仁宗一直以来是以宽厚和善、善于纳谏的形象存在的。例如，王拱辰为御史中丞期间，所奏之事不合宋仁宗心意，他想甩手离开，王拱辰竟然抓住他的衣服不让走，最终考虑后还是同意了王拱辰的意见。包拯担任监察御史和谏官期间，屡屡犯颜直谏，唾沫星子都飞溅到宋仁宗脸上，但他一面用衣袖擦脸，一面还接受他的建议。就这样一位虚怀纳谏的帝王，为什么这次在狄青任命上如此坚决？考察当时宋朝遇到的情况之后就一目了然了。因为大宋的

第三章 从战场到官场，官场也是战场

南部边境发生了重大变乱，一方面是交阯军队不断在边境地区骚扰和侵略宋朝疆土，掠夺土地和民众，羁縻府州中一些酋长勒索不成，就开始攻打宋朝的州县，弄得人心惶惶。另一方面是近期广源州侬智高（1025—1055）建立了自己的政权，竟然还大举入侵宋朝的沿边州县，气焰实在嚣张。多股势力盘根错节搞得两广地区一刻不得安宁，在这种情形下宋仁宗召狄青入京，一起商议对策，又是一次充任救火队长的行动。在这种危急时刻最先想到狄青，也能看出在宋仁宗心里，狄青已经是他最信任的将领了。

在狄青从延州回开封赴任时，还发生了一件事被江休复（1005—1060）记载了下来，同样反映出文臣群体对狄青的蔑视。当时开封方言中有一些鄙俗语言，称呼军人为"赤老"，大家都这么说，但原本的意思已经弄不清楚了，或许类似现在上海话中的"赤佬"或"小赤佬"。记述者江休复自己揣测，大概是因为宋代书写军令、军功等的簿籍被称为"尺籍"，流传过程中因为两者读音相近，所以讹"尺"为"赤"。狄青从延州回来赴任枢密副使，枢密院的官员们安排迎接，但他们并没有狄青回京的准确时间，这些人为了讨好新上司，每天都做着准备，连续多日都没有看到狄青。某一天，他们看到有一路人甲衣装打扮不像京城本地人，于是凑上前去问道："敢问您是从哪里来的呀？"路人

甲说从西北而来。他们接着问："路上是否看见过狄枢密的大旗，狄枢密今天能到开封吗？"对方说见过，但今天肯定来不了。这帮人知道今天又白等了一天，懊恼之下破口骂道："天天迎接这个赤老，每天都接不到，架子真是太大了！"但他们不知道，这个所谓的路人甲正是他们口中狄枢密的儿子狄咏。这件事情传开之后，以至于京城的士人都背地里称呼狄青为"赤枢"。

狄青到了开封职务交割完毕，宋仁宗就紧急召见他来商议南部边境侬智高入侵事宜，在讨论完之后，宋仁宗看到狄青脸上的刺字，就说："狄卿为国分忧，现在已经位极人臣，这脸上的刺字，朕做主赐药为卿除去吧！"狄青摸了摸脸上那行刺字笑着说道："谢陛下隆恩，微臣本来就是一介草民，蒙陛下不弃提拔于行伍之中，若没有这行刺字就没有臣的今天。陛下选拔人才按照功劳而不问门第阀阅，这让我们大宋将士们知道脸上刺字并不是多么难堪和屈辱的事情，反而是一种绝好的激励，让他们知道即便是枢密副使这样的高官也是可以通过自己的奋斗获取的。所以臣恳请陛下收回成命。"宋仁宗听完狄青的话，也觉得十分有道理，从此不再提除掉刺字一事。

虽然狄青不除去刺字的话语无懈可击，但在日常生活中，仍有同僚就他脸上的刺字开玩笑。狄青任枢密副使时，当时枢密院

第三章 从战场到官场,官场也是战场

长官为王贻永和高若讷(997—1055),副长官还有王尧臣,所以狄青是枢密院长官和副长官中资历最浅的那一个。这位枢密副使王尧臣,就是狄青天圣五年(1027)刚入伍时,围观的那位状元郎。王尧臣经常拿狄青那行刺字打趣,狄青并不在意。某天,王尧臣再次开玩笑说:"狄公自从任职枢密院之后,整个人红光满面精神饱满,您脸上那行刺字也和您整个人一样,越发的光鲜明亮呀!"同僚听完哈哈大笑。狄青也微笑着说:"蒙王公照拂,狄青感激在心。若您喜欢的话,狄青可以免费送您一行刺字,不知您意下如何?"一句话呛得他灰头土脸非常狼狈。自此之后,王尧臣再也不敢这样没完没了拿狄青脸上刺字开玩笑。

随着宋朝南部边疆情况急转直下,侬智高大军猛烈进攻两广地区,所到之处攻无不克,宋廷不得已再次派狄青充任"救火队员"赶赴两广地区。皇祐四年(1052)九月二十八日,宋廷以枢密副使狄青为"宣徽南院使、荆湖北路宣抚使、提举广南东、西路经制贼盗事",全权负责讨伐侬智高事宜。从履新到离京奔赴战场,距狄青第一次任枢密副使的时间没有超过100天,算是触摸到最高权力的初尝试。

两广地区的战争是如何爆发的,侬智高是谁,宋朝有什么应对,狄青又是如何处理的?这一系列问题需要我们细细道来。

第四章
从归附到对抗：侬智高行动转变的心路历程

在开始本章的写作之前，甚至本书写作之前，笔者一直都是相当犹豫的。因为狄青一生最主要的功绩，就是在对西夏战争中军功卓著因而一步步被提拔，而到了平定南部边疆侬智高所谓的叛乱后即达到仕宦生涯的顶点，这样就注定了写作过程中会有诸多矛盾和冲突。比如按照20世纪很多研究者的观点，以党项民族为主体的西夏和以侬智高为祖先的壮族，都是中华民族的有机组成部分，他们和宋朝之间的冲突是民族融合的必然结果。部分学者强调指出，突出西夏"侵略"宋朝，以及侬智高事件为"叛

第四章 从归附到对抗：侬智高行动转变的心路历程

乱"和"反宋""侵宋"，这样的话语是"封建史学家"基于狭隘历史观得出的结论，带有明显的"大汉族主义"立场。尤其是对侬智高和宋朝之间的战争是"反宋"还是"抗宋"，侬智高是"地方英雄"还是"一方盗贼"，任何一个都极难下笔，任何一个问题的定性也都不是这本小书所能承载的。有鉴于此，笔者不拟对相关问题作任何定性，而是以时间为线索，尽量返回历史现场，去尝试体悟和理解本书主人公狄青在整个事件中的所作所为和情感上的离合悲欢。

需要指出的是，因为涉及很多边境地区少数民族的地名，其辖境范围不同学者的观点差别甚大，所以在处理时暂不备注现今的所在地。少数民族人物的生卒年很多也都难以考察，除了像侬智高这样极为特殊的，同样也不再标注，请读者原谅。

一、侬智高发迹的背景和过程

宋朝从建立到灭亡，从来都不是一个统一的王朝，它实际管辖范围比起所谓的汉唐盛世，实在少之又少。宋朝从北部到西北，从四川地区到荆湖南北路，从广南西路到广南东路，辖境内外分布着众多部族政权，北边强敌有以契丹为主体的辽，军事实力超过宋朝；西部边境除了以党项为主体的西夏外，还有吐蕃、回纥、藏才、白马、鼻家、保家等；四川地区有诸如邛部川蛮、白蛮、乌蒙蛮、净浪蛮、阿宗蛮、三王蛮等；荆湖南北路则有五溪蛮，两广地区有乌水浒蛮，还有瑶、蜑、黎等部族，这些部族内部又有很多分支，相当复杂。根据学者的研究可知，宋朝对于这些少数民族部落或政权的统治大体有三种类型：第一是以族长形式，任命本族首领为长官，隶属于地方州县直接管辖。这一类管理方式多用于统治西北边境地区的部族，西南边境地区一小部分部族以及海南岛熟黎也以这种形式管理。第二是羁縻州县形式，以各个部族地区为中心建立州县，以酋长为首领统治部族，具有很强的独立性。宋朝在四川、荆湖南北路和两广地区设置了三百多个羁縻州县来管理当地的部族。第三是象征性统治形式，这些部族与宋朝没有明确的隶属关系，介于生户和熟户之间，比羁縻州县更为疏远。西南边境地区的大多数部族属于这种管理方式。

这样的民族政策是和当时大的政治环境密不可分的。宋代著名理学先驱邵雍（1011—1077）曾经指出宋朝百余年间没有腹心之患的原因："朝廷内部没有飞扬跋扈的大臣，国境之内没有拥兵自重的藩镇，也没有像陈胜、吴广及黄巢那样的大盗贼，所以宋朝百年基业是由极好的内外环境共同造就的。唯一需要担忧的

第四章 从归附到对抗：侬智高行动转变的心路历程

是周边有部分的当地民族骚扰。"类似的话语在很多宋代士人言语中都有所流露，而他们所指的当地民族骚扰，更多的是契丹和西夏所谓的"二鄙之患"，这种认识也直接影响到宋代帝王，他们对于周边少数民族政权对宋朝的威胁，也基本上持这种观点。例如，宋神宗就曾经说过："朝廷外事上最重要的事情，就是既要防御北边强敌契丹，又要提防西边狡猾的西夏，这两个势力搞得朕常常焦头烂额。"契丹立国于公元916年，早宋朝50多年，五代时期石敬瑭为了得到契丹的援助曾割让幽云十六州给契丹，中原王朝防御北方游牧民族的重要屏障——长城一线全部归属于契丹。西夏经过李继迁、李德明和元昊三代经营，在战场上屡屡挫败宋军，实力也不容小觑。相比契丹和西夏而言，西南边境地区虽然部族众多，但他们居住分散，内部互相没有隶属关系，少数民族部落之间也经常有各种冲突，同时经济发展水平也很落后，加上崇山峻岭等复杂的地理环境，使得他们不方便组织强大的武装力量抗衡中央政府，所以就导致了北宋前期民族政策上的"重北轻南"方针。也就是说宋朝统治者重视对北部、西北部边境地区的经营，以便防御契丹和西夏的进攻，轻视甚至忽视西南边境地区的防守和经营。

在朝廷"重北轻南"的方针指导下，宋朝对西南地区的经略有三个明显缺陷。一是宋朝在南方地区的驻军数量少，整个防卫体系薄弱。根据学者的统计，北宋禁军在地方驻防时的重心在北部和西北部边境，以宋仁宗朝的禁军屯驻为例，当时首都开封及周边驻屯禁军684指挥，每指挥按照满额500人算的话，应该是34万多人；备御契丹的河北路和河东路驻屯禁军414指挥21万人，其中太原府是驻军最多的一个，共有36指挥18000人；防御西夏的陕西路驻扎禁军329指挥16万多人，其中秦州驻军最多，共有34指挥17000人。与北方诸路重兵防御相比，南方诸路驻扎禁军少得可怜，例如广南东路和广南西路两个路，只有广州（今广东省广州市）、桂州（今广西壮族自治区桂林市）、邕州（今广西壮族自治区南宁市）和容州（今广西壮族自治区玉林市容县）有禁军8个指挥驻守，合在一起只有4000人；西川四路一共只有9个指挥的禁军4500人，分别驻扎在成都府、嘉州、雅州、梓州、遂州、戎州和泸州等7个州；福建路当时驻扎禁军10个指挥5000人，分布在福州、建州、泉州、南剑州、漳州、汀州、邵武军和兴化军。若考察南北方之间的差别，以广南东西路、西川四路、荆湖南北路、福建路、两浙路、江南东西路、淮南东西路等为南方的话，一共驻扎禁军195指挥，满额总计不足10万人；而陕西路、河东路、河北路、京东路、京西路加上首

第四章 从归附到对抗：侬智高行动转变的心路历程

都开封府，共计驻扎禁军 1732 指挥，满额大概有 86 万之多。这里仅仅是从单纯的数量对比，还没有考虑疆域范围大小、禁军中最为精锐的班直、上四军和中下军等军事实力不同，以及不同军种的装备优劣等的差别。二是南方驻扎禁军军队的装备严重不足。由于宋太宗、真宗朝川蜀地区发生了数次农民和士兵反抗宋朝的斗争，所以宋真宗开始认识到南北方边防政策的失调，咸平六年（1003）他对臣僚说道："比来备边，专意西北，至于远方殊俗，要不可忽，如川、广、荆湖，常须训齐军伍，以为边备。"虽然宋真宗有这样的认识，但是具体到政策的出台及落实方面，实际上收效甚微，他这种经营西南边疆地区的思想，仅仅停留在口头上。七年之后的大中祥符三年（1010），宋真宗曾经明确说道："朕记得我大宋建国以来，广南、西川这些偏远地区，驻扎的禁军从来没有新添加过兵器，也没有监督考核他们的军事训练情况。"这是宋朝建国半个世纪之后皇帝的回忆，50 年没有新增添武器装备，可见朝廷对广南、四川地区驻防军队的漠视程度。三是宋朝在西南地区的官吏绥怀招缉无术，行事草率鲁莽。朝廷委派到西南地区的官吏，很多不了解当地少数民族的习惯，奏议中常充斥"蛮夷不知礼仪"等轻蔑和不尊重少数民族群体的语言。对于和少数民族的纠纷，有些官员竟然提出"不如把他们全部杀死，这样就能够一劳永逸，免得后患无穷"这样蛮横残忍的建议。宋朝中央和地方官员对西南地区的总体策略如此，那么具体到对待侬智高，自然也不会例外。

侬智高事件的发生，和广源州的归属及控制权问题密不可分。根据清人顾祖禹在《读史方舆纪要》中的说法，唐代广源州的名称为平原州，一度归属南汉管辖，或可以略备一说。宋太祖赵匡胤灭南汉后，开宝九年（976）广源州酋长坦绰侬民富通过邕州向宋廷表达了愿意归附的诚意，宋朝设置为邕管的羁縻州。值得注意的是，"坦绰侬民富"当中的"坦绰"，学者研究强调这是大理国的官称，由此可见广源州在归附宋朝之前，接受南汉封号的同时也接受了大理国的封号，这种情形对于边境地区的少数民族政权而言并不罕见。广源州侬氏从唐朝以来一直盘踞于这一地区，首领全部从他们一族中产生，因为广源州与交阯接壤，故宋朝与交阯的关系在很大程度上影响着该地区的稳定。宋朝和交阯之间在宋太宗时期曾有过短暂的战争，战后双方很快恢复朝贡关系，但随着交阯吞并了安南实力大增，双方在边境地区时有摩擦，北宋真宗朝已经基本失去了对广源州的实际控制。所以《宋史》上记载："广源虽号邕管羁縻州，其实服役于交阯。"说的就是这个意思。宋仁宗天圣七年（1029）广源州酋长侬全福（沈括

第四章 从归附到对抗：侬智高行动转变的心路历程

《梦溪笔谈》记作侬存福）率领部众归附而被广南西路转运使章频拒绝，侬全福率领部众走上了独立的道路。

当时，侬全福是傥犹州的首领，他的弟弟侬存禄是万涯州的首领，他的妻弟侬当道是武勒州的首领，他们之间互为奥援同时也有一定矛盾。在侬全福的一次精心策划下，擒杀了弟弟侬存禄和妻弟侬当道，吞并了他们的辖区万涯州和武勒州，在宋朝和交阯之间形成一个独立王国，称为"长其国"，他自称"昭圣皇帝"。交阯国王李德政得知侬全福称帝的消息之后十分愤怒，于景祐三年（1036）发兵攻打侬全福，俘虏了他和他的儿子侬智聪，并于宝元二年（1039）在交阯杀死二人。侬全福妻子阿侬和另一个儿子侬智高幸免于难，逃亡后阿侬改嫁给特磨道酋长侬夏卿。

有关这段历史，不少史籍有这样的说法："侬全福的妻子阿侬本来是武勒族人，侬全福被俘虏到交阯之后她又改嫁给一位姓名不详的商人，两人生育了一子取名智高。智高13岁那年认为一个人不能有两个父亲，于是亲手杀了自己的商人父亲而改姓侬，与母亲一起逃亡到雷火洞，阿侬又嫁特磨道酋长侬夏卿。"若我们仔细考察这里面隐含的时间线索和内容，就能察觉其中漏洞不少。按照这则记载的逻辑，李德政杀死侬全福在宝元二年，也就是公元1039年，当时侬智高尚未出生。假设他母亲阿侬改嫁商人后随即出生，那么侬智高出生时间也不会早于庆历元年（1041），他13岁杀掉亲生父亲，已经是皇祐六年（1054），然后母亲再嫁特磨道酋长侬夏卿。这与皇祐四年（1052）侬智高已经在边境地区频繁从事军事活动存在着不可调和的矛盾。此外，既然侬智高在13岁时以一人不能有两个父亲为借口杀了他的亲生父亲，母亲阿侬再次改嫁又如何解释？再者，根据记载侬智高庆历八年（1048）占据田州之后，强迫知州黄光祚的母亲作为自己的妻子，若按照他杀父是真实的话，当年侬智高不会超过8岁，又怎么可能娶黄知州的母亲呢？综合以上诸多疑点，可以判断包括《续资治通鉴长编》《宋史》《宋会要辑稿》乃至《文献通考》等宋代基本史料中记载的侬智高杀亲生父亲一事，定属于宋朝人对侬智高污名化的结果，而且存在着罔顾事实以讹传讹的现象。

司马光在《涑水记闻》中记载，侬智高和母亲阿侬逃跑时，年龄是14岁。他写道："智高年十四，与其母逃窜得免。"若司马光记载没有错误的话，侬智高应该出生于宋仁宗天圣三年（1025）。他和母亲阿侬在侬夏卿的帮助下，招诱部族成员，展开军事训练，并于庆历元年（1041）在傥犹州建立"大历国"与交趾对抗，当时侬智高16岁，属于初生牛犊不怕虎的血气方刚的

第四章 从归附到对抗：侬智高行动转变的心路历程

年龄，也正好可以说得通。交阯统治者李德政听说侬全福后代东山再起并重新建国，又很快出兵讨伐，侬智高毕竟实力难以与交阯对抗，不久兵败被擒。李德政觉得，侬全福被诛杀之后，傥犹州和周边势力也并未完全归顺自己，然而让这些少数民族觉得自己太过残忍以至于不断寻机会报仇，与其这样恶性循环，不如尝试以恩信安抚酋首以夷制夷，让他们能心服口服地归顺自己。有鉴于此，李德政没有诛杀侬智高，而是把他释放，又授给他广源州知州的官衔，紧接着划给他雷、火、戚、婆四洞及思琅州（有的史料上称为"思浪州"）归其管理。庆历三年（1043），李德政还赐印给侬智高，并且晋升他的官职为"太保"。但是，侬智高虽然当时为了保命表面上向交阯服软，但他回到根据地之后，又想起自己携带生金百两向交阯表达乞求赎回自己父兄的意愿，李德政收了黄金之后仍然杀害父亲和兄长，又让自己成为阶下囚而反复凌辱，所以在方针政策的制定上非但没有臣服交阯，反而是怨上加恨。在这样的理念之下，侬智高积蓄力量网罗人才，诸如黄玮、黄师宓等一批宋朝士人加入侬智高集团当中，对他的发展壮大影响较大。

经过数年的积累和准备，庆历六年（1046）前后，侬智高重新袭击并占据安德州，建立"南天国"，改元"景瑞"。李德政派遣郭盛溢讨伐侬智高，这次交阯在军事上并没有成功，侬智高实际上确定了在广源州地区的控制权，势力逐渐强大。在反抗交阯的同时，侬智高派遣使者到宋朝的邕州请求归附，希望宋朝能授予他刺史职务。宋朝认为侬智高和交阯之间矛盾重重，这次他因反抗交阯而求归附，以后也可能叛变自己而归顺他人，而且，接受侬智高归顺无疑是向交阯传递某种信号，容易造成南部边境不必要的麻烦。经过朝廷讨论，最终没有接纳侬智高的请求。这为之后侬智高侵扰宋朝边境埋下伏笔。

皇祐元年（1049）七月，宋廷接到广南西路转运司的奏议，称侬智高带兵袭击邕州，于是朝廷下诏江南东西路和福建路出兵协助广南东西路抵御。然而，侬智高这样的军事行动实际上仅仅是小规模的骚扰，是要求归附被拒绝后的泄愤，也或者是象征性的军事威胁。十二月初五日，宋朝中央着手调整广南西路的官员任命，命令礼宾使、知桂州陈珙（？—1052）为洛苑使、广南西路钤辖兼知邕州，内藏库使、广南东路都监陈曙（？—1053；因为避宋英宗赵曙讳，宋代史籍当中多记载陈曙的名字为"陈晓"，实际上二者为同一人，为行文方便，下面仍然称他本名"陈曙"）为广南西路钤辖兼知桂州。并且委派宦官内供奉官高怀政（？—1050后）前往邕州，和本路转运使商量监督处理侬智高等骚扰边

第四章　从归附到对抗：侬智高行动转变的心路历程

境事宜。

这样的人事任命是有原因的，陈珙在庆历五年（1045）平定西南边境宜州少数民族区希范和蒙赶叛乱时，立下了汗马功劳，算得上是宋朝官僚队伍中为数不多了解西南少数民族的成员之一。陈曙虽没有与少数民族打交道的经历，但他曾经处理过军队的叛乱，庆历三年（1043）光化军（今湖北省襄阳市老河口市）士兵在邵兴的率领下哗变，就是被他平定的。皇祐二年（1050）二月，陈珙、陈曙等广南西路钤辖司开始部署边境防御工事，请求在邕州边境罗徊峒设置堡寨，用来扼制广源州侬智高入侵宋朝的通道，这对于侬智高的小规模骚扰应该是起到一定作用的。

不过，从本年度广南西路的上奏也可看出，侬智高这一阶段的重点是对抗交阯，并未针对宋朝采取大规模军事行动。皇祐二年（1050）五月二十一日，广南西路转运司汇报，交阯发重兵讨伐侬智高，其部众逃亡隐蔽于山林之间，希望朝廷下诏广南西路多加防备。这次交阯进攻广源州仍然没有达到消灭侬智高的目的，但由于广南西路转运使萧固（1002—1066）派遣邕州指挥使亓赟（？—1080后）对双方战事进行刺探汇报而导致节外生枝引发了一系列的严重后果。

二、侬智高由投宋到抗宋

皇祐二年（1050）交阯对广源州侬智高的战争，宋朝边境官员比较关注其进展，所以委派邕州指挥使亓赟时刻打探消息。亓赟是宋仁宗专门从中央委派到西南边境关注侬智高事件的宦官，他在打探消息时竟然立功心切，擅自进攻侬智高。令亓赟万万没有想到的是，西南地区的宋朝禁军在和久经沙场的侬智高军队短兵相接时，竟然毫无还手之力，在全线溃败的同时自己还被侬智高俘虏，成为阶下之囚。不过，亓赟毕竟是在皇帝面前经历过大场面的人，他在保命之际告诉侬智高："我们之间的摩擦完全是误会，我来这里并不是为了攻打你们，而是来传达大宋朝廷的口谕，大宋皇帝派我来商量你们归附的事情哪！因为部下之间语言沟通出现了问题，加上双方并不熟悉才导致互殴，大宋朝现在有能征善战的禁军百万，要是真想讨伐你简直易如反掌。要不要归附，你考虑考虑吧。"

侬智高听了大喜过望，原来亓赟是大宋朝的使者，自己虽然目前在和交阯的斗争中暂时胜利，但也是苦苦支撑，若有大宋作为自己的后盾对抗交阯，那简直是久旱逢甘霖的美事。侬智高赶紧派自己的亲信十余名和亓赟一起到邕州，共同商量向宋朝进

第四章 从归附到对抗：侬智高行动转变的心路历程

贡、归附等事宜。到了邕州才发现，事情并不是亓赟说的那样，所谓的使者、所谓的朝贡、所谓的归附，都是亓赟为了保命而编造出来的一系列谎言。广南西路转运使萧固把事情原委上奏宋仁宗，并建议道："以侬智高现在的实力，必定会成为南方地区的一方霸主，若借这个机会朝廷赐他一官半爵加以笼络，可以成为我大宋遏制交阯的一件利器。请朝廷三思。"然而，经过朝廷大臣们的商量，做了这样的处理："亓赟无端为国惹是生非，贬斥为全州指挥使，侬智高派遣的使者全部遣送回去，所有请求一概回绝。"而且，朝廷还下诏责问萧固："你作为广南西路转运使，若答应了你的建议，能否保证交阯不来索要侬智高？能否保证侬智高永远不侵犯我大宋领土？能否保证我大宋西南边境的和平稳定？相关问题请萧卿速速回报。"这样直击心灵的三连问使得萧固相当窘迫，萧固上表回答："侬智高这样的蛮人逐利而动，臣不敢保证他能永远效忠我大宋。然而，考虑到我们对西夏的战争刚刚平复，大规模用兵并不现实，所以像侬智高这样的情况招抚是最佳的选择。侬智高个人能力突出，近几年在广源州乃至整个广南地区很得人心，不少当地民众慕名投奔，羽翼已成，绝非交阯能够驾驭的。若他归顺之后交阯强硬来争夺，那就让他们互相争斗，我们坐收渔翁之利。"朝廷得到了萧固的回复，并没有改变既有的方针,错过了一次和平处理西南边境事件的绝佳机会。

侬智高得知宋朝朝廷的态度后相当郁闷,但为了表示归附的诚意,他仍然做着最后的努力。皇祐三年(1051)三月,他向宋朝又一次上表请求归附,并进贡驯象和大批金银,广南西路转运使萧固再次向朝廷上奏申述了侬智高的诚意,结果朝廷的答复让萧固和侬智高都相当失望:"广南西路转运司、钤辖司共同以地方名义回复侬智高,广源州本来隶属于交阯,若能和交阯一起朝贡,朝廷决不拒绝,若广源州单独进贡,大宋朝没有办法接受。"完全是一副拒人千里之外的姿态。此外,侬智高还通过知邕州陈珙向朝廷进贡金银,送上请求归附的书信,结果仍然是被否定,宋朝毫无回转余地地拒绝侬智高的归附请求,无疑断绝了他依附宋朝的所有幻想。于是,侬智高依托于广源州盛产金银等矿产的资源优势,招纳亡命之徒,收买周边少数民族壮大自己的力量,暗暗做着大举进攻宋朝的准备。

在这个过程中,宋朝一方并不是毫无察觉,孔宗旦(?—1052)就是一个代表。孔宗旦,曲阜人,是孔子四十六代孙,当时官为广南西路司户参军,《宋史·孔宗旦传》记载了他对当时的邕州知州陈珙进言防备侬智高之事,他说道:"邕州在官府正堂上无故出现白烟,郁江洪灾泛滥,这些都属于用兵的预兆。假

第四章 从归附到对抗：侬智高行动转变的心路历程

若邕州有军事行动，肯定是侬智高入侵，请及时准备以应对。"陈珙根本不相信一向表面上摆出示弱和卑微姿态的侬智高敢对大宋用兵，所以并没有把孔宗旦的话放在心上。孔宗旦见陈珙不采纳自己的意见，就反复进言不止，气得陈珙大骂："好个不知天高地厚的孔司户，你癫狂了吗！"陈珙之所以如此坚决地认为侬智高不会造反，除了狂妄自大之外，司马光在《涑水记闻》中还强调指出，他身边有一部分人已经被侬智高暗中收买，一直在到处传播侬智高不可能造反的虚假信息。所以，主事官员不作为使得宋朝整个南部边境军备松弛，基本上是毫无防备。

皇祐四年（1052）四月，侬智高感觉起兵的时机已然成熟，一天晚上用计放火烧了自己的根据地，进而聚集部下说："我亲爱的勇士们，交阯多年来一直欺压我们，想除去我们而后快，我们投靠宋朝又屡屡遭到拒绝，现在一场天火烧尽了我们所有的物资，真的是走投无路啦！能不能这么理解，这场天火是上天的启示，要我们和旧日诀别。根据我们可靠的情报，宋朝边境驻兵不堪一击，从现在开始我们一举攻下邕州，进而占据广州，建立属于自己的政权，绝好的机会就在眼前，我亲爱的勇士们，你们意下如何？"部下们看到眼前的现实情况，也都同意跟着侬智高一起起兵。于是，侬智高率领部下五六千人沿郁江东下，进攻横山寨（今广西壮族自治区百色市田东县），寨主、右侍禁张日新（？—1052），邕州都巡检、左班殿直高士安（？—1052），钦州、横州同巡检、右班殿直吴香（？—1052）战死，横山寨失守，侬智高军队以迅雷不及掩耳之势到达了广南西路最重要的邕州城下。

邕州当时所驻守的禁军不足1000人，知州陈珙在仓促之下，紧急命令邕州通判、殿中丞王乾祐（？—1052）守卫邕州北门来远门，权邕州都监、三班奉职李肃（？—1052）守卫邕州东门大安门，指挥使武吉（？—1052）守卫南门朝天门，自宾州前来援助的广西都监、六宅使张立（？—1052）计划守卫西门。张立刚入城就直接上城守卫，陈珙携军士带酒上城为他接风，还没有喝完酒邕州城已经沦陷。作为广南西路最重要的邕州，竟然在片刻之间被侬智高攻陷，一方面反映出侬智高军队能征善战，准备极其充分；另一方面也可说明宋朝的防范实在懈怠，禁军毫无战斗力可言。邕州城沦陷后，上到知州陈珙、通判王乾祐、广西都监张立，中到司户参军孔宗旦、节度推官陈辅尧（？—1052）、观察推官唐鉴（？—1052），下到普通兵士百姓被一网打尽。侬智高在检查战利品时，发现他写给宋仁宗请求归附的奏议，竟然一直沉睡在邕州的军资库中，于是相当气愤地质问陈珙道："我一而再再而三地上奏向大宋皇帝求归附，给一个封号用来统辖周边少数民族部众，你抬抬手就能够传递到京师开封，就这样一个小小的请求，为什么都不上报呢？"陈珙吓得面如死灰，哆哆嗦嗦地说已经上奏朝廷，但朝廷并没有答复。侬智高一边扔下自己奏议的原件，一边索要他向皇帝上奏的奏章草稿，陈珙在寻觅不见的情况下对着侬智高高呼万岁，跪地求饶乞求为侬智高效力，终究没有获得谅解。

皇祐四年（1052）五月初一日，在侬智高处死邕州主要官员之后，随即宣布建立"大南国"，自己称"仁惠皇帝"，建元"启历"，并按照宋朝的职官制度设立了自己政权的官职，标志着侬智高与宋朝的全面决裂。侬智高和手下幕僚黄玮、黄师宓共同商议，一致认为邕州只是起点，这里经济落后，交通不便，并不适宜作为都城，他们必须沿江东下，攻下广南东西路经济最发达、军事地位最重要的广州，以广州为自己的都城，以五岭为界割据两广，稳步建设自己的"大南国"，这才是他们的终极目标。

三、宋朝地方官员的初步应对

若以一场考试作为例子来比较宋朝地方官员针对侬智高进攻的应对，那么绝大多数人的表现是不及格的，甚至很多人成了

"白卷英雄"。从五月初一侬智高占领邕州建立"大南国"开始,他的军队按照既定战略方针沿江东下,一路所向披靡。五月初九日,侬智高到达距离邕州220里外的横州(今广西壮族自治区横州市)。据记载,北宋没有在此地驻扎禁军,横州知州、殿中丞张仲回(?—1052后)和横州监押、东头供奉官王日用(?—1052后)等弃城逃跑,交了白卷。五月十二日,侬智高军队到达贵州(今贵州省贵阳市)。根据北宋初期乐史(930—1007)所撰地理总志《太平寰宇记》记载,横州到贵州水路105里,坐船需要走4天才能到达,而初九到十二日中间刚好4天,能够知晓侬智高在进攻宋朝州县的路上,也是马不停蹄一帆风顺的。宋朝在贵州地区也没有驻扎任何禁军,知州、秘书丞李琚(?—1052后)同样弃城逃跑,交了白卷。五月十六日,侬智高军队到达210里外的龚州(今广西壮族自治区贵港市平南县)。龚州同样没有驻扎任何禁军,知州、殿中丞张序(?—1052后)弃城逃跑,依旧交了白卷。五月十七日,也就是攻陷龚州的次日,侬智高军队获得"大丰收",一天攻下了藤州(今广西壮族自治区梧州市藤县)、梧州(今广西壮族自治区梧州市)和封州(今广东省肇庆市封开县)三个州。藤州知州、太子中舍李植(?—1052后)和梧州知州、秘书丞江镒(?—1052后)先后弃城逃跑,仍

第四章 从归附到对抗：侬智高行动转变的心路历程

然是交了白卷。封州知州、太子中舍曹觐（1018—1052）率军抵抗，这是侬智高进攻宋朝半个月以来第一个抵抗的地方官员，曹觐兵败被杀。王安石曾总结了侬智高侵宋时广南东西路地方官的表现，他强调指出："侬智高反广南，攻破诸州，州将之以义死者二人。"州将在宋代是知州的别称，封州知州曹觐就是王安石说的"以义死者"的二人之一，值得我们在这里重点介绍。

曹觐字仲宾，建州（今福建省南平市建瓯市）人，《隆平集》《东都事略》和《宋史》当中均有传记。他是右谏议大夫曹修古（？—1033）的侄子，曹修古死后无嗣，天章阁待制杜杞（1005—1050）向朝廷汇报了这件事，并建议授曹觐建州司户参军作为曹修古的儿子，他仕宦期间恪尽职守，皇祐年间（1049—1054）被授予太子中舍、知封州。封州当地没有禁军驻守，也没有修筑过城墙等防御工事，当侬智高军队大军压境时，部下都劝说曹觐弃城逃走，被曹觐义正词严地拒绝。他说道："吾守臣也，有死而已。且吾家以忠义自持，吾岂苟生者！敢言避贼者，斩！"曹觐招募了百余人的敢死队，都监陈晔率领乡丁进行抵抗，封州令率领维护地方治安的弓手作为第二梯队。面对百倍于自己的侬智高军队，封州这点兵力无疑羊入虎口，很快被击溃，而曹觐坚持率领身边的随从继续战斗。这场以卵击石的战斗没有持续很久就结束了，侬智高觉得曹觐还算是有骨气，就用高官厚禄及美色诱惑他跪拜投降，侬智高说道："从我得美官，付汝兵柄，以女妻汝。"曹觐拒绝跪拜，并且厉声叫骂："人臣惟北面拜天子，我岂从尔苟生邪，速杀我，幸矣。"在招降未果后，侬智高仍然觉得曹觐有骨气，和一般贪生怕死的宋朝官员不同，于是将他安置在运兵船中。曹觐毫不动摇，绝食数日以明志，侬智高看招降他没有任何希望，就将他残忍杀害抛尸郁江之中，年仅35岁。封州在当时隶属于广南东路，它的沦陷标志着侬智高军队已经从广南西路进攻到广南东路，他们按照既定方针，继续向东挺进。

五月十八日，侬智高率军进攻康州（今广东省肇庆市德庆县），康州知州、太子右赞善大夫赵师旦（1011—1052），康州监押、右班殿直马贵（？—1052）双双战死。赵师旦和曹觐一样在《隆平集》《东都事略》和《宋史》中均有传记，他是王安石所说"以义死者"的第二位。传世文献中有关赵师旦的记录不算太多，但他的家族世系之类的基本信息，竟然有不能完全吻合之处，对此我们在这里稍加说明。

赵师旦字潜叔，楚州山阳（今江苏省淮安市淮安区）人，《隆平集》《东都事略》和《宋史》的赵师旦传记中，一致称他是

第四章 从归附到对抗：侬智高行动转变的心路历程

宋仁宗朝枢密副使赵稹（962—1037）的侄子，看似没有任何问题。但王安石在赵师旦墓志当中却记载："曾祖讳晟，赠太师。祖讳和，尚书比部郎中，赠光禄少卿。考讳应言，太常博士，赠尚书屯田郎中。"而尹洙在赵稹墓志铭中叙述其家族世系时候说道："考晟，赠太师。妣孙氏，追封洛阳郡太夫人。"两者对比可以推出，赵师旦曾祖赵晟至少有两个儿子，一位是赵师旦的爷爷赵和，一位是赵稹。所以赵师旦和赵稹不是叔侄关系，而是叔祖和侄孙关系。这样也可以解释王安石在赵师旦墓志中说到的另外一句话："君用叔祖荫试将作监主簿。"也就是说赵师旦是由于赵稹的荫补进入仕途的。他在地方上仕宦多年，颇有政绩。皇祐二年（1050）由于宋仁宗明堂大礼恩，阶官升迁为太子右赞善大夫，差遣从知徐州彭城县改为知康州。

当邕州城被侬智高攻陷之后，赵师旦和其他知州不同，他已经派人暗中打探这股敌军军事行动的动态，以及所到之处的战斗情况。探事人回来汇报的结果是侬智高所到之处，州县官员全部弃城逃跑，无一例外。赵师旦听了之后气愤不已，于是在辖境内招募士兵，修葺城墙以加强戒备。但当时康州没有驻扎禁军，赵师旦也只是临时招录了300人组成所谓的敢死队，对抗侬智高的大军实在是捉襟见肘。侬智高军队当天到达康州城下的时候天已经快黑了,先头部队还没有稳住神,竟然被赵师旦和三百壮士来了个开门"痛击",死伤十余人。侬智高军队稍一用力,他们就难以支持退回城中。赵师旦也知道自己这些手下的斤两,他取了象征权力的官印给妻子说:"明日贼必大至,吾知不敌,然不可以去,尔留死无益也。"已经有为国殉职的决心,一定要拼个鱼死网破。王安石在他墓志当中,对比了康州城沦陷前一天晚上赵师旦和副手马贵的行为,王安石写道:"马贵非常惶扰,甚至到了吃饭拿不住筷子的地步。只有赵师旦自己镇定自若,言谈举止、饮食起居一如平日。到了晚上,马贵紧张、焦虑乃至恐惧叠加在一起,在床上坐卧不安。赵师旦头刚贴着枕头就鼾声四起,一直睡到大天亮。"紧接着王安石感慨道:"夫死生之故亦大矣,而君所以处之如此。呜呼!其于义与命,可谓能安之矣!"笔者有理由相信,马贵对于即将到来的死亡紧张得无法饮食入睡,赵师旦吃饭睡觉如平日一般,类似的细节描写如临其境绘声绘色,但实质上出自于王安石的想象,否则像这样的内容,在城池即将被攻陷之际,又是谁能这么冷静、持续地观察知州和监押的日常活动呢?不过,经过王安石的加工和叙述,赵师旦为国捐躯前对待生死的坦然,及其伟大的个人形象便栩栩如生。

五月十九日在黎明之际侬智高军队开始进攻,赵师旦对部下

第四章　从归附到对抗：侬智高行动转变的心路历程

高呼："你们愿意斗争到底而死，还是屈辱投降被杀而死？"部下都高声称愿以死报国来呼应，而事实证明，赵师旦、马贵和部下也践行诺言，全部都是战斗到底，没有一个弃城逃匿的。李焘在《续资治通鉴长编》上留下了赵师旦的最后一句话，他对着侬智高大骂道："饿獠，朝廷负若何事，乃敢反耶！天子发一校兵，汝无遗类矣。"被激怒的侬智高很快杀死了赵师旦。然而，赵师旦诅咒的让侬智高死无葬身之地，这一阶段还看不到任何迹象。

五月十九日，侬智高和军队攻下端州（广东省肇庆市端州区），这个端州盛产砚台，此处在宋朝最为知名的典故就是包拯为知州，"岁满不持一砚归"。端州知州、太常博士丁宝臣（1010—1067）弃城逃跑。丁宝臣字元珍，晋陵（今江苏省常州市）人，景祐元年（1034）进士及第。丁宝臣在仕宦过程中和欧阳修、王安石等私人关系都相当融洽，他治平四年（1067）去世后，王安石撰写了墓志铭，欧阳修熙宁元年（1068）为他撰写了墓表。我们看看，两位大文豪如何描述弃城逃跑的丁宝臣呢？

王安石很简单地一笔带过，他写道："侬智高反，攻至其治所，君出战能有所捕斩。然卒不胜，乃与其州人皆去而避之，坐免一官。"王安石笔下，丁宝臣在和侬智高军队接触期间，刚开始没有逃跑而是出战且有所斩获，在力战不支的前提下才逃命的。欧阳修的描述却很值得玩味，他写道："国家自削除僭伪，东南遂无事，偃兵弛备者六十余年矣，而岭外尤甚。其山海荒阔，列郡数十，皆为下州，朝廷命吏，常以一县视之，故其守无城，其戍无兵。一日，智高乘不备，陷邕州，杀将吏，有众万余人，顺流而下，浔、梧、封、康诸小州，所过如破竹。吏民皆望而散走，独君犹率羸卒百余拒战，杀六七人，既败亦走。初，贼未至，君语其下曰：'幸得兵数千人，伏小湘峡，扼至险，以击骄兵，可必胜也。'乃请兵于广州，凡九请，不报。又尝得贼觇者一人，斩之。贼既平，议者谓君文学，宜居台阁备侍从以承顾问，而眇然以一儒者守空城，提百十饥羸之卒，当万人卒至之贼，可谓不幸。"欧阳修不愧为文学巨擘，我们在他的笔下竟然读出了感动！读出了弃城而逃的端州知州丁宝臣是多么不幸。欧阳修为丁宝臣洗白的这段描述，可以分为层层递进的几个层面：

首先，从"国家自削除僭伪"到"其戍无兵"，这是对宋朝整个南方政策和南方州军现状的描述，是欧阳修立论的前提和背景。自从我大宋统一南北之后，南方地区和平稳定六十多年，西南地区很多州郡人口不多，朝廷并不重视，甚至到了连士兵乃至城墙都没有的地步。这样的现实情况，就是卫青霍去病，就是吕奉先关云长，就是秦叔宝尉迟恭，甚至就是有三头六臂的哪吒来

第四章 从归附到对抗：侬智高行动转变的心路历程

了，都守不住，更别说是丁宝臣了。

其次，从"一日"到"既败亦走"，这是侬智高叛乱之后在广南东西路攻城略地的基本情况，是欧阳修立论的重要支撑。当侬智高入侵之时，诸如梧州、康州、封州、龚州等州的知州们闻风丧胆落荒而逃，唯有端州知州丁宝臣率领百余名军士誓死抵抗。在欧阳修笔下，广南东西路的官员分为两类，一类是尽力抵抗的丁宝臣，另外一类是望风而逃的其他官员。两者形成鲜明对比。但是，作为朝廷重臣的欧阳修，不可能不知道曹觐、赵师旦是如何率领士兵们拼死抵抗的，他这样罔顾事实的写作，无非就是为丁宝臣洗白罢了。

复次，从"初，贼未至"到"斩之"，这是端州知州丁宝臣有前瞻性、有操守、有担当的另外一个重要证据。在侬智高进攻端州之前，丁宝臣还先后九次到广州求援，希望得到部分军队，以便执行他中途据险截杀侬智高的宏伟计划。若我们循着欧阳修的写作模式去思考，假若给了丁宝臣数千名士兵去执行他的计划，侬智高军队一定会被他击败，根本没有后面皇帝震怒，派出全国最精锐部队和最强将领来处理这些后续了。

最后，从"贼既平"到"可谓不幸"，这是欧阳修所做的结论和升华。欧阳修感叹道，一个满腹诗书的文学之士，擅长做的事情是在皇宫之内做皇帝的顾问，现在让他带领百十个老弱残兵去战斗守备，简直是强人所难，实在是不幸和悲哀。但是，欧阳修也不可能不知道，以文臣做知州是宋太祖朝定下的规矩，是宋朝制度中"以文驭武"的重要手段。这样的写法，是不是得了便宜还卖乖，遇到事情就甩锅呢？

值得欣慰的是，欧阳修这样为丁宝臣粉饰和遮羞的写法，被南宋著名史学家李焘毫不留情地指出和揭露出来，李焘在《续资治通鉴长编》中强调："欧阳修、王安石为丁宝臣写墓志碑铭，全都说他曾经迎战侬智高，甚至还有所斩获，只不过是最终因缺兵少将没能胜利才逃跑的。这是他们隐恶扬善的溢美之词，不足为信！"

五月二十二日，侬智高率军到达距离端州240里的广州，按照既定的战略意图，攻下广州城作为根据地，稳步发展壮大其"大南国"。广州从秦汉以来已经是整个东南地区的政治、经济和文化中心，到了唐宋时期，更成为当时最大的海港城市，海外贸易范围远到现在地理意义上的西亚和东非，有诗称"千家日照珍珠市，万瓦烟生碧玉城"来形容广州城市的繁荣景象。甚至反映在宋朝官方颁布的官员委任状中，广州城也是"南海百货之所丛，四方商贾之骈集"的繁盛之地。宋代广州是广南东路的治

第四章 从归附到对抗：侬智高行动转变的心路历程

所，具有重要的政治地位，宋朝政府的官员对此也有相当清楚的认识，在任命广州知州等官员时的委任状，开篇就这样写道："广州是岭外最为重要的州级行政区，以广州为中心可以治理两广，还能控制诸如日本、东南亚诸国和中国之间的贸易往来。广州城府库储藏丰富，市里繁华，人口众多，是东南地区的第一大都会。"广州政治、经济和军事地位如此重要，所以宋廷在当地屯驻禁军3指挥满额计有1500人，占整个广南东西路的37%，与一般南方州没有禁军驻防，或者知州只能率领"百余名"不知道是厢军还是弓手等充任的军士相比，广州城称得上是"重兵"把守。

而且，广州城的修筑也相当完善，这要得益于宋仁宗庆历年间的广州知州魏瓘（？—1064后）。魏瓘字用之，歙州婺源（今江西省上饶市婺源县）人，父亲魏羽（944—1001）曾官至权知开封府。魏瓘以父亲荫补进入仕途，为官期间不畏强暴、政事严明，他在宋仁宗庆历五年（1045）知广州任内，曾主持修筑广州子城。当时士大夫当中有不少反对意见，他们都认为，广州因临近海洋而土质松软，加上遍地蚌壳沙砾，实在无法修筑城池。这样的反对筑城意见一度占据上风，魏瓘没有盲目听信，根据他对子城周边的实际考察，吸收反对意见中一些合理的观点，同时强调为了防御需要，至少可以修筑广州城的子城，所以他在一片反对声中修起了周长5里的子城城墙。司马光《涑水记闻》中说这个"子城修筑的非常狭小，仅能容下政府办公的府署和储备粮草的仓库而已"。在此基础上，魏瓘又兴修广州城的护城河，在城内凿井以方便官民饮用，并制造强弩作为守城利器。魏瓘对广州城的修筑面积不大，但费工费力很多，当时反对者夸张地说导致"公私告罄"，就是官府和民间的人力、财力和物力都消耗得很厉害，以至于魏瓘调任之后还被人拿此事讥诮讽刺。但待到侬智高率领军队围攻广州时才证明，子城和护城河的兴建以及开凿水井等举措，对城市防御而言意义重大。

广州的最高行政长官为知广州，又因为它是广南东路地位最重要的州，根据宋朝"一路首州知州兼任安抚使"的制度规定，所以广州知州兼任广南东路安抚使一职，而且在北宋神宗元丰三年（1080）之前，广州知州还一直兼领市舶司事务，故广州知州在当时称得上是位高权重。侬智高围城时，广州知州为仲简。仲简字畏之，扬州江都（今江苏省扬州市江都区）人，年少时家境贫寒，以代替他人抄书写字养家糊口，天禧三年（1019）进士及第。仲简在知广州之前，有着丰富的仕宦经历，在知处州任上被称为治理东南地区的第一人，不可谓不优秀，但这种优秀或许只能反映在承平时期,他在危急时刻的表现,只能用一个"差"字来形容。

《宋史·仲简传》和《续资治通鉴长编》都记载了仲简的荒唐行为:"在侬智高攻陷邕州,并且沿江而下准备进攻广州的时候,有些官员或探马把这样的消息紧急报告给仲简,仲简没有查探是否属实,更没有严加戒备,而是把这些传递消息的人全部囚禁了事。而且他还写下告示张贴于道路及城门等显眼的地方,强调如果谁再敢提侬智高进犯广州这样妖言惑众的话,直接斩首示众。"仲简看似处置果断,但实际上简单粗暴的做法,无疑让有志之士寒心,妥妥就是那只头埋在沙丘当中的鸵鸟!这样的"迷之操作"当然无法阻止侬智高军队的进攻,仲简也最终活成了笑话。

在长官仲简"鸵鸟心态"颁布的高压政策下,侬智高要攻打广州城的消息倒是消停了两天,但民众竟然也在这精神鸦片的麻痹下放松了警惕。待到侬智高军队兵临城下之际,民众慌忙入城躲避以致发生践踏事件,死伤众多。仲简闻讯赶紧让守城士兵关闭城门,他强调指出:"我们城中什么都没有,还恐怕侬智高这伙贼人来袭击,更何况这些民众携带财物入城,更会成为侬智高攻打我们的诱导因素。"在这样归国无门的情况下,许多民众被侬智高俘虏而加入他的队伍，广州城下宋朝军民混乱不堪且气势低落，反观侬智高军队，精神饱满且有必胜信心，对比相当明显。

以历史学的后见之明分析，侬智高战略进攻的第一阶段到此为止，围攻广州战略相持的第二阶段正式上演，这也拉开了宋朝官民"广州保卫战"的序幕。

四、宋朝的"广州保卫战"

侬智高袭击宋朝南方城池的消息，由零零星星到纷纷扬扬，越来越多地传到数千里外的京师开封，刚开始宋仁宗和文武百官似乎并没有太当回事，因为西南少数民族部落经常会小规模骚扰州县，只需要三五百人恐吓性地镇压，就会乖乖俯首听命。而且，侬智高近些年一直向朝廷要求朝贡和内附，不可能真刀真枪地攻打大宋州县。经过宰执大臣集议，宋廷要求进奏院不要将侬智高袭击西南地区州县的事情写入邸报向地方州县散布，免得造成恐慌情绪而自乱阵脚。然而，随着事态的逐渐扩大，宋廷发现事情并不是他们想象的那么简单，于是开始部署平定侬智高的措施。

皇祐四年（1052）六月，宋廷着手调整了广南东西路一批官

第四章 从归附到对抗：侬智高行动转变的心路历程

员的任免，以期顺利平定侬智高的叛乱。广南西路方面的官员调整中，起用在家为父亲守丧的前卫尉卿余靖为广南西路安抚使、知桂州，前屯田员外郎、直史馆杨畋（1007—1062）为广南西路体量安抚提举经制贼盗；命崇仪使、知桂州陈曙为广南西路钤辖，命洛苑副使、兼阁门通事舍人曹修（？—1052后）为广南西路同体量安抚经制盗贼，礼宾副使王正伦（？—1052）为权广南西路钤辖；命知宜州、文思副使宋克隆（？—1053）为礼宾使、知邕州；广南东路方面官员调整中，给事中、知越州魏瓘为工部侍郎、集贤院学士、知广州；如京使、资州刺史张忠为广南东路都监，北作坊使、忠州刺史、知坊州蒋偕为宫苑使、韶州团练使、广南东路钤辖。这一批官员任免有四个很强的特点：

第一，注重官员个人的经历和战功。广南东路都监张忠是职业军人，他最初隶属于龙猛军，长期活跃于宋夏战场的前线，在前述水洛城事件期间，狄青曾经差遣为瓦亭寨都监的张忠代替刘沪为水洛城主。庆历八年（1048）平定贝州王则兵变时，张忠身先士卒冲在最前线，立功颇多。王正伦也是一位职业军人，曾经出使西夏，还作为接伴使与西夏使者交涉，在时人眼中算是比较熟悉少数民族事情的人物。蒋偕我们前面也提到过，王素让他戴罪立功修筑城寨，他在宋夏战争期间虽有瑕疵，但总体而言立有战功,可以与当时的名将种世衡齐名,范仲淹就称他"驾驭少数民族能力很强,恩威并施很有效果"。庆历六年(1046),蒋偕还被任命为荆湖南路钤辖,负责平定了荆湖南路少数民族叛乱,取得了很好的效果。

第二,注重官员的出身和影响力。曹修,真定灵寿(今河北省石家庄市灵寿县)人,为北宋初期名将曹彬(931—999)之孙,曹琮(988—1045)之子,是典型的将家子。真定曹氏从五代开始已经是一个典型的武将家族,曹修祖父曹彬战功赫赫,被欧阳修盛赞为"国朝名将,勋业之盛,无与为比",他的父辈曹璨(950—1019)、曹琮和曹玮(973—1030)均有战功,尤其叔父曹玮在对西夏和周边少数民族政权战争中,未尝有败绩。杨畋字武叔,号乐道,麟州新秦(今陕西省榆林市神木市)人,是赫赫有名的杨家将第四代传人,他的曾祖父杨重勋(?—975)和杨业(?—986,原名杨重贵)是亲兄弟,爷爷杨光扆(955—985)去世时差遣为监麟州兵马,杨畋虽然和父亲杨琪(969—1049)一样弃武从文而通过科举进入仕途,但朋友们和同僚仍然很看重他出身杨氏将门的身份。而且,杨畋在庆历五年(1045)讨伐荆湖南路少数民族叛乱时,也显示出很强的带兵作战能力。

第三,注重官员对事件发生地区的了解。余靖是韶州曲江

第四章　从归附到对抗：侬智高行动转变的心路历程

人，属于熟悉该地区环境、语言及风土人情的当地人。魏瓘庆历四年（1044）到庆历七年（1047）担任过广州知州，现有广州城的防御设施均出自他一手安排，属于熟悉广州城池情况的权威人士。

第四，这些官员的任命，大多数还是以当地官员的调任和补充为主体，没有从全国大范围内遴选调动，这样的人事安排，或可以从侧面反映宋廷对这次事件已经开始重视，但重视程度一般，仍是朝廷平定少数民族地方政权骚动和小股叛乱的模式。

与之前的攻城略地如入无人之境不同，这是侬智高军队第一次遭遇到真正意义上的攻坚战。在广州城下，侬智高军队发起了猛烈进攻，而魏瓘修筑的城池发挥了重要作用。侬智高刚开始的想法是大举进攻迅速拿下广州城，所以利用云梯、土山等攻城手段，一波接着一波地进攻，然而由于魏瓘修筑的城墙坚固，而且配合有强弩，侬智高军队付出很大代价也没有能够奏效。强攻未果，侬智高改变策略，把广州城四面合围且截断水源，企图让城内因饮用水不足而投降。这一釜底抽薪的策略，本来是对难以攻下的城池最有效的手段，但广州城内因有水井作为饮用水源，所以这样的围困计策也没有能够成功。与此同时，广州城外的宋朝部队正在集结救援。最早一拨援军由广端都巡检高士尧（？——

1052后）带领，他们于六月十一日到达，当日高士尧和侬智高军队在广州城外市舶亭附近激战，没有能够突破侬智高军队的包围。六月十七日，广惠等州都大提举捉贼、西京左藏库副使武日宣（？—1052），惠州巡检、左侍禁魏承宪（？—1052）在广州城外与侬智高军队短兵相接，因为整体实力不足又救援心切导致全军覆没。

大体同时，知英州苏缄（1016—1076）也带领千余人援助广州，他对部下说："广州和我们距离很近，广州城破，我们也一定不能幸免，与其在这里坐以待毙，不如我们全力去挽救危在旦夕的广州城。"出发之前，他甚至把官印交给广南东路提点刑狱公事鲍轲（？—1057后），以显示自己视死如归的决心。苏缄字宣甫，泉州晋江（今福建省泉州市晋江市）人，景祐五年（1038）进士及第，是北宋后期知名大臣、科学家苏颂（1020—1101）的堂叔。苏缄在仕宦期间有胆识，他到阳武县任负责治安的县尉时，发现当地有位叫作李囊的大盗横行州县，几任阳武知县都无可奈何。苏缄上任之后很快启动调查，终于找到了李囊的藏身之处。当时若直接强攻的话，李囊房间内有无机关，有无同党，武器储备程度等都不确定，存在很大风险。苏缄很快想到一个很好的计策：他让部下团团包围封堵了这一街区，在准备好

第四章 从归附到对抗：侬智高行动转变的心路历程

之后就在大盗李囊藏身处的邻居家放火，李囊仓促之下逃避火灾，在众弓手围堵的情况下竟然杀出重围，苏缄拍马赶到，一刀毙命。由这件事情能够看出，苏缄虽然科举出身，但可谓是能文能武，做事果敢、谋略过人。他在救援广州城时也显示了他的智谋。早于苏缄到达的援军，一般是文臣武将率领小部军队"正面硬刚"侬智高军队，结果都是力战之后或败或亡，这样一来双方军队气势此消彼长，反而让侬智高军队觉得宋朝军队战斗力实在太弱，客观上助长了他们的气焰。苏缄则多方面打探侬智高军队信息，当他得知侬智高军中主要谋士是广州人黄师宓的时候喜出望外。苏缄没有盲目地领兵直接冲击侬智高军队，而是很快派人找到黄师宓父亲，在侬智高阵前斩杀，搞得黄师宓阵脚大乱。同时，他还用威信招降了六千名被裹挟参加侬智高军队的宋朝民众，这两大"杀人诛心"的举措，稍稍打击了侬智高军队的气焰。

番禺县令萧注（1013—1073）和东莞县主簿兼县令黄固（？—1052后）从水路给广州城以强力支援。萧注字岩夫，临江军新喻县（今江西省新余市）人，庆历六年（1046）进士及第，授广州番禺县令。广州城被包围之前萧注没有在城中，他得知广州城被围困的消息，就在周边地区招募了懂水性的少年壮士千余人停留在珠江上游,随时侦察侬智高军队情况以备不时之需。眼看围城一个多月没能成功攻下广州城,侬智高军队的粮草辎重也逐渐出现紧张局面,为了尽快拿下广州城,他们改变策略,想利用手中的百余艘运兵船为依托,避开坚固的城池而从海上进攻南城。李焘在《续资治通鉴长编》中说到,这样原本属于出其不意的进攻方式被萧注识破,他招募的水军发挥了很大作用。当侬智高军队在船上集结时,萧注乘大风在上游纵火焚烧自己的部分船只,火船自上游而下,侬智高军队的船只躲避不及死伤甚重,史籍形容侬智高军队船只"烟焰属天",在侬智高军队慌乱之际,数千名军士泛舟前来冲击,侬智高军队在火攻加上水军的双重打击下,尸体盔甲堆积得像小山一样高。

司马光《涑水记闻》中也记载了利用水军攻击侬智高军队的这个事情,然而故事的主角,却由番禺县令萧注变为东莞县主簿兼县令黄固。不过,黄固这一说法仅见于此,其他所有材料都没有记载,是司马光的记载不准确吗?个人认为应该不是。司马光这条记载之后,特别注明了这件事情是蔡抗(1008—1067)讲给自己的。蔡抗字子直,应天府宋城县(今河南省商丘市睢阳区)人,景祐元年(1034)进士及第。他进入仕途之后曾长期担任秘阁校理、史馆修撰等差遣,可以接触到很多臣僚奏议,而黄固的

第四章 从归附到对抗：侬智高行动转变的心路历程

事情应该不是他杜撰，而是从臣僚奏议上看到或听说的。而且，东莞县主簿黄固在侬智高军队围城时出力很多，司马光也听当事人广南东路转运使王罕（？—1060后）亲口说过，故司马光所记当不至于有误。笔者个人比较倾向于萧注和黄固两个县令共同组织了这场千余水军的阻击战。

那么，为什么南宋人李焘认为是萧注一个人的功劳呢？这或许和两人此后仕宦经历有关。萧注在这次阻击战后，很快升官为礼宾副使，进入武选官横班诸司使系列当中，又加广南东路都监兼管勾东西两路贼盗事，成为平定广南东西路贼盗事的重要将领之一，平定侬智高叛乱之后一直仕途顺利。而黄固个人运气则差了太多，他在阻击侬智高之后，被仇家也是上司的广州通判孟造诋毁，这一消息也是司马光听蔡抗说的。

司马光在《涑水记闻》中写道："会通判孟造素不悦固，乃按固所率舟中之民，私载盐鲞于上流贩卖，及县中官钱有出入不明者，摄固下狱治之，诬以赃罪，固竟坐停仕。既而上官数为辨雪，治平中乃得广州幕职。"首先解释一下通判是什么官：通判设置于宋朝初年，是朝廷用来限制地方上知州权力的一个差遣，所以设置之初作为通判的官员经常和知州争夺权力，双方经常闹得很不愉快，一个典型的例子是欧阳修在《归田录》中记载的趣事:"往时有钱昆少卿者,家世余杭人也。杭人嗜蟹,昆尝求补外郡,人问其所欲何州。昆曰:'但得有螃蟹无通判处,则可矣。'至今士人以为口实。"这位吴越钱氏的后人在别人询问他想到哪个州任知州时,他对答以有爱吃的螃蟹,没有令人生厌的通判处,是最好的。这样的态度大体可以反映出通判在地方上拥有较大权力。在之后的发展过程中,通判逐渐成为知州的副手,也就是说他是一个州的副长官、副市长,和现在情况类似,一个地方只能有一个正职,但可以有若干个副职,宋代地方上较大的州可以设两个通判,无论如何,通判在地方上的权力一直不小,尤其是具体到他针对的是自己的直接下属东莞县主簿兼县令黄固而言。在通判孟造口中,黄固是个带领兵士贩卖私盐,见利忘义、贪赃枉法的官员,而且还在侬智高叛乱之际借机敛财,性质相当恶劣,所以朝廷很快处罚黄固,导致他被免官近15年,一直到宋英宗朝才重新当了个小官,实际上已经淡出历史舞台。这应当就是广州海上阻击战的功劳逐渐汇集在发起人之一的萧注身上,而黄固则被大家选择性遗忘的真正原因所在吧。

这件事情告诫我们,能得罪君子,不得罪小人,尤其是在工作场合,不要轻易得罪你的上司,哪怕你是站在正义和真理的一方,说话做事尽量讲究方式方法。同时还告诫我们,现在常说的

第四章 从归附到对抗：侬智高行动转变的心路历程

"造谣一张嘴，辟谣跑断腿"就很好地体现在这件事当中，张三有恶意或者无恶意地传播了李四的一则不实言论，李四要消除这则谣言带来的影响，要花很长很长时间，黄固这次被造谣，基本上算是赔上了自己的职业生涯。

宋朝军队在珠江水战大获全胜，士气高涨，广州城内官兵看到也欢欣鼓舞，更加坚定了守城决心。侬智高军队则遭到很大打击，这是他们几个月来的第一次惨败，没能够攻下广州城，军队内部逐渐产生了不同的声音。宋朝方面好消息则接二连三地到来，前段时间出巡潮州的广南东路转运使王罕听说广州城被围困之后，也很快招募千余人的军队紧急援助，随着军队及粮食装备相继进入广州城，守备力量更加壮大。

在感觉正面攻城基本无望的现实下，侬智高军队最后孤注一掷，想利用诱降和偷袭这样的方式解决战斗。司马光《涑水记闻》中记载了王罕进入广州城后，与钤辖侍其渊防御侬智高军队时的一次惊险经历："王罕、侍其渊在广州城内备御侬智高军队时夜以继日地工作，将士们都相当疲惫。广州城内有一位偏将意志力到达极限，准备率领亲兵在夜幕下开门投降，侍其渊巡察时恰好发现，他就对这些人说，弟兄们，我知道大家已经辛苦到极点了，不过你们真的认真考虑了吗？我现在告诉你们，要是投降了肯定被侬贼们当奴隶驱使，而全家妻儿老小全被朝廷诛杀。其实反贼们已经是强弩之末，我们再坚持一下很快就能取得胜利，不仅可以保全小家，还能得到朝廷大量赏赐，请弟兄们三思！在他的劝诱下平息了这场倒戈风波。侍其渊在当晚巡视期间还发现了小股侬智高军队正在借着夜幕悄悄登城，于是他赶快喊醒在城上和士兵一起驻防的转运使王罕，二人携带亲信弓弩手很快到达现场，悄无声息地化解了这场偷袭。"最终，侬智高军队觉得攻下广州城已经成为不可能的事情，经过反复评估之后，于七月十九日撤军，前后围困广州城整整57天。经过这近60天的努力，宋朝军队遏制了侬智高以广州为中心建立自己政权的战略企图，为稳步解决侬智高问题奠定了坚实基础。

然而，由于当时信息传递方面的限制，对于广州保卫战参与官员的赏罚，并不是毫无瑕疵，至少有四位官员的赏罚有失公允，除了我们前文提到的被通判诬陷的黄固之外，还有三位在这里稍加说明。

第一位是金部员外郎、广南东路转运使王罕。侬智高围攻广州时，王罕正在作为监司巡查广南东路的州县，听到贼人攻打广州的消息后立即回防，在广州防御战中身先士卒，立下汗马功劳。但因为广州被围困，他的奏章没有办法及时传递到中央，所

第四章　从归附到对抗：侬智高行动转变的心路历程

以在广州解围后被贬为主客员外郎、监信州酒税。从阶官上看，金部员外郎是中行员外郎，主客员外郎是后行员外郎，两者官品一样，总体差别不算很大，但这仅仅是王罕拿俸禄的依据，他被贬最重要的是差遣的变化，而差遣对于当时宋朝官员而言是最看重的。《宋史·职官志》中就记载："不以官之迟速为荣滞，以差遣要剧为贵途。"广南东路转运使属于路一级的主要官员，负责整个广南东路的财政事务，监信州酒税属于宋朝相当边缘的监当官，做个形象但不一定准确的类比，就像现在从广东省财政厅厅长贬到江西省上饶市财政局税政科，差遣的重要程度有天壤之别。

第二位是海上巡检、右侍禁王世宁（？—1052）。当侬智高顺流而下准备攻击广州城时，知州仲简命令广南东路钤辖王锴率军坚守端州，王锴对侬智高军队相当恐惧，在广州城附近拖拖拉拉不敢前往，端州被攻陷之后不顾仲简命令自己率军返回广州城。海上巡检、右侍禁王世宁不满王锴的懦弱行为，极力劝谏甚至言辞激烈，王锴以王世宁违抗军令为借口竟然将他斩首，就这样，一位正义感十足、胆识过人的官员被枉杀。朝廷最后也曾经追责，《续资治通鉴长编》中记载："广南东路钤辖、文思使王锴，为文思副使、建州都监。"王锴的武阶官由正七品的"文思使"

降到从七品的"文思副使",差遣从"广南东路钤辖"降到"建州都监",相比于他处死一位宋朝优秀官员的罪行,这样的处罚实在是微不足道。

第三位是广南东路提点刑狱鲍轲。鲍轲就是我们前面提到,知英州苏缄曾经把官印交由保管的那位,但实际行动表明他实在不是一个能托付重任的人。鲍轲知道了侬智高攻打广州城的消息之后就相当害怕,知英州苏缄率兵救援前脚刚离开,他后脚就携带全家从英州向北逃窜,行至南雄州(今广东省韶关市南雄市)被知州萧勃(?—1052后)晓以利害劝留在南雄州。鲍轲于是以南雄州为根据地打探前线,进而向朝廷汇报,竟然被作为尽心为国的典型给予升迁。

帝制社会信息渠道的研究,是近二十年中国古代史学术界的热点问题。全方位、多渠道搜寻到的信息是历朝历代决策的依据,在国家政治事务中更是如此。对于信息的搜集、处理、掌控、传布,京城的统治者从来不曾掉以轻心。然而具体到下情上达方面,政治斗争中控制言路,封锁消息;地方发生灾伤时"递相蒙蔽,不以上闻";日常事务中大事化小,敷衍应对……利益驱动使得官员们瞒报、虚报的动力也从来不曾缺乏。具体到侬智高军队在两广地区活动时同样也不例外,宋仁宗的信息来源于何

第四章 从归附到对抗：侬智高行动转变的心路历程

处，地方官员禀报是否全面准确，是否据实禀报没有遮遮掩掩，其实在一定程度上都能够左右朝廷的进一步决策。从上述几个官员赏罚不当的过程中，我们似乎也能够体会到信息畅通和透明，不仅仅对于个人的荣誉至关重要，而且对于整个社会的公平和公正，也有很大价值。

第五章

宋朝平叛,狄青请命

一、侬智高肆虐两广

侬智高以广州为中心,占领两广的计划被粉碎之后,何去何从是他们需要直面的问题。任何一个政权的建立,最初都需要有一个稳固的根据地,并以根据地为中心逐渐扩大统治区域,这样简单的道理侬智高和智囊团队黄师宓等自然也早已心知肚明。现在唯一能够当作备用根据地的,是他们起事当天攻陷而又随即放弃占领的邕州。然而,回去的路途和沿江而下的畅快淋漓相比,无疑难度大了很多。侬智高军队沿江顺流到达广州城下，属于兵贵神速的出其不意，在围攻近60天未遂的情况下，所有宋朝官员都知道侬智高要撤军，于是在他们有可能回去的道路上设置了重重障碍。以知英州苏缄为例，他在沿江返回邕州的官道和水路布置了巨大石块、参差不齐的树枝暗桩，障碍物整整有50里，称得上是给侬智高的一份"大礼包"。侬智高军队完全无法按照既定路线返回，不得已只能掉头北上，从沙头（今在广东省佛山市南海区九江镇）渡江后由清远县（今广东省清远市）途经贺州（今广西壮族自治区贺州市）、昭州（今广西壮族自治区桂林市平乐县）、象州（今广西壮族自治区来宾市）、宾州（今广西壮族自治区南宁市宾阳县），最后重新到达邕州。

试想一下，若宋朝军队有协同作战的能力且有一定战斗力的话，在这样显而易见的侬智高军队返回路线上围追堵截，削弱乃至消灭这股叛乱势力当有稍微大一些的把握。然而呈现出来的结果却是——理想很丰满，现实很骨感。侬智高军队在返回途中竟然还能屡屡挫败宋朝的军队。侬智高撤退路上第一个重要州级行政区划是贺州，七月二十日侬智高进攻贺州没有成功之际，遭遇到狄青前部将、新上任的广南东路都监张忠率领的万余宋军，双方激战之后，主帅广南东路都监张忠，以及虔州巡检董玉（？—

1052)、康州巡检王懿(?—1052)、连州巡检张宿(?—1052)、贺州巡检赵允明(?—1052)、监押张全(?—1052)、司理参军邓冕(?—1052)等悉数战死。

次日,侬智高军队和广南东路钤辖蒋偕带领的军队混战。司马光听说蒋偕这次被侬智高枭首而去,他在《涑水记闻》中记载称:"蒋偕将千余人昼夜兼行,追侬智高至黄富场,蛮人诇知官军饥疲,夜以酒设寨饮之,即帐中斩偕首,因纵击其众,大破之,枭偕及偏裨首于战场而去。"在士大夫口中,倍道兼程追赶敌人的蒋偕,竟然夜晚在营寨中由于饮酒没有严肃防备,导致被侬智高偷袭而身死兵败,真的是相当愚蠢的行径。不过真实情况是,虽然蒋偕在黄富场这里确实遭到侬智高军队袭击,军队也被重创,但他作为主帅并没有战死,而是兵败逃走,手下将领南恩州巡检杨逵(?—1052)、南安军巡检邵余庆(?—1052)、权宜融州巡检冯岳(?—1052)和广南西路提贼王兴(?—1052)、苉用和(?—1052)等力战身死。

所以李焘在《续资治通鉴长编》中强调:"《仁宗实录》中记载了蒋偕在路田战死,《仁宗本纪》中也是这么记载的。但阅读《蒋偕传》和《侬智高传》,两种文献都说蒋偕战死的地点在太平场。所以《仁宗实录》《仁宗本纪》中的记载应该有错误,现在

第五章　宋朝平叛，狄青请命

在这里全部予以纠正。《仁宗实录》《仁宗本纪》都说蒋偕战死的时间是皇祐四年七月甲子，甲子日是二十日。但是根据魏瓘皇祐四年九月向宋仁宗所上奏议，里面清晰记载蒋偕的死亡时间是今月六日。今月六日也就是指九月戊申，这件事情《仁宗实录》中也是清清楚楚的。"经过李焘分析，宋代官方的《实录》和《国史》中记载蒋偕的死亡时间应该是不准确的，这或许是战场信息传递不及时的原因造成的。

实际上，王珪《华阳集》中保存了这次蒋偕兵败之后朝廷给予的处分证明，现在题为《宫苑使韶州团练使蒋偕可降授北作坊使制》的制书："敕某：向獠蛮狂悖，震惊二广，剽掠郡县，残害士民。朕博求材，武往殄厥寇。以尔久御边陲，必知方略。进以使名之宠，加之团结之命。自汝攸往，经涉时月。朕昼夜忧劳，迟汝成效。而乃独肆狂妄，恣为轻率，奏陈无寔，动作失理。知护军总帅，有所请论，而移书台省，阴为自解。汝有曲直，朕当处之，求助于人，其意安在！褫其新命，复于旧官。尔其省思，体此宽典。可。"北作坊使、忠州刺史、知坊州蒋偕是在皇祐四年（1052）六月底被任命为宫苑使、韶州团练使、广南东路钤辖的，这次撤销了新的任命，恢复旧的阶官，实际上只是象征性的惩罚。从王珪所写的制书中也可以看出来，蒋偕战败之后没有第一时间向皇帝汇报，而是以小道消息传给京师，让有关人员替他向皇帝求情，宋仁宗得知此事是郁闷加气愤。蒋偕收到了惩戒任命之后也很惶恐，一边是气势汹汹的侬智高军队，一边是朝廷警示性的惩戒，搞得他进不能退不行，左右为难。

九月六日，侬智高军队在贺州太平场再次遭遇蒋偕，这一次，蒋偕只能硬着头皮奋力一战，激战之后宋军全军覆没，主帅蒋偕和将领庄宅副使何宗古（？—1052）、右侍禁张达（？—1052）、三班奉职唐岘（？—1052）等战死。宋仁宗得到了蒋偕战死的消息，很快为他赠官。王珪《华阳集》中有一则为蒋偕的赠官制书，现在题名为《故广南东路钤辖蒋偕可赠武信军观察留后制》，全文这样写道："敕：自古英伟之士，死而寂寥者众矣，惟忠义之节，虽没而不朽，况离金革之祸哉。具官某，劲特之气，毅然许国，蛮方不惠，俾尔南戮。受命之日，昼夜兼行，盛夏瘴热，冒履山险。转斗之际，遭罹非命，朕之不能，绥格远夷。使尔捐驱，万里之外，终夜哀悼，予心曷已。其以两使之秩，宠于幽穸，英魂如生，钦此追锡。可。"与上一则制书严厉斥责相比，这一则制书称得上极尽赞美之辞，只是不知道，宋仁宗在听到蒋偕的死讯时，有没有过一瞬间的心生悔意呢？

这几次遭遇战充分暴露了宋军将领协调能力和指挥能力的不

足。张忠率领的万余名禁军,原本是由苏缄和洪州都监蔡保恭(?—1052后)率领,他们一直在骚扰和围堵侬智高部队,目的是消耗侬智高军队的有生力量,把肥的拖瘦、瘦的拖死,并没有展开大规模正面会战的计划。然而,这样的计划被京师开封刚任命的广南东路都监张忠嘲讽,张忠刚到广南东路就夺取了军事指挥权,他对这批新认识的部下训诫道:"我十年前还是一名普通的士兵,就是因为在战场上立功得到团练使的职务,期待你们也像我一样奋勇杀敌。"他在对阵侬智高军队时一马当先,却因为马陷入泥潭而被标枪击中身亡。若张忠能够和苏缄协调配合,立足全局基础上的全盘把握而不是只会冲锋陷阵,或不至于败得如此彻底。广南东路钤辖蒋偕也是自视甚高,眼高于顶,他在六月份救援广州时,入城第一件事就是历数广州知州仲简的渎职行为,并要对仲简处以极刑。仲简说道:"哪里有团练使对侍从官用刑的道理?这是我大宋律法不认可的。"蒋偕大声呵斥:"问我手中宝剑,问什么律法官职。"类似举止轻慢放肆、过度内耗的事情屡屡发生在蒋偕身上,这样的性格导致他最终被侬智高击溃。

在战争持续且宋方胜少败多之时,宋朝中央对侬智高事件中的相关人事做了进一步调整。至少有四个方面的内容:第一,陆续惩处了一批失职、渎职的官员。皇祐四年（1052）八月，贬广南西路转运使、主客郎中刘文炳（？—1052后）为均州团练使，不签署州事；降前广南西路转运使、司封员外郎萧固知吉州；降提点广南西路刑狱、职方员外郎李上交（？—1052后）为太常博士。第二，抚恤了在和侬智高战争中牺牲的官员家属。赠广南东路都监张忠为感德节度使，知封州曹觐为太常少卿，知康州赵师旦为光禄少卿，并对他们的父母、兄弟和子女皆赐官及封号，以体现朝廷体恤之情。第三，发布诛杀侬智高的"红色通缉令"。宋仁宗亲自签署诏书："广南东西路所有官员、民众们，现在朝廷正式发布通缉令，如果哪一位能生擒活捉侬智高，朝廷将授予他正任刺史的武阶官，赏赐钱三千贯、绢两千匹。若生擒活捉侬智高母亲阿侬，授予诸司副使的武阶官，赏赐钱三千贯、绢两千匹。若生擒活捉侬智高的主要谋士黄师宓、黄玮等，授予东头供奉官的武阶官，赏钱一千贯。"宋仁宗期望在官爵和金钱的刺激下，有人能够捕杀反叛者。第四，进一步调整官员任命，这对于战况紧急的广南东西路无疑是最为重要的。在前一阶段任命余靖和杨畋的时候，朝廷同时允许两人便宜从事，实际上两个人同时为主帅，不分彼此。随着事态的发展，谏官贾黯提示说，现在朝廷任命了两位主帅，若他们两个命令不一致，让下面的将领如何服从？还有，现在侬智高这伙盗贼在广南东西路横冲直撞，现在不如让余靖节制广南东、西路盗贼，这样以他为首可以统一管理，以便指挥将领和军队可以如臂使指。

所以到了七月初三日的时候，朝廷命知桂州余靖为经制广南盗贼事，全面负责和协调处理侬智高问题，余靖成为讨伐侬智高军队的总指挥。八月十九日，改命知秦州孙沔为荆湖南路、江南西路安抚使，宦官内园使、陵州团练使、入内押班石全斌为副手，不久之后两人同时又加广南东、西路安抚使，用以替换在前线指挥不力，没有任何成效的杨畋和曹修。九月十三日，降杨畋知鄂州，曹修为荆南都监。到此时为止，平定侬智高叛乱的重任落到了孙沔和余靖身上。

孙沔字子规，越州会稽（今浙江绍兴）人。他天禧三年（1019）进士及第，为人豪放不循规蹈矩，材猛过人，在宋夏战争期间曾为环庆路都部署、知庆州，颇有威名。皇祐四年（1052）五月前后，时年56岁的孙沔由徐州（今江苏省徐州市）知州改差遣秦州知州，他七月初到京师开封述职之后向宋仁宗辞行时，宋仁宗以秦州的事情勉励他。孙沔说道："臣虽然现在年老体弱，但秦州尚能应付，不会给陛下添更多麻烦。陛下现在要集中精力应对岭南侬智高，以臣耳闻目见所及，现在形势对于我方相当不利。"没过几天,战败情报果然接踵而至。宋仁宗对宰执大臣说:"孙沔对南方战事的看法果然准确,简直料事如神。"宰相庞籍于是便推荐孙沔去平定侬智高。

不过,孙沔出征之前的僚佐选任,出现了很多不和谐的声音。北宋文学家、"唐宋八大家"之一的曾巩(1019—1083)在《南丰杂识》中记载强调:"孙沔大受请托,所与行者乃朱从道、郑纾、欧阳乾曜之徒,皆险薄无赖,欲有所避免,邀求沔引之自从,远近莫不嗟异。既至潭州,沔遂称疾观望,不敢进。"在曾巩笔下,孙沔受命讨伐侬智高的时候,就收到很多人走后门的请求,以至于一起南下的有朱从道(?—1052后)、郑纾(1001—1056)、欧阳乾曜(?—1052后)等险薄无赖之徒,他们走到长沙之后,孙沔就向宋仁宗上疏请假说自己因水土不服生病,无法再前行一步。

实际上根据《大宋平蛮三将题名》,可以勾勒出孙沔带领的更多僚属。《大宋平蛮三将题名》第二将为孙沔和石全斌两人,他们的下属分别有:

庄宅使、荆湖南路兵马铃辖刘几

文思副使张宪

第五章 宋朝平叛，狄青请命

六宅副使孙昂

供备库副使邓守恭、夏元崇

内殿承制、阁门祗候孙宗旦

管勾机宜、都官员外郎郑纾

勾当公事、殿中丞王纲

管勾粮草、效用侍其濬

根据相关记载可以知道的是，邓守恭（？—1056后）、夏元崇（？—1053后）、孙宗旦（？—1053后）和侍其濬四人为宦官；张宪（？—1052后）、孙昂（？—1052后）和王纲（？—1052后）三人事迹基本不可考。刘几（1008—1088）字伯寿，河南府洛阳（今河南省洛阳市）人，祖父刘温叟（909—971）、父亲刘烨（968—1029）都曾经官拜御史中丞。刘几是进士出身，但才兼文武，范仲淹非常欣赏他，宋夏战争期间被范仲淹举荐为邠州通判，在邠州的建树被范仲淹赞为"无穷之惠"。后朝廷下诏推荐有才能可以充任将帅之人，孙沔极力推荐刘几，刘几很快被任命为宁州知州，改邠州知州并兼本路兵马钤辖。郑纾（1001—1056）字武仲，湖北安陆（今湖北省孝感市安陆市）人，仁宗天圣八年（1030）进士及第，他为官地方的时候处理问题从容，毫不忙乱,深得长官信任。这条材料与曾巩的记载相比,跟随孙沔征讨侬智高的人物当中,朱从道、张宪、孙昂、王纲和欧阳乾曜等已经无从考察其生平事迹,更无从知晓他们的能力和人品,郑纾和刘几能力人品尚可。唯有有姓名的11个人中有4名宦官,比例稍微有些高,但似乎并不像曾巩说的那样不堪。

根据《大宋平蛮三将题名》的记载,第三将余靖下属分别有:

> 皇城使、广南西路兵马钤辖李定
>
> 供备库副使史青
>
> 内殿崇班武防
>
> 虎翼都虞候吕斌、张远
>
> 管勾粮草、大理寺丞章询
>
> 经制贼盗司、走马承受公事、入内内侍省西头供奉官李宗道
>
> 西头供奉官李达
>
> 管勾机宜、守将作监主簿余仲荀
>
> 勾当公事、权邕州节度推官黄汾
>
> 转运使、管勾随军粮草、都官员外郎孙抗

第五章 宋朝平叛,狄青请命

转运判官、都官员外郎宋咸

提点刑狱、同计制置粮草、司门员外郎朱寿隆

文思副使高惟和

以上诸位余靖部下将佐僚属可以大体分成三类:第一类是宦官,根据职官判断有武防(?—1052后)、李宗道(?—1052后)和李达(?—1052后)三人,他们的主要工作是向宋仁宗汇报相关战争情况。第二类是幕僚和后勤保障官员。余仲荀(?—1073后)是余靖的儿子,说明这次是父子齐上阵;章询(?—1058后)是负责粮草的文臣,但他也有一定的军事方面的想法,有记载说他在嘉祐三年(1058)曾制造了"阵脚兵车",得到皇帝的认可;朱寿隆(?—1058后)是朱台符(965—1006)之子,在仕宦期间敢于担当,能力突出;黄汾(?—1053后)、孙抗(?—1053后)、宋咸(?—1053后)等人传世文献记载不多,只言片语当中能够发现,他们在仕宦期间都属于有想法、有能力的官员。第三类是将领。李定(?—1053后)和狄青是老乡,都是汾州西河人,他的儿子李浩(?—1093后)字直夫,《宋史》有传记,父子二人都能征善战,这次也是一起出征;史青(?—1053后)、武防(?—1053后)、吕斌(?—1053后)、

张远（？—1053后）等人，传世文献记载较少，难以考察；高惟和（？—1053后）曾经参加过宋朝对夏战争，他亲历过庆历二年（1042）的定川寨之战，在战争中力战无望的前提下突围而出，属于宋朝较为难得的将领。

即便有孙沔、余靖和这样一批得力的文武僚属，平叛事宜仍是难以奏效。余靖虽持续努力，但成效甚微，孙沔滞留湖南，以生病为借口拒绝前行，宋仁宗甚至专门委派御医周应（？—1052）和宦官一起前去为孙沔诊治。孙沔后来又借口说道："停留在湖南，主要原因是朝廷已经任命枢密副使狄青为宣抚使前来主持平叛事宜，我在长沙停留一个月，主要是在这里等待狄宣抚，并且认真思考取胜的策略，没有一天的懈怠。"所以在此期间，坏消息仍然是一个接着一个传到宋仁宗的耳中。九月十七日宋仁宗得到消息，侬智高军队已经攻破昭州，昭州知州柳应辰（？—1074后）弃城逃跑，洛苑使、广南西路钤辖王正伦带兵抵抗，与东头供奉官、阁门祗候王从政（？—1052），三班奉职徐守一（？—1052）全部为国捐躯。十月初五日，侬智高军队攻占宾州，宾州知州、国子博士程东美（？—1052后）弃城逃跑。十月十二日，侬智高军队重新占领邕州，邕州知州、礼宾使宋克隆弃城逃跑。正在这个时间，有传言说侬智高想得到邕州、桂州等广南东西路七州节度使，若满足他的要求就归顺朝廷，宋仁宗问宰执大臣是否可行，枢密副使梁适（1000—1070）称："前些年侬智高数次要求归附都被我们拒绝，现在他在广南东西路烧杀抢掠屡屡得逞，现在招抚的话，两广地区一定会变成他的割据王国，实在是下下策。"既然招抚之策不能使用，怎么样处理侬智高的问题，朝廷请宰执大臣每人上表把自己认为可行的对策进呈皇帝。

在宰执大臣给皇帝的意见中，宰相庞籍推荐新任枢密副使狄青为平叛的不二人选，而狄青恰恰也上表自荐，主动要求南下平定侬智高。皇祐四年（1052）九月二十五日，狄青上朝时奏对："臣从一个最基层的士兵开始一步步到现在，一直为国家和平安定而作战。这次侬贼在我大宋南疆烧杀抢掠胡作非为，实在可恶！狄青愿意南下平贼，为国分忧。"宋仁宗听了相当激动，下诏任狄青为"宣徽南院使、荆湖北路宣抚使、提举广南东西路经制贼盗事"，并许以便宜从事的权力，全权负责讨伐平定侬智高事宜。从后续发生的事情来看，这可以看作宋朝平定侬智高的最后一个阶段，这一阶段的总指挥是狄青。

二、狄青准备南征

狄青主动请缨南征侬智高并非一时心血来潮,而是经过深思熟虑的结果。他在出发之前做了充分的准备。

一方面,狄青考虑到宋军在和侬智高军队正面交战中,每战必败,主要原因在于侬智高军队多为土著居民,对广南东西路的地理环境相当熟悉,他们军队行军如履平地,这是其优势所在。反观宋朝军队,禁军虽然号称百万,但是能征善战的军队总量不多,根据他自己的任职经历,河北地区虽然屯驻重兵,但由于宋真宗"澶渊之盟"之后就没有大规模战斗,到现在已经半个世纪,这半个世纪的和平带来的是河北禁军实战经验近乎为零,整体战斗力不强,南方禁军驻屯少之又少,战斗力也不能高估。整个大宋朝疆域范围内,只有西北地区的兵士们刚刚经历过战争的洗礼,实战经验丰富,作战能力突出,而西北战场上最有战斗力的军队,是少数民族部落成员组成的禁军中的蕃落骑兵部队。有鉴于此,狄青向宋仁宗请求,调动西北战场上的少数民族骑兵部队充实他的队伍,宋仁宗很快加以落实。十月初,宋廷下诏鄜延路、环庆路和泾原路经略司,要求他们在蕃落和广锐两个番号的禁军中挑选有过战斗经历的士兵,每一路组织 5000 名并委派一名将领带领士兵赶赴广南地区。

广锐军隶属于侍卫亲军马军司,这支部队成立于宋太宗至道三年(997),在宋朝和契丹、西夏交战期间立下赫赫战功。广锐军原来编制是31指挥15000人,宋仁宗康定年间(1040)增加到满额42指挥计有21000人。蕃落军也隶属于侍卫亲军马军司,最初是陕西沿边地区厢兵有马者的合称,宋真宗天禧年间(1017—1021)升为禁军,属于少数民族军人组成的部队,蕃落军全部驻防在距离边境最近的城砦,实战经验最丰富,是名副其实的边防军。宋仁宗庆历年间(1041—1048)总计有83指挥41000人。从这两支骑兵队伍当中选择兵士组成狄青的主力部队,无疑成为他的坚强后盾。

当时很多朝中大臣认为,在南方高低崎岖的地理环境中使用骑兵,实属无稽之谈。但枢密使高若讷(997—1055)一语道破狄青的真实想法,那就是西北地区的少数民族士兵在艰苦的环境中忍耐力和意志力更强,而且对于高低不平的地势也相对熟悉,这些优势是宋朝一般禁军所不具备的。在狄青和曾公亮的对话中,也能发现狄青对使用骑兵对抗侬智高军队的深思熟虑。曾公亮询问狄青:"侬智高等蛮人使用标枪盾牌,攻防俱佳难以抵挡,您若和他们交战如何取胜?"狄青从容回答:"这个并不困难,标枪和盾牌都是步兵使用的武器,他们在和步兵接战时能够发挥出来最大效果,遇到速度快的骑兵部队完全无法施展,一定必败无疑。"

另一方面,狄青亲自挑选,带领了一批真正能征善战的将领前去平叛。狄青在偏将选择方面相当慎重。其实当时也有不少人向狄青请托,他就对来走后门的人说:"你们想跟随狄青一起征讨侬智高,实在是求之不得的事儿,狄青荣幸之至。有些话我们说在明处,侬智高原本是一个小贼罢了,但需要我大宋枢密副使亲自上阵讨伐说明事情紧急到一定程度了。您跟我一起平定侬贼有功,狄青一定向朝廷汇报加以重赏;如果畏畏缩缩贪生怕死,军中严刑峻法你们也是知道的,届时狄青也会秉公办事不徇私情。"想借这次南征浑水摸鱼捞点油水的人听了之后,全都大惊失色,再也没有滥竽充数的人请求跟随狄青出征了,所以狄青所带的都是经过他精挑细选的可用之人。《大宋平蛮三将题名》中记载了狄青所率领将领们的姓名:

左卫将军、荆湖北路兵马钤辖王遂

西京左藏库副使孙节

如京副使贾逵

第五章 宋朝平叛，狄青请命

西京左藏库副使竹罸

文思副使时明

管勾机宜、太子赞善大夫冯炳

权石州军事推官武纬

管勾粮草、殿中丞霍建中

走马承受公事、入内内省西头供奉官张若水、李若讷

除了这些人之外，可能还有一些将领因为职务稍低而没有纳入这个题名之中，综合史籍上的零星记载，我们可以知道至少有张玉、杨遂（？—1080）、卢政（1007—1081）、和斌（1011—1090）、杨文广（？—1074）、王用（？—1053后）、何贵（？—1053后）、李守悳（？—1053后）等重要将领跟随狄青南征。以上诸位狄青将佐僚属也可以大体分成三类：第一类是宦官，主要负责对皇帝汇报战争情况，所以有"走马承受公事"这样的职务，这里有张若水（？—1076）和李若讷（？—1053后）两位，不过这两位的职位不高，并不是作为狄青副职来限制其行使权力的。第二类是幕僚和后勤保障，这里有冯炳（？—1053后）、武纬（？—1053后）和霍建中（？—1053后），冯炳和霍建中在征

讨侬智高之后分别撰写了《皇祐平蛮记》2卷和《侬贼入广州事》1卷，余靖还曾经把冯炳的2卷书呈送到宋仁宗手中，以期让皇帝清晰了解平定侬智高事件的本末。第三类是将领，这里大概有王遂（？—1053后）、孙节、贾逵、张玉、杨遂、卢政、和斌、杨文广、李定、李浩、竹羔、时明、王用、何贵、李守息等。现把这些将领的生平事迹稍加细化，以加深我们对狄青选择从征将领的理解。

传世文献有关左卫将军、荆湖北路兵马钤辖王遂的事迹极少，现在仅看到一条在李焘《续资治通鉴长编》中的记载，皇祐五年（1053）六月三十日，"荆南钤辖、皇城使、资州刺史王遂上所制临阵拐枪"，但李焘已经不知道王遂是哪里人、家世如何等，所以只能在后面加上一句"未详何许人"。虽然我们现在已经不知道王遂生卒年、家世、仕宦等信息，但从他给宋仁宗进呈所做的"临阵拐枪"来看，他应该不仅仅是一名实战经验丰富的将军，还是一名善于思考、总结和应对的优秀将领。

孙节是开封（今河南省开封市）人，年轻时就参军，以武艺高强授官右侍禁，他在宋夏战争时期和狄青同在延州，已经是狄青的重要帮手。宋夏战争期间，孙节数次攻破敌砦有功，累迁西京左藏库副使。

第五章 宋朝平叛，狄青请命

贾逵是真定藁城（今河北省石家庄市藁城区）人，《宋史》也有专门的传记。贾逵出生于宋真宗大中祥符三年（1010）一个普通农民家庭，他年少的时候父亲去世，母亲随即改嫁，青少年时代生活颇多坎坷。他和狄青一样都投军殿前司的拱圣营，因为他仅小狄青2岁，所以他们两人或是在京师开封拱圣营服役期间就已经认识且熟悉了。他善骑射、有计谋，北宋中后期知名官员刘挚称赞他"年少时候胆略过人，一直在军中服役且能指挥得当、身先士卒，所以立下不少大功"。他什么时候开始跟随狄青已经无从得知，但狄青很看重他的能力。

张玉字宝臣，泾州保定（今河北省保定市）人，《宋史》专门为他立了传记。他的出生时间不详，和狄青类似出身于最基层士卒，以殿前司的六班殿直隶属狄青管辖。庆历二年（1042）四月，狄青奉延州知州庞籍的命令修筑清涧城和招安寨，突然遭遇西夏数万大军的袭击，带领军队的西夏将领狂傲地在阵前叫骂，张玉单枪匹马持铁简应战，数个回合之后将狂傲的西夏将领斩落马下，军中遂有"张铁简"之号。鄜延路把这个消息汇报给朝廷，宋仁宗称赞张玉为"真勇将"，并任命他为鄜延路巡检。张玉在以后的十余年中一直追随着狄青，是狄青相当倚重的猛将。

杨遂和孙节同乡，也是开封人，《东都事略》上有传记。他年轻时善于骑射，应募参军。现存史籍没有他参与宋夏战争的记录，但有他在庆历八年（1048）作为普通军校跟随文彦博平定贝州（今河北省邢台市清河县）王则兵变时的英勇事迹，当时他出谋划策挖地道进入贝州，属于一战成名，授神卫指挥使，另或可猜测他年龄应该比贾逵、孙节都小。

卢政是太原文水（今山西省吕梁市文水县）人，《宋史》有专门的传记。他为人有计谋而武艺高强，在宋夏战争时也一直在前线出生入死，而且，卢政还是康定元年（1040）三川口一役的亲历者，他当时在军中是神卫都头，在无力挽救主帅的情况下突围而出，宋仁宗特赦授予他德州兵马监押。朝廷镇压贝州王则兵变时他也参与其中，率领军士英勇作战有功，迁内殿承制。

和斌字胖之，是濮州鄄城（今山东省菏泽市鄄城县）人，《宋史》也有传记。他在禁军中训练刻苦，逐渐被提拔为德顺军指挥使，也经历了宋夏战争的洗礼。而且，和斌和卢政类似，也亲历过大规模的战役，他参与了庆历二年（1042）的定川寨之战，也是在西夏军队重重包围中杀出一条血路。

杨文广字仲容，他是将门出身，宋初赫赫有名的"无敌"杨业之孙，杨延昭第三子，《宋史》中也有传记。他没有参与到宋夏战争，但庆历三年（1043）以班行身份讨伐在邓州（今河南省南阳市邓州市）发动兵变的张海，张海等被平定之后授殿直。庆历四年（1044）范仲淹宣抚陕西时见到了杨文广，交流之后觉得他是一位很有想法的将领，就调到自己麾下任职西北地区。杨文广在西北地区修筑的防御工事得到了范仲淹和韩琦的一致认可，也被一直关注西北的狄青所注意。

竹昺、时明、王用、何贵和李守息等五位将领，传世文献所记载他们的材料实在太少，完全无法弄清其生平，但是狄青在南征之际，特意向皇帝请示带他们一起出征，这在宋代官方档案《宋会要》中有明确记载："泾原路都监竹昺被任命为荆湖南北路驻泊都监，安肃军驻泊都监时明转移到荆湖南路的邵州驻泊，权霸州驻泊都监王用、定州军城寨监押何贵、定州都总司指使李守息三人全都被任命为押队指使，这些人的任命，都是狄青向皇帝建议并得到允许的。"竹昺当时为泾原路都监，时明为安肃军驻泊都监，王用为权霸州驻泊都监，何贵为定州军城寨监押，李守息为定州都总司指使，任职分别在泾原路和真定路，是狄青长期任职和负责的区域，他们应该都是在狄青手下经过反复考验和锤炼的优秀将领。

清朝人汪森（1653—1726）曾编撰了一部《粤西文载》，收录了狄青南征前向宋仁宗上的奏疏，《全宋文》辑录过程中也收录其中。有研究者利用这篇奏议,来证明狄青曾制定了一份军事史上少见的医疗后勤方案,这份防瘴策略基本有效,成功支持了后来的军事行动。奏议第一部分这样写道:"广南东西路等岭南广大地区,瘴疠严重,北方军人驻守者来到之后往往九死一生。少数民族变乱时发兵过多后勤保障跟不上,发兵少的话战场上难以取胜。最近听闻北方军士超过万人在两广地区驻屯,下湿上蒸,病死必多。臣以为少数民族部落主要是骚扰为主,稍微恐吓一下就作鸟兽散。所以不如选择一两个能力突出的将军,留下五千名北方军士分别驻屯在道路要塞,选择十几个善于治理民众的官员作为知州。同时,招募当地土著居民组成乡军,与北方禁军协同作战,冬春两季进攻为主,深入征讨他们的根据地,夏秋两季防御为主,谨慎防守防止他们掳掠。他们不来则已,来则重创。重创之际再施以恩信加以招降,效果自然就出来了。臣敢保证,若按照这个计划实施,多则五年,少的话一年,南方一定平定无事。"这一部分内容,狄青主要建议朝廷派遣少量军队到岭南,与当地土著的乡兵混合编组,不与侬智高军队正面作战,而是采取骚扰和防御的战略,消耗他们的战略储备,最终让他们自己屈服。

奏议的第二部分这样说:"治理南蛮的方法和治理北狄完全

不同,有人强调说征讨南蛮没有全胜的计策,为什么呢?大概是因为其地炎热潮湿,瘴疠严重,中原地区的士卒到了之后水土不服,没有等到战争打起来,就在疾病当中丧生。即便有雄兵百万,也阻挡不住疾病的折磨。臣以为瘴疠之灾,主要中招的是身体不甚强壮以及不善调理的人群。所以请当地知州多方打探,看看那些从中原地区到当地的长寿之人饮食起居是如何调理的,以及他们的起居作息如何安排,把这些详细地记录刻板印刷发给军队,每一营当中选择一个专门管理这件事的小官,如有不遵照上面条例的严惩不贷。若需要什么样的药饵器具,也让有关部门保质保量地供应。"这一部分主要在说明,宋廷之所以不能消灭岭南地区少数民族叛乱,最大的因素在于岭南地区瘴疠严重,所以建议朝廷寻访迁移到当地的长寿老人的养生之法,作为军队作息管理的准则。

这看似合理的奏议实际上与狄青率领大军征讨侬智高自相矛盾,经过学者研究,这篇奏议绝非狄青所写进呈给宋仁宗的。奏议的第一段,是被人称为"红杏尚书"的北宋中期名臣宋祁(998—1061)所写,现题名《蛮夷利害议》收录在他的文集《景文集》当中,《宋朝诸臣奏议》和《历代名臣奏议》当中也都有收录这篇文章。奏议的第二段,是明朝人丘濬(1421—1495)阅读了宋祁文章之后自己所加的按语，现在收录在他的《大学衍义补》当中，文本内容基本上可以一一对应，所以这篇奏议和狄青毫无关系。以这篇奏议为基础，认为狄青制定了所谓的军事史上少见的医疗后勤方案，是毫无事实根据的。

行文至此，我们需要申明的一点是，狄青的确是一位武艺高超、敢于拼杀的战将，也是一位善于思考、指挥得当的将军。但研究任何一个历史人物时，都不必过分美化甚至刻意神化，古今中外皆是如此。狄青这次出征也是如此，通过他对军队战斗力的了解和对参谋、将领的熟悉，他所带领的军队在战争中大获全胜，也是大家齐心协力的功劳。

即便是南方失利的消息接踵而至，即便宋仁宗因为侬智高叛乱的事情食不甘味，即便是狄青一心为国平叛，仍然无法完全消弭文官中的质疑声音。

在狄青任命刚刚公布时，身为谏官的韩绛就向皇帝上奏，强调狄青的身份是武将，不能不加限制地委任他作为处理侬智高叛乱的总指挥，请以文臣侍从以上官员为副使加以牵制。直集贤院、判尚书考功司刘敞也表达了类似的意思，认为以文臣为副使是确保万无一失的万全之策，并非刻意掣肘的措施。皇帝听到韩绛和刘敞的话，就咨询宰相庞籍，庞籍说："前段时间侬贼在南

第五章 宋朝平叛，狄青请命

方攻城略地如履平地，我大宋军队屡战屡败，有一个重要原因是带兵将领权力偏小，各方势力相互牵制，无法形成一个有机统一的战斗集团，所以和侬智高军队交战时被处处压制。现在我们起用狄青为主帅就要毫无保留地信任他，如果用侍从大臣作为副手，他肯定会内心深处看不起狄青从而无视他，那么狄青所下号令执行起来估计会困难重重。若狄青的号令不能很好地执行，就是自取败亡的道路，那么我们起用他的意义又是什么呢？再者说，狄青的能力陛下您是清楚的，他武艺高强、指挥能力突出，这是您提拔他作为二府大臣的最重要原因，现在若我大宋委派的二府大臣率领军队也不能平定侬智高叛乱，到时候不但岭南地区被占领，而且荆湖南北路、江南西路和福建路等地区也岌岌可危呀。侬智高这次叛乱，我们还揣摩不到他的终极目的，所以要尽快剿灭。狄青在鄜延路任职时是臣的部下，臣对他相当了解，如果让他全权处理侬智高叛乱事宜，剿灭侬贼势在必得。请陛下考虑！"宋仁宗听了庞籍的话如吃了定心丸一般，下诏要求平定侬智高的所有军事行动都要向狄青汇报，若处理民政事宜则和孙沔、余靖等共同商量。

皇祐四年（1052）十月初八日，宋仁宗在垂拱殿安排酒席为狄青饯行。宋仁宗嘱咐狄青为国尽忠之际注意自身安危，谆谆教诲，狄青则重申誓平南方，不辜负皇帝的信任，君臣之间依依惜别。

三、狄青赶赴前线

从北宋首都开封到今广西壮族自治区南宁市宾阳县，也就是宋代的宾州共计4500里，中间要跋山涉水，再加上要应对冬季北方寒冷、南方潮湿阴冷的恶劣天气，总体而言行军难度不小，按照北宋时期军队行进速度每天走40里的话，狄青率领军队到达邕州要110天左右。事实上，狄青十月初八从开封出发，于次年正月初七到达宾州，用了90天时间，属于比较迅速的。当然，狄青也并没有因为军情紧急就倍道兼程，有材料显示，他基本上是每天走一驿，有30—40里，有时候稍微多一点，每当经过一个州的治所，就休息一天，不至于因为着急赶路而让士兵过分劳累。

在狄青尚未到达前线时，全面负责平定侬智高叛乱的仍然是孙沔和余靖，中央和地方一方面在关注他的行程，另一方面还要继续应对侬智高的军事行动，因面临情况不同表现出来的应对方式也多有区别。

对于宋朝中央政府来说，这一阶段的工作重心在于全权委托

第五章 宋朝平叛，狄青请命

狄青平叛，所以反复和狄青沟通平叛方案，且让狄青顺利到达前线是最为重要的问题。狄青军队前脚刚动身，宋仁宗就惦记起他的出行安全。宋仁宗对庞籍说："狄卿威名显赫，侬贼肯定害怕他亲自上前线，或许会派人暗中偷袭算计。庞卿一定告诫狄青，他平常的饮食起居，必须使用最亲信的人负责，切不可有一丝麻痹大意。"于是庞籍派人快马加鞭赶上狄青加以提醒。经过一晚上思考，次日宋仁宗再降手诏给狄青，对遭到侬智高军队洗劫的地方军民如何安置给予了指导意见。宋仁宗在手诏中强调："对于遭受侬智高欺压的民众，若逃避在山林间，需要尽快安抚招募，让他们尽快返乡复业；若有些人被侬贼胁迫加入敌军而能乘机逃跑回来的，之前一切罪过不再追究；若在侬贼军队当中面部被刺字，可以让他把刺字抹去，并让官方开具证明信；若家人被杀而被别有用心之人当作侬贼士兵领赏，经过家人辨认给钱抚恤；若家中遭到洗劫，暂且免去其家差役和赋税。对于遭受侬智高破坏的州县，若城墙被毁坏或者本来就没有城墙，或者虽有城墙但并不完善的，全部加以修缮。对于禁军的装备，若兵器盔甲腐朽不可用的，请及时配发全新装备。"

十月二十日，枢密副使王尧臣向宋仁宗进言，为了防御需要分广南西路为三路。枢密副使王尧臣说道："以融州、柳州、象州隶属宜州；白州、高州、窦州、雷州、化州、郁林州、仪州、藤州、梧州、龚州、琼州隶属容州；钦州、宾州、廉州、横州、浔州、贵州隶属邕州。在这新置的三路选择武臣为首州知州并兼安抚都监，若侬贼入寇，三路合力抵抗。在桂州知州的选任上，以文臣两制以上人充任并兼经略安抚使，用以统制三路，也算形成一种制约机制。在禁军配置方面，按照州的地理位置和重要程度差别对待，邕州屯兵4000人，宜州屯兵2000人，宾州屯兵1000人，贵州屯兵500人。在城墙修筑方面，需要达到高2丈、厚8尺的标准，令本路转运使和转运判官全权负责监督实施。州县官能够完成修筑城墙、官府、仓库等设施以及招抚流民得力，可以酌情升官加以激励。"宋仁宗看到了王尧臣的建议，立即通知狄青斟酌是否可以施行，在得到狄青认可之后才发布命令。十一月十四日，宋仁宗下诏狄青，若发现广南东西路有官吏及民众私下和侬智高交易的，无论数额大小一律问斩，并迁徙他们家人安置到内地。

近阶段侬智高重新以邕州为据点，并且打造船只扬言再图广州，不过与他之前攻城略地相比，现在的情况是宋朝进攻而侬智高防御，形势大不相同。而与宋朝中央政府以诏令安排诸事宜不同，身在抗击侬智高第一线的余靖、陈曙及孙沔等面临的情况截

第五章 宋朝平叛，狄青请命

然不同，加上每个人在自己位置上有不同的考虑，所以他们的工作重心也各有差异。这一时期孙沔的做法，因资料相当有限无法深入考察，笔者个人猜测他当是以稳为主，等待狄青到来做统筹安排，暂且不展开论述，仅就余靖和陈曙两人的活动加以说明。

余靖经过自己的思考，从外部求援于交阯，内部瓦解少数民族部落归附两个途径来消解侬智高势力。在起用狄青之前，交阯已经向宋朝上书表示愿意发兵五万，协助宋朝平定侬智高。刚开始宋仁宗内心是拒绝的，余靖知道了这个情况之后就向宋仁宗建议说："侬智高主要是反叛交阯的，无辜波及我们大宋的两广地区，现在交阯要出兵征讨，我们没有任何理由阻拦呀。让交阯出兵，纵使他们不能取胜，也算是离间交、侬双方的绝佳方法。现在我们强硬阻止交阯出兵，会不会把他们推到我们的对立面？如果发生了这样的情况，实在是我大宋的大不幸呀！请陛下三思。"余靖在上报朝廷的同时，已经在邕州、钦州（今广西壮族自治区钦州市）附近准备了数万人的粮食补给，以便朝廷允许后赐给交阯作为军需。宋仁宗看了余靖的奏议之后发生了动摇，就同意了交阯李德政出兵的请求。在十二月十七日时，还下诏余靖可以再给李德政助兵费用钱2万贯，等到侬贼平定之后再赐钱3万贯。当狄青得知这一消息时，立即向宋仁宗上疏请求收回成命。

狄青强调指出:"交阯李德政声称他们将派遣步兵五万、骑兵一千来帮助我们平定侬智高,实际上是为了得到更多的赏赐而并没有那么多兵马。即便是真的有这么多兵马,我们借助外人力量来平定内部叛乱,这是向外人示弱的表现,绝非我大宋之福。单凭一个小小的侬智高横行肆虐两广,我们自己的军队不能平叛而只能借助外人的力量。然像交阯这样的政权贪得无厌,若他们以此为借口在我们大宋疆域内胡作非为,我们要怎么处理呢?不如我们一开始就把他们出兵的路堵死,以免后续出现诸多变数。请陛下下诏余靖,不要让他和交阯私下接触。平定侬贼叛乱,臣一人足矣!"宋仁宗见到狄青的奏议,又立即派人追回之前下诏余靖给交阯助兵费用的诏书,并告诫余靖禁止他和交阯使者一切关于出兵事宜的讨论,完全听从了狄青的建议。

对于从内部瓦解侬智高势力,余靖也做了不懈的努力。他在桂州招募了一批谋士,其中孔目官杨元卿(?—1053后)和进士石鉴(?—1053后)的能力最为突出。杨元卿的计划被余靖认为是最好的方法,他建议道:"现在有60多个少数民族部落酋长带着手下全部归附侬智高,这里面有一个酋长是我的莫逆之交,我愿意亲自去说服他。以此为突破口转而策反其他部落,这将会极大削弱侬智高的实力,到时候侬贼必将束手就擒。"余靖赞不绝口，很快委派杨元卿携带盐、茶、黄牛等物品前往招降，这次计划进行得相当顺利，不少少数民族部落开始逐渐疏离侬智高。

石鉴是邕州人，曾经参加科举考试屡次不中，本来对宋廷并没有什么好感，他之所以决定为余靖出谋划策，是因为他和侬智高有着不共戴天之仇。侬智高在第一次攻陷邕州时，石鉴的亲属全部被侬智高部队残忍杀害，家中财物被洗劫一空，石鉴也是九死一生逃奔桂州，所以他决定投奔余靖为家人报仇。在侬智高进攻广州受阻第二次占据邕州之后，石鉴给余靖建议说道："邕州有少数民族部落三十六洞，他们往年一直在接受大宋朝廷官爵恩赐，这些人一定不会真心归附侬智高。侬智高这股贼人的核心成员主要由两个部分组成，一些是广源州地区的少数民族部众，另外一些是在大宋犯罪而逃亡到边境地区的亡命徒，两者加起来数量不超过一万人，其他人都是被动加入侬智高队伍的。现在侬智高再次占领邕州，他肯定会以钱财富贵等引诱邕州少数民族部众，若此计划得逞的话，三十六洞之兵势力不容小觑，会成为我大宋的大麻烦。小人是邕州本地人，对于三十六洞比较熟悉，愿意去传递我大宋优待他们的诚意，让他们远离侬贼。"余靖遂任命石鉴为昭州军事推官前去招抚邕州诸洞酋长，也取得了很好的效果，其中最为关键的是离间了侬智高和黄守陵之间的关系。

黄守陵是邕州三十六洞中结洞酋长,他的实力在三十六洞中是最强的,控制的区域四面阻绝易守难攻,物产丰富良田遍地,所以侬智高相当重视和他建立密切关系。侬智高曾经写信招降黄守陵:"现在宋朝危机重重,前段时间我从邕州长驱直入到广州,一路所向披靡战无不胜,之所以现在重新回到邕州,主要想和大家一起合作创业,共享富贵。宋朝派来他们最能打的大将张忠、蒋偕之流,稍一接触就全体崩溃,实在不堪一击。最近听说他们派了个叫狄青的人作为总指挥,估计也是名不副实。我现在和兄长约定,若我战胜狄青,一定长驱直入拿下荆湖、江南和两广,到时候邕州就让兄长您当节度使。若我万一有失,希望能借助兄长您这块宝地休整,特磨洞的军队近段时间正在集结,届时和我们的兵士会合,定可无敌于天下。"黄守陵看到侬智高给他画的"大饼"非常高兴,给予侬智高兵力和物资等全力支持。所以招抚黄守陵的工作对于石鉴来说,是他工作的重中之重。

石鉴亲自前往结洞游说:"侬智高这次偷袭广南地区,趁大宋地方州县没有准备侥幸得手,近期他之所以逃回邕州,是被大宋军队攻打节节败退、黔驴技穷的表现,现在大宋更是委派狄枢密前来平定,剿灭侬贼指日可待。黄节度您世代受大宋恩惠,大宋皇帝特别赞赏您的忠诚和信义,最近有流言说您为侬贼提供

第五章 宋朝平叛，狄青请命

战略物资，这可是灭亡全族的重罪，所以大宋皇帝特派我来劝慰，他绝不相信这样的流言蜚语。而且，侬智高这样的小人出尔反尔，他的父亲先后杀死自己的亲弟弟万涯州酋长侬存禄和妻弟武勒州酋长侬当道，这已经是尽人皆知的事实。侬智高父子都是贪得无厌之辈，为了自己的利益至亲尚且不顾，他向您所谓的保证又算得了什么呢？您一定要多加提防，切莫中了侬贼的奸计。"黄守陵一方面觉得石鉴说得有道理，一方面又明确了宋朝征讨侬智高的决心，所以开始疏远侬智高，甚至两者之间发生小规模冲突，大大削弱了侬智高的势力。

和余靖悉心经营不同，广南西路钤辖陈曙的表现则让人无语。从皇祐四年（1052）六月任职广南西路钤辖以来，陈曙的表现只能用平庸概括，他前期没有败绩的主要原因并不是能力强大，而是按兵不动甚至主动回避和侬智高军队接触。换句话说，就是从来不出手才能立于不败之地，陈曙就是严格贯彻这个方针的。然而，在狄青已经快要到达前线时，他为了抢功劳而带领八千军队主动进攻侬智高，导致宋朝军队大败，损失惨重。等到狄青到达前线取得指挥权的时候，刚好给狄青整饬军队建立权威找到了一个极好的突破口。

第六章
狄青南征,一战封神

一、斩陈曙,立威宾州城

庞籍在给宋仁宗进言时曾强调,狄青剿灭侬智高需要让他的命令能够在全军当中及时贯彻落实,最为重要的是要他在军中建立起不容置疑的绝对权威。狄青在行军过程中,陶弼(1015—1078)也给过他这样的建议。陶弼字商翁,永州零陵县(今湖南省永州市零陵区)人,因为军功被授官,曾经长期在广南东西路为官。王铚在《默记》中记载:当狄青走到洪州(今江西省南昌市）时，听说了陶弼正在这里丁忧的消息，由于他长期在广南东西路为官，所以狄青微服前往陶弼住处，前去请教平定侬智高的策略。陶弼看狄青非常诚恳，就说道："广南东西两路的官员大都贪墨不法，他们总想着趁少数民族叛乱之际发一些战争财，对朝廷安危漠不关心。今天侬智高叛乱，都是这些不法官僚诱导所引起的，否则侬智高怎么敢倾巢出动进攻广州呢？你现在到广南东西路平定叛乱，首先要做的是牢牢掌握兵权，诛杀不听命令的官吏，若能如此，侬智高这伙贼人不足为虑。"

然而，虽然狄青是枢密副使，但平叛军中有资历比自己高的孙沔，更有一些长期看不起武将的文官，如何建立权威能够贯彻执行自己的命令，这也是狄青所面临的难题。其实，在十月初八宋仁宗在垂拱殿为狄青摆下酒宴送行时，狄青已经有过类似表示，当时他挑选的将领全都在场，酒过三巡之后，狄青端着酒杯说道："诸位将军，这次侬贼猖狂肆虐，我辈奉天子之命去平定，若诸位将军家中有父母侍养或者幼儿哺育不方便远行的，一定提前告知，我狄青绝对不会强人所难，但若随大军一起前往讨贼，敢有畏葸不前或不听号令者，唯有军法伺候。"不过，这样语言上的告诫有时候不足以震慑人心，而陈曙为抢功劳的擅自行动，恰恰给狄青一个解决建立权威难题的绝佳机会。

腊月初一那天，前线传来紧急情报，广南西路钤辖陈曙率领八千将士向侬智高进攻，两军在邕州城外金城驿（今广西壮族自治区南宁市东北）遭遇，宋军大败，东头供奉官王承吉（？—1052）、白州长史徐璺（？—1052）等战死。陈曙带兵毫无章法，既要进攻侬智高又没有充分准备，两军都要遭遇了还有士卒在营帐内聚众赌博，本来是主动进攻的仗打成被侬智高军队伏击的仗，实在窝囊。陈曙仓促间命王承吉率领宜州忠敢兵一营五百人为先锋，结果导致全军覆没无一生还，陈曙见势头不对急忙撤退，损失辎重甚多，八千将士战死被俘近三千人。消息传来狄青相当愤怒，在七月到九月两个月之间，宋朝重要将领广南东路都监张忠和广南东路钤辖蒋偕先后战败身亡，在军中引起了很大震动，使得一段时间内军队士气相当低落。所以狄青刚被任命为平定侬智高的军事总指挥时就下令："所有将领都要服从命令，不得主动进攻侬智高军队。一切大规模军事行动都要经过我、孙沔和余靖等商议之后共同决定。"这样的命令发布不足一个月就发生了陈曙严重违反命令事件，不严惩无以立威。但，如何处理，狄青也是斟酌再三。

皇祐五年（1053）正月初六日，狄青千里奔波终于到达了宾州，与孙沔、余靖两位的军队会师。辞旧迎新的爆竹声尚未完全

第六章 狄青南征，一战封神

消失，冷峻的号角声已经阵阵响起。正月初八日一大早，狄青召集所有将领立于大堂两侧，公开处理陈曙败军事宜。之前将领们和主帅商议军事行动，经常当着主帅的面大咧咧地各抒己见，甚至因为意见不合争吵喧哗，而这天，当将领们看到狄青铁青的脸上写满威严，竟然出奇的安静。狄青让陈曙和袁用（？—1053）等32人出列，面无表情地问道："诸君可知罪？"陈曙等人当然知道狄青所指为战败溃逃事，全都俯首认罪道："末将知罪，请狄宣抚责罚。"狄青继续面无表情地问道："陈将军何罪？且一一道来。"堂下熟悉大宋律法的将领逐渐觉得气氛不对，类似战败之事在半年前屡屡发生，朝廷对将领们并没有任何责罚，或只有象征性责罚。但按照律法而言，这样的事情相当严重，已经不仅仅是降职了事，甚至有可能危及生命。不过，陈曙等人根本没有意识到问题的严重性，口中随便诌道："末将罪该万死，请狄宣抚责罚。"狄青又说道："我大宋军法，不取主将节度而擅发兵者，斩！临阵先退者，斩！临阵非主将命，辄离队先入者，斩！违主将一时之令者，斩！博戏赌钱物者，斩！陈将军可都知道？"陈曙等突然意识到事态的严重性，双腿跪地求饶道："末将知罪，末将知罪，下次绝对不敢啦，请宣抚大人饶命，请宣抚大人饶命呀！"狄青大声呵斥道："既已知罪，按照我大宋律法，来人，将陈曙等拉出去,斩了!"陈曙等人已经瑟瑟发抖,腿脚不听使唤了。

堂下将领哪里见过这样的阵仗,都吓得面如土色,说不出一句囫囵话。孙沔和余靖作为在场的除了狄青之外的最高官员,感觉狄青今天要动真格的,也吃惊不已。余靖不得已离席向狄青求情,他说道:"狄枢密请息怒,您没有来到之前我是总指挥,陈曙将军这次出兵,我要负主要责任,请您一并责罚。"狄青脸色稍微缓和了一下说道:"余舍人是文臣,仓促之际让您领兵平定侬贼,已经是强人所难了,军事行动上的责任就让我辈承担。您不用再多说了。"说完抬手一挥道:"拉出去,以正军法。诸公以后若有违抗军令者,绝无宽恕。现在侬贼猖狂,我辈当齐心协力为大宋平叛,为圣上分忧。"堂下包括孙沔、余靖等所有将领无不战战兢兢,俯首听命。

在这次要斩杀立威的人当中,王铚《默记》记载其中还涉及祖无择(1011—1084)。《默记》中非常生动形象地写出了狄青斩陈曙立军威当日的具体情形,余靖惊惧之下跪拜求饶,孙沔晓之以理以解围,而最为精彩的当数祖无择,他对狄青大怒说道,我来的时候圣上亲自有过吩咐,太尉休得无礼。这一大叫竟然让狄青不敢问责,祖无择在狄青犹豫之际,让下人牵出自己的马，在狄青面前上马，大摇大摆地回到住处，回去之后才发现自己吓得便溺全出。王铚强调说，这就是祖无择的"气胜"，意思大概是当时和狄青交锋的时候，气场强大镇住了狄青，否则估计也难逃一死。祖无择字择之，河南（今河南省洛阳市）人，宝元元年（1038）进士及第后进入仕途。根据学者研究，祖无择皇祐元年（1049）八月前后任广南东路提点刑狱公事，皇祐四年（1052）正月，从广南东路提点刑狱公事改任荆湖北路提点刑狱公事。侬智高肆虐两广的时候，祖无择又于皇祐四年（1052）七月改广南东路转运使。祖无择自己所写的《鼎州桃源观题名》中称："皇祐四年正月，自广东宪徙为湖北提刑。七月奉诏改广东转运使。"说的就是这一时间的差遣改换情况。从新出土的祖无择墓志铭可以加以确认，祖无择墓志铭的撰写者是范仲淹儿子范纯仁（1027—1101），他写道："溪贼侬智高叛，王师南讨，遂拜公直集贤院、广南东路转运使。"

综合祖无择的仕宦经历，《默记》中的这一条材料有其值得深思的地方。材料中狄青称呼祖无择为提刑，提刑是提点刑狱公事的简称，是宋代路一级官员当中的重要一位，提点刑狱司在传世文献中有时候又被称为"宪司"，表述的都是同一个意思。我们看的电视剧《大宋提刑官》，讲的就是宋慈任提点刑狱公事时发生的事情。根据宋朝的制度规定，提点刑狱公事的主要职掌为掌管一个路的刑狱之事，并总管所辖州、府、军的刑狱公事、核准死刑等，也有权对本路的其他官员和下属的州、县官员实施监察。但提点刑狱公事基本上不会负责军事事务，所以这里狄青询问提点刑狱公事祖无择，于法无据。更何况，这条史料当中记载祖无择的差遣本来就是错误的，祖无择现在的差遣是广南东路转运使。转运使也是一种路级官员，各路设转运使，称"某路诸州水陆转运使"，其官衔称"转运使司"，俗称"漕司"。转运使除掌握一路或数路财赋外，还兼领考察地方官吏、维持治安、清点刑狱、举贤荐能等职责。这样一个职位，也基本不会被掌握最高军事指挥权的狄青询问军队战败的原因等问题。

再者，狄青在和余靖的对话中，已经强调了这次主要是针对武将不遵循军令的处置，对于文臣不做严苛的追责，祖无择是宝元元年（1038）一甲第三名进士及第，是宋仁宗亲笔勾出的榜眼，应当不是狄青惩罚的主要人员。而且，就材料中显示的祖无择反应来看，狄青没有敢处理他，是这次整军立威的目的明显没有达到。试想一下，以当时已经处死陈曙的场景来看，若已经得到宋仁宗便宜从事命令的狄青真有心处死祖无择，绝对不会让他就这么轻易溜走;若狄青没有处死祖无择的想法,绝对不会在大庭广众之下对他审问,以扩大自己的对立面。综合以上的分析,我们有理由认为,这条材料的真实度需要进一步斟酌。

然而,南宋人李焘在编纂《续资治通鉴长编》时提到,就狄青斩杀陈曙建立权威一事,或许并非我们想象的这么简单,内中有更多的曲折。

一方面,李焘发现吕诲在写作陈曙墓志铭时透露,陈曙这次出兵并非自己想贪图功劳所致,而是有人背后使坏才导致他被迫出兵,兵败之后被狄青处死。他这样写道:"陈曙和孙抗之间原来有过一些矛盾冲突,当时孙抗是广南西路转运使,他巡查到了桂州,和桂州知州余靖偷偷藏匿了狄青不得主动进攻侬智高军队的命令,并且让余靖下令陈曙进攻侬智高。陈曙知道以八千军队的数量根本无法战胜侬智高,于是让自己的副手广南西路都监苏缄向余靖和孙抗说明情况,在申诉无效之下最终战败。狄青到达桂州之后,孙抗等把败军的事情全都推到陈曙头上,以致他被处死。"李焘写完之后还强调,陈曙墓志铭中的记载和"国史"当中差异很大,需要认真考证。我们都知道,墓志铭的撰写所依据的主要材料是墓主家人提供的行状,所以其中会对墓主生平中不光彩的事情避开不写,或者多方面掩饰,若墓主生平有被冤枉的地方，则会在墓志铭中大书特书。这次吕晦之所以敢这么写，或并不是毫无根据。然而，现有传世文献中有关陈曙的记录实在太少，不足以勾勒出他是不是之前和孙抗在仕宦期间有过交集，以及如何交恶的，故究竟是不是孙抗和余靖联手陷害陈曙，除非有更新的资料出现，否则已经成为一个无法解开的谜团。

另一方面，李焘又根据"国史"当中朱寿隆的传记记载和其他记录，发现陈曙或许只是替罪羊而已。朱寿隆当时官为广南西路提点刑狱，狄青准备处死张愿（？—1053后）等几名不服从命令的裨将，他建议说："狄枢密来广南西路是解救黎民百姓于水火之中的，张愿是张忠亲弟弟，他哥哥已经战死，弟弟原本无罪，希望您能调查之后从轻发落。"最终狄青没有处死张愿等数人。而且，李焘还认为狄青还曾经想处死广南西路都监萧注，原因是萧注在参与分化侬智高和少数民族部落时存在贪污等不法行为。狄青到了宾州之后派人召回萧注，准备在军前斩杀。萧注或是听到风声，于是找各种理由推托，并没有到宾州去。经过这两次建立权威的机会没有落实后，狄青终于通过处理陈曙一事，建立起了自己在军中不容置疑的权威地位。

在谋划建立权威的同时，狄青也没有忘记要想尽一切办法鼓舞军队士气。在近半年的时间内,宋朝军队与侬智高遭遇,基本上没有取得过胜利,这无疑给军队造成一定的心理阴影。狄青在日常心理建设之外,甚至还利用求神问卜、谣谚应谶等心理暗示给军士们打强心剂。

生活于南宋初期的曾敏行(1118—1175)所撰《独醒杂记》中说到,狄青路过永州(今湖南省永州市)的时候,曾遇到后世"八仙过海"故事中的何仙姑,狄青以平定侬智高事询问何仙姑,何仙姑回答道:"狄公虽然见不到贼首侬智高,但这次肯定能够大获全胜。"生活于南北宋之交的蔡絛(1096—1162)在《铁围山丛谈》中记载:狄青率领军队经过桂州时,大路旁边有一座香火很盛的大庙,人们都说这座庙里供奉的神灵非常灵验。狄青听说之后,特意让军队停下休息,自己则与亲兵一起入庙祷告。狄青从身上取出一百枚铜钱与神灵约定:"若这次能够平定侬智高等贼寇,那么这些钱落到地上之后每一个都是字面朝上。"左右亲兵听了大吃一惊,反复劝阻,说这么多铜钱怎么可能全部字面朝上呀,倘若有一枚字面没有朝上,岂不是影响将士们本来就不是太高涨的情绪!狄青并不采纳他们的建议,在众目睽睽之下双手一扬,掷出百枚铜钱,结果奇迹出现了,这一百枚铜钱全部字面朝上。这让在场所有人惊掉下巴,接着马上欢声雷动,消息传开之后更是全军欢呼,声音震动山林田野。看到这个结果狄青也非常高兴,他命令左右取了一百枚钉子,把这些撒落在地上字面朝上的铜钱在原地用钉子钉牢固,并罩上一层青纱作为保护,自己还亲手在四面加了封条。狄青大声说道:"将士们、兄弟们,我们平定侬贼是上天的旨意,神灵已经给我们明确答复了。等平定侬贼,我们再回来取下铜钱,酬谢神灵。"有了神灵的启示,军队一扫之前笼罩在头顶的阴霾,士气大振。当然,故事的后续是,等到平定侬智高之后,他们取下铜钱,发现是两面全部是字的特制钱。

此外,在狄青大军将到达前线的时候,军中很多人都听到了当地儿童嬉闹时的谣谚"农家种,籴家收",很明显有"侬(农家)智高必定被狄(籴家)青平定"的寓意在。类似的利用鬼神、谣谚等的做法,大体能够说明狄青为了鼓舞军队士气,用尽了各种可能的方法。

军队士气已经鼓舞得比较高涨,令行禁止的权威也已经建立,按说正是进攻侬智高军队的绝佳时机,也就是所谓的兵贵神速一鼓作气之时。但是,狄青却宣布由于粮草未能及时跟进,先准备十天的粮草,大军暂且就地安营扎寨休整。王铚《默记》中还记载了这期间一个小插曲:广南西路随军转运使李肃之（1000—1081）问大军需要粮草的数额，狄青回复说："这一次平叛没有东西南北远近的说法，也没有需要花费多久的日期，你既然是随军转运使，那么军队需要每一个人都要装备完善，粮草齐备，少一人的装备粮草，小心转运使的项上人头。"所以狄青这次平叛，装备粮草齐备，没有出现任何短缺现象。李肃之字公仪，濮州（今河南省濮阳市）人，宋真宗朝名相李迪（971—1047）的侄子，以李迪荫补进入仕途，在地方上做官期间敢作敢当，深得百姓们的拥戴。然根据《宋史》《续资治通鉴长编》等记载，李肃之在这期间差遣为"荆湖南路提点刑狱"，广南西路转运使为孙抗、广南东路转运使为元绛，这次出征并没有设置随军转运使一职，所以王铚这个记载必定有不真实的地方。不过，这样的对话从狄青口中讲出，似乎又没有丝毫违和感，比较符合当时的历史真实。那么有没有可能，这次对话狄青的不是李肃之，而是广南东路或广南西路负责军备粮草的转运使孙抗或者元绛呢？暂且放置在这里，聊备一说。这条材料大概能够说明，狄青不急于进攻侬智高，并非粮草不支，而是休整军队，另外执行他既定的计划。

　　在宾州休整军队，是狄青按照预先计划稳步展开的。在出征前狄青曾经和经常谈论军事的文官曾公亮交流过，他认为张忠、蒋偕等人的失败，主要原因是过于急躁而轻敌冒进，他们从京师十六七天之内急行军到达广州，士卒们还没有喘息的机会就一股脑地冲上前线，认为可以一举平定侬智高，结果自取失败乃至身死国辱，所以对侬智高军队的进攻要稳中求胜而不能轻敌冒进。

狄青安营扎寨"裹足不前"的措施，大大出乎侬智高的意料，他本来知道狄青率领军队已经临近，所以安排了很多间谍暗中监视他们的行动，并且严阵以待准备决战。侬智高认为，这位盛名之下的狄青，估计和宋朝其他将领没有什么区别，也是来了之后大举进攻，一阵操作之后兵败而回，没想到这样的决战准备却以狄青整军休息落空，侬智高本来觉得可以预见的作战安排变得难以捉摸，有了更多的不确定性。侬智高的幕僚黄师宓等建议说："狄青这次带领重兵前来，而且有很多骑兵，我们最好派遣军士把守他们到达邕州的必经之路昆仑关，凭借这一天险来消耗他们的兵马粮草，待他们人困马乏之际，我们再来个一举歼灭。"侬智高觉得经过这半年与宋朝军队的接触，这样的做法完全没有必要，所以并没有在昆仑关处重点防御。

昆仑关，位于现在广西壮族自治区南宁市宾阳县与兴宁区昆仑镇交界处。昆仑关始建于何时，没有确切的历史记载，说法不一。一说是公元前214年，秦兵击败西瓯越人统一了岭南，在广西、广东设置桂林、象郡、南海三郡，修建了昆仑关。另一说是东汉时马援所建。目前尚不敢确定昆仑关设置时间，但秦汉之际，昆仑关已经设建了是毫无疑问的。昆仑关所在的昆仑山被称为"昆仑台地"，海拔仅有300多米，为大明山余脉，周围群山环拱，层峦叠嶂，中通隘道。昆仑关正覆压在迂回曲折的山道之中腰，好比食道之咽喉，扼守南北往来之要塞，可谓一夫当关万夫莫开，是兵家必争之地，侬智高放弃重兵把守这样的军事重地，实在是重大失误。

二、平智高，血战归仁铺

现在流传下来的很多宋代史籍，关于狄青平定侬智高的记载很不一样，有些内容甚至相当传奇，我们下面对相关记载一一铺开，给读者们展示一下宋人是如何记载狄青平定侬智高最为关键一战的。

沈括在《梦溪笔谈》中这样记载：皇祐五年（1053）正月十五上元节，狄青声称为了安慰众位将领，下令在宾州城外张灯结彩大摆宴席，和将士们举杯共庆三天。第一天晚上，狄青和众位将领开怀畅饮，尽兴而归。正月十六晚上，狄青又和大家举杯同饮，大概到了二更天时，狄青突然觉得身体有些不舒服，他就暂时回营帐休息。狄青派人告诉孙沔先在酒局主持一下，让大家继续进行，自己吃点药休息一下就回来。大家得知狄青还要回来，就一边吃酒一边等待，一直到早上还没有人敢告退，正在这时忽然外面有消息传来，说狄青已经率军队拿下昆仑关了。宋代地理总志诸如《太平寰宇记》及《元丰九域志》等中都记有一个州级地方行政区的四至八到，就是以这个城市为中心，东、南、西、北、东北、东南、西南、西北八个方向到其他重要州或京城的距离。根据相关记载可知，宾州到昆仑关足足有65里，所以从二更出兵到早上拿下昆仑关，实在有些夸张。沈括在这里想强调的大概有两点：第一是狄青计谋高超，能够骗过敌人军队甚至骗过自己的将领；第二是狄青指挥作战的战斗力强，用了极快的速度突破了昆仑关防线。

曾巩在《南丰杂识》中的记载完全不一样，曾巩称："狄青到达宾州之后，对于侬智高以昆仑关为据点严密防范还是很担心的，所以就下令就地休息来麻痹侬智高军队。正月十六日晚上，宾州地区狂风暴雨，侬智高军队认为这样恶劣的天气宋朝军队绝对不会出兵，所以当天晚上根本没有防备，而狄青率领部队正是借助风雨交加的天气迅速越过昆仑关，打了个出其不意。"

第六章 狄青南征，一战封神

李焘在《续资治通鉴长编》中摒弃了诸多带有传奇色彩的叙述，他很平实地记道："正月十六日开始进军，狄青率领先头部队，孙沔率领中间军队，余靖率领后备部队，当天晚上到达昆仑关下。十七日黎明，诸位将领在狄青大帐前等待进军，而狄青已经与前锋率先越过昆仑关，催促将领们急行军到昆仑关外一起用餐，他们到达归仁铺列阵等待侬智高军队。"若如李焘记载所言，那么狄青就是在十六日晚上偷袭昆仑关得手，不过若他们当晚大军驻扎在昆仑关前，有两个常识性的问题需要注意：一是防御昆仑关的侬智高军队能够看见宋朝军队，肯定会严加防范，如何偷袭得手需要思考。二是狄青率领先头部队偷袭昆仑关，即便狄青行军时悄悄进行，但在进攻时不至于一点声音也没有，一旦有小规模冲突，那么一定会有叫喊声、冲杀声甚至还有金鼓声等，孙沔和余靖等人不至于完全无视这样的声音吧？所以李焘在编纂《续资治通鉴长编》时，看似平实和合理的记载中，仍然有需要想象和思考的空间存在。

魏泰《东轩笔录》中则认为狄青为了这次突袭，做了很长时间的铺垫："狄青大军从过了桂州开始，就严格执行看天色行军的安排，每天稍微能辨别五色时，先头部队就出发，先头部队出发之后狄青出大帐安排这一天的具体工作，再和诸位将领一起用餐，用餐结束后中军出发，每天如此无一例外。正月十六日早晨，诸位将领知道要越过昆仑关，就和往常一样在狄青大帐前等候，一直等到太阳出来狄青还没有走出大帐，身边的亲信小吏怕有意外发生，赶紧去营帐中查看，却发现空空如也。正在大家惊愕不知所措之际，有军士前来传令说狄青已经越过昆仑关，请诸位将军过关之后一起用餐。大家才知道狄青已经和先锋部队一起越过昆仑关了。"

四者的记载虽有差别，但核心指向是一模一样的，就是攻取昆仑关狄青采取的方针是麻痹敌人之后以迅雷不及掩耳之势突袭，为了保密，他甚至没有告诉自己部队当中的大多数人。根据宋代地理总志的里程分析，从昆仑关到邕州城下128里，中间自北往南途经金城驿和归仁铺，路程大概平均分成三段，每段40里左右。那么狄青一昼夜从宾州到达归仁铺大约走了100里路，包括中间经历了在昆仑关和侬智高小股军队交锋，在没有机械化装备的冷兵器时代，绝对算是行军神速了。

在宋朝军队越过昆仑关之际，侬智高很快得到情报，于是他率领大军前去迎战，准备一举歼灭狄青和这股号称实力强劲的宋军。侬智高这样的行动正是狄青最想看到的，在前期准备中，他和孙沔、余靖及刘几等军事将领在会议上讨论，意见惊人的一

第六章 狄青南征，一战封神

致：

滕元发（1020—1090）所撰《孙威敏征南录》记载了孙沔基于当时情况，提前全面分析侬智高军队的动向："侬智高大军的上策是放弃邕州回到他们原来的根据地广源州；中策是凭借邕州险要工事坚守，和我大宋军队展开拉锯战；下策是大军倾巢出动和我们硬拼。"而且孙沔还预测："鉴于前段时间和宋朝军队作战屡屡获胜，侬智高已经产生了骄兵轻敌之心，所以这次他们一定会倾巢出动，是我们全歼侬贼的大好机会。"陈安石撰写的刘几墓志出土在河南省洛阳市，现在被私人收藏家收藏，在公布的墓志内容中，提到了刘几建议的平定侬智高"三策"："侬智高最聪明的做法，是放弃邕州退到广源州，我们无法找到他的行踪；其次是固守邕州城，我军在这里待的时间长了可能会出现水土不服等现象。如果出现这两种情况，我们就需要班师回朝，以便再商量万全之策应对。他们最不聪明的做法是凭借和我大宋军队作战屡战屡胜的骄傲心态，率军和我们决一死战，如果是这样的情况，咱们一定能一举平定这股反贼。"事态的发展，也确如宋朝官员所料，一场大战一触即发。

双方军队在归仁铺一带摆开阵势，准备决战。归仁铺名字的得来，与中国古代驿传制度有关。中国古代驿传是专门承担接待过往官员和邮递文书、官物的交通"关节"点,其接待和邮递的两种职能向来是合二为一的。宋代官方开始普遍设立递铺,用来专门承担文书、官物传递任务,驿与专门供行人住宿的馆舍合并,与递铺在职能方面分离。根据《邕宁县志》记载,宋仁宗景祐二年(1035),在邕州经昆仑山往宾州的驿道上设归仁铺、朝天驿、金成驿、大夹岭驿、长山驿等驿站,用来迅速传递军事情报。

狄青把决战战场选定在归仁铺,是经过反复商讨、精密策划的结果。对于地形复杂多山的广南西路而言,归仁辅一带相对平坦,利于骑兵作战。而侬智高军队由于失去地理优势,他们的步兵强项就难以发挥到极致了。侬智高军队的进攻策略与很多少数民族作战方式类似,让最勇敢、最能征善战者手持锐利武器居前,老弱者悉在其后,这属于集中精锐、先声夺人的战法,在强大攻势之下让敌方直接崩溃从而夺得最后胜利。在侬智高印象当中,这种战法最适于打击类似宋朝军队这样战斗力较弱的部队。然而侬智高军队这样的作战方法也有弱点,有点像李逵的三板斧,军队前期刚猛而后劲不足,相持起来难以持续,后方在遭遇突袭的情况下有被首尾夹击而导致全军覆没的危险。狄青对侬智高军队的这一战法已经研究得相当透彻,同时也做了最为充分的

第六章 狄青南征，一战封神

应对。狄青采取了正面进攻压制的同时骑兵袭后的方略，坚决顶住侬智高最精锐部队最初阶段的冲击以削弱他们的锐气，进而骑兵突袭形成前后夹击态势。在双方都有精心战略部署的情况下，皇祐五年（1053）正月十七日，一场激烈的遭遇战就这样开始了，《续资治通鉴长编》和《宋史》等传世文献中都记录了战斗的过程。

侬智高军队排列三个方阵以阻挡狄青军队，他们左手拿着盾牌，右手拿着长枪，穿着整齐的红色衣服，给人以强大的视觉冲击力。狄青将先头部队分成左、中、右三路，"品"字形站位，左路由贾逵率领，中路由张玉率领，右路由孙节率领，在大战一触即发之际，狄青强调说道："一定严惩不等待命令擅自行动的人。"战斗开始后，侬智高军队相当勇猛，攻势非常猛烈，宋军先头部队遭受到持续的打击，官兵们打得相当艰苦，在激战中甚至宋军右路将领孙节战死，但由于狄青在战前的命令，所以大家都在拼命抵抗，并没有一个人退缩，到这个时候方显示出狄青在战前进行纪律整顿的重大意义。对于孙节在战斗中死亡的事实，当时狄青以下诸如孙沔、余靖等都大惊失色。贾逵当时正在山前听候命令，他看到当时右路部队有崩溃的趋势，他所率领的忠敢、澄海两军都是屯驻广南东西路的土著禁军，曾经数次被侬智高军队打败，假如他等狄青发出命令才出击，有可能会因中路溃军失去主动权，他考虑到兵法中的居高临下者胜，于是当机立断冒着违背狄青军令的危险，率领士兵登上山坡。等到侬智高军队进攻到山脚下时，贾逵率领士兵从山上冲击而下，将侬智高军队从中间截断。这时狄青挥动不同颜色的旗帜调动其他部队，在得到狄青命令后，张玉率领中路军正面冲击侬智高军队，刘几代替孙节为将领，重整右路军奋力与侬智高军队搏斗，两军激战近两个时辰，宋朝军队虽伤亡损失很大，但基本上顶住了侬智高最精锐部队的进攻。正当双方都接近精疲力竭的时候，狄青挥动手中的白旗，埋伏已久的数千名蕃落骑兵从敌后分两路掩杀过来，对侬智高的标牌军进行左右来回冲击，充分利用骑兵机动性强、冲击力大的长处，来往冲突敌阵，在这样强大的攻势面前，侬智高军队陷入崩溃状态，大败而归。

侬智高兵败如山倒，一路狂奔50里逃回邕州城，狄青率领军队也长途追击50里到达邕州城下，其间斩杀侬智高军队士兵2000多人，俘虏500多人，侬智高军中重要僚佐黄师宓、侬建中、侬智忠等被俘获并处死，枭首悬挂于邕州城门正对面，城内士兵闻风丧胆全无斗志。有鉴于此，李焘在《续资治通鉴长编》中记载，侬智高连夜纵火烧了邕州城，自己携带母亲等亲属由合江逃往特磨寨，邕州城不战即溃。

孙升在《孙公谈圃》中有不同的记载："狄青率领军队在邕州城下列阵，侬智高在城楼上大宴士卒，城楼上有一人穿着道士服装口中念念有词，施法诅咒宋军，被宋军一箭射杀。接着两军正面作战，狄青手持两面黑旗指挥军队作战，大破侬智高军队于邕州城下。当时孙沔等建议派人追击生擒侬智高，狄青觉得前方可能有伏兵，就没有下令继续追击。"就笔者个人的感觉，孙升说的侬智高在大败之际还有心情在城楼大宴士卒，这样的说法或存在夸张的成分，但当日邕州城下肯定有一定规模的遭遇战，绝不像《续资治通鉴长编》写的那样轻松，否则宋朝军队进城之后不会得到侬智高军队尸体5000多具，而且他写到的狄青胜利之后怕有伏兵而不让军士追击侬智高，的确很像狄青的作战风格，也就是我们前面提到过的，在胜利面前保持冷静，适可而止。

狄青进入邕州城后开始打扫战场，金帛财物堆满仓库，牲畜马匹众多，侬智高军队投降者数千人，当时有军士在城北一角发现了一个身穿金龙衣的尸体，众将领觉得这个应该是侬智高，可以向宋仁宗汇报这一重大消息了。然而狄青却相当理智地说："这具尸体孤零零地躺在城北一角，根本不像一个由重兵保护的重要人物，怎么能确定不是侬智高使诈让我们误认为他死了呢？我们宁可不向朝廷汇报侬智高已死获得重大的立功机会，也不敢因为贪图功劳而谎报这样的消息。"处理了这些事情之后，狄青看到贾逵到了大帐，只见贾逵单膝跪地，上请责罚擅自出战之罪。狄青拊着贾逵的背说道："两军对垒，军情千变万化，战机稍纵即逝，你把握了正确时机，何罪之有！换做我自己，也会像你一样为了胜利宁可违背主帅命令，也不会贻误战机。"在邕州城基本稳定之后，狄青派偏将于振（？—1053后）率领部分军士向特磨道、大理国方向追击侬智高，临行之前特别嘱咐，以田州（今广西壮族自治区百色市田东县）州界为限，万万不可贪功冒进。于振立足万全的追击与侬智高亡命的逃亡形成了鲜明对比，所以于振无功而返也在情理之中。

对于敌军尸首的处理，狄青让供奉官贾荣（？—1053后）带领兵士们，将归仁铺一战死亡的侬智高军队尸体收集到一起掩埋在归仁铺之侧，又派遣彬县尉欧有邻（？—1053后）把邕州城内侬智高军队战死者、生擒后被杀死者以及逃跑过程中踩践致死者的5000多具尸体埋葬在邕州城北。皇祐五年（1053）二月，宋仁宗下诏在邕州城北埋葬侬智高军队尸体的地方建立"京观"，用来宣示胜利，并让余靖撰写了《大宋平蛮京观志》

第六章 狄青南征,一战封神

来纪念。

侬智高逃亡特磨道之后,企图借助特磨道乃至大理国的军队再次兴风作浪。有鉴于此,狄青一方面向朝廷传递了胜利消息,另一方面安排余靖作为主帅全面负责歼灭侬智高余部的工作,自己和孙沔则班师回朝。狄青返回开封途中,又经过了永州,他和几位文官僚佐专门去游览了自中唐以来就负有盛名的浯溪碑林。这个地方之所以闻名,是有一处摩崖题记,为唐代元结(719—772)所撰,著名书法家颜真卿(709—784)书丹的《大唐中兴颂》,这是安史之乱(755—763)结束之后,作为亲身经历战乱,曾经为领军平叛者的元结和颜真卿共同创作,对战乱平息表达了欢欣鼓舞之情,对大唐走向中兴显示了坚定信心。这样的心境与凯旋的狄青何其相似,所以他在浯溪摩崖之上,也留下了自己的痕迹,《祁阳县志》中收录了狄青的《浯溪题记》,狄青在摩崖上刻道:"皇祐壬辰孟冬,平定侬智高贼众叛乱,两广得以安宁。宣徽南院使、彰化军节度使狄青奉命班师回朝,明年季春凯旋经过此地,刻石以纪。军事推官、掌机宜武纬,大理寺详断官、太子右赞善、中大夫、掌机宜冯炳两位一同随行游览。"这是迄今为止,我们能够看到狄青所到之处唯一留下文字的地方,可见此时狄青轻松愉悦的心情。

余靖在广南西路也很好地执行了歼灭侬智高余部的任务,他很快抓获了侬智高母亲、弟弟等侬智高核心团队成员,不久更是得到了侬智高在大理国被杀的消息,这次平叛以全面胜利告终。狄青这次准备充分、指挥得力,归仁铺一战封神,为他获得宋朝军事最高级别的枢密使一职奠定了强有力的基础。

三、得胜归,事迹遭抹黑

狄青平定侬智高的事迹,在前面提到的一种记录平定侬智高叛乱的文献——《孙威敏征南录》中遭到了贬低和抹黑,需要在这里做集中考察。此书或被称为《征南录》,里面写到了很多平定侬智高的细节,以及狄青在平叛期间的窘态,我们根据其他传世文献中勾勒出来的历史真实一一说明。

其一,宋朝军队在归仁铺和侬智高交战之前,孙沔曾经提醒狄青防止敌军偷袭,《征南录》中写道:"宋朝大军和装备辎重共计四万多人,出了昆仑关之后部队行军三天,前军和后军之间战线拉得过长,号令无法统一,当孙沔和狄青等在朝天驿休息时,孙沔建议说:'现在我们军队行进过程中战线拉得太长,万一遇到敌人的大军,我们怎么样应对呢?'狄青觉得确实如此,于是当天晚上下令军校整理好自己的队伍,第二天果然在归仁铺遭遇侬智高大军。"根据李焘《续资治通鉴长编》记载,宋朝军队正月十六日出发越过昆仑关,正月十七日在归仁铺和侬智高军队正面交锋,正月十八日收复邕州,战斗基本结束,前后共经历三天时间。平定侬智高之后,余靖给宋仁宗上表请求解除职务继续服丧,他写道:"今年正月十八日,宣徽使狄青部领三将甲兵,杀败蛮寇,收复邕州。"也可以作为证明。所以从昆仑关到归仁铺100里,宋军前后花费四天时间基本上没有可能,这里的描写主要在强调孙沔非常有先见之明。

其二,归仁铺之战狄青的失态与孙沔的镇定。《征南录》这样记载:"当时侬智高军队在山后,宋朝军队偏将孙节、祝贵作为先锋部队顶在最前面,石全斌为左翼,刘几为右翼。狄青、孙沔和余靖在队伍中间属于中军,李定率领军队殿后。侬智高军队刚开始发动进攻,余靖非常害怕,就放弃自己率领的队伍跑到孙沔队伍当中以求自保,后被孙沔训斥后才返回队伍。侬智高军队凭借小山坡排开阵势,孙节凭借自己的勇猛率军杀出,企图和侬智高军队争取有利地形。孙沔坚决反对,大声呵斥孙节现在并不是争取有利地形的时机,孙节没有听取孙沔的建议而被侬智高兵士杀死。狄青素来赏识孙节,没想到竟然殒命于此,仓皇之际失声惊呼。在孙沔的得当指挥下,孙节余部和祝贵军队士气有所恢复,逐渐抵挡住侬智高部队的进攻。同时,孙沔让之前埋伏在敌军身后的三百骑兵从背后杀出,从而一举击溃了侬智高军队,他们大败之下逃回了邕州城。"通过这样的描写,我们看到归仁铺一战中狄青惊慌失措的举动。这与我们前面叙述归仁铺之战使用的《续资治通鉴长编》《宋史》等材料的记载截然不同。司马光《涑水记闻》简要总结了归仁铺一战的过程:"青登高丘,执五色旗,麾骑兵为左右翼,出长枪之后,断蛮兵为二,旋而击之。枪立为束,蛮军败,杀获三千余人。"狄青手持五色旗指挥军队的风采,在《征南录》中竟然荡然无存。所以这条记载似乎也不符合历史真实。

其三,狄青谋划不当,失去了捉住侬智高的最佳时机。《征南录》中记载:"孙沔建议狄青四面包围邕州城,从而全歼侬智高所部,被狄青拒绝。当天晚上,宋朝军队驻扎在邕州城外,孙沔强调说,我们军队刚经历过大战,队伍当中肯定有那么一小撮怯于战斗,哀叹声此起彼伏,动摇军心,建议狄青下令军中敢有夜里呼叫者,以军法问斩。二更天时,宋朝军队当中果然有营寨惊呼声连连,盘踞在邕州城内的侬智高军队以为宋军开始大举攻城,遂全部弃城逃跑。"这也和我们前面的叙述截然不同。需要说明的是,狄青不四面包围邕州城,个人以为是既定的战略,也

第六章 狄青南征，一战封神

就是这次平定侬智高叛乱，并不是以全歼侬智高军队为目的，而是以收复两广地区宋朝领土，把侬智高军队驱逐出境为目的，这是一次不容有一丝闪失的战斗。若四面包围邕州城，侬智高只能做困兽之斗拼个鱼死网破，宋朝军队势必仍要面临一场血战，这是狄青所不想看到的，若万一有失，不能保证其他少数民族部落不来支援侬智高，人为增加平叛困难。而现在这样其实已经消灭了他的有生力量，即便侬智高逃走，短时间内也难以再掀波浪，这或是宋朝军队当时最佳的选择。

其四，狄青赏罚不当，差点引起军士哗变。《征南录》记载称："等到第二天宋朝军队进入邕州之后，狄青很鄙薄利用赏赐取悦士兵的行为，所以就没有打赏士兵们。军士们相当不满意，他们议论纷纷，甚至有人出言不逊，说出要兵变、造反之类的话。有鉴于此，孙沔向狄青建议说：'这些禁军士兵们冒着瘴毒艰险行军万里，拼死作战九死一生，这次就是凭借他们以命相搏才大获全胜，有什么理由不赏赐他们呢？万一他们因为赏赐不及时做出了什么出格的事情，也不是太尉您的本意呀！'狄青觉得孙沔所言甚是，很快取出金钱打赏军士，这一风波遂被平定下去。"这样富有戏剧性的场面，让我们依稀觉得这不是宋朝建立百年之后的禁军队伍，而是五代十国时期混乱不堪的藩镇衙兵，他们不唯主帅而唯追逐利益，在利益面前敢于杀死主帅，叛变国家。而且，从基层禁军军卒出身的狄青，竟然没有科举出身的孙沔更熟悉和了解基层军卒，还要听取了孙沔的意见才采取正确的措施，这简直是编剧都不敢编出来的情节。

上述《征南录》的记载，完全是在抹黑和贬低狄青，抬高和赞扬孙沔。除此之外，《征南录》中至少还在五个方面展现孙沔的敏锐和机智，我们前面已经提到的全面分析侬智高军队动向属于其中之一，除此之外，还有以下四个方面。

第一，宋仁宗大赞孙沔料事如神。孙沔在皇祐四年（1052）八月赴任秦州辞行宋仁宗之际，就侬智高在南方乱事发表了自己的意见，后来果然一一印证，以至于宋仁宗对宰执大臣说："南贼果如孙某所料。"不过，宋仁宗这样一句赞美孙沔的话，却成为宰执大臣妒忌孙沔的理由，《征南录》中记载道："二府由此慊公。"

第二，让荆湖南路建军营虚张声势，侬智高由此不敢北上进攻荆湖南路。《征南录》这样写道："孙沔将要从京师出发，考虑到侬智高军队入侵荆湖南路的可能性不小，于是快马飞报荆湖南路，让他们多建营帐，准备大量军备物资。这样的做法，一来让荆湖南路州军民众看到宋朝大军将到能够安心，另外让侬智高间

第六章 狄青南征，一战封神

谍看到认为宋朝荆湖南路屯驻重兵，入侵毫无胜算而气馁。所以侬智高军队最终没有入侵荆湖南路，完全是孙沔的计策高妙所致。"

第三，派兵屯驻宾州、象州，两州最终得以保全。《征南录》中称："孙沔部下李定父子七人一起随同他出征，于是派遣他们通过桂州、象州，最终到达宾州驻扎。考虑到军事将领们经常因贪图功劳而败事，孙沔在他们出发前特意下令，若敢不听号令，擅自出战，军法处斩你们全家。后来余靖曾诱使他们出战，李定坚决不服从，屯驻在宾州如和关。侬智高军队到来之后，李定坚守不出，敌军看到无利可图遂退兵，而看到敌军进攻出兵作战的陈曙则遭遇大败。所以宾州和象州能够得到保全，全都是孙沔的功劳。"

第四，在狄青到来之前备齐了征讨侬智高的装备。《征南录》中提到了孙沔在湖南一个多月没有前进时，除了以生病为理由外，还说到孙沔一直带兵制造克敌制胜的装备："孙沔征集到军费钱帛百万，他之前已经了解到侬智高军队比较擅长使用盾牌和长枪，军队以盾牌为遮蔽排成一排，弓箭很难射穿。对于这种军队阵仗，孙沔制造了很多长刀大斧，用来克制侬智高军队。另外，南方地区湿热，瘴气严重，孙沔还提前准备了防潮的设备，在所有装备都准备好之后，狄青才从京师匆匆赶来。"

若按照《征南录》的描述，孙沔不但料事如神，运筹帷幄于千里之外，而且还临阵不乱，指挥得当于战场当中，他才是平定侬智高叛乱的真正主角和英雄。然而令人遗憾的是，《征南录》中很多描述都是夸大其词的，除了我们之前辨析的抹黑狄青的部分外，至少还有两个方面：一方面，孙沔对南方战事的了解并不准确，言过其实。《征南录》中记载皇祐四年（1052）八月孙沔向宋仁宗辞行时说："微臣道听途说，侬智高贼众攻陷邕州之后围困广州，广州是天下财货储备的仓库，海外商人数以万计，而现在这些全都被侬贼获取了。他们现在每天占据刘王山纵酒畅饮，吸收亡命徒投奔，现在势力越来越大。"孙沔广州城被攻陷的言语大大触动了宋仁宗，所以才有后来的任命他负责平叛事宜。但事实证明，广州城军民在苦苦坚守了近两个月之后，以侬智高军队主动撤退而告终，孙沔道听途说并无根据。

另一方面，孙沔出发前宰执大臣对他的掣肘过于严苛。《征南录》中交代，孙沔对宋仁宗说："现在侬智高贼众势力强盛，需要有得力将领、善战禁军、精良装备和充足物资才能平定，任何一方面缺乏，微臣的结果会和今天这些败军一样。若能任命微臣为宣抚使，进而把平定侬贼所需一一办齐，一定可以一举成

第六章 狄青南征，一战封神

功。"宰执大臣认为孙沔意在贪图富贵，极力反对。在所有请求都没有被批准的前提下，孙沔发火了，他说道："朝廷不批准微臣的请求，是没有合适的武器而进攻强大的敌人，是自取败亡之道。这样出征毫无胜算，徒劳无功而受到问责，除此之外没有任何好处。"宰相陈执中说："若平定侬贼失败，也不仅仅是被问责这么简单吧？孙密学不用慌张。"孙沔丝毫不退让地回应道："陈相这是想要向侬智高贼众们宣示以镇静吗？若我们防备得当，宣示镇静没有什么不妥，若毫无准备而宣示镇静，那就是把自己置于危险的境地，国家和百姓存亡，难道在您这里都是儿戏吗！"第二天，孙沔再次向宋仁宗请求，希望能够得到"能征善战的禁军万人，战马千骑，将领八人，负责机要事宜、文书者四人，军前备顾问指挥者二十人"，宰执大臣再次质疑说："南方战斗中，并非有用马的地方，为什么要这么多马匹呢？"孙沔回答说："侬智高贼众叛乱的地方距离京师实在太远，马匹主要是备用，若需要时再奏请圣上，那将大大贻误战机。"此外，孙沔考虑到广南西路和荆湖南路两个路物资贫乏，所以他还请求让自己兼任江南东路、荆湖北路安抚使，期望以四路财富为经济支撑作为战争后盾。这也被宰执大臣阻挠。过了几天宋仁宗下诏让他出征时，仅仅到位马军 700 人，负责机要文书的文臣 4 人，军前备顾问指挥者10人。

根据我们前面的叙述,孙沔这次出征,是宰相庞籍推荐的结果,所以宰相掣肘之类的言语,感觉无从谈起。再者说来,当时陈执中的官职为同平章事、判大名府,实际差遣是大名府知府,工作地点远在数百里之外的大名府(今河北省邯郸市大名县),陈执中被任命为宰相是狄青平定侬智高之后的皇祐五年(1053)闰七月初五日,故根本不可能出现孙沔和陈执中争论一说。还有,既然宋仁宗这么重视孙沔,又经过几次朝堂集中讨论,没理由兵也不给,官也不任命,将领也不调拨,总不至于宋仁宗让信任的大臣上前线白白送死吧?宋仁宗在中国历史上以宽厚仁慈著称,但绝对不会是弱智或精神不正常。而且,从我们前面的考察可知,跟随孙沔出征的将佐远不止《征南录》上说的这个数字。

综合以上内容,我们能够大体感觉到《征南录》是一本什么样的书。虽然有研究者评价这本书时强调:"这本书以孙沔事迹为主,记载了宋仁宗朝平息侬智高叛乱的过程。特别是比较详细地记载了宋政府选帅调兵的决策活动及侬智高灭亡的经过,是关于这一事件较为详备的史料。"但其中对于孙沔的事迹有过分拔高的嫌疑,对狄青的事迹有打压和抹黑的成分,对宋廷平定侬智高的过程叙述与历史事实不符之处较多，是一本篇幅不大、编造颇多、漏洞百出的书。

《征南录》作者滕元发，原名滕甫，字元发，后为了避高太后之父高遵甫讳，以字为名，改字达道。他之所以在这部书中如此拔高孙沔，清代四库馆臣编纂《四库全书》时看得相当明白，他们说："大概是孙沔在杭州知州任内，滕元发为湖州通判。孙沔对滕元发的行事作风很欣赏，日常教授他一些治理地方、守卫边境的方法策略，并向朝廷极力推荐他。"滕元发为报答孙沔的知遇之恩，不满意余靖在相关文字中专写狄青，所以有这一种作品出现。

正如四库馆臣强调的，"这本书在《宋史·艺文志》、陈振孙《直斋书录解题》当中都有出现，在宋代大家都不觉得是虚假的，大概有一定原因"。事实上这样的书写，还暗藏了一种隐蔽的士大夫的失落心理。除了单行本之外，李焘在《续资治通鉴长编》编纂过程中也多有参考，诸如孙沔仅携带700名禁军出征；孙沔的分析侬智高三策等内容，现在都被李焘编入《续资治通鉴长编》中。孙沔的这些事迹，之后更是被南宋彭百川（？—1200后）《太平治迹统类》、杨仲良（？—1240后）《续资治通鉴长编纪事本末》、佚名《宋史全文续资治通鉴》，乃至清人毕沅

(1730—1797)《续资治通鉴》等书抄入。就如同谣言说了千遍就变成真理一样,孙沔平定侬智高的类似事迹逐渐流传开来,且影响越来越大。学者研究强调,滕元发片面夸大孙沔功绩,塑造一个能够抵消武将成功的文臣典型,不过是北宋士大夫们心灵上的一服自慰剂,以此补偿长期的失落感罢了。而这样的书写,这样的安慰,或属于当时文臣们的共同心愿。

第七章
再入枢府，郁郁而终

一、政治纠葛下狄青"被"枢密使

狄青一战平定侬智高，这个好消息以露布形式，马不停蹄地汇报给在京师开封的宋仁宗。露布是一种写有文字并用来传递军事捷报的帛制旗子，它的公开性极强，所到之处人们都会知道上面传递的好消息。狄青在其中说："岭表侬智高叛乱，陛下宵衣旰食焦虑不已，臣出身行伍，现在作为负责军事的枢密副使，就应该为陛下分忧解劳。率领军队所向披靡，攻无不克，全都是遵循陛下您之前的安排和命令,都是您天威浩荡。臣先在连州休整军队,之后在浔州曾遇到小股贼军,渡过珠江之后才遇到侬智高亲自率领的那帮乌合之众。侬智高无视我大宋军威,骄气凌人,他率精锐部队倾巢出动来和我军决战,臣坚壁不争,布下口袋阵等待他自投罗网,等到他们锐气稍稍受挫之际,两翼骑兵包抄,收紧口袋来了个瓮中捉鳖,大败侬贼军队。这一战从早上打到中午,杀获甚多。侬智高遂弃邕州逃命去了。现特向您第一时间汇报这好消息,具体事宜臣后续会详细禀报。"这一消息大概半个月之后传到了宋都开封,这应该是宋仁宗近一年来听到的最令他振奋的消息。

皇祐五年(1053)二月初三日早朝,宋仁宗当着满朝文武的面对宰相庞籍说:"这次平定侬贼叛乱,若不是爱卿你坚持推荐狄青,恐怕不会这么顺利,这都是庞相你的功劳呀!"紧接着宋仁宗又说:"狄青等既然已经平定侬贼叛乱,朝廷需要及时讨论出给他们的赏赐,若迁延过久,恐怕会让英雄们流血又伤心呀。"他还借对前代帝王的评价,把及时封赏功臣的重要意义上升到了一定的高度:"朕经常看到典籍中记载,魏太祖曹操虽为人奸诈但具有雄才大略;唐庄宗李存勖行军用兵很有计策,都是难得的人才,不过当他们入主大位后游猎无节制,赏罚不以时。所以这

第七章 再入枢府，郁郁而终

两位只不过是将帅之才罢了，根本没有当帝王的气量。"

经过二府大臣近一周的讨论，他们基本拟定了一个总体的奖惩方案：第一，要求相关人员追捕侬智高的同时，发布"通缉令"抓捕侬智高。命令礼宾副使、广南西路都监萧注，内殿崇班，邕、贵、钦、横等七州都巡检王成（？—1053 后），东头供奉官、阁门祗候、广南西路都监于震（？—1053 后）等共同追捕侬智高，若能成功抓获侬智高，授予正刺史的武阶官。第二，赏赐平定侬智高的将领战士。枢密直学士、给事中孙沔为杭州知州；广南东西路、湖南路、江西路安抚副使，陵州团练使石全斌升为绵州防御使，提升了他的武阶官；贾逵升为西染院使、嘉州刺史；张玉升为内殿承制，等等。总体而言，将领 13 人分三等升官（宋代官员考核术语，由于宋朝武阶官横行以上没有磨勘法，主要凭借功劳和才干，由皇帝特旨提升某位横行武阶官以上官员的阶官。北宋前期阶官的主要功能是发放薪水，也就是变相增加了该官员的俸禄），三班使臣 72 人分五等迁资（宋代官员考核术语，此处是适用于宋代武阶官从无品杂阶到横行官以下磨勘叙迁之用。按照宋朝磨勘制度、叙迁制度，很多官阶需要逐级迁转，有军功、特赏、恩赏等可以一次转多资，成为武臣晋升的捷径）。第三，封赠战死将领家人和安抚曾经被侬智高军队肆虐过的州军。如归仁铺一战中战死的将领孙节被赠忠武军节度留后，封他的妻子王氏为仁寿郡君，赐冠帔，荫补他的两个儿子、三个侄子为官。所有被侬智高军队攻打抢掠过的州县，免去两年的赋税，用以休养生息。第四，严惩一些贪生怕死的官员。邕州知州、礼宾使宋可隆贷死除名，杖脊流放到登州沙门岛；东头供奉官刘庄（？—1053）除名，杖脊流放到福建牢城营；宾州推官、权通判王方（？—1053），灵山县主簿、权推官杨德言（？—1053）两人也除名，刺配湖南本州牢城。这些人之所以重罚，是因为侬智高从广州返回途中进攻他们所守卫的城池时，这些官员再次弃城逃跑。以上这些奖惩方案制定之后，宋仁宗审阅了都觉得挺合适，唯一不满意的是对狄青的奖励。

宋仁宗得到平定侬智高的露布后，第一反应是要授予狄青枢密使，然而狄青的推荐人、宰相庞籍却第一个公开表示反对。庞籍强调说："微臣听说太祖时，慕容延钊率领大军一举平定荆南高氏数千里之地，不过加了检校官、多赏赐了金帛罢了，终慕容延钊一生没有当上枢密使；曹彬平定南唐李氏之后，想要求得使相职务，太祖皇帝没有答应，当时太祖皇帝说：'我大宋西边有北汉刘氏，北边有契丹，你做了使相，没有更高的官职可以给你，你哪里还肯替朕死战效力呀！'所以当时只是赐钱二十万

第七章　再入枢府，郁郁而终

贯。我祖宗重视名器如山岳，轻视钱财如粪土，这是陛下您要效法的呀。狄青这次凭借着陛下的威灵，一举平定侬贼叛乱，为圣上分忧，绝对需要奖励。然而，狄青的功劳和慕容延钊、曹彬相比远远不及，如果陛下立刻晋升他为枢密使、同平章事，那么狄青的官职就到达了升无可升的地步，倘若以后狄青再出马平定类似侬智高这样的盗寇，您准备赏赐他什么官呢？而且，现在的枢密使高若讷任职期间兢兢业业，没有任何过错，您准备用什么名义罢免他呢？以微臣的意见，不如效法太祖皇帝赏赐慕容延钊的做法，给狄青加检校官，多赏赐金帛，荫补子弟为官，这样的奖励狄青也应该满足了。"

对于庞籍的反对，宋仁宗有自己的坚持，他接着庞籍的话反驳道："前段时间，谏官和御史们对高若讷举荐狂傲无品德的胡恢写《石经》一事反复弹劾，是明显的失职行为；此外，前段时间高若讷出行时，前导者戒严道路竟然殴打无辜百姓致死，也被御史和谏官们弹劾，这些事实俱在，庞爱卿怎么能说他没有过错呢？"庞籍并不退让，他说："现在臣僚举荐选人充任京官，若举荐的人没有升迁但在新职务上犯有公罪私罪，举荐他的官员并不受牵连。这次高枢密举荐胡恢以本官书写《石经》，职官没有任何变动，怎么能因为这个解除他枢密使的职务呢！说起殴打百姓致死那次高枢密出行,他骑马在后距离前导者一里远还多,根本控制不了前导者的行为。更何况不幸的事情发生之后,高枢密立即把涉事犯罪嫌疑人控制住并扭送开封府,让知开封府事刘沆(995—1060)秉公处理,如此说来,高枢密又有什么罪过呢?而且,在谏官、御史论奏弹劾之际,陛下您已经高抬贵手赦免了高枢密,现在又反过来去追责,恐怕不合适吧?"

这时候参知政事梁适加入讨论,他没有纠结高若讷是否应该罢免的问题,而是援引先例来证明狄青应该被授予枢密使。他强调说:"庆历八年(1048),军贼王则发生兵变,波及的范围仅仅贝州一州之地,陛下任命文彦博前往平定,事成之后就任命为宰相。与王则叛乱相比,侬智高骚扰广南东西两路十余个重要州,波及的范围、民众以及造成的损失要超过百倍,狄青能一举平定,授予枢密使职务是理所当然的。"庞籍立刻反驳道:"文彦博平贝州王则兵变之后的赏赐,当时已经有人议论认为赏赐过厚了。而且文彦博当时已经是参知政事了,如果宰相有阙额的话,他即便没有平定王则兵变的功劳,也会按照资格晋升为宰相,况且他有这一项功劳。再者说了,我大宋文官当宰相或被罢免,并没有太严格的规定,但武臣做枢密使则完全不同,若没有大的罪过是不可能被罢免的。"接着庞籍面对宋仁宗总结道:"微臣现在

第七章 再入枢府，郁郁而终

反对狄青当枢密使，不仅仅是为国家珍惜名器，也是想保全狄青的功名，他出身卑微，从军队最基层一步步提拔为枢密副使，朝廷内外议论纷纷，全都觉得这是本朝从没有过的现象。现在狄青平定侬智高立了大功，这些流言蜚语才逐渐消停，若是骤然提拔他为枢密使，不是陛下您爱惜狄青，而是为他无端招来漫天飞舞的流言呀！"

庞籍之所以有这样的反对意见，是基于对当时政局的通盘考虑。在半年之前举荐狄青征讨侬智高时，庞籍为了让宋仁宗放心，反复强调狄青在西北战场对抗西夏时曾经是自己的部下，自己相当熟悉。宋仁宗听从了他的意见，而且事态发展确实像庞籍说的那样，狄青很好地完成了任务。现在晋升狄青为枢密使，若有人把两者关系联系起来，说庞籍与他悉心栽培提拔的狄青，共同掌握东西二府的大权，这岂不是庞籍结党营私的铁证吗？所以不管宋仁宗如何赏赐狄青，庞籍首先要做一下撇清关系的表态用来避嫌，这或许是他自我保护的手段。

谏官右正言刘敞也对狄青升任枢密使表示了反对意见，他认为朝廷刚开始任命起居舍人杨畋讨伐侬智高时，杨畋节节败退甚至损失了蒋偕、张忠两员大将，导致了侬智高军队气焰越来越嚣张。朝廷起用狄青平叛，狄青一战歼灭侬智高的主力部队，大获全胜。所以近段时间文臣不如武将的议论甚嚣尘上，而很多士大夫觉得事实的确如此，无法反驳，这实在是无稽之谈。为什么这么说呢？因为当时杨畋的官职卑微，一起参与平叛的张忠、蒋偕官职都比他高，所以在指挥上难以如臂使指，召之不来，挥之不往，所有时间都花费在协调关系上了，哪里还有心思考虑如何应对侬智高叛军呢？狄青面对的情况却截然不同，他是从基层士兵起家的枢密副使，官职高而且能得到士卒的尊重和爱戴，朝廷还委任他全权处理平贼事宜，所有掣肘的因素都不存在了，所以可以一心一意地谋划平定侬智高事宜。倘若杨畋和狄青职官和经历对调，能够达到一样的效果，而不见得是狄青多么了不起。

关于狄青是否应该晋升为枢密使，宋仁宗和宰执大臣争论数日不能如愿，宋仁宗就退一步说："如果不任命狄青为枢密使，能否迁升他儿子的官职呢？"庞籍听到宋仁宗有松口的迹象，连忙说道："当然可以，汉朝时卫青平定匈奴有功，汉武帝封他四个儿子侯爵，陛下您要是觉得赏赐狄青过薄，可以升迁他儿子的官职作为补偿，这样做合情合理，能为子孙挣得官爵对于狄青而言属于荣耀，不让他做枢密使对于大宋而言属于维护祖宗家法，两全其美。"争论了一周之后，二月十二日，宋仁宗才下诏："宣徽南院使、彰化节度使狄青为护国节度使、枢密副使、依前宣徽南院使。东头供奉官、阁门祗候狄谘为西染院副使兼阁门通事舍人,右侍禁狄咏为阁门祗候。"同时,宋仁宗还赏赐狄青位于京城开封敦教坊第一区的房产,此事方才告一段落。

皇祐五年(1053)四月初三日,狄青还朝复命,宋仁宗很开心,在垂拱殿大宴群臣为狄青接风洗尘。在酒宴上宋仁宗对狄青嘘寒问暖,特意安排狄青休假十天,十天之后上班,满眼都是爱,狄青谨慎低调地一一应对,君臣尽兴而散。四月十二日,狄青上班的第一天,宋仁宗在垂拱殿命在归仁铺立下奇功的蕃落骑兵,在垂拱殿外重演当日归仁铺大破侬智高军队的过程。张玉奉命任都大提举教阅阵法,指挥蕃落骑兵在殿前来回奔驰追逐、刺杀击打,完成了一幕幕威风凛凛的战斗表演。在此期间,还发生了一个小插曲,被吴曾(?—1162后)在《能改斋漫录》中记载了下来。当天蕃落骑兵在垂拱殿外来回冲杀时,这些少数民族兵士如在战场上一般高声呼喊,喧哗不已,射出来的流矢甚至落到了殿中,文臣宦官吓得惊慌失措,赶紧让宋仁宗从御座移动到更安全的位置,宦官们用身体组成人墙遮蔽宋仁宗,宰相庞籍再三呼喊叫停方才消停,所以狄青得到了一个不识大体、举止轻浮的大帽子。不过,宋仁宗并不在意,他看了之后心潮澎湃,大行封赏,以拱圣营马三百匹补充蕃落骑兵的不足,升迁右班殿直张玉

戴面具的武曲星：狄青

为内殿承制。

在大家都以为狄青为枢密使事件已经翻篇的时候，皇祐五年（1053）五月初六日，宋仁宗在和二府议事时突然声色俱厉地发话："前段时间平定侬贼赏赐太薄，今天朕决定任狄青为枢密使；孙沔为枢密副使；石全斌先给观察使俸禄，一年之后授予观察使；高若讷迁一官，先做一段时间为朕讲经读史的经筵官；张尧佐为宣徽使。"庞籍等宰执大臣们一时间惊慌失措，不知如何应对。稍微稳住心神后庞籍说："陛下少安毋躁，这件事涉及人员众多，职位重要，容臣等退朝之后到中书门下商量，明日再向您汇报。"宋仁宗严厉地说："不用到政事堂了，就在殿门旁边的阁内商量吧，朕就在这里等着你们的商量结果，你们若是商量不出一个朕满意的结果，朕就一直在这里等着。"二府大臣退到殿门旁边的阁内商量，想着宋仁宗生气的神情，大家都不敢再多议论，很快入殿汇报，全都按照宋仁宗的要求处理。所以宋仁宗当天就下诏："枢密使、户部侍郎高若讷罢枢密使，为尚书左丞、观文殿学士兼翰林侍读学士、同群牧制置使。枢密副使、宣徽南院使、护国节度使狄青为枢密使。"这样的诏令公示出来以后，包括狄青在内的群臣都一头雾水。狄青完全不知道，这次升迁竟然是另外有人在背后极力运作的结果，是宰相职位之争的暗中角力,他自己只不过是"被"枢密使而已。

在第一轮讨论狄青是否应该晋升枢密使时,群臣根据意见不同分成两方,一方以宰相庞籍为首公开表示反对,一方以参知政事梁适为首公开表示支持。梁适之所以支持狄青,并不是因为他们两个人有什么样的私人关系,而是他觊觎宰相的位置。

梁适字仲贤,东平(今山东省泰安市东平县)人,父亲梁颢为宋真宗朝翰林学士。梁适以荫补进入仕途为官,但是为证明自己实力,在景祐元年(1034)科举中进士及第。梁适仕宦地方多年,皇祐元年(1049)已经是枢密副使,进入执政行列,皇祐三年(1051)八月更是再进一步,成为参知政事,距离宋朝一人之下万人之上的宰相之位仅剩下一步之遥,而狄青这次平定侬智高凯旋,恰恰为他这一步之遥起到推波助澜的作用。

当时朝廷中,高若讷为枢密使,资历高于官为参知政事的梁适,按照惯例,如果宰相有阙首先应该资历更高的高若讷递补上去,狄青是基层出身的武将,如果他是枢密使,无论他有什么样的大功劳,也绝不可能成为宰相的,所以狄青若能够代替高若讷当枢密使,实际上是扫除自己通往宰相道路上的重要障碍,有鉴于此,梁适在宋仁宗面前极力推荐狄青充任枢密使一职。

需要稍加说明的是,北宋时期宰相似乎可以类比为我们现在的"国务院总理",但两者又有所不同,现在的"国务院总理"只有一位,但北宋时期的宰相编制满额是三名,当然也可以有配备不全的情况,甚至只有一个宰相的独相在制度上也是完全合理的。若三名宰相配齐,按照资历排序,首相官衔中肯定会有"昭文馆大学士",所以传世文献中又称北宋首相为"昭文相";次相官衔中肯定会有"监修国史",文献中又称之为"史馆相";资历最浅的宰相官衔中肯定会带"集贤殿大学士",故又被称为"集贤相"。参知政事和枢密使,都是通向宰相的重要台阶,在皇祐五年(1053)四月时枢密使有两位,一位是从庆历五年(1045)开始充任枢密使的外戚王贻永,一位是皇祐三年(1051)升任枢密使的高若讷,宋朝制度规定,外戚和武将绝对不可能当上宰相,也就是说王贻永和狄青即便是枢密使,即便再立下天大的功劳,也和宰相绝缘,通过上面的分析我们可以发现,梁适通往宰相道路上唯一的绊脚石,除了另外有人被皇帝特旨委任之外,就是资历高于他的高若讷。因此,他一定会抓住狄青平叛的机会大做文章,而后来事情的发展也确实是这样。

梁适在朝堂上的建议没有被最终采纳,退朝之后非常郁闷。为了达到自己的目的,冷静思考之后,他三管齐下向宋仁宗吹风,以期推翻仁宗之前的决定。第一,他私下向宋仁宗上奏,重

第七章 再入枢府，郁郁而终

申狄青功劳卓著而赏赐太少，对有功之臣如此吝惜赏赐，根本没办法激励后来者。第二，他又派人把二府大臣在宋仁宗面前商量的内容全盘托给狄青，让狄青对二府当中反对自己充任枢密使的人心中有所芥蒂。第三，私下传话给一起参与平定侬智高的内侍石全斌，让他在宋仁宗耳边常常提及征讨侬智高是如何如何的凶险，自己则作为外援附和，这样一来可以为石全斌攫取更大的利益。石全斌得到梁适的密信之后，很好地落实了他的意思，在宋仁宗面前甚至夸大归仁铺战役简直是九死一生，进而不经意间对狄青和孙沔封赏太少表达了遗憾之情。宋仁宗突然觉得内廷和外廷全都是狄青封赏太薄的讨论，这样的事情一直持续了两个多月，宋仁宗越来越觉得之前所做的决定是不正确的，于是决定遵从内心的最初想法，升迁狄青为枢密使，升迁新知杭州的孙沔为枢密副使；同时一并夹带"私货"，把自己挚爱的张贵妃伯父张尧佐（987—1058），从判河阳（今河南省孟州市）的差遣上接回京师开封，充任宣徽使，以遵守自己对爱妃许下的承诺。这对宋仁宗来说，既显示了对功臣的宠爱，又抚慰了美人的心灵，可谓是一举多得。

就笔者个人的感觉，狄青是一个非常克制的人，他在重大功劳面前能够冷静对待，所以就枢密使职位而言，他并不像梁适等苛求宰相职位那样欲望强烈。然而，在梁适多管齐下的运作下，狄青莫名其妙被任命为枢密使，很多矛头立即指向了狄青。具体的言论现在传世文献记载不多，但从官员任命上多少会有提及。五月二十四日，尚书左丞、御史中丞王举正为礼部尚书、观文殿学士、知通进银台司兼门下封驳事，兼提举祥源观事，宋仁宗还特地遣使者到他家赐白金三百两加以慰问。之所以把王举正调离御史台台长职务，是因为狄青被封为枢密使以来，王举正反复上疏表达反对意见，在宋仁宗坚持任命的情况下，王举正要求解除御史台职务，在家待罪不再上班，所以有这样的职务调整。北宋时期有四个职官最容易晋升为类似现在国务院副总理的执政大臣，那就是皇帝的秘书班底翰林学士、相当于现在北京市市长的知开封府、相当于现在的财政部部长的三司使和相当于现在的最高人民检察院检察长的御史中丞。御史中丞王举正弹劾狄青且被罢免，在朝堂上引起了不小的轰动，这也是狄青招致各种攻击的一个原因。

实质上，狄青为枢密使这一事件的最大受益者，还是参知政事梁适。他在狄青被任命为枢密使不到一百天的时候，终于如愿以偿当上了宰相。皇祐五年（1053）闰七月初五日，庞籍罢相，宋仁宗任命陈执中和梁适为宰相。《续资治通鉴长编》记载道：

"集庆节度使、同平章事、判大名府陈执中为吏部尚书、平章事、昭文馆大学士、监修国史,给事中、参知政事梁适为礼部侍郎、平章事、集贤殿大学士。"事态完全按照梁适的既定计划发展。

二、行事低调仍陷流言的枢密使

与之前宋夏战争阶段和平定侬智高叛乱时丰富的记载相比,从皇祐五年(1053)五月狄青任枢密使开始,一直到嘉祐元年(1056)八月为止,他这三年多的活动在传世文献中几乎绝迹,好像根本不曾有过这个人一样,这和他的政治地位完全不相匹配。这其中,一方面可能是已经46岁的狄青行事低调,而且低调到不能再低调了;另一方面,也可能是因为文臣的偏见,对狄青在朝堂上的事情不屑一顾,根本不值得浪费笔墨。

在这段时间内,有两个内容需要我们注意。第一个是枢密院的人事变迁。至和元年(1054)三月,枢密使、彰德节度使、同平章事王贻永因身体原因,多次请求罢免枢密使一职,得到宋仁宗允许,结束了他四年枢密副使和十一年枢密使的枢密院任职经历。宋仁宗旋即起用河阳三城节度使、同平章事、判郑州王德用第二次为枢密使,距离他第一次充任枢密使的景祐元年(1034)已经过了20年,由于资历原因,王德用地位仍在狄青之上。这样的职务任免肯定是经过宰辅大臣缜密思考和反复讨论确定的，在众多大臣心中，当时能够震慑47岁的枢密使狄青的人，朝野中唯有王德用一人，所以王德用这次被任命为枢密使，必定有牵制狄青的意思蕴含其中。

第二个是不利于狄青的流言越来越多。皇祐五年（1053）十月初一日出现了日食的天文现象，而直集贤院刘敞借题发挥，先后上《救日论》三篇，反复强调宋仁宗需要防范以下凌上的风险，要注意奸邪之人发动兵变之类的话语。狄青看到之后心中很不舒服，他退朝之后对着亲信郁闷地说："刘舍人这么三番五次地对圣上强调兵变之类的话，难道不是说给我狄青听的吗？何至于此呀！"与这样小规模的流言相比，至和二年（1055）年末，宋仁宗卧病在床后的流言蜚语，就有点让狄青心生畏惧了。

至和二年（1055）除夕那天，首都开封下了一场多年未见的暴雪，京师很多地方的房屋被压坏，甚至垂拱殿的屋顶损坏严重，这么重要的节日出现这么严重的情况，天谴的意思相当浓厚。面对这样的事情，宋仁宗非常重视，他在大雪严寒的天气中光着脚向上天祈祷，企图用真诚打动上天以达到免灾效果，结果是受了严重风寒。正月初一在大庆殿行大朝会之礼，宋仁宗突然晕倒，后在太医紧急救治的过程中苏醒，但无法正常言语，口水

第七章 再入枢府，郁郁而终

不停流出，应该是中风的前兆。宋仁宗这次生病持续了近一百天不能上朝，这期间宰相文彦博等宰执大臣在处理朝廷内外事务，朝廷内外都很担忧宋仁宗的安危，在这种节骨眼，枢密使狄青位高权重深得人心，就成为原罪。

狄青以行伍起家，能与士卒同甘共苦，所以士卒们都很崇拜他，每当发衣服食物军饷时，他们当中就有些人口无遮拦地说，这是狄青爷爷赏赐的。这被文官们听到耳中，给狄青戴上了自恃有功、目无圣上的大帽子。狄青刚当上枢密使时，有一些民众对他的传奇经历感兴趣，各种狄青武艺高强、英姿飒爽、帅得掉渣等的传言遍布京城，以至于他出行时，就有一批想凑热闹的"吃瓜群众"企图围观一下狄青的真容，有几次导致道路严重堵塞。这被文官们看到眼里，给狄青戴上了骄蹇不恭、不识大体的大帽子。若前者是士卒的无知导致，后者绝对是狄青躺着中枪，这就好像现在的明星出行，除了那些想制造话题博出位的故意泄露行踪，哪一个不是偷偷摸摸，墨镜口罩齐上阵。而宋朝的制度规定，枢密使出行要大张旗鼓，肃静戒严，围观完全是宋朝的制度造成的，但不管怎样，所有的污水都泼向了狄青。

千年之前的宋都开封，繁华程度堪比千年之后的大都会纽约，在当时的条件下，基于消防安全，对火的使用要求严格，晚

戴面具的武曲星：狄青

上十二点之后必须灭烛，若有祭祀之类的活动，除了皇帝用火自由外，官员无论官职大小需要提前报备。某一次，狄青家中祭祀忘记报备，打更人望见枢密使院中有火光，赶紧报告厢主和开封府，等到派遣的救火队伍赶过去时，发现根本没有火。这样的小事也能在京师形成漫天飞舞的流言，说狄枢密家晚上没有失火却经常光芒照亮整个天空，某些文臣甚至附会后梁开创者朱温没有当皇帝之前，家中也常有这样的异常现象。而且，开封城内流言传出狄青家里的狗头上，莫名其妙地长出了两只角，形状和龙头上的没有什么区别，一定是某种征兆。与此同时，开封城内有童谣唱道："汉似胡儿胡似汉，改头换面总一般，只在汾河川子畔。"狄青汉人姓"狄"，与"夷狄"的"狄"为同一字，所以是"汉似胡儿胡似汉"，狄青脸上有刺字一直没有褪去，所以是"改头换面总一般"，狄青家在汾州西河县，所以是"只在汾河川子畔"。有人以此为根据，让当时的谏官范镇弹劾狄青，范镇对来人义正词严地说道："唐朝初年著名将领李君羡，是李唐父子建功立业的功臣，征讨王世充、窦建德、刘黑闼期间，李君羡冲锋陷阵，得李世民赏赐甚巨。李世民即位后，将整个宫城最关键的太极宫玄武门交给了李君羡把守，掌持禁军戍卫。效力李唐近三十载，但他最终却因'女主武王'这样的流言被唐太宗李世民

第七章 再入枢府，郁郁而终

处死，祸及满门。您这样的童谣是要置狄枢密于死地呀！这样捕风捉影无中生有的事情，恕范某人无能为力。"

然而，由于一边是宋仁宗重病在床，一边是被士卒们敬仰且手握最高军事指挥权的狄青流言蜚语满天飞，这样的情形就导致了不是所有人都像范镇一样冷静客观，一些文臣开始弹劾狄青，以知制诰刘敞为首。写到这里突然发现一个问题，从皇祐四年（1052）狄青南征侬智高开始，每次弹劾狄青的人当中都有刘敞的身影，不管他在不在言官的位置上，都勇于言事。笔者能力有限，实在找不到狄青和刘敞两个人之间有什么样的交集或者不愉快，不过这样既对事又对人的弹劾上奏，尤其是不在言事官的位置上，似乎并不多见。知制诰刘敞向宋仁宗上疏说了外面针对狄青的各种流言，洋洋洒洒千余字之后强调："现在外面流言纷纷，请陛下遵从民意罢免狄青枢密使一职，微臣这么建议没有其他意思，主要是为了保护狄青呀。"宋仁宗并没有接受刘敞的意见，并把他外放为扬州（今江苏省扬州市）知州。刘敞并没有因为外贬而善罢甘休，他在向宋仁宗辞行时反复强调宫廷之外全是狄青的各种传言，虽然有些不足为信，但毕竟三人成虎容易迷惑无知民众，宁可对不起狄青，也不能让狄青做出对不起大宋的事情。他还对宰相们说，前段时间天下有很大的忧患和很大的疑虑，现在圣上龙体安康，大的忧患不复存在，只剩下狄青这个大的疑虑还存在，你们可以把我说的话告诉狄青，让他自己看着办。等到刘敞到了扬州之后给朝中文臣士大夫写信，用汲黯劝告李息弹劾张汤的典故，让他们以此为借鉴弹劾狄青。

在这样的矛盾纠葛下，一个隐而未发的关键问题逐渐凸显出来，宋仁宗当皇帝虽然已经30多年，先后生育三个儿子，但三个皇子都先后夭折，皇帝没有子嗣且身患重病，这对于帝制社会来说是很大的政治危机，所以以宰相文彦博为首的文臣不断上疏要求宋仁宗立嗣，而嘉祐元年（1056）首都开封的极端天气正好配合了文臣们的行动。继正月大雪灾之后，整个夏天开封遭遇了百年一遇的特大暴雨，大雨从五月份断断续续下到六月中旬，这次大雨的规模堪比2021年发生在河南省郑州市的"7·20"特大暴雨。当时开封城发生内涝，官署民宅被泡水损坏了上万间，开封城内靠着木筏往来救护，皇帝为百姓祈福报功而设立的祭祀土地神的场所太社坛，以及祭祀五谷神的太稷坛几乎全部被冲毁。大水涌过安上门城门，城门洞中横梁被水冲击折断无法使用。同时，水灾还造成数百名平民的死亡。在这种情况下，文臣们借着《尚书·洪范》引申出的"水不润下"的灾异理论中的"简宗庙"问题劝谏宋仁宗，认为宋仁宗没有子嗣又不选择宗子充皇

第七章 再入枢府，郁郁而终

嗣，是对宗庙的懈怠与不敬，正因为如此才导致天变。从嘉祐元年（1056）四月到八月，文臣士大夫向宋仁宗建议立储的章奏纷至沓来，不过这么大的事儿却没有人和西府王德用和狄青两位枢密使透漏一丝消息，王德用听说后，手掌拍拍脑门发牢骚道："这么大的事儿我们丝毫不知道，干吗还勉强留我们在这个位置呢？"有人把王德用的反应告诉时任翰林学士的欧阳修，欧阳修鄙视地说："这个老衙官糊涂了吧，这种事情哪有他们参与的份儿呢！"诸如王德用、狄青这样的武将，虽然备位国家二府，看似地位尊崇，但实际上却不得不忍受来自文官集团的轻蔑乃至侮辱。于是，欧阳修在建议宋仁宗立储的同时，上疏要求罢免枢密使狄青。

欧阳修先后三次上疏，对狄青罢免枢密使产生了重大影响，这三份奏疏现在题名分别为《上仁宗乞罢狄青枢密之任》《上仁宗论水灾》和《上仁宗论水灾》第二状，其中第一篇对狄青的论奏最为集中和全面，也最值得细细揣摩玩味，可以说这是一篇宋代文臣论奏武将的代表性作品。

我们看看大文豪欧阳修是如何苛责狄青的，他在开篇就说道："微臣这次要说的是消除祸患于尚未萌芽时的事情，天下人虽然知道，但是因事情没有出现没有证据，所以没有人敢向陛下进言。"这是什么意思？换成通俗的大白话，就是我今天所说的没有任何可以"实锤"的证据，但若按照我说的办的话，祸患肯定会在没有出现的时候不再出现。这样搞笑的逻辑在大文豪欧阳修笔下竟然是那么的真诚和自然。他紧接着总结评判了狄青前半生的事迹："枢密使狄青行伍出身，在陕西用兵时小有名气，在广南西路捕贼时立有小功，他入主枢密院时很多大臣都觉得不合适，这三四年以来他处理公务虽然没有什么过错，但错就错在他太得人心了！之所以如此，还是因为他出身低贱，脸上还有刺字，那些士兵觉得他们是同路人，以狄青能够得到高官为荣耀。狄青这个人武艺的确有过人之处，训练又有一定的规矩，比那些个刺字的军士又稍微有些见识，所以军士们都很佩服他。以微臣短浅的见识看来，狄青和古代名将相比还达不到百分之一，他能得人心更多的是身份认同和口耳相传的夸大其词，所谓'一犬吠形，百犬吠声'就是这个道理，实在不足挂齿。"接下来，欧阳修梳理了近段时间京城关于狄青身应图谶、宅中有火光、狗头长角等各种无中生有的流言蜚语，进而用自己信手拈来的前代掌故类比影射："唐朝中期泾原兵变发生时，朱泚也没有想着造反当皇帝的事儿，主要是仓促之际被人胁迫不得已而为之，所以对于深得人心掌握军事指挥权的官员，一定要及时防范。"最后，欧阳修再次强调狄青并非能力突出之人，并给出了对狄青的具体安置措施："以微臣愚见，狄青只不过是一般的人才而已，没有特别的过人之处，很多功绩是外界吹捧出来的虚假现象罢了。希望您早日罢黜狄青枢密使一职，让他去外州任职，借此来观察他的心理和行动的变化以及外界流言情况。假若狄青真的忠孝如一，军事大权既然解除，那么流言会自然消散，他的清白可以证明，富贵可以永保。这对于他来说是好事儿呀！"

毫无疑问，欧阳修这篇论奏相当富有煽动性和说服力。他是唐史和五代史主要修撰人，对晚唐五代武将拥兵自重、武夫悍将擅自废立，以及对宋朝建立者赵匡胤以禁军统帅夺取后周政权的事都了如指掌。在这篇奏议当中引经据典，逻辑层次环环相扣，想要反驳相当不容易，但实际上宋朝开国百年，制度设计以"防弊之政，为立国之法"，完全铲除了武夫悍将黄袍加身的土壤，无论如何已经完全不会到达和唐末五代相提并论的地步。而且，欧阳修虽然口口声声说保护狄青，但字里行间已经把狄青当作对北宋政权构成现实威胁的乱臣贼子来看待，和之前庞籍阻止起用狄青为枢密使意在保全完全不同。

因开封持续不断的大雨，狄青家中也受灾严重，他只好携家人在相国寺躲避水灾，因无处落脚，在相国寺大雄宝殿内和很多官僚一起暂时休息，而这成为欧阳修中伤狄青的借口。开封城内竟然传出了这样的话语：狄青身穿黄袍，坐在大雄宝殿之上指挥军士，简直是真神下凡。所以欧阳修又先后向宋仁宗上疏论水灾，反复强调罢免狄青对于维持大宋政权的重要意义。宋仁宗被欧阳修等人反复论奏得不耐其烦，就向宰相文彦博发牢骚。宋仁宗说道："近来欧阳修等人反复上疏要求罢免狄枢密，说一些捕风捉影的事情，朕从基层军队当中把狄枢密提拔起来，他的人品朕还是清楚的，必定不会做出来对不起朕的事情。"文彦博回答道："陛下圣明，狄青绝对不敢做出辜负您厚爱的事情。不过话说回来，我朝太祖皇帝也是周世宗心中的忠臣呀！能有我大宋百年基业，也是太祖皇帝能够得到军士们的拥护所致呀。"宋仁宗听了之后默不作声。不难看出，宰相文彦博的话在宋仁宗心中有着极重的分量，是狄青罢免枢密使最重要的助力。

文彦博字宽夫，汾州介休（今山西省介休市）人，是狄青的老乡。文彦博和王尧臣、韩琦是同年，都是天圣五年（1027）进士及第，他和狄青什么时候认识传世文献记载不多，但宋夏战争期间（1038—1044）文彦博曾经充任秦州知州，应该和狄青已经认识了。庆历八年（1048）他在平定贝州王则兵变时，宋仁宗曾经想让狄青去接替高阳关都部署、马军都虞候、象州防御使

第七章 再入枢府，郁郁而终

王信作为总统兵官，由于文彦博到了之后发现局势已经基本稳定，所以就没有让狄青到贝州。事后文彦博向宋仁宗回复这件事说："微臣前段时间奉圣旨充任河北宣抚使，陛下您令臣拿了五道宣敕，等到了贝州之后综合考量，若需要让狄青接替王信就发宣敕给狄青。微臣到了之后，感觉事态逐渐平复，就没有再抽调狄青前来协助平叛，现在把所有五道宣敕全都呈交，请枢密院处理。"这是现在所能见到的文彦博自己书写的文字当中，唯一提到狄青的。不过，在北宋著名诗人梅尧臣（1002—1060）的《碧云䮕》当中，却记载了文彦博曾经讹诈狄青的行为，他写道："狄青与文彦博是老乡，狄青在任真定路兵马副都部署驻扎定州时，文彦博曾经令门客以拜谒的名义索贿，狄青第一次给得不多，门客回去汇报之后，文彦博专门写了书信谴责狄青，不得已之下狄青第二次给了较多的财物。第二年狄青武阶官提升为节度使，文彦博又让门客到定州告知狄青，这是他在宋仁宗面前极力美言的功劳。"《碧云䮕》刚一出现就引来很大争议，有人说作者是梅尧臣，有人说作者是魏泰，学者对其中所写事迹逐条研究，认为此书作者当为梅尧臣无疑。若真如梅尧臣所说，那么文彦博和狄青之间是有某种利益关系在的，而且是文彦博主动索贿，聊备一说。

或许是文臣对武将的偏见，或许是狄青官位太高不再受自己威胁，作为同乡的文彦博决然地和狄青切割关系，最终导致狄青在嘉祐元年（1056）八月十四日，罢枢密使，加同平章事、判陈州。

三、狄青之死

狄青赴任陈州知州临行之前，和宰相文彦博交流罢免枢密使的原因，文彦博说："也没有什么原因，只不过是朝廷怀疑你罢了。"这让行事低调的狄青大吃一惊。这一幕何其相似！宋太宗时名将杨业武艺高强，很受士卒拥护，监军王侁对杨业说"您该不会有其他想法吧"，一句话把杨业逼上死路。朝廷怀疑这句话，成了威逼狄青就范的杀手锏。而且，狄青还没有赴任，京城就有传言说狄青到陈州必定不能善终，因为陈州有一种叫"青沙烂"的梨子远近闻名，特别好吃，狄青这次到陈州赴任，这不是正应了这样的谶语吗！类似的谣言弄得狄青心神不宁。同时，狄青到了陈州之后，在文彦博的主导下，宋廷每个月两次派遣宦官进行抚慰，不停对狄青实施心理打击和精神迫害。嘉祐二年（1057）三月二十四日，狄青在惊疑终日的情况下郁郁而终，享年50岁。一代名将壮年之时遽然陨落，给后世留下了无尽的感慨。

第七章 再入枢府，郁郁而终

欧阳修、文彦博的所作所为对狄青被贬产生了决定性作用，这是不可否认的历史事实。但是，如果简单地认为欧阳修、文彦博是将狄青迫害致死的元凶，似乎又夸大了他们的个人作用。观察狄青的仕宦生涯，他大体上与文官集团维持了比较融洽的关系，最初在陕西得到尹洙的推荐，韩琦、范仲淹的赏识。庆历时期余靖虽然以谏官的身份对狄青有很多非议，但平定侬智高叛乱彻底折服了余靖，所以余靖曾为狄青代写进呈给宋仁宗的凯旋奏议，撰写了旨在颂扬狄青功绩的《大宋平蛮碑》，在狄青去世之后还声情并茂地为他撰写了墓志铭。因此，包括欧阳修等人对他的污蔑乃至谩骂，并非源自私人恩怨，而是出于维护文官集团对国家领导权的独占需要，是维系崇文抑武的国家体制的必需，用学者的研究结论来说："狄青之被贬逐及死于非命，应归因于北宋最高统治集团内部以欧阳修为代表的文臣群体的'恐武症'。"狄青的功业越盛，官职地位越高，对文官集团的威胁就越大，与国家体制之间的冲突就越激烈，狄青存在的意义已经超出了其个体的范畴，罢免狄青的意义也不限于个人得失。

北宋建立之初为了保证江山永固，在制度上设置了很多措施对武将加以防范。按照这个逻辑而言，狄青应该是宋仁宗本人高度防范与猜忌的对象，但很有意思的是，在罢免狄青枢密使的问题上，北宋最高统治集团内部却表现为皇帝不急文臣急，文臣防范武将的各种用心和手段，都远远超过了最高统治者宋仁宗本人。现存所有材料都显示，狄青之所以屡屡得到朝廷重用，是因为他得到了最高统治者宋仁宗的认可和青睐。早在宋夏战争持续之时，宋仁宗因为狄青战功赫赫，特别想与他面谈而不得，甚至先让人画像一睹其风采，这当中必定有惺惺相惜的成分在。接下来的几年，狄青已经成为了宋仁宗的救火队长，哪里有困难和危机，哪里就有狄青的身影，这是宋仁宗对他信任甚至依赖的最直接证据。后来狄青被委任为枢密副使和枢密使，文臣们反对声音此起彼伏，都是宋仁宗比较坚持，这一切都可以说明宋仁宗对狄青始终是十分信任和倚重的。

宋仁宗之所以对狄青宠信有加至少有以下三个原因：第一，宋仁宗统治期间，宋朝军政弊端已经显露无遗，表现在战场上，文臣外行指挥内行，自己却贪生畏死，呈现在战场上就是不负责任地瞎指挥；武将为了避免被文臣戴上不遵号令之类的帽子，经常能躲就躲，能避就避，呈现在战场上就是怯战避战的现象屡见不鲜，而狄青在战争中则充分表现出他卓尔不群的军事才能与战争智慧，为赵宋王朝立下了赫赫战功。第二，狄青不仅功勋卓著，而且始终对北宋王朝忠心耿耿，丝毫没有二心。尤其值得强

第七章　再入枢府，郁郁而终

调的是，身为真定府副都部署的他，还借鉴河北路防御契丹的经验来规划西北地区的立体防御工事，就是他对宋朝忠心不贰的最好见证。第三，狄青既是不可多得的将军，同时又是一个非常优秀的统帅。早年在西北战场，狄青曾得到范仲淹的指点，从那之后他就"折节读书，悉通秦、汉以来将帅兵法"，又熟读《左氏春秋》等传统经典，中国古代名将应该具备的智、仁、敬、信、勇、严，以及"三隧""四义""五行""十守"等重要素质，在狄青身上均有完美的体现。

然而，正是狄青这些优秀的素质却遭到了文官集团的莫大反感，成为最高统治集团内部以欧阳修、文彦博为代表的文臣群体必除之而后快的根本原因。也许人们会感到不解：像狄青这样一位深受最高统治者宋仁宗宠信，在多灾多难的两宋历史上屈指可数的名将，为何会成为文臣们的眼中钉肉中刺呢？最为主要的原因，大概是因为在宋仁宗时期，宋初以来历代帝王"抑武""恐武"已经深入整个文臣集团的骨髓。这些文臣揣摩出了北宋立国之策与御将之策的玄机，将高度防范武将尤其是防范那些威望声名皆高的武将，当成了北宋王朝存亡攸关的头等大事。从宋太祖到宋仁宗，北宋最高统治集团的"抑武"经历了一个微妙的发展过程。如果说宋初的"抑武"还主要表现为帝王的一种阴暗心理，那么从宋太宗后期开始，随着北宋治国方略的改变、宋廷内部政治形势的变化，以及随着宋辽、宋夏关系的演化，如何防范和钳制武将逐渐为所有官僚士大夫心领神会，演变成了整个最高统治集团的核心价值观念。自宋初以来，北宋王朝奉行的重文抑武政策固然有效地巩固了赵宋政权，但也使得北宋最高统治集团内部逐渐形成了武将不如文臣的价值观念和耻于为武的社会风尚。在这种价值观的影响和支配下，北宋的武将不管立下何等丰功伟绩，也始终摆脱不了朝野内外的普遍蔑视与鄙视。这注定了狄青之类的杰出将领无论如何也难以摆脱悲剧命运，而任何忠谨的表现和表白也只是徒增无趣。

更为重要的是，行伍起家、出身低微的狄青在短短十余年间，竟然一跃成为枢密使这样的事实，也与北宋重文抑武的传统国策及由此引发的价值观产生了严重冲突，从而让文臣士大夫们不能容忍。自宋初以来，北宋王朝奉行的重文抑武政策，虽然对巩固宋朝政权的延续立下汗马功劳，但是，这一政策也使得北宋最高统治集团内部逐渐形成了武将不如文臣的价值观念，甚至整个社会也弥漫着耻于为武的风尚，"好男不当兵"之类的俗语就是从宋朝开始的。早在宋真宗统治时期，以从武为耻的观念即已弥漫朝野深入人心。

第七章 再入枢府，郁郁而终

在这种价值观的影响和支配下，北宋的武将不管立下什么样的丰功伟绩，也始终摆脱不了朝野内外文臣士大夫们的普遍鄙视。当狄青在真定府副都部署差遣任内时，身为一介处士的刘易，居然敢呼狄青为"黥卒"；当狄青被提拔为枢密副使时，被文臣同僚甚至是地位低于自己的一般僚属戏称为"赤老"或者"赤枢"；当狄青已经当上枢密副使时，资历稍长一点的枢密副使王尧臣戏称他脸上的刺字"愈加鲜亮"，这些语言虽可以说是一时没有恶意的玩笑话，但正如俗语说的"所有玩笑话里都藏着真话"一样，这实际上是从心底里透露出文臣士大夫对武将狄青的蔑视。这样的蔑视与地位高低无关，与能力大小无关，与金钱多少无关，与容貌美丑无关，唯一有关系的，竟然是出身是读书科举的"文"抑或沙场征战的"武"。因此，余靖、刘敞、欧阳修等人在他们的奏疏中频频使用一些粗俗、鄙薄的词语攻击狄青，这实际上是北宋王朝弥漫朝野的价值观念的集中体现。

综上所述，一代名将狄青冤死陈州是北宋专制制度运作的必然结果，但狄青的个人悲剧与"文忠公"欧阳修的三次论奏有着直接关系，这是不可抹煞的事实。当然，欧阳修也不过是宋代专制制度网络上的一粒棋子而已。在这个意义上讲，狄青之死固然令人痛惜，而积极制造狄青悲剧的欧阳修、文彦博等人，实际上也是另一类型的悲剧角色。真正值得深究与反思的，是北宋专制制度的运作何以造成了这种奇特的文臣与武将之间的关系，以及这样扭曲的文武关系如何应对周边少数民族政权的冲击。弄清了这些问题，就清楚了发生于两宋不同时期的对少数民族的战争虽各有其特点，但宋王朝基本上处于被动挨打、穷于应付的地位，并不是偶然现象，而是必然结果。这样的必然，对于宋仁宗朝狄青、宋太宗朝杨业以及南宋高宗朝的岳飞等优秀将领来说，生在这个时代，是个体小历史无法对抗整个大历史的悲剧。

第八章
狄青的后嗣与身后之事

一、家族发展难超三代

狄青嘉祐二年（1057）去世，享年50岁。在他的墓志铭和神道碑中，都记载了他的婚姻关系，但两者的书写稍有区别。余靖在狄青墓志铭中写道："公娶魏氏，封定国夫人。五男：长谘，西上阁门副使；次咏，东头供奉官、阁门祗候；谭、谏皆内殿崇班；说，东头供奉官，不幸以夭。二女：许嫁而未行。孙璋，左侍禁；璹，尚幼。"王珪在狄青神道碑中写道："公娶魏氏，封定国夫人。六男：长曰谅，殿班奉职，蚤卒；次曰谘，西上阁门副使；次曰咏，内殿崇班、阁门祗候；次曰谠，内殿崇班；次曰说，东头供奉官；次曰谏，内殿崇班。说、谏蚤卒。二女，许嫁而卒。孙曰璋，左侍禁；曰璕，尚幼。"在狄青墓志铭和神道碑中，都明确说明了他的妻子魏氏，但并没有写明魏氏是哪里人以及她的祖父或父亲是谁，这应该是有所隐晦的。在男性墓主的墓志铭和神道碑这种特殊文体中，若妻子出身名门，一般会有一段说明性的语言加以突出。例如，范仲淹在王质（1001—1045）墓志铭中写到，他的妻子周氏，是礼部侍郎周起（970—1028）的女儿，被封为褒信县君。"唐宋八大家"之一的苏轼在撰写张方平（1007—1091）墓志铭时，称张方平"娶马氏为妻，是太常少卿马绛的女儿"。同为"唐宋八大家"之一的苏辙（1039—1112）在撰写欧阳修神道碑时称，欧阳修第一次娶胥氏为妻，是翰林学士胥偃（983—1035后）的女儿；胥氏去世之后，第二次娶杨氏为妻，是集贤院学士杨大雅（965—1033）的女儿；杨氏去世之后，第三次娶薛氏为妻，是资政殿学士薛奎（967—1034）的女儿。余靖在为同乡黄仲通（986—1059）写墓志铭时，甚至还提到了黄仲通的妻子刘氏的哥哥是太常少卿刘赛，等等。狄青墓志铭和神道碑中不写魏氏的先世和籍贯等，我们大概可以推测她的

第八章 狄青的后嗣与身后之事

出身和狄青差不多，绝对不是名门之后。后世的故事当中讲狄青曾经娶了单单国的八宝公主，纯属子虚乌有的杜撰。

狄青墓志铭和神道碑中，他的儿子有"五个"和"六个"的区别，不过仔细琢磨，两者并不矛盾。余靖在狄青墓志铭中写他有五个儿子，分别是狄谘、狄咏、狄谭、狄谏和狄说。王珪在狄青神道碑中写他有六个儿子，分别是狄谅、狄谘、狄咏、狄谭、狄说和狄谏，而且王珪还明确说明了，狄谅作为长子已经很早去世，所以余靖在墓志铭中省略了狄谅，以次子狄谘为狄青的长子。而且从两个记载中还能看出，嘉祐二年（1057）狄青去世时，狄说和狄谏也已经不在人世。在世的儿子仅剩下狄谘、狄咏和狄谭三兄弟。

狄青去世时，他的两个女儿已经许配人家但尚未完婚，根据王珪撰写的神道碑可以看出，他的两个女儿在狄青去世后不久先后死亡。狄青去世时，已经有狄璋和狄璹两个孙子。在狄青墓志铭中还说到了他的兄弟和从兄弟的子嗣情况："同产兄素，右班殿直。兄子五人：询，左侍禁、阁门祗候；诜，左班殿直；谭、谆、迪皆左侍禁。从父兄靖，右班殿直；其子详，右侍禁。"从这条记载可以看出，狄青的哥哥狄素官为右班殿直，应该也是因为狄青而封的官，但我们无法考证这个时候狄素是健在，还是已经去世。狄素有五个儿子，分别是狄询、狄诜、狄谭、狄谆和狄迪。狄青的堂兄狄靖官和狄素一样为右班殿直，他的儿子为狄详。不过，狄素和狄靖以及他们的子嗣，除了狄青墓志铭中的这条记载之外，传世文献中仅仅有一条和狄询有关的材料。王安石在给狄询写迁升官职的制书中道："敕狄询，你是名臣之后，在边境地区任职五年有功劳，按照规定升迁一官。"所有文献当中再难寻觅狄素等人的踪迹，所以我们关于狄青后代的叙述，仍然只能循着他的儿子狄谘和狄咏展开。

狄谘和狄咏在《宋史·狄青传》中一共只有13个字："子谘、咏并为阁门使，咏数有战功。"所记相当简单，而且称狄谘和狄咏官都做到了阁门使，并不准确。有关狄青后嗣的情况，何冠环教授作了相当细致的研究，根据他的研究我们可以大致总结梳理一下。

狄谘字君谋，狄咏字子雅，他们兄弟二人第一次出现在文献中是皇祐五年（1053）狄青平定侬智高之后的封赏，但他们二人是否参与狄青南征，完全没有史料记载。何冠环教授根据这次封赏推测，狄谘和狄咏兄弟二人跟随父亲狄青参与了这次平叛任务，他们最重要的工作是担任父亲的近身护卫，以及担任传报机密军情的使者，所以他们后来受到的重赏，绝非无功受禄。这其中有一定的合理性，不过考虑到当时宋仁宗想封狄青为枢密使，而被庞籍拒绝，在交涉无果的情况下，宋仁宗专门问庞籍："如果不任命狄青为枢密使，能否迁升他儿子的官职呢？"庞籍爽快答应。所以用封二子官爵、赐京师开封宅邸作为补偿狄青不能封枢密使的遗憾，是宋仁宗亲自定下的，从这个意义上看，即便狄谘和狄咏没有直接参与平叛，这样的封赏也不过分。反过来说，假若狄青二子参与了平定侬智高的工作，大胜归来的封赏是理所当然的，没有理由宋仁宗还要再和宰相庞籍沟通和确认。通过这样的推测，笔者个人更倾向于狄谘和狄咏当时留在开封，并没有和狄青一起参与平叛侬智高。

另外，余靖和王珪都提到一件事，那就是狄青在平定侬智高时母亲侯氏年事已高，身体经常出问题，狄青告诫家人一定不要告诉老太太他去打仗了，免得她老人家担心。若老太太问及最近他去了哪里，就说皇帝命令他去江南出个公差，很快就回来。这则信息反映了狄青非常孝顺，在这样的情况下，把狄谘和狄咏两个孙子留在奶奶身边，或许能部分缓解老太太想念儿子的心情。当然，这些都是没有任何根据的揣测，聊备一说而已。

在狄青任职枢密使的三年多时间内，狄谘兄弟和父亲一样一直保持谦逊低调，所以很少有相关记载。另外，在文臣找各种理由和借口攻击狄青要求罢免他枢密使职务时，也没有任何狄谘兄弟仗势欺人等落下口实的不法行为。这一点和宋仁宗初年罢黜枢密使曹利用时有天壤之别。天圣七年（1029）刘太后罢免曹利用的一个导火索，是赵州平民赵德崇到京师开封击登闻鼓告御状，告发曹利用哥哥的儿子，也就是他的侄子曹汭喝酒之后穿上黄色衣服，让几个军士称呼他为"万岁"，这样吊儿郎当的"官二代"无疑是家族崩溃的定时炸弹。而枢密使狄青被罢免时，只能找一些捕风捉影的事情加以诬陷，父子个人作风没有出现任何问题，也能从侧面反映出狄青为人谨慎，教子有方。

狄谘和狄咏在宋仁宗后期和宋英宗朝的事迹不详，宋神宗之后他们在政治舞台上的身影逐渐增多。他们虽然不像父亲狄青一样具有超群的武艺和能力，但基本上能在自己的岗位上恪尽职守，打下属于自己的一片天地。

狄谘熙宁元年（1068）曾经被宋神宗召见，之后可能一度出任邢州知州，何冠环先生根据他和强至的通信，判定时间大概在熙宁二年（1069）年底或者熙宁三年（1070）年初。还朝之后的狄谘一直在宋神宗身边，熙宁五年（1072）六月王安石曾经因阁门礼仪出错要处分狄谘，宋神宗批示狄谘只是偶尔失误，免予处分，这应该是狄谘平日行事谨慎低调的善报。熙宁十年（1077）

第八章 狄青的后嗣与身后之事

宋廷任命狄谘作为内臣王中正的副手提举教习马军,负责训练宦官和京师禁军马军。在训练马军差遣上,狄谘不单单负责日常训练,而且还注重马军武器装备的改良以及人事制度改革。在武器装备改良方面,狄谘曾经和王中正反复试验常用的白桦皮长弰弓和随弓长箭,以及新制造的黄桦阔闪弓和随弓减指短箭之间的效能优劣,试验内容包括同样使用一石一斗力两种不同弓射箭的远近,射中物体刺入深浅,箭的射出速度等各项指标。通过试验他们一致认为新造黄桦阔闪弓性能更加突出,所以向宋神宗建议马军当中用新造黄桦阔闪弓全面代替白桦皮长弰弓。在人事制度改革方面,狄谘和王中正向宋神宗建议,选择禁军补充上四军,上四军亲从官、骑御马直小底补充诸班直,诸班直补充十将,以及将虞候、长入祗候并转班的军士,在这些禁军兵士身份转换过程中,除了按照以前的选拔标准测试之外,他们在使用弓箭时需要在原来基础上加开三斗才能符合现有标准。这样认真钻研业务的态度令宋神宗十分满意,所以在元丰元年(1078)八月,曾经派狄谘以贺契丹国主生辰副使的身份出使契丹。

元丰二年(1079)十一月,宋神宗决定强化保甲的军事训练,在颁布《府界集教大保长法》的同时,委派训练马军相当出色的昭宣使、果州防御使、入内副都知王中正和东上阁门使、荣州刺史狄谘为提举官,兼任提举府界教保甲大保长,负责开封府下辖22个县的11个教场共计2825人的军事训练工作。在此后的数年中,虽有一定的波折,但由于有宋神宗的强力支持,狄谘一直在训练保甲工作上倾尽全力,成为深化保甲法的最重要执行者,一直到宋哲宗即位之后全面废除保甲法为止。

元祐元年(1086)闰二月蔡确和章惇先后被罢黜宰执,宋廷由高太后和司马光等主持全面废除新法,在此情况下狄谘被波及是在所难免的。三月狄谘被弹劾,授予提举西山崇福宫,赋闲数年。在之后的岁月中,因高太后有意立狄谘之女为宋哲宗皇后,元祐六年(1091)狄谘曾一度获得馆伴契丹贺高太后生辰使者的优差,但这样的优待随着狄氏没能当上皇后未能得到延续。而且,可能是由于身体情况不尽如人意,即便是宋哲宗重新起用新党绍继宋神宗事业的时候,也少有狄谘的身影,包括宋哲宗想恢复保甲法,似乎也没有咨询狄谘。元符三年(1100)四月,狄谘在宋哲宗病逝三个月后,悄然离开人世。

狄青次子狄咏被人熟悉最主要原因之一是颜值高。范公偁在《过庭录》中记载,宋神宗女儿在宋哲宗朝求驸马,哥哥宋哲宗非常重视,文武臣僚在百官家中寻找容貌端正的青年才俊反复推荐,宋哲宗都不满意。宰执大臣有一次询问宋哲宗心仪的驸马大

第八章　狄青的后嗣与身后之事

概是个什么样子，宋哲宗回答说："比照着带御器械狄咏那样的。"从此之后狄咏被天下人称为"人样子"，亦即美男子的模板。而实际上，与哥哥狄谘相比，狄咏才是那个长期驻扎边境、真正子继父业的人，他在宋神宗熙宁五年（1072）前后，已经作为秦凤路陇州知州任职边地。熙宁五年（1072）王韶开边熙河时，狄咏作为后勤支援保证了前方部队的粮草军需充足，因此得到了宋神宗的嘉奖。

熙宁七年（1074）宋朝取得了熙州和洮州之后，打算继续向西进军，目标是攻破少数民族木征。宋朝在鄜延路、环庆路和秦凤路征调军士一万七千人集结前往，当时曲珍统率鄜延路军士，林度统率环庆路军士，狄咏统率秦凤路军士。三月初九大军出发，一路所向披靡，完全达到了既定的战略目的。宋神宗大喜过望，大赏军士，主帅王韶被提拔为观文殿学士、礼部侍郎，副帅燕达被提拔为西上阁门使、英州刺史。狄咏因率领军队渡过洮河击杀蕃部，打通了河州道路，从如京副使超升为皇城副使，依旧兼阁门通事舍人。八月，王韶再次向宋神宗上疏强调狄咏功劳大而赏赐薄，请求追加赏赐，于是宋神宗提拔他为西上阁门副使。

熙宁八年（1075），狄咏曾短暂调任宋朝防御契丹的最前线广信军做知军，很快由于守备不严格遭遇契丹军队袭击的过失，被罚铜20斤，之后被调到利州路任兵马钤辖，时间大概在熙宁八年（1075）底或熙宁九年（1076）初的样子。

狄咏出任利州路兵马钤辖可能和地处茂州的少数民族频频作乱有关。茂州隶属于成都府路，下辖少数民族人口占绝大多数的9个羁縻州，熙宁五年（1072）之后，这些少数民族成员和地方政府官军屡屡冲突摩擦，而且动作越来越大，熙宁九年（1076）甚至攻击宋朝的茂州、鸡宗关等地，在地方驻扎禁军无力处置的前提下，宋廷委派内侍押班、西作坊使、嘉州团练使王中正带领陕西军士千余人前往四川平定叛乱。狄咏在这次平定蕃部叛乱过程中表现突出，尤其是攻取茂州一战中，依稀看到了其父狄青在西北战场与西夏作战的影子，他克服地形险峻、环境恶劣等各种困难，冒着少数民族部众的强力阻击，身先士卒奋勇杀敌，终于平定了这次叛乱。在立功表彰大会上，狄咏从西上阁门副使迁升三官为客省副使，并且允许他一年之后迁为西上阁门使。

元丰四年（1081）狄咏被任命为提举永兴、秦凤等路义勇、保甲兼提点刑狱的差遣，官也从西上阁门使升迁到东上阁门使，他之所以被升迁，应该和兄长狄谘在保甲事务上推进顺利有较大关系。狄咏在任内也能恪尽职守，他曾经果断处决了谋划杀害监督训练保甲使臣的保甲教头丘简、张旦。狄咏在训练保甲的差遣上并没有待太长时间,随着宋朝和西夏战争再度升级,他八月初一被任命为权环庆路副总管,随着宋朝五路进攻西夏的失败,狄咏在其中虽然有过奋斗但无力回天,也免不了背上若干处分。元丰七年(1084)他又重新在陕西训练保甲,一直到宋哲宗即位之后全面废除保甲法为止。

元祐二年(1087)二月,韩琦长子礼部尚书韩忠彦,被任命为枢密使学士、知定州兼定州路安抚使,而狄咏在此前后也获得了定州路安抚副使的差遣,成为韩忠彦的副手。历史何其相似,40年前的宋仁宗庆历八年(1048),韩琦知定州兼河北路安抚使时,狄青是他的副手。父子二人同样职务且同样关系良好,在宋人眼里实在是一段佳话。在此之后传世文献当中狄咏事迹逐渐消失,或许跟当时党争有较大关系。

狄青家族第三代,传世文献上能够留下姓名的只有狄璋、狄璹、狄瑾、狄瓛、狄琉和狄琥等数人,不过他们的生卒年、父子关系等因材料实在太少,想要梳理清楚比较困难。狄青家族第三代中,狄璋曾经跟随父亲狄谘训练保甲,得到过朝廷奖励。狄瑾是唯一一个在《元祐党籍碑》中榜上有名的人,被评定为"邪中"。狄瓛徽宗朝曾因为出使时轻慢朝廷典章制度,遭到降官勒停的处罚。狄琉在靖康元年（1127）为并代云中等路廉访使，金兵攻陷太原时战死，被南宋朝廷追赠为武功大夫、贵州刺史。狄琥在绍兴五年（1135）时官为武经大夫，因他自己向宋高宗说自己是狄青孙子，宋高宗就任命他主管江州太平观这一悠闲差事。

狄青家族第四代已经没有人在传世文献中留下痕迹。第五代中有狄似和狄偁两人留有只言片语。狄似的记载出现在南宋人周煇的《清波杂志》当中，周煇说狄似是他在建康居住时的邻居，曾经向他展示过狄青平定侬智高时所戴的铜面具以及身上的佩牌，佩牌上还刻着龟蛇合体的真武像。另外，周煇还在狄似家中看见过狄青罢职枢密使，以使相判陈州时的委任状，宋朝官方术语叫作"告身"，使用非常精美的五色金花绫纸17张组成，以犀牛角为轴装裱，放置在晕锦镖袋当中。从这条记载中大体可以了解到，虽然狄似有没有以何种方式进入仕途无法考证，但他居住在建康时家境应该比较殷实。与他相比，狄偁的生活可以说是相当拮据了。根据洪迈《夷坚志》中的记载，狄青曾孙狄偁得到了北宋易学大家费孝先的《分定书》加以研习，在南宋都城临安以占卜作为职业。

狄青以身份低微的农家子起家，做到宋代炙手可热的枢密使，是他们家族最为兴盛和荣耀的时刻，用现在流行的话说叫"出道即巅峰"。狄青家族第二代狄谘和狄咏，在宋神宗和宋哲宗朝国是反复、新旧党争的夹缝当中顽强生存，算得上不愧对祖宗。若说家族的第三代还能勉强维持的话，第四代之后则基本上难以为继，成为宋代之后家族"富不过三代"的一个较好样本。他们能够留下的，只有后世传颂的狄青传奇故事。

二、身后之事精彩纷呈

狄青嘉祐二年（1057）去世之后，宋仁宗大为震惊，下诏两天不上朝以表示缅怀，在后苑焚香哀悼，赠狄青中书令，封狄谘为西上阁门副使，狄咏为内殿崇班、阁门祗候，狄谡为内殿崇班，狄青长孙狄璋为左侍禁。同时，宋仁宗下诏狄谘兄弟护送狄青灵柩暂且归殡京师开封，并特别给予鼓吹、旌铙等高规格的仪仗队伍。当狄青灵柩从陈州运送到京师开封之后，宋仁宗于四月二十一日亲自上门吊唁，沉痛之情溢于言表。狄青的继任者，也是当年在西北战场一手提拔狄青于行伍之中的老上司韩琦为他写了一篇声情并茂的祭文，字数不多却极具分量："维嘉祐二年岁次丁酉，四月丙午朔，十六日辛酉，具官某，谨以清酌庶羞之奠，致祭于故相狄公之灵：惟灵忠孝沉厚，出于天资。威名方略，筭于塞外。入登枢府，盖旌勋劳。出殿辅藩，聊遂偃息。何五福所钟，而不与其寿。一人所悼者，未尽其才。某向处边垂，公实裨佐。自闻倾丧，日极哀怀。兹承已择良辰，权厝净宇，敢凭薄酹，少致哀诚。魂兮有知，谅垂歆监。尚飨！"韩琦感情真挚的祭文，高度概括了狄青一生的人品和功绩，以及两人之间的关系。在这样的基调下，对狄青攻击乃至罗织罪名者都销声匿迹。

嘉祐三年（1058），狄谘兄弟将权厝京师开封的父亲灵柩归葬汾州西河县太平乡刘村里，宋仁宗下诏狄青灵柩所过州县，在整治道路和提供车马等方面提供便利。嘉祐四年（1059）二月，经过朝廷商议，赐狄青谥号"武襄"。根据苏洵（1009—1066）的《谥法》可以推测宋廷对狄青盖棺论定的评价。《谥法》当中，"武"分为"威强睿德曰武，刚强以顺曰武，辟土斥境曰武"等六种。根据"武"的定义，能用在狄青身上的至少有"克定祸乱、保大定功和折冲御侮"这三种。《谥法》当中，"襄"分为两种："辟土有德曰襄，因事有功曰襄。"苏洵进而解释道："刘熙说，襄的意思是除。除灭四方夷狄得到他们的土地，就是襄的含义。"所以这两种含义均可以用在狄青身上。"武襄"谥号对于狄青而言，是生平功绩得到宋廷认可的一种标志。在赐谥号的同时，宋

第八章 狄青的后嗣与身后之事

仁宗还下诏加赠狄青中书令,同时敕令翰林学士王珪为狄青撰写立于墓外的神道碑,宋仁宗亲自写神道碑的碑额"元勋"二字,让后人永远敬仰和悼念狄青。

宋仁宗命翰林学士撰写狄青神道碑,并亲自撰写神道碑碑额,以及赠予美谥等一系列操作,很明显地表露出让狄青功业得到最大限度彰显的意图。在此情况之下,狄谘就可以大张旗鼓地宣扬父亲狄青的功绩勋劳。狄谘对兄弟们说道:"我们父亲平定侬智高的功绩,由余侍郎撰写、竖立在桂州的《大宋平蛮碑》记载最为详细准确,天下人无论何种原因经过桂州,都要去瞻仰膜拜。然而,桂州距离汾州千里之外,汾州家乡文人士大夫乃至田野村夫,都特别想目睹这一记功碑文而不得。现在我们若是将余侍郎撰写的《大宋平蛮碑》重新磨勒上石,竖立在父亲坟前奉亲显庆寺中,和圣上御撰碑石并立,一定能够让父亲的功业事迹流传更为广泛。"对于长兄的绝妙建议,兄弟们都非常赞成。嘉祐五年(1060)九月,狄谘等重新命人将《大宋平蛮碑》刻石立于狄青坟前,同时邀请当时汾州通判、屯田员外郎谢景初(1020—1084)撰写《汾州别立大宋摩崖碑文记》,把汾州竖立《大宋平蛮碑》的经过详细叙述,用来纪念这件事。

狄谘兄弟的一片孝心没有白费,狄青身后名声随着时间推移越来越得到尊崇,甚至台谏官员已经把狄青作为武臣为枢密使的正面例子来攻击他人。宋英宗治平三年(1066),知谏院邵亢(1011—1071)、御史吴申(?—1066后)上疏论奏郭逵(1022—1088)能力不足以充任枢密使时,他们强调指出:"以前我大宋任命枢密使,文臣武将都有可能充任。武将当中曹彬父子、马知节(955—1019)、王德用、狄青等,他们的功劳都是天下人交口称赞的。"已经公开承认出身低微的狄青与出身贵胄之家的曹彬、马知节、王德用等有相同的地位和功业了。

宋神宗少年即位,一扫宋真宗、宋仁宗和宋英宗时期对周边少数民族被动的防御政策,他想征服辽、夏两个少数民族政权,建立像汉唐帝王那样的丰功伟绩,所以他即位之初就向狄青家族表示友好和亲密的态度。熙宁元年(1068)四月,宋神宗在延和殿召见当时已经官拜西上阁门使的狄谘,在君臣就日常公务对话之际,宋神宗对狄谘父亲狄青的功绩大加赞赏,并进而咨询狄谘是否有朝廷所不知道的狄青平定侬智高期间的秘事,或者狄青是否有存留相关的文字,狄谘随即把平日珍藏的父亲归仁铺一战的战阵图和余靖所写《大宋平蛮碑》拓本进呈宋神宗。宋神宗看了之后叹息良久,感慨道:"思云台之故将,今不复见矣!"宋神宗这里用了"云台二十八将"的典故,指的是汉光武帝刘秀

第八章 狄青的后嗣与身后之事

麾下帮助他一统天下重兴汉室江山，建立东汉政权过程中功劳最大、能力最强的二十八员大将，他这里的意思很明显，一方面被狄青能力和功业所折服；另一方面对手下没有类似英勇的良将而惋惜。宋神宗马上派遣昭宣使、入内内侍押班张若水前去祭拜狄青，并且亲自为狄青撰写祭文来褒扬他的功业卓著，现收录在南宋吴曾《能改斋漫录》当中，引录全文如下：

> 惟天生贤，佑我仁祖。沈鸷有谋，重厚且武。
>
> 昔居校联，功名自喜。既登筹帷，益奋忠义。
>
> 惟是南荒，有盗猖獗。陵轹二广，震惊宫阙。
>
> 群公瞻顾，莫肯先语。惟卿请行，万里跬步。
>
> 首戮骑将，大振吾旅。金节一麾，孰敢龃龉。
>
> 遇贼于原，亲按旗鼓。彼长排枪，我利刀斧。
>
> 马驰于旁，捣厥背膂。驱攘殱絜，如手探取。
>
> 奏功来朝，遂长右府。旋升外相，均逸邦畿。
>
> 如何不淑，早弃盛时。逮予纂服，弗睹音仪。
>
> 因览遗略，又观绘事。缅怀风徽，感叹无已。
>
> 遣使临奠，用旌前劳。灵而有知，当体兹意。

戴面具的武曲星：狄青

宋神宗声情并茂地写下祭祀狄青的文字，从而激励更多武臣效仿狄青在战场上建功立业。宋神宗对狄谘说："看到狄枢密的遗像之后，仰慕不已，大恨自己没有能够认识狄枢密。这样优秀的人才，听说在当时竟然有人向仁宗皇帝进言中伤，实在难以置信！朕听了这些消息之后，万分心痛呀！"有了宋神宗的肯定，狄谘很快让人把宋神宗御撰的狄青祭文刻石竖立在狄青墓前，以示荣耀和缅怀。

熙宁二年（1069）正月，狄谘再请狄青故吏郑纾之子、当时的翰林学士郑獬（1022—1072）为宋神宗御撰祭文写序。狄青平定侬智高时，郑纾曾一同前往，任第二将管勾机宜，狄青还曾经向宋仁宗推荐郑纾，所以两家关系应该比较密切。郑獬肯定很能理解狄谘为父亲平反，以及光大父亲功业的心情，所以他在《御制狄公祭文序》中说道："狄青解甲还朝时，很多人拿无中生有的事情攻击他，当时的狄青百口莫辩郁郁而终。现在圣上亲自撰写祭文为狄青平反，他的功绩事业定能传之久远，不可磨灭。"而且，序文中还强调指出，宋神宗之所以如此，是希望"现在的文官武将读到了祭祀狄青的序文，能够在敬仰膜拜的同时反思自己，考虑为国家枕戈寝甲，在思想上和行动上时刻准备好效命疆场，建功立业"，借宋神宗的御笔不仅仅说出了狄家对狄青郁闷

第八章 狄青的后嗣与身后之事

致死的郁郁之气,而且还将狄青的形象升华到一个新的高度。狄青个人的英勇果敢形象,经过宋仁宗和宋神宗两代帝王的肯定得到最终确立,后世官方的狄青形象以及《宋史》等官方正史的评价,都是在这个基础上展开的。

宋代之后商品经济大发展,各类商业性都市乃至市镇越来越多,市民阶层随之产生。为了满足市民阶层日常娱乐活动,都市当中出现了专门的娱乐演出场所"勾栏瓦肆";民间说唱文学、说书话本等各种各样的艺术形式在这个时期也有较大发展。在此期间,狄青作为一个具有传奇色彩的人物,地位由卑微到显达的转化,生活由贫贱向富贵的跨越已经超越个人,成为一种王侯将相可以由奋斗而得到的象征和标志。这种由贱入贵的可能性时时刻刻触动着普通民众的敏感神经,是一种长盛不衰、为民众喜闻乐见的故事题材,具有较高的文学创造价值。所以宋元时期以狄青为主角的话本、杂剧多有出现。

在现存的宋金话本名目当中,以狄青为主角的有《收西夏》和《说狄青》两篇,话本具体内容虽已经无从寻找,但可以大体猜测。《收西夏》的题目可以很明确其中的内容所指,是狄青在西北战场抵御西夏并从基层优秀士兵逐渐成长为独当一面的著名将领的过程。《说狄青》则应该是狄青重要事迹的精华版合集。

元代杂剧当中的狄青故事至少有三种，《狄青扑马》和《刀劈史鸦霞》与宋金两部话本一样已经亡佚不存。有关《狄青扑马》的内容，学者们有两种不同观点，一种是认为"扑"字应该解释为赌博，亦即狄青赌马，应该是年少的狄青靠赌马为生，或者他和这一行业的人有交涉。另一种观点认为扑和"缚"的意思相通，是降服的意思，这个剧大概讲的是青年时代的狄青降服烈马的故事。考虑到狄青年轻时服役的拱圣营是禁军中的马军部队，笔者个人更倾向于这个杂剧的主要内容是和狄青驯服和降服烈马有关。关于《刀劈史鸦霞》的内容，很少有学者猜测，笔者个人对于这个杂剧有自己的理解。史鸦霞其人姓名不见于传世文献，绝对不是什么知名人物，狄青既然是"刀劈"史鸦霞，说明史鸦霞被杀之前两人曾经有过打斗，结果是史鸦霞被杀，按照宋朝的刑法规定，斗殴杀人是要偿命的，所以狄青这次犯的是死罪。结合我们之前写作的狄青生平经历，他曾经是西河县里的恶少年，因犯下某种不可饶恕的过错导致当地知县准备严惩，所以才匆匆忙忙逃命到京师开封寻求出路。

综合来看，杂剧《刀劈史鸦霞》讲的应该就是狄青参军之前的故事，而且恰好可以弥补宋代文献中的若干模糊记载，能够反映出杂剧编纂者构思是非常巧妙的。元代唯一保存下来的

第八章 狄青的后嗣与身后之事

关于狄青的杂剧是《狄青复夺衣袄车》,主要写的是狄青在宋夏战场上还是一个禁军指挥使时的一段曲折经历。狄青奉范仲淹的命令押送军衣去犒赏前线士兵,途中因贪杯使得犒赏前线的衣物全部被西夏军士劫掠。在范仲淹命令下,刘庆和戴罪立功的狄青成功夺回军衣,却又遭到同僚黄轸的诬陷,一波三折之后范仲淹了解真相,下令处死黄轸,加封狄青为征西都招讨金吾上将军。这个故事当中,一个武艺高强、勇于担当而又大意贪杯的狄青栩栩如生,人物形象更加丰满,也更为符合普通人的现实生活。

明代是狄青故事传播与接收的低谷期,没有一部专门以狄青为主要角色的故事,更多的是其他故事当中的配角甚至反面角色。同时,明代文学作品中的狄青形象逐渐两极分化,出现了明显的褒贬不同。如四大名著之一的《水浒传》开篇就说到了宋仁宗和包拯、狄青的联系:"这仁宗皇帝,乃是上界赤脚大仙。降生之时,昼夜啼哭不止。朝廷给出黄榜,召人医治。感动天庭,差遣太白金星下界,化作一老叟,前来揭了黄榜,能治太子啼哭。看榜官员引至殿下,朝见真宗天子。圣旨教进内苑,看视太子。那老叟直至宫中,抱着太子,耳边低低说了八个字,太子便不啼哭。那老叟不言姓名,只见化一阵清风而去。耳边道八个甚字？道是：'文有文曲，武有武曲。'端的是玉帝差遣紫微宫中两座星辰，下来辅佐这朝天子。文曲星乃是南衙开封府主龙图阁大学士包拯，武曲星乃是征西夏国大元帅狄青。这两个贤臣，出来辅佐。"已经将狄青和包拯相提并论了。

明代中后期出现的两部有关狄青形象的小说，一部是《包龙图判百家公案演义》，另一部是《杨家府演义》，这两部小说都不是以狄青为主要角色的，而狄青在两部小说中的形象也不完全一样。《包龙图判百家公案演义》中狄青的形象有褒有贬，第四回《止狄青家花妖》、第四十九回《当场判放曹国舅》和第五十八回《决戮五鼠闹东京》中多处涉及了他。其中既有狄青平定侬智高期间将花妖误认为绝色女子纳为小妾的错误判断，也有杨文广、狄青成功平定边境叛乱的壮举，因为这部小说意在突出包拯的神明和光辉形象，诸如狄青这样的配角能有这样正负参半的形象，并不意外。《杨家府演义》中狄青的形象完全被污名化，甚至被列入奸人行列。《杨家府演义》中描写狄青率领军士平定侬智高叛乱但仓皇落败，万不得已之际朝廷派出杨宗保等杨家将前往前线，取代狄青成为征伐侬智高的大元帅，这一事件引起了狄青强烈的不满，从此怀恨在心处处算计。甚至，小说中还极度丑化狄青谋划用计策诛杀杨宗保，假公济私参奏杨文广，对杨家将的诬陷和迫害无所不用其极。从前述我们考察的历史真实情况看,侬智高叛乱时杨家将前后都有参与,前有杨畋平叛不力,后有杨文广作为狄青的偏将一马当先。不过,《杨家府演义》中却把这一切归功于杨家将,而把狄青描写成一个既没有军事才能又嫉妒贤臣的奸臣形象,这显然是不符合史实的。为什么会有这样的书写,可能是民间意识当中杨家将的形象深入人心,而一山不容二虎的世俗思维只能把北宋所有开疆拓土、平定战乱等功业都涂抹附会到杨家将身上,其他武将只能以平庸颟顸、嫉贤妒能的形象出现。

清代狄青故事进入了中国古代最为丰富的时期,共计出现了四部以狄青为主要角色的章回体小说,分别是《万花楼杨包狄演义》《五虎平西前传》《五虎平南后传》和《后宋慈云走国全传》。这四部作品一改明代人在《杨家府演义》中编造随意的戏说态度,在综合历史事实、民间传说、话本杂剧的基础上,将狄青故事做了系统的梳理和融合,成为一套相当壮观的狄青故事四部曲。

《万花楼杨包狄演义》很多书籍中或写作《万花楼演义》,全书共六十八回,编纂者李雨堂。《万花楼演义》把狄青征战、包拯断案和杨家将英勇事迹等融合在一起,以多线条的叙述模式展开叙述。有关狄青的部分，小说把农家出身的狄青描写成一个出身武将世家而家道中落的优秀子弟，随着时间发展他逐渐从一个鲁莽的愣头青少年成为一个做事谨慎的大英雄。小说中历史上狄青英勇善战、屡战屡胜的特征在很多虚构的战事当中一一落实，又改造了狄青小心谨慎的性格特征，从而塑造了一个艺高胆大、志向宏伟的常胜将军形象。《五虎平西前传》共一百二十回，编撰者不详。就故事内容而言，它往上衔接了《万花楼演义》，朝下开启了《五虎平南后传》，小说讲述了以狄青为首的五虎将兵伐西辽、捍卫宋室江山的战斗故事。小说中通过两条线索展开，一条是外征西辽，另外一条是内除国奸，其中还提及了狄青与单单国八宝公主的婚姻等内容。《五虎平南后传》，一共有六卷四十二回，编撰人不详。作品记叙了在五虎将平西归来之后侬智高发动叛乱，狄青奉旨带领五虎将前去平定侬智高叛乱的故事。经过几次波折之后，最终取得了战争的胜利。狄青部队得胜归朝，众将领受到封赏。《五虎平南后传》着重表现五虎将与杨家将协力平定战乱的经过，弱化了忠奸斗争。《后宋慈云走国全传》主要写狄青的后代狄龙、狄虎辅佐慈云太子最终登上皇帝宝座的事情。

随着时代越来越远，历史人物的生平事迹、奇闻逸事经过文人士大夫的笔端,经过普通民众的口耳相传,其中有丰富,有删减,有附会,更有演绎,两条线索在历史长河中最终交汇融合,成为普罗大众的集体记忆。

后 记

行文至此,对狄青一生的总结概括暂时告一段落。感谢耿元骊老师的提携和帮助,才有了这次写作通俗历史读物的初尝试。在接到任务之后,耿老师就把任务逐一分解并按时"批改作业",看似可以完成的任务,在拖沓散漫成性的我这里,时时感到手忙脚乱,以至于一拖再拖。感谢耿老师和辽宁人民出版社蔡伟先生的包容,虽花式催稿不断,但还是让我在截止日期很久之后悠然完稿。

总体而言,写作的过程是有些艰难的。这样的艰难除了个人散漫成性之外,至少还来自于两个方面:一方面是资料的限制。

后 记

狄青的一生，在重视文教、以文驭武的宋代实属异类，虽然绝对算得上一代名将，但资料少且集中，存在一个故事在数种笔记小说中反复被提及的现象。除了墓志铭、神道碑和宋史的传记外，20岁之前的记录只有一条不足100字的内容，20岁到30岁之间的记录只有百余字的内容，真正能够关联他生平事迹的资料，可能只有万余字，这在动笔之前是万万没有想到的。这对于活了50岁、官至宋代"国防部长"的狄青来说，似乎绝大多数时间是被历史记录者"遗忘"的一个人，他个人估计也是万万没有想到。

另一方面是个人学力的限制。回顾自己这些年的学习和研究，虽然也尝试考察过诸如八大王赵元俨、台谏官员孔道辅等的生平履历，而且稍微多地接触过历史人物生平信息较为集中的墓志碑铭，但真正深入一位宋代职业军人的生命历程才发现，关于宋朝武官、武将、军职，以及军法军令、统兵体系等的知识储备实在欠缺，动笔即错，不得不写了再删，删了再写。

在这艰难的写作过程中，必须感谢前辈学者在宋代政治、法律、科举和军事制度、宋夏关系、宋代历史地理、宋代基层社会、宋代民族关系，以及很多和狄青直接相关领域的扎实研究，由于是一本不加注释的通俗读物，无法一一说明哪些观点得自哪位前辈，但他们的宏文大著，是笔者在串联狄青故事时的救命稻草，只能把前辈学者的大名放置于此，以示感谢。在写作过程中，至少参考了安国楼、包伟民、白耀天、陈峰、程民生、陈振、戴建国、刁培俊、邓广铭、邓小南、范宏贵、范学辉、龚延明、郭洋辰、郭振铎、何冠环、扈晓霞、黄金东、李昌宪、李贵录、李华瑞、李裕民、罗家祥、刘复生、刘双怡、廖寅、马玉臣、漆侠、王瑞明、吴天墀、吴铮强、王曾瑜、游彪、杨倩描、杨宇勋、张邦炜、张劲松、张吉寅、张明、张其凡、曾瑞龙、朱瑞熙、张希清、赵冬梅、赵振华等学者的相关研究。不过，书中肯定有因为个人学力不足造成的认识错误，恳请师友和读者朋友们多批评和指点。

在艰难的写作过程中，更多的是收获的喜悦。首先，在学术上能够澄清一些似是而非的观点。比如狄青脸上刺字是因犯罪还是入伍，按说这应该不会成为疑问，但学术界不同学者实际上有不同观点，这次个人从宋朝法律制度入手进行分析，应该说是基本坐实了本属于常识的结论。再如狄青刚到西北边境，犯了什么样的军法要被处死，大体是什么时候发生的事情，个人也从范雍的仕宦经历以及军法罚条出发做了逻辑上的推断，等等。在处理这些问题的过程中，收获满满。其次，个人学力得以提升。宋代的法律文献、武官制度等内容，个人以前阅读和思考的时候常常

后 记

因为畏难而故意无视，这次不得不一点一点地补课，一点一点地啃完，虽不见得能够完全展现到拙劣的笔头上，但还是学到了很多。

2021年11月，也就是本书的撰写正在如火如荼向前推进的那段日子，个人有幸入选了河南省教育厅资助的"2022年度河南省高校哲学社会科学创新人才支持计划"（2022-CXRC-22），作为一个在高等学校工作的普通教师，和学生交流沟通互相学习、写文章做科研都是本分，能够获得诸如此类的项目支持、人才支持都属于意外惊喜，无论如何，总归是值得高兴的事情。所以，把这本小书当作一个阶段性成果，应该也是合适的。

2004年9月，一个到县城求学都感觉是到了大城市的我，独自到坐落于宋都开封的河南大学历史文化学院，开始了四年的求学历程。2014年6月，博士毕业之后就义无反顾地回到河南大学历史文化学院，作为一名高校教师开始了工作经历，掐指一算，在开封的时间一晃12年过去了。在河南大学求学、生活和工作期间，感谢程民生、戴宁淑、耿元骊、桓占伟、贾玉英、李恒、李竞艳、李敏、李振宏、刘克辉、马晓燕、马玉臣、苗书梅、牛建强、齐德舜、祁琛云、田志光、汪维真、杨高凡、展龙、张艳、赵广军等师长们的鼓励、支持和帮助，让我这样一个远离家乡的孩子时时感觉到了家的温暖。感谢浙大城市学院历史研究中心包伟民、何兆泉和傅俊老师，他们的包容、理解和帮助，让一个拖家带口换单位的中年人，竟然有再现青春的感觉。只是，希望这个感觉不要成为错觉。

在学习和工作期间，离不开师长们的帮助。感谢博士后合作导师程民生教授、博士生导师罗家祥教授、硕士生导师刁培俊教授和本科指导老师马玉臣教授，从学术研究的展开到认真做事、诚实做人，老师们语重心长的教诲是我前行路上永远的财富。

感谢父母，他们这辈人更多的是扎根农村，而即便如此，爸妈竟然有不管再苦再难也要供孩子读书的理念，并毫不动摇地坚持下去，在初中不毕业就出去打工的20世纪90年代后期的河南农村，简直是个奇迹。感谢妻子朱丽芳女士，我们从2004年相识到2006年相恋，再到2015年步入婚姻殿堂，一晃竟然快20年了，这些年若没有她的默默付出和一如既往的支持，实在不敢想象现在的家会是一个什么支离破碎的存在！感谢已经快4岁的小儿斑斑，他在家里一刻不停的骚扰，"紧紧拉住"拽出书房的蛮横，朝着键盘一顿操作的帮助，让我深刻领悟到作为父亲的存在感。

美好在前方，生活在脚下，而我，一直在路上。

后　记

拉杂以上,是为记。

仝相卿

2022年2月15日(正月十五元宵节)午夜于开封

叙舊 —— 叙旧文丛

此岸彼岸的背影

钟兆云 著

海峡出版发行集团｜福建教育出版社

图书在版编目（CIP）数据

此岸彼岸的背影/钟兆云著. —福州：福建教育出版社，2023.8
（叙旧文丛）
ISBN 978-7-5334-9690-6

Ⅰ. ①此… Ⅱ. ①钟… Ⅲ. ①人物－生平事迹－中国－近现代 Ⅳ. ①K820.5

中国国家版本馆CIP数据核字（2023）第104164号

策划编辑：黄晓夏
责任编辑：吴鲁薇
封面绘画：包　包
美术编辑：季凯闻

叙旧文丛
Cian Bi'an de Beiying

此岸彼岸的背影

钟兆云　著

出版发行	福建教育出版社	
	（福州市梦山路27号　邮编：350025　网址：www.fep.com.cn	
	编辑部电话：0591-83716736　83738540	
	发行部电话：0591-83721876　87115073　010-62024258）	
出 版 人	江金辉	
印　　刷	福州万达印刷有限公司	
	（福州市闽侯县荆溪镇徐家村166-1号厂房第三层　邮编：350101）	
开　　本	890毫米×1240毫米　1/32	
印　　张	9.5	
字　　数	200千字	
插　　页	2	
版　　次	2023年8月第1版　2023年8月第1次印刷	
书　　号	ISBN 978-7-5334-9690-6	
定　　价	52.00元	

如发现本书印装质量问题，请向本社出版科（电话：0591-83726019）调换。

"叙旧文丛"出版弁言

叙，讲述，盼侧耳倾听；旧，过去，期一日相逢；叙旧，网罗旧闻，纪言叙之，以温故，以溯往，以述怀，以知新。

搜寻、稽索、钩沉、抉隐，一句话，一件事，一本书，一个人，那满满的闪着光芒的过去，在琐细字间，鲜活，绽放。

走进旧时光，来一场返程之旅，为那心中永不褪色的旧日情怀。我们相信，叙旧的过程，是唤醒记忆，省思历史，亦是安顿今者，启示未来。

钟兆云，福建省作家协会副主席。中学时代开始发表作品，已有近2000万字作品在海内外问世。出版专著《刘亚楼上将》、《辜鸿铭》（三卷本）、《叶飞传》、《我的国籍我的血》、《海的那头是中国》、《谷文昌：只为百姓梦圆》、《奔跑的中国草》及"乡村三部曲"等40多部。作品曾被改编为长篇电视连续剧在中央电视台播出。曾获首届中国人民解放军图书奖、首届华侨文学奖、中国传记文学优秀作品奖等。

此岸彼岸，背影如山也如画（自序）

钟兆云

自古泊今，无论是承平时期，还是战乱年代，一路起起伏伏、浩浩荡荡下来，历史所铭记与颂扬的不外乎是美好的人。这是历史的"有情"，也是记录与传承者的"有义"。十多年前，我创办福建省传记文学学会及《传记》杂志，曾为刊物卷首语写下几段话："世间万物终将倾圮，唯有文字可以长存天地间。更深一层剖析，是文字背后作者的思想。""写人容易，写历史人物难。历史人物，到底不好主观评价，否则就要陷入争论的漩涡了。但一个人做了什么事，历史是淘洗不了的……"

写此话之前的二十多年，我是一个别人眼里的文艺青年。写此话当时，我自许是个文学青年。本世纪流行一种现象，能把玩一点文字游戏者，称为"文艺青年"；若在文字游戏基础上能抖出些略上档次的文学范儿,便可谓"文学青年"了。一字之差,也是功力之别、修炼层级不同。"自许"得已不免轻狂自负,却还被"好事"者加码,说这两个头衔已不适合我,理应在这二者之上。为何?答曰,你这些书已自我揭晓。好吧,学海无涯,文无止境,写下此话的往后余生,我纵然不复年轻,仍将带着朋友和读者们的厚爱、期许,在边走边唱中奔赴万水千山。

汉语中的一个"文"字,多少有嫣丽之感,与之沾边的人和事,横看竖看都美好得有种无穷尽的况味。我年少时的文艺往事,不说"一生儿爱好是天然",蓦然回首中少不了遇上《文艺与你》那一幕。那是广东省1985年新办的一份期刊,竟然发行到了我所在的小县城。学生时代的我到邮电局领稿费时,在报刊亭屈指可数的杂志中对它一见钟情,而后竟给其投稿。未几,该刊停办,我被激起的文艺情愫却没停息,在高中时代就有诸如写帝王选美、李清照改嫁、郑板桥与竹这类带有整理痕迹的文章先后在中山大学等高校所办公开刊物上发表,被文艺女神牵着手走过山重水复,欲罢不能。马齿徒增中,温故知新益多,不管是时空中显得宏大的古往今来,还是琐碎得宛如平常的春去夏至,我总觉得历史和现实中有太多峥嵘的人事值得记录、传承,不应任其雨打风吹去。由着这样的浅见和兴趣,不失勤勉如手工编织者,一鳞半爪地挖掘有关人事的轨迹,一字一句地经纬交织,心血来潮时甚至一发而不可收,为一人做几十万乃至上百万字传记亦乐此不疲,乃成今日之我。

书写之美,虽是"冷月无声",却让人在曾经的"波心荡"中流连忘返。曾经目睹过一些书画大师的泼墨挥毫,笔墨在宣纸上晕开,一提一顿,起承转合,谈笑中已将自身的个性、情趣、审美、胸怀尽付方寸之间;退而思之,便觉文学创作虽更为清苦、寂寞,往往还得十年磨一剑,但唯其耐得住一个"熬"字,笔下流淌的文字理应更富情义,键盘里"敲打"出的旋律也当更见思想意境。言之有文,一艺之长也,这也是我数十年间能够行而不辍的素朴之念,与耕耘树艺的农夫无甚差异。

应约自编这部历史文化随笔集,我不能说选择辑录的这些人和事,因为拙笔就能"起死回生",更无从断定他们会因了区区文字而长生不灭,在历史长河中不被代谢或"浪淘尽",但不管如何,他们到底曾衍生过引人向上的美好精神、蓬勃力量,哪怕后来在岁月中迟暮了,曲终人散、物是人非了,却仍有千回万转的余韵在回流。他们许多人从乱世里走来,那段晚清至民国的历史犹如一锅滚烫的酸辣汤,常态般弥漫的是"硝烟",荡气回肠的是"真名士自风流"。特别是他们在海外登岸的那一刻,注定了自己在中国历史上的使命和担当。他们在各自领域救亡图存、报效祖国的生动过往,他们教人敬慕的移山拔海,莫不是为了民族的中兴、文明的赓续、盛世的繁华,给今世留下了一个个如山也如画的时代影像。

身处和平年代的人们,哪怕对他们在历史岁月中的风采再有隔膜,也当记得人世曾经冰冷的角落、险恶的转弯处,曾被他们用一腔热血、一己悲欢、一生之爱所温暖和照亮,并有理由呼唤和相信，在当下和未来的紧要关头，依然能有这般的英雄志士横空出世。是故英雄人物及其故事自有其强韧的生命力，时人和后来者唯有不忘欣赏与致敬，才有继续传颂的根基和力量。我写下的他们，连同这本集子以外更多的笔下人物，不及其人其事全貌之万一，是为了表明自己有理由铭记这些守护过这片国土和山河的先贤，并使行走在此岸彼岸的芸芸众生，能受到一种精神力量的感召和牵引，不致轻易忽略掉许许多多有力量的人，在每每经历磨砺时，能对号忆起某段不灭的情怀，并愿将自己心底的深情付与生生不息的时代。

编辑这本集子，虽没有李笠翁略带风雅与心计的"倒骗主司入彀之法"，"开卷之初，当以奇句夺目，使之一见而惊"，"终篇之际，当以媚语摄魂，使之执卷留连"（《闲情偶寄》卷三），却也不失认真二字，并愿以这份认真来守护文章的麦田。世上再无李笠翁，文海无涯苦作舟，我倒愿做一介熬得住孤寂、活得出精彩的"蓑笠翁"。心在，情在，就如书中人物，一个个当是美好的人，我之行文处事亦当如是，在追求的"美"与"好"之间，不奢望笔墨活色生香，能见着生命的真谛就不枉此生。

写完这些，我起身远眺雨中的窗外，满目青绿，内心情愫忽如远处的闽江般涌动，生出几分对生命的敬畏。再杰出的人物，再与世无争的遗世独立者，在绵长的历史长河中都只能是过客，都必然带着程度不同的遗憾匆匆谢幕，所不同者在于生命的饱满程度、价值及意义。"我与我周旋久，宁作我"固然是一种活法，但能从不同时代、不同阶层的人物中领略到一点点精彩，再从他们的人生归纳总结中汲取某些智慧，或许能活出更为精彩的自己！

春去夏来，南方的草木在太阳雨中，别有一番明丽和热烈。人非草木，此生漫漫，哪怕道阻且长，但只要信仰不灭，到底是可爱的。我在烟雨中看见那些如山也如画的背影，有他，也有你。

2022年5月25日午后，闽江畔苦乐斋

目　录

辜鸿铭：奇特家世和不寻常的求学路

南洋风雨中的奇特家世 …………………… 001

英国橡胶园主收为义子 …………………… 003

名师选中奇徒，奇徒幸遇名师 …………… 008

师承卡莱尔 ………………………………… 011

游学欧洲，大器早成 ……………………… 016

孤儿东返 …………………………………… 019

晤谈中坚定报效祖国的信念 ……………… 024

庄希泉：南洋往事与中国色彩

与陈嘉庚惺惺相惜 ………………………… 33

祖国在心，教育救国 ……………………… 36

为抗日救亡和民族解放奔忙不止 ………… 39

"特使"面邀陈嘉庚回国 ……… 42

余佩皋：女界中铮铮人物

开南洋华侨女子教育先河 ……… 47

坚决反击英殖民政府 ……… 49

新娘子火线求援 ……… 51

夫妻双双退出国民党 ……… 54

"侨界女丈夫"英年早逝 ……… 57

萨镇冰："随波逐流"和特立独行

名门之后，踏浪逐波 ……… 60

师夷长技不制夷，悲痛中寻找出路 ……… 62

甲午悲歌铭记一世 ……… 64

中国海军的萨镇冰时代 ……… 67

一片情怀为家国 ……… 70

英雄本色，后继有人 ……… 76

萨师俊：纵死犹闻侠骨香

家庭表率，军人模范 ……… 81

"国难至此,军人当以身许国" ………… 84

誓与中山舰共存亡 ………… 89

"临阵死事之烈,诚可惊天地而泣鬼神" … 93

萨家老少同仇敌忾 ………… 99

中山舰打捞修复的背后 ………… 101

王冷斋:国难下的尊严

战争的阴影 ………… 106

临危受命,连斗数回合 ………… 110

被刻意锁定的"七七"这一夜 ………… 119

于刀光剑影中折冲樽俎 ………… 124

打响宛平保卫战 ………… 132

怒吼吧,卢沟桥! ………… 141

扣日使,挽狂澜,痛斥日军数次背信弃约 …… 147

"国难方艰应有待" ………… 156

勿忘卢沟,救亡图存勤奔走 ………… 163

东京审判,再为祖国尊严战 ………… 167

胡文虎:"历史误会"的来龙去脉

"情殷爱国,迥异寻常" ········· 182

何事赴东京? ········· 185

项南发出平反第一声 ········· 187

历史的迷雾终于拨开 ········· 191

郁达夫和连横:暴风雨前的先知

"只有战斗才能制止敌人的侵略!" ········· 193

"欲求台湾之解放,须先建业祖国" ········· 198

严家显:农教先驱

木渎老宅中,兴趣是最好的老师 ········· 204

昆虫学家挥舞翅膀越飞越高远 ········· 205

国立武汉大学最年轻的农学教授 ········· 207

于广西营建"中国农都" ········· 209

翻开黄历新篇章 ········· 211

"黄历精神"和"严子绚先生奖学金" ········· 215

旦复旦兮,日月光华 ········· 218

在反细菌战中燃尽余热 ········· 221

黄震:从斗士、文士到民主人士

- 负笈京华,投身革命 ········ 226
- 北伐江淮,首义南昌 ········ 229
- 拉起队伍,中途脱党 ········ 232
- 身陷牢狱,劳燕分飞 ········ 233
- 不染污泥,矢志科教 ········ 238

"左联"作家马宁和他的"马来妹"

- 浪漫夫妻 ········ 242
- 患难夫妻 ········ 246
- 幽默夫妻 ········ 251

沈冰山:黑暗中看见花的香

- 书画艺术之乡的青春悲剧 ········ 256
- 创榛辟莽造发明 ········ 259
- 棋琴起声色 ········ 263
- 心手画云烟 ········ 268
- 心中有花自见香 ········ 279

辜鸿铭：奇特家世和不寻常的求学路

南洋风雨中的奇特家世

1857年7月18日，当辜鸿铭向着马来亚的盛夏酷暑投奔而来时，这个热带南洋小岛四周是连绵的黄金海滩，椰林郁郁翠绿，石岬错落排列，依山而建的别墅掩映在棕榈丛中。升旗山脚下，有士兵打着旗语在传递信息。浩渺的大海平静如镜，海面上停泊着一艘挂着"米"字旗的大英帝国舰只，表明此地已被英国殖民者占据（曾改名"威尔斯王子岛"）。而辜家祖辈们也已同英国殖民者打了多年的交道。

对于先祖，辜鸿铭自己也说不清楚。口口相传中，有说本姓林，曾在开唐初期为官，因受冤屈被流徙闽南，昭雪后由唐代宗赐为辜姓，以示安抚。故后世有"辜皮林骨"之说。又有说原姓陈，也是城里的诗书人家，到陈敦源一代嗜酒，家道由之而衰,终有一日,陈敦源因酒醉失手伤人,为避官府缉拿,携带家眷来闽南捕鱼为生,改姓辜,以示悔罪之意。事过境迁后仍有后人难释罪疚之心,干脆移民渡洋,想在南海与孟加拉湾东岸之间的国家中找到一个条件允许、能够谋生之地。最终,家里一位二十出头的智者和勇敢者,在苏门答腊岛交上好运,一度坐上亚齐王国的大臣高位,主持过一地政务。后来亚齐王国发生混乱,他就带着财产和家人迁往马来半岛,看上了槟榔屿,成为创榛辟莽、开垦这块蛮荒之地的华人前驱,旅居时间比1786年抵达的英国人还早。这个被称作Che-Wan、Cheko、Che Kay或Koh Lay Huan的新移民,就是辜鸿铭的曾祖父辜礼欢。

槟榔屿可以说是中国之外几百年来仍然沿用航海图上华文名称之地。1786年英国东印度公司以该岛为海军基地后,任命"发现者"莱特船长为总督。莱特鼓励华人及其他移民前来合作。时任吉打拿督的辜礼欢,即从吉打渡过海峡到了槟榔屿,乱世中将自己置于英国统治者的保护之下。作为"当地最可敬之华人",辜礼欢被殖民者委任为地方居民的行政首脑——首任甲必丹(Captain)。

地方头人辜礼欢先娶槟榔屿马来女子苏忆娘为妻,再娶吉打马来女子颜梅娘为妾,所育八子三女形成辜氏"槟榔屿家支"和"吉打家支"。儿子当中,数辜安平、辜国材和辜龙池三人最有出息。辜安平自幼被送回国内读书,参加八股科举考中进士后,在林则徐手下为官,曾奉调台湾任职,并从此定居台湾。

辜国材（出自正室，属辜氏槟榔屿家支）和辜龙池（庶出，属辜氏吉打家支）则继承了辜礼欢的衣钵，在政治上继续与英国殖民者保持合作关系。辜国材因有外交头脑，曾受派随英国人、东印度公司要员莱佛士爵士率领的舰队登陆新加坡，在这片新开辟的土地上大展才智，成为最早到新加坡的中国人，在乃父将整个家族从吉打迁到槟榔屿后也跟着回来。辜龙池则留在吉打州政府里任公职，于地方建设卓有功勋，被吉打苏丹赐拿督勋衔。他有个儿子不喜从政，帮助英商福布斯·司各特·布朗（Forbus Scott Brown）经理槟榔屿的牛汝莪橡胶园，颇得老板的信任，与之成为密友。他就是辜鸿铭的父亲辜紫云。在南洋特别是槟榔屿、吉打、马六甲，华人有"三代成峇"（峇峇人——the Babas，马来亚华裔居民的俗称）之说，辜紫云就被周围人叫成"峇云"。辜鸿铭乃辜紫云次子，取名汤生（Tomson）。

英国橡胶园主收为义子

布朗家与辜家是世交，他们的父辈就是朋友，生意上颇有交集。布朗父亲大卫·布朗从苏格兰来槟榔屿时，曾得到老年辜礼欢的帮助，成为富翁后一直希望儿子布朗能留在英国成为学者、艺术家。但布朗更喜欢槟榔屿的风光，并且对经商感兴趣，老布朗只好把这里的产业交给他，自己回苏格兰养老。辜紫云呢，放弃从政，喜欢无拘无束的田野生活，更喜欢侍弄农作物，把布朗与辜国材共同投资的峇都兰章农场打理得有模有样。真正使布朗器重他的,还是因为他创造了一种施肥法(用适量未混合他物的鸟粪特制成肥料),使橡胶产量大增,短时间内让牛汝莪橡胶园成为当地最成功的种植园。布朗人尽其才,干脆让辜紫云离开农场,专门负责经营橡胶园。辜紫云一家于是和布朗一家比邻而居。小汤生天生是个神童。父亲那一口流利的闽南话、英语和马来语,母亲所操葡语及英语,他都学得很快,而且记忆力惊人,称得上入耳不忘。

汤生六七岁时,有一次,布朗一家请辜家来花园赏春。百花争艳,蜂蝶飞舞,鸟语啁啾,春意盎然,令喝着清茶的布朗诗情大发,即兴吟诗一首。不想被身边的小汤生记下,随即一字不漏流利地复吟一遍。此诗不算短,约有二十来行,就连布朗自己也难得一下子如此完整地复述出来,何况这还是个乳臭未干的毛头小子!又有一次,辜紫云手捧经书念"大悲咒",布朗听了半天如同鸭子听雷,却不料小汤生跟着念三遍居然就全记住了,一脸轻松熟练地复诵,一个音节也没错。布朗叹之为"神童"。

混血儿的体态,超凡的天赋,伶俐的言行,与众不同的性情,使小汤生深得布朗的喜爱,在布朗那个谋划已久的蓝图上落了影。当年,在父亲的要求和期望下,布朗也确实喜欢上了一段时间的绘画、音乐、戏剧,却认为自己没有足够的天赋,跑到槟榔屿来弃文从商。二十年下来,布朗一直为违背父亲的愿望而内疚,便利用走遍世界各地做买卖的机会,留心找个聪明小孩来培养,造就奇才,让他来替自己实现父亲的宏愿。

上帝只是在人类中安排了一些不同的人才,就像他在自然界里种下了一些不同的树。在布朗众里寻他千百度,慧眼识珠看中这个天才般的孩子时,小汤生的母亲特蕾莎,却为儿子与众不同的聪明而不安起来,担心他被妖魔附体,将来成为异端。中国不是有句老话叫"多智而近妖"吗,她想着把小汤生带回葡萄牙活成另一个样子。辜紫云却希望自己的孩子不要埋没在人海里,不要和大家都活成一个样子,如果孤独的苍鹰被灭绝,漫天的麻雀叫喳喳,这世界也太不可爱了。于是,当布朗提出想收汤生为义子尝试进行天才式的培养这一恳求时,辜紫云马上痛快应允,汤生于是得以进入威尔士王子岛中心学校,接受英式教育。

  课余,布朗尽己所能地把自己对文学、绘画的心得悉心传授,三年下来,他越来越发现这个天才儿童的过人之处,而自己的学识以及整个槟榔屿的条件,已然不满足对汤生的进一步培养,乃作出又一个重大决定:离开经营半生的庄园,带小汤生到培养人才首屈一指的英国接受教育。他还慨然表示愿用这座上千公顷的庄园,来换一个小汤生。面对别人七嘴八舌的质疑,布朗不改初衷:一百年后,这个庄园和庄园主都会被世界忘记,但我造就的奇才会被记住!

  辜紫云见布朗对儿子情真意切,且赴欧洲读书有利于儿子的成长,只好按下不舍放行。临行前,他特意带儿子游览600多米高的升旗山。山色空蒙,有徐拂轻风、蓊郁碧翠、涟漪清流,好容易登上山峦高处,放眼望去是茫茫沧海。辜紫云嘴里嚼着菱叶,让盘着的辫子垂下来,手指渺渺北方,一脸深情地对小汤生说：孩子，我们的祖国在遥远的中国，不论我们身在何处，千万别忘了那里是我们的家园。小汤生顺指遥望，泪花在眼眶里打转。

这个从福建闽南漂来的家族，此际已在槟城立足了上百年。百年时间足以抹淡三代以后对故乡的记忆，但辜紫云却与众不同，不仅把长子辜鸿德送回国内发展，还时时叮嘱族人勿忘祖国。辜紫云的言行，布朗看在眼里，也记在心里，感叹在日记里：槟榔屿华人家庭不少，但很少有人能将身世来源追溯到18世纪末莱特船长的时代，也就是他们的移民祖先到达海峡殖民地之时，但辜紫云一家却是例外。

辜紫云又一次把汤生带到了坐落于家族农场峇都兰章一处看起来十分气派的墓地。站在这个俯瞰槟榔屿港的墓地四望，周围是遮阴的大树，远处是葱绿的群山，风景独美。这就是槟榔屿第一代华人移民、首任华人甲必丹辜礼欢的墓地。

连辜紫云都没见过自己的爷爷，只知道辜礼欢是个仪表堂堂的高个子，六十岁时便开始为自己建造这处墓穴，刻制墓碑，并一直亲临现场监工。最大的奇迹是，他恰恰在坟墓造好后那一天终老，享年六十二岁。

活着便为自己营建墓地，这对初到槟榔屿的欧洲人来说，显然无法理解。因为墓地气势恢宏，加上墓主的传奇身份，这块墓地竟成了一处人文景观，到槟榔屿旅游观光的欧洲人士少不得都会来此一游。辜家子孙更是要在逢年过节前来拜祭，因为他们是墓中主人生命的延续。

多年之后，汤生仍对曾祖父的墓地印象深刻：四周环境之外，特别记得有块巨大墓石作为半开门扇通向墓穴，上面是个覆有草皮的穹顶，而曾祖父的中英文名字以及生辰，都镌刻在了墓石正面，在风雨中诉说一位华侨的人生。

辜礼欢身后，辜氏家族其他人过世，大小牌位均陈于辜氏宗祠。拜完宗祠，汤生又随父亲来到槟城最古老的中式庙宇广福宫。广福宫由华人移民两大帮派福建帮和广东帮共同建造，香火鼎盛。辜紫云在这里摆上水果、猪头、水酒等供品，焚上一炷长香，拉着儿子双膝跪下，朝妈祖塑像拜了三拜，然后告诫道：孩子，不论你走到哪里，不论你身边是马来人、英国人、德国人，还是美国人、法国人，都不要忘了，自己是中国人。又指着小汤生的辫子道：有两件事我要叮嘱你，第一，切不可剪辫子；第二，切不可信耶稣教。父亲的叮嘱，小汤生记得最牢的是"中国人"这三个字。

正待远行，槟榔屿华人帮会忽生骚乱，多日不息，波动越来越大，一时人心惶惶。布朗担心发生意外，决定提早出发。辜紫云特地准备了一包故乡的土、一瓶故乡的水和一小扎针线给汤生带上，说：带上故乡的水和土，到了西洋就不会水土不服，也不会忘了故乡水土，而针线会牵缠你的心，让你不忘故乡路，不忘故乡的父老。

布朗夫妇带着女儿和汤生远涉重洋回苏格兰后不久，接到槟榔屿来信，言辜紫云特蕾莎夫妇在骚乱时，因保护橡胶园而受伤，医治无效而逝，遗嘱布朗不告诉汤生，以免影响其学业，并郑重拜托布朗照顾汤生。布朗吃惊且悲伤,为了能让汤生安心就学,决心遵照老友之愿,尽心竭力把汤生培养成才。

名师选中奇徒,奇徒幸遇名师

布朗为汤生的学业做了周密、细致的安排,鉴于汤生已有一定英语基础,乃决定先教授德语,英语次之。

在教授德文字母的第一天,布朗拿出歌德的代表作《浮士德》说,要想把德语快速学到手,深刻了解德国文化,就得把这本西方人的戏剧给背熟。于是,遵照布朗的要求,布朗说一句,小汤生就像念咒一样跟着念一句。如此咿哩哇啦依葫芦画瓢,却也有板有眼,这样不明不白地背了半年多,终于将厚厚一部《浮士德》夹生饭似的装进了肚皮。布朗对自己的教法也更坚定了信心,开始着手逐句讲解这部深奥恢宏的伟大诗篇,一讲就是三个多月。

在讲自己的感受时,小汤生说:我看浮士德不是什么好人,上帝不应派天使救他。小小年纪,竟有如此异于常人的见解,布朗大为开颜,像给汤生奖赏似的,亲自带他游览歌德的故乡。布朗一路讲解,像歌德这样的大诗人、剧作家兼思想家,全世界也找不出几个,带你到他的故乡来,就是要让你更充分地理解他的一句名言:"固然谈不上要各个民族都思想一致,只是要他们互相知道,互相理解,纵然他们彼此不愿互爱,至少他们要学会互相容忍。"汤生问这句话很重要吗,布朗肯定地说是的，歌德从青年到老年，从来没有失去过爱的能力。

作为大富翁家的养子，汤生的生活完全是贵族化的，可他毕竟是个黑头发、黄皮肤的中国人，是为欧洲人所瞧不起的黄种人的一员，自然成了为数不多的种族歧视的对象。刚入英国时，他脑后的辫子就曾引起当地人的惊奇和性别误解，只是因为父亲的嘱咐言犹在耳而坚持不剪。有次，公厕管理员把他当成姑娘，不让他进男厕所，并言语侮辱中国人。汤生以其扎实的西方文化功底，以其人之道还治其人之身，霸气地回击了公厕管理员的种族歧视。

坐上马车奔驰在蓝天白云下，汤生开心地用德语吟诵起来："我们的头上难道不是茫茫的苍天？我们的脚下岂非坚实可靠的大地？"这正是歌德借浮士德之口道出的独白呢！

如何使小汤生在原有的英语基础上来个质的飞跃呢？布朗的办法还是让他苦读、狂背欧洲经典名著，遂又搬出了英国著名宗教诗人弥尔顿六千五百多行的传世之作《失乐园》，要他把这部英语文学中最美丽的诗篇之一倒背如流。这一关过后，布朗再搬来一叠厚厚的莎士比亚作品，告诉他：弥尔顿的精义你日后慢慢体会，他可以让你受用一辈子，咀嚼一辈子；从现在起，我们开始学莎士比亚。学莎士比亚就不必那么费力气了，你背后，我可以随时讲解。莎翁著作的精义，在于通达人情世故，这一点，一定要边读边思。

有了背《浮士德》和《失乐园》的经验和积累，莎士比亚的戏剧，小汤生至少半个月完成一本。到后来，进度加快，有时两礼拜可以背熟两三本。很快，莎士比亚的三十七部戏剧，全部输入了他的脑袋里。弥尔顿穷且益坚，不屈不挠，《失乐园》里高歌长啸表现出来的向往自由和光明的澎湃热情、犀利辩才，给年少的小汤生留下深刻印象。而莎士比亚反映现实生活，在展示无情现实的是是非非中，却时时充满了激情，催人奋发。

小汤生的英文算是可以了，今后可以按照自己的兴趣来看英文著作了。但且慢，布朗告诉他，有一部英文著作——卡莱尔的《法国革命史》，切不可忽略，当随时拿起慢慢看。

小汤生才看几段，感到晦涩难懂，请求换下。布朗没有答应，耐心地说：知识的获得是个痛苦的过程，我当年没经受得住这个痛苦，当了逃兵，成为一辈子的遗憾，希望你能战胜我。小汤生嗫嚅道：我害怕有一天也会像义父那样当逃兵的。布朗笑道：放心，你逃不出我的掌心，我这辈子最后的任务就是培养你成才，监督你，我的办法再简单不过，就是把我父亲以前训练我的那套方法用在你身上。

《法国革命史》背到第三天，小汤生哭了，这是前所未有的。不是因感动，而是为书中复杂的语法和难以记住的长句。一句话，散文体史书不如戏剧好背。布朗得知小汤生每天背三页后，吃了一惊：汤生，你背得太多了，每天读一页或半页就行了，要熟不要快，快而不熟，等于没学。他调侃地安慰汤生：你哭吧，等你眼泪哭够数，你的学习就够数了。

在为小汤生安排语言教育的同时，布朗一刻也没放松充实他的科学基础知识，不仅亲自教他数学，还高薪聘请苏格兰最好的老师住在家里，教他数理化，为此还专门在家开设了科学实验室，并进行数种语言的教学。盛世难逢，名师难遇，名师选中了奇徒，也是奇徒遇到了名师。

师承卡莱尔

汤生14岁那年，齐头并进完成义父为他开设的各种课程后，被送到爱丁堡城外的港口城市利斯学院学习两年，学籍姓名填的是：Hong Beng Kaw。1873年，16岁的他顺利考入英国古老的名牌大学——爱丁堡大学，专攻西方文学，入学注册登记号为541。

开学之际，布朗带他去拜访一位神秘的老人——爱丁堡大学名誉校长，英国著名作家、历史学家、社会批评家托马斯·卡莱尔。卡莱尔是爱丁堡大学的校友，是布朗父亲的同乡好友，晚年定居伦敦，偶回苏格兰老家和爱丁堡大学走走。

以《法国革命史》《论英雄、英雄崇拜和历史上的英雄事迹》等书名扬欧洲的卡莱尔虽已白发苍苍，背驼眼花，但蓝色的眸子里依然充满着火一样的激情，年届七旬还深孚众望，击败英国首相当选为爱丁堡大学史上第二任名誉校长。得知这位来自东方的少年早就能熟背自己的著作，卡莱尔甚为意外，说：真不敢想象你能全文背下《法国革命史》一书，我相信，全世界也只有你一个人能背下它。汤生说是拜义父教诲所赐，布朗笑告，还是泪水让汤生长了记性。

因为布朗父子的关系，卡莱尔也把来自东方的汤生看作自己的孙辈，一见面就说了通交心的话：孩子，你是一位中国人，来自于我心目中的伟大东方古国，我要告诉你的是，现在的世界，已经走上了一条错误的道路，人的行径、社会组织、典章文物，都是错误的。人类的一线光明，就是你们中国的民主思想。可叹的是，民主思想在中国始终没能实现。传到欧洲后，虽然掀起了法国大革命，但不过像划了一根火柴，一阵风吹来，又灭了。因此，今天的欧洲，也不过是徒有民主制度，而没有民主精神。社会主义、共产主义，通过革命，一定会成功。革命越艰难，成功越伟大，社会越进步，这是世界发展的规律，谁也阻挡不住。所以我又写《法国革命史》，把法国革命的真实情况原原本本地写出，给人们作个参考，使后来的革命者少走错误的道路。

卡莱尔的一番话，直听得汤生神思飞越。老哲人针对现代资本主义社会强烈的批判精神，矛盾而复杂的思想，犀利的词锋，像血液般汩汩注入了汤生的灵魂深处。

汤生顺利进入爱丁堡大学文学院就读后，布朗如释重负，这才带着妻子及两个女儿重返槟榔屿，那里的产业太需要他了！汤生今后该怎么办，布朗绞尽脑汁，事先为他制订了一个又一个魔鬼般的计划，还委托亲人代为指导和监督。

在爱丁堡大学，汤生这尾来自东方的小鱼，自由自在地遨游于西方文化的大海，经过西方学术的武装，受一代大师卡莱尔的启发，栖息到浪漫主义的文学海岛之上。浪漫主义的本质特征，是从各种角度来否定和批判发展中的资本主义近代文明，反对资产阶级庸俗、卑鄙、无聊的生活情趣，抨击近代西方贫富悬殊、人性异化的社会现象，痛斥机械哲学与拜金主义的无穷流毒。

卡莱尔、阿诺德、爱默生、罗斯金等人抨击资本主义的精辟格言，汤生烂熟于心。什么"金钱王国是人民贫困的根源"，"如今的西方是混乱加一条枪"，对年轻汤生的心灵造成了七级地震。而这些欧洲先贤们对中国儒家文明的热衷和赞赏，令他如痴似醉之余，内心不时涌动着一股渴望了解中国文明的急流。

汤生开始变得对中国前所未有地自信和坦然，特地给自己另取英文名：Amoy Ku（辜厦门），Tomson Amoy（厦门汤生）。虽然尚未明了具体的故乡在中国闽南哪里，却听说离厦门不远，厦门又是中英《南京条约》中被要求开放的中国五处通商口岸之一，名闻遐迩，以此地为自己命名，也正好表明自己是一个中国人，强化对故乡的特殊感情。当西方人虔诚地祷告基督，深情地献花给故去亲人时，汤生也想到了自己长眠故土的祖先。每逢中国重大传统节日，他一定要在房间里朝东方摆个祭台，敬上酒馔，遥祭祖先，以此表达他不忘本的诚心。

汤生还坚持学习希腊语、拉丁文等语种，刚开始困难重重，忍着眼泪咬着牙学下来后，竟然一通百通。旁人只看到他学得多、学得快，殊不知他是用眼泪换来的！有些人认为记忆力好坏是天生的，他却不敢苟同：人的记忆力确有优劣之分，但认为记忆力不能增加是错误的,要知人心愈用愈灵!

英国大学的假期不少,光长假就有圣诞假(冬假)、复活节假(春假)和暑假。一到这些假期,汤生就到伯明翰大学等院校,求学拜师。

1875年12月初,汤生利用假期,来到伦敦切尔西区寓所,参加被称为"切尔西圣哲"的精神导师卡莱尔的八十寿庆。卡莱尔热情地欢迎东方弟子的到来,在问及汤生的功课时,特别建议汤生应读《圣经》,并极力强调:这是一本崇高神圣的书,乃是人人必读之书;其道圣洁,其言信实,其文佳美。人类的命运如何,上帝对世人的旨意与作为如何,凡此人类切身重大的问题,自古至今,人类尚未解决,只有《圣经》能给答案,能令吾人平安,与神和好。

那天,在场的卡莱尔好友中,不少是英国名流,其中便有享誉欧洲的、集作家、美术评论家、建筑艺术家于一身的罗斯金。罗斯金顺着卡莱尔的话告诉汤生:好的教育,应该是不仅教人知道自己不知道的事情,而且教人做没有做过之事,造就有修养的文明人。罗斯金还自嘲所受教育一直是错误的,而且也是不幸的。汤生奇怪地问及原因,罗斯金答曰:工业资本主义社会过于丑恶,没有美,想想又说,绝对的丑陋是没有的。给汤生的感受是,大师很可爱,大师有点疯癫。

物以类聚,人以群分,现场的文人雅士多数都和卡莱尔一样,对中国和东方文化表示了亲切感。汤生捕捉到了这个信息后,问:各位先生为什么都觉得中国好,是因为我在场吗?罗斯金答这是上帝所赐予的人类情感，继而反问，那你又为何这么亲近"切尔西圣哲"（卡莱尔）？汤生脱口而出：孔子曰"仁者人也，亲亲为大"。

结合布朗和卡莱尔等老师的教诲，汤生知道，欲了解西方文化，必读《圣经》，否则无法读懂西方公元以后之书；而要想知道一点西方哲学，少不了要读柏拉图、亚里士多德、笛卡尔、狄德罗、培根、康德、黑格尔，不读他们的书也读不懂别人的哲学书。同样的道理，只有读了荷马史诗、歌德《浮士德》、但丁《神曲》、巴尔扎克《人间喜剧》、托尔斯泰《战争与和平》，对茫无边际的西方文学才会有认识……

汤生就像田野里的一株百合，深深扎根于知识的土壤，汲取最丰厚的营养，开出最美妙的花朵。1877年春，20岁的汤生摘取了爱丁堡大学文学硕士的桂冠。这个令学子们梦寐以求的学位，却也让人望而却步，因为要想获得它，必须通过拉丁语和希腊语两门古语考试，以及数学、形而上学、道德哲学、自然哲学和修辞学等众多科目的学习和考试。

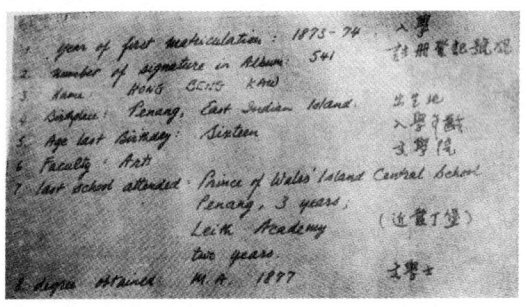

辜鸿铭在爱丁堡大学留学时的档案

汤生专门前往伦敦，向精神导师卡莱尔报告。卡莱尔欣喜地拥抱了他，当众说：我在爱丁堡大学读了五年，也没有获得学位。汤生该是爱丁堡大学历史上第一个获得文学硕士的中国人，值得我为你骄傲。

临别之际，卡莱尔拉住汤生的手说：孩子，你是一位中国人，来自我心目中伟大的东方古国，你回到那里后，请代我向你的祖国致意。

游学欧洲，大器早成

根据布朗事先安排，汤生又到德国柏林学科学，考入已有400多年历史的莱比锡大学，获得土木工程文凭，继而转攻哲学博士。

不久，汤生又去了巴黎，学习优雅的法语，进一步了解西方的世故人情。布朗返槟榔屿前就曾毫无保留地告诉过他：伦敦、巴黎、华盛顿是世界上最大的强盗大本营，什么皇帝、皇后、总统都想着掠夺世界的资财，奴役世界的人民。

最是出奇的一招，汤生还被匪夷所思地安排租住在一位法国贵妇的豪宅里。寝室、书房和客厅各一间，汤生感觉不太妥当，主人却庄重地说：你义父早就说了，你不是一般的留学生，是一位学者，一位绅士，一位中国的贵族——救世者！汤生有些傻眼了，原来竟是义父事先安排好的。主人还说：你义父嘱咐我帮助你了解人生，择机介绍客人和你会见，请勿拒绝。这位贵妇的英、德文都不错,还想学希腊文、拉丁语。汤生在巴黎大学游学之余,便做她的业余教师。出入贵妇府上的都是法兰西有头有脸的人物,当他意外地从介绍人那里得知贵妇竟是巴黎名妓时,再次傻了眼。介绍人却说:你义父说了,这些女人对那些风云人物的了解,可能比任何人都多些。看过那些衣冠楚楚的正人君子拜倒在石榴裙下的嘴脸,你才能更彻底地了解人世百相。

义父的良苦用心,令汤生备为感动。在这位高级交际花的后庭园,他得以观察那些大腹便便脑满肠肥的部长大臣将军巨贾们的千姿百态,看到了他们用权势和金钱营造的世上最为精彩的表演。在巴黎的日子久了,汤生吃惊地发现,卡莱尔《法国革命史》笔下的巴黎已荡然无存,早已被脂粉和香水泡得发腻,变得忧郁、颓废、野蛮,变成全世界最著名的染坊。他慨叹没有真理,对科学深感悲观失望,认为科学越进步,战争越残酷,杀人越多。巴黎拥有世界上最先进的科学技术和最发达的物质文明,却不能使他看到社会的前途。

巴黎大学有一位教授是卡莱尔的朋友,也是中国文化的拥趸,专门介绍汤生读法译的中国文学经典《愚公移山》和《桃花源记》,还说:生于忧患死于安乐,我们不能光陶醉于桃花源的思想,更要有愚公移山的精神。他和汤生交流起来,有时三言两语,有时千言万语。

使汤生颇觉收获的是,在法国,不时可以阅读到汉学家们介绍中国的文章。英国汉学家翟理斯翻译的《聊斋志异》,他一口气便看完了，为中国文学的瑰美神奇所叹服。Tcheng Ki-tong用法文介绍中国风情、比较中西文化的文章，他也特别爱看，并且很为这些文字自豪：火药、印刷术、指南针，都是中国人的发明，除此之外，还有丝和瓷器，这些无疑是中华民族历史上灿烂辉煌的发明。这一切都足以使中国跻身于文明国家之列。看这口吻，无疑是个中国作者。经探知才知，这位经常出没于欧洲上层社会沙龙、在各种场合作有关中国讲座、极得法国文坛赞许的中国作者，名叫陈季同，是中国驻法参赞。

辜鸿铭忍不住就前往使馆慕名拜访陈季同，这才知道，陈季同竟是故乡福建人，两人一谈就是一整天。经陈季同介绍，汤生还认识了一位正在法国公费留学的中国官员马建忠（兼中国驻法公使馆法文翻译）。

离开法国，汤生又赴意大利、奥地利等地游学。不管在哪，只要是清明、中秋等中国传统节日，他便要在房间摆好供桌，置三牲，举香遥祭祖先。一天，房东老太看到他那副几叩几拜口中念念有词的样子，忍不住取笑：我说小伙子你可真笨，你的祖先什么时候能来享受这些大鱼大肉呢？汤生立马回敬：应该就在你家先人闻到你们孝敬的鲜花花香之前吧！对那些自以为是，不尊重其他民族习惯的西洋佬，汤生的舌辩天赋，结合着天生的幽默感，发挥得淋漓尽致。兴之所至，他还引经据典，张口就是一段卡莱尔的语录："不管是中国皇帝还是他的三亿臣民，每年都要去扫他们祖先的墓，这是他们的主要仪式。孤独地站在墓前，无言相对，胸中或是对他们的崇拜，或是其他思想，头顶是神圣而静穆的天空，脚底是神圣而寂静的墓群……"

数年间穿梭于爱丁堡、伯明翰、莱比锡、柏林、巴黎等城市的著名学府，汤生凭着自己的天才和勤奋，获得了包括文、理、工、哲等多科的十余项文凭、学位，已成为一位学识渊博、满腹经纶、能言善辩、笔走飞鸿、大器早成的青年学者。

孤儿东返

1879年，西装革履、留着中分头、一副洋博士派头的汤生回到了苏格兰，才得知不仅亲生父母在他留学期间先后去世，义父布朗也在回到槟榔屿后病故，却为了不耽误他的学业，都瞒了下来。

汤生还看到了布朗立下的、经英国—威尔士亲王岛—新加坡—马六甲之间来回传递的司法法院盖章的遗嘱。他的名字在遗嘱里和布朗的子女在一起，明确他每年可以领取150英镑，一直到成年为止，还可以在布朗死后一次性获得400英镑。这个金额，可以让汤生过得相当不错，因为布朗的亲生儿子一次性获得的遗产不过3000英镑，女儿则每年只能领取70英镑。这笔慷慨的金额，无疑超越了普通赞助人的关系。

汤生回到阔别十几年的槟城，还真是物是人非了，最悲怆的莫过于父母、义父竟都成了作古之人。他含泪把出国前父亲让带的针线恭恭敬敬地放在父母合葬的墓地，连磕数个响头，算是理解了"子欲孝而亲不待"的无奈。

他向义父的遗像献花。谁也没料到，布朗从英国返回槟榔屿一年多后，积劳成疾，生了一场重病，医治无效而逝。1875年5月30日，《槟城日报》大篇幅刊登了其葬礼情形，并称：

> 我们在此宣布福布斯·司各特·布朗先生于星期四逝世的噩耗，这对我们来说是一个沉痛的职责。他的去世是槟榔屿不可弥补的损失。眼下槟榔屿正在悲悼它失去了它的社会生活和政治生活的领袖。昨天海滩路所有商行均闭门歇业，领事馆顶上的旗帜及港口里不同国家的旗帜均下半旗向这位可敬的已故绅士致意。槟榔屿共同体所有阶层的人们参加了昨晚举行的葬礼。

布朗自知大限将至，还和家人商议如何帮助汤生完成学业，并口述了一封给汤生的信。信是这样写的：汤生，我的孩子，你看到这封信时，肯定已经学成回到了槟榔屿，我深感欣慰。你在英国学的是文史哲学及社会学，按照我和你爷爷的规划，你在德国学的该是科学，如此，欧洲之学可谓已通。你还是要找机会回到你的祖国去，回去后，再把中国的经典著作学深学透，然后，将中西文明融会贯通，给人类指出一条光明的大道，让人能过人的生活。汤生，你要知道，现在欧洲各国和美国都已经变成野兽国家，他们仗恃轮船、火车、枪炮，杀人放火，疯狂地侵略他国。你的祖国中国，正被放到砧板上，恶狠狠的侵略者正操起屠刀，准备分而食之。我有你的聪明，甘愿作一个学者，拯救人类，不作一个百万富翁，只造福自己。约翰逊博士说过，卓绝的智慧禀赋，才是至高无上的福祉。每一个国家的声誉，都建筑在国内学者的成就与尊严上面。

汤生这才知道义父让他到欧洲求学的目的，就是为了给自己安上一副具有透视能力的西洋镜，会通中西，日后担起强化中国、教化欧美的重任。他不但是自己的义父，还是自己的恩公、启蒙老师！汤生情真意切地刚道一句"尊敬的义父大人"，就已热泪盈眶，哽咽难语。他按中国礼节连磕几个响头，直把头皮磕出血来。

一时间，父亲、母亲、义父，自己生命中几个最重要的亲人都走了，槟榔屿仿佛空了！汤生的心好像空了！槟城的辜氏家族看起来枝繁叶茂，却因了辜礼欢时代的嫡系与庶出之别，其槟城正室、吉打偏房所生儿女分成槟榔屿家支和吉打家支，一代代下来，彼此隔阂加深、往来不多，四代之后，关系清淡。槟榔屿家支兴旺发达，汤生所在的吉打家支却显得水波不兴，尤其在胞兄辜鸿德拿着祖先分配的一笔钱回到中国后，更显门庭冷落。胞兄离开槟城，很大程度也是被郁闷所逼，想着到更大的天地透口气。人微而言轻，这也是布朗多有关心辜紫云一脉的情之所在。

汤生想着回遥远的中国，选择福建作为他与故土初识的地方。那里有他的兄长、唯一在世的亲人辜鸿德。这个比他大14岁的哥哥很有个性，1864年，在大批福建人下南洋时，他却逆向而行回到故国,并很快就在家乡省城福州创立了怡兴洋行。

汤生于1879年底在福州见到哥哥时,哥哥在福州已经经营了十五年之久,曾参与东南亚著名佛刹涌泉寺与西禅寺的修葺捐建,两处古刹的落款处都署有"槟榔屿弟子""槟榔屿信士辜鸿德"之名。

怡兴洋行与福州城三山之一的乌石山相去不远,与孔子在历史的天空中相互辉映的宋代大儒朱熹曾在乌石山讲学,以虎门销烟掀开中国近代史一页的林则徐也在故乡这座名山流连忘返过,文人雅士多有题刻,使其成为中国一处有名的碑林。但让汤生记下这次福州之行的,并非名山古刹,而是清末一声历史的浩叹。

1878年,这里爆发了轰动一时的乌石山教案。英国传教士擅自在乌石山筑室传教,与福州绅民产生矛盾,最终酿成绅民焚毁英国神学书院的冲突,惹起一场涉外官司。汤生来福州时,乌石山教案已接近尾声,耳闻目睹让他备感震惊。如果说,从踏上五口通商口岸占其二的福建故土开始,汤生身为中国人的意识就已觉醒

辜鸿铭归国之初的照片

的话，那么，乌石山教案引发的这次中英冲突，更是刺激了这位看起来像是一位英国绅士的海外华人对自身文化归属的反思。

愤怒出诗人，一时还不会说中国官话的海外赤子，很快就写了一首英文诗，宣泄愤怒，痛斥传教士不符合基督徒身份的种种作为。诗的最后写道：

>……
>We want no priests to help us in our need,
>Priests we have shaven and unshaven both;
>We want no mumblings of an outworn creed,
>But science we want and knowledge for our growth,
>And Rulers with unselfish hearts and just,
>To sweep you from our land as whirlwind sweepeth dust.
>（我们不指望有所需要时牧师能提供帮助，
>可刮光脸的和胡子拉碴的牧师都来了；
>我们不需要陈腐宗教叽叽歪歪的信条，
>慧明之科学，益智之光明，才是我们的渴望，
>还需要那些公正无私的统治者，
>将你们驱逐出我们的国土，猛如旋风扫尘土。）

尚不清楚母国和母国文化究竟如何的汤生，却也决心像胞兄那样认祖归宗，对自己英国人的身份来个自我驱逐，寻找一

切机会拥抱中国身份,让自己变回中国人。

他把诗寄给了 HongKong Daily Express(《香港日报》)。这是他第一次投稿,署名是 A Young Chinese(一个年轻的中国人)。很快,身处英殖民地香港的这家报纸,发表了他为祖国呐喊的处女作。

重回南洋后,汤生在已成槟城巨商、工部局委员的族兄辜尚达劝说下,接受了英国殖民政府的任命,前往新加坡,任职辅政司。

父亲的希望,义父恩公的教诲,大师卡莱尔深邃的言论,以及大不列颠和法兰西图书馆里名人学者的大部头著作,虽然都曾伴随着辜汤生的成长,滋润着他的思想,但却似乎还缺一根能燃起他立即做中国人的导火线,或者还少一个为他开启登入中华故国大门的向导。他在等待机会,等待命运之神那沉重而有力的"咚咚"叩门声。

晤谈中坚定报效祖国的信念

1881年秋天,大清帝国派往南洋与英国殖民当局交涉的官员到了新加坡。汤生得知消息,怀着好奇之心,立即前去该官员下榻的 Strand Hotel(海滨宾馆)拜访,看个究竟。没想到这一去,改变了他日后的生活和命运。

两人对视间,竟都有些傻眼。原来这位官员正是辜鸿铭在法国巴黎大学时有过一面之缘的马建忠。

马建忠已不是个等闲人物。他幼年曾随兄长马相伯就读于上海天主教办的徐汇公学,受西方影响,抛弃科举道路,致力于西学研究。入修道院后,却以中外修士待遇不平而愤然退出。1876年被李鸿章选派赴法留学,兼任驻法公使郭嵩焘的翻译。在法期间,有以白种人自傲者,马建忠必折之使服。他事事都要超过白人,不但学业要争第一,连付房租之类小事,都要同白人争个高低。这虽使他的房东太太气得发昏,却使国内的中堂大人乐得拍手,认为马建忠替华人挣足了面子。仅用三年时间,马建忠就获得巴黎大学博士学位。回国后入李鸿章幕,很快成其肱股心腹,帮办洋务,清廷将其列名为二品衔的驻外使馆候选人。这次奉派出访印度,领负劝说英印政府阻止鸦片走私的秘密外交使命,于回国途中经新加坡调查马六甲海峡一线鸦片运转加工情形。看着马建忠身穿大清官服,气宇轩昂,举手投足俨然正宗的中国学者派头,汤生骤然间感到了一种难以言状的震慑力。

两人分宾主就座后,马建忠让下人奉上一杯清香的中国茶,然后听汤生讲家世、求学欧洲的经历和学问心得。马建忠见这位和自己曾同在法国巴黎大学留学的青年满腹洋学问,思维敏捷,辩才通达,内心已有惺惺相惜之意,又见他求教态度恳切,遂也不谦让,给他指点起学习中国文化的门径来。有限的汉语水平,使汤生说话不仅发音不正确,而且文法欠通,一整句的话经常说错,于是干脆一半英语一半法语地和他谈论起来,这样倒也省力。

渐入正题后，马建忠即以博大精深的中国传统文化多方引导汤生。他说：中华文化历经数千年的积淀，精深博大，非一朝一夕所能成就。其巍巍乎高山、汪汪乎海洋，然铸就其精髓的，不外儒道两家，是故得首先抓住这两大经脉，弄通了之后，就能触类旁通。最切实的办法，还是直接生活在中国人当中，做一名中国百姓。只有化作民众海洋中的一滴水，你才会是中华文化的一分子。中国人的生活本身便是生动鲜活的文化表现。

汤生端正身子听得入迷，犹如迷途已久的旅人在茫茫荒漠中见到了绿洲。他把马建忠的话尽皆装入耳里：春秋战国时的诸子百家就不要说了，两千年来，他们个个炳如日月星辰，光彩照人。在弥尔顿出世前，我们已经有过屈原，也有过李白杜甫韩愈苏东坡；在莎士比亚时代，我们也可以找出关汉卿、汤显祖来与他比肩；至于卡莱尔，我们的司马迁哪点逊色于他？

论说西洋文学，汤生旁征博引，口若悬河，绝不落后于人，但中国文学的知识于他却几近为零。在这之前，他实际上只读过英国汉学家翟理斯博士翻译的《聊斋志异》。可马建忠却点评《聊斋》只是纯粹的文学故事，并不是中国真正意义上的文学，唐宋八大家的文章才是上上品！他一点也不玄虚，更不夸夸其谈，那如数家珍的介绍，使汤生更了解到中国文化的博大精深，比起阅读大不列颠和法兰西图书馆的收藏，和在卡莱尔门下耳食肤受的皮毛来，不知要精彩多少。

悠然间，天色暗了下来，不远处，海风把星星挂上了窗帘。想想以前，汤生几时感觉时间这般紧促，就是当初倾听卡莱尔也不过如此，但礼貌使他起身告退，眼神里却蕴含着不舍。马建忠看在眼里，莞尔一笑道：没关系，你可在旅馆跟我一道用膳，晚上再谈。

马建忠的礼遇，使汤生感动之余，迅速引用了卡莱尔《中央王国》的一段话："礼是中国人所有思想观念的集中体现。在我看来，中国可以贡献给世界的最合适、最完美的专著就是《礼记》。中国人的感情靠礼来满足，他们的职责靠礼来实现，他们的善恶靠礼来评判，人与人之间自然的关系靠礼来维系。总而言之，这是一个由礼来控制的民族，每个人都作为道德的、政治的和宗教的人而存在，受家庭、社会和宗教等多重关系的制约。"

马建忠笑了，他说：卡莱尔将礼译为 ceremony，我认为不太准确。ceremony 的意义太过贫乏，而礼不仅指人的外在品行，还包括支配所有真正的礼仪和礼貌的正确原则。

第二天，谈话还未休止。望着中国仆人把中国的茶倒在中国的杯里，汤生于味觉、嗅觉、视觉、感觉、幻觉交混中，只觉一缕远非咖啡豆的清香里飘浮起东方古国。想着茶叶初到外国，那些外国人常把整磅的茶叶放在一锅子水里煮，到水烧开，泼了水，加上胡椒和盐，专吃那叶子的笑话，汤生便觉够玩味，心想，不一样的茶叶片长出不一样的文化。他那略具洋人风采的鼻子闻着谁都可以闻见的茶味，而内心深处那滋味，却比茶水更为醇醇，沉在一把被称作 china 的瓷壶里。眼前这位大清官员的话，凝固成一块巨大的磁铁，不费吹灰之力便将他这个大活人给吸引了过来。在他的思想餐桌上，新端上来的这碟中国菜，最是色香味四溢，也最合自己的口味，远胜所有的洋菜、洋汤和洋点心。

马建忠想汤生在欧洲成长，对洋人社会定有深刻认识，而在中国，社会组织建立于一种平静与和谐的特性之上，不论是孔孟思想、道家思想或佛教思想，还是中国书法、绘画、戏剧、建筑、庭园、服饰、饮食等，无一不在阐释这种和谐平静的美感，并且它们本身就是人们陶冶性情，修养身心的娱乐。于是他开宗明义，旁征博引地大谈中国人的心灵、理想、德行、社会、政治、艺术、文学，句句挑动了汤生那待拨的心弦。一时间，汤生蕴于心房内的中国情，前所未有地被马建忠美妙的谈论给唤起了。

爱才心切的马建忠，有感于国内通洋文者不达汉文，通汉文者又不达洋文的窘境，欲为国求精通洋语洋文兼善华文者，如今见眼前这位青年堪称俊秀，自然不想放过，少不了一番推心置腹，以彻底打动说服他：自鸦片战争后，西欧诸国仗着先进的兵器对我国大肆侵略，为所欲为，肆意摧毁。我们留洋，就是要看西洋人凭什么可以到处横行，从一个新的角度，看看中国人到底什么地方不行了，然后再设法疗治，使我们的民族老而弥壮，使我们的国家自立于世。我们要像慈母保护爱子一样守护着中国，使我们的民族虽老大而不死。你也是中国人，像你这样的人才，与其楚材晋用，倒不如楚弓楚得，将所学献给祖国。可你为何还要保留着 an imitation western man（假洋鬼子样)？

这个词如当头棒喝，令汤生羞愧难当。猛然间，他久闭的心扉被马建忠强有力的言辞给撞开了！

第三个晚上，两人再次促膝倾谈。马建忠的高谈阔论，就像一股强大无以复加的电流，把汤生骨髓里的弦都拨动了。精深博大的中国文化，才是自己的归宿呀！汤生对回到中国人群之中、报效祖国、拥抱中国文化急不可待，大有刻不容缓之势。

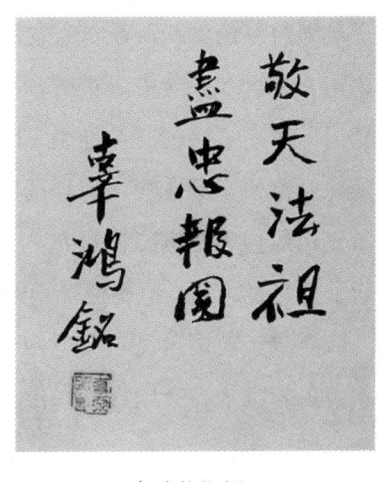

辜鸿铭题词

送别马建忠的翌日，汤生即向殖民当局提出辞呈。还没等到答复，也不想提前拿点薪水，他就乘坐第一班汽船回到槟榔屿老家，大声告诉堂兄也即辜氏家族族长辜尚达，说自己愿意蓄辫和改穿中国衣服，做个中国人。这辜尚达年长辜鸿铭两轮，同系甲必丹辜礼欢的曾孙，此际因最先取得新加坡的烟酒饷码合约而成槟城首富和名流，任工部局委员，并荣膺太平局绅。他在槟城旧关仔角兴建的富丽堂皇的豪宅，也因英国维多利亚女王的王子爱丁堡公爵造访和下榻而命名为爱丁堡厦。他原本希望这位爱丁堡大学毕业的堂弟能留在殖民地政府，好互相照应，但见这位个性迥异于他人的堂弟如此坚决，也就听之随之了。

无巧不成书。不久后,一支由英国人组成的探险队,途经槟榔屿,准备到中国,前往缅甸曼德勒,要在这里招一名中文译员随行。汤生跃跃欲试,这样既能重回祖国怀抱,游历华南山川,还可在探险中走进并深入了解中国,当即不惜屈就。受聘后即来辜家宗祠所在地爱丁堡厦,上香告知列祖列宗。汤生随队到广州,经桂林,转赴昆明,一路领略中华山川之美,了解民情风俗,倒也轻松自在,有惊无险。只是探险队不纯的动机、辱华的言论,迫使他半途毁约,转赴香港而居。

香港经英国殖民当局近四十年的统治,已成为英国人经营东方的根据地,英国人在中国搜集的资料和情报,以及西方人的反映,都在这个弹丸之地汇集。这里的居民仍以中国人为主,同槟榔屿的环境相似,精通英文的汤生在这里如鱼得水,既有利于研究中国文化,也有利于关注中国局势和世界动向。在港期间,汤生一面补习传统语文,苦读儒家经典,一面大量浏览西方汉学著作。青年天才升堂入室,窥其奥妙,进德修业至猛,很快写就平生第一篇有关中国的论文《中国学》,在概述西方19世纪以来的汉学发展情况后,也严厉批评西方汉学家们的治学态度和学术不足。

文章在上海英文报纸《字林西报》连载后,一位法国留学时的学友、受聘为上海轮船招商局做事的非洲人向汤生传话,该局监督马建忠曾谈及他,并极想见他。他乃兴冲冲地赶到上海,按约造访马建忠。不巧,马建忠正忙于商务谈判,让人转告在外等了多时的辜鸿铭改天再来。辜鸿铭失落中顿时有了一种被戏弄的感觉，在苏格兰受到某种骄傲熏染的他，告诉门房，如果马先生想见我，就请他到我住的旅馆来。

等了两天，马建忠仍没来，汤生失望中不免少年气傲，干脆转赴福建，寻踪祭祖。这段小住，让他了解到包括纳妾在内的中国不同于他国的风俗习惯，进而产生了写作《中国人的家庭生活》向洋人介绍并为中国辩护的冲动。在这篇署名"Kaw, Hong Beng"，由著名英文报纸《北华捷报》于1884年1月分上下篇连载的文章中，辜鸿铭奉劝欧美人须善意地了解和认知中国人的社会生活、婚姻制度、历史文化和妇人地位，切勿鲁莽轻率地对一个民族和文化下道德判断。

在福建期间，他还随处旁听私塾课。《大学》里有段话吸引了他，"汤之《盘铭》曰：'苟日新，日日新，又日新'"。经讲解，汤生弄懂了其意，这是商汤王刻在洗脸或沐浴的器皿上的铭文，意思是说如果能够做到一天新，就应该保持天天新，新了还要更新。精神上的洗礼，品德上的修炼，思想上的改造，何尝不是要除

辜鸿铭在北京大学英文门任教授（1917年）

旧更新，不间断地更新再更新？汤生联想到基督的每日忏悔，决意要使自己废旧图新，追求中国精神，并使之完美。有感于此，他依自己名字的闽南发音正式选中了两个汉字：鸿铭。"鸿"者，大之意，胞兄鸿德大名中亦有此字；"铭"者，乃盘铭也。商汤王在器皿上刻写的警句铭文，汤生将之放大，刻在心中，成为座右铭。对照这个中国新名，汤生又定好了自己今后决心常用的西文名字：Ku Hung Ming。

这之后，汤生这个名字就成了亲朋好友间的昵称，他像脱胎换骨般，慢慢就以字行世了。

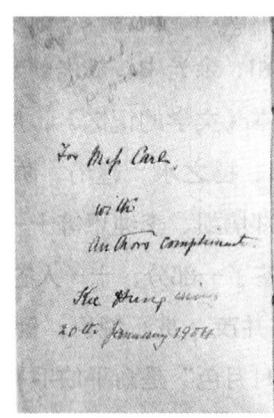

辜鸿铭签赠本

庄希泉：南洋往事与中国色彩

1949年10月28日晚，在新加坡怡和轩，陈嘉庚和他领导的《南侨日报》欢送庄希泉回国担任中央人民政府华侨事务委员会副主任委员，出席人员有包括新加坡中华总商会主席李光前在内的各界侨贤200余人。此行，庄希泉担任中共中央特使，受命来南洋邀请陈嘉庚回国。庄希泉讲话时，呼吁众人"在国内向毛主席看齐，在海外向陈嘉庚先生看齐"。

庄希泉自认识陈嘉庚以来，就以陈嘉庚为精神标杆，一辈子如是。他们是中华侨界光彩夺目的双子星。

与陈嘉庚惺惺相惜

庄希泉祖籍福建安溪，出生在厦门。他和陈嘉庚一样，说一口纯正的闽南话，也是十七八岁离家，跟着父亲学商；所不同的，他去的是十里洋场的大上海。

辛亥革命后,庄希泉受上海军政府委派,率南洋募饷队,前往革命基础好的南洋各埠,向华侨商界劝募股份。第一站先到新加坡。在他少年时期的家庭教师、启蒙老师,此时担任新加坡崇正学校校长的陈观波的穿针引线下,庄希泉来到百万富翁俱乐部怡和轩,见到了仰慕已久、曾以巨款资助辛亥革命的新加坡商会董事长陈嘉庚。庄希泉后来回忆:"就在这次筹饷过程中,我和陈嘉庚先生因是同乡,过从更密。"

陈嘉庚是同盟会会员,对孙中山领导的革命贡献殊多,在庄希泉到来前,陈嘉庚已发动当地华侨为光复后成立的福建军政府汇去数十万元,帮助新政权渡过了财政难关。听了庄希泉的筹饷计划,陈嘉庚想,庄希泉一个个跑点,效果可能不太明显,干脆由自己出面,把新加坡华侨商界的一些头面人物请到怡和轩来,当面听庄希泉介绍情况。陈嘉庚亲自坐镇,再加上庄希泉慷慨激昂的演讲,新加坡募饷取得成功。庄希泉还在返国之前加入了南洋的中国同盟会,从组织上成为一名真正的民主革命战士。

1912年,孙中山辞去临时大总统职务,转而研究实业建国计划。建设自然离不开资金,为此孙中山设想创建具有国家银行性质的中华实业银行,孙自任名誉总董,庄希泉与宋教仁、伍廷芳、陈其美、于右任等一道当选为上海组的筹备员。1913年2月初,庄希泉跟随中华实业银行筹备主任沈缦云,再次踏上赴南洋招股筹款的征程。不到3个月,即成功募股600万元,提前超额完成了海外招股的任务。认股足额,沈缦云回国,庄希泉则留在新加坡打理后续事宜。庄希泉回国不久,国内政治局势遽变,城头变幻大王旗,沈缦云也被袁世凯的人毒死。于是,庄希泉决定把革命的舞台搭向海外,到南洋创业。

庄希泉选择新加坡,不仅因为新加坡是南洋华侨爱国进步活动的中心,新加坡华人上层社会成员主要是福建籍侨商,还因为那里有他结识的许多朋友,如陈楚楠、陈寿民等,更有陈嘉庚。他后来称,当年血气方刚的自己,决心效法陈嘉庚的爱国主义精神,"尽国民一份子之天职"。这是他向陈嘉庚看齐的第一步。

庄希泉能和已是南洋侨领的陈嘉庚成为挚友,后来成为橡胶大王、世界十大华人富商的李光前起到了重要作用。庄希泉第三次下南洋,很快就和陈楚楠、陈观波等人合股办起了中华国货公司。取名为"国货公司",表明了庄希泉等人办实业的宗旨,就是要专营中国货,抵制洋货,尤其是抵制已对中国存有巨大野心的日本的货品。

庄希泉经常往返上海、厦门和新加坡之间,进出货物,既当老板又兼伙计。在努力经营下,中华国货公司数月间就走上了正轨,庄希泉很快就成为后来居上的华侨富商。不少华侨子弟慕名来投奔,李光前就是其中一位。庄希泉慧眼识珠,不仅欣然同意李光前到中华国货公司发展,还替他给英殖民地的测量学校缴纳了一笔数额不菲的赔偿金。21岁的李光前担任庄希泉的英文秘书,悉心帮助庄希泉处理有关采办与交涉的事务,由此进入商界。

一年后，陈嘉庚轻车简从来到中华国货公司看望庄希泉，说"要求贤弟帮忙"，把李光前让给他。原来陈嘉庚在一次偶然接触中，发现李光前英文了得，处世有方，乃有意请他到自己的橡胶公司做事。李光前却一口谢绝，说"庄先生有恩于我，知恩图报是华人的传统，我岂能改换门庭"。陈嘉庚大为赏识李光前的才华和品性，于是直接来找庄希泉挖人。庄希泉虽然舍不得，但考虑到自己的业务已上轨道，陈嘉庚又求贤若渴，乃痛快地成人之美。

李光前进入陈嘉庚的谦益公司，负责橡胶出口业务，尽心尽力辅佐陈嘉庚叩开欧美橡胶市场。这一次跳槽成为李光前商业生涯的重要转机，从此他在南洋商界崭露头角。因为李光前的关系，陈嘉庚与庄希泉来往更密切了。得知庄希泉筹办南洋女校，陈嘉庚积极支持，特地将长女爱礼送到南洋女校就读。几年后，陈嘉庚招李光前为东床快婿，将长女爱礼下嫁。李光前自此成为陈氏事业的继承人，后来还成为南洋后起的华人领袖。

庄希泉、陈嘉庚与李光前之间这件知人善任和以友谊为重的往事，在南洋商界传为历史美谈。

祖国在心，教育救国

陈嘉庚长期旅居海外，看到南洋各地华侨子弟大多缺乏中国传统文化教育，甚为忧虑，认为长此以往，必然导致新一代华侨子弟祖国观念淡薄。于是他大力在南洋倡办华文学校，不惜为教育倾斥巨资。陈嘉庚的教育救国思想，对庄希泉影响很大，也使他因此成为南洋华侨女子教育之先驱。

庄希泉是怀抱实业救国的理想来南洋创业的，实业做大了，视野开阔了，认识也提高了，觉得仅靠实业来救国还不行，如果民智不开化、民气不提升，再好的实业也终究无济于事。就拿南洋来说，多数华侨文化水平不高，在异国谋生，深受其苦。一个念头在庄希泉心里跳跃：何不在南洋投资办教育？实业救国与教育救国齐步走！

庄希泉和公司合伙人陈楚楠、陈观波等人，合力筹办南洋女子学校，物色了来自苏州的知识女性余佩皋为校长。新加坡南洋女子学校（今南洋女子中学前身，简称"南洋女校"）开办时，新加坡社会还很保守，重男轻女严重，这使得学校初创时，入校学生不到百名。余佩皋富有远见地提出办附属小学，小学部也可招收男生，此外兼办两年制的简师班（即初级师范班），以培养具有初中程度的小学师资，更好地推动华侨教育的发展。学校声誉日隆，学生人数骤增。

庄希泉不仅大力支持余佩皋见识超群的主张，还提出可以从国内聘请进步教师。在南洋女校延聘的男老师中，有来自广西的陈寿民，有来自湖南长沙、参加过北伐战争的张国基（张是毛泽东的同学，曾加入毛泽东发起的新民学会，中华人民共和国成立后曾任第三届全国侨联主席）。男教员到女校，开了岛上所有女校的一代新风。在这些堪称惊人之举的背后，是南洋女校教学质量的进一步提高。陈嘉庚对庄希泉投资兴学育才之举大为赞赏。

1919年，庄希泉被正式推举为南洋女校总理（董事会主席）。不久，国内传来五四运动的消息。他马上组织南洋女校师生，上街游行示威，号召广大华侨声援国内爱国运动，南洋女校也成为海外最早响应五四运动的学校。华侨教育的蓬勃发展，华侨爱国意识的提高，引起了英属海峡殖民地政府的注意，他们视之为一个不稳定的信号。1921年1月12日，庄希泉被强行押上轮船，"永远驱逐出境"。

1922年初春，庄希泉携妇将雏回到厦门，开始了兴学之路。学校未建，名字倒先有了，名曰"厦南女子师范学校"，简称"厦南女学"。厦南者，厦门、南洋之谓也。

3月，正在新办厦门大学视察基建的陈嘉庚，特地前来看望庄希泉夫妇，支持他们把南洋女子学校办到厦门来，造福社会。陈嘉庚几年前把南洋的一大摊子交给胞弟陈敬贤后，原定此后在家乡专注教育事业，未料不过3年，陈敬贤就得了一场重病，无法支撑，48岁的陈嘉庚不得不第六次出洋，到新加坡主持营业。陈嘉庚的教育思想和良操美德，一直萦绕在庄希泉、余佩皋的心海里。庄希泉把回国后的奔走详情，以及创办厦南女学事宜，写成一份《致海外侨胞书》，寄往南洋，同时在上海《民国日报》刊登。这对为南洋侨众利益而不惜向殖民当局冒险犯禁的年轻夫妻，身在国内，却还惦记着南洋众多侨胞，情牵教育，这份情怀感动了南洋华侨，于是他们纷纷解囊相助厦南女学，还陆续把自家女儿送来就读。

5月1日，厦南女学正式创办，庄希泉任董事长，余佩皋任校长。不久改校名为"厦南女子中学"，简称"厦南女中"，并附设小学。厦南女中办学思想开放，倡导"德先生"和"赛先生"，提倡教育与救国、学习与实践相结合，号召男女平等、妇女解放，反对封建陋习和帝国主义欺压。这株植于鹭岛、浇灌着庄希泉夫妇和南洋华侨心血的深谷幽兰，一时香溢千里，远飘海外。

厦南女子中学第二宿舍

为抗日救亡和民族解放奔忙不止

庄希泉除了办学，还参加筹组国民党福建临时党部、筹备厦门外交协会等活动，领导厦门反日斗争，由此受到日本势力的跟踪。日本驻厦领事馆以庄父曾入日据时期的台湾籍为由，将他也视为日本臣民，而予以拘押，并押上开往台湾的船只。庄希泉在被强押进舱那刻，不顾武装宪警的阻拦，挣扎着面向前来送行的师生和群众，高声疾呼："各位同胞，我庄希泉和大家一样，是堂堂正正的中国人，不是日本臣民！我们要坚决与帝国主义丑恶势力斗争到底！"在台北监狱，庄希泉和蒋渭水等人结为挚友，继续与日本帝国主义作斗争。

1927年春，庄希泉以赴日本处理生意为由，在专人陪同（实为监视）下，坐上了一艘由台北经上海开往日本的轮船。当轮船驶进上海港加煤时，庄希泉以上厕所为名，客气地请两个同船监视的日本人帮助照看行李什物，而后快速冲下甲板，只身跳船上岸，潜入市区。两个监视者下船追截时，庄希泉早已消失得无影无踪。

两天后，上海《新闻报》上引人注目地刊登了一则署名庄海涵的启事，痛斥日本帝国主义的殖民政策，声明"我是中国人，并非日本籍民"。报纸声明栏之下，还印上了一枚写着"庄一中"的印章。庄希泉虎口逃生后，特地办理中国国籍并登报声明这一行动，既抗议了日本殖民当局的非法行径，表明了自己的心志——做一个有骨气的中国人，同时也暗示，只有一个中国，绝不承认将台湾划为他国。这枚珍贵印章至今仍完好地保存，这个名字此后也成了庄希泉的别名，中华人民共和国成立后，在干部登记表的"曾用名"一栏，庄希泉总要填上"庄一中"。

庄希泉会同妻子回到福建后，分别担任国民党省党部委员。不久，蒋介石发动政变，屠杀共产党员和革命群众，夫妻俩乃于1928年春节后同时登报宣布退出国民党，站在了拥共反蒋立场上。1930年，庄希泉接到同乡挚友王雨亭发自菲律宾的电报，于是带着堂弟庄惠泉一同前往菲律宾，在海外华侨中开展反蒋抗日工作。

庄希泉在菲律宾经营电影事业，渐有起色后又将经营范围扩展到中国香港、缅甸等地。经营电影的同时，庄希泉也没有放下上海的办学工作，经常仆仆风尘地往来于菲律宾和中国香港、上海之间。

全面抗战爆发后，庄希泉在上海曾与人合计炸日本旗舰。上海"八一三"抗战期间，庄希泉组织募捐了大批的食品、衣物和医药，并及时运送到抗日阵地。他的儿子庄炎林也在上海参加童子军抗日战时服务团。上海沦陷后，庄希泉转至香港，参加主持闽台抗日救亡同志会和福建同乡会工作，一方面筹集经费，救济难民，一方面从事抗日文化宣传工作，

庄希泉

组织华侨回国参战。庄希泉曾向八路军驻香港办事处负责人之一连贯提出入党申请,连贯说:"我们党早就注意你了!你这些年革命很坚决,所做的工作也很有成效,完全够入党的条件。但你现在是社会知名人士,又擅长经商,留在党外对我们更有好处。一来你可继续扩大社会影响,在外围帮助建立全民抗日统一战线,二来还可在经济上帮助革命。"庄希泉愉快地接受党的安排,为抗日救亡事业奔忙不止。

"特使"面邀陈嘉庚回国

1948年底,庄希泉刚从新加坡到香港,就接到接替连贯负责联络华侨、开展统战工作的中共中央香港分局工委书记饶彰风传达的特殊使命。原来,中共中央预邀请陈嘉庚北上参政,决定派一位党内和陈嘉庚均信得过的人作特使,专程前往新加坡面邀。经香港地下党组织推荐,周恩来决定派庄希泉为中央特使。

庄希泉直飞新加坡,很快就在怡和轩见到了陈嘉庚,转达了中共中央的盛意。其时,陈嘉庚已年届76,虽然为了国家前途命运他可以像廉颇那样不惜奋力一搏,但要让他接受荣誉和勋章,以他谦逊的性格,也因确实存在的诸多不便(如年事已高、不熟悉政治、不通国语),有所犹豫自是可以理解。庄希泉深知陈嘉庚的脾性,不急不慢地说:"嘉庚先生过虑了,你多年来苦心奋斗,所为者何?无非为国家独立、政治民主、人民安康。今新政府成立在即,不能不赖有嘉庚先生之功劳。中央政府邀请先生北上,实为理所当然。再者,世上国语不通者何止先生一人,但其交往生活依然,嘉庚先生又何以之为难处?嘉庚先生虽然七十有六,但何来老态,古有'老骥伏枥,志在千里'之说,何况嘉庚先生一生心系国家,这份情感无法割舍,壮心又岂能输过古人!"

因是多年朋友,陈嘉庚也不加隐讳:"我北上敬贺不打紧,这边当局会不会因此为难、加害我的家人,影响他们在南洋的事业?"庄希泉说:"这不要紧,你尽管回去,事先发表个声明,不是你要回去的,而是国内邀请的,盛情难却。这样殖民当局要考虑到各方面的影响,顾及与新中国的关系,不致采取不理智的做法。你先回去,我暂时留下,帮你打理一些事,你可放心走。"听庄希泉这么一说,陈嘉庚顾虑尽消,决定接受邀请回国。

庄希泉马上电告正在香港等候消息的饶彰风,饶彰风迅速向中央作了汇报。为表诚意,不久,中共中央即以毛泽东个人名义,向陈嘉庚正式发电邀请北上参加新政协。陈嘉庚和庄希泉商议一番后,致电毛泽东,表示"回国敬贺"。继陈嘉庚安全回到祖国后,11月25日晚,庄希泉携南洋华侨赠送的绣有"中华人民共和国万岁"的锦旗,乘飞机回国赴任。他在香港停留一段时间后,前往广州,与正在此考察的陈嘉庚见面。已当选为中央人民政府委员、全国政协常委(后为全国政协副主席)、中央人民政府华侨事务委员会(简称"中侨委")委员的陈嘉庚，一反过去不苟言笑的常态，第一句话就是："希泉老弟，中国得救了，一个强大的新中国已经出现，从此以后，中国再不受帝国主义列强欺凌了，海外侨胞也可以抬起头来了！"

开国之初，庄希泉担任副主任的中侨委，在安置归侨、维护华侨权益、组织华侨参与祖国建设等方面，取得了有目共睹的诸多成绩。但作为政府机构，中侨委也有某些工作不便开展，由是，庄希泉和陈嘉庚、何香凝等侨界人士商量，认为有必要组建一个民间性质的全国华侨社团。

1956年6月，中华全国归国华侨联合会（简称"全国侨联"）筹备委员会成立，陈嘉庚为筹委会主任委员，庄希泉为副主任委员。经三个多月的筹备，10月5日至12日，第一次全国归国华侨代表大会在北京举行。

1956年，庄希泉与陈嘉庚（中）、庄明理（右）在中南海漫步畅谈

在全国侨联，庄希泉与陈嘉庚接触颇为密切，并共同倡办华侨博物院。1959年，陈嘉庚去广西考察侨情，庄希泉专门陪同，兼作翻译。此时陈嘉庚已癌症侵身。1961年春，陈嘉庚来北京治疗期间，庄

希泉经常前去探望。陈嘉庚的记忆已严重丧失，常常昏昏沉沉，甚至意识不清，唯独对台湾回归一事，耿耿于怀，让庄希泉万分感动。

1961年8月12日，陈嘉庚在北京医院逝世，享年88岁。庄希泉参加了以周恩来为主任委员的治丧委员会，和中侨委及全国侨联领导为陈嘉庚轮流守灵。此后，庄希泉代理全国侨联主席。原本就一心一意爱侨护侨的庄希泉，如今位居要津，在先贤精神的烛照下，更是日夜牵挂散居在海外各地的1300多万侨胞。凡是海外华侨归来，他总要想方设法出面接见，把四海风云揽入心中，努力将爱国统一战线扩大到海外有华侨居住的地方。

1978年3月，九旬高龄的庄希泉当选为全国政协副主席。12月，当选为全国侨联主席。庄希泉的这两次当选，在海内外引起强烈反响。1982年9月，庄希泉出席中共十二大不久，为党描绘的美好前景而振奋，心潮澎湃，又想到了他的政治归宿，乃于12月18日写了一份入党申请书。因他是侨界有影响的人物，又是国

1982年，95岁的庄希泉宣誓加入中国共产党

家领导人,他的入党申请送中共中央审批。不过两个星期,中共中央书记处批准庄希泉为中国共产党正式党员(无须预备期)。时任中央政治局委员、书记处书记的习仲勋还批示,庄希泉同志的入党宣誓要在年前举行,并由新华社、《人民日报》播发。这样,庄希泉以95岁的耄耋高龄入党,成为中共历史上年龄最大的新党员。1982年12月30日,受中共中央委托主管侨界工作的政治局委员廖承志,代表中共中央宣布接收庄希泉为中共正式党员的决定,并作他的入党监誓人。

1988年5月14日,庄希泉走完了一个世纪的奋斗人生之路,在北京医院安详地离开人世,享年100岁。此前,他留给祖国和海内外同胞最后的话是:"我最大的遗憾,就是没有看到祖国统一……希望诸君努力啊……"

余佩皋：女界中铮铮人物

开南洋华侨女子教育先河

余佩皋，1888年6月15日出生于姑苏城里的一个书香世家。父亲余夔卿因不屑仕途，在家乡兴办学馆、医馆，教书育人，悬壶济世。余佩皋在家中排行老三，天资聪颖，好胜心强，年少即走出闺阁，就学于父亲任教的苏州振吴女子学校。一入校门她便毅然放足，扔掉"三寸弓鞋"，勤于求学。1907年只身到北京，考入京师女子师范学堂。毕业翌年，在辛亥革命洪流的激荡下，她怀着一腔热血，远赴广西桂林执教于省立女子师范学校，并担任校长，开始探索提高女子教育之路。

1915年，她不辞辛苦南渡荷属婆罗洲（今印度尼西亚加里曼丹岛），开创华侨教育事业，担任婆罗洲山口洋中华学校校长。这个号称世界第三大岛的地方不仅偏远，而且经济落后、文化不振、交通不便，余佩皋无法施展办学才华，1917年辗转到新加坡发展，在这里巧遇了怀抱实业救国、教育救国理想的同盟会会员庄希泉。

庄希泉在新加坡创办中华国货公司并担任总经理两年后，深感南洋华侨多数深受"青眜牛"（文盲）之苦，决心在南洋英属马来半岛（包括新加坡、马六甲、槟榔屿）投资办教育，实业救国与教育救国齐步走。此议得到同盟会南洋分会会长陈楚楠和侨领陈观波等人的赞同。陈楚楠还道及1906年3月孙中山来新加坡时，曾对他提及，历次革命新加坡始终没有女性参加，乃因新加坡女子极少受过教育的缘故。庄希泉认同孙中山的看法，表明自己的态度：一是要办女子学校，二是要塑造具有革命思想的人。庄希泉在筹办南洋女校、物色校长人选时，知识女性余佩皋成了他心目中担任校长的不二人选。余佩皋也的确不负庄希泉所望，提出诸多创举。由于办学思想明确、教学方式灵活，学校声誉日隆。

尽管如此，但由于学校经费较为吃紧，且部分家长思想守旧，常有女生退学现象。为此，庄希泉和余佩皋不得不经常家访做工作。对经济实在困难的，学校为实践女子教育开放的宗旨，亦设法为其减免学费。当时流传着这样一句话："南洋女子学校请老师来教书，也请学生来读书。"

作为南洋女子教育的先驱人物，庄希泉和余佩皋本可进一步发展他们的理想教育，但很快，从祖国传来了五四运动的消息。

坚决反击英殖民政府

为了支持五四运动，庄希泉和余佩皋组织南洋女校师生上街游行示威，号召广大华侨声援国内的爱国运动，南洋女校成为海外最早响应五四运动的学校。在他们的鼓动下，不少华侨学校也纷纷组织游行活动。英属殖民政府将其视为一个不稳定的信号，一个意在摧残华侨教育事业的阴谋处于酝酿中。

1920年5月，英属殖民政府议政局抛出精心炮制的《海峡殖民教育条例草案》，对华侨教育施加种种无理苛刻的限制，广大华侨激愤不已。庄希泉仔细阅读后，一针见血地指出："这个条例一旦施行，必置侨校于死地。"他们决心联合广大华侨共同反对教育条例的实施。7月3日晚，由庄希泉发起成立英属华侨学务维持处，将南洋教育界全体同人结成一个团体，同时请各埠各界商会加入，以"英属华侨不受1920年教育条例请愿团"为名向殖民政府提交请愿书。反苛例斗争一开始，被推为英属华侨学务维持处干事、请愿理由书汉文部编辑的余佩皋，赶写了《条例说明书》，号召爱国侨胞坚持斗争。庄希泉看后大加赞扬，把它作为英属华侨学务维持处成立后的第一号印刷品，印发数万份，分寄南洋群岛。

这场声势浩大、席卷南洋的"争人格，反苛例"的抗暴斗争，让殖民当局大为恐慌，命令华民政务司调查此事。7月24日晚，庄希泉送余佩皋回住所后，被在家门口等候的殖民政府五六位"督牌"捕捉拘押。华侨声势浩大的抗议活动，没能阻止殖民政府的一意孤行。9月初，在殖民总督的授意下，立法议政局悍然通过教育条例；司法局还宣判庄希泉和陈寿民为危险分子，欲将他们驱逐出境。消息传出，华侨各界气愤至极，纷纷指责殖民当局的无理行径。新加坡工商学界联名致书殖民当局，要求保释庄希泉、陈寿民。余佩皋还提议通过祖国政府的途径，向殖民当局提出交涉。9月12日，各代表联名向中华民国外交部、教育部致电，详细讲明情况，请求援助。同时亦向中华民国外交部驻新加坡总领事馆致函，余佩皋等华侨学务维持处的代表怀着一线希望，请求总领事伍璜出面交涉。

联名保释和请求祖国政府交涉均无结果，难道眼睁睁看着庄希泉、陈寿民被驱逐出境？余佩皋等人几次与议政局交涉，对殖民政府的蛮横和霸道愤懑不已。庄希泉、陈寿民被移送到殖民当局最大的监狱——西朗敏监狱后，为了探监方便，余佩皋毅然以庄希泉未婚妻的名义前往探视。听余佩皋详细说完这些天来外界发生的情况后，庄希泉嘱托余佩皋回去咨询律师，看殖民当局的法律究竟对驱逐出境有何规定。余佩皋马上找到一位颇有名望的律师，发现殖民当局有违法嫌疑。原来，殖民政府总督有驱逐外国人出境的特权不假，但问题在于，凡是被宣判出境的，拘留时间不许超过两周，两周内遇有便船，即应让被驱者乘船回国。余佩皋立即在探监时将这一信息告诉庄希泉。庄希泉说，他们已被无理逾期拘押了七个多星期，总督违法显而易见，必须打一场官司，要告总督违法，就是倾家荡产也要打，要让他们懂得尊重华侨的人格和尊严！

结果毫无悬念，一审败诉。庄希泉昂首走出法庭后，愤然向新加坡的报刊发表言论，称华侨绝不是注定要受人欺凌，他们要提起上诉，要把官司打到伦敦。诸报报道后，舆论大哗，震惊伦敦，英国枢密院（最高法院）下令复审该案。

10月11日，这场官司移至殖民政府高等审判庭进行审判。作为原告方，庄希泉和陈寿民做了充分准备，并聘请了辩护律师。而被告方，作为当事人的总督自是不会来的，但按照英国法律，总督又不能拒绝，因此委派了一位下属出席，一同来的还有三位律师。双方律师一番唇枪舌剑后，主审法官为了维护法律的效力，据实宣布总督有违法之嫌，庄希泉和陈寿民胜诉，于当日无罪释放。堂堂殖民政府总督竟被告败，喜讯传来，大长广大华侨的志气。而庄希泉一出狱，就马上投入主持反对教育条例实施的工作。

新娘子火线求援

爱情的红丝线，在这些患难与共的日子里，日益系紧庄希泉和余佩皋两颗漂泊的心。11月7日上午，新加坡同德书报社装扮一新，热闹非凡，一场特别的婚礼在此举行。说其特别，因为这场婚礼一不办酒席，二不拜天地，三不披婚纱穿礼服。甚至，连结婚也不说，只说是茶会。

这等惊世骇俗的举措，在封建气息尚浓的新加坡，却意外得到广大华侨的理解和称赞。当日到场者足有2000来人，挤得只能容纳几百人的大礼堂"爆棚"，后到者连立足之地都没有。这对堪称南洋女子教育先驱的夫妻，以不同凡响的婚礼，表示了对旧制度的反叛，对时代新风尚的倡导，在南洋侨界被传为美谈。

婚后10天，已成殖民当局眼中钉、肉中刺的庄希泉，再次被关进了西朗敏监狱。华侨学务维持处紧急召开代表会

余佩皋与庄希泉结婚照

议，决定推举余佩皋为华侨代表回国，直接向中华民国政府请求援助。

余佩皋只身坐船回国求助，几经周折，始于1921年1月下旬得到外交总长颜惠庆面见之邀。余佩皋已了解到颜惠庆也是祖籍厦门的江苏人，见面后便直奔主题，提出请求：速电南洋殖民地政府，请其暂缓施行该条例。余佩皋炽热的爱国情感，让颜惠庆大受感动。在此期间，京沪各报一直仗义执言，舆论呼吁，10天内就发出近30篇消息和评论。面对强大的舆论压力，北洋政府外交部、教育部先后正式向英国驻北京公使提出交涉，并电告驻新加坡总领事伍璜，要求他出面与殖民当局交

涉，使对方考虑实情，撤销学校注册条例。

回到上海，时值春节，余佩皋见到了日夜牵挂的庄希泉。余佩皋走后，殖民当局指使陈姓华侨控告庄希泉"欺诈"财物并展开调查，又借机将他拘捕55天。在狱中，庄希泉巧妙地与殖民当局周旋，并延请律师就陈姓华侨控告事件展开调查，搜集证据。正待对簿公堂时，自知节亏的陈姓华侨突然撤诉，庄希泉"欺诈"案水落石出，高等审判庭宣布此案注销。1921年1月11日诉讼案一结束，殖民当局便于次日下午3点强行将庄希泉"永远驱逐出境"。

夫妻故国重逢，为了督促北洋政府加大外交力度，这年3月初，庄希泉和余佩皋一同北上，向外交部、教育部递交了《归国请愿代表余佩皋上外交部、教育部条陈》及一说帖。随后，全国大小报纸先后刊登了有关此事的通电、通告和公函，各地学生团体成立的后援会，如雨后春笋般冒出来。这是继五四运动之后震惊全国的又一件大事。

在庄希泉、余佩皋夫妇等人的奔走下，舆论声援，群情鼎沸，无奈弱国无外交，英政

余佩皋和庄希泉在新加坡

府和殖民当局也不将北洋政府当一回事，那个苛例最终还是通过施行了。

庄希泉眼下无法踏足新加坡，回国请愿历时一年三个月的余佩皋又已身怀六甲，而且在殖民当局眼里也是不受欢迎之人，两人决定暂留上海。余佩皋随即致电南洋女校，辞去校长之职。因为著书、生子和经商而在上海蛰伏多时的庄希泉夫妇，怀着无以复加的对女子教育的情感，决定重整旗鼓，在自己的国土上继续办学，让女子教育发扬光大，为唤醒民智、推动社会风气好转尽绵薄之力。

1922年5月1日，厦南女学的校牌正式挂起。庄希泉任董事长，余佩皋任校长。学校的课程很丰富，除国文、算术、物理、健身等课外，还定时开展歌舞、戏剧活动，推广国语。学校成立伊始，就别具一格，领风气之先，吸引不少进步教师前来应聘。岛内外不少家长把女儿送来就学，原先在日本人所办学校就读的中国女生，也纷纷转来这里。不久，厦南女学改名为厦南女子中学（简称"厦南女中"），并附设小学。浇灌着庄希泉夫妇和南洋华侨心血的厦南女中，一时誉满厦门。

夫妻双双退出国民党

1924年初，国民党一大结束后，庄希泉和余佩皋受邀加入国民党，并参加国民党福建临时省党部的筹建，双双被推选为执行委员，庄希泉主要负责经济工作，余佩皋负责妇女工作。

翌年4月，国民党福建临时省党部筹备处为了纪念孙中山、培养革命青年，在鼓浪屿创办中山学校。有着丰富办学经验的庄希泉、余佩皋参加了学校董事会，中山学校后来成为第一次大革命时期国共两党在厦门的重要活动场所。

1925年5月，日本资本家枪杀中国工人顾正红（共产党员）、英国巡捕血腥屠杀请愿民众的五卅惨案发生后，庄希泉、余佩皋夫妇参加了厦门国民外交后援会，组织厦门各界大规模游行，继而发起厦门外交协会，将不合作运动坚持到底。7月，庄希泉被日本领事馆囚禁，随后被押往台湾，被判处六个月监禁。余佩皋设法营救未果，只得留在厦门，继续为组织工人罢工、抵制英、日货而奔走。帝国主义势力和地方反动势力对她深为忌恨，国民党右派也认定她是"共党分子"。阴云四起，余佩皋仍无所畏惧，坚持斗争。一天她从外面开会回来，刚进厦南女中二楼卧室，就听到外面响起狗吠声。她机警地掀起窗帘的一角向外看，只见一群军警端着上了刺刀的步枪正欲闯入厦南女中。正在这时，庄希泉在厦南女中读书的一个妹妹匆匆跑上楼来，边跑边喊："嫂子快走！他们来抓共产党，要抓你。"余佩皋镇静而迅速地换好衣服，侧身转到后门，翻过虎头山逃了出去。

余佩皋毫不畏惧，在一位友人家避了几天后，又出来活动，出席各种抗日集会，发表演说，被人们称为"奇女子""女界之丈夫"。反动军警惮于民愤众怒，不敢在公开场合对她动手，但暗算计划一刻也没有消停过。一日晚，余佩皋参加完集会回家，快到学校时突然看见不远处的树林里有几个人鬼鬼祟祟向外张望，她感觉不妙，立即快速冲进学校，身后传来几声枪响。学校众老师听到门口的枪声，立即围过来保护余佩皋，有人闻到了烧焦味，细看余佩皋的衣袖，有块地方被撕开了一个口子，子弹显然是穿衣袖而过！

1927年3月下旬，从台湾成功"逃脱"的庄希泉和余佩皋在福州重逢。不久后，国民党右派叛变革命。庄希泉、余佩皋清醒地认识到国民党已违背初衷，从革命的领导者沦为革命的对象了。1928年春节过后，夫妻俩毅然登报宣布：为抗议蒋汪反革命政权，自即日起退出国民党。

回到上海后，庄希泉继续经营庄春成商号，这样既可在暗中继续为革命做事，又可维持厦南女中的正常运转。继而，余佩皋在上海开办强华小学。学校开办不久，风声日紧，余佩皋随庄希泉南渡菲律宾。1929年夫妻俩再回上海，加入抗日救亡运动。

1930年10月，庄希泉受同乡挚友王雨亭邀请，携余佩皋抵菲律宾马尼拉，创

余佩皋

办以反蒋抗日为宗旨的《前驱日报》。1932年淞沪抗战的消息传到马尼拉,庄希泉、余佩皋马上和李清泉等爱国侨领一起,发动旅菲华侨踊跃捐款捐物。1933年初,余佩皋留在国内从事教育,也继续投身抗日反蒋宣传活动。

"侨界女丈夫"英年早逝

1934年夏,余佩皋得了一种罕见的怪病,继两脚失去知觉后,渐次蔓延至腹部、胸部,最后完全麻痹。在死亡面前,她镇静而达观,坚决不同意儿子从厦门来见最后一面。在她看来,死亡就像要去一个很远的地方。她只要把一切安排好,便可从容而去。9月12日下午1时,余佩皋溘然长逝,享年46岁。

余佩皋短暂的一生好比一出女侠式的悲壮话剧。在反帝、反封建斗争中,在创办华侨教育、女子教育事业中,在妇女解放运动中,她作为先驱者之一,殚精竭虑地贡献了全部智慧、才华和精力,堪称妇女楷模、华侨楷模、教育界楷模。她英年早逝后,各方称赞她"爱国爱群,至死不衰",不愧为"侨界女丈夫""女界中铮铮人物"。

庄希泉、余寿浩等亲人遵照余佩皋的生前遗嘱,将其遗体捐献给上海红十字医院用于医学研究。这是余佩皋为社会做的最后一次贡献。在那个思想相当保守的旧时代,实为惊人之举。

余佩皋既逝,庄希泉沿着妻子的足迹,继续在海内外投身民族解放事业,成为继陈嘉庚之后的一代侨领。1982年12月

30日,经中共中央书记处讨论,特批95岁的庄希泉为中共正式党员。他说这也是妻子余佩皋的愿望。

2006年6月中旬,在新加坡召开的同盟会新加坡分会成立一百周年纪念大会上,新加坡总理李显龙接见了应邀与会的庄希泉之子庄炎林,特别谈及,自己当年曾在南洋女校附设的南洋小学就读。

(摘自林玉涵主编,钟兆云、易向农执笔《父子侨领——庄希泉、庄炎林世纪传奇》,人民出版社2007年版)

萨镇冰："随波逐流"和特立独行

> 萨镇冰先生，永远是我崇拜的对象，从六七岁的时候，我就常常听见父亲说："中国海军的模范军人，萨镇冰一人而已。"从那时起，我总是注意听受他的一言一行，我所耳闻目见的关于他的一切，无不增加我对他的敬慕。
>
> ——冰心《记萨镇冰先生》

一个古老的民族在半殖民地半封建社会的水深火热中阅尽人间沧桑，尊严在支离破碎的格局中渺如草芥。人有人格，国有国格，国格必由众多仁人志士的人格鼎力相撑。乱世出英雄，一个声音，一个思索，一个抉择，都显出千姿百态，不同凡响。澎湃成潮，潮涌史河。萨镇冰，这个中国近代海军之霸，一生一世在海上"随波逐流"却又特立独行，锻造了一段风云际会的峥嵘岁月。走近萨镇冰，就是走近一部宏博的中国近代史。

名门之后，踏浪逐波

清咸丰九年（1859年），中国正在深深地思考如何抵制英法联军的侵略。在迷失和彷徨中，东方古国的文明正一步步被侮辱，民族的尊严被践踏到底，这里的子民每天都可能被噩梦惊醒，尽头却遥遥无期。历史的画卷，从来是精彩纷呈的，这边有毁灭，那边便有新生。萨镇冰便是在这一年出生于福州澳桥（今福州鼓楼区东大路附近）萨氏家族的。

萨镇冰的名字源于母亲阵痛前所做的一个梦：一望无际的海中，远山如黛，海鸥自由飞翔，蓝天下棉花般的云朵随风飘荡。这时，海浪突然热烈地翻滚，在一浪一浪的涨潮中，一个穿着红肚兜的红孩儿踩着水轮奔来。在孩子的父亲萨怡臣看来，这个梦境，岂不暗示着自己的孩子未来要以一股锐气行走于如水如冰的世间，延续祖上的胆魄镇住不平的海波，乃为其取名"镇冰"。

萨家儿女向来有气势磅礴的本色。萨家是色目人，其祖上曾辅佐蒙古族建立元朝，得到元世祖忽必烈的重用。包括元朝诗人萨都剌、明朝礼部侍郎萨都琦等在内的萨氏家族人才辈出，丰功伟业不断，热血的风范一代代传承不竭。萨镇冰，这个从现实和梦境交织中的东海之滨走来，以鼎铭为字号的人，似乎注定要与大海结缘，在历史上铭刻下一个有分量的印迹。

1869年，10岁的萨镇冰考入中国第一所近代海军学校——

福州马尾船政学堂。就读期间，陆续结识了严复、邓世昌、刘步蟾、方伯谦、许寿山、林永升、林泰曾、吕瀚等人。他们无一不是历史舞台上陆续登场的慷慨悲歌之士，一生搏浪，靖海克难，奏响了一章气势恢宏的保家卫国之曲。

四年后，萨镇冰以第一名的优异成绩毕业，短暂的练船实习后，被分配到用作台海巡防的"海东云"兵舰当见习二副。如何摆脱晕船，如何进行海战，都是他这个新人必须一道道攻克的难关。第一次战斗，萨镇冰参与指挥得当，剿灭海匪、捣毁匪窝不说，还保舰上无一伤亡。初露锋芒，萨镇冰被记大功并正式荣升为二副。此后，这个初出茅庐的少年更让人眼前一亮，逐渐成为一个不可思议的存在。前面是海，后面是海，天地之间，大海衬托出了他的价值和人生的精彩。

1875年，年满16岁的萨镇冰被调往"扬武"舰，任少尉职。这是当时中国最大的兵舰，几经周折成为培养水师的练船。能上此舰，无上光荣。令人惊喜的是，他在舰上遇见了严复、刘步蟾等同窗挚友，并有幸代表大清国出访各地。那段日子，乘风破浪，龙旗飘飘；披星戴月，轰轰烈烈。他们风雨无阻地造访南洋、日本、朝鲜等地，世界繁花满目，广大侨胞一片深情厚谊。看到海外赤子对祖国故土的拳拳之心，他们感动中，油然而生民族自豪感；而听闻清政府签订了一系列丧权辱国条约，西方列强耀武扬威的情形，则不禁义愤填膺。无论走到天涯海角，祖国永远是割舍不断的脐带一端，母亲受了伤，儿女同样难受！为了能洗雪国耻，大家更加坚定了学好船政、建好水师、振兴中华之决心。

师夷长技不制夷，悲痛中寻找出路

1876年，出访结束后，萨镇冰得以放假回到福州家中小住，并应父母之命、媒妁之言，娶妻陈氏，移居朱紫坊22号。

一家人其乐融融、共享天伦的日子没过多久，闽浙总督衙门、福州将军衙门和福州船政局联合发来了喜报，称：蒙朝廷恩准，遣派萨镇冰等水师人员赴英学习，为期三年，元宵过后即行出洋。闻此消息，萨家一片喜气洋洋。秀才出身的萨怡臣作联"家有健儿驰海上，国御顽夷赖栋梁"，激励儿子自强。

同去英国的有叶祖珪、严复、刘步蟾、林永升、林颖启、方伯谦等诸多萨镇冰在船政学堂的好友，他们成为了清廷派出的第一批海军留学生，踏着波涛越过重洋，来到了英国格林威治皇家海军学院。经历过工业革命的英国，是当时世界屈指可数的强国，拥有世界上最强大的海军。格林威治皇家海军学院是全球数一数二的海军军官摇篮，门槛高，自然门缝里瞧人，中国在西方人眼里是"东亚病夫"，是三寸金莲、法堂刑具、鬼怪神佛等落后于世界的封建残物的象征。萨镇冰愤慨之外，唯有珍惜这次难得的机会向世界证明中国。西方列强对中国的侵略莫不来自海上，作为海军留学人员，他们能不砥砺发奋，"师夷之长技以制夷"?!

英国皇家海军学院部分师生合影，1877年摄于英国伦敦格林威治海军学院。前排左九严复，左八叶祖珪，三排左八（叶背后第三人）萨镇冰

在校期间，萨镇冰重温了在国内船政学堂已学的驾驶，还花工夫涉猎了轮机、制造、司法等新鲜知识。正如抗日战争期间他在一次海军学校的演讲中回忆的那样："我对于所学各科知识格外重视。同时于课余之时细察当地人民的思想、风俗习惯，对华人之批判，以为将来回国服务时之借鉴。"拳拳报国心，大海能作证。因为成绩突出，萨镇冰得有机会前后登上英国"莫纳克"号、"恩延甫"号军舰实习，奔流于大西洋、印度洋等地，学习操防、布阵、迎战、电气、枪炮、水雷等战术技术。日复一日，年复一年，最终萨镇冰以名列前茅的优异成绩毕业，得到了"勤勉颖悟，历练甚精，堪充水师管驾之官"的评语。

1880年萨镇冰学成回国，先到南洋水师任驱逐舰"澄庆"号大副，继而调任天津水师学堂教习。天津水师学堂是晚清继福建船政学堂后创办的第二所培养海军军官的新式学校，由李鸿章为"开北方风气之先"所一手创办。

1884年8月，中法马江海战爆发。名义上要开风气之先的李鸿章，实则骨子里依然是守旧派，目光迷离，不敢得罪法国人，下令敌不动我不动。由于福建水师"无旨不得先行开炮，必待敌船开火，始准还击，违者虽胜尤斩"，不过半个小时，就被击毁兵舰11艘、运输舰19艘，700多名水师官兵沉于海底。在萨镇冰看来，这些与他血脉相连的水师官兵不是死在列强的炮弹下，而是灭于清政府的懦弱无能与愚昧无知，这样死得太冤枉、太不值了！当其他教习员依旧昏昏沉沉地为天津水师学堂卖命教习时，萨镇冰早已没了心思。特立独行的他坐立难安，一再请求上前线，保卫海疆。

春去秋来，整整两年，萨镇冰终于如愿以偿。1886年，他升任北洋海军"威远"练习舰管带，开始守卫那一片海。

甲午悲歌铭记一世

1894年5月，萨镇冰晋升副将衔，调任北洋海军精练左营游击。是年7月，中日关系愈加紧张，几乎每日都有紧急军情从前方传来。而彼时，慈禧"老佛爷"正忙于准备六十大寿庆典。对海军庞大经费觊觎许久的慈禧，采取"昆明湖换渤海"

的招数，把原本要放在海军方面的经费挪用到颐和园的修治工程上。宫内张灯结彩，宫外却战云密布。即便如此，慈禧太后的心从来没有向天下苍生倾斜过。

日本海军引爆甲午战争后，清军节节败退。1895年1月，威海卫之战打响，萨镇冰奉命率部增援渤海湾口的日岛。种种忧心，加上环境恶劣难忍，又过度劳累，他结结实实地病倒了，这是他为数不多的一次大病。远在福州的夫人陈氏竟也感应到了夫君的处境，千里迢迢，独自漂到威海卫探望。萨镇冰许久没有见过妻子，婚后十几年来，夫妻多为分居两地。这次她来，本该好好相聚，萨镇冰却生怕扰乱军心，而且海战随时触发，乃令夫人速离，不许登舰。夫人泣涕涟涟，官兵极力相劝，萨镇冰仍显出少有的决绝与无情，断然道："此地非同寻常，此时非同寻常，怎能允其登舰？告她当我已死，令其速回！"

1月底，日军集中攻打日岛，萨镇冰率部坚持抵抗了十多天。中方大势已去，他们的坚守并不能挽回什么，最后接到提督丁汝昌之命撤回刘公岛。由于李鸿章避战求和，陆上防备亦未加强，威海卫最后失守。海军提督丁汝昌宁死不降，自杀殉国。此次海战，北洋海军几乎全军覆灭，标志着洋务运动的失败。这是中国海军史上最黯淡的一页。继而，清政府签订了丧权辱国的《马关条约》，为中华民族带来了空前的灾难。

甲午一战，同出于马尾船政学堂的邓世昌、刘步蟾等壮烈殉国，萨镇冰也带队战到了最后一刻。他，和北洋海军残存的一批中高级军官，如叶祖珪、程璧光、刘冠雄等人何尝没想过自尽殉国,却都坚持活了下来,回到了陆地。也许在那个时刻,自尽在代表不屈时也包含了绝望,而忍辱地活,是为了把这种不屈传承下来,把这种绝望作为卧薪尝胆的观照,以图卷土重来。他们并非随波逐流地苟活,他们此后的生命,为清末重振海军以及民国时期的海军保留了血脉,将甲午之耻及雪耻之念传到了中国海军的魂魄里。

国难国殇接踵而至,萨镇冰一腔悲情横贯漫漫长夜。他也进入了人生中最黯淡的岁月,和北洋水师残存的海军官兵一样,遭革遣返乡。

梦里美满,梦外沧桑。这时朱紫坊内的深宅大院,已非他离开时那个美满幸福的家。母亲和父亲已先后撒手人寰,夫人从烟台垂泪而归后也染病不治。"穷达尽为身外事,升沉不改故人情",这是萨镇冰为海军好友谢葆璋(冰心之父)所写诗联,恰也是他的自励。念及夫人的好处与深情,萨镇冰终身再未续弦,鳏居近六十载。有人不解,他却道"天下若再有一个女子,和我夫人一样的我就娶"。

天地还在,而曾经的天伦之乐化为了烟尘,无数陈年旧事在这里掩埋,生活开始露出它的蛮荒。由于这些年他都在海上奔波,对陆上的一切已是陌生,囊空如洗,连自己的两个子女也无力抚养,为此不得不把他们托付给岳家。生活一片狼狈,他只好到官绅家庭当塾师挣钱糊口。

萨镇冰的心从来就在海上,不是四平八稳的陆地。这时,与福建一水之隔的台湾掀起了反割台斗争。萨镇冰恨自己空有一身本领却无力回天，恨不能立刻回到海上，和台湾同胞一同抵御日军侵略。他四处打探投军之路。这一探，居然把两江总督张之洞给探来了！1896年，张之洞礼聘萨镇冰担任吴淞炮台台官，继而又调他到自强军任帮统。

龙游浅水勿自弃。有的随波逐流，是为国为己留下有用之身，寻找能在沧海横流中展现英雄本色的那一天。沉浮之中，萨镇冰的世界还是那片海。

中国海军的萨镇冰时代

1898年，甲午海战后元气大伤的清廷做了许多革新的决定，其中之一便是重建海军，分头向英国、德国买下"海天""海圻""海容""海筹""海琛"共五艘海字号巡洋舰。这么多舰艇需要配备将领，大批海军官兵得以召回，清廷还开复了北洋海军副将叶祖珪的革职处分，委以水师统领。叶祖珪以萨镇冰学识、经验、为人远胜于己为由，推荐他来任此职。面对这位同乡、同僚，还是抵御外侮、保卫海疆、生死与共之挚友的美意，萨镇冰坚持不受。后来，在总理各国事务衙门效力的福州老乡郑孝胥也上折举荐，慈禧经查核，终于认定萨镇冰是个可放心的海军人才，下谕"副将衔补用参将萨镇冰著赏加总兵衔"。

1899年，萨镇冰重出江湖。先任"通济"练习舰管带，旋调任北洋海军帮统，翌年兼带"海圻"兵舰。"海圻"号排水量为4300吨，而其他海字号巡洋舰皆不过3000吨，此分量可见。

晚清的海陆皆不平静。1900年八国联军侵华,清廷在枪口下签订《辛丑条约》不说,议和大臣中竟有人提出将"海圻"等五艘南下参加东南互保未及参加北方战事的大型军舰出售,以示清国绝无对外备战之意,好让外国放心。萨镇冰闻讯,马上强烈反对,后经叶祖珪等爱国将领同声抗议,此提议才被废除。

国家要富强,海军很重要。此际,正是各国海军竞相发展之时,西方列强更是围绕"大舰巨炮"的理念,展开新一轮的军备竞赛。财力已被掏空的清政府,能有多少力量投资海军呢?萨镇冰一面力争,一面先从培养海军人才着手。从前的天津水师学堂已毁于兵燹,要培养海军人才,必须建立新的学堂。1900年,萨镇冰开始在烟台筹建水师学堂。鉴于天津水师学堂的前车之覆,他有意革新,打破旧制,亲自制订"开办水师学堂章程",并进行大胆改革,专门培养海军指挥军官。1906年,中国首次派遣海军学生赴日留学,烟台海校有24人入选,居全国各海军学校之首。随着办学规模的扩大,烟台海校正式命名为"烟台海军学堂",成为了全国海军的厚望所在,萨镇冰题写"才储作楫"四字以勉。

1905年,萨镇冰擢升广东水师提督。同年,总理南北洋海军,担负起重组北洋水师、复兴海军的重任。为了振奋国威、军心,聚拢海外侨胞对祖国的向心力,萨镇冰向清廷奏陈今后每年应派舰访问南洋各地抚慰侨胞,并于1908年亲率"海圻""海容"二舰前往新加坡、印尼、越南等地,为近代中国政府要员宣慰海外华侨开了个始端。朝花夕拾,岁月如流。萨镇冰的名字随着海浪冲荡了一个又一个地方,成为侨胞心中最亲切最熟悉的海军舰长。

1909年,51岁的萨镇冰被清廷任命为筹备海军大臣,旋又擢升为海军提督,名义上成为当朝海军的第一号人物。

萨镇冰统帅中国近代海军的时代开始后,他将心中酝酿已久的规划一一实施,

时任清总理南北洋海军兼广东水师提督的萨镇冰(1907年春节)

合并南北水师,建立统一的指挥系统,以及统一的官制、旗式、军服、号令。这是中国近代海军第一次实行的科学管理,萨镇冰的前卫与才华由此可见。之后,他对全国海疆实施了一次全面而详细的考察,对重要之处都做了认真的研究。这还不够,如何提升中国海军水平能力一直是他的心头大事。西方发达国家的海军更专业更系统,应该去国外走一走,学一学。于是,他带着清廷舰队走访欧洲,一路访了意大利、奥地利、德国、英国的海军学校和船厂等,并向意大利订购炮舰1艘,向奥地利订购驱逐舰1艘,向德国订购驱逐舰3艘、江防炮舰2艘,

向英国订购巡洋舰2艘。1910年，萨镇冰一行又出访美日，参观船厂及其他海军机构等，并向美国订购巡洋舰1艘，向日本订购炮舰2艘。在这两次计时半年的出访中，萨镇冰再次目睹了列强诸国的蒸蒸日上、发达强盛，而清朝仍抱残守缺，不求改革进取，他在扼腕中，给友人李国圭的信中如是叹息："旧染已深，时多牵肘，仍属徒有其义。"

抱怨中，他并没有加入满朝的文恬武嬉之列，仍然殚精竭虑，为这个百病缠身的国度提供必要的支撑。吸取过去几支水师各自为战、终致覆没的教训，他打破旧例，把40多艘舰艇按种类分为巡洋、长江两支舰队，以便集中指挥、统一行动。一路风雨兼程，海军每一个细节的惨淡经营中，都布满了萨镇冰的心血与力量，可见他振兴海军的信心与决心。

创新是民族的灵魂！在腐朽保守的清王朝内，萨镇冰一如既往地保持自己的特立独行，大胆地把自己的力量与风格渗透进中国海军，潜移默化中成为独领风骚的海军人物。中国近代海军在姗姗来迟中进入萨镇冰时代，耀然焕发没多久，便一头撞上风起云涌的革命风暴！

一片情怀为家国

1911年10月，武昌起义一声枪响，拉开了结束两百多年清王朝统治和两千多年封建帝制的帷幕，各省纷纷独立。清政府下令海军提督萨镇冰率舰队前往武汉江面炮轰起义军。

站在"楚有"炮舰上的萨镇冰，通过望远镜看到起义军和民众拼死抵抗清军的壮烈情景，不禁感慨地对身边的舰长朱声冈道："足见清廷失去民心久矣！"他内心深处掀起了一股难以平息的波澜，密令家住武昌的轮机兵刘伦发上岸了解起义详情，以作决断。在此期间，庞大的舰队在江面上打了几发炮弹后，便静静地停泊于江心，只是处于戒严状态。

湖广总督瑞澂逃到"楚豫"舰上后，多次要求海军炮击武昌城以及往来于长江江面的起义军船员，萨镇冰一次次地拒绝了。即使有时下令发炮，也只是做做姿态而已，炮弹不是射向天空，就是落于水面，避免义军和百姓伤亡。

海军消极厌战，各舰"与民军少有冲突""绝少开炮助战"，很大程度上影响了陆军的作战。英国驻汉口领事朱尔典看出了端倪，在给英国外交部的电文中明白写道："水师提督萨镇冰所统之舰队，自始至今，对于清军行为殊为淡漠。"

轮机兵刘伦发返舰后，向萨镇冰报告所了解到的起义目的，同时还带来革命军政府政事部长汤化龙（前湖北咨议局议长）写给胞弟汤芗铭（萨镇冰随行参谋副官）策反海军的函，其云："武昌起义，各地响应，正义事业，势在必成。望弟同海军袍泽早日反正，同立殊勋。"萨镇冰见后，并未对同船的汤芗铭有何防备。

不日，革命军政府都督黎元洪也差人给萨镇冰送来了密函。黎元洪早年在天津水师学堂就读时，与萨镇冰有师生之谊，其函称：吾师向来知道元洪为人一贯谨慎，这次起事，实是人心所向，经过再三考虑，乃接受此职。望吾师眼光看得远一些，与革命军合作。

萨镇冰是个明白人，历经末世，浮沉宦海，他对清廷的专制颠顸、官场的堕落腐败早有清醒的认识，情知要使国家强大，正需要武昌起义所提倡的争取民主共和。然而他心在"汉"，身却在"曹营"。面对朝廷的指示，身为海军提督并在袁世凯组阁后被任命为海军部长的他又无法拒绝。这真是个两难的处境，到底是"随波逐流"，还是"特立独行"，世受皇恩的萨镇冰实在不好拿捏，陷入了沉思。

几天后，黎元洪的密函又至，称"吾师救民，必不让华盛顿专美于前也。洪非为私事干求函丈，实为四万万同胞请命……"

以萨镇冰之智，已知新的政体必然诞生。此时他在军中地位，仅仅稍逊于同龄的袁世凯，其他如段祺瑞、吴佩孚、张作霖、曹锟等人均属后生小辈，倘若能如汤芗铭等人进言的那样，在清朝摇摇欲坠时率领革命军所稀罕的海军易帜，参与政权更迭，必将成为新朝的大功臣。他并非不明就里不识时务，却向来不是投机取巧之徒，固有的伦理道德，使他无法恩断义绝地反戈一击。在激流拍岸、时代激变中，他终于有了在别人看来也许是属于"另类"的选择："今老矣，不忍见无辜人民肝脑涂地，若长此迁延又无以对朝廷。君等皆青年，对于国家抱急进热诚，我受清廷厚恩，不能附和。今以舰队付君等，附南附北皆非所问，但求还我残躯以了余生。"

萨镇冰没有顺应时变登高一呼，而是出乎本心地跟着道德准则走，这是他的局限、历史的遗憾，但他没有逆流而动，以离舰引退向部曲暗示对改旗起义的默许。成人之美，功成不必在我，何尝不是一种隐忍的担当和英雄之举！他搭乘英商太古公司轮船赴沪后，麾下舰队陆续反正，几乎都投向了革命军。

1912年，清朝落幕，中国的共和时代开启。

1916年，黎元洪继任大总统后，曾拒绝袁世凯任命的萨镇冰出任海军临时总司令、海军总长。1918年，冯国璋成为大总统，萨镇冰入阁任海军总长。1919年，应总统徐世昌推举，萨镇冰暂代国务总理，次年再次出任海军总长。

在民国的纷争中，萨镇冰为海军订立了一个特殊令：海军是国家的海军，职责是保卫海疆，不参与陆上军阀的混战。这种近似软弱无为的态度，连同程璧光率驻沪海军南下追随孙中山参加护法运动时，萨镇冰曾受北洋政府之令前往阻止一事，常为后人诟病，却不知此中有无奈，也有智慧。不说海军无法像陆军那样拉枪杆子进山造反，没了中央财政支持就彻底玩完，而且海军正是由于这个信条，没有过多卷入是非难言的军阀混战中，其内部的

摄于1920年，时任海军总长

几次分裂（包括程璧光率舰南下）也都没有造成大规模火并，很大程度上保证了这支羸弱的军种始终存在，直至抗战才悲壮地沉舰于江阴封锁线上，为国防奉献了自己最后的力量。

一次次地"随波逐流"，也一次次地特立独行，萨镇冰以为自己的使命已完成，可以不再过问海军之事，颐养天年。1921年，他终于卸下了海军总长之职。但这个国家需要他，他还不能解甲归田。1922年，回到家乡的萨镇冰，又担任了福建省省长。

民国海军上将萨镇冰

萨镇冰在清政府和北洋政府里，军阶已到最高级，可是他当上大官后依然平易近人。他不在岸上享福，却常跟兵士住舰上，还把宝贝女儿许配给了水兵。他以"肃威将军"之尊转任地方后，积极改革官场陋习，要求官员平民化、廉洁奉公，并以身作则，不喝酒，不抽烟，步行上班办公，亲自接待老百姓，还以俸禄和卖字所得救济穷苦人家，被时人称为"平民省长"。在冰心的印象中，萨镇冰个人生活简朴，洋服从来没有上过身，也从未穿过皮棉衣服，平常总是布鞋布袜、呢袍呢马褂。纵其一生，萨镇冰的生活和行为都很平民化，这点在旧社会如凤毛麟角,即使在当下,亦属难能可贵。他最受人称道、最受人崇敬、最是模范处,也正在此。

在福建省省长任内,萨镇冰住在前清闽浙总督衙门,只留几间办公室,余者拆除,辟为马路,以利交通,人称"肃威路"。为发展经济,他倡导或捐款建路造桥不少。为感其恩,闽地百姓建"萨公岭"等以纪,至今仍保存完好。

特立独行,经一春是一春,历一秋是一秋。1926年12月,国民革命军北伐入闽,萨镇冰审时度势,宣布下野,并无任何对抗,对嗣后南京国民政府请他挂名海军部高等顾问的任命也并不热衷。只是看到战争让玉石俱焚,他想置身事外都不成,于是又挺身而出,忙着办理筹款赈济事宜。

福州南港兵灾严重,附近九十三乡一片焦土,百姓苦不堪言。于是,在1927年至1929年的整整三年间,萨镇冰与百姓一同住祠堂,睡公所,不分昼夜组织重建家园,还以"三山野老"的身份,先后发起了"福州兵灾救济会""南港兵灾善后会"等为难民筹集募捐。见到百姓的泪水,他没有抵抗力;见到百姓的悲惨,他心中不安。百姓没有居所,他要居所做什么!在哪里"路见不平",萨镇冰就去哪里"拔刀相助"。凭着一颗善心,扶贫济困,广造福祉。百姓以"萨菩萨""活菩萨"相称,为感念他的功德,建"萨公长寿亭"以兹纪念。这时候的萨镇冰已是七十古来稀的老人。

为民排忧解难,就是为国排忧解难。除了福州,福建还有许多地方也在灾难中挣扎。年迈的萨镇冰胸怀大爱,奔赴闽西、闽东，并在龙岩、霞浦、南平等地督导灾民建屋、铺路、修路、筑桥、筑堤、劝耕、施赈，一度四海为家。

心怀家国的萨镇冰一直没有停下脚步，他的特立独行和洁身自好，虽然无法改变时代与时局，很多时候似乎还在"随波逐流"，但关键时刻，他总有属于自己的神圣责任和担当，毅然挺立在时代的激流前弄潮。

英雄本色，后继有人

几度春秋几度泪，有甲午情结的萨镇冰，恨透了日本人。九一八事变后，日本人不时怀着敬意来问安，并馈赠厚礼，每每都被他骂回。为了表明心志，1933年，他毅然参加十九路军在福州成立的反蒋抗日的中华共和国人民革命政府，回归政坛，担任延建省省长。"闽变"失败在即，他动员国民党海军司令陈绍宽对渡江南撤的十九路军网开一面。闽海寇氛日炽，有人劝他搬到乡间避祸，他说，仅仅打算保得自己安全，是没有什么出息的，一定要做出一些爱国的事情才有意义。沧海横流，他向人们展现了英雄本色，壮心不已地组织爱国青年在福州城乡抗日，并准备从海军方面弄一批枪械接济。没料，此举刚开一个头，却因受蒋介石猜疑而作罢。

国共合作共举抗日大旗，振奋着萨镇冰那颗"廉颇不老"的雄心，毅然踏波涉浪，前往南洋宣慰侨胞，大力宣传抗日救国道理，劝募抗日物资。继而翻山越岭，历经四川、贵州、湖南、云南、广西、陕西、甘肃等地,宣传抗日救国。

1946年,被授予国军海军二级上将的萨镇冰回到故里,居住在福州中山路仁寿堂,此房是他80岁时由海军旧部陈兆锵等乡亲捐资建赠。

1948年,萨镇冰90诞辰,社会各界成立筹备会为他祝寿。他拍乘马照,自题"行年九十,壮志犹存,乘兹款段,北望中原",作为答谢纪念物。

1949年夏,解放军发起

仁寿堂是萨镇冰晚岁燕居之所,位于福州市鼓楼区中山路北端中山大院5号(20世纪50年代前址称:千古法地3号)

福州战役前夕,国民政府代总统李宗仁飞来福州,到福建佛教医院(萨镇冰领衔募捐所建)看望微恙住院、在国共两党都享有名望的海军元老,转达了蒋介石请其前往台湾的意愿,"若拟乘飞机,即派专机,拟坐军舰,即派大舰"。萨镇冰以"年老久病,寸步难行"为由,毫不犹豫地拒绝了。他心里明白,中国共产党才是中国的未来。他要以年迈之躯拥护中国共产党,并为建立新中国做力所能及的贡献。

这次他毫不含糊地展现了沧海横流的英雄本色。他不曾离开,古老的福州市城在新生的阵痛中仿佛就有了定心丸。在他的影响下,闽系海军纷纷与中国共产党建立了联系。萨镇冰与刘通、丁超五等知名人士还联署发出拥护中国共产党、欢迎解放军入城的"告市民书"。

中华人民共和国成立后,萨镇冰历任第一届全国政协委员、中央人民革命军事委员会委员、中央人民政府华侨事务委员会委员和福建省人民政府委员等职。

甲午悲歌,一生难忘。振兴中华,毕生心系。1951年,中国人民志愿军攻进汉城(今韩国首尔)的消息传来,萨镇冰激动不已,油然联想五十多年前那场与汉城有关的甲午战争。当年他一直耿耿于怀没能亲自率舰指挥战争,没能让国家扬眉吐气,现在真是今非昔比了,他当即作诗一首:

五十七载犹如梦,举国沦亡缘汉城。
龙游浅水勿自弃,终有扬眉吐气天。

受着父亲的影响,抗美援朝期间,萨镇冰儿子萨福均捐献了飞机一架。萨福均系中国早期铁路的建设与管理者,曾与詹天佑等被誉为中国铁路工程"四大技监",中华人民共和国成立后,任西南军政委员会交通部副部长兼西南铁路工程局副局长,曾主持成渝铁路建设。

1952年4月10日,出身于清朝,亲身参与并见证中国海军成长,经历清朝灭亡、民国成立、抗日战争、日本战败投降、

新中国崛起的一代海军领袖萨镇冰,以94岁高龄安详辞世。临终前,他写下最后一首诗:

国疆昔小而今大,民治虽分终必联。
人类求安原有道,俗情狃旧尚无边。
忘怀富贵心常乐,从事勤劳志益坚。
所望群公齐努力,相扶世运顺乎天。

萨镇冰一生为家国,至死不敢忘,身后私财"仅旧衣一篋,残书半笾而已",葬礼却十分隆重:毛泽东、周恩来发来唁电;中央人民政府给费治丧,福建省人民政府举行公祭;百姓一路相送,落棺于西门外梅亭。真可谓:生前有隆声,活时赢赞许,死后享美誉。中共中央统战部破例安排专机送萨福均回闽奔丧。

"抚平甲午的伤疤,历经了风吹雨打,坚韧的萨镇冰,引领海军成长壮大……"2014年,是甲午战争两甲子的纪念年,为了纪念在甲午战争中奉命守卫日岛的萨镇冰,萨氏家族创作了这首族歌《海军世家之歌》。也许,仅仅是"萨镇冰"这三个字,就足以述说那段沸腾而波澜壮阔的海军岁月。

而在风吹雨打之后,福州朱紫坊萨氏故居仍旧散发着迷人的人文芬芳。一拨一拨海内外游客,沿着清朝、北洋政府、国民政府、中华共和国人民革命政府和中华人民共和国一脉相承的海岸线,来这里追寻中国海军史上"五朝元老"的悲壮与苍凉时,总还会因名人辈出的萨氏后裔心生敬慕:从这里还走出了抗战中英勇捐躯的中山舰舰长萨师俊、国立厦门大学首任校长萨本栋、中国十大造舰专家萨本炘、海军高级工程师萨本茂，还有被称为化学家、数学家、微电子学家的诸多后辈；萨镇冰之子萨福均膝下子孙亦个个堪称才俊。

　　一生苍茫波涛间，一片情怀为家国。萨镇冰深深影响着海内外的亲人与中华儿女。"胸有春秋全史，目无魏吴群雄"是萨镇冰写下的诗句，底气十足，也傲气冲天。作为那个时代的海上王者、民间菩萨，他的影响力不仅仅局限于过去，还贯穿至现在，乃至将来。

萨师俊：纵死犹闻侠骨香

福州安泰河边榕荫遮蔽的朱紫坊22号，大门口高挂三块牌子：萨镇冰故居、萨本栋故居、萨师俊故居。醒目的朱红大字和高高的门楣，告诉人们这座大宅院昔日的荣耀。

萨氏一门数杰永彪史册，其中，萨师俊一生英名，与一代名舰中山舰联系在一起。他是中山舰的最后一任舰长，是抗战期间战死的海军最高军官。说来巧合，中山舰正是时任北洋海军提督的萨镇冰于1910年亲赴日本定造的。

家庭表率，军人模范

1938年10月21日，烟雨蒙蒙的长江口。一列舰队自湖南岳阳洞庭湖疾驰而下，劈开波涛汹涌的江水，犁出一道道雪白的浪花。

一艘排水量780吨的炮舰一马当先，佩戴海军中校领章的年轻军官在台桌上蘸墨挥毫："我既已励志军伍，决不苟安谋财。我在这光荣的中山舰上当舰长，是终身的荣幸。眼下日寇企图亡我中华，我要与之血战到底！"他，就是中山舰舰长萨师俊。

萨师俊幼聪颖，及长，卓有大志，和兄弟三人承袭叔公萨镇冰爱国、爱海军的热忱，立誓报效内忧外患的

萨师俊戎装照

祖国。1913年，18岁的萨师俊于烟台海校毕业后，即入海军练习舰队实习。1935年初，萨师俊成为中山舰第13任舰长。抗日战争全面爆发伊始，萨师俊率中山舰参加海军封锁长江的任务，奔驰于宁沪间，并在1937年9月下旬护卫海军部长陈绍宽上将赴江阴部署防御。

淞沪会战期间，萨师俊的义子萨澧泉（又名支源，萨师俊婚后无出，其兄师同以子嗣之）于沪江大学肄业，愤日军之强横，痛国势之阽危，一心想从军抗日报国。适逢国民政府招考航空员，遂思投身航校，为国效力。萨师俊赞其行，并大励其志，言："际此强敌压境、国家民族危急存亡之秋，凡属国民，均有荷戈报国之责。"

有人问他为何不让义子暂避战火，他慨然说："我不能以私情误国事，倘此时人人存贪生怕死之心，抗战前途，安有胜利之望！"

同在海军服役的友人黄恭威闻之，向众人大发感慨："萨师俊忠勇之气概，固足为家庭表率，尤可为军人模范也！"

历时三个月的淞沪会战失败后，国民政府许多机关被迫由南京迁往武汉，萨师俊率中山舰担负掩护转移和运输任务。1938年2月，国民政府军事委员会在岳阳重建以陈绍宽为总司令的海军总司令部，将残存的海军舰艇进行改编，建立第一舰队和第二舰队。中山舰与"江元""江贞"等8艘军舰编入第一舰队，奉命参加武汉保卫战，承担武汉会战中的军事运输和长江巡防任务。

6月间，日机30余架侵犯岳阳，企图摧毁中国海军驻岳阳全部舰队。中山舰在萨师俊指挥下，和兄弟舰艇奋起迎击，击退敌机。晚间相庆，萨师俊相告同僚："国难至此，军人当以身许国。"还说自己已立遗嘱，将生死祸福置之度外，唯有以一腔热血，与暴敌相周旋。闻听其言，海军官兵们大壮声色。

10月，35万日军兵锋迫近武汉外围，国民政府又迁往重庆。时上级有意以鄱阳湖警备司令相授，但萨师俊力辞不就，仍在中山舰就职，率舰和"永绩""江元""江贞""楚观""楚谦""楚同""民生"7舰往返于武汉、岳阳之间，护运军政要员和战略物资，并帮助军民转移。随后，因时局关系，也为了在日机再袭时保存实力，一些舰艇调离岳阳，分防各处。中山舰在汉岳之间随时听命，在武汉保卫战关键之时，奔赴金口执行巡防任务。金口乃一古镇，距武汉上首26公里，因发源于鄂南的金水在这里注入长江，故名金口。这里紧扼江汉平原"大粮仓"之咽喉，历代均是兵家必争之地，故此次任务之艰不言而喻，极有"壮士一去兮不复还"的可能。萨师俊给家里写信，既明生平志向，也算是立好了遗书。

写毕家信，萨师俊缓步走出舱门，手扶栏杆，眼望白浪翻滚的江面，思绪随风飘忽。

"国难至此，军人当以身许国"

再往前28年，1910年8月，萨师俊的叔公、鼎鼎大名的晚清海军宿将萨镇冰亲赴日本，以近80万两白银，向三菱船厂订购了这艘后来被命名为"永丰"的炮舰。清帝逊位后，永丰舰由袁世凯政府的海军部接收，编入海军第一舰队。1915年，永丰舰相关将领毅然倒袁，投身孙中山领导的护国运动；两年后，又南下广州参加孙中山发动的护法运动。1922年6月16日陈炯明在广州叛乱，孙中山脱险来到永丰舰，在舰上度过55个日夜，指挥革命军平叛。孙中山去世后，广州国民政府于1925年4月将永丰舰命名为中山舰。

中山舰的历史是光荣的，萨师俊能接任舰长是光荣的。如今他就要指挥这艘当下中国海军最大的军舰之一，得偿率舰御侮、一显身手的夙愿。"文官不爱钱，武将不惜死"，这是萨家的家风，但眼下的形势，却不能不令他担忧。

中日海军实力悬殊，自江阴海战后，中国军舰再无法与日本海军进行正面作战，大多是在日机的攻击下被动应战，且频频被毁。萨师俊为此愤恨万分，恨不得自驾大鲸荡平海波，报效灾难深重的祖国，但同时他心里也很清楚：国民政府弃守南京、先撤武汉再退西南重庆后，长江业已成为向后转移的生命线，中山舰这次巡防的金口江段，又是日军飞机封锁的重点地区，许多船只在这里被日机炸沉，中山舰在这样的形势下与敌作战，人舰恐难幸免于难。他在做好与舰共存亡的准备之后，最担心的就是舰上的火力配备能否有效杀敌。

自江阴海战、沉船以阻日舰溯江西犯后，中国海军所剩舰艇寥寥无几。海军总司令陈绍宽又率七八艘舰艇在长江中游执行布雷任务，以打破日军的长江跃进战略；中山舰副舰长张天宏也被调去布雷，舰上还有其他官兵被调上岸去防守要塞。如此，上百人的大舰减缩了一半人员，显得孤单寥落。

不仅如此，江阴会战后，海军舰艇上的主炮几乎都卸到岸上的要塞和炮台上，中山舰也奉令撤下三门欧立肯机关炮，用以补给武汉外围炮台。萨师俊还清楚记得半个月前撤炮时的情景：水兵们眼含热泪，恳请他不要下令撤炮，撤掉这三门炮，就等于打掉了中山舰的三颗门牙。身为舰长，他何尝不知道这些，但军人以服从命令为天职，得顾全大局，何况撤掉大炮也是为了抗战。看着大炮被撤下搬家，他虽也是热泪潸潸，但却语气坚定地对水兵们说："撤了三门炮，我们还有四门，把炮位适当调整，还可以提高作战能力。没门牙虽然差一点，但只要弟兄们顽强奋战，照样可以吃掉敌人！"

想到这些，萨师俊心潮逐浪，波澜起伏。他举起望远镜向前方瞭望，但见江面上几艘民船在燃烧，两岸逃难的人群像潮水。他的心情顿时沉重起来。江风裹挟着仲秋的凉意吹来，萨师俊不禁打了一个寒战。勤务兵邱奕殿不知什么时候站在了他身后，适时地给他披上了一件衣服。

萨师俊看一眼这位从福州带出的年轻勤务兵，说："你去告诉吕副舰长，带人好好检查一下火炮。"

萨师俊关心舰上火炮不是没有原因的。主炮拆上了岸，只剩下舰首一门瑞士制欧立肯20厘米高射炮，舰尾一门经改装的德制苏维通20厘米高射炮，前驾驶台改装的维克斯3.7厘米机关炮两座（只能打60度以下仰角），另有捷克式机关枪两挺。这些残缺的装备本已老化，杀伤力有限，如果不检修好，临战出现故障，后果不堪设想。

新上任的年轻副舰长吕叔奋少校，接舰长通知后，马上带枪炮长魏振基等人，将舰上火炮全部仔细检查了一遍。

萨师俊接到火炮无虞的报告后，点点头，回到舱室，伏案书写航行日志："中山舰奉命自岳阳起锚，赴武汉附近金口执行巡防任务，同行的有楚同、楚谦、勇胜、湖隼等舰……"

军舰快速向战区驶去。连日来，日军陆军波田支队、第六师团坦克部队、海军航空队在武汉外围多处发起进攻，到处烧杀，狂轰滥炸，哀鸿遍野。出现在萨师俊望远镜里的，便是到处燃烧的房屋、船只、汽车，满目疮痍的村落，更多的是衣衫褴褛的难民，直叫他义愤填膺。

驶入金口江面后，萨师俊召集全体官兵在甲板集合。眨眼工夫，52名海军官兵，除了轮机班2名值班外，全部到齐，威武列队。

舰上官兵，多是福建籍子弟，萨师俊熟悉他们，不止一次鼓励他们："我们福建人，历来都是中国海军的硬骨头，面对日本仔，绝不能软下去！"在萨师俊的带动下，中山舰上的福建子弟人人都有一股勇赴国难的壮志，成为舰上的中坚力量。萨师俊目光落在虎虎生气的枪炮兵林逸资身上。1937年6月30日，林逸资请假回福州闽侯老家与妻子完婚，不久闻听卢沟桥事变爆发，二话不说立即挥泪告别父母娇妻，回舰效命。萨师俊对其行大加赞赏："好，养兵千日，用在一朝，这才是军人气概。"

除了福建籍子弟，舰上还有一大批官兵，是从福州马尾海军学校毕业的。萨师俊一个个叫着他们的名字：陈鸣铮、林鸿炳、康健乐、张奇骏……他们来自自己的家乡，那个被称作中国海军摇篮、有着显赫御侮历史的马尾，一个个打炼出了男儿血性，知道该如何捍患成仁。

萨师俊对他的部队很满意。他站在队列前，一边手指两岸逃难的群众，一边挥舞着拳头："弟兄们，日寇亡我之心不死，正在向武汉进犯。我中山舰是以孙先生的名字命名的，我中山舰全体官兵，要以勇敢作战、视死如归的英雄气概，保卫大武汉，保卫中华，为中山舰增光添彩！"

"保卫武汉,保卫中华,为祖国抗战到底!"官兵们齐声回答。

10月23日,中山舰巡防于洪湖、金口之间,运载物资和军民向长江上游撤离。

当晚,萨师俊与时任海军中校的福州老乡曾国晟在某旅社长谈。毕业于福州海军学校的曾国晟,是制雷和造船专家。淞沪抗战爆发时,他见中国空军轰炸日军旗舰失利,乃研制水雷向日舰投放,虽未成功,却首创用水雷攻击日舰的战例,影响深远。萨师俊与他意气相投,见面总有共同关注的话题。当曾国晟问及萨师俊为何力辞鄱阳湖警备司令一职时,萨师俊答:"有人说我每次战事都在岸上供差,若就了这警备司令,不又在岸上了吗?我常常觉得以前战事都是内战,在岸上、船上都不算一码事。这次是全民族的对日抗战,我能到岸上去躲避吗?若是让我上岸,再大的官儿我也不就,免得有人议论我怕死取巧。"

曾国晟感慨于抗战中海军付出的巨大代价,但萨师俊却说:"我觉得经过这次抗战,海军得到了实地教训,将来谈起国防来,谁也忘不了海军。战前,海军每月不过三四十万元的经费,现在担负这样重大的任务,竟做了许多意想不到的工作,流了许多壮烈的鲜血,尽了天职,再多的代价都是值得的!"

帝国主义列强依仗船坚炮利,从海上轰开中国大门后,貌似强大的北洋水师一蹶不振,甲午海战的失败使古老、庞大的中国实际上处于"有海无防"的状态。这是每个海军将士,也是每个中国人的伤痛。此时日军再挑战端,曾国晟万千悲酸,却少不得要问:"现在最重要的工作是什么?"

萨师俊慨然道:"现在我们除了用血肉硬拼之外,最重要的工作,是要使国人知道中国是极需要海军的,建设好海军,才能拒敌于门户之外,也才能维护中华民族的独立自由!"

萨师俊为国捐躯前的这番谈话,句句铮铮,令曾国晟没齿难忘,备受感染。此后,曾国晟在抗日布雷游击战中屡立战功,并多次接触共产党和新四军。1949年夏,身为国民党海军少将的曾国晟,毅然起义,随后投身到人民海军的建设中,与林遵等起义将领曾受到毛泽东、周恩来、朱德等中央领导的接见。

誓与中山舰共存亡

次日,晨8时许,电讯官张嵩龄给萨师俊送来海军部的急电,指示中山舰速赴金口。萨师俊即令启航,一小时后抵金口水域。

中山舰在金口停泊不久,远处的天空便传来马达的轰鸣声。萨师俊提高嗓门,面向全舰官兵:"弟兄们,我们报效国家的时机来了!"

官兵们高声回答:"勇敢战斗,视死如归!"

萨师俊在空中一挥大手:"好,各就各位,迎接战斗!"

全舰官兵各就各位,守好自己的战斗岗位,严阵以待。

10多分钟后,一架涂着"膏药"徽的飞机,呼啸着飞出云层,疾速地向金口江面驶来,在军舰上空盘旋。中山舰官兵们愤怒地盯着敌机,炮口随着敌机移动,高射机枪不停地转动着。这是日军的一架侦察机,待其进入射程,萨师俊即令炮击。敌机受了惊吓,随即拉高机头,升入云端,远远遁去。

敌机胆敢单机低空独来独往,可见国民政府的空军已失去作战能力。敌机的侦察是个信号,萨师俊凭着多年的作战经验,预料敌军为攻占武汉,防我海军支援,将先行攻击中山舰,一场恶战就要发生了。他习惯地摸了摸口袋,掏出一张硬纸片,这是他和妻子的合影。他深情地望了望,随即把照片放进口袋,转身进行作战部署,并命令官兵们抓紧时间进行武器弹药、仪表器具及各项轮机检查。他还让炊事员陈宝通提前做好午餐。

全舰官兵刚进完餐,11时许,9架日机分作两个小分队,飞抵金口上空。中山舰拉响了警报,萨师俊的令旗也在舰上升起,但敌机只在高空盘旋了数分钟,就一溜烟地飞走了。敌人在耍什么花样呢?萨师俊命令全舰官兵提高警惕,不懈斗志。

下午3时许,天空传来飞机的轰鸣声。不可避免的战斗来临了!3时06分,电讯官张嵩龄向海军总司令部发出了最后一份电报,报告中山舰与敌遭遇。海军总司令部电令中山舰驶往武汉。

日本海军第十五航空队的6架水上轻型轰炸机编队穿云而出,飞临中山舰上空,随即变为一字鱼贯式,呈轰炸队形向中山舰发起攻击。江面上顿时腾起冲天浓烟和一个个巨大的水柱。浪花四溅,中山舰在水中摇晃起伏。

"开火!"几乎在敌机投弹的同时,萨师俊下达了命令。

"轰轰轰……"舰首、舰尾和左右两舷的五尊火炮一齐向敌机射出仇恨的炮弹。

在中山舰织出的严密火网中,一架日机中弹,在空中晃动了几下,随即斜着机身仓皇爬高。为了躲避中山舰的炮击,它们不再低飞俯冲,而是轮番在较高空域水平飞行,对中山舰投弹轰炸。

"避开敌机,迂回推进!"萨师俊屏住呼吸,瞪圆双眼,向驾驶台发出命令。

"左满舵!右满舵……"随着萨师俊的命令,中山舰开足马力,一边向飞贼反击,一边在江中蛇行前进,机敏地在浪波、水柱间迂回穿行,躲过敌机的一颗又一颗炸弹。

将士们虽然拼命,但中山舰毕竟是服役了25年的老舰,舰上武装配备性能老旧,主炮和副炮拆卸后,火力更是大为削弱,而且又是在狭窄的江面上毫无掩护地与群聚攻击的日机展开海空战,力量对比悬殊,左支右绌难以对付。深知处境危险的全舰官兵,为了杀敌报国,为了维护中山舰的英名,无所畏惧地奋勇抵抗,虽未能重创敌机,也使敌机无法接近。

战斗进入白热化,舰首高射炮却因发弹过热,发生卡壳,突成哑炮。萨师俊高喊"赶快抢修",顺手操起身旁的高射机枪对空射击。"哒哒哒……"另外一挺高射机枪也同时发出了怒吼。但不幸的事情接连发生,驾驶台左右两舷机关炮也先后发生故障,火网出现空隙。虽经紧急抢修,但最终均无法正常操作。而舰尾的高射炮又因桅杆和驾驶台的阻挡，无法向舰首上空的日机射击，形成射击死角。

狡猾的敌机见高空水平轰炸难以对位，乃趁中山舰舰首火炮哑然失声之机，改变战术，骤然从舰首前方火网空隙处，轮番急速俯冲，低空投掷炸弹，兼用机枪扫射。

一颗炸弹落于舰尾左舷水面爆炸，激起的水柱高达两丈，舵机受损，转动失灵，无线电房同时受损。一颗炸弹落于右舷水中爆炸，前锅炉舱右舷水线下的船壳震破，江水猛灌，几名水兵奋力用身体塞漏，炉舱、机舱均有损坏。日机看到中山舰受创，转动失灵，更是无所顾忌地来回俯冲，疯狂投弹扫射。紧接着，一颗炸弹又落入左舷水中爆炸，后锅炉舱水线下的船壳破裂严重，进水汹涌，堵漏无效，3分钟后，舱内水深漫过4尺。在此期间，轮机兵仍然坚守岗位，拼命向炉膛加煤，直至锅炉中的燃煤被水淹熄，才退出前舱帮助搬运炮弹。锅炉无汽，军舰动力操纵失控，舰体左倾严重，堆在舰上当掩体的沙包四处斜落。

在没有空军联合作战时，单一舰艇对敌机作战，难免要失败。但面临险境，萨师俊置生死于度外，指挥若定，沉着应变。全舰官兵同仇敌忾，咸抱有我无敌之决心，愈战愈奋。航海、枪炮、轮机、帆缆等各部门人员坚守岗位，文职人员也无一畏缩，全都不怕牺牲，协同作战。

200磅、300磅的航空炸弹雨点般地从天倾落。其中一颗命中舰首，穿透驾驶台、海图室、甲板、前望台、舵房被炸起火，弹药箱爆炸，顿时火光冲天，8名炮手牺牲，多人受伤，水兵们的鲜血汩汩流向大江。

整座军舰笼罩在滚滚黑烟中，形势变得愈发险恶。萨师俊仍镇守指挥台，那张国字脸眉头紧锁，坚毅沉静。突然，一颗炸弹落在指挥台附近，萨师俊倒在血泊中，右腿被炸飞，左腿遭巨创，左臂亦受重伤，遍体血肉模糊。

"舰长！"一名水兵急冲过来，扶住萨师俊。萨师俊圆睁双眼，大声吼道："不要管我，快去打日本狗强盗！"

萨师俊吼毕，强忍剧痛，像头矫健的雄狮，从血泊中猛地蹲坐起，靠在瞭望台残破的栏杆上，继续指挥作战。殷红的鲜血，顺着他的面颊、顺着栏杆、顺着裤腿，一滴一滴地往下流。

副舰长吕叔奋奔至萨师俊身边，见萨师俊血流如注，连忙上前护理。

"不要管我，快去指挥打敌机！同时要设法将舰搁浅，以防沉没！"萨师俊大声吼着，猛地推开副舰长。

吕叔奋马上照办，和枪炮长魏振基会同剩余官兵，一面奋勇反击，一面组织力量堵塞破损舰体，扑灭舱室火灾，救护受伤人员，并设法将舰驶向搁浅处。

"临阵死事之烈，诚可惊天地而泣鬼神"

萨师俊腿断、臂伤，仍坚守岗位，强振精神沙哑着嗓子高呼："誓死抵抗，与本舰共存亡！"官兵们莫不感奋，拼死抵抗，救火塞漏者往返于浓烟烈焰之中,开炮杀敌者出入枪林弹雨之下。火炮不能发射了,就用手提机枪和步枪对空射击。场面之壮烈,可谓惊天地泣鬼神。

日机像发狂的黄蜂,紧叮住中山舰不放。中山舰人员伤亡惨重,舰上的指挥系统损毁亦极重,舰体颠簸不已,无法控制。就在这时,舰上后高射炮因炮闩、炮弹受水沙、火花卡塞,发射失灵。千钧一发之际,枪炮长魏振基指挥官兵勉力装填炮弹,强行向敌机射击,迫使敌机不敢低空扫射和轰炸。

萨师俊见舵工吴仙水也倒在操纵杆旁,乃用步枪当右腿,歪斜着身子,一步、一步、一步,艰难地向驾驶台走去,身后留下了一道鲜红的血印。

吕叔奋见事机危急,舰体有倾覆之虞,一面命人迅速补位,一边急令航海官魏行健放下一号和三号舢板,先送萨师俊和伤员离舰。

当魏行健和见习官将萨师俊扶起时,萨师俊以微弱的声音说:"我这里痛,不要摸我,你们将受伤官兵救上舢板先走。"

几位受伤官兵登上救生舢板后,魏行健又要将萨师俊扶上舢板,意识仍十分清楚的萨师俊怒目以对:"此舰乃中山先生广州蒙难座舰,是委员长奠定北伐的基础,我身为舰长,弃舰就是偷生。这是我成仁取义的时候了,你们切不可陷长官于不义。"

尚在船上的几位受伤官兵见状,也不愿离去,表示誓与中山舰共存亡。

萨师俊却劝勉他们尽速离去，说："没有死难，不足见大汉民族之忠义；没有生还者，亦何以杀倭寇争胜利？你们应该为国家报仇，为中山舰报仇，为我报仇，不必同死。"

受伤官兵不愿舍下敬爱的舰长，再三请其离舰。副舰长吕叔奋眼含热泪，跪在地上哀求道："舰长，中山舰需要你！留得青山在，不怕没柴烧！"

萨师俊

萨师俊断然表示："诸位尽可离舰就医，唯我身任舰长，职责所在，应与舰共存亡，万难离此一步！"

见舰长执意不肯离舰，一向听命的部属们，这次破天荒地没有遵令，强行将无法行动的萨师俊抬上小舢板。萨师俊上舢板后仍大声呼喊："我不去，我要与中山舰及诸同志共存亡……"

国际公约规定：当敌方舰艇战沉，人员落水时需捞救，不得射杀。但日机不顾国际公约，竟然灭绝人性地穷追不舍，向满载伤员的舢板扫射。满身血污的萨师俊，坐在三号舢板上犹大呼杀敌不止，他军官服上的金袖边在阳光下熠熠生辉。敌机见舢板上有高级官员，瞄准显著目标扫射投弹，萨师俊身上又中数弹。两只舢板随即被日机击毁，10多位乘员沉没在被鲜血染红的江水中。战后，日军大肆宣传国民政府海军总司令于此役阵亡。

在舰上指挥的副舰长吕叔奋看到萨舰长和两舢板官兵殉国的惨状，泪流满面，强忍悲痛，指挥燃着熊熊火光的中山舰边战边努力靠岸。终因舰身机件被毁，失去动力，不能转舵和迅速移动，只向江边靠拢了一段，便停滞不前，在波涛中旋转，接着完全失控，向下游漂流。随着江水越涌越多，舰体不断倾斜。向左倾至40多度，舰上的火球渐渐缩小，浓烟亦渐趋散去，而舰首仍顽强地昂向水面，犹似英雄昂首挺胸慷慨就义，跟朝夕相处的官兵作最后诀别，"中山"两个鎏金大字，在阳光照耀下发出熠熠光辉。

4时30分，随着轰然一声巨响，水柱冲天，一代名舰终因负伤过重，沉没于金口龙床矶长江水底。愤怒的大江汹涌着，夕阳的血色与英雄们的鲜血融为一体，翻腾的浪花像朵朵鲜红的山茶花。

关于中山舰被炸实况，昭和十三年（1938年）十一月日军《汉口攻略作战第十五航空队战斗概报》如是记录：

  海军轰炸机六架（龟大尉）攻击中山型炮舰。14：45出发，17：00归来。冒着猛烈的机枪射击，果断地进行了轰炸。在金口镇附近击沉了中山型舰。左舰尾舷直接命中炸弹一发，舰桥靠右直接命中一发（引起火灾）。用机枪击灭了企图乘坐救生艇二艘逃离的数十名水兵。由于击中左后部,开始进水,舰身旋转,又被击中舰桥右边,发生火灾。敌机枪射手虽然遭受至近弹爆炸引起的水柱的冲击,仍然勇猛反击。

在中山舰即将沉没时,吕叔奋下令弃舰,和魏振基、张嵩龄、陈鸣铮等18人跳入江中。在危机四伏中,一次次躲过敌机的扫射,或泅水或抱着漂浮物挣扎游上岸,或靠着附近渔船的捞救生还,成为中山舰的幸存者。

日机弹尽遁去,吕叔奋和幸存的官兵们,在渔民和当地红十字会的协助下,一起打捞沉江烈士。第二天清晨,12具遗体摆放江边,萨师俊等13位官兵的遗体终未寻获。军民们齐集龙床矶岸边,用棺木装殓殉国官兵的遗体,在金口镇凤凰山南麓的一个小山包下掩埋安葬。

战前被萨师俊借口支上岸的年轻勤务兵邱奕殿,在岸上目睹了萨师俊指挥中山舰与6架敌机激战的壮烈场面。看到爱舰沉没了,敬爱的萨舰长牺牲了,而且连遗体也没找着,他跪地嚎啕大哭。

是时,硝烟早已散尽,寒风猛吹,波涛呜咽,树木萧萧,和岸边哭声相和,汇成一支雄浑悲壮的交响曲,向已然消逝的中山舰,向英雄的舰长萨师俊和他的战友们致哀!

10月24日这天,金口至城陵矶之间,"楚同""楚谦""勇胜"和"湖隼"等舰亦遭遇敌机。在激战中,"楚同"负伤于嘉鱼附近，其他各舰得以脱围。中山舰沉没次日，日军占领汉口。至 27 日，武昌、汉阳沦陷，历时 5 个多月的武汉会战结束。规模空前的武汉会战，中国军队在付出惨重牺牲之时，也给了日军以巨大打击，粉碎了日军"三个月灭亡中国"的大话。此后，中国的抗战进入相持阶段。

在武汉会战中，中山舰孤军迎战敌机，不惜牺牲，表现出中华儿女不屈不挠、前赴后继的民族精神。在历时 1 小时 15 分的惨烈战斗中，中山舰发射炮弹 200 余枚、高射机枪子弹 1000 余发，自舰长萨师俊以下阵亡官兵 25 人、轻重伤 23 人，是抗日战争中伤亡官兵最多的一艘军舰，萨师俊则成为抗战阵亡职衔最高的海军军官。

萨师俊与中山舰同时服役中国海军，巧合的是，他 1913 年毕业于海校，同年中山舰交付使用，后来他又成为中山舰第 13 任舰长，又以 43 岁英年与中山舰同时为国捐躯，"纵死犹闻侠骨香"。鉴于萨师俊的英勇事迹，国民政府特追授他为海军上校。有人撰文赞扬萨师俊："观其平日大志之坚及临阵死事之烈，诚可惊天地而泣鬼神。倘吾辈军人，皆能效君成仁取义之志，为民族复仇雪耻之谋，不特本军光荣历史，足耀于世界，而吾国抗战必胜建国必成之大业，于焉赖之。"

此次战死的 25 名英烈，包括舰长萨师俊在内，有 20 名官兵都是福州籍人，谨列英名：黄孝春（轮机长），王兆祥（枪炮上士），陈恒善、林寿祺（均为簿记下士），刘则茂（帆缆下士），林逸资（一等兵），李麒（信号一等兵），郭奇珊（轮机一等兵）、陈利惠（枪帆一等兵），洪幼官、陈永孝、张育金（均为二等兵），江钊官、李炳麟（均为信号三等兵），严文焕（三等兵），陈有中、李有富、陈有利（职务待查），以及黄珠官（勤务兵，轮机长黄孝春侄儿）。

宋庆龄在香港闻此役，特地写下挽联：

广州护领袖，武汉杀寇仇，成功成仁，旧名新名，芬芳留百世；

黄海捐世昌，长江失师俊，可歌可泣，前浪后浪，澎湃搏千秋。

萨家老少同仇敌忾

沉痛祭悼萨师俊和英烈们后，吕叔奋率中山舰幸存人员，挥泪告别金口，满含悲愤奔赴抗日战场。邱奕殿则跋涉半个月，穿行在中日大战的硝烟炮火中，不顾一切地赶往福州，给萨家报丧。

这个凄冷的秋天，萨家大院更是蒙上了一层悲伤气息。

萨宅的二进大厅，摆上了庄严的祭台，花圈和挽幛一直排到大门口。福建党政官员和百姓们络绎不绝前来悼念，人人面带戚容，不少人泪花闪烁。

"萨舰长让我远离死地，自己却勇赴国难！""绝不能忘记日本鬼子的滔天罪行，绝不能忘记国恨家仇！"

邱奕殿的哭诉，为人们解读了萨师俊的高洁人品、爱国情操和抗日决心，让人们了解了日本强盗的凶残、暴虐。人们除了悲伤，更多的是愤怒。萨家老少、兄弟子侄更是化悲痛为力量，同仇敌忾，人人做好拼死抗日的准备。孩子们牵手上街宣传抗日，女眷们则不惜当卖自己的金银首饰，买来布匹和棉花，给前方将士做衣物鞋帽。广大爱国市民见之，纷纷见贤思齐，投军报国。

抗战期间，萨家在国民党军中任职的还有不少人，如萨师俊的堂叔萨君豫，历任陆军部参战军官教导团教官、福建省水上警察厅厅长等职，为官清廉，志在报国。其义子后来也参加了"两航"起义，投身新中国航空事业。

此外，萨家英才还有萨师俊的堂兄弟萨本栋（任厦门大学校长，为科学教育事业积劳成疾，于1949年病逝），以及萨师俊的胞弟萨本炘。萨本炘和萨师俊都志事海防，福州海军学校毕业后，受林则徐、魏源"师夷长技以制夷"的思想影响，萨本炘投身教育和科技救国。抗战期间，他奔赴四川乐山，担任武汉大学教授，在十分艰难的环境下坚持任教。抗战胜利后，台湾回归祖国，为了建设新台湾，他受命赴台，担任台湾机械造船公司总工程师兼基隆造船厂厂长。1948年8月回大陆，任中山大学工学院教授。中华人民共和国成立后，萨本炘为浩大的荆江分洪工程，为建造海军扫雷舰和常规潜艇做出过重要贡献，被评为中国十大造舰专家之一，被称赞是一个"充满无限生命力和伟大理想的人"。1954年，萨本炘当选为第一届全国人大代表。

中山舰打捞修复的背后

"丈夫不逆旅，何以及苍生？""拼将十万头颅血，须把乾坤力挽回！"

悲歌式的旧闻是值得历史铭记的，延续它的新闻总让人再生感慨。

我就辑录着这样几条新闻：

1975年9月3日，抗日战争胜利30周年时，台湾为了纪念抗战牺牲的将领，特地发行人物纪念邮票一套6枚，中山舰舰长萨师俊名列其中。

1997年1月28日上午，在金口大军山与江波为伍、沉眠了59载的一代名舰中山舰，被整体打捞出水，重见天日，修复完毕后作为爱国主义教育基地向外展出，介绍栏中有两个耀眼的名字——萨镇冰、萨师俊。展出的中山舰出水文物备受瞩目，其中，萨师俊舰长用过的一枚印章尤令人感叹唏嘘。

2003年12月21日晚，大陆最后一名中山舰幸存者邱奕殿，在完成两个心愿后，于睡梦中安详去世。

在中山舰幸免于难的20余名将士中，只有邱奕殿是兵不血刃、人不血衣的，因为萨师俊在战斗之前就借口支走了他，让他在岸上目睹了血战的全过程。邱奕殿在炮火中幸存下来了，但他的魂却给了中山舰。回到家乡后，他在平淡的岁月里无法忘记死难的战友和屡建奇功的中山舰。萨师俊和全舰将士铁骨铮铮,英勇抗战,但中山舰还是被日机击沉了。邱奕殿哀切之余,也深有感悟,以亲历见闻告诉人们"落后就要挨打"的道理。他此后的一生,除了一次次控诉日军的滔天罪行、告诫人们不忘国恨家仇,还仿佛是为了给血溅沙场的舰长和战友们留下些什么,让他们"魂归故里"。

抗日英烈的身躯被岁月无情地湮没,但烈士的英名应当永垂不朽。见证了中山舰与日军血战到折戟沉沙这一悲壮过程的邱奕殿,一生最大的心愿,是中山舰能重见天日并在中山舰根之所在地福州为阵亡将士立碑,让后人永记血祭长江这段历史。他为此长期四处奔走呼号。

中山舰被整体打捞出水后,邱奕殿一直关注着它的修复工作。2001年10月,历时一年零八个月的中山舰修复竣工,得知消息,老人显得异常激动,说:"从中山舰被日本敌机击沉,到中山舰的打捞出水和修复成功,就是一部中华民族由衰败到强盛的历史。"

2002年初,有关部门根据邱奕殿的呼吁,为萨师俊的故居挂上了牌。他高兴得合不拢嘴,说"就是要让世人都知道萨舰长的故居就在朱紫坊,他是我们福州人的骄傲",并马上将这个消息告诉中山舰的其他幸存者。

2003年10月24日,在中山舰蒙难65周年暨抗日战争胜利58周年之时,中山舰福州籍抗日将士之墓在福州三山陵园落成。年迈的邱奕殿与部分抗日将士家属特地来到福州三山陵园,为遇难者献上鲜花后,跪对墓碑,长哭不起。这位抗战老兵一次次抚摸着纪念碑前仿制的中山舰舵轮,无限感慨地说:"65年的梦,这一刻终于圆了!"

使老人高兴的还有,同年11月12日,福建省各界在福州三山陵园举行隆重的中山舰福州籍抗日将士纪念碑揭碑仪式。时任全国人大常委会副委员长何鲁丽亲笔题写"中山舰福州籍抗日将士之碑"。纪念碑长17米,高6米,以花岗岩塑造遭重创的舰体,以4吨重的青铜塑造以萨师俊舰长为首的将士与日本侵略者血战到底的人物组雕。社会各界再次唤起对中山舰和萨师俊等英烈的深情记忆,后人从中领悟到"纵死犹闻侠骨香"的真意。

这之后一个多月,邱奕殿老人辞世。两个心愿已了,他走得安详。按老人遗嘱,他的骨灰安放在福州三山陵园的福州籍中山舰抗日将士之墓里,与先前安放在此的林逸资、魏振基、陈宝通等8名中山舰亲密战友相伴长眠。

邱奕殿走后,中山舰幸存者只剩两人,一位是在台湾的陈鸣铮,另一位是在美国的张奇骏。

陈鸣铮到台湾后,也把中山舰挂在嘴边、藏在心里。他经常向人出示当年在马尾海军学校毕业的合照,指着当年派到中山舰服役的同学,每每都有"古来征战几人回"的感触。这位国民党退役少将提及中山舰被日军炸沉的情景就大为气愤,在他的讲述中,当年中山舰的战斗景象恍若重现。他强调,这是一段不能被遗忘的抗战史。他不止一次地说:"这辈子能活着再看到中山舰，死而无憾。"

1998年10月24日，中山舰殉难50周年。陈鸣铮专程从台北回到大陆，和邱奕殿、陈宝通、程乃祥、董树仁等幸存者前往武汉，凭吊历经艰辛曲折才被打捞出水的中山舰。老人们登上已然抖落淤障沉沙的甲板，缓步穿行在今昔交织的时空，抚摸战舰，忆当年悲壮，慰九泉英灵。看到萨师俊舰长当年率官兵抗击日军飞机的军舰依然那样威武，陈鸣铮情动于衷地说："对中山舰殉难50周年最好的纪念，就是继承孙中山先生的民主革命精神，弘扬萨舰长和烈士们的爱国主义精神，为祖国的统一大业和繁荣富强作贡献。"

这位年逾九旬的老兵，身居台北，时刻关注祖国和平统一大业的进程，一次次痛斥台湾当局分裂国家的罪行，希望海峡两岸中国人，都要为国家的统一和强盛尽力。

可以说，世上没有第二艘战舰会像中山舰那样，让亿万华夏儿女魂牵梦绕、思恋动情。这个国宝级文物是一部"立体教科书"。它历经护国运动、护法运动、孙中山广东蒙难、中山舰事件、武汉保卫战五大历史事件，实是中国近代革命史的重要实物见证。

在整修完好的中山舰一侧，立有一面10多米长的"忠魂壁"，上刻萨师俊等25名抗日英烈的名字和事迹，壁后一鼎上镌："抗日寇兮，舰殉国；保武汉兮，血染江；壮且烈兮，垂青史；忠复勇兮，永流芳。"

中山舰为国服役25年，金口之战25位烈士殉国，是巧合还是冥冥中注定？这已不重要，重要的是，正如邱奕殿所说，从中山舰被日本敌机击沉，到中山舰的打捞出水和修复成功，就是一部中华民族由衰败到强盛的历史。

中山舰连着不畏敌寇的民族精神，连着海峡两岸，连着中华民族的伟大复兴！

王冷斋：国难下的尊严

战争的阴影

天仿佛是个漏斗，时下时停时大时小的雨，到 7 月 7 日还没有歇脚之意，就像宛平城外军演不休的日军。

"这么大的雨，日本人还在操演，真是司马昭之心啊！"身着长衫、风度儒雅的王冷斋，站在宛平城东城楼上极目外望，语声激愤。

"请王专员放心，我们也没闲着！他们敢来，我们就坚决扣扳机！"王冷斋任河北省第三区行政督察专员兼任宛平县长，所以人皆以专员相称。

二十九军守军营长金振中说得没错。他们的身后便是虎狮般雄健的队列，不时爆发出虎啸狮吼。金振中所在的二一九团在当年喜峰口、罗文峪等长城各口战役中，打出赫赫威风，奉命驻守宛平和长辛店地区后，金振中麾下三营作为加强营，专事宛平城和卢沟桥的守卫。

早年投身军旅的王冷斋，知道二十九军装备远不及日军，即使在国军中也仅算中等程度。万人上下的一个师，不过拥有少数迫击炮、小口径山炮。一般情况下，每班配一挺轻机枪，每排配一挺重机枪，士兵们除了步枪一支、手榴弹两枚外，最特别的就是人手一口大刀。三营加强到1400余人，除4个步兵连，还有专门的重机枪连、轻重迫击炮各一连。看来，二十九军副军长兼北平市市长秦德纯确实把宛平、卢沟桥视为重点要地了，这点让老同学王冷斋倒还满意。

金振中营长是个很有骨气和民族精神的军人。他率部驻防后，马上在全营开展爱国教育，要求官兵饭前睡前均须高呼"宁为战死鬼，不做亡国奴"口号，以在潜移默化中砥砺全营将士的守土抗敌之志。

只要二十九军的这股士气不灭，宛平就不致丢失，北平亦当不失，华北始有安全！这是王冷斋的期望和信念，经常滚烫在心头。

除了专员、县长之职，王冷斋的头衔还有北平市政府参事兼宣传室主任、新闻检查所所长。因兼职太多，公务繁忙，他只能身在一处，心挂两头，尤其颇受新闻检查所所长这个职衔制约，报纸电台通讯社当日或次日的重要新闻大都需由他签发。因此，如无特殊情况，他一般是上午到宛平专署办公，午后回市府处理政务、批阅公文，晚上在家过夜。1937年7月7日是宛平县"国大"代表选举的正式投票日,他和县府一班工作人员忙得不可开交,迟至下午三四点才得空返北平,走前还特别视察了一番城防。

上车前,王冷斋拍着金振中的肩膀,郑重其事地说:"鬼子在我们眼皮底下耍枪弄炮,这种情况虽已司空见惯,但我觉得这些天有些反常。为防万一,天黑前一定要把城门关上,警惕日军偷袭。老金,一定要多留个心眼!"

王冷斋带着一份牵挂出了宛平城。车经卢沟桥,却见几位服装整饬、军靴马刺着响的校尉,打着雨具,簇拥着一位军官,一路走走停停,指指点点。原来是二一九团团长吉星文,即抗日名将吉鸿昌的侄儿,正在对卢沟桥的布防进行突袭检查。

王冷斋打伞下了车,亲切地招呼:"吉团长辛苦了,下大雨还来检防!"

"情势吃紧,王专员还不辛苦,"吉星文快人快语,言辞简洁,"鬼子的三个中队不分昼夜地老在宛平城附近晃荡,至今没撤回丰台,我们的战备和工事也容不得松懈、疏忽、掉以轻心啊!"

吉星文哈哈一笑:"对待豺狼,只能是弹上膛、箭在弦!"

王冷斋和二十九军乃至冀察政务委员会高层接触颇多,他们中心祈"和平"、梦幻"中日亲善"者可不少,在黑云压城、暗潮汹涌之际,多几个像吉星文、金振中这样的主战和清醒者,国家和民族就多一分安全。

车把卢沟桥、宛平城抛在了雨后,但王冷斋脑海里浮现的,却还是卢沟桥、宛平城。无边无际的雨幕里，总有一些画面由近而远地影印在车玻璃上：一队队日军不顾雨淋和道路泥泞，紧张地构筑工事，以卢沟桥、宛平城为目标进行攻击式演习，后头的炮兵如临大敌，再后面是隆隆不绝、越开越近的装甲战车……

宛平城、卢沟桥情势的吃紧，是傻子都可以看出来的。"弹上膛，箭在弦"就是眼前的局势。一个月前，三十七师师长冯治安（兼河北省政府主席）、一一〇旅旅长何基沣视察宛平、卢沟桥防线时，推心置腹地对县长王冷斋和团长吉星文说："街亭虽小，事关重大，卢沟桥和宛平城出了问题，上面是要打我们屁股的，你们可得看好了！"

谁都知道，在日本人强据丰台重镇后，眼前这座城、这座桥，成了北平对外的唯一通道，倘若再落到对方手中，偌大的北平可就变成了一座死城，整个华北也唾手可得。也都知道，从此时的军事态势来看，已侵占东北、热河、察北、冀东的日本"驻屯军"，连做梦都在垂涎北平。两位长官的话语里有"你们"，但重要的是"我们"，不分彼此共赴国难，唤起全民抗战，方能众志成城，立于不败之地。

王冷斋觉得肩上的担子重如泰山。他倒是不怕被长官打屁股，怕的是被全国人民打屁股。

临危受命，连斗数回合

王冷斋不是宛平人，连北方人都不是。

1891年（清光绪十七年），王冷斋出生在福建省福州市的一个书香世家。天生文弱的他偏喜武学，15岁转读福州陆军学校，18岁入保定军官学校第二期，同学中有后来成为国民党高级将领的李宗仁、白崇禧、顾祝同、秦德纯、刘峙等。毕业后，他追随孙中山，致力于国民革命，参加过讨伐张勋复辟之战；嗣后脱离军界，改武从政，在政府部门从事文化工作，曾在北京办过《京津晚报》和远东通讯社，不遗余力地抨击时弊，并公开揭露腐朽政客的贿选活动，屡为当局所忌，以致报社遭封，本人也与邵飘萍等进步记者受军阀通缉，被迫流浪天津，寄寓上海。

1935年，秦德纯以二十九军副军长兼任北平市市长，王冷斋受邀担任北平市政府参事兼宣传室主任，算是有了稳定的着落。而动荡不定的，是平津、冀察地区的局势。

王冷斋到任的年底，即参加了冀察政务委员会在北平外交大楼举行的成立仪式。这个掌管冀察地区军政事务的最高机构，是日本蚕食华北的侵略政策与国民党政府妥协退让政策相结合的产物，不但人选要征得日方同意，而且各部委均有日本人担任顾问。王冷斋对此颇有微词："如此行政机关，根本谈不上主权和保密，其后果可想而知。"

自二十九军军长、冀察政务委员会委员长宋哲元拒绝日本对平津"伪化自治"的企图后，日本军国主义加紧了对华北的侵略步伐。1936年9月15日，继日本政府在年初、年中先后出台明确"分离"华北及指导"分离"工作的两次"处理华北纲要"之后，日军参谋本部制定出针对华北的《对华时局的对策》。其要点是："在华北，万一发生有损帝国军队威信的事件时，中国驻屯军应果断立即给以惩罚。"为此，广田弘毅内阁会议决定在平津一带增派驻屯军兵力，日本陆军部旋即规定中国驻屯军（司令部设于天津，故又称天津驻屯军、华北驻屯军）的任务：维护日本在华利益，必要时使用武力。

9月18日，日军驻北平步兵一中队在丰台（时属宛平县辖）演习时欲通过中方军队守卫线，被阻后产生冲突。此事在双方调停下，虽没酿成重大事端，但日军却以此为借口，增兵丰台，继而又以营舍不够居住等种种理由，提出要在丰台至卢沟桥中间地带的大井村购置土地，建筑兵营及飞机场，以图割断二十九军与外界的联系要道。在北平府政府、宛平县政府、北平日本特务机关部及天津日本驻屯军司令部各处，王冷斋协助北平市长秦德纯，先后与日方展开数场谈判，回绝了日方图谋。

这年入秋以来，北平天津的形势骤然紧张，河北省与日军的交涉事件也开始日益繁多。河北省会保定距宛平县近200公里，许多事情省政府难以顾及，于是，河北省第三区行政督察专员公署（亦称宛平公署）在1937年元旦应运而生，专门负责办理对日交涉事务，以及下辖宛平、大兴、通县、昌平等四县政务。王冷斋的渊博知识和出色的办事能力，是大家所公认的，因此受命担任督察专员兼宛平县县长（归北平市政府节制）。自丰台落入日军手中后，宛平及其辖下的卢沟桥，以其愈发显要的军事地位而成为焦点。日军一次次有意制造事端，屡显其狼子野心。

王冷斋可谓受命于危难之际。为了更好办理让人生畏的外交事务，他任命卓宣谋为外交秘书。卓曾留学日本，交游广阔，其两位胞兄为当时官场、商场的显赫人物。王冷斋借助卓宣谋，既有倚重之意，亦有抬高专署办理外交的身份。

1937年1月20日，日军参谋本部出台《关于对华政策对陆军省的意见》，要求对华北的工作"奋起直前，采取一切手段，向互助共荣之目标迈进"，"在实行以上工作后，仍不能调整日华关系或更加恶化、真的到了不得已时，经过最大的忍耐后，准备给予致命的痛击"。4月16日，日本四相会议又制定《第三次处理华北纲要》，提出要使华北"实质上成为巩固的防共、亲日'满'地带，并有助于获取国防资源和扩充交通设备"。纲要提出许多具体的重点项目，要求"应迅速设法解决"。这些针对中国华北的"处理纲要"，都是日本政府、军部在多次派员赴中国调查，广泛搜集在华日军、特务机关、驻华外交代表意见的基础上，经反复研究出台的。它们包含着对日本华北驻屯军1937年工作目标的一再确定——独占华北，使之成为侵略中国的"又一个"基础地区。

这些被载入《中国事变陆军作战史》、代表日本政府和军部赤裸裸侵华意图的条文、命令，王冷斋当然无从知道。但他不用知道，通过他的耳闻目睹，就可以切切实实地感受到凝聚的战云。

专署成立，王冷斋新官上任伊始，日方军警长官、宪兵队长及有头有脸的各色人等，先后就借"祝贺"之名，大行拉拢腐蚀、软硬兼施之花招。

那天，华北驻屯军参谋桑岛中佐，三言两语"祝贺"完毕，便直奔主题。他展开事先绘制好的大井村地形图，说："王专员请按图割地，我们马上要圈地打桩！"那倨傲的神态，嚣张的气焰，根本不是找你商量，而是要你完全俯首听命。

又是这个重复多次的"大井村事件"！王冷斋抬眼粗瞄一下画了许多圈圈的地形图，不假思索地说："本人刚刚到任视事，宛平前任县长对此没有任何案卷移交，因此无权处理，须请上峰裁断。另外，从图纸来看，被圈面积之大不说，而且涉及众多居民的房屋和祖宗坟墓，河流、道路、桥梁也多有牵涉。这样大的问题，恕本人不能答复。"

桑岛眨巴着眼说："王专员，你得明白，你们的上级业已同意，我们只是来办手续而已。"

王冷斋轻"哦"一声，道："空口无凭，我倒要看看批文是怎么说的。"

桑岛哪里能拿出批文来？

王冷斋摇着折扇，毫不客气地下了逐客令："既然没有批文,我就更不能给你们方便了。桑岛先生请回吧。对了,我顺便转告,你们今后可以不要再打这个算盘了,大井村多有坟地,而我们中国人敬重祖先,是决不会出卖祖宗坟地的!"

桑岛悻悻而去的脚步没走多远,日本驻华大使馆辅佐官寺平忠辅大尉、通识官(秘书)斋藤栗屋等人又先后到宛平"祝贺",就大井村征地一事多次纠缠,但每次都被王冷斋峻词拒绝。

自出长宛平以来,几乎每天都有日方人员前来接洽,王冷斋虽感不胜其扰,但抱定任劳任怨之心,据理应付,使日方无借口余地。一天打发前来威胁利诱的日本人和汉奸后,王冷斋叫来秘书兼县府第二科科长洪大中等人,声若洪钟起誓:"我是个堂堂正正的中国人,今后不管遇到什么风险,决不在我任内发生出卖祖国一寸土地的事情,决不在中国历史上留下罪名!"众人大受感动,异口同声地跟着起誓。

一个工作日,宛平县政府第二科(主管田赋钱粮)科员俞二,捧着一厚叠办理地契过户的卷宗来找科长洪大中。原来他经过对卖地农民的细心盘查,发现每次来办过户手续的都是两三家,且都卖给同一姓氏,而卖主全是大井村农民。

"现在并无任何自然灾害,照理说农民没必要出卖全部田产搬迁,我怀疑与日本人有关……"俞二一边把契纸和申请呈给洪大中细看,一边提出自己怀疑的根据。

洪大中认为分析有理,马上带他去见王冷斋。

王冷斋一脸认真听完,收起手中的折扇,迅速决断:"先把地契和申请扣留不发,让他们等通知再办手续,我们务必先搞清真相。"

县府连夜派人到大井村调查,这里头果然蕴藏着一个巨大的阴谋,真正的买主是日本特务机关部!

原来,日方在正面交涉屡遭王冷斋坚拒后,并不罢休,变计从民间着手,背地里勾结当地汉奸和地痞流氓,秘密串联,以利诱和欺骗手段租买大井村农民的土地。直到准备在县政府办理地契过户手续时,才被细心的科员俞二发现。

情况明了,王冷斋当即下令:马上把为首的汉奸抓起来;组织人力向农民进行宣讲,既要告诉他们出卖祖宗庐墓大逆不道,也要告诉他们家门连着国门,爱国家民族即是爱家,谨防被坏人利用,切戒再行上当受骗;尽快把当地农民组织起来实行联保,彼此立约,决不出卖国家一寸土地……

大井村村民绝大多数都有爱国心,经剀切开导后,具呈县府,加盖手印,声明决不将土地租卖,如日本人以武力强占,则决以流血相抵抗。大井村村民众志一致,日军的阴谋诡计又落了空。

3月初,日本驻北平特务机关长松井太久郎大佐亲自出马,下帖请王冷斋、卓宣谋、洪大中和专署林秘书,"赏光"到特务机关部共进午宴。

"松井能安什么心?这八成是鸿门宴,我看去不得。"王冷斋外交秘书卓宣谋与日本人打交道时间不短,知道他们的花花肠子。

洪大中和专署林秘书同意卓宣谋的看法。

王冷斋却摇了摇头，他拍拍手头的请帖，道："我也知道松井不怀好意，但我们不能示弱，如果担惊受怕退缩不前，就会助长日本人的嚣张气焰，从而轻视我们。俗话说'明知山有虎，偏向虎山行'，为了国家和民族的利益，即使刀山火海也得闯，也可见识见识松井的鬼胎！"

"万一……"

王冷斋向说话人投以鼓励的眼光，语气坚定地说："文天祥说得好啊，'人生自古谁无死，留取丹心照汗青'。我们去后，如果被扣被杀，我们个人是不幸，但却于国家民族有幸，因为这样势必激起全国民众更大的抗日浪潮！"

王冷斋他们咸抱牺牲的决心，赤手空拳，义无反顾地踏上了赴宴之路。到达东交民巷台基厂二号、与日本大使馆相邻的特务机关部时，但见松井已率参加宴会的日方代表——日本大使馆助理武官今井武夫、辅佐官寺平、秘书斋藤以及华北驻屯军参谋桑岛等人，在大门庭院列队相迎。

双方稍事寒暄，即入席举杯互祝友好。酒方一巡，斋藤拿出早已准备好的大井村地形图和"协议"文书，并递上笔墨，要王冷斋当场签字。松井笑里藏刀说："为了中日亲善，希望专员阁下给予大力支持。"

王冷斋不卑不亢："松井大佐阁下设宴是为了中日友好，我们前来赴宴也是为了中日友好，我们希望宴席之间莫论政事，还是谈谈笑笑为好！"

松井脸色一沉："我知道你们中国人喜欢研究,今天有烟有酒,不是正好可以研究嘛!"

今井武夫鼓胀着腮帮子,语带威胁:"王专员可不要敬酒不吃吃罚酒!"

王冷斋正色道:"我可说好了,政事留待以后商议。如果现在谈判大井村土地,那很抱歉,我们只有退席,即使因此失去自由,也在所不惜!"王冷斋越讲越激动,不觉用手拍了拍桌子。

席间一时鸦雀无声,一场暴风雨眼看骤至。岂料,松井在略加沉寂后,态度突然一百八十度大转弯,拍手三声,大叫:"花姑娘,叫花姑娘的好!"

转眼间,一群日本艺妓,连同北平走红的中国妓女鱼贯进室。松井嬉笑着说:"听说王专员雅好音乐,我们今天就来听弹琴说唱,并跳舞助兴。"

这种突变,出乎王冷斋意料。不容他答话,松井等人就来拉他和随从们与妓女跳舞。这些与自己品性格格不入的伎俩,虽然让王冷斋深感厌烦和难受,但在这种情况下,他既不能马上退席,也不好作壁上观。为了缓和刚才的紧张气氛,他也就虚与委蛇地转了两圈,而后找个借口,率众与日本人作别。一场斗争又暂告结束。

几个回合下来,王冷斋正气浩然,坚不松口,寸土不让。日方见企图无法得逞,只好另作他谋,于5月初另择伪化区通县(伪冀东防共自治政府所在地)开辟简易机场。根据河北省政府调查该机场实况并绘图上报的指令，王冷斋亲遣秘书洪大中深入虎穴，在日本人和汉奸的眼皮底下，冒险完成了这个棘手任务。

大井村阴谋胎死腹中，日军旋又咄咄逼人提出要穿过宛平城和卢沟桥到长辛店军事演习。这是借军事演习之名，达到强占宛平城和卢沟桥，夺取保定、石家庄之大平原，而后图谋华北之目的。为此之故，中日双方频繁交涉。王冷斋不屈淫威，一次次断然严拒，坚决捍卫祖国神圣领土的尊严。

但日军并没因碰壁而放弃，他们处心积虑地寻求侵略契机。5月间，日军隔三差五就要在丰台至卢沟桥地区展开攻击性演习，并变虚弹为实弹。至6月，北宁线上，日军调兵遣将，军运频繁，驻丰台日军牟田口廉也第一联队的三个中队更在宛平城北、平汉铁路北侧至永定河堤一带，日夜不停地演习攻城战术，时时枪炮齐鸣，践踏良田。

日军整天价地在眼皮底下肆意找茬肇事，这使王冷斋既气愤又忧心。但他告诫自己在交涉场合须戒慎沉着，以静制动，一言不慎、一事失当，都有可能使日人找到借口，致陷外交于困难。他为处理对日交涉事务，每晚都是拖一身疲惫披着月光回家。那原本单薄的身材，几个月下来更见消瘦，纺绸大衫肥出了一圈儿。

日军在宛平城和卢沟桥一带的军演愈演愈真。挨到7月，凡有两国人员接触之地，都布满了火药，划根火柴就会爆炸。王冷斋诚望这不停不歇的大雨小雨，能浇灭、扼制日军的侵略之火，但想到二十九军虽加强了对北平市区、郊区的巡逻和城门的守卫，在卢沟桥一带也增加了兵力，可北平天津报纸的头版，却还常刊载宋哲元、秦德纯、张自忠等军政要员同日本驻屯军司令田代皖一郎、参谋长桥本群、旅团长河边正三、驻北平特务机关长松井等来往应酬的新闻，心里就不禁悲伤：日方武力侵略已成弯弓待发之势，单是和平的幻想，实不足以掩盖平津所处的危急！

二十九军军长、冀察政务委员会委员长宋哲元对日本人的退让也太窝囊了！王冷斋真希望他强硬一些，拿出当年领导长城抗战的血性来，才不负人民授予的抗日英雄称号！

被刻意锁定的"七七"这一夜

连绵的雨也没在北平市南长街歇脚。雨后梨花雪青松，这原是王冷斋的雅赏，连同家中的飘飘仙乐，当是不俗的情境。

正如日本驻北平特务机关长松井太久郎所掌握的那样，王冷斋喜音乐，其妻胡太太是北平女界名流，系大名士马相伯之高足，能诗善画，尤精词令昆曲，每在茶余饭后为夫君吹奏一曲，以解其烦忧劳累。此曲只合天上有，不意隔墙竟可闻，路人往往为之驻足，人称王家为"极乐世界"。人所不知的是，这个"极乐世界"，随着日本人步步为营染指华北，已然蒙上阴影。

7月7日这晚，王家就没有仙乐飘逸。紧赶慢赶处理了一天公事的王冷斋，虽然身心俱疲，却无雅兴来求夫人弹唱。他的烦扰是骨子里的，非音乐所能舒缓。他冲了泡家乡的铁观音，面窗而啜。窗外的雨还在密密地下，王冷斋的心不觉被雨水淋湿了。

他想着连日来的对日交涉，想着白天在宛平、卢沟桥的耳闻目睹，脑海里莫名其妙地又交织起纷乱而刺目的画面来：日军头顶大雨，脚踩泥浆，开着装甲，推着炮车，向着卢沟桥、宛平城开进，开进……

今晚的卢沟晓月，将迷失何方？王冷斋一怀心绪，上榻后辗转反复，难以入眠。

正如他所担心的那样，阴险的日本人，照着早已预谋的计划，算计着咔嚓咔嚓的时分，狞笑着推动战争的车轮。

7月7日傍晚，驻丰台日军大队长一木清直少佐的第八中队，由中队长清水节郎大尉率领，又来到宛平城卢沟桥附近的回龙庙一带，进行"利用黄昏接近敌主阵地"的实弹军演，气氛异于往常。至晚间10时40分，演习场地忽然爆响一阵清脆的枪声，划破了宛平城寂静的夜空。紧接着，城外响起凌乱的脚步声，一队日军跑至宛平城下，叫嚷丢失了一名大和士兵，必须进城搜索。

守城营长金振中严词拒绝，他对日军的阴谋一望而知：好个进城搜索，还不是挖空心思，想兵不血刃就占我宛平城，打开通往河北的门户！

金振中迅速打电话向王冷斋报告军情，他说："鬼子在漆黑的雨夜到卢沟桥我军警线内演习,明明是企图偷袭宛平城。只因我军守备森严,他们才捏造丢失士兵的借口,想趁进城搜查之机,诈取我城池。"

王冷斋不假思索地指出:"老金你做得对,他们在演习场丢失士兵与我方无关,此系日本人的惯用伎俩,让他们骗鬼去吧!只要日头不从西边冒出来,我们就不能让鬼子进城!"

沉吟片刻,王冷斋又加一句:"我看日军当有企图,你们一定要严加防范,切实戒备,随时准备应战。"

电话那头的金振中语声像往常那样爽朗:"放心吧王专员,日本人在哪发疯,我们就在哪收拾他!"

王冷斋也好,金振中也好,压根儿没想到,7月7日卢沟桥畔日军打响的这阵枪声,竟由此拉开了震撼世界、持续八年的中日大战序幕。事后,王冷斋有感而发,作诗以纪:"一声刁斗动孤城,报道强邻夜弄兵。月黑星沉烟雾起,当时七夕近三更。"他还在诗中加了小序:"民国二十六年七月七日之夜,近十一时,枪声忽作于宛平城外,后查知为日兵所发。"

日军所谓丢失的这名士兵(二等兵志村菊次郎),入伍才三个月,实因解手时迷失方向,但不久即归队。不料日方竟以此为借口作要挟,立即包围宛平城,并开枪示威。晚12时,日本驻北平特务机关长松井太久郎大佐出面向冀察政务委员会外交委员会交涉,称:"我陆军一中队在卢沟桥一带演习时,贵军很不友好地在宛平城开枪,使演习部队一时纷乱,结果失落一名新兵,生死不明,我军要求今夜入宛平城搜索。"

此时，冀察政务委员会最高领导人宋哲元为避日方纠缠，已回山东乐陵老家，其职由二十九军副军长兼北平市市长秦德纯代行。秦德纯如是答复："卢沟桥是中国领土，贵军未得我方同意即在该地演习，已违背国际公法，妨碍我国主权。走失士兵我方不能负责，贵方更不得进城检查。"

本着平息事态之愿，秦德纯旋又表示："等天亮后，令该地军警代为寻觅，如查有贵方兵士，即行送还。"

如此客气，松井并不满意，放言威胁冀察政务委员会外交委员会主任魏宗瀚："不达目的，极可能诉诸武力！"

面对公然挑衅，秦德纯急令有关部队进入战备，随即亲自打电话给王冷斋，要他迅即查明放枪及日军失踪士兵之因。

因为彼此是同学，王冷斋和秦德纯讲话甚为随便。无法入睡的他恨恨地骂道："这纯粹是日本鬼子别有用心，制造借口，寻衅滋事，正应了北京的一句歇后语'戴着眼镜锯碗——找碴儿'嘛！还要他妈的给他搜查，根本就不可能有这种事，查个鬼呀！"

秦德纯说："日本特务机关长松井已向我方提出交涉，正等着回话。真相究竟如何，查明了也便于我们相机处理，免得事态扩大。"

虽然内心不满，但面对上峰的指令，尤其是"免得事态扩大"一句，王冷斋也不敢怠慢，立即拨通两个电话，一是通知城内驻军切实查明放枪之事，二是命令宛平警察局广为搜寻失踪的日军。

守城营长金振中亲自组织人员严加盘查，发现根本没有朝日本驻军开枪之事，而且每人所带子弹不短一枚。宛平警察局历一小时之久四处搜查，也压根没发现什么失踪日兵的影子。

王冷斋据此事实向秦德纯报告，秦德纯微叹一口气："事情远没这么简单，今晚我们是别想睡了。你来我这一趟，研究有关情况吧。"

当面交谈看法后，秦德纯指令王冷斋以中方首席谈判代表身份，黉夜赶赴东交民巷日本大使馆相邻的日本驻北平特务机关部，向机关长松井太久郎交涉。

又要一次去日本特务机关部，想着不久前的"鸿门宴"，王冷斋心里别有一番滋味。作为宛平地方最高长官，对日军近来在卢沟桥地区霸道蛮横的行径，他情难容忍。但他深知，自己的言谈举止代表着宛平，代表着北平，任何的疏忽、鲁莽和意气用事，都可能造成一地一线或一片的影响与损失，只有有理有节地与豺狼斗争，方有取胜希望。为了国家和民族的利益，再大的风险他都得"重进宫"！

这名走失的日军士兵，很可能成为一根导火线，引爆一颗炸弹。王冷斋怀着这么个预感走出秦德纯官邸时，屋外刚好滚过一声响雷，他感到脚下的地在微微颤动。

雨，又哗哗地下了，急风暴雨！

于刀光剑影中折冲樽俎

深夜的日本特务机关部,不独这次,往常也是灯火通明。

王冷斋到达这个虎狼之窝时,已是7月8日凌晨2时许。冀察政务委员会外交委员会主任魏宗瀚、委员林耕宇及绥署交通处副处长周永业等人均已在座,日本特务机关长松井太久郎、辅佐官寺平忠辅大尉、通识官(秘书)斋藤栗屋以及冀察政务委员会军事顾问樱井德太郎少佐等分坐一旁,双方人马已然泾渭分明。王冷斋前脚一跨入,交涉谈判立马开始。

1937年7月,王冷斋在宛平县政府与日军代表谈判

松井讲完打枪和日兵失踪的情况后,王冷斋立即起身,用极其严肃的目光扫视一遭椭圆形桌子对面的日本人,然后把目

光停在松井那张肥胖的脸上，郑重声明："你们说枪声响于宛平城东门外，可我方在此并无驻军，何谈开枪，由此可以断言绝非我方所发；就是城内守兵也查明并无开枪之事，每人所带子弹一发不少。"

松井话藏机关："照王专员这么说，这枪声难道是我军自己所放不成？"

王冷斋冷冷一笑："我没这么说，但阁下却提醒了我，是啊，每个长耳朵的人都听到了这枪声，可为何就不能是贵军所放呢？我们在你们的防区放枪，那不是自找麻烦吗，有这个必要吗？"

松井也算是"稳健派"的人物，在不知失踪军士已回营的情况下（被日军演习部队所隐瞒），他绕开放枪问题，要求中方对日军失踪士兵负责。

王冷斋又摇起了折扇，疾首蹙额："至于所说失落日兵一名，我方派出警察到各处搜寻，毫无踪影。"

冀察政务委员会的"顾问"樱井，自然向着日方，诡称："城外搜寻不到失踪的演习士兵，我们必须自己进城搜索，方可知道究竟。"

王冷斋毫不退让，一双锐利的眼睛直逼樱井："樱井顾问此言差矣！你不是不知道，自我在宛平主政始，就下令夜间关闭城门，日兵在城外演习，岂能在城内失踪？难道你们的士兵长了翅膀能飞进去不成！"

这一有力的诘问，使能言诡辩的樱井梗着脖子瞪着眼睛，竟至有好一会儿没答上话来。

王冷斋眼光复扫一遍日方代表，直言不讳："退一步说，果有贵军士兵失落之事，也绝会和我方有关！"在一声冷笑后，他继续反诘："不需我提醒，在座先生们也该知道当年贵国南京领事藏平自行隐匿之事。我想，昨夜发生的事，莫不是仿效当年的故伎重演，以作要挟我们的借口吧？"

如此直言，让松井大感意外，一张肥脸涨得通红，连连摆手说："不可能，不可能，王专员切勿多疑。"

樱井也矢口否认日方的预谋，却仍蛮横要求实地调查，弄明情形，以便谈判。

由于王冷斋态度强硬，一番争执后，松井只好表示："为周到起见，中日双方各派代表同往宛平城一并调查，待查明情况后再商谈处理办法。"

由是，中方以王冷斋、周永业、林耕宇为代表，日方以樱井、寺平、斋藤为代表，组成联合调查小组，于3时30分分乘两辆汽车前往现场。

路经丰台日军营地，但见数百日军正全副武装，列队受训。一身披挂的牟田口廉也大佐拦下王冷斋和林耕宇，强行要他们到营中叙话。

牟田口是日军驻北平第一联队联队长，因此时日军旅团长河边正三少将不在北平，他还兼任代理警备司令官，是眼下北平地区的日军最高军官。大队长一木清直接到"一士兵失踪"的报告后，就是向他请示出兵的，后来日军向宛平县城和卢沟桥开炮攻击也是他下的命令。1941年因罪恶"战功"已升任陆军中将的牟田口，写了一部名为《华北作战史要》的回忆录，其第一章对卢沟桥事变发生时的情况和他的判断均有详细记述。7月7日夜，牟田口命令一木清直大队出动的同时，还让日军宪兵分队长赤藤侦察中国冀察当局军政要人及驻军的有关情况。7月8日凌晨2时半，赤藤报告："支那部队及要人住宅非常平静，没有发现任何异常情况。"牟田口如是回忆："这个汇报成为联队长及代理警备司令官下定重大决心的基础，即断定此次事件绝非支那方面有计划的行为，完全是卢沟桥附近局部地区的突发事件。"既已断定绝非中国方面的计划行动，牟田口为何还要下令攻击中国军队呢？他在手记中"夫子自道"："最近联队长的心情是这样的：鉴于去年丰台事件的经验，支那方面对日军的敌对行为是不容宽恕的，有必要下决心采取断然措施。……借此良机正可以给支那军以铁锤般的打击，借以收拾局面从而宣扬皇军的威武。"这段自述，或许可以帮助后人解开牟田口在知道所谓"失踪士兵"归队的情况下，为何仍命部队做好战斗准备的疑惑。

　　震惊中外的卢沟桥事变，最初就是在牟田口等人的刻意安排下，一步步从局部扩大到无以复加的地步。而这位战争狂魔心知肚明，却还在耍弄他的花花肠子，劈头盖脸就问王冷斋："王专员此去，是否负有处理事件之全责？"

　　置身阴森凶险的日军兵营，王冷斋毫不畏惧，反唇相讥："刚才在你们特务机关部所商，是先做调查。现在我所负的只是调查使命,事态未经明了,尚谈不上处理。"接着一语双关地说:"此事责任应由谁负,总会真相大白。"

牟田口瓮声瓮气,施以激将法:"据闻阁下虽身为文官,却也历练过军旅,只是不知还有没有指挥中国军队行动的权限和气魄?"

王冷斋还是神闲气定,不卑不亢:"我已经跟阁下说过了,现在事情还未调查明了,谈不上什么处理,更无所谓指挥中国军队行动一说。至于说到气魄,我倒可以相告,中国每个公民都有制止任何侵略者侵犯自己领土主权的气魄!"

牟田口脸露凶相,步步进逼:"有气魄就好!现在事机紧迫,应即迅速处理,阁下为地方行政长官,此事发生在贵署管辖境内,自有处理之权,而无须再行请示。我方业已决定,此事由副联队长森田彻中佐全权处理。"

王冷斋知道牟田口所谓"地方事件""地方解决"之意,却不予理睬,语气严正地强调一定要先调查后再谈处理。

在近半小时的论战中,牟田口死乞白赖,语带威胁,暗藏杀机,王冷斋身处刀光剑影,却毫不示弱,坚决不肯就范。

一向傲慢骄横的牟田口廉也大佐,自从在东三省长驱直入以来,就认定中国的将佐官吏不过是一摊稀泥,恐日已成普遍心理,一经恫吓,没有不屈服的。不想这服"灵丹妙药",今天竟失掉效力,眼前这个瘦筋窄骨、书生气十足的文官,竟敢当面顶撞"太君",真是出人意料!

牟田口威胁不成,反被问得张口结舌,先败下阵来,奈何不得，只好答应王冷斋先行调查。

（据日本防卫研究所编撰的《中国事变陆军作战史》载，7月8日凌晨2时，联队长牟田口派联队副森田彻到现场调查处理，"可作断然处置的姿态进行交涉，为此，适当地派步兵一个中队、机枪一个小队与冀察方面调停委员同时进入卢沟桥东门内，第三大队主力则集结于卢沟桥火车站西南方附近，做好随时可开始战斗的姿态"。）

王冷斋和林耕宇步出兵营时，四五百名日军已分乘多辆汽车，携带大炮，正络绎朝卢沟桥方向出动。王冷斋心里不免着急，但明察秋毫，明白日军眼下所做一切，不过是扮演一出拙劣的丑剧而已，当务之急是应让我军做好一切抵抗准备。他牵挂宛平城和卢沟桥的布防，恨不得飞身入城。

骤雨初歇，月色昏暗。汽车穿过寂静的街市，透过车窗可见，公路和铁路涵洞一带已被日军占据。进抵距宛平城二三里的东北角制高点沙岗，不意日军已抢占布防于此，枪炮排列，日兵多数伏卧，俨然进入一级战斗状态。

事态严重，战事一触即发！王冷斋正惊诧间，汽车突然停下，寺平跳下车，打开车门，做出手势说："专员阁下，请在此处下车。"

这莫非又是日本人设好的圈套，是想给我一个下马威，好让我屈服？一连串的问号在王冷斋脑海中升起，但他纹丝不动，他可不会乖乖听人指挥。

寺平白了王冷斋一眼，以傲慢的口气说："现在事态已十分严重，来不及调查谈判了，请贵专员马上处理，下令城内驻军向西门外撤退。"寺平边说边从皮挎包里掏出预先准备好的地图，在王冷斋面前展开，指点其间云："等我军进至东门城内数十米地带，再行协商解决办法，以免两军发生冲突。"

"这怎么行?!"王冷斋面对月光下蠢蠢欲动的黑压压一片日军，正颜厉色地说："你怎么出尔反尔、言而无信？刚才谈判时，你不也附议了吗？现在是调查枪声来源和失落日兵问题！刚才牟田口要求我负责处理，我已拒绝，你现在居然提出我军撤出、你军进城的无理要求，离题太远，更谈不到！真不知你是奉了何方命令？"

寺平不愠不恼，振振有词："平日我军演习时均可穿城而过，已有先例，何以今日演习不能进城？"

王冷斋勃然大怒，厉声驳斥："你讲得不对，荒谬至极！你来华不久，接任现职不及三个月，恐怕还不明白有关情况。日军演习向来都在野外，我从未允诺可以穿城而过。你说有先例，那就请你指出某月某日事实，给我一个事实证明。"

寺平语塞，遂恼羞成怒："此项要求，系奉命办理，势在必行！请你得识时务，见机而作，以免险及性命。"

说话间，日军队列里蹿出一个相貌让人讨厌的矮家伙，正是负责全权处理此事的副联队长森田彻中佐。他态度蛮横，二话不说就把王冷斋强拉下车往前走，指着日军阵容和一长溜排列的枪炮，一脸杀气，语声阴森："王专员还是同意我军进城为好，十分钟内，如无解决办法，严重事件立即爆发，枪炮无眼，你们危险!"

一直阴谋挑起战事的日军大队长一木清直,也嚷嚷开了:"王专员得明白,覆巢之下岂有完巢,你的宛平城和子民们只怕要一起玉碎了!"

"宁为玉碎不为瓦全,这是我们中国人的信条和荣誉!"如此明目张胆地威慑,却没吓住手无寸铁的中国代表,联想到适才牟田口的扣留,王冷斋板下脸孔,一手叉腰,一手指着森田、一木、寺平严加痛斥:"你们这种举动,无异于土匪绑票!只是我奉命调查,早就没有顾虑什么危险,你们是吓不倒我的!今日所行第一步调查办法,系在你们后方(特务机关部)做的决定,你们前方后方不应如此矛盾吧?我现在向你们严正声明,此处非谈判之所,如你们依照后方决定原则办事,须在城内从容相商,否则事态扩大,你们当负全责!"

铮铮话语,落地有声,惊飞的夜鸟扑翅而去。瞠目结舌的日本人,大概只想到自己的蛮横可以生效,却没料到世界上总有一些人,虽然连命都捏在别人手里,但就是"威武不能屈"。

面对眼前这个洋溢着民族大义、坦然将生死置之度外的中国人,森田彻黔驴技穷,怏怏地向寺平打了个手势。寺平再无多言,只好又赔起了笑脸,请王冷斋上车,随后屁颠屁颠地跟着上了车,陪同进城。

打响宛平保卫战

雨停了好一阵了,但宛平专署(县政府)里,由口水交织的阵雨却纷飞在眼前。

谈判甫一展开,日方代表就气势汹汹,一会儿要追查士兵失踪原因,一会儿质问为什么不让日军进城,一会儿提出要赔偿昨晚日方遭受的"损失"、严惩守军营长金振中这个"祸首",翻来覆去,胡搅蛮缠。

中方代表照样以王冷斋唱主角,唇枪舌剑,毫不退让。但日本侵略者本就别有用心,正应了王冷斋对秦德纯所说的那句北京俚语,"戴着眼镜锯碗——找碴儿",原本就是借端挑衅,哪肯轻易放手!不过半小时工夫(7月8日晨5时30分),城外突然枪炮声大作。

据日本防卫研究所《中国事变陆军作战史》记载,1937年7月8日4时23分,一木清直向联队长牟田口电话报告:中国军队在回龙庙方向"第三次开枪,纯系敌对行为",请求开战。

历史已有铁证,所谓"中国军队第三次开枪",完全是一木清直在日方"士兵失踪"计划流产、武装进城企图受挫后,恼羞成怒,为开战而编造出的借口。而7月8日凌晨1时半,一木清直尚未从丰台赶到卢沟桥,华北驻屯军参谋长桥本群已在天津主持召开了幕僚会议,命令在津部队于3时做好出动准备。凌晨3时,驻屯军"军主任参谋起草"的《宣传计划》(草稿),

在"第二要领"中特别提及"诱导事态的基础工作",并列举了监禁中方要人、占领卢沟桥等步骤。7时30分,桥本群下达天津驻屯军出动的命令,除步兵外,还有战车一个中队、炮兵一个大队,并决定卢沟桥前线战事由旅团长河边正三坐镇指挥。这些详情,让人看清战争狂徒实属一丘之貉。

城外日军的枪炮声一阵紧似一阵,城内守军奋起还击。城外的枪弹,带着尖啸飞落城里,把日方代表吓出一身汗来,唯恐中了自家不长眼的三八枪弹。

王冷斋端坐谈判桌,抓住这绝好机会,严词质问樱井一伙:"你们今天可是亲眼看见了,日军首先开枪破坏了大局,因此,日方应负酿成此次事变的一切责任!"

樱井的态度开始软塌下来,有气无力、支支吾吾地说:"阁下息怒,开枪或许是出于误会,一定要努力调解,勿使扩大。"

"还误会?难道要等到宛平城被你们的大炮轰倒不成!"

王冷斋甩下这话,起身离屋,在电话室向二十九军副军长兼北平市市长秦德纯报告日军攻城情形。秦德纯叮嘱:"冷斋兄,你们务以国家领土主权为念,竭力与敌周旋,不可轻易退让。"

王冷斋表示:"这个请市长放心,只是日方攻城……"

秦德纯说:"你加紧同樱井等展开谈判,我们也马上与日方交涉,在此期间,宛平守军要不惜一切牺牲,坚守阵地。"

宛平城内和城外对射一小时后,日军颇有伤亡,却还在原地不动,未能进前一步。樱井等登城"调查",见日军未占便宜,遂以调解为名,手持白旗,要求日军停止射击。

日军指挥官森田彻派信使持刺来见王冷斋,要求中方派员出城面谈,双方下令停火。经商议,由林耕宇与寺平缒城而出,与森田面商。但很快,林耕宇就折返城内,寺平却回到了日军阵营。

与森田彻的商谈毫无结果。日军复向城内射击,宛平城狼烟再起,城内谈判中止。

7月8日晨5时30分,就在日军进攻宛平城时,一木清直率第三大队主力,分四路气势汹汹径向回龙庙及铁路桥的中国守军扑来,声称要在中国驻军阵地搜寻"失踪士兵"。日本全面侵华的罪恶战争,就这样赤裸裸地卸下了遮羞布。

宛平战事,牵动了二十九军上下将士的神经。秦德纯(二十九军副军长兼北平市市长)、冯治安(三十七师师长兼河北省主席)、张自忠(三十八师师长兼天津市市长)、何基沣(一一〇旅旅长)等召开紧急会议,命令驻守卢沟桥、宛平城的吉星文部:"卢沟桥、宛平城即尔等之坟墓,应与桥城共存亡,不得后退!"

不堪日人纠缠而于5月初回山东乐陵老家躲避的二十九军军长宋哲元,也来电命令:"扑灭当前之敌!"

卢沟桥和宛平城的守军含垢忍辱已非一天,这一口郁积在胸中的恶气,在今天始得有机会发泄,所以人人争先,不畏牺牲,在雨中冒着炮火奋起还击,接连打退日军凌厉攻势。

日军以十几门迫击炮攻城,宛平城里充塞天崩地裂的爆炸声。密集的炮火呼啸着飞过城墙,首先炸毁了营指挥部,继之击毁城东顺治门城楼。

宛平是弹丸小城，如若日军重炮不断轰击，谁都不能担保不被夷为平地。面临漫天战火，王冷斋心怀壮烈，训谕专署和县衙人员在强暴面前不屈不挠，无辱于中华民族和中国人民。他以抵抗安禄山叛军坚守睢阳孤城的唐朝大将张巡为楷模，说："效法张睢阳，此其时也！"

王冷斋瘦弱的身影不时出现在守城官兵中间，勤加慰勉："保卫领土是军人天职，一尺一寸国土，都不能轻易放弃！"

同是保定军校毕业的金振中，代表全营将士慨然表示："请王专员放心，一寸山河一寸血，人在宛平在！"

宛平守军在多次打退日军进攻之下，依照秦德纯之计，在攻城日军未射击前，不先射击，待日军射击而接近我方最佳射程距离内，便以"快放""齐放"猛烈回击。此招让攻城日军大为吃亏，城外横尸甚众。

下午3时50分，华北驻屯军步兵旅团长河边正三少将从秦皇岛赶来北平，坐镇丰台。联队长牟田口则亲赴卢沟桥地区指挥，他想到了攻心战术，下令暂停攻城，派人携函进城转递王冷斋。信封上书"王冷斋殿"（殿，日本多用于男性，即先生收启之意），信内云：鉴于事态发展严重，请阁下会同吉星文团长、金振中营长立即与我方进行谈判。

王冷斋洞悉奸计：日军主动停火谈判，妄想调虎离山，把自己和吉团长（驻长辛店）、金营长骗出城桥防地，以方便他们乘虚攻城略地。他拿起笔来，龙飞凤舞写了一行字予以回绝：

"两国交战,敝人守土有责,不能擅离。"

信送出后,王冷斋感到与樱井他们的谈判已无实质意义,遂宣布谈判终结,要求日方谈判人员出城。樱井等却以没有谈出结果为由,拒绝回去。

约一小时后,牟田口又差人前来送信,向宛平政府发出三点通牒:

限即日下午8时止,中国军撤到永定河西岸,日军亦撤至河东,逾时即以大炮攻城。

通知城内人民迁出。

在城内之日顾问樱井、通讯官斋藤等,请令其出城。

王冷斋摇着折扇,溜了一眼这最后通牒,轻蔑一笑:"日本人认为以武力相威胁,就可迫使中国军民弃守宛平,让他们不战而得,真是既狡猾又愚蠢!"

在幕僚们的笑声中,王冷斋提笔回复,就敌方照会相应作出答复:

本人非军事人员,对于撤兵一节,未便答复。

城内人民,自有处理办法,勿劳代为顾虑。

樱井等早已令其出城,惟彼等仍愿在城内谈商,努力于事件之解决。

写完掷笔，他还让"使者"转告牟田口："牟田口放明白点，这是在中国，有什么资格以太上皇的口气发号施令！"

枪炮声暂时停歇，城内城外一片沉静，双方似乎都在期待事件如何推演。

下午6时，墙上的挂钟甫鸣，王冷斋突然意识到专署位处要地，可能会成为日军炮击的目标，为防不测，未便久驻，日方代表樱井、斋藤等虽同样可恨，但毕竟是辅助办理外交，并非军事人员，理当尽力保护，勿使罹难。因此他建议在专署附近另觅民房一所办公。

6时5分，王冷斋率众撤离专署。出大门不过十几米，日军的连珠炮便呼啸而至，第一炮准确落于专署院内，在院子里炸了个大坑，把院里那棵杜梨树上刚结的小果子震落一地。紧接而至的几发炮弹，命中那间刚才谈判的接待室，炸得瓦木横飞、屋倒窗塌，顿成废墟一片。

王冷斋满腔愤怒，手中折扇直指樱井、斋藤，用最大的声音在炮声与墙屋的震裂声中恨恨骂道："他妈的，你们日本鬼子真不守信用，离时限还差两小时就开炮了！"

城外日军对专署突如其来的炮击，让樱井、斋藤骇

被日军炸毁的宛平专署

然变色，要是晚出来几分钟，他们可就得在他乡成鬼了。城外日军怎么不管他们这些谈判代表的死活，竟把专署作为攻击目标?!一向强词夺理的他们，面对王冷斋的怒斥再不敢接招，连道"快走快走"，披着落满一身的灰尘和硝烟，抱头鼠窜躲炮弹去了。

望着毁于炮火的专署大门，再远望城街，但见浓烟滚滚，不少民房被炸得东倒西歪、栋折梁摧、瓦残墙断；更惨的是那些受害的无辜民众，他们被敌人的炸弹炸得头破血流、受伤呼救，有的抱着死去的亲人呼天抢地。民族遭欺、国家受辱、百姓涂炭，目睹眼前这一幕惨景，王冷斋流下了愤恨悲怆的眼泪。

王冷斋出长宛平以来不屈淫威、几次谈判又坚不退让，日方对他恼恨不已，启动战争按钮后，即欲除之而后快。从他们悍然把宛平专署当作攻击目标，不计日方谈判代表死活这点可见，其对王冷斋的忌恨曷极！

只因王冷斋早走了一步棋，才使日军的愿望变为泡影。

日军的第一炮为何就准确击中了专署的办公房？还真是奇事！

王冷斋和秘书洪大中等人在分析中，不约而同想及不久前的一件蹊跷事。

专署成立翌日，日军驻丰台大队长一木清直来专署表示"祝贺"。为示"中日亲善"，先后来"祝贺"的日本要人不少，这本不奇怪。奇怪的是，一木清直外出向来都骑一匹东洋大马，可谓马不离身。可这次从丰台到宛平城七八里之遥的路途，他却硬是徒步而来，岂不出人意料？难道他在事变半年前，就开始以步当尺、测试炮距不成？

令人生疑的还有，这次在专署谈判中，寺平和林耕宇出城与森田彻商谈停火后，为何不复归？他与这次炮击专署有关系吗？难道这一切都是有预谋的？

7月8日下午6时许，日军以首击宛平专署为开端的战斗，打得十分凶狠。显而易见，这是日军在几封信遭拒后施行的惩罚，这是他们积蓄已久的险恶阴谋的发泄。他们把刻骨的仇恨集中在第一发瞄准专署的炮弹上，更集中在随后发射的每一发枪弹上，他们试图用武力摧垮世间一切令他们不爽和仇视的障碍。

日军在炮火的掩护下，以坦克装甲为步兵开道，力图一举攻克宛平城。宛平城浸淹在此起彼伏的枪声炮响和瓢泼大雨交杂的声响里。

专署谈判决裂后，王冷斋移驻守军指挥所旁，以便随时掌握情况和交换信息。

宛平、卢沟桥之间的电话线毁于炮火，和北平的通信联络陷于瘫痪，而且从昨晚起宛平就处于日军的严密窥视下，打电话拍电报已乏安全系数。上级不了解宛平、卢沟桥战况怎么办？专署请示报告的问题以及上级的指示无法及时、准确并安全地转达怎么办？王冷斋想到了在丰台开辟电话中转站。

也亏他的大智慧能想得出：丰台虽然满眼是日军、汉奸，但所谓越危险的地方越安全！

他把这个艰巨而危险的硬任务,交给了一直信赖的秘书洪大中。于是,洪大中继赴通县绘制日军飞机场略图后,又一次深入虎穴,不负重托,当天就在丰台开辟了电话中转站。北平和宛平的上情下达、下情上报,就这样通过日本势力盘踞的丰台,重新活络起来。

最让王冷斋高兴的,是宛平百姓表现的同仇敌忾之心。打响宛平保卫战后,城内居民没有惊慌失措,也没有争相出城逃命,都说终于盼到了抗战时刻的到来,早就等机会打日本、为抗日出力,谁还想着走呢!用不着什么动员,男女老少纷纷参加运输队,或运送弹药,或背水泥麻袋构筑临时防御工事,或帮助抬担架抢救伤员。在他们看来,多年受日本帝国主义欺压而积攒的怒恨,这回终于可以通过抗战释放出来了。他后来才知道,宛平群众抗日积极性高,其中渗透着共产党的影响,是国共合作、全民抗战的号召先把宛平人民的心给烘热了、暖热了!

当然,王冷斋的治宛之德,也为城内居民感怀,由是,大敌当前之时,宛平百姓自是同仇敌忾,争先为抗日出力。在宛平居民和各方群众的支持下,守军的反击相当英勇、顽强。

雨又来了,合着宛平军民的众志成城,把日军在 4 小时内让宛平城和卢沟桥"易帜"的梦想,给无情地浇灭了!

怒吼吧，卢沟桥！

报童在街头飞跑，大声呼叫："号外号外，中日两军在宛平正式大打起来了……"人们三五成群，抢着购买报纸，在交头接耳中，愤怒的神情溢于言表。

"七月七日这天，日军借口演习中一军曹失踪，要入宛平县城搜索，县长王冷斋拒绝，日军遂发动全线进攻，我卢沟桥守军吉星文团当即奋起迎战……"

如同1937年7月8日成都《新民报》的号外版一样，全国许多报纸、电台都以"抗战爆发了！"为题，迅速报道卢沟桥事变和二十九军在宛平奋起抗战的消息，举世哗然。

7月8日，中共中央在延安向全国发表《为日军进攻卢沟桥通电》，疾呼：

全中国的同胞们！平津危急！华北危急！中华民族危急！只有全民族实行抗战，才是我们的出路！

……………

全中国同胞，政府，与军队，团结起来，筑起民族统一战线的坚固长城，抵抗日寇的侵掠！

国共两党亲密合作抵抗日寇的新进攻！

共产党的通电，给抗日第一线的军民送去一份强大的动力。

王冷斋对中国共产党矢志抵抗外敌、拯救民族危亡的呼号和行动十分赞同。

冯玉祥、李宗仁、傅作义等国民党爱国将领纷纷发表通电、讲话，主张坚决抗战。身在庐山的蒋介石在8日的日记上写道："倭寇在卢沟桥挑衅矣！彼将乘我准备未完之时使我屈服乎？或故与宋哲元为难，使华北独立乎？倭已挑战，决心应战，此其时乎！"他通过外交部向日本提出严重抗议，同时致电身在山东的宋哲元："宛平城应固守勿退，并须全体动员，以备事态扩大。"并致电二十九军："固守宛平，就地抵抗！"

在中央政府和全国各界的支持下，宛平守军更是坚定了抗战决心。王冷斋深受鼓舞中，电话铃响了。北平市市长秦德纯、河北省主席冯治安的指示通过丰台转达："北平方面已向日方提出严正交涉，限日军马上向丰台撤退，否则我军即行进攻。"

王冷斋大喜过望，放下电话，马上冒着炮火慰问城内守军和民众，转达北平既定原则，号召大家奋起御敌，坚守宛平。

但日军非但没有撤兵之意，反而继续向宛平、卢沟桥增援，先后占据了宛平城外的铁路桥、城北的回龙庙。

日军联队长牟田口再次差人给王冷斋、金振中送来专函，请他们派员协商停战办法。王冷斋情知牟田口并无诚意，而且北平方面已确定原则，对牟函弃之不理。

铁路桥、回龙庙被日军抢占，对宛平城造成威胁。这是王冷斋，也是金振中最为忧心的事。

"王专员，我一定要把桥东失地给夺回来！"在喜峰口对日作战中，率部勇夺失地而受嘉奖的金振中营长，最咽不下气的就是日军侵占中国土地。

王冷斋主动表示："老金，我帮你呼吁呼吁，看上面能不能给你一些援兵。"

8日深夜，冯治安果然给宛平派来了4个连的援兵。金振中决定转守为攻，组织大刀突击队，发挥肉搏夜战之专长，突袭日军。

王冷斋亲来送行，但见三营官兵身着深灰色棉布军服，以白毛巾围脖以作联络记号。每人手持手枪、腰系4枚手榴弹、肩荷系有红色绸带的鬼头大刀，目光炯炯，士气高昂。王冷斋勖勉壮士们英勇杀敌，收复失地，不负人民养育，为国家和民族争光。

9日凌晨2时，突击队在夜幕掩护下，缒城而出。悄悄摸进敌阵，两面进行夹击。寒光闪处，日军身首分家。中国健儿以不惜牺牲之精神勇猛冲杀，全歼日军一个中队，收复了极为重要的铁路桥。（在此前后，卢沟桥守军在吉星文团长指挥下，亦奋勇夺回失地。）在追击逃敌时，英雄营长金振中被日军隐藏的手榴弹炸断左腿下肢。

金振中被抢救下来后，犹不肯撤出火线前往医院救治。对这位英勇善战、舍生忘死的抗日英雄，王冷斋打心眼里佩服。他和紧急赶来的吉星文齐心相劝：治好伤是为了更好地战斗，有我们在，你就放心去吧！

不多久，一曲《大刀向鬼子头上砍去》传唱长城内外、大江南北，大大鼓舞着中国人民的抗战斗志。身为诗人的王冷斋，亲眼见识守军大刀队的雄姿，自是不忘赋诗称许：

暗影沉沉夜战酣，大刀队里出奇男。
霜锋闪处寒倭胆，牧马胡儿不敢南。

金振中在保定医院救治期间，中国共产党专程派代表到医院慰问，并赠送"抗日先锋"银盾一枚。金振中伤愈出院后，继续投身抗战，1948年淮海战役时，跟随二十九军老领导、中共秘密党员张克侠、何基沣两将军率部起义，投奔光明。

后话不表，历史已经铭记：在打响全面抗战第一枪的卢沟桥抗战中，中国共产党没有缺席。早在华北事急时，中国共产党就大力争取二十九军积极抗战，刘少奇领导的中共北方局，通过二十九军副参谋长张克侠向宋哲元提出"以攻为守"的战略方针。除影响二十九军上层人物的抗战情绪外，中共还发动和组织广大群众掀起轰轰烈烈的救亡运动高潮。抗战打响后，中共北平地方组织及时领导组织起北平各界抗敌后援会，发动各界群众援助二十九军抗战，并派人与吉星文团取得联系，鼓励他们英勇抗战，愈加增强了守军至死不退的决心。

宛平城东门被日军的炮火轰了一个缺口，很快，共产党领导下的救亡团体发动当地群众，冒着炮火，络绎不绝地运来水泥麻袋堵紧。卢沟桥的战士负伤了，群众组织的担架队马上不顾危险冲上前,抬下来医治。

群众和抗日将士心连着心,宛平城和卢沟桥同呼吸。在国难当头的时刻,每个人都想着为抗日献出自己的一份赤心。日军惊呼不已:"宛平虽小,但守军勇猛,数攻不下!"守军的鬼头大刀尤令日军闻之胆寒。

在携手抗敌、相互砥砺中,许多火线上写就的诗歌,随风传播四方。一首题为《怒吼吧,卢沟桥》的诗,就很让诗人气质的王冷斋感慨。

  怒吼吧,卢沟桥!
  我们抗日的日子已经来到。
  ……………
  不要迟疑,不要退,
  让我们大家持着枪和刀,
  前进吧,热血的男儿啊!
  把数十年来的仇恨一齐报!

中国军民的抗日热情和爱国精神,值得颂扬,值得骄傲。

卢沟桥事变骤发,日本驻屯军在拟定《宣传计划》时,明确提出了夺取卢沟桥的作战目标和相关措施:"令驻天津的步兵一旅第二大队、炮兵队之大部,工兵约一中队速赴丰台,在步兵旅团长指挥下,最迟于7月9日正午左右占领宛平县城",即使有阻碍,也要"不顾忌彼我伤亡,果断实行攻击"。

中国守军收复铁路桥与回龙庙后,形势对日军极为不利。同时,何基沣旅长率西苑驻军开赴八宝山,在王界店、大井村方面截断了日军后路。二十九军变被动为主动,军心大振。由于二十九军坚决抗击,且反攻奏效,加上天津日军增援部队在通州遇雨难行,日军原定9日正午占领宛平的计划难以如期实现,乃耍了个花招,称"失踪士兵"业已归队,希望和平解决这场误会。

"为什么要答应谈判呢?何(基沣)旅长本可率部以迅雷不及掩耳之势出兵日军背后,给他们以致命打击呀!"得知此情,王冷斋万分不解,当即打电话问秦德纯。

秦德纯支吾半晌,才说:"与日军争端,越往后推迟越好,这是宋(哲元)委员长的既定方针。"

王冷斋无语,看来,这还不仅是宋委员长的方针,也是蒋委员长的观点,蒋委员长"固守宛平,就地抵抗"之命,不过是一心希望进行局部战争,防止事态扩大,所以,日军一提谈判交涉,当局马上就接受了。难道国难当头,蒋委员长和宋委员长还像往常那样相互猜测、暗里制约,让对方摸不准自己的真实意图?

"这样,何旅长就等于放弃了继续反攻的有利战机,后果不堪设想啊……"放下电话,既是文人又是军人的王冷斋,无限感伤地对团长吉星文说。

吉星文更闹不懂当局是怎样一种考虑,他是愿为抗战而死的,叔叔吉鸿昌"恨不抗日死,留作今日羞。国破尚如此,我何惜此头"的绝命诗,时时盘旋在他脑海,激励他勇赴国难。使他痛苦的是,对上级指示,他虽不解,却得执行。

宛平城的硝烟飘散了,但王冷斋心头的疑雾却盘旋不去。

好不郁闷、燥热,王冷斋手中的扇子呼呼地响起了。

扣日使,挽狂澜,痛斥日军数次背信弃约

谈判,在谈判中争取时间,获得有利战机,这是日军惯用的缓兵之计,在冀察当局的"合作"下,几次都屡试不爽。

牟田口大佐见王冷斋对他"协商停战"的第三封信置之不理,就没再给这个不好打交道的宛平县县长写信,而以卢沟桥前线日军指挥官的名义,直接向北平首脑人物秦德纯等施压。

与此同时,二十九军三十八师师长兼天津市市长张自忠也与华北驻屯军参谋长桥本群少将举行会谈。华北驻屯军司令田代皖一郎中将因过分"操心"华北"分离"事务,苦于难达闪电战效而致急火攻心,一病不起,由参谋长桥本群代行其职。

虚情假意的谈判,无理的没有边际的纠缠,耗掉了中方的大量精力和宝贵时间,却为日本赢得了时间。当昧于形势的冀察当局还在"争取和平""勿使扩大"的路上努力时,日本却肆意扩大了战争。

华北驻屯军在准备挑起全面侵华战争时,就明确指出:"不管中央统帅部的意图如何,驻屯军事实上不能不采取作战行动。"卢沟桥事变既发,华北驻屯军联合日本驻华大使馆及驻各

地领事馆,不仅利用舆论媒介大肆进行演习日军遭中国军队"不法射击"的歪曲宣传,还向大本营、外务省频发密报,猛吹派兵舆论。7月8日3时40分,日本驻北平使馆书记官加藤给国内的电报称:"据松井特务机关的电话,7日晚11时,在卢沟桥演习的日军受到中国军队(冯治安部队)十余发枪弹的射击。目前两军在对峙中。"次日下午3时,加藤发给广田大臣的第372号电报声称"最先开枪的是第二十九军士兵",甚至提出"作为今后(对冀察)的交涉方针,可强调这一点"。7月8日,关东军及朝鲜军就做出了随时派兵投入华北作战的决定,并要求日本参谋本部"利用这一事件推行统治中国的宏图"。日本政府对其华北驻屯军的侵略行动予以全面有力的支持……

9日,日本陆相杉山元向内阁提出增兵华北方案。王冷斋却于当日凌晨4时许,接到了由丰台转达的秦德纯急电,称冀察当局已与日方达成三点协议:双方立即停战;双方各回原防(日方撤退至丰台,中方撤向卢沟桥以西地带);宛平城防务除原有保安队外,由石友三的冀北保安队派二三百人协防,定于今早9时接防,中日双方派员监督撤兵。

秦德纯在电话中,特别命令王冷斋和吉星文团长做好交接准备。

王冷斋根据丰台车站不断有关东军到达的事实提醒秦德纯:"日军不像停战不打之样,会不会是假讲和真大战?我方诚意撤兵后,万一日军并不撤退,而突如其来攻打(宛平)城(卢沟)桥,那该如何是好?"

电话那头，秦德纯似乎略有沉吟。

保定军校毕业的王冷斋对军事并不陌生，他继而从日军占据宛平东北二三里的高地沙岗一事进行分析，向这位老同学进言："日军抢占沙岗高地，而且一再违约不肯从沙岗撤退，显然是想夺取卢沟桥之故；因为沙岗能控制平汉与北宁之接口，而且是平保公路的必经之地；占据了沙岗，卢沟桥与宛平就直接受到威胁了。"

秦德纯却没多说什么，而让王冷斋先执行换防交接的决定。王冷斋只好通知移驻卢沟桥的团长吉星文。

真如王冷斋担心的那样，9日清晨6时，也就是中日双方达成协议两小时后，日军突向宛平城内再次开炮，一个多小时内发炮百余发。王冷斋紧急向北平报告日方背约弃信之举，请当局马上向日方交涉。

日方面对背约的责问，解释说炮击乃为掩护撤兵，一切仍遵照北平所商三项原则办理，并云日军已开始撤退。

王冷斋不信，当即派出便衣队警赴城外侦察。驻五里店的日军，虽然已渐次向大井村方面撤退，但预定于上午9时前来接防的冀北保安队却在大井村被日军强行所阻，不得前进，致生冲突，中方伤亡数人。

王冷斋愤怒地致电北平，请求向日方交涉，要求日方履行诺言。下午3时交涉无果，中日双方监视撤兵委员却已到了宛平。中方为绥署高级参谋周思靖（后曾任天津伪警察局局长），日方为中岛弟三郎顾问。

撤兵委员抵宛平后,即分两组实行监视撤兵:甲组负责回龙庙及铁桥一带,委员为周永业和樱井;乙组负责大井村五里店及东北角沙岗一带,委员为周思靖和中岛弟三郎。双方分途出发,至下午4时返城,均谓已监视撤退完毕,唯保安队至今未到。

在王冷斋要求下,周思靖赴大井村与日军旅团长河边接洽,但只带来50名保安队士兵。日方的意思是让这50名保安队士兵先行接防,余者再谈办法。短短数天就领教过日方几回弃信背约的王冷斋不上这个当,严词抗拒:"根据双方在北平所定原则,接防保安队人数应在300人左右,今只到50名,即使加上本县队警,也不敷城防分配!"

王冷斋还专门提醒吉星文团长谨防上当,随即又与北平通电话。北平复电:"已与天津日本驻屯军司令部交涉定妥,所有出发保安队,仍可全数进城,唯所带机关枪,则另派员押运回北平。"

这是什么意思呢?王冷斋百思不得其解。

下午6时许,受日方刁难而羁留多时的冀北保安队在副团长王挥尘、营长贾朝率领下,总算进了宛平城,却总共不足200人。据解释,每架机关枪系由原队兵3人运回北平,故人数减少。王冷斋虽有疑虑,但事已至今,也无他法,只好根据协定移防给冀北保安队,与王挥尘、贾朝面洽分配防务。

中方监视撤兵委员周思靖急匆匆返回北平,日方委员中岛亦欲同时离去。王冷斋长了个心眼,以此事恐有余波为由,坚决要留日方人员中岛弟三郎在宛平城内协助处理,待一切完妥后再行离去。

吉星文团移驻河西期间,日军旅团长河边提出要入宛平城"慰问",被王冷斋坚拒后,复派顾问笠井、秘书广濑、通译官爱泽携香槟酒前往宛平,摆出一番庆贺和平姿态。

笠井煞有介事地对王冷斋说:"河边旅团长要我们向王专员面致慰劳,以庆祝此不幸事件得以短期解决,并盼以后永勿再生。"

根据国际惯例,双方既饮香槟,即表修好。但王冷斋并没有掉以轻心,待笠井三人离城,马上派人查询。结果让他颇为吃惊:城外东北角沙岗日兵并未撤尽,且有去而复返者,数目达300余人;另有消息称,日军已将机械化第二大队从通州调到了丰台。

王冷斋立时就变了脸色,拿起电话向北平报告日方的又一次背信弃约,并通知吉团长:"切实注意戒备,防止日军利用吉团和保安队换防之机一举攻克宛平。"

强留负责该处监视撤兵的日方委员中岛,还真是有先见之明!王冷斋放下话筒,马上来找中岛,指责其未尽责任,要他马上出面督促日军尽快撤兵。

10日晨2时30分,城外东北角日军在旅团长河边的命令下,忽然枪炮齐鸣,复图攻城。幸亏在王冷斋的提醒下,二一九团尚未全部撤尽,且守城保安队已有戒备,严阵以待,遂奋力把敌人打退。

联系到白天一连串怪事，王冷斋总算明白了敌人是想利用保安队兵力单薄夺取宛平，因此白天玩了许多花招，如限制重机关枪进城，减少保安人数等，都是他们的阴谋诡计；河边入城"慰问"，也是想分散转移宛平守军的注意力，然后乘隙取城。好不阴险！

王冷斋迅即将宛平最新军情电告北平，秦德纯要他加强城防，并云："我们正与日方研究善后，他们果真背信毁约，明天正好在会上提出质问。"

在王冷斋交涉下，中岛弟三郎只好向北平旅团部及联队部联系。一番电询后，答称："旅团部亦已闻报，实系双方哨兵因误会开枪，日方绝无攻城企图。"

王冷斋愤然反驳："明明是在开枪，为什么还要说是误会？"

中岛不作正面回答，只是反复说："一切正常，一切正常。"

一小时后，城外枪声果然停下。又一次挫败了日军图谋的王冷斋，还未歇一口气，电话铃声响了，是北平打来的，让他与中岛同往北平，商决外交未了事件及停战办法。

已经三天三夜没睡囫囵觉了，坐上车后总该合眼小憩吧。可王冷斋没有，倒把眼睛睁得大大的，一路观察日军撤兵后的情况。行至沙岗，抬眼就见日军的四五顶帐篷撑在郊野，帐篷前三三两两的士兵不是忙着架设电话线、垒炮台，就是正在测试什么。还有几个士兵站在涵洞口的铁道旁，凶神恶煞声色俱厉地严加盘查每一个来往行人。

"干什么的？"王冷斋的车也不例外地被拦下了。

不待王冷斋说话，中岛已经下了车，叽里哇啦一通后，日军一个"哈依"，车子才得以通过涵洞。

一个硕大的疑团沉浮在王冷斋的心里：日军哪像撤兵的样？

10日晨7时多，坐镇宛平数天未回家的王冷斋乘车抵达北平，与中岛分途后，未入家门，马上就去面见秦德纯、冯治安，报告路上所见，提出："日人狡诈，务须提防，日军未肯全撤，非彻底交涉不能了结。"

是日上午，应日方提议，中日双方在秦德纯官邸召开联席会议。中方代表除秦德纯、冯治安和王冷斋外，还有旅长何基沣、冀北保安队旅长程希贤、公署高级参谋周思靖等，日方代表是樱井、中岛、笠井、斋藤。日本驻北平特务机关长松井太久郎、大使馆助理武官今井武夫等均未出席，四个代表中无一人能代表日本军部。

心力交瘁的王冷斋，强打精神，会商一开始就率先提出："东北角沙岗日军为何不按协定全撤？为何要向宛平城内开枪？请日方代表回答。"

斋藤答："我军未撤尽的原因，是因为有阵亡死尸两具尚未觅得，故留此小部队，在附近搜索，并无他意。"

王冷斋不信这种鬼话，立马驳斥："即使搜索尸骸，也无须这么多部队，而且也不必携带机关枪、迫击炮等兵器呀。"

斋藤信口胡扯道："可能是担心你方突然袭击，所以不得不多留部队，以资警戒吧。"

何基沣和秦德纯、王冷斋同是保定军校的校友，刚正爱国，当即回击:"我们是言而有信的民族,决不会出尔反尔!"

秦德纯表示:"如果真的是单纯搜索尸体,此事很容易解决,我方亦可帮同办理。"

谈判一直停留在具体事情上,唇枪舌剑纠缠不清。在日军炮击宛平专署时吓破了胆的樱井,这下赤膊上阵,公然狂吠:"我们要求中方撤换有关军政指挥官,并向我方赔礼道歉。"

何基沣勃然大怒,痛加斥责:"这次卢沟桥事件完全是日本有预谋、有计划的侵略行动,是日方集结军队首先向宛平开火,明明是侵略行为,应向我方赔礼道歉,并保证以后不再侵略,否则就消灭你们!"言罢拔出手枪,"啪"地放在桌上。

樱井等人吓了一跳,面面相觑,一时间谁也不敢答话。

对这个思想左倾厉害的何基沣,日本人一直是又怕又恨。

在早前的6月6日上午,中日双方在中南海怀仁堂举行军官联欢宴会。中方出席的是团以上军官,日方出席的是少佐以上军官,樱井、中岛等人即在场。宴会中,日本军官始而舞蹈继而舞刀,还公然把宋哲元、秦德纯、冯治安等中方要员一一高高举起。中方军官不甘示弱,跳出席位以刀术拳术应战,也把旅团长河边、特务长松井等高高抬起,一抛一接。何基沣还跳上席桌,朗诵李大钊当年留学日本时所作《黄种歌》:"黄族应享黄海权,亚人应种亚洲田。青年青年切莫同种自相残,坐教欧美着先鞭。不怕死,不爱钱,丈夫决不受人怜。洪水纵滔天,只手挽狂澜……"日军制造的这场剑拔弩张、一触即发的新"鸿门宴",因为何基沣等中国军人的不甘雌伏和凛然正气,没占到便宜便草草了结。

这下何基沣把樱井一伙又给镇住后，王冷斋指责日方不守信义，短短三天就出现许多不值得信赖的事例，并特别声明："我方已遵照停战条款实行撤兵，但日军部队不仅没有撤尽，还公然在昨天夜间向宛平城袭击。这是不争的事实。日方破坏了协定，一切后果当由日方负责。"

针对日方所提搜寻尸体一事，中方提议：由中日双方组织一个搜索队，于午后1时出发，在卢沟桥附近各地寻觅，限定时间，无论发现与否，日军均应在限定时间撤走。

日方代表表示同意，但称尚须打电话请示。岂料他们离席后，竟像贼娃子似的悄悄溜出了城。至此，日方玩弄假谈判真大战的把戏已昭然若揭：日方之所谓谈判，以及所谓搜索尸体，莫不是缓兵之计，全是为了拖延时间，伺机瞒天过海，为其军事行动做准备。

王冷斋恨恨地说："刚刚我还指责他们三天三次背信弃约，没想到，这么快就有了第四次！事情明摆着，日本人的谈判，无不是缓兵之计！"

何基沣亦顿足道："对付这些流氓，只有像上次夺取铁路桥和回龙庙战斗那样，狠狠地揍他们，叫他们知道厉害才行，而谈判必然要吃亏上当！"

随后，各处报告接踵而至，言大批日军已由天津、通县、古北口、榆关等处陆续开到，且有飞机、大炮、坦克车、铁甲车等多辆开到丰台，已将大井村、五里店占领，平卢公路业已被阻断……秦德纯急命王冷斋马上返回宛平,处理相关事务,并率本县队警协助守城。

回想着几次和日本人谈判的情景,王冷斋似乎看到日本人在暗中窃笑,并露出像狼一样的牙齿。

"婊子养的这伙东西!"平常言谈举止以文雅著称的王冷斋,在狠狠挥了几下扇子后,不禁也蹦出一句粗话。

"国难方艰应有待"

平卢公路已告不通,王冷斋是取道门头沟绕长辛店返回宛平的。雨停了,暑气逼人,热风刮得广阔田野上的玉米叶子唰唰作响,缕缕炊烟四起。若不是战车吱嘎作响,眼前该是一幅多么美好的田园风光。

平津之间的一场全面大战将不可避免!王冷斋不得不紧张应对眼前的一切。

7月11日,日本内阁会议决定向华北派出3个师团和18个飞行中队,并发表派兵声明,贼喊捉贼地宣称:"这次事件完全是中国方面有计划地武装抗日。"大规模的增兵,无论数量和速度都超过了九一八事变。中国外交部长王宠惠同日发表声明,提出强烈抗议,揭露日军以和谈为掩护、蓄意扩大战争的阴谋。

自11日起,日军时以大炮轰击宛平城及其附近一带,城内居民伤亡颇多。王冷斋指挥城内居民向城外比较安全的地带疏散。他悲愤交加,加上连日来目不交睫,紧张劳累,连吐了几口鲜血。在被送往医院稍加休息后，他又投身繁忙工作。

宛平专署已毁于日军炮火，为应付愈发酷热的战事，王冷斋往来于宛平和长辛店之间办公，既要办理宣抚居民等事，又要供应军队所需各种物资，几乎所有紧张的工作都要由他来处理。他不时还得去北平与当局磋商，每天办公常达16小时以上，两眼因连续失眠而发红。天气炎热，他来回奔波，经常是汗湿青衫。

针对日军对卢沟桥事变的歪曲宣传，身兼北平市新闻检查所所长的王冷斋，不时还得"例行公事"主持中外记者招待会予以反击。他还要抽暇向来前线采访的记者们讲述事变经过，揭露日军真面目。19日，赴卢沟桥前线采访的上海《新闻报》记者陆诒，如是记述王冷斋的访谈：

> 自从丰台被日军强占以后，日军经常到卢沟桥举行实弹演习。七月七日晚上又来演习，收队时说失踪日军一名，坚持要进宛平县城武装搜索，我方据理拒绝，日军即开枪挑衅，引起武装冲击。
>
> ……………
>
> 日军要求停战只是一种烟幕，事实上从未停止其咄咄逼人的进攻……

1937年7月，王冷斋（中）举行记者会，说明日军攻击卢沟桥的情形

美国进步记者斯诺在了解事实真相后，当面质问日本驻华大使馆助理武官今井武夫，为何不从中国土地上撤兵？这场事变，连同中国军民奋起抗战的雄伟场面，让斯诺从抗日战争的"中立者""旁观者"角色迅速转变过来："现在，中国的事业也就是我的事业了。我并把这份感情，同反对世界上的法西斯主义、纳粹主义和帝国主义的决心联系在一起了。"

日方对王冷斋怀恨在心，一心想对其下毒手。为王冷斋的安全计，吉星文团长建议他在长辛店警察局里办公。长辛店距卢沟桥最前线仅5里，在卢沟桥事变后近三周中，一切前方供应和运输事务都靠宛平县承担，具体一点地说，几靠长辛店解决。北平被日军三面包围后,仅有北平至门头沟、再由门头沟至长辛店这条路可通,当地还有平汉路上规模最大的铁路机厂,不论战略意义还是交通价值,长辛店都占有重要地位。

可长辛店却不比宛平城安全多少,日军的空袭几乎日不间断。令人感慨的是,这样一个战略要地,连高射炮、高射机关枪、防空洞这些最起码的防空设施也没有。每遇空袭,地面上只有少数步枪还击。日机看准了长辛店没有空防的弱点,肆无忌惮地低飞投弹,并用机枪任意扫射当地军民。王冷斋目睹此情,愤怒臸极!

值得王冷斋欣慰的是,自金振中营长重伤被送转后方后,吉星文团长就亲自部署宛平城防,指挥御侮。

王冷斋不惧日方淫威的英雄气概,深为吉星文敬重。最使他感动的是,在王冷斋领导下,战事骤临之际,宛平民众大多没有张皇逃跑,而是踊跃支援军队抗战,为军队挖战壕、做工事、挑水烧饭,协助守城,全团士气大受鼓舞,以致官兵负伤后都不愿撤下战场。吉星文不胜感慨地对记者说:"这次作战,与连年内战大不相同。最显著的是民众十分踊跃支持军队作战。""中国有此民心和士气,深信我军抗战必胜!"

吉星文在指挥作战中负伤,头裹几层厚纱布,却坚持不下火线,唯恐失去这千载难逢的御侮机会。他号召全团将士:"国家多灾,民族多难,吾辈军人当以死报国,笑卧沙场,何惧马革裹尸还?战死者光荣,偷生者耻辱!"

对吉星文的壮举,王冷斋欣然作诗以赞:"喋血前躯不顾身，裹伤再战勇无伦。舍生处死原难死，始信星文是吉人。"

前来采访的记者如是描述宛平前线的这对最高军政长官：

> 王冷斋是一个文弱书生，蓄着八字胡须，身穿灰色纺绸长衫，手摇折扇，面色苍白，形容憔悴，因为连日和日军谈判，已经把他累垮了，旧病复发，大口吐血……从王冷斋的样子和他的谈话中看到，他已经出了很大力气，尽到职责……
>
> 吉星文团长……拄着白色粗木棍，从头顶到颈项缠着绷带的黑大汉，上身穿着白老布短袖衬衫，下边打着整齐的绑腿，眼睛里充满着血丝。

天津《大公报》著名记者范长江在其《卢沟桥畔》的通讯里，也有王冷斋勤于军备、投身抗战的记录：

> 我在长辛店看到军队下令给宛平县政府，限他们三日之内，要修整一条两丈宽的公路，其中并有开石山工程，宛平县的属区，在永定河西岸的，只是全县面积的一部分，县长兼专员王冷斋先生已经累得生病，秘书长洪大中先生也刚从炮火灰中爬出来……

王冷斋和吉星文这对形象反差极大的文官武将，配合协调，被人称为"天造之和"。在他们带领下，宛平、卢沟桥守军以寡敌众，以弱抗强，支持战事达两周多，使日军不得不收敛侥幸心理，拿出陆海空全力在这弹丸之地周旋。

宛平、北平乃至全国人民的支援，激发了广大军民的抗日热情。然而，冀察当局却根据国民党政府"应战不求战"的方针，放弃了一次次歼敌的有利时机。这不能不让王冷斋无限感叹，发出一声声"天问"。

17日，蒋介石就卢沟桥事件在庐山发表讲话，申明中国政府的严正立场，表示决不允许把北平变成第二个沈阳，如果争端不能和平解决，便"只有牺牲与抵抗"。蒋介石的讲话受到全国人民的欢迎。

身经几场谈判的王冷斋，既知日方诡计多端，又知他们的战争叫嚣，他真切地希望国民政府积极早定作战方针。他和吉星文团长以蒋介石所倡"地无分南北，年无分老幼，无论何人，皆有守土抗战之责任"，"如果放弃尺寸土地与主权，便是中华民族的千古罪人"共勉，砥砺誓死抗日之决心。

19日宋哲元抵北平后，冀察当局与日本驻屯军参谋长桥本群签订了包括取缔共产党及排日运动等内容的停战协议。对此，王冷斋只有几声苦笑。共产党是真心抗日的，共产党领导下的救亡团体积极支援宛平、卢沟桥抗战之事，他已有所知，冀察当局不感谢共产党，反而要取缔共产党的"排日活动"，岂不是亲痛仇快?!

宋哲元回北平后的头几天，尽量在言论和行动上制造缓和气氛，似乎这样才能使战事不会再起。以张克侠、何基沣、吉星文等为代表的抗日将士,思想不通也得执行,这是令人最感痛苦的事。王冷斋不胜感慨地对吉星文说:"和平只能用尊严来维护,软弱和轻信换来的必然是灾难,还是等着看日方如何背信弃约吧!"

不出所料,第二天,日军就撕毁了墨迹未干的协议,在午后3时以大炮猛攻宛平城和长辛店,短时间内发炮数百发。宛平城内各机关及民房几皆被毁,死伤众多。长辛店亦有平民20余人死伤。在随后几天,日军对宛平、长辛店的炮击未曾间断。王冷斋不顾安危,身冒炮弹流矢劳军慰民,调拨解决战时急需。

与宋哲元的良好愿望相反,卢沟桥事件愈趋扩大,事态日益恶化。7月25日,新任驻屯军司令官香月清司中将,在完成夺取平津与华北的兵力部署后,向宋哲元提交"哀的美敦书",限二十九军在24小时内撤离北平城区移驻河北南部,否则即以飞机大炮攻城。27日,求和无路的宋哲元断然拒绝日方的无理要求,发表二十九军自卫护国的通电,下令全线总攻。

卢沟桥事件先后交涉了20多天,宝贵的时间,被狼利用了,它在同类麇集之后,就开始灭绝人性地大显兽性了!以宋哲元为首的冀察当局,用泡沫堆砌的和平塔,至此轰然倒塌。

当年在长城抗日中有过光辉战绩的二十九军,这次等敌方调度完毕再加反击时,形势已难逆转。28日,日军对平津两地发动全面进攻,北平四郊战事均告爆发。南苑等处战事失利,二十九军副军长佟麟阁和一三二师师长赵登禹先后殉国。

卢沟桥、宛平及长辛店在日军大炮猛轰下,损毁极重。宛平县府长辛店办事处的玻璃全被震碎，王冷斋在秘书兼第二科科长洪大中劝说下，到附近地窖暂行躲避。王冷斋半月多来在卢沟桥、宛平、长辛店以至北平来往折冲，所见所闻令他万分感叹：大敌当前，当局却因循敷衍，疏于防范，幻想和平，未定和战之计，最终只能自食其亏！

28日晚，宋哲元率秦德纯、冯治安等军政要员悄然撤离北平，经长辛店前往保定，行前手谕张自忠继任北平市市长兼冀察政务委员会代理委员长，处理危局。

7月30日，顽强抵抗了24天的宛平城、卢沟桥，因孤立无援，终于奉令放弃。守军转移时，日军飞机连番追逐扫射。

这天，又是大雨滂沱，公路积水盈尺。在匆匆撤出北平的人群中，也有被日方挂上号、必欲除之而后快的王冷斋。在前往保定的车上回望渐行渐远的北平，王冷斋泪眼蒙眬，语声哽咽口占一绝：

与城愧未共存亡，人庆更生我独伤。
国难方艰应有待，此身终合向沙场。

勿忘卢沟，救亡图存勤奔走

平津陷落，卢沟桥事变就从蒋介石所限制的"地方事件"范围，扩展为全国性、全面性的抗战。7月7日，成为一场牺牲了几千万中国军民生命、影响中国历史进程的战争开始之日。这天在卢沟桥、宛平骤响的日军枪炮声,震醒了中国人民,看穿了日本帝国主义意欲灭亡中国的豺狼野心,看清了个人和国家、民族的出路,在国共合作的全民族抗日统一战线的旗帜下,奋然掀起了一场伟大的民族解放战争。

自感"与城愧未共存亡"的王冷斋,满怀一腔复疆热血。这可从他的诗中可知:"长虹万丈跨卢沟,马可波罗七百秋。桥上睡狮今渐醒,似知匕首已临头。"

"睡狮"醒来驱虎赶狼。此后,二十九军爱国将士转战各地,把每个抗日战场都视作"第二卢沟"。冯治安将军率部驻防鄂北南漳县时,将士们自发建一木桥,上题"勿忘卢沟"四字,吼出了剪除寇仇、收复失地的最强音。

"睡狮"一旦醒来,情况就"天地转"、起变化了。恰如中共领袖毛泽东后来的雄诗所云:"独有英雄驱虎豹,更无豪杰怕熊罴!"

日军为什么会在卢沟桥制造冲突?这和日本侵占华北的政略和战略企图有何关系?为了揭穿日军阴谋,1939年,王冷斋以当事人的身份,愤而撰文《卢沟桥事迹及平津沦陷》,笔述卢沟桥事件经过,条分缕析地指出:

(日军占据丰台后,又在卢沟桥制造冲突)为的是卢沟桥与丰台同样是北平的门户,是华北的咽喉,它据着平津及冀察的生命线,而位于平汉路与北宁路之交接点,又为平保公路所经之地。所以在军事上，日本必须据有丰台与宛平，才足以控制平津。

……很显然的，日本帝国主义既要进行华北的分离运动，那么，它就必须在军事上造成以控制华北的首脑——平津的形势，才能遂行其政治阴谋；卢沟桥在地理上既占着很重要的地位，是以一旦日军占据卢沟桥，平汉交通为之堵塞，而将使北平进退失据，此举殆无异于切断华北之首脑——平津；这末一来，日本在华北即取得了政治和军事的两重控制。

……同时，卢沟桥形势之优越，尚不止足以切断北平的命脉，并且还有控制丰台的优势，使丰台的日军有后顾之忧，也使其感到有受与南苑华军夹击之虑。这就促成了日军急于夺获卢沟桥的意图。因之，从丰台事件起，日军即对华方表示其对于卢沟桥、西苑、南苑及长辛店各地驻有军队之不满，而希望二十九军自动撤退，但均为二十九军所拒绝。所以卢沟桥事变一发生，日方即积极从事布防，先图夺得卢沟桥来和丰台形成犄角，然后以平津间的铁路为纽带，以北宁路为后方，而造成内线作战之方式，来威胁平津，并以对付津浦、平汉两路之华方部队。

在文中，王冷斋批评当局：

自从九一八以来，就没有很好的在华北作国防的准备，加之以受塘沽协定及种种政治上的约束，所以使平津的门户洞开，因之，卢沟桥的战斗，也就反而让日方获得暂时的优势了。

王冷斋由北平转移到保定不久，马不停蹄地前往济南、开封、西安等地，奉命组建第一集团军（由二十九军改建）办事处。后又辗转到香港、越南等地，从事抗日救亡工作，不遗余力地为抗战大业奔波。

作为卢沟桥事变中最早同日军严正交涉的中国官员，王冷斋以"义不臣倭"的民族气节赢得了抗日军民的尊敬。一代爱国名士马相伯在百岁寿宴上，当众对王冷斋大加赞扬，表示自己即使拼掉老命，也要把日本强盗赶出中国土地。出于对王冷斋的敬重，马相伯特地请王冷斋代写遗嘱，其中云："余年已百龄，遭逢国难，深知救亡图存惟赖团结英才……"以狗自喻、感

王冷斋在卢沟桥头

慨"叫了一百年，还没把中国叫醒的"的马相伯，如是相告前来祝寿的国共两党代表及其他人士：抗日救亡比祝寿重要，期望诸公积极投入抗日救亡运动中去！

马相伯的言行，尤其是中共中央矢志不渝的"全民抗战"主张，让王冷斋备受鼓舞，看到了中国抗战胜利的希望，他为此吟诗一首，赞颂中共抗日主张：

延安奋臂起高呼，合力前驱原执殳。
亿万人心同激愤，山河保障定无虞。

正如日本对华战争"稳健派"代表石原莞尔所担心的那样，盲目扩大侵华战争，将点燃全中国抗战的烈火，敲响日本帝国主义的丧钟。当胜利这一天终于在1945年8月15日姗姗到来时，长于诗书的王冷斋，激动得竟不知如何抒发自己的情感！

东京审判，再为祖国尊严战

1946年1月19日，根据盟军最高统帅、美国陆军五星上将麦克阿瑟签署并颁发的特别通告，美国、中国、英国、苏联等11国组成远东国际军事法庭，并于5月3日在日本东京正式开庭，审判日本甲级战犯。史称"东京审判"，亦称远东国际军事法庭审判。

一门心思用在抢夺抗战胜利果实和发动内战上的蒋介石政

府，认为战败者成为胜利之师的阶下囚，大抵是人类数千年战争史循环上演的一个个结局，这个国际审判不过是走走过场的形式，只要法官、检察官的金口一开，大笔一落，就能严惩战犯。未料，远东军事法庭采用的是英美诉讼体系，证据采信要求缜密、严格；加之国际形势发展迅速，美、苏渐成对峙，美国打算有保留地严惩日本军国主义，因此在审判中极力操纵法庭，提出了种种有碍审判正常进行的规定，如规定每个战犯除自聘日本律师及辩护人外，都要配置一名以上的美国律师。日本所有战犯在法庭上都声明自己无罪，其律师团在辩护中，对起诉书中所提条条罪状，或诡辩狡赖，或横生枝节，以"缺乏足够证据"为由，不断为一些没有直接危害美国利益的战犯辩解，寻机开脱。凡此种种，使得中国方面在审判初期因没有足够的人证、物证材料而陷于被动，处境不利，有苦难言，有冤难申。身任国民政府军政部次长的秦德纯到庭作证，说日军"到处杀人放火，无恶不作"，竟被法庭斥为空洞无据，几乎被轰下证人席。

首席检察官兼盟军总部国际检察局局长季南（美国司法部刑事局局长）看到中国检察官向哲浚带来的，除了战犯名单，没有更多证据，乃提醒中国同行：日本对中国的侵略犯罪，将是整个东京审判中的重头戏，没有或缺少足够的证据，后果不堪设想。代表们心急如焚，为了摆脱审判中的困境，除了到盟军总部封存的日本内阁和陆军省等几个部门十几年的档案中大海捞针般紧急寻找，还连连向国内告急求援。向哲浚为此频繁回国，前往过去的敌占区和遭受过侵略迫害的难民中寻找人证和物证。王冷斋正是在这紧要关头，受命于1947年夏天赶赴东京的援助人员之一，他的使命是担任证人。

在东京见到老同学秦德纯将军时，秦以自己作证时差点被轰下证人席一事大发感叹，说："哪里是我们审判战犯，还不如说战犯审判我们。"

中国法官梅汝璈、检察官向哲浚，以及刚从国内飞抵东京援助、担任中国检察官首席顾问的著名法学博士倪征燠等国内最有声望的法学家，在座谈时告诉王冷斋：战争罪犯固然该杀，但在法治时代尤其是美国在幕后操纵之际，只有经由正当的司法程序，以"看得见的正义"之手，竖起断头台，为战犯套上绞索，才能经得起历史追问，才能向世界表达真正的公理之胜。

他们悉心指点王冷斋如何作证才能真正使罪犯心服口服，这使他明白了一个道理：有没有证据，证据是不是有力，会不会被对方驳倒，在眼前这个国际法庭上非常重要，是能不能争取主动权的前提，否则，纵是稳操胜券的官司也会陷于被动。

王冷斋和出席东京审判的中国代表谈及在二战中中国受日本荼毒最重，而今在国际法庭的审判席上，却拿不出充足证据来判处那些战争恶魔，无不痛心疾首，深感若不能严惩战犯，无颜见江东父老，只有集体蹈海！

王冷斋介入这场国际瞩目的大审判时，已是诉讼的第二阶段。此时，检方的起诉阶段已过，该由被告辩护方进行辩护，提出反证、对质。根据英美诉讼原则，被告亦系证人。在此阶段，中方只能在对被告及其所举证人进行"反诘"时迂回攻击，令其漏洞百出，不能自圆其说，从而使其证词不被法庭采信。

东京审判是一场正义与邪恶的大较量，波澜起伏，惊心动魄。1947年9月5日审判日本前外相广田弘毅（曾任首相），其罪恶之一是指使发动卢沟桥事变。

关于卢沟桥事变的起因，早在1938年六七月间，东京朝日新闻社举办的"卢沟桥事件一周年回顾座谈会"上，日本参谋本部川本芳太郎中佐就有个说法：

> 中方勿庸置疑，第三国也认为卢沟桥事件是日本有计划挑起的。事变发生后，我由东京来到天津，问过："事件究竟是怎么回事！是日军一手挑起的吗？"人家告诉我，如是日本一手挑起的，日本将处在非常不利的地位，所以绝不是日军有计划干的。

卢沟桥事变的具体主谋者一木清直，在朝日新闻座谈会上的回忆，泄露了天机：

> 听说森田中佐被派到当地进行调停，我想这样一来，战争就不可能了，因此，向联队长作了夸大事实的报告。

日本驻北平陆军助理武官今井武夫也在当时回忆："据事后所闻，当时在东京政界消息灵通人士当中，私下谈论着，7月日晚间，华北将重演柳条湖一样的事件。"听到此消息的还有日本同盟通讯社上海支社长松本治重，据他回忆，在事变前6天即7月1日，他专门拜访了华北日军参谋长桥本群，询问此事。桥本群当时回答："我们日本方面多少有些问题，浪人们和一些企图搅浑水捞一票的商人们唯恐天下不乱。现在天津是谣言飞舞，甚至有人说在7月7日就会出事。"可谓"此地无银"，日本此前早有预谋，卢沟桥事变的发生和时间正是循着桥本群等人的既定轨迹运行。

1941年4月，已升中将的牟田口廉也在回顾卢沟桥事变时，一方面对中国抗战力量的增强吃惊，另一方面庆幸卢沟桥事变在中国还没充分准备的情况下爆发，对日本来说，可谓是"老天保佑"。他说："本事变是在敌人还没完成充分的战斗准备前突然爆发的。"日本作家高木俊朗在采写牟田口的《英帕尔》一文中提及：牟田口承认"大东亚战争就是我的责任，就是因为在卢沟桥开第一枪和爆发战争的是我，因此我想应该从自己手中结束这次战争"。

亲历者的现身说法，自是不刊之论。但抗战胜利后，日本右翼分子一直处心积虑地篡改卢沟桥事实真相，意图把挑起全面侵华战争的责任从日本军国主义的罪恶肩头卸下，转嫁给中国人民。他们为此不惜血本，兴师动众，登法庭、写文章、出书刊、拍电影，制造种种厚颜无耻说法，欺骗舆论，混淆黑白，各种卑鄙手段无所不用其极。

在远东国际军事法庭上，事变当时的华北驻屯军参谋长桥本群、步兵旅团长河边正三、驻北平特务机关顾问兼冀察政务委员会军事顾问樱井德太郎，按蓄谋已久的阴谋，开展混淆黑白的诡辩，试图让自己和幕后指使的战争元凶逃避法律的严惩。

桥本群率先在证人席上大放厥词，还指天发誓：卢沟桥事变是中国第二十九军发动的，中国部队看到日军进行夜间军事演习，心感恐怖乃鸣枪射击，由此导致了这个不幸事件。

审判程序按照美英法系的"对质制"进行，审讯提问主要不是由法官主持，而由检察官和辩方律师担任。中国检察官向哲浚见桥本群把卢沟桥事件完全推到了二十九军头上，义正词严作了反诘后，宣布请中国证人出庭。

在众目睽睽下，王冷斋稳步走上证人席。桥本群以及台下日方人员，晓得王冷斋的厉害，对他到东京作证无不倒吸一口冷气。

审判地点设在东京新宿区市之谷原日本陆军部大厦，这里是二战时期日本对外侵略扩张的神经中枢。站在利用军部大厦礼堂改建的审判大厅上，面对眼前这些人神共愤的侵华老手，王冷斋内心无限愤慨。要审判这些刽子手，首先就是要揭露他们的罪行，这是证人的责任！

王冷斋以时任河北省第三行政区督察专员兼宛平县长的当事人身份，证明枪声来自宛平东方，而宛平城东门外正是日军演习地区，中方在那里根本没有驻军。在陈述事实真相后，王冷斋转而质问桥本群："卢沟桥事变分明是日军挑起，你身为日军前线参谋长心知肚明，为什么硬要推到二十九军身上？你还有何证据?"

桥本群被王冷斋驳得无言以对,面红耳赤,一声不吭走下证人席。

日本战犯辩护团副团长兼东条英机辩护律师清濑一郎(曾任日本众议院议长),见初战受挫,忙把第二个证人河边正三推上证人席。这个9年前卢沟桥事变时的华北驻屯军步兵旅团旅团长,以事件见证人的身份,一口咬定卢沟桥事变系由冯玉祥挑起。

河边此言一出,全庭上下都出现了一个小声浪,因为卢沟桥事变时中方的二十九军,正是抗日名将冯玉祥西北军的班底。法庭庭长卫勃(澳大利亚爵士)连问有何证据。

河边信口雌黄:"冯玉祥当时正处于反蒋(介石)失败后的失意之中,想利用华北局势紧张之机掌握实权,因而在卢沟桥制造事端,以图从中渔利。"

王冷斋见河边如此栽赃,怒不可遏,剑一般的目光直瞪对方:"证人河边正三,我们在宛平打过交道,曾较量过几个回合,你还记得吗?"

当年不可一世的河边正三,如今却没了骨头,根本不敢抬头相看。

王冷斋冷声一笑后,面向审判长(庭长),痛诉该战犯的一摞摞罪行。尤其说到河边曾指挥日军炮击宛平城,炸死炸伤众多无辜平民,并将专员公署等地轰毁,自己等人因早于几分钟前迁出才幸免遭难的一幕时,原本肃静的法庭传出了人们愤怒的声讨声。

河边百般抵赖,其辩护律师也说:"口说无凭,一切指控都需要证据调查。"

卫勃庭长点点头,问王冷斋:"证人王冷斋,你有证据吗?"

王冷斋出示了几张历史照片。其中有被日军炮弹炸穿屋顶后的宛平县政府会客厅,他本人在宛平县政府遭日军炮击后在大门口的留影。

七七事变后,王冷斋在宛平县政府内院留影

人证物证俱在,罪行昭彰,河边正三顿时乱了阵脚,大汗淋漓,狼狈不堪。挑起卢沟桥事变的几个同伙的下场,他比谁都清楚:

河边正三的顶头上司、华北驻屯军司令官田代皖一郎中将,在卢沟桥事变爆发不久被日本统帅部指责"指挥不力"而遭免职。田代羞愤交集，于1937年7月16日暴毙。

河边正三麾下第一联队联队长牟田口廉也大佐，亲手在卢沟桥点燃战火，由此获得天皇裕仁亲授的金鹰三级勋章，晋升少将（后晋中将）。1943年就任第十五军司令官指挥英帕尔作战时，因在缅印边界被中国远征军打得落花流水，全军所剩无几，而被大本营严惩、解除军职，难以为生。

第一联队副联队长森田彻中佐，由于现场指挥宛平作战有功，获金鹰三级勋章，旋升大佐。1939年8月在中国东北边境与苏军作战中，所部全部战死，森田彻来不及"玉碎"就被苏军坦克碾为肉饼，落得个粉身碎骨的下场。

驻丰台的日军大队长—木清直少佐，因在卢沟桥事变中直接指挥开第一枪、挑起扩大对华侵略战争而越级晋升大佐，获天皇授予的金鹰三级勋章。1942年在中途岛海战中，其所率支队3870人损失惨重，身负重伤的一木也难躲一死。

"兔死狐悲，物伤其类"，河边正三虽在战争中侥幸逃过一劫，但日子并不好过。如今他最害怕的便是国际军事法庭追究自己的战犯责任。面对王冷斋这个王牌人证，他再不敢置喙一词，慌忙灰溜溜走下证人席。

日本战犯辩护团副团长清濑一郎穿着高筒军靴出席法庭，其嚣张气焰让人难以忍受。看到他的阴谋屡屡受挫，不独王冷斋，就是坐在庭上的中国法官梅汝璈、检察官向哲浚都感到解恨。

清濑一郎不甘失败，拿出最毒辣的一招，把樱井德太郎推上证人席,指控中国共产党制造了卢沟桥事变。

樱井的指控具有极大的煽动性和欺骗性,顿使法庭为之哗然。西方一些反共人士认为此说可信,庭长卫勃要证人提供证据。

特务出身的樱井早就编造好了伪证,煞有介事地说:"中共挑起卢沟桥事变的第一个根据,是事变爆发的第二天,中共中央就向全国发表了言辞激烈的通电,随后又屡向蒋介石、宋哲元等通电主张对日作战。由此可以判定,卢沟桥事件的爆发,是中国军队根据共产党的谋略,有所准备,并抓住我军夜间演习之机,暗中挑起的。"

其实,把卢沟桥事变栽赃给中国共产党,日方早有预谋。1937年7月12日,日本驻天津总领事堀内干城在致广田弘毅的电报中,便以假设代替事实,称卢沟桥事变的起因,大体上是突发事件,"假如是中国方面有计划性的阴谋,也是共产党系乃至南京方面所为"。抗战接近尾声时,当年口口声声以挑起卢沟桥事变为资本的牟田口,忽然改口,谎称该事变系由中国共产党的谋略而爆发。

王冷斋严加驳斥,声明自己并非共产党,但对中共一直站在反帝抗日斗争的最前列,在民族危急存亡关头,捐弃前嫌主动联蒋抗日,素怀敬意。他还当众吟诵自己当年赞颂中共抗日主张的诗句,吟毕,面向樱井,以辛辣的语气加以讽刺:"中国的老百姓都知道中共号召国人团结御侮、抗日救国,你却把抗日先锋说成是卢沟桥事变的罪魁祸首,真是滑天下之大稽,离奇得可笑!"

王冷斋的话一经翻译,法庭人员同声讥笑樱井。樱井的脸皮比当年宛平城的城墙还要厚三分,也不作辩解,而是无耻地抛出了第二个所谓的"有力证据":"1937年7月13日左右,中共指使清华大学学生在中日两军之间鸣放鞭炮,以扩大中日两军冲突,挑起争端。"

王冷斋和秦德纯以当事人的身份否定此说后,一个日本人主动走上证人席,自称是卢沟桥事变时在北平特务机关部任少佐的茂川秀和。他良心发现,已然转变立场,为中国共产党大鸣不平,并主动承认当年正是自己指使部下鸣放鞭炮,以扩大两军冲突的。茂川秀和的话很有杀伤力,顿时让樱井面如土色,下不得台。

继茂川秀和之后,卢沟桥事变时正在北平的美国驻华武官也出庭作证说:"我认为7月的第一周,日军在宛平附近进行的夜间演习,是有意识的挑衅行为。……日军大部队从满洲向万里长城以南地区移动,是日军攻击宛平县城后20小时开始的。这一事实暗示,宛平事件是日本为发动对中国不宣而战的第二阶段战争进行周密准备的行动。"

这时,中国检察官向哲浚向法庭提交了一份证明文件,这是侵华日军第一联队当年所制《卢沟桥附近战斗详报》。里头明确记载:1937年7月7日夜,中队长清水节郎大尉听到"不明射击"后,立即集合部队,"得知一名日本士兵不在,决定断然惩罚(中国军队)"。日军大队长一木清直少佐接到日兵失踪报告后，决定借此向中国部队挑衅，公然要进宛平城搜索。连同"详报"提交的，还有清水节郎当时的笔记。

七七事变后，王冷斋在宛平城门口留影

在法庭激烈而有力的对质中，拥有"充分辩护权利"的樱井再无他言，只是呼哧呼哧地喘气。王冷斋没有轻易放过这个作伪者，严词质问："事变发生时，我奉命与日方交涉，你也在场。我当时就说，夜间宛平城门已经关闭，日兵在城外演习，怎么能在城内失踪？就是纵有日兵失踪之事，也绝和我方无关，谁知是不是仿效当年南京日本领事藏本自行隐匿的故伎而企图做要挟的借口呢？争论结果，决定双方派员联合调查，你樱井也是调查人员之一，岂知一到宛平，你们就自知理亏，最后不辞而别逃之夭夭。当时我怒发冲冠，愤而作诗以纪。"

接着，王冷斋面向审判官，继而面向坐在辩护席上总数逾百人的由日美律师组成的庞大辩护团，当庭一字一句念起了当年的诗作：

消息传来待折冲，当时尚冀息狼烽。
谁知一勺扬波起，故道夷兵忽失踪。

诳张为幻本无根，惯伎由来不足论。
藏本当年原自匿，诘他松井欲无言。

燃犀一照已分明，容忍都因在弭争。
得寸翻教思进尺，更凭强力迫开城。

慷慨激昂吟罢，王冷斋手指樱井大声说："证人樱井德太郎，请你在法庭上讲几句真话！"

樱井被羞得无地自容，无比沮丧地低头走下法庭，边走边喃喃自语："记不清了，记不清了。"

随后，中国检察官向哲浚又提交了从日本外务省档案中发现的日本外相广田弘毅主张大举侵华的言论，以及日本内阁一致同意向中国派兵、灭亡中国的材料。它们除了证明广田弘毅是推行全面侵华战争的主谋之一，还揭露了日本军国主义发动卢沟桥事变的目的所在。

东京审判历时两年多，堪称 20 世纪世界历史上规模最大、时间最长的国际大审判。东京审判虽然艰苦卓绝，但总算取得了令中华民族较为满意的结果。1948年11月12日，远东国际军事法庭在历经四个阶段后，终于完成了宣判，日本首要战犯25人被判有罪，受到法律制裁，其中东条英机、土肥原贤二、广田弘毅、坂垣征四郎、木村兵太郎、松井石根、武藤章7名法西斯元凶被判处绞刑。

在东京审判期间，王冷斋作为中国证人，为揭发日本侵华罪行发挥了难以替代的作用。离开东京时，他祈愿世界永远和平。

中华人民共和国成立后，王冷斋担任北京市文史馆第一任副馆长，还是中央文史馆馆员。1957年2月17日，王冷斋作为特邀人士，在第二届全国政协委员会常委会第34次会议上被增选为全国政协委员。1959年4月，继续当选为第三届全国政协委员。1960年，王冷斋病逝于北京，享年69岁。围绕卢沟桥事变，他给历史留下了《卢沟桥事变始末记》《七七事变的回忆》《卢沟桥事变纪事诗》等著述。

"睢阳大节见遗风，南苑孤城尽守攻。先后成仁差顷刻，千秋奕奕戈孤忠。"这是王冷斋的一首诗，诗言志，诗如其人。纵然岁月会使文著风化，历史会使记忆斑驳，但以"忘记历史就等于背叛"为良训的民族，该不会如此快速淡忘过去灾难深重的一页，如此，也当不该遗忘像王冷斋这些在国难当头依然让民族魂发光发亮的先贤。

胡文虎:"历史误会"的来龙去脉

20世纪上半叶,说起"万金油大王""报业大王""慈善家"胡文虎,妇孺皆知。由于一些历史误会,胡文虎背上了"汉奸"的罪名,中华人民共和国成立不久就在异乡郁郁而终。从各界敬重的爱国侨领到人人不齿的"汉奸",再后终获平反,恢复名誉,胡文虎这段一波三折的人生经历,与抗日事件紧密关联。

胡文虎

"情殷爱国,迥异寻常"

胡文虎是闽西永定(今龙岩市永定区)籍的华侨巨商,九一八事变日军占领东三省后,他立即声援马占山将军坚持抗日,先后给十九路军汇款寄药。得闻何香凝正在上海组织抗战救护队,胡文虎致函表示愿捐飞机两架。何香凝复函表示,沪战救护均在市区,不需要飞机,唯经费无着,望速输将。胡文虎当即电汇万元,随后又运去大量药品。十九路军军长蔡廷锴写信称赞:"此次本军在沪抗日,胡君援助最力,急难同仇,令人感奋。"

1937年9月,国民政府为长久抗战计,成立了以宋子文、陈立夫为正副会长的救国公债劝募委员会总会,胡文虎为26位常委(包括孙科、宋庆龄、李清泉等)之一。他首购20万元,继购30万元。为了给海外赤子带个好头,他再次认购公债250万元,并在给中国银行新加坡分行经理黄伯权的信中写道:"公债他日还本与否,尚未计及,苟得归还,即吾祖国复兴之时,届时仍将一本初志,将该款举办国家公益事业。"两年后,胡文虎又慨捐200万元,协助政府建立残废军人疗养院及阵亡将士遗孤教养院。

当陈嘉庚领导组筹南洋华侨筹赈祖国难民总会(简称"南侨总"),发动海外侨胞为祖国抗战大业毁家纾难时,身兼国民政府行政院侨务委员、航空建设委员、救国公债劝募委员会总会常委、国民议会参议员、福建省政府建设委员、中国儿童战时救济协会劝募委员等职的胡文虎，也全身心领导南洋客属总会（简称"南客总"），全力支援祖国的抗战事业，写下了海外华侨爱国史上惊心动魄、悲壮激越的篇章。

寇氛日炽、国运日危之时，胡文虎继原有的《星洲日报》等报刊之后，又先后增办了《星岛日报》等几种报纸宣传抗日。他的办报宗旨是：一、协助政府，从事抗战建国之伟业；二、报道新闻，兼为民族之喉舌；三、提倡学术，发扬科学之精神；四、改良风俗，善导社会之进步。周恩来、朱德、叶剑英都曾为《星岛日报》题词。

胡文虎邀请著名文化人金仲华为《星岛日报》总编后，还邀请进步作家郁达夫主持文艺副刊，并告知郁达夫："星系各报目前最高旨趣是为国家服务，为抗日努力。"郁达夫从福建来南洋，曾自道此行目的："在海外先筑起一个文化中继站来，好作将来建国急进时的一个后备队。"他以副刊为阵地，写作并编发了大量抗日文艺作品，鼓舞、动员南洋全体华侨积极支持祖国的抗日救亡大业。《星岛日报》也因此被誉为"特别响亮的宣传抗日的号角"。

1940年，胡文虎接办《总汇报》，郑重指出："不以营利为目的，专以服务为前提，宣传抗日救国，坚民众之信念。"

事实证明，星系各报"以电讯灵通、新闻准确，受到读者欢迎"。一直到太平洋战争爆发前，他们冲破了日寇的层层封锁，及时沟通了华侨与祖国内地的联系，增进了华侨对祖国抗战的了解和认识。

1941年2月,国民党在战时陪都重庆召开国民参政会第二届第一次会议,胡文虎作为华侨代表应邀出席。国民政府各院会首脑代表及海外部等百多个团体都派出代表到机场隆重欢迎。2月22日,中共中央驻重庆机关报《新华日报》以《华侨巨子,胡文虎抵渝》为题,对其义助抗战等事迹给予

胡文虎创办的星系报纸报道抗日战争消息

高度评价。周恩来得知他身体欠佳,即派人送去皮大衣和药物。后来,周恩来、叶剑英又专程到嘉陵新村拜会他。

胡文虎为祖国的抗战事业作出了巨大的贡献。据国民政府侨务委员会统计,自抗战爆发以来,胡文虎是华侨中公认的捐资献物最多者,国民政府军事委员会予以褒奖:"情殷爱国,迥异寻常。"国民政府财政部特授给他一等金质奖章,军政部亦颁给海陆空军一等褒奖奖状。

何事赴东京？

1941年12月8日太平洋战争爆发，胡文虎除了资助香港大批青年回祖国内地参加抗战外，还捐助滞留香港的许多华侨和文化界人士。让他始料不及的是，由于驻港英军的撤退，香港在12月25日这一天飘起了刺眼的"太阳旗"。

香港沦陷之初，日军四处搜捕当地侨领，胡文虎自然成为重点搜查的对象。不久，日军侦察到他的匿藏地点，将他羁禁在半岛酒店，软硬兼施，企图让这位有着巨大影响的侨领带领港人向"皇军""亲善"。面对诱迫，胡文虎辞以"在商言商，不问政治"。

日军派来参谋长野村主持审讯，以示"尊重"。当野村问及他是否大力出钱捐助中国政府抗日时，胡文虎答："我是中国人，本着爱国天职，当然有义务出钱捐助政府抗日。"

野村恶声恶气地说："你办的那些报纸，天天辱骂皇军，你为何敌视天皇的和平政策！"

胡文虎俨然像头老虎，淫威之下不低头，他义正词严地驳斥道："日本人在我中华大地烧杀抢掠，无恶不作，难道有这种'和平政策'？"

1943年，香港出现米荒，恢复"自由"（实为软禁）的胡文虎救济灾民不遗余力。日本驻港总督矶谷廉介侦得此情，趁机大做文章，表示日本方面愿意解除米禁，并出面从缅甸、泰国、越南等三地（均为日军控制）运米到香港和内地，但具体事宜，要由胡文虎赴东京与东条英机面商。

胡文虎考虑到自己"有利"的身份，决定周旋于虎狼群中，为当地百姓请命，于是有了七八月间的东京之行。

胡文虎从东京回港后，拒不答应日本当局提出的条件，日方诱迫胡文虎出任香港维持会会长，为"大东亚共荣圈"效力的企图宣告流产。

为了回答有关方面的疑问，胡文虎口授《何事赴东京》一文，对自己赴日目的、行踪作了大致说明：为"救济民食恐慌而来"，谈了对"救济中国民食恐慌问题""华侨爱国分子之自由问题""华侨汇款安家问题"等的看法。由于日本新闻检查人员坚持要加上对日本表示"亲善"和"礼貌"的文句才允许发表，《香岛日报》（即原《星岛日报》，因受日本监管而被迫改名）见报时只好在文中加上"感激之情无以言喻，畅叙甚欢"等话语。随后，沦陷区的日伪报纸纷纷转载，说胡文虎"幡然觉悟，倾向于和平救国旗帜，致力于和运之开拓"。

胡文虎作这个自我声明，本意是化解疑窦，消除误解，洗雪由于误会而强加于他的不白之冤，岂料被日方如此这般"操作"，结果不仅达不到本意，还给他添了"亲日"的罪证。

胡文虎有口难辩，为了离开是非之地，于次年举家迁居澳门。

媒体的误传，使胡文虎是所谓"汉奸"等不实之词在国内社会上产生了影响。1943年福建漳州版的《福建新闻》曾刊登一则消息,说"暴发户胡文虎,蛰港奉承倭寇,先后资敌数百万元"。1946年12月18日,厦门记者公会在第二次会员大会上通过决议:"胡文虎……曾充伪华侨代表赴东京媚敌,电请国防部扣留惩办。"美国人主编的《民国名人传记辞典》中,"胡文虎"条也有"胡文虎被选为香港华人协会主席"(伪职)之说。

其实胡文虎是不是当了"汉奸",那时也有信息可资稽考。

1944年10月23日,《前线日报》特约通讯《香港今日》"一网打尽"的汉奸名单中,没有胡文虎;国民党广西行辕公布的香港汉奸名单(包含所谓的华人协会)中,亦不见有胡氏;日本投降后,新恢复的港英当局虽一度禁止胡文虎行动自由,但不久就经香港新闻界刊文陈情,很快解除了此项禁令;香港福建同乡会仍聘胡文虎为永远名誉会长。

中华人民共和国成立后,胡文虎曾三次致函叶剑英和中南军政委员会,发出了竭诚拥护人民政府、愿意继续捐助祖国公益事业和参与新中国建设的愿望。由于已然的"历史误会",加上胡文虎的抗战捐输几皆给了国民党,有关方面一时不能更改既有评价,也无法接受他的拥护与支持。胡文虎在广东、福建等地的房产被没收,虎标药品在国内禁止行销。

项南发出平反第一声

胡文虎去世后,其后人受到不公正对待。20世纪80年代初，任福建省委书记的项南决心为这位爱国华侨讨回公道。

1981年7月，福建省委提出应注意发挥华侨作用，吸收侨资搞建设，抓好落实华侨政策工作。项南感觉到正确对待胡文虎问题的重要性。经过深入了解，他果断地指出：龙岩要把胡文虎的相关工作做好，这不仅是经济问题，而且是政治问题；胡文虎在福州、厦门办新闻报纸的财产问题，也要赶快查一查。8月，项南批示：胡氏福厦财产，请统战部抓紧退回。福建省委统战部责成福州市政府、厦门市委统战部，会同有关部门，对胡文虎在福厦两市的财产做了调查。

情况清楚后，项南于当年11月4日在《关于胡文虎在两市财产情况的初步调查汇报》上批示：要从团结华侨参加祖国建设着眼，不要因小失大。统战部协商两市，提出具体方案，报省委核批。

不久，项南到闽西考察，得知张永和是正在研究胡文虎的归侨作家，特地安排同他交谈。张永和告诉项南："60年代我在胡文虎家乡当林业工人时，曾写过20多万字的《胡文虎传》，人称我吃了豹子胆。'文革'一来，我家被抄，手稿也被烧了。"

得知张永和有继续写作的计划，项南高兴极了："好，我为你壮胆，你放手写吧！写成后出版有困难找我。"项南的话极大地鼓舞了张永和，他重新搜集资料，坚持业余写作，历经5个寒暑，终于完成了30万言的胡文虎长篇传记。

1983年2月初，项南接见香港《文汇报》总编辑金如尧时指出："胡文虎是一个捐资兴学的爱国华侨。以前由于受'左'

倾思想影响，对胡氏一家的评论是不公允的，对胡氏一家的财产处理是不得当的。现在，我们要纠正过去的错误。"

不久，《华声报》创刊号刊出"项南认为胡文虎是个爱国华侨"的消息，反响很大，胡氏后人的态度也起了明显的变化。

1983年4月8日，项南与两位省委常委专程来到胡文虎的家乡永定下洋调查，并公开宣布："胡文虎先生为家乡办了好事，家乡人民怀念他，我们大家也很怀念他。"这声音从小山村很快传播到全世界。

项南与刚从香港探亲归来的原星系报社某社长和总编辑罗铁贤、胡冠洲、罗聚友等，兴致勃勃地参观了已修缮的胡氏宗祠永安堂虎豹别墅，以及胡文虎故居庆福堂。

在参观胡文虎当年捐款修建的中川学校时，项南建议把胡文虎的画像挂在学校里以示纪念，还嘱托罗铁贤、胡冠洲、罗聚友三人撰写纪念胡文虎诞辰百年的文章。

1983年5月，福建省政府批复了福州市、厦门市关于归还胡文虎福州、厦门两地房屋财产处理意见的报告，几天后，又公布归还胡文虎在福建房屋、财产的决定。同时拨专款修复永定县胡氏老家的虎豹别墅。广东省随后也作出了归还胡文虎在粤财产的决定。

一石激起千层浪。新加坡《联合晚报》不惜版面发表长篇文章，称"胡文虎获得'平反'，全部产业归还给他的家属"。

6月底，罗铁贤等三人将合撰的纪念胡文虎100周年诞辰的文章寄给项南。经项南批转，《福建日报》于7月3日刊发。

9月,以新加坡永定同乡会理事长、崇正客属会馆副会长胡冠仁,新加坡永定会馆副理事长曾启东,香港永靖同乡会副理事长胡学光等为首的新加坡永定会馆代表团一行22人,联袂抵达福州,代表胡文虎在新加坡的儿子胡一虎、胡星等,同福建省有关领导商讨接管胡文虎在闽产业并返故乡龙岩永定谒祖事宜。

胡文虎长女胡仙早年就读于香港和新加坡,并在美国哥伦比亚修读新闻专业,后获香港中文大学授予荣誉法学博士学位。1972年,胡仙以宏大的气魄领导改组了父亲遗留给她的"星岛报业有限公司",使星岛报业日益壮大,跨越太平洋,扩展到大部分亚太地区;其声誉由东方传到西方,她本人成为世界中文报业协会蝉联主席、"唯一的华裔跨国社长",被称为"新闻女王",名气不亚于乃父当年。福建省委为胡文虎平反的举动使胡仙和她的母亲胡陈金枝深为感动和欣慰。

归侨作家张永和完成30多万字的《胡文虎传》时,项南已离任,而胡文虎问题还悬而未决,出版真的遇到困难。1988年2月26

胡文虎与夫人胡陈金枝

日《人民日报》(海外版)发表了《胡文虎研究取得新成果》一文,称胡文虎为"著名爱国华侨","在抗日战争中,他捐赠的药品和财物为华侨之最"。项南特地将这张《人民日报》寄给鹭江出版社社长,《胡文虎传》终于得以顺利面世。不久,《人民日报》、香港《文汇报》、《广东农民报》、《福建日报》等先后选载、连载了这一传记,海内外反响很好。

历史的迷雾终于拨开

1991年5月,担任中共中央顾问委员会委员、中国扶贫基金会会长的项南,带着一批专家学者和国务院贫困地区开发服务中心的工作人员来到闽西考察。他在龙岩地区干部大会上作报告说:"胡文虎先生爱国爱乡,捐资兴学,至今值得我们钦佩。"1992年纪念胡文虎诞辰110周年,项南挥笔题字:"工商巨擘,报业大王,情系华夏,创业南洋。"

1992年11月,胡文虎长女、香港星岛报业集团董事长胡仙博士应国务院港澳办和新华社香港分社的邀请,携母亲胡陈金枝首次回内地访问,受到时任中共中央总书记江泽民的亲切会见,时任国务院总理李鹏还为胡文虎纪念馆题名。

1993年3月,胡仙首次回到故里下洋镇中川村谒祖观光时,特地邀请项南同行。1994年9月,胡仙再度回乡,参加胡文虎纪念馆开馆暨胡文虎基金会成立典礼。她在大会上表示,把耗资220万元修缮一新的虎豹别墅捐献给永定县人民政府,还宣布捐资360万元在永定县城关兴建胡文虎小学。另外，胡仙独资捐赠成立"胡文虎基金会（中国）"，聘请项南担任顾问。

1992年，从尘封已久的"东条内阁总理大臣机密记录"中发现《东条英机、胡文虎会谈要旨》（记录稿）。

香港回归前夕，本书作者采访胡文虎女儿胡仙后合影

从记录稿中可知，胡文虎是为了求得日本最高当局"特许"到缅甸等大米产区购运粮食，解决香港及华南地区民生问题而赴东京与东条英机会谈的。在谈话中，胡表示了对日本扶持的汪伪政权的不认同，还要求东条解除日本驻港总督府对他的软禁，自始至终不卑不亢，没有"媚敌"，更无"汉奸"言行。

1993年出版的《抗日战争研究》第一期，刊发《论胡文虎在香港沦陷期间的大节——还胡文虎的历史真面目》一文，认为胡不但"没有丝毫'失节'，相反地表现出来的是爱国侨领的民族气节。因此，把胡文虎的'东京之行'说成'媚敌'，都是不符合历史实际的，疑他为'汉奸'或'准汉奸'更是历史的误会"。

郁达夫和连横：暴风雨前的先知

"只有战斗才能制止敌人的侵略！"

1936年12月底，碧波荡漾的台湾海峡以其恢宏的气势，从东北到西南缱绻舒展出一条紧衔闽台的青罗带。丰富的渔产在这条连接了数千年的血脉脐带上，不知忧愁地游弋跳跃，一如既往地生殖繁衍。落日的余晖在天际消逝。从大海布满褶皱的四角，夜幕扇动着灰黑的翅膀，阴冷冷地袭盖上来，湛蓝的海水转瞬间泛现墨绿。一艘发自高雄的邮轮，穿破被咸咸海浪洇湿的雾气，急急向厦门港航行。

邮船上坐着从日本访问回国的郁达夫。这位"五四"文学大军中极富个性的一代文豪，当时正担任着福建省政府参议兼公报室主任的职衔。

邮船在海上一路颠簸，郁达夫的心海也一直在波澜起伏。

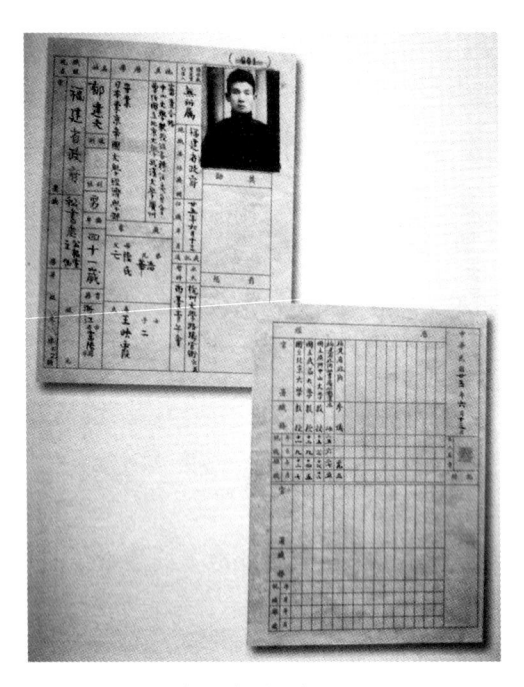

郁达夫履历卡正反面

　　从日本到台湾，从台湾往厦门，他都显得忧心忡忡。他对此行的感受如鲠在喉，不吐不快，但无孔不入的日台浪人和身旁左右潜伏的黑手，使得他只能郁闷胸中。

　　郁达夫下榻于厦门中山路天仙旅社，行装甫卸，消息灵通的《星光日报》记者赵家欣便前来叩访。被问及此番访日观感，郁达夫终于可以一吐胸中块垒了："日本给我的印象像一幅刺目的、色彩极浓的图画，表现的是病狂和不调和。自从患了那不可救药的侵略症以后，简直是疯了。他们备战很急，日常的一切设施尽都军事化起来。"

在日本明湾头,得知下头就是马关,郁达夫油然想到了《马关条约》割让台澎的恨事,挥笔写下:"却望云仙似蒋山,澄波如梦有明湾。逢人怕问前程驿,一水东航是马关。"赵家欣细品之下,只觉字字句句都充塞着民族的悲愤与爱国的热情,与梁启超游马关所作"明知此是伤心地,亦到维舟首重回。十七年中多少事,春帆楼下晚涛哀"诗句,堪称异曲同工之双璧。

面对眼前这位同样"位卑未敢忘忧国"的文化人,热情洋溢的郁达夫不顾劳累,还滔滔不绝地谈了他对台湾的观感:"台湾青年苦得很,读的不是汉文,而是日文。有三个以上的学生站在路旁谈话时,就有日本警察过来干涉。但是台湾青年经常想念他们还未见面的'妈妈'——中国。日本统治台湾快40年了,但台湾人民不甘屈服,大小暴动多达百余次……"

赵家欣对这位蜚声文坛的前辈作家仰慕已久,在记录郁达夫的谈话时,不时也发表自己的感慨:"先生说得很深刻,民国以后的20余年中,日本对中国,没有一年不施行侵略虐杀的政策。"

郁达夫莅厦的消息见报后,慕名者纷纷到旅社探访和求索书幅。郁达夫在和新朋旧友谈话以及应邀在厦门演讲时,都不忘向国人发出企盼祖国强盛、台湾早日回归的肺腑之言。他还联系台湾现状,磅礴正气地激愤呼吁:"亡国奴是做不得的啊!只有战斗才能制止敌人的侵略!"

郁达夫对日本的军国主义泛滥有着切肤之痛,缘于他留日生涯中的所见所闻。

1913年9月下旬，他跟随兄嫂踏上了东渡扶桑的行程，直到1922年接到郭沫若等人一再促请他回国主持创造社工作的信件后，才结束了在东瀛长达10年的留学生涯。"日本呀日本。我去了。我死也不再回到你这里来了！但是我受了故国社会的压迫，不得不自杀的时候，最后浮上我脑海的，怕就是你这岛国呢！"这就是作为弱国子民的郁达夫在离日之际的复杂感受。

对日本殖民统治下的台湾，郁达夫也是了解的，他的锦绣文字中不时流露出悲悯和怨愤之情。早在1930年写就的短篇小说《十三夜》中，他就刻画了一个叫陈君的台湾青年画家肖像：

（陈君）祖籍是福建，祖父迁居在台湾，家境是很好的。然而日本的帝国主义，却压迫得他连到海外去留学的机会也没有。虽有巨万的不动产，然而财政管理之权，是全在征服者的日本人的手里，纵使你家里每年有二三万的收入，可是你想拿出一二万块钱到日本国境以外的地方来使用是办不到的。他好容易到了东京，进了日本国立的美术学校，卒了业，在二科展览会里入了选，博得了日本社会一般美术爱好者的好评，然而行动的不自由，被征服者的苦闷，还是同一般的台湾民众一样。于是乎他就不得不只身逃避到这被征服以前的祖国的中国来。逃虽则逃到了自由之邦的中国来了，可是他的精神，他的自小就被压迫惯的灵心，却已经成了一种向内的、不敢自由发展的偏执狂了；所以待人接物，他总免不了那一种疑惧的、踌躇的神气,所以到了二十八岁的现在,他还不敢结婚,所以他的追逐梦影的习惯,竟成了他的第二个天性。

陈君怀着苦闷的心情从台湾到东京、从东京到祖国大陆寻梦,但他的梦想注定是无影无踪,在8月13日夜整个希望都破灭后,不久即在明媚的西湖边上病故。"我"和他生前的挚友筹款为他在西湖营葬,"因为他是被日本帝国主义压迫致死的牺牲者,丧葬行列弄得盛大一点,到西湖的日本领事馆门前去行一行过,也可以算作我们的示威运动"。

郁达夫对日本、对台湾的复杂情怀,就寄寓在这些文字里!
1936年2月,郁达夫接受福建省政府主席陈仪的邀请来闽工作后,公私宴游酬酢频繁,却仍以国难为念。他在题赠新闻界同人的诗中,激励大家大敌当前,务须保持高尚的民族气节。在《战争与和平》一文中,他历数日本帝国主义自1915年出台"二十一条"后,"总没有一年不再施行其侵略虐杀的政策",提出主和是没有出路的,"只有战斗才能制止敌人的侵略"。这年10月,革命文豪鲁迅逝世,作为挚友的郁达夫赶赴上海扶柩送葬,而后肩负使命东渡扶桑(1946年3月,郁达夫在印尼从事地下抗日而被日本宪兵秘密杀害的消息传出,郭沫若撰文忆旧,其中说:"他那时候是在福建省政府做事情,是负了什么使命到东京的,我已经不记忆了。"),返回祖国大陆途中专门访问了台湾。

郁达夫在厦门之日,正处于1936年和1937年的岁尾年头。

日本和台湾岛之行的所见所闻更增添了他的忧国之情，坚定了他抗日救国的决心。熟知军事地理和政治历史的郁达夫，凭着所掌握的第一手资料和敏锐的洞察力，在厦门写就的《可忧虑的一九三七年》一文中，扼要地分析了形势，相告国人日军正在磨刀霍霍，预言"1937年，也许是中国的一个濒于绝境的年头"，并为此大声疾呼：

"民族的中兴，国家的再造，就要看我们这一年内的努力如何！"

"亲爱的众同胞，现在绝不是酣歌宴舞的时候！"

在此前此后的许多文章中，郁达夫还如是抒发爱国衷肠："祖国啊祖国……你快富起来，强起来吧！""在日本，我早就觉悟到了今后中国的命运，与夫四万万五千万同胞不得不受的炼狱的历程。"

这是一个爱国作家，也是身为国民政府一省参议对国事的"参议"。

1937年的七七事变，证明了郁达夫预见的准确性。

"欲求台湾之解放，须先建业祖国"

在战争的阴云逐渐浓聚、笼罩中国上空时，许多像郁达夫这样的有识之士，发出了愤然之声，并为了民族的中兴、国家的再造而殚精竭虑。

他们中不乏义不臣倭的台湾同胞。历史已作明证：大多台胞并不像郁达夫小说《十三夜》中的青年画家那般消沉,更不颓废。而这,正是作家的希望。连横便是众多爱国台胞中的卓越代表。

连横号雅堂,其先祖于清初自福建漳州搬到台湾台南府宁南坊马兵营(郑成功当年驻军之地)。他自幼深受传统汉文化的熏陶,青年时代经历了马关割台的痛苦体验,同时遭受台亡、父丧的双重打击以及故居被毁之祸。

连 横

"国家可能一时破灭,若历史不坠,国家复兴可期。"抱着这样不渝的信念,连横"生根台湾,心怀大陆",牢记恢复故土之志。他认为,要恢复故土就不能让民族精神的文化标志在历史上泯灭,台湾要复兴,就要发扬中华文化,不能让台湾的历史湮没。于是,他以在日本殖民统治下保存祖国文化为己任,一次次携眷来回厦门、福州、北京等地,考察国内形势,搜罗爬梳史乘,致力历史文化遗产的搜集与整理。章太炎读其抒发山河破碎之痛、故国沉沦之苦、恢复故土之志的诗章后,击节赞叹:"此英雄有怀抱之士也!"正是在这位文化英雄的不懈努力下,才使得台湾汉文化在渐被东洋文化渗透的关键时刻,出现了《台湾通史》这样的皇皇巨著。

连横不仅致力于祖国文化的传承和建设,更致力于民族的解放、台湾的光复。他不甘后人也受日本奴役,1931年独子连震东于日本庆应大学毕业后,命其回国效力。他如是谆谆相告:"欲求台湾之解放,须先建业祖国。余为保存台湾文献,故不得不忍居此地,汝今已毕业,且谙国文,应回祖国效命。余与汝母将继汝而往。"

他为此特地致函国民党元老张继:"弟仅此子,雅不欲永居异域,长为化外之人,是以托诸左右。昔子胥在吴,寄子齐国;鲁连蹈海,义不帝秦。况以轩辕之胄,而为他族之贱奴,泣血椎心,其何能恝?"对国之忧心,对儿之期望,跃然纸上。

1933年,连横在《台湾诗乘》《台湾语典》等著作次第告成时,移居大陆,以实现叶落归根、终老故国之夙愿。在横渡台湾海峡的船上,他兴奋异常,作诗抒怀:

内渡舟中(后改《离台赴沪》)

饮马长城在此行,男儿端不为功名。
十年宿志偿非易,九世深仇报岂轻。
北望旌旗诛肃慎,南归俎豆祭延平。
中原尚有风云气,一上舵楼大海横。

舟中夜望

卅载蹉跎历险滩,片帆今日去台湾。
春潮浩荡南溟大,夜色苍茫北斗寒。
志士不忘在沟壑,男儿何必恋家山。
他年击楫归来后,痛饮高歌七岛间。

这两首七律，表达了连横不当亡国奴、矢志报效祖国的心志，寄予了希望中华儿女团结奋斗、统一祖国的豪情！

内渡大陆后，连横并不是闲等老之将至，在为保卫中华文化和民族精神而潜心述作时，依旧心念台湾，尝对子女言："余自台湾沦陷，吾家被毁，三十余年靡有定睡。"

1936年6月28日，心怀祖国统一的一代史学大家连横，带着"光复台湾"未了的心愿在上海离世。弥留之际，他仍不忘故土之耻、不改复疆之志，谓其独子连震东云："今寇焰迫人，中日终必一战。光复台湾即其时也，汝其勉之！"

得知儿媳赵兰坤临盆在即，连横遂留遗言："中日必将一战，若生男则名'连战'，寓有自强不息、克敌制胜之意义，又有复兴故国、重整家园之光明希望！"

连横塑像

睿智的连横不仅预见到了中日必有一战,让儿子和即待出世的孙子背负起抗战使命,而且坚信中国抗战必胜,台湾必能于此时光复!

1945年8月15日上午10时,蒋介石在重庆宣告"抗战胜利",喜讯像风一般传遍陪都的街头巷尾,给了时在重庆的少年连战特别感受。这位后来的中国国民党主席,半个多世纪后如是回忆9岁那年的印记:"我迷迷糊糊想睡觉,突然一阵巨响,我还以为又是轰炸,结果母亲气喘吁吁地跑进来,满面笑容地告诉我,胜利啦,胜利啦!外面都在放鞭炮,日本鬼子无条件投降啦!我抱住母亲,喜极而泣,我们真的赢了,我童年的梦想(按:指打败日本侵略军)终于实现了!"

透过这段文字,完全可以想见连战母亲赵兰坤的激动神情。当年连震东谨遵父命,在儿子出生后为他取名"战",让其背负父辈的使命。但赵兰坤感到让独生子"抗战一辈子"未免太沉重太辛苦,所以为他起号"永平",意谓告别战火,永远和平。如今梦想成真,母亲既可以一脸阳光地把幼小的孩子拉出战争的阴影,年幼的孩子也不用每天倚门而望,担心身穿粗布军服的父亲是否能平安回来,岂能不喜极而泣!

严家显：农教先驱

严家显是中国最著名的昆虫学家之一。

严家显祖父严国馨是苏沪近代史上的金融巨子，父亲严良灿是苏州木渎首富，堂兄严家淦曾任台湾地区领导人。

严家显留学归国后最重要的作为是1940年创办了福建省立农学院（福建农林大学前身）并任院长。在战时经济极度匮乏的情况下，1942年用其父严良灿的遗赠设立"严子绚先生奖学金"，激励了大批贫困学子上进报国。1944年，严家显改任复旦大学农学院院长，中华人民共和国成立后参与创办中国人民解放军军事医学科学院昆虫系。1950年

严家显（1949年）

6月，朝鲜战争爆发，他是最早抗击美军细菌战的中国科学家。由于健康原因无力远行，乃委托好友柳支英（昆虫学家）和胞弟严家贵（病理学家）替他奔赴抗美援朝的一线战场。

1952年，严家显病逝于上海，卒年46岁。

木渎老宅中，兴趣是最好的老师

严家显出生不久，严家这个苏州木渎的名门望族因为严国馨的过世，闹起了分家风波。

严家花园还是严家子孙共享的祖屋，犹如祖祠一般。分家后，哪怕平时几家走动很少，却还能在这里偶尔相遇。同辈年轻人中，严家显来得最多，这里绿竹茂密，花香草碧，引得蜂蝶蹁跹，不知不觉就把少年的心给迷住了。堂哥严家淦也爱在此流连驻足，这里的四时美景，江南花园的种种胜处，都进了他的照相机镜头。

每个人都有与生俱来的爱好，如同向日葵总是向着阳光生长，严家显喜欢跟着蝴蝶、蜻蜓、蜜蜂等飞行昆虫走。四五岁时，当其他孩子对蜇人的蚂蚁、蜜蜂常怀恐惧时，他却一脸喜悦，不仅迷上了观察，还愿意在茂密的草丛、盛开的花海里躬身寻找，并带弟弟捉蝴蝶和蜻蜓，还无师自通地将它们做成了标本。到了七八岁，他房间里的蝴蝶标本已是琳琅满目，五彩斑斓。

家人对他这种近乎痴迷的爱好甚为不解，担心他"走火入魔"。父亲严良灿却在背后默默地支持他，有时还陪他一起捉草蜢、萤火虫，父子俩一起"疯魔"、乐呵。早早地，少年严家显已看过法布尔的《昆虫记》。自然，书是父亲赠予的一份礼物。

一天，严良灿看儿子一直在瘙痒，便关切地问："怎么，你房间里的跳蚤还没除尽，可能是药量用少了。"严家显倒不在乎这些，而是仰头问了一个古怪的问题："爸爸，跳蚤长有几条腿？"

答不上来话的父亲，答应花上一笔钱，给儿子买当时的稀罕物——显微镜，方便他弄清跳蚤有几条腿。由此，严家显在昆虫方面的兴趣更加浓厚。少年人的学问兴致，往往能在不经意间萌动、发酵。

严家显的房间位于二楼，窗外是一大片皎皎如月明的白玉兰，在风雨中歌舞，在晨昏时送香，春夏时节尤为好看。他的房间内，各种昆虫标本或摆或挂，主要以蝴蝶为主，五彩缤纷，洋溢着一派自然气息。经过在显微镜下无数遍地观察，小小少年早早读出了诸多虫语，并有了自己的审美。关于这一点，除兴趣之外，天赋自也是极重要的一项。

昆虫学家挥舞翅膀越飞越高远

五彩的蝴蝶一眨眼便飞进了桃坞中学，严家显也跟着踏进了校门。这是严家大小公子几乎都上过的中学。此时，中国新文化运动正如火如荼，接着五四运动声势浩大地掀开了近代中国争取民族解放与民族振兴伟大斗争的序幕。

成绩优秀的严家兄弟们，在桃坞中学是出了名的"严家将"。严家显胞兄与严家淦还在同年级同一个班，堂兄弟势均力敌，争抢第一是家常便饭之事，双双考上了大学。随后，严家显进入东吴大学学习法学，一年后，本着农业救国的想法，以及对昆虫学的热爱，申请转入南京私立金陵大学，选修农学院昆虫系。能如此跨领域跨专业，足见其胸中底气。

严家显在金陵大学农林先辈们的影响下，立下一个愿望：投身教育、改造农村！拿到毕业证后，他并没沾沾自喜，而是有了继续深造的打算。1931年，他冲着燕京大学"东方哈佛"的名头而来，入理学院攻读研究生，主修生物，专攻昆虫学。在这里，他得到了与胡经甫合作研究的机会。

作为生物系主任的胡经甫最擅长的是昆虫学，他此时正埋头撰写《中国昆虫名录》。这是他踏遍美、英、法、德、意、比与瑞士等国家的博物馆搜集资料，结合毕生所学编写出来的著作，收载了当时中国已被命名分属24目、392科、4968属的昆虫20069种，奠基了中国昆虫学。此书记录了697种天牛，其中只有一种由中国人自己命名，这个命名的人便是年轻的严家显。

燕大硕士毕业后，严家显最终又选择到美国明尼苏达大学攻读博士。严家显的师友有在该校的求学经历，且万分称道该校出类拔萃的昆虫学研究，他也就心驰神往了。

1937年，在去美国的第三年，严家显终于戴上了那顶让无数人梦寐以求的明尼苏达大学博士帽,并以优异的成绩获得两个学会——美国明尼苏达生物学会、化学学会的金钥匙。

此时,震惊世界的消息传开。在太平洋的另一头,1937年7月7日,日军强行挑起卢沟桥事变,中日战争由此全面爆发。

导师殷切希望严家显能留在美国,专心致志地从事昆虫学专业的研究,因为这里有世界上最先进的专业力量以及独一无二的舞台。同时,美国、德国多家研究机构和高等学府也向严家显发出高薪聘请邀约,给予种种承诺。

关心着海那头的严家显,虽然也心动于美国良好的研究环境,但在这样一个国破时节,已然全无研究心思。"满目山河空念远",一筹莫展的他根本无法抛开祖国母亲的一切,抛开对家人无尽的思念,只身一人安安静静地漂在外面,若无其事地做学问。他试着扪心自问,在全民抗战的节骨眼上,在国家最需要他的时候,即便在美国做出偌大的成绩,于全世界闻名,那又有什么光彩可言?

卢沟桥事变十来天后,严家显登上了开往中国的轮船。

国立武汉大学最年轻的农学教授

1937年8月末,搬迁至珞珈山新校区四年有余的国立武汉大学,迎来了意气风发的新教授严家显。他坐了一个来月的轮船,万里迢迢从美国回到故乡,在苏州老家和父亲、家人稍加团聚,便在弥漫的抗日硝烟中,风尘仆仆地渡过长江,赶往武汉,开启回国后的首次大学任教生涯。

在美国求学三年,他切实感受到了中国在教育上的落后。中华崛起,教育为先,他决心追随一帮志士仁人,加入到教育救国的队伍中来。70年后,武汉大学对严家显给出的评价是:"严家显教授任教国立武汉大学的时间虽然很短,但是他为初创时期的武汉大学农学院的发展,乃至为我国农业教育和农业发展所付出的努力和贡献,他真挚而又深沉的爱国主义情怀和忘我的工作精神,将永远值得武大人铭记。"

在武汉大学任教期间,严家显偶然结识了考取金陵大学后到武汉大学借读的王祖寿。东湖西岸的海光农圃,是农学院的教学点之一,严家显平时去得勤,也乐意把王祖寿往这儿带,因为心底藏着让她了解农学、培养农学兴趣的小心思。

1942年,严家显与王祖寿在福建永安举行婚礼。婚礼典型的"中西合璧"充分体现了中西方文化交流时的民国婚礼的特色

尽管珞珈山上桃花灼灼,却也不是真的世外桃源,在日军日益逼近的铁蹄下,武汉大学

也不得不西迁。王祖寿先行跟随金陵大学西迁后，教育部一纸电令下达，武汉大学农学院并入国立中央大学农学院。武大既然没有农学了，严家显决定另赴他职——前往广西大学，担任该校农学院教授。广西是另外一个抗战大后方，有一批老朋友在等着他的到来，共创中国农业的科教事业。广西也让他有一种亲切感，在燕京大学读硕士研究生时，他曾深入广西腹地考察，撰写出题名为《一种在广西发现的天牛科昆虫新物种》的论文，得到老师胡经甫的肯定。

于广西营建"中国农都"

1938年3月初，严家显风尘仆仆来到柳州沙塘时，广西大学农学院搬迁的舟车多数还在路上。一时无课可上，他径直走向了广西农事试验场。

从天南地北奔赴沙塘的农学界精英们，多数和严家显一样，既在广西大学农学院上课，又负责广西农事试验场的重大研究课题。水稻、甘蔗、玉米、小麦、花生、蔬菜、柑橘、烟草、油桐、土壤、肥料、病虫害及其防治等，都是他们的研究对象，120个试验项目中，许多是开创性的研究。

严家显欣然受命兼任广西农事试验场病虫害组主任，而后又兼任广西省政府技正。在重大研究课题之外，还协助开办相关培训班。作为一个农学家、昆虫学家，他深知只有将科研成果推广和应用于农林生产中，才能真正地服务于中国农业。

战时米珠薪桂，沙塘地方偏僻，科研条件差。严家显担任主任的农事试验场病虫害组，连一间养虫室都没有，他们就土法上马，搭起一间临时茅棚和用木板钉起来的养虫架，以灯罩、小瓦缸和养虫盅做饲养工具。画昆虫标本必不可少的正规图纸在这里稀罕着呢，他们只能使用普通沙纸。在沙纸上直接用笔起稿，橡皮一擦动辄起毛，影响着色。有一个研究员反复试验后，推出一个好法子：先用薄纸打稿，再拿硬铅笔稍稍用力照描，移去薄纸后，画纸上便留下一个虫体的刻痕，依此刻痕用淡色描出，照此轮廓着色，昆虫的造像干净异常，看不出一点铅笔的残迹。艰苦的条件下，有的研究人员由于在简易的实验室内停留时间过长，被农药的剧毒熏晕，休息数天才得以复原。

正是在严家显和一批同事的齐心协力下，广西农事试验场规模日渐完善，拥有了农艺、园艺、病虫害、农化、森林五个组，中央农业实验所广西站、农林部广西推广繁殖站的工作也在沙塘逐项展开。

南国的夏天很漫长，十月间暑气还在肆虐。一个周末，昆虫学教授带着两名学生助理深入山谷雨林采集昆虫标本。

"你们瞧好了，昆虫不仅生活中周期各有不同，交尾习性也同样千奇百怪。你们看这些雄锹形虫，平时也还相安无事，可是一到求偶的时候，便各不相让，大打出手，比赛谁的下颚角力狠。最好笑的还是这些雄柄眼蝇，你们道它们长时间的大眼瞪小眼在干吗？那可不是闲着无聊，也不是面面相觑，而是在较量谁的双眼离得最开呢，赢的一方才有资格抱得美人归……"

言者声情并茂，听者聚精会神。

严家显欣喜地看到，与他们这些教授艰苦教学相对应，学生们几乎都能发奋求学。战时条件艰苦，他们常常用油灯夜读，早上起来面颊和鼻孔都是黑乎乎的，让人看了忍俊不禁。图书紧缺，他们就到图书馆抢书看、互相抄笔记。课堂内外，似乎都有不懈的精气神。

在战火肆无忌惮燃烧和毁灭之地，也蓬蓬勃勃地生长着不屈意志，沙塘因此成为集农业科研、农业教育、农技推广于一体的绿洲。大批从沙塘走出去的农业科技工作者，后来成为农学科研骨干和学科带头人，不少人还成为中国科学院和中国工程院院士。沙塘被誉为"中国农都""中国农业专家的摇篮"，实至名归。

翻开黄历新篇章

1940年，一封来自福建的信函，翻山越岭辗转到达严家显的手中。

信是时任福建省财政厅厅长的堂兄严家淦从福建战时省会永安寄来的，信上的毛笔字落笔有力，透着一股庄重的仪式感。堂兄热情邀请他赴永安创办福建省立农学院，并出任首任院长。

严家显一路舟车劳顿，在1940年7月初抵达福建战时省会永安。从此，这所山城蜚声全国的抗战进步文化活动，便烙上了一代农学家、教育家严家显的影子。

山城山水相望，给严家显一个好印象。而严家淦夫妇的嘘寒问暖，更是消除了严家显长途跋涉的疲惫。虽然久未谋面，但兄弟间见面一点也不生分。

就这样，严家显坐着省政府临时拨给他的一部旧轿车，由熟悉地况的人员陪同，连着在城郊看了几个地方。他希望避开城乡接合部。当时很多机构都一窝蜂涌进永安城，城里空袭随时可能发生，每每晴朗的日子，也是最提心吊胆之时。警报频频，城里人早晨扶老携幼出城躲避空袭，夕阳西斜才回来，过着有家不能安住的生活。为长久计，未来的农学院需要一个离农村较近的地方、一个安全隐蔽的地方，它应该是一个在战火中还能生存的绿洲。

他来到黄历村，这里山川明丽，民风淳朴，村前村后有风景林，交通不畅却便于读书。村名也颇有意思，黄历黄历，翻过"老皇历"，就是新的一页。

黄历校园一角

严家显在黄历村澄湖头半山坡的一处木质结构的屋子外，挂上了"福建省立农学院"的木牌。没有名山大川，也没有古刹胜景的永安黄历村，将成为承载福建农业教育的土壤，并被赋予比十月稻谷更加金灿灿的使命。

只是，摆在严家显面前的情况是：基本的教学设施、图书馆、操场、食堂还没有，农学院需要的实验室、养殖场等连最基本的格局都还没有定下来。如此合计下来，方知局面糟得让人窒息。缺少的东西太多，工程量非常大，要在十月开学前打造出像样的农学院，简直难以想象。

严家显有自己的计划和勃勃雄心。他站在全局的高度，缜密安排，一步一步往前推进工作。他有条不紊，先设置一些精干的办事机构，配备各部门工作人员。在抓紧各项准备工作，力促早日开学之时，他忙里偷闲，集思广益，拟定了《福建省立农学院组织章程》。他亲自兼教务主任，选聘何学尼副教授出任训导主任，陈明璋教授兼总务主任，各部门工作人员专任25人、兼任7人。

那段时间，严家显活像个不知疲倦的机器人，疾走在一望无际的青绿田野间，带领有关人员亲抓校舍的总体规划和具体建设工作。青山茂林，是对付烽火硝烟的天然掩体，他就在半山坡上择一处，建鱼鳞板平房，充当实验室与课堂；田畴青绿平整，他就选几处四合院式的民居，或作教室、试验室，或作师生宿舍。图书、仪器者，为科教至重，严家显更是悉心谋划。

在师资、设备及顶层设计先行之下，1940年8月，福建省立农学院开始招收新生。

严家显虽是昆虫学家,但他的眼光放到大农业,看到了森林、畜牧、土壤、农业经济等,办起学来就不局限在狭义的昆虫了。他认为研究农业之科学统称曰农学,其以技术改进为主题者为农业生产学,以发展农业经济为主题者为农业经济学,以改善农民社会关系者为农村社会学。农业生产学可依其性质分为土壤、肥料、农具、作物、园艺、森林、植物病虫害、畜牧、兽医等科目,各科目之中更可细分若干专门学问。是故,福建省立农学院成立之际,他定下七大专业学系:农艺系、园艺系、植物病虫害(病虫害)系、森林系、畜牧兽医系(畜牧系)、农业经济系(农经系)、茶科。经过严格考试,学院共计招收76名学子,统一发黑色校服。

9月,严家显签送了福建省立农学院给省政府的呈文,称:"本院自奉令成立积极筹备以来,一切业已就绪,并定于10月7日开课。"

首届农经系学生程钟平后来描述那一天:"1940年秋,我跨过燕江桥,踏上往黄历村的小路,迎面就是一条笔直的石子路。一湾燕江水冲击着河床里的铺路石,不断地发出美妙旋律,欢歌黄历的成长和壮大。呵!小石子路上的铺路石,犹如上海南京路上拥挤的人流,人头攒动,是来欢迎由远方来到黄历村的学子。"

福建省立农学院轰轰烈烈地拉开了帷幕,严家显心里的石头终于缓缓落地。

"黄历精神"和"严子绚先生奖学金"

抗战时期，福建虽不是主战场，但也多处沦陷，战火不断。偏偏天公不作美，自然灾害频仍，物价涨得也是离谱。学校师生只能日日靠政府拨的那点儿粮食维系生活。严家显不由得急火攻心，为此一次次进城找省政府相关人员化缘，同时号召全校师生自力更生开荒种粮种菜，生产救亡。他还亲自带领一批师生，翻山越岭，寻找适耕之地。这也是现场教学，正好可以让师生们共同了解这一带的土壤和植被情况。一粒粒种子下土，既能生产自救，也为抗战时期的一方土地播下希望。严家显说，种子落下了，就为未来农业科学的发展奠定了良好的基础。

有时"公费"没到，严家显就自己垫上。为了适应战时办学，他还采取弹性学制，若学生求学时确有困难，可休学，待情况好转续念。

严家显体恤穷苦学生所立下的规矩，并没有因他后来的离职而被废除。有位首届考进来的学生，因家里实在太困难，断断续续读了七年才得以毕业。他后来感动地说，没有严院长，他就完不成学业。毕业后，他怀着感恩之心，一直留在农学院工作，直至退休仍不忘强调：严院长倡导并身体力行着黄历精神，他树立的优良校风，给历届学生，也给后来的福建农学院、福建农林大学留下了宝贵的精神财富。

"黄历精神"当然是后来的提法，那些年的黄历学子们将之归纳为三句话：一是勤学苦练的基本功，二是艰苦创业的干劲，三是团结进取的精神。

正当严家显为了办学经费一筹莫展之际，苏州木渎有位亲戚费尽周折找到永安黄历，给他带来了两份可以在当地银行通兑的支票，一份是属于严家显继承的遗产，再有一份则是堂弟严家晋接手严家产业后给严家显的利润分成。严家显的父亲严良灿1942年3月病逝于苏州。由于战时环境的缘故，严家显无法回苏州奔丧，只能在住处为父亲设了个简单的灵堂。

严家显想到父亲生前乐善好施，决定以另一种方式让父亲继续做善事。他用这笔钱在福建省立农学院设立了"严子绚先生奖学金"（严良灿，号子绚，因此奖学金有此叫法），以"纪念严子绚先生乐育英才、奖励清寒优秀学生"为宗旨。严家显特意在"奖学金办法"中明确提出三大要求：第一，专业学习要求，各科成绩及格并且平均成绩在八十分以上。第二，品德要求，操行成绩在八十分或甲等以上。第三，身份要求，原籍县政府证明家境确系贫寒。

四载岁月如箭穿梭，福建省立农学院第一届学生迎来了毕业季。严家显忙而不乱地找有关部门，商量着如何把他们体面地"嫁"出去。就在此时，一份大红聘书从陪都重庆飞来，诚聘严家显担任国立复旦大学农学院院长。

首届学生毕业之日，也是严家显离开之期。四年时光，一千四百个日夜，有缘相聚，不是家人胜似家人，正如严家显所说"夫学校犹家庭也"。严家显心中的万般不舍，在为毕业纪念册作序时流露笔端：

> 第一届毕业诸生，谋刊纪念册，请序于余，所以重师谊、志爪痕也。而余方图远行，离绪热情，百感交煎，几不知语从何起，然欲无言，又乌乎可。
>
> 溯余来主院务，四更寒暑，受命于战时肇创之秋，着手维艰，用心良苦，谬以先觉自期，窃抱乐育之志，敢辞劳怨，但矢精诚，幸得斩除荆棘，渐具规模。间虽限于环境，事与愿违，然每念当年荒僻村墟，顿成此日巍峨学府，举凡一瓦一椽之营建，一事一物之安排，则何莫非心血之结晶。况眼前桃李，初熟有收，能不沾沾自喜，以为快慰耶。
>
> 四载师弟，一旦分襟，人孰无情，安能遣此。虽然诸生学成问世，必有以为母院声誉之光，余力瘁让贤，亦无非为母院前途之计，行迹虽分，精神犹契。惟珍重临歧，各自努力而已。倚装布臆，未尽所怀，倘能喻此苦衷乎。

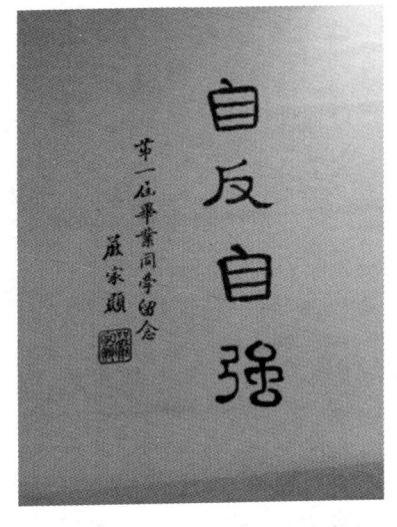

1946年，严家显为福建省立农学院第一届毕业生题字

旦复旦兮，日月光华

严家显携妇将雏，西迁落户到重庆北碚夏坝镇的复旦大学。由重庆江边通往岸上滨江大道的台阶共有136级，面对临江的新校门，拾级而上，直达校内，那份感觉，犹如步入一座神圣的殿堂。

在复旦，严家显主持农学院日常工作的同时，也担任教授，讲昆虫学，讲与农学相关的专业。他的博学多才、幽默风趣，很快吸引了众多学子。

当年的学生韦石泉、戴宗廉都称严家显讲课生动，注重理论联系实际，深受学生喜欢和爱戴：

抗战胜利，复旦大学回迁上海后，严家显在复旦庐山村12号门前院子留影

  严先生的板书和绘图，真是快速而又流利，他在课堂

上仅有几笔即可画出活生生的飞蝗，而且边画边写上拉丁名词。学生们起初有点应接不暇，但是逐渐就习以为常了，明白了这样的学习才会打下扎实的功底，以后循序渐进，基础就稳固了。因此在上实习课时，解剖蝗虫、观察作图注字……都非常认真，兴趣十足，学得很愉快。每节课快要结束时，严先生会做一简明小结，交代得条理分明，启发思考，使我们学有方向。特别是植物病虫害组的学子们，更喜欢听严先生讲课，为了听好严先生的课，有些人还早早地就来到教室里等候。

1945年8月15日，日本无条件投降的消息传来，重庆顿时变成欢乐的海洋，整座复旦大学也沸腾了。

1946年6月，复旦大学渝校最后一届毕业典礼在夏坝复旦礼堂举行。严家显看到头戴方帽身穿学士服的农学院毕业生，一个个意气风发地从眼前走过，心里头有说不出的喜悦。他们是他放飞的雄鹰，走出校门不只是寻觅个人的谋生之所，更将在战后的国家农业建设中大放异彩。

1948年后，复旦校园内的政治斗争日趋尖锐。

解放上海的战役即将打响，一封来自台湾的信，急急地向严家显飞来。显然，严家淦情知国军吹嘘的"固若金汤"的上海势必难保，遂叮嘱严家显率家小尽早渡海赴台，确保生命财产无虞，而且有合适之职虚位以待。为了打动堂弟，他还列举了永安时期好些熟人的在台近况，比如原福建音专校长蔡继琨，渡台后创立了台湾交响乐团,自任团长兼指挥;原改进出版社社长黎烈文,渡台后担任台湾大学教授。

难得堂兄如此关心,还特地买好了几张机票。但严家显已经决定全家留在上海等候新生的政权,迎接中国的黎明。

政权的更新使旧时代戛然止步。1949年9月,复旦大学校务委员会宣布,钱崇澍教授任农学院院长。复旦部分院系调整后,严家显仍担任农学院教授。

此刻,严家显与许多知识分子一样,希望努力把复旦大学办成一所与国家建设、社会需求有密切联系的学校。正如其女儿严隽琪在《与祖国同命运》一文中所说:

> 新旧中国交替之际,父亲怀着对共产党的信任与期待,拒绝了各种赴台劝说,坚决地留在复旦大学的教学岗位上迎接祖国的新生,他为新生的人民政府对知识分子的重视而感动,为新的社会风貌、新的建设愿景所激动,以空前的热忱投身于新中国的科学教育事业……

1949年10月,复旦大学农学院在猎猎红旗下,迎来了第一批新生,他们不少人成长为红旗下的一代农业科学精英,包括后来担任过农业部副部长的著名农业科学家洪绂曾。严家显的学生中,还有茶业界首位中国工程院院士陈宗懋。

在教学和编书之余,1950年8月18日,严家显作为复旦大学农学院的杰出代表,赴京参加中华全国自然科学工作者代表会议。

严家显研究的领域涉及医学昆虫学、农业病虫害、生物学等，他是新中国早期著名的科学家之一。他海外求学、归来报国的经历，教研相长的优势，以及拒绝赴台高就的心志，显然为这个新生共和国的政权所掌握、了解和信任。因此，他虽不再兼任复旦大学农学院院长之职，却很快就兼任了数个在很多人眼里可望不可即的要职：第二军医大学生物系病虫害教授、上海第一医学院医学昆虫教授。

在反细菌战中燃尽余热

1951年8月27日，严家显受邀前往北京出席昆虫学会代表大会时，向复旦大学校务委员会副主任委员陈望道提交了辞呈，并得到核准。

不久前的6月11日，中共中央、中央军委正式下达了"关于迅速成立军事医学科学院"的命令，此前已从各地各单位遴选一批德才兼备的教授参与筹建，严家显名列其中。8月1日，中国人民解放军军事医学科学院在上海成立。严家显受命调往军事医学科学院，担任该院的病虫室主任。

1952年2月，身在上海的严家显收到了来自中南海的一份特别命令：参加防疫检验队，携带检验药品、器材等，赶赴抗美援朝战场。

命令的背后有故事。

1950年10月,中国人民志愿军跨过鸭绿江,拉开抗美援朝战争的序幕后,不时有蹊跷之事发生。1952年1月,美军飞机多次分批次盘旋在驻扎于朝鲜铁原郡的中国人民志愿军四十二军阵地,却没有像往常一样俯冲投弹。四十二军随即发现,铁原郡多次出现大量苍蝇、跳蚤、蜘蛛,以及形似虱子、黑蝇等不知名昆虫,并作出初步判断:此虫可疑,数地同时发生,较集中密集,可能是敌人散布的细菌虫。在此前后,朝鲜前线和后方也多次发现疑似美军投掷的苍蝇、跳蚤、蜘蛛等昆虫。防疫专家认为这些昆虫身上带有霍乱、伤寒、鼠疫、回归热等细菌。

一向标榜文明的美军,居然冒天下之大不韪,发动了细菌战!中国必须要有专门的生物学家进行研究和破解,进行一场反细菌战。

严家显有着丰富的医学昆虫知识,对医学上能传播疾病的昆虫大都熟悉,遂受命奔赴朝鲜与中国丹东交界的鸭绿江边境,搜集并调查美军投下的这些昆虫标本。

1952年2月19日晚,根据中共中央主席毛泽东的指示,政务院总理兼任反细菌战总指挥周恩来确定了六项大事:

一、加紧对前方送回的昆虫标本进行检验,作出结论。
二、立即向朝鲜派出防疫队和运送各种疫苗及各类防疫器材。
三、电告朝鲜方面,商请朝鲜政府先发表声明,中国政府随后也发表声明,向全世界控诉美国罪行。

四、通过民间组织中国人民世界和平大会向世界保卫和平大会理事会建议,发动世界人民谴责美国进行细菌战罪行的运动。

五、指示志愿军进行防疫动员。

六、向苏联政府通报情况,请求予以帮助。

接到盖有鲜红大印戳的命令后,严家显当即放下手头一切,准备跟随队伍赴朝援助。谁能想到呢,临行前的体检,却被查出了胃癌。这场病来得突然而迅猛,严重到严家显不得不住院疗养。

严家显在只能抱憾放弃抗美援朝这个神圣使命时,依然责任萦怀。既然自己没有办法去完成这项报国使命,也该找一个人替他出征。他首先想到了浙江大学农学院教授、同乡好友柳支英。柳支英是中国蚤类研究的奠基人。其时,柳支英的儿子业已被批准参加抗美援朝,届时将是父子先后奔赴战地。

学术经验丰富的柳支英,的确不负严家显所托,在朝鲜总结出了反细菌战的经验,提出判别敌投昆虫(动物)的"三联系、七反常、一对照"的原则,在朝鲜战场上发挥了作用,也为部队多次的虫情判断助了一臂之力。他因成绩突出,被朝鲜授予"三级国旗勋章",受到金日成的接见。

严家显的胞弟严家贵是病理学家,此时担任上海医学院病理教研室副主任,经由严家显推荐应征,也随队参加反细菌战侦检工作。严家贵代兄从戎,凯旋归国后,全国政协和中央卫生部为他颁发了"爱国卫生模范"奖章和奖状,毛泽东和周恩来还接见并宴请了他。

临阵查出癌症没能奔赴抗美援朝前线,是严家显一生所憾,而挚友柳支英、胞弟严家贵分别获得两个国家的隆重表彰,也算是对他的一些告慰。

1952年3月12日,严家显吃力地在病床上喊着妻子的闺名"志芳",但是一言未说完,手便重重地垂于白色的被单上。

1987年,严家显院长铜像揭牌,严家显夫人王祖寿,女儿严隽珏、严隽玲、严隽琪与黄历校友出席相关活动

黄震：从斗士、文士到民主人士

一份写于 1956 年的个人自传，提到柳亚子、冯雪峰、谢冰莹、孙伏园、叶浅予、王亚南、林镕、唐仲璋等一批著名作家、科学家的名字；一份 1963 年印制的"干部履历表"，在参加革命前后的"证明人"一栏，分别填着周恩来、刘伯承、邵式平等高级干部之名。二者同出一人，其名黄震。

黄震的人生曲折传奇。他本名黄经芳，1900 年 8 月 1 日出生于福建省仙游县，是福建省最早的中共党员之一。在波翻浪涌的革命巨流中，他因故没能击水中流，还因一度踯躅徘徊而掉队，却依然作为一朵活跃的浪花，努力汇入浩浩荡荡的大江大河，以革命者、抗战战地记者、中学教师、农学专家、大学教授、社会贤达等不同身份周旋于世，在特定时空中留下了一连串耐人寻味的侧影。

负笈京华,投身革命

1920年年末,黄震因为在老家仙游组织学生联合会,而被反动驻军视为"罪魁祸首"欲行抓捕,乃径直来到新文化运动的策源地北京。1922年2月,他同时考上了北京师范大学、北京医科大学和警官学校,最终因经济原因选择了免费的北京师范大学,进入生物系就读。

五四运动之后的北京,各种思想学说不断碰撞和交锋,中国共产党的主要创始人李大钊、陈独秀等人此时也都在北京。关心社会发展、关注国家民族命运的黄震,通过他们的宣传,知道了苏联的十月革命,认为他们的成功经验将改变世界。1923年2月,中国共产党领导的首次大规模工人运动"二七大罢工"遭受镇压,革命转入低潮。在此艰难时刻,黄震经同学范士荣、贺凯的介绍,毅然加入中国社会主义青年团(今中国共产主义青年团),从此走上革命道路。之后,他在李大钊的领导下,与邵式平(中华人民共和国成立后曾任江西省省长等职)、范士荣、贺凯等同学一起创办《革新周刊》,宣传马克思主义,反对封建主义,提倡科学和民主,主张对当前社会进行全面改革,成为北师大学生运动的一个组织者和活跃分子。

1924年春,黄震家乡仙游县发生了底层民众的抗捐税暴动,反动势力竟杀害了带头的学友林金煦、郑豪。远在北京的黄震深感震惊,与同学王于洁(后曾任闽中特委书记)一道,以仙东学生会的名义寄去挽联,曰:"数年战祸未清苦口晓音一作东区士气,今日风声所播成仁取义宜为全国人师。"以此表达对抗捐暴动的支持,赞赏暴动者和牺牲者无畏的革命精神。他还慷慨赋诗《吊林、郑二君》加以赞颂:

百岁是死,
十岁是死,
一岁也是死,
人生总有一死,
吾们何必怕死?
只要向当死的路上去死,
这才不是虚死!
朋友:
你俩为民权死,
为友谊死,
真可谓当死,
真可谓不虚死!
你俩的躯壳虽死,
你俩的灵魂是千古不死!
朋友:
社会上有许多瑟瑟缩缩的、奴隶式的、狐鼠式的败类,
他们的皮囊虽然未死,
他们的精神实早已死,

他们的"死",真是庸俗无聊的,似蛆虫般的"死",他们那晓得你们这样光荣伟大的死!

朋友:

你俩不过先死,

吾们还要再来与贼拼死,

总不能让你们虚死了!

现在——

我要庆贺你俩的善死,

要庆贺你俩的精神千古长生不死!

遥望南天,黄震心绪难平,又以个人名义另撰一副挽联:

鲤水正扬波,痛二君遽赴修文,狂澜莫挽;

燕京长浪迹,适此日获归凭吊,夜雨兴悲。

1924年国共合作,黄震在北京和其他共产党员集体加入了国民党,并在党内担任青运工作,成为北京学生联合会的一名干事。1925年,五卅惨案发生后,黄震在李大钊等人的指导下,积极发动学生运动。在北洋军阀段祺瑞执政府的镇压下,包括黄震入党介绍人之一范士荣在内的不少学生牺牲。翌年3月,即将大学毕业的他,在党的号召下与其他学生领袖一道,发动学生在天安门广场集会,抗议段祺瑞执政府接受丧权辱国的八国通牒。段祺瑞执政府开枪镇压,制造"三一八"惨案,在场学生和群众有47人死难，200多人受伤。黄震在冲锋陷阵时负伤，几罹杀身之祸，却毫不畏惧，继而又受北京学生会委派赴天津、济南各地进行革命宣传。在生与死的考验中，黄震身心受到极大洗礼。

1926年在北京师范大学就读的黄震

北伐江淮，首义南昌

1926年7月，黄震毕业，欲留北京有所作为，不料母亲病重几番电催。征得党组织的同意，黄震离开京华回到了家乡，在省立第四师范学校教书。是年年尾，北伐战争从广东打响，大旗所到之处，一片欢呼雀跃。被击散的北洋军阀周荫人残部遁入莆仙一带胡作非为，黄震带领学生截击夺枪，并组织农民抗捐。可当地旧军摇身一变,成为何应钦手下的新编第一师,原来的军头吴威也变身为师长,又在莆仙一带烧杀劫掠,还扬言要抓黄震他们祭旗。黄震不得已潜往省城福州,找何应钦评理。何应钦的秘书王淑芳接待了他,后经推荐,黄震担任北伐军第十七军第一师政治部宣传科科长,开始了投笔从戎的一段岁月。

1927年1月,黄震随部出击浙江,而后与兄弟部队一道横扫江淮,夺南京,取上海,历经艰难困苦,一路奏凯。"四一二"政变时,黄震在危险之际得到撤离的暗示,遂于四月初离开十七军第一师,愤怒地把国民党党员证扔进长江,然后与其他脱离国民党的共产党人和国民党左派一起,在南京沿江秘密西进,准备参加武汉的反蒋运动。到武汉后,国民党中央执行委员、中央农民部部长邓演达任命他为福建省农民运动特派员,回闽发动农民,进行新的革命。

6月,黄震刚到南昌,传出第十一军军长陈铭枢在福建也追随蒋介石背叛革命的消息,回闽之路被隔断了。北京师范大学同学、国民党江西党部执行监察常委、中共江西省委特派员邵式平闻讯,请黄震担任江西农民运动特训班的讲师。为了反击蒋介石的反革命行径,中共中央正酝酿武装起义,需要更多有经验的同志进入南昌的军政机关,寻机配合,遂改派黄震担任南昌市公安局指导员(后任政治部秘书)。

7月底,中共中央领导人周恩来和北伐军贺龙、刘伯承、叶挺、朱德等齐聚南昌。起义前夕,黄震受命转入前委参谋团工作,协助周恩来和刘伯承处理起义期间的机要文件,并跟随周恩来左右。南昌起义打响了武装反蒋第一枪,人民军队在血泊中诞生,黄震参加并见证了这场军事行动。而后,跟随起义军撤出南昌,初始目标是回师有革命传统的广州,以便重整旗鼓,再筹北伐,同时争取出海口。

黄震紧随刘伯承一路向南,边打边撤。9月14日,起义军直插广东海陆丰地区。广东军阀张发奎调集重兵前来"围剿",妄图在普宁的流沙一带全歼起义军。劳师远征的南昌起义军余部,经过无数次的生死决战,面对日益减员的部队,在去还是留的问题上产生了前所未有的困惑。10月3日,周恩来在流沙召开了领导人会议。面对艰险的革命前路,贺龙在会上慷慨激昂地说:"我要干到底,我要卷土重来!"会还没开完,张发奎的部队就横冲过来,起义军再次被冲散。黄震劫后余生,紧随周恩来、刘伯承等人到了海陆丰的甲子集,再次汇集后,他们同乘一条小舢板,漂洋过海前往香港。

在香港,就未来的安排,周恩来做出新部署,其中决定刘伯承带黄震赴苏联学习军事。征求黄震意见时,黄震却想到了父亲去世后孤独在家的老母,作为家里的独子,思念和尽孝之情溢于言表。周恩来乃改派黄震回闽组建莆田党组织,并写信给福建临时省委负责人陈祖康,要他做具体安排。黄震将信藏在衣服缝隙间,告别周恩来、刘伯承,日夜兼程踏上回闽归途,由是错失了"到中流击水,浪遏飞舟"的机会。

拉起队伍，中途脱党

黄震来到福建临时省委的秘密联络点厦门，陈祖康安排黄震回老家莆田建立县委。黄震于1927年11月底回莆田后，即与莆田党支部书记陈国柱等人取得联系。此时的莆仙，与全国一样弥漫着白色恐怖，国民党到处抓捕共产党员。黄震和陈国柱以教书为掩护，联络地下党员和进步学生，迅速开展党建联络工作。12月，中共莆田县委成立，黄震任县委书记，开始了他独当一面领导革命的斗争生涯。

1928年1月，黄震到厦门向省委汇报工作时，陈祖康指出要举行暴动，以策应全国的革命形势，为掀起新的革命高潮做准备。黄震对此持不同意见，认为莆田县委能联络到的党员只有五六十人，实力不足，群众基础也不牢，如果贸然暴动，后果不堪设想。陈祖康则认为，革命总要死人，叫你暴动你就去组织暴动，推三阻四，如何形成革命高潮？黄震仍认为，如果起事，人员坚定不坚定难说，手上没枪，岂不是暴露了自己，给敌人当活靶子吗，敌人还正苦于找不到我们呢！这话一出，马上换来陈祖康的一通训斥：右倾思想、贪生怕死，如不执行命令，就只能撤职！

黄震回到莆田后，对上级组织暴动的决定虽然难以理解，但还是立即召开县委会，传达了省委的指示要求。但没有仓促组织暴动，而是决定"全体同志下乡作农运"，现阶段首先发动农民开展反抗烟苗捐斗争,争取短时间内组建一支可以实施暴动的游击队,进而有序地发展成土地革命,策应全国的革命形势。1928年6月,陈祖康叛变,同时拉走一些动摇分子投敌,一时间全省各地都出现了叛徒。莆田的党组织里也有人投入敌营,反过来大肆抓捕共产党人。黄震也被追捕通缉,随时都有被捕的危险。在此关键时刻,他果断组织了一部分进步学生和农民,收集了30多杆长短枪,组建起了共产党领导的莆田第一支游击队,亲自指挥,开展游击斗争。后来这支游击队几经变迁,发展成为声势浩大的闽中游击队。

就在黄震想要有一番作为时,福建省委进行了改组,批评了莆田、仙游、永春三县县委,认为三县"至今无成绩可言"。上级的指责和不信任,陈祖康叛变后周边的险恶形势,叛徒猝不及防的出卖,妻弟和学生的先后牺牲,使知识分子出身的黄震备受打击,革命的复杂也让他身心俱疲。1928年的一个夏夜,他悄然离开了自己创建的游击队,从厦门搭上了去上海的轮船。自此开始,黄经芳消失了,变成了黄震,走的是另一条道路——教育救国。

身陷牢狱,劳燕分飞

黄震离开革命队伍后,先后在江苏省立女子中学、北京师范大学、武汉大学执教,在杏坛上声名渐著。1931年他担任武汉大学讲师时,带领学生对长江一线的鸟类生态进行考察记录,开国内鸟类研究的先河,其研究成果影响至今。

1933年4月,武汉军阀夏斗寅受国民党福建省主席蒋光鼐之托,突然带兵闯进武大要抓黄震,师生纷纷阻止,但武大校长王世杰却说:黄震既是共产党人,就是国家罪犯,应该严办。由于黄震在共产党内有一定资历,还参加过南昌起义,当过县委书记,正在江西忙于"剿共"的蒋介石对此非常重视,命人将黄震押解到南昌,亲自过问审理情况。武汉大学师生闻讯,罢课罢教,纷纷走上街头,呼吁社会和学校保释黄震。迫于压力,黄震在被关押49天后,由武汉大学出面保释出狱。

此番牢狱之灾,让黄震认识到,不彻底打倒旧制度,推翻国民党,中国的社会就不会有希望。于是,他辞去武大教职,回到福建,试图与党取得联系。一时无果之下,他于1933年9月受聘担任厦门中学教导主任,与著名女作家、《从军日记》作者谢冰莹一见如故。谢冰莹曾入武汉中央军事政治学校(黄埔军校武汉分校)就读,经短期训练即参加北伐,军政学校女生队解散后,先后入上海艺术大学、北京女子师范大学学习,东渡日本,而后辗转来到厦

1935年,黄震和谢冰莹在日本

门中学任教。

同是文学青年，同有北伐经历，又有着在黑暗中执着追求、在苦闷中倔强挣扎的灵魂，黄震和有着慷慨气质的谢冰莹话语投机，惺惺相惜。在浪迹四海中饱受人世磨难的谢冰莹，历经几次婚姻挫折后很渴望能在羁旅的异乡找到温暖，不觉被大她6岁的黄震吸引了，后来曾在《清算》一文中为黄震造像："他是中国数一数二的美男子，两个富有魔力的藏着深情的眼睛一触就会使你发狂，你的灵魂会不知不觉被他吸出。"也就有了《海滨之夜》的情境："细沙上是这般软得可爱，好像坐在天鹅绒般的地毯上一般……我和特都躺下了。"文中的"特"指的就是黄震，他年轻时对歌德的《少年维特之烦恼》情有独钟，故经常自称"维特"，也曾以此为笔名。

黄震此前已在老家和一个裹脚的没有文化的女子结婚，内心一直排斥着，因此和感情奔放、个性鲜明的知识女性谢冰莹一见钟情，不久就生活在了一起。

福建事变期间，黄震应南昌起义时的战友、时任十九路军政治部主任的徐名鸿之邀，和谢冰莹到福州任职。在离开厦门前夕，意外的事发生了，莆田党组织负责人王于洁出现在他面前，希望他帮助与十九路军的负责人疏通关系，释放被福建当局关押的105名共产党员和进步人士。黄震满口答应，并请求在政治犯释放后能让自己回到组织里来。黄震很快说服了思想进步、同情共产党的徐名鸿和"革命政府"最高法院院长徐谦，释放了上百名"政治犯"。但"闽变"随即在蒋介石的反扑下，宣告失败，徐名鸿引颈就义，黄震、谢冰莹跟着"闽变"一干人上了蒋介石的通缉名单。当他带着谢冰莹来找党组织时，却没有被接纳。

原来，党内同志看不惯黄震家有妻室仍带着谢冰莹成双结对出入，也对谢冰莹不信任，认为她生于资产阶级家庭，不是党的同路人，黄震与之结合，丧失了阶级立场。因此，虽然黄震在释放"政治犯"上做了许多有益工作，仍未被党组织负责人接纳，使他在这个关键时期失去了回归党内的机会。

黄震和谢冰莹失望地离开福建，先逃往上海，继而前往谢冰莹的老家湖南。他们住在长沙的一座古祠里，谢冰莹埋头创作《一个女兵的自传》，黄震则在省立长沙高中任教，经常抽空帮她誊抄手稿。谢冰莹这期间写的《黄昏》《大椿桥的夏夜》等文章里，不时可见黄震（黄维特）的影子。

抗战开始，黄震偕同谢冰莹赴鲁南，由长沙《抗战日报》派为战地记者，并兼任上海《时事新报》的战地记者，采写抗战一线故事，并联名出版《第五战区巡礼》一书（国家图书馆目录里可以查到该书系谢冰莹、黄维特合著，黄震逝后该书新版时，只有谢冰莹一人署名）。济南突围后，谢冰莹参加妇女战地服务团，黄震则在1938年8月被国民政府教育部派往陪都重庆的国立编译馆，担任生物学读物编译及动物学教科书审查工作。一次，黄震专门拜访驻重庆的中共代表周恩来，请求在他回延安时跟随前往，为党工作。周恩来对这位南昌起义时的旧属说，"到处都一样抗战，不必到延安去了"。

谢冰莹到重庆与黄震会合后，发表报告文学。黄震在为谢冰莹《新从军日记》作序时，称自己这是"捐妻救国"。这些作品连同他们患难与共的经历，本是爱情的见证，却因为一次小小的争执导致他们劳燕分飞。1940年春，谢冰莹提出去西安，拟答应《黄河》文艺月刊之聘。而恰在这时，黄震的福建老家遭遇一系列变故，长子

1938年，黄震在徐州抗日前线

夭折，母亲病危，急电催他速回处理。在此情况下，选择"忠与孝"，何其艰难。无法调和之下，曾经深爱的两人只好各奔东西。此后，一起生活了七年的他们终其一生未再见面。黄震不胜追悔，说："那时我们血气方刚，遇事不能克制，如果我稍稍迁就，不致留下终身遗憾。"他聊以自嘲还真是"捐妻"了。而谢冰莹后来在许多文章中，也都提到她和黄震那些年的奔波以及事实上的婚姻关系，其中《湖南的风》《新从军日记》等作品中均有不少反映，其家族谱上也都已将黄震记入。

不染污泥，矢志科教

黄震回到福建后，于1942年底接任省立永安师范学校校长。他亲自走上课堂教学，生物知识非常渊博，听到鸟叫声就能辨出是为何鸟，如是惊人的本领让师生和当地农民都赞叹不已。黄震重视学术交流，周六晚上都要亲自做学术讲座。如遇专家学者来学校所在地大湖游览名胜，他必邀其到校演讲，在向学生介绍时不忘诙谐地说：某某博士、教授来我们大湖游览，我们能不向他"抽税"吗？师生们热烈鼓掌，专家学者也觉得很有面子，笑逐颜开。

黄震还兼任福建省立农学院的教授，每隔一周，便步行到十余公里外的省立农学院所在地黄历讲课。抗战时期，办校经费短缺，黄震经常奔波于大湖和县城、省主席官邸所在地吉山之间办理公务，有时一天往返要行二十多公里，为节省有限的经费，全靠两条腿。新生来校报到，往往都闹出笑话，误把黄震校长当成勤杂人员，谁叫他毫无架子地帮学生提拉行李，身板又那么"瘦"呢！至于他叮嘱妻子为学生缝补破损衣服，那是连不少勤杂人员都难以做到的事。

若干年后，有人还如是追忆黄震："他的脸孔瘦削，个子瘦长，戴着一副高度的近视眼镜，说起话来声音洪亮有力；平常走路，手中总带着一根手杖，走路走得挺快。热天，他头上多了一顶大草帽，脚上穿着草鞋（和学生一样），乍一见面，你绝不会相信他竟是校长、有名的生物学家。"（黄于万《忆永师三位校长》）那时，著名作家许钦文也曾在该校教书，对黄震的管理、教学和人品多有赞许。

在永安师范学校校长任上，黄震保护了一些进步学生，也因此上了国民党特务的黑名单，一年多后被迫离职。他后来称："这样的凄惨下场，使我对教育工作也存了戒心。"其后受聘担任福建省研究院动植物研究所所长。在代理福建省研究院院长时，保护了一些不与国民党同流合污的科学家。他也因此受到忌恨、排挤。

1946年，黄震（左下）在永安福建省研究院动植物研究所前合影

1949年福建解放前夕，时任福建农改处处长兼农业试验场场长的黄震接到指令：带人带仪器到台湾。黄震以各种理由推托，并拒绝了国民党的种种诱惑，为此曾与省政府秘书长曾少鲁一再冲突，几遭杀身之祸。黄震冒着危险，主动联系中共地下党组织，将试验场和科学仪器等完好地移交给新政权，这些

后来都派上了重要用场。

中华人民共和国成立后，自称在旧社会"未做过任何一件违反人民利益的事"的黄震，心情舒畅地投身于自己擅长并有兴趣的教育工作，就任莆田一中校长、福建人民科学馆馆长等职。这些职务中，有一项让黄震非常自豪，那就是福建省人民政府文化教育委员会委员，任命状上签署的是周恩来的大名。

黄震曾请求恢复其党籍，时任福建省委书记张鼎丞和省委统战部部长彭冲，都希望他留在党外以发挥更大作用。黄震乃利用自己的资历和广泛的社会关系，带动许多社会知名人士团结在中国共产党周围，其中就包括后来的全国政协副主席、全国人大常委会副委员长、中国农工党中央主席、著名化学家和教育家卢嘉锡。

"镇反"运动时，黄震毫不避嫌地为中学老师张琴讲公道话。张琴是晚清翰林，还当过曹锟贿选总统时的众议会议员，是"封建遗老"，又是地主身份，所以被拘押。黄震认为张琴熟悉福建历史，家藏文献众多，在史前古物的研究上颇有造诣，乃找省文教厅厅长陈国柱说情，继而向莆田县政府建议保释，让张琴把所知古物做个系统的笔述。这还不够，他又报告省政府，请求聘任张琴为省文史馆馆员。虽然张琴获释不久便病殁，但黄震的高义让其家人和知情者深为感动。

1953年2月，黄震又回到了校园，担任福建农学院教授。1968年12月，黄震在福州去世，家人按其生前心愿，将其大量古装书籍捐献给家乡（仙游县图书馆至今仍设专柜保藏）。曾

1966年,黄震(前排中间)下放福安穆阳社教时与村民合影

兼任福建农学院院长,历任福建省省长、农业部代部长、卫生部部长的江一真称,黄震是一位对教育、文化科研有卓著贡献的学者。

"左联"作家马宁和他的"马来妹"

马宁是20世纪30年代"左联"的首批作家。在半个多世纪的风风雨雨中,他与夫人结伴同行,他俩的名字就是一段动人的故事。马宁原名黄振椿,因崇敬马克思和列宁,便有了此名。为了和王玉秀结成革命夫妻,建议她改名为王斯,斯者,斯大林也。

笔者曾有幸得到马老夫妇签名相赠的3张不同历史时期的合影,每每打开相册,主人公那既浪漫又坚贞的爱情画面便栩栩如生地展现在眼前。

浪漫夫妻

1931年,"左联"五烈士在上海英勇就义后,马宁奉党组织之命紧急转移,只身漂洋过海,到达马来亚后,受聘到联邦霹雳州首府太平华侨公学振华中小学任职,担任中学部主任。

当时的华侨女学生穿戴都很华丽，只有王玉秀最为朴素，身穿粗布衣，尤其是那双木屐，走起路来"咯咯哒哒"的，颇有韵致。她那善良的心地，以及漂亮的容颜，吸引了二十出头的革命作家马宁的目光。马宁后来坦率地承认："我认识王玉秀时，便暗暗爱上了她。因本人早已改姓马，又是马来亚遇上的心上人，所以一直将王玉秀称为'马来妹'。"

九一八事变震惊了世界，马宁立即在振华学校组织反帝学联，宣传抗日。使他吃惊的是，王玉秀竟是马来亚共产党外围组织的积极分子，勇敢地走上街头散发抗日传单，还爬树、爬电线杆贴标语。马宁对王玉秀的喜爱自是加深了一层，只是因为师生关系，没好意思开口，怕求爱不成，闹成笑话，造成不良影响。但不久后，他的行动引起了警方的注意，受到密探监视。在离开太平的前天晚上，马宁决心向王玉秀吐露真情。

马宁的爱情小说写得潇洒自如、风流俊俏，他的示爱也不落窠臼，自成一格。那晚他带了一本英文版的《天方夜谭》来到王家，和王玉秀坐在一张桌子边面对面谈话，王家父母还认为是老师辅导学生呢。马宁用手指在桌子上写"请看××页"，然后把书递给她。王玉秀翻到××页，只见上面写了一首英文诗："我是一个流浪者，/我没有半文钱，/只有一颗热烈的心！"

马宁英俊潇洒，更兼才华出众，王玉秀打心眼里对他也有好感。她羞涩地埋头在纸上画着圆圈，马宁看了看她，从她手上拿过笔，在书上补写了一行中国字："假如你永久是这样朴素的话，三年之后，你便是马宁夫人。"王玉秀咯咯一笑，跑进了后屋。

马宁在马共的掩护下，到了新加坡，继续参加当地人民反对殖民者的斗争，还当了青年团励志社刊物《南洋文艺》的主编。他心中挂念心爱的"马来妹"。他知道太平当地爱慕王玉秀的男青年不少，为了不使她被别人"俘虏"，他伪装成姐姐与她通信（以防书信检查出事），频频向她发起进攻。可贫困的马宁有时连爱情的通讯费都没有着落，他为此曾致信一位女同学求助，说："我连寄情书的邮费都没有了。"此事被传为笑谈。

由于工作负担过重，马宁的心脏病复发，上级准备找一个可靠的女工来照料他的生活，并伪装为夫妻做掩护。马宁立刻想到了王玉秀，他在信中只说很想念她，在新加坡给她找了份工作……王玉秀接信后，心里很矛盾，她一个16岁的女孩子，还没出过远门呢！但她还是瞒着父母，剪去辫子化了装，匆忙从太平南下新加坡。

三年时间未到，王玉秀就成了马宁夫人。1932年，马宁和他的"马来妹"在新加坡结为眷属，没有亲朋好友，没有礼炮，没有鲜花，没有合照，两颗心便贴在了一起。新房简陋无比，不要说摆设，连一张床也没有，最奢华的便是马共组织捐了2元钱买的3条席子，铺在了洗得干干净净的地板上，就成了他们的婚床。新婚之夜，王玉秀含羞地问新郎："你为什么那么起劲地追我，就没有比我更好的？"马宁意味深长地回答："爱你和我一样穷，爱你浪漫不风流！"这般解释，把王玉秀听得噗地笑了起来："你自己穷得叮当响，还浪漫得起来！"

为了做马宁坚贞的革命伴侣,王玉秀毫不犹豫地接受了马宁的建议,改名王斯,斯者,斯大林也。于是,这对小夫妻的名字里,融进了他们的理想和信念。他们决心在马克思、列宁、斯大林的伟大旗帜指引下,手挽手地把共产主义事业进行到底。

马宁在新加坡的地点是保密的,所谓给王斯找的工作,无非是把她关在房间里,帮他抄文件、写信。信上尽是些无关紧要的事,原来,这是为了瞒过警察的检查,而收信人只要用药水冲洗,文件的内容便可显示出来。

马宁在新加坡没有固定收入,生活费全靠组织2角3角地附信寄来,一时接不上就陷入窘境。王斯自从嫁给马宁后,几乎成天"画地为牢"地待在家里,唯一的一次跟马宁上街,还是在演出他的白话剧《一个女招待之死》《夫妇》时,那天他们都还化了装。

为了摆脱特务和密探的盯梢,小夫妻在短短的时间内搬了三次家。一天晚上,王斯正在家里等候丈夫归来,忽然接到邻居一女学生代为传递的条子:快到山后边森林里来!王斯以为有什么浪漫的节目等着自己,穿着拖鞋兴高采烈地跑到山后,一见面,马宁就急忙说:"快走,警察要来抓我们了!"把王斯惊出一身汗来。

王斯怀孕了,怎么办?马宁找了两个可靠的龙岩老乡,请他们带她到厦门生产,在王斯离开新加坡的这天,马宁才跟他的新娘补拍了一张结婚照。

要离开亲人,身边没有钱,眼前又是迢迢千里路,17岁的王斯哭了。她跟着两个陌生的男人，辗转来到了人地生疏的厦门。一个星期后，马宁交接完工作，终于也从新加坡回来了。在厦门乡下，王斯在没有医生接生的情况下生下了长子，取名黄小马。马宁想尽了办法，才借到2角钱买了只小鸡给她补身子。

为了解决吃饭问题，马宁找了块空地种菜，自产自销，生活渐趋改善。一天，王斯发现妈妈当初给自己的金簪不见了，便问马宁哪去了，马宁一本正经地说："吃到你肚子里去了。"王斯一时没听出弦外之意，大惊失色："啊，我把金簪吃下肚子去了？"马宁大笑："我不把金簪换些钱，你和孩子哪来的营养啊？"

患难夫妻

1935年，马宁携妻儿回闽西龙岩筹办医院，因无"良民证"而被国民党城防部队抓去。经斗争获释后，他又前往上海从事革命活动。淞沪抗战爆发，他作为义务医生，几次冒着炮火冲上前线救护受伤的爱国将士。淞沪抗战失利后，上海文化界救亡协会布置人员转入地下或撤离上海，马宁只好返回龙岩，找到闽西共产党负责人张鼎丞、邓子恢，参加了他们率领的新四军二支队，北上抗日。行军途中，他将自己的见闻和在军队中的生活感受，陆续写成《新四军散记》，寄往南洋，先后发表于《现代日报》《现代周刊》。

爱国侨领陈嘉庚也委托马宁为其主办的《现代日报》写篇叶挺军长访问记。于是，身为新四军机关报《抗敌报》负责人的马宁来到了军部，采访了仰慕已久的一代名将叶挺，并很快写就了《叶挺将军在江南》一文，让海内外人士了解了叶挺将军在抗日战场的风采，也拉开了马宁和叶挺交往的序幕。

张鼎丞非常欣赏这位文化人，专门嘱人给马宁送去他挥笔写下的一条幅，其云：

马宁同志：
我们最先跃起，
最先勇猛前进，
紧密参成行列，
予打击者以打击！

在福州念助产专业的王斯偕同邓子恢夫人陈兰到皖南后，分在新四军战地医院。她把病房当成家，把病号当亲人，深受大伙的拥戴。1940年冬，随着国际反法西斯势力的日趋壮大，国民党反动派暗地里积极发动第二次反共高潮。一时间，皖南战云密布，阴霾满天，新四军军部紧急动员伤病员疏散。组织上考虑到马宁患肠炎，决定让他撤退到桂林八路军办事处，在那里设法落脚和养病。马宁特地和叶挺军长告别。叶挺见马宁孤单一人，惊讶地说："你一个人走怎么行，你有病，万一路上发作怎么办？我看让王斯同志跟你一起走吧，她是护士，又是你妻子，路上好有个照料。"听说王斯要离开医院，医院上下都舍不得让她走，王斯自己也不愿离开部队，但看马宁病得不轻，只好流着泪和战友们告别了。

一路上，马宁在王斯的护理下，病情有所稳定。他感激地对王斯说："如果我死了，你要再嫁人，不必为我守寡。"

王斯见马宁说得情真意切，也就半开玩笑半认真地说："你放心，这点病还死不了，要是你死了，我就嫁人，那你送什么东西给我做贺礼呢？"

马宁想了想说："我是个穷光蛋，就送你这些书稿吧，说不定日后还能卖个好价钱。"

开心的玩笑减轻了旅途的劳累，浪漫主义战胜了艰难险阻。

到桂林后，王斯在省立医院工作，马宁则再次受命奔赴南洋，从事革命活动。重回桂林后，他在家里边写作边当保姆带孩子。夫妇俩还以职业作掩护，为作家茅盾夫妇、科学家高士其等人和逃难到这里的新四军难友治病。马宁瞒着王斯把她最后一件心爱之物——珍贵的毯子送给一位患肺病的战友。为了做好这些工作，夫妻俩负债累累，穷得锅底朝天。为了生活，马宁还养了三头猪，当起了猪倌。在回忆这段往事时，马宁深情地说："回想解放前漫长的艰苦生活，我们夫妻虽也发生过争吵，却不曾为'穷'字翻过脸。恰恰相反，因为穷，因为共同的信仰，我们更加互相体谅，和睦相处。"

一天，马宁从闽籍作家司马文森那里得知，叶挺军长已被解往桂林，软禁于观音山下。夫妻俩冒着风险，巧妙地躲过特务耳目,秘密到桂林东郊的观音山下去看望叶挺一家。叶挺的两个孩子有病,而国民党所给的药不足治愈,王斯于是亲自为他们配制药方。

1944年,随着国民党前线的大溃败,日寇的铁蹄逼近桂林,此时叶挺已被秘密押往恩施,而夫人李秀文和家属仍羁留桂林。乱军之中,马宁首先想到的是安全疏散叶挺家属。他在极其困难的条件下,机智勇敢地假扮国民党校级军官,历尽波折搞到船只出口证,买到一条大船,历尽千辛万苦,把叶挺家属及高士其等其他同志共20多人安全地疏散出去。

在做地下工作时,马宁还以笔为枪,积极投身于这场没有硝烟的战斗。王斯也总是鼓励丈夫写出好的革命文艺作品,并经常当他的免费誊抄员。在妻子的支持下,马宁将1931年和1941年两度奔赴南洋的革命活动、惊险经历和奇特见闻,写成《南洋风雨》一书(再版时改为《椰风胶雨》),不久又出版了描写新四军战士成长过程的长篇小说《无名英雄传》。抗战胜利后,他又出版了长篇小说《将军向后转》,被评为"是现阶段中国人民生活、社会、政治、经济的百科全书……这是从《子夜》之后,最能反映中国——所谓'胜利'后的中国的真实面貌的,最具有强烈的政治性的文艺作品"(周钢鸣,《文艺丛刊》第1辑,1946年9月20日出版)。

1946年7月,马宁三下南洋,先到马尼拉,后在陈嘉庚帮助下,转新加坡继续战斗。半年后,王斯带着孩子们也来到新加坡。不久,马宁在一次活动中被逮捕。王斯心急如焚,通过疏通各种关系，好不容易才将他保释出境，引渡到厦门。马宁情知如被押解到厦门难有活命，他仗着懂些外语，大大方方地混进了老外的头等舱，最终和他们混在一起，提前下船到了香港。

在新加坡华侨中学（1947年）　　新加坡出狱之后（1948年7月）

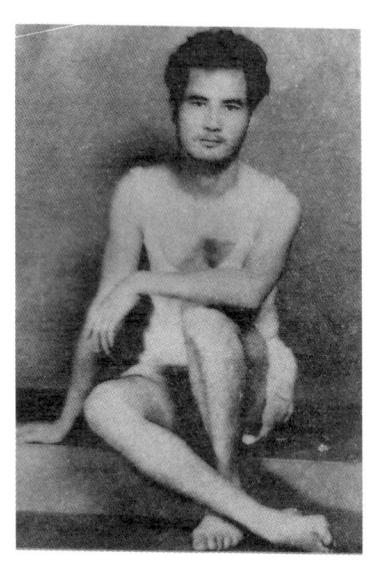

为了躲避通缉，马宁最终到了澳门，他苦于没钱，只好向王斯要。王斯在新加坡的生活已经够艰难的，自己要带四个孩子，要租房，要雇阿姨，但她当然不忍心看着心爱的丈夫在异地受苦，每月都是咬着牙关多赚钱，定时给丈夫寄去。

"我这一生跟他后可苦着呢，都在帮他，甚至还赚钱给他过日子。"这就是王斯对自己爱情的总结。我国传统习惯是夫唱妇随，马宁和王斯却是"患难与共，彼此相随"。

幽默夫妻

1949年6月,马宁奉命陪送闽西起义谈判代表到东江解放区,辗转回到家乡,参加接管闽西的工作。同年12月奉调福州,先后任福建省文化处处长、《福建农民报》主编、福建省文联主任等职。一年后,王斯也带着孩子们从新加坡回到了福州。

中华人民共和国成立之初,马宁以较完美的艺术形式反映崭新的社会生活,写了《武夷山上的白蝴蝶》《小招》《老规矩》《落户的喜剧》(后被改编为电影《青山恋》)等小说及散文。可惜命途多舛,因为他曾如实地向组织反映过陈伯达不光彩的历史,受到压制,"文革"中更是备受冲击。他虽然在北京高士其家中躲了一段时间,但最终还是被抓了回来。不久,王斯作为"海外回来的特务",也被关了起来。一个幸福的家庭就此七

马宁夫妇在八达岭(1957年8月)

零八落，除了十多岁的老七、老八外，孩子们全都上山下乡去了。夫妇俩不能见面，也不知道孩子们的下落，心头万分焦急，有时只能靠聪明的老七传递信息。

得知丈夫身体还好，不曾遭遇什么残酷野蛮的批斗，王斯久悬的一颗心总算有了着落。当听说丈夫在郊区和农民们一起劳动，种的南瓜比农民的还大，王斯笑着对孩子们说："你爸爸就是好样的！"

王斯想，自己怀着满腔热血从海外回来，为国家做事，却落得个"回来挨打"的下场，少不了灰心丧气，甚至想到了死。马宁让儿子转告王斯："以前你老说我坐牢，现在也尝尝滋味，这样两人才算平等，死了就不能互相交流坐牢的感受了，什么冤枉也就无处申了。"王斯从丈夫的幽默里吸取了精神力量。

"文革"接近尾声时，一天，管制人员对王斯说："你可回家看母亲了。"王斯还以为是马宁的母亲，懵懵懂懂地走出牢门，回家一看，竟是从马来西亚来的母亲和妹妹，更令她做梦也想不到的是，马宁从内屋出来给她端上了一杯茶，原来他比她提早出来了。她忙责问他为何不来通知，他却笑眯眯地说："如果早告诉你，还有什么天大的惊喜呢！"

母亲看到久别的女儿，心疼地说："你最近到哪去了？"王斯不想让母亲知道自己被管制审查的事，可又不知怎么回答才好，还是马宁给解了围，他若无其事地说："她积极，这段时间老在单位加班至通宵。"

"天意怜幽草，人间重晚晴。"春回大地之后，马宁重新获得了人民的关注和信任，在中国文学艺术工作者第四次代表大会上，被推选为主席团成员，祖国的文坛上又处处可以听到他那爽朗的笑声了。

离休后的马宁一边写作，一边携王斯旅游，去北京、海南、昆明、湖南等地，或寻找过去的青春，或拜会战友和学友。1993年，84岁的马宁还出版了30多万字的长篇小说《香港小姐奇婚记》。

马宁在中国文学艺术工作者第四次代表大会上（1979年）

走过60多年的老夫妻感情甚笃，但有时也少不了磕磕碰碰。最使王斯对马宁有意见的是，他为人太过耿直，正义感太强，批评别人，他的语气从不会绕弯婉转，尽干得罪人的事。马宁听完夫人的指责后，心平气和地说道："说了那么多缺点，优点也不能省略啊。"

马宁爱说笑话，开起玩笑来，老少咸宜，特别惹小孩子的喜爱。王斯免不了要批评他讲话没分寸，太随和，孙辈们却回敬奶奶："马宁同志是个很可爱的人，决不会像奶奶那样板着脸

马宁在闽西（1982年4月）　马宁夫妇在延安宝塔山（1983年5月）

孔训人，我们尊敬马宁同志！"

马宁在一篇文章中如是写他和"马来妹"的故事："如今我们都步入老年，有时我'老糊涂'，惹得她大声指责，我都权当她练'金嗓子'，直到低八度才捧杯清茶。王斯狂怒后微笑是我难得的享受。"

1995年，马宁因中风住院，长时间不会讲话，王斯这样安慰他："你过去话讲得太多了，现在也该休息了。"

2001年12月10日，马宁在与疾病做了整整七年的斗争后，终于撒手放下用心服侍他的"马来妹"，享年九十有二。他们既浪漫又坚贞的爱情被人们广为传颂。

沈冰山：黑暗中看见花的香

多年前，书友极力向我推荐一位名叫阿斯图里亚斯的危地马拉作家，并言之凿凿地称，我一定会喜欢他的作品。后来，以怀疑之心借阅了他的诺贝尔文学奖得奖作品《玉米人》，果不余欺，就随手摘记了些许语句，其中一句英译汉后大抵是这样："无花果的花香绽放在哪儿，只有盲人能看见。"

往昔年少读此句，不解。盲人"象"都摸不着，还能看"花"？故觉是作家故弄玄虚，以夸张神秘的语气构筑了一方虚无缥缈的推理想象空间，以歪曲常理之法阐明哲理。乱语不敬后，甚觉荒谬与浅薄，只好哑然。此问题便被束之高阁，成为心中之谜。

解谜，谜解。无解有谜，有解无谜。几经沉浮，在轻狂与无知的边缘摆动不定的岁月早已远逝，拉回思绪还看今朝，预卜无解的谜言，有解了。内视心观吧，这是在领悟了盲人艺术家沈冰山的精神后随想而出的。障碍虽解，却还怪顿脑拙思的自个儿。

黑毡帽、黑眼镜、黑手杖……在见沈老之前，我没有直接接触过盲人，曾借有限的想象力做过许多推测，前后一致地全与黑色沾着边。见面后，又觉这位七十又七的高龄瞽者与所想的不无二致，没了毡帽，没了手杖，只有一双无法被唤醒的双眼雷同般的被架于鼻梁上的墨镜罩离，营造了一份神秘的安宁。再言二感竟是非比寻常，这位被病患折磨半个多世纪的老者，浑身上下洋溢着一股不言而喻的艺术气息，与他者相比就已判若云泥。

在知晓了我们拜访的意图后，他欣然一笑，娓娓说道此生的悲欢事。平静的氛围中，年光之水朝曾经倒流了去。

书画艺术之乡的青春悲剧

茫茫乾坤，东海之滨。曲折蜿蜒的海岸线上有这么一扇门，门前接壤的是以珍馐美味而驰名的粤地，门后相接的是因山川锦绣和"爱拼能赢"而饮誉的八闽。

门的全名为"福建南大门"，喻指漳州诏安县。这扇门是平和的。海岸的风悄缓地吹，无声无息；上空的云慢慢地飘，静影沉璧。这扇门是美丽的，因为它在全中国绽放出了五彩缤纷的书画艺术。唐代以降，这里便飘起了翰墨香、丹青美。至物欲汹汹的现当代，诏安的书画之风仍鼎盛繁荣。这不，引得文化部也来了，为它授予了一个墨香得体的名号——"书画艺术之乡"。

乡里的书画世家数不胜数，地处诏安东城村的沈家便是其中之一。

1934年，正是中华民族内忧外患的非常时刻，也是沈家的一个非常之年——将近24年没有生男丁的家族竟意外添丁，他就是沈冰山。这一桩喜事，让沈家上下都喜上了眉梢。尤其是父亲与兄长，对这个来之不易的小生命更是疼爱有加。热爱中国传统文化，尤其是酷爱中国书画的他们，想方设法为培养小冰山创造教育条件。

父亲是小冰山的启蒙老师，在他年仅6岁时便亲自教他写字作画。父亲极有耐心，一笔一画地教。小冰山也是很有天分，小手在纸上现学现卖，瞄一眼还蛮像模像样的，再瞄一眼已是神似了。

继父亲之后，胞兄也学着大人的样对小冰山进行了一段时间的培养。小冰山的胞兄是著名国画家、美术教育家沈锡纯。长兄如父啊，这位大冰山24岁的胞兄确实有着严父之风，他作画时常常让小弟弟在一旁观看，必要时还令他当助手磨墨、铺纸。磨墨也是有讲究的，不能太快也不能太慢，不能太轻也不能太重。严师出高徒，经过一步步的调教与耳濡目染，小冰山对书画艺术的领悟力及创作力都有了大大的提升。

冰山小时羸弱，7岁时不幸得了小儿麻痹症，造成右腿萎缩。13岁那年，丧父的悲剧猝然而至。胞兄在福州艰难谋生，家庭的重担不由分说地压给了冰山体弱的母亲。战乱频仍，再加上家庭变故，小冰山不得不告别了小学校门，在1948年冬加入了酱油学徒的行列。他每天挑着担子，走街串巷，栉风沐雨，再苦再累也不吭一声，挑不动，便背，一背就是40公里，回到家还笑着安慰母亲说，这是最好的强身健体法。

1950年，学徒工沈冰山在新中国的红旗下顺利当上了工人，为自己谋得了人生中第一辆自行车，这也是诏安县的第一辆"私车"，真令人羡慕妒忌呀！这时候的他还是个风华正茂、双眼明亮的青年。

人生大剧似乎无常规可循，在南大门里，剧情每天都在上演，每天也都不一样。1954年，沈家的"室内剧"开始了隐隐约约的转变。刚满20岁的冰山自办了晨光印染工艺店，创业刚起步，不幸却也接踵而来，他的右眼开始发红，甚觉疼痛，视力锐减。这是虹膜发炎的初期症状，如果及时治疗，是有恢复的可能。只是，换瞳仁的大手术哪能说做就做？好强的他一门心思扑在事业上，也没有太在意。旋后，1958年他与人合办艺风广告社时，左眼又患上了慢性青光眼。

从医学角度上来说，青光眼、虹膜炎合并症者还有一线治愈的希望。于是，1959年，25岁的冰山被家人强行送往福州协和医院治疗，一位诏安籍华侨为他的手术捐了款。在手术前住院的日子里，冰山预感眼睛快不行了，因此就特别对盲人音乐家阿炳的音乐产生了兴趣。

与冰山同房的病友是个乐善好施的人，不仅对他照顾有加，在得知他的心愿后，还主动掏钱买来了阿炳的《二泉映月》音乐专辑。阿炳成了冰山的精神偶像,他也随之对二胡产生了兴趣,还特意研究了一番。这为他后来自学并自制乐器奠定了良好的基础。

1960年,冰山的人工瞳孔手术不幸失败,两边的眼睛一点光线都看不到,双目彻底失去了光明。

既已生美,天何妒之?

创榛辟莽造发明

以阿炳为寄托的冰山,在对阿炳音乐千百次的聆听中,似乎听出了阿炳的泣血、痛心。没有眼睛,不见光明,换了谁不抱怨呢?怨命,怨医生,进而仇视社会。冰山却告诫自己心里不能存一点痛苦和仇恨,不能悲观失望,否则,就等于毁灭了全部生命。

行到水穷处,坐看云起时。何必绝望?胸怀坦荡荡,才能体会宽广而深远的人生境界。寡欢的冰山很快豁然开朗,停下了凌乱无章的脚步。郁郁的亲人喋喋不休起来,他们执意让冰山学算命,这样就可以赚钱成家、生儿育女、传宗接代,过上稳定的生活。母亲走后,姐姐生活困难,无法更多地照料他,他今后的人生得靠自己!而盲人算命,天经地义,是自古以来的"道理"。他们或多或少驻扎在幽暗的角落里,靠着胡言乱语,挽留住客人的几个铜板,维系着粗茶淡饭的庸常时序,倒也自在。

这样没有尊严的生活，好胜的冰山怎愿屈就？一道灵感就像鸟儿般滑翔过心间：不，我要与别人不一样，没有眼睛我也要好好地活下去，还要努力做明眼人没做到的事，闯出非同寻常的人生！他摸索着在纸上写下"乐在云间"四个字，鼓励自己要乐观向上。

邻居沈庆生目睹冰山的遭遇后，特别同情他，主动表示可以教他学中医，因为治病救人也是一条养家糊口的捷径。沈庆生是诏安一中的语文教师，远近有名的象棋排局家、算命师，琴棋书画样样精通，还懂医术，可谓博学多才。

在诱惑面前跟着学了十来天，冰山还是理智地拒绝了。他说："我自己眼睛有问题，连传统中医最基本的'望闻问切'四法中的'望'都无法做到，即使学了也是庸医，拿人家的生命来试验，岂不罪过?!"

沈庆生不解，疑惑地问："那你想要学什么，你倒说说，还有什么职业可以赚钱?"

得知冰山想学象棋，沈老师有点吃惊了："学象棋没收入的。"

冰山自信满满地说："人是地球上的高级动物，要有高级的思想、内涵的学习。学象棋是一门艺术，能锻炼思维能力和想象力，提高自身修养，非常适合我。"

学象棋，首先要学布局，再学残局、全局，沈庆生老师让冰山自选。冰山一开始就说要学全局。沈老师说没有这样学法的。冰山说我是个盲人，就不能按部就班学了，我要赶超人家，只有跳级学。沈老师拗不过这位有野心的学生，课余就教他下中国象棋。冰山还不满足，还要加学文学，每每请他加授一首唐诗宋词。

棋在盘中走，人在世间闯。在五花八门的艺事中，冰山因此最先接触了象棋。但受到阿炳和庆生老师的影响，冰山在学棋时还兼顾学了小三弦、扬琴等乐器。之所以没再学二胡，冰山考虑的是，再怎么学二胡，肯定也难以超过有天赋的阿炳，只能另辟他路。

学习的动力源于思考，而思考又源于好奇与疑问。有一天，心怀千万个问号的他突发了一段奇思妙想：中国这些用手拉的民族乐器，音色听起来怎么都不如国外的小提琴出色？这可不行，我要发明一种能与西方媲美的民族乐器，改善这种现状，为国家争光彩。

思而有创，创而有行。冰山真心希望这个奇想能实现呢！他很快就把自己调整为准备研究的状态，弦要用多长多短、多粗多细，材质是要用铜、用银，还是用铝，这个地方的松紧度、高低度是不是这样……问题的答案哪里来？还是需要亲自试验方能得出啊。可不，他就是如此不厌其烦地投进了反复试验新乐器的生活中，日复一日、年复一年地研究，真是充实而又艰辛的岁月啊！

还是那句老话，有人的地方就有江湖，有江湖的地方就有恩怨。彼时，福建海防前线风浪不止，作为福建南大门、与台湾一水之隔的诏安，阶级斗争之弦绷得更紧，人与人之间缺失信任，相互告密批斗倒成了掩盖惶惶人心的最好方式。有人看到冰山平日里研究的新乐器造型很是奇怪，像是无线电传导器，而且半夜三更还在敲敲打打，发出一种不知道什么的声音，就怀疑他是美蒋特务，一直在秘密与台湾联系。听到风声，专政组织马上派人来搜查，公安局局长还曾两次登门来试探他家中的动静。

对于这些非常时期动辄上纲上线的斗争，冰山不仅没有畏惧，事后还开玩笑地说，与无理无知的人进行一番斗争更是一门艺术。呵，不愧是艺术家，在危及名誉和生命的关键时刻，还有如此气度风范，使我们这些听众旋紧的心门顿时舒缓了不少。

多番搜查后，众人慢慢发现：这是一个爱国炽热的好人，这是一个敢创造奇迹的奇人。他的视野比海还广阔，他的雄心比山还宏伟！岂是草木愚夫所能比拟？……众人面面相觑，无不被冰山的崇高追求打动，误解终烟消云散。

1965 年，冰山经过五年来 100 多次的独立反复实验，终于用二胡成功改造出了一种新的乐器——"冰胡"，名字是他自个儿取的，好记也好听。兴高采烈的他，马上将乐器的样品寄给中国科学院，经审定后又转往北京乐器总厂试产。

1966 年，冰山接到北京乐器总厂正式试产的通知，打算请中央音乐学院协助审定试产样品。这时候的冰山很是开心，准备 6 月上京监制，和专家、工人一起研讨，把冰胡做得更完善些。家境窘迫，没有足够的钱北上，他就大着胆子把老房子典当给了别人，又把母亲病逝前给他做的床铺卖了。

有了钱后,沉重的步履变得异常轻松。他满怀信心地迈开了步子,大着胆子独自坐上了火车。这时已经是1966年6月下旬了,一场没有硝烟的"革命"已初露端倪……随之,一切都乱套了,许多正在进行中的事,几乎都被"史无前例"地摧残了。还在"腹中"的冰胡,也没能保住性命,"流产"了。

这无疑是冰山,抑或也是中国音乐界的一大损失,可悲又可叹!

棋琴起声色

冰胡的"流产",对冰山的打击不轻。他在好心的"雷锋们"的帮助下跌跌撞撞南下回到福州,对哥哥说:"两条生命我都没有了!"哥哥听出了他的弦外之音,鼓励他说:"你还有思想嘛!"冰山心头猛地一震:人不同于其他动物之处在于有高级的思想,自己的眼睛虽然坏了,但算下来还有四官,有耳朵有鼻子有嘴巴,有手有脚还有脑,这样还有六十分,不能认输,一定要活下去,做个有高级思想、有高级追求的人!

志在峰巅的攀登者,不会沉溺于沿途的某个困境中,无时无刻不听到希望的脚步声。

回程后的冰山又执着地拿起了象棋。

他潜心学习棋艺,常常轻抚着棋子,在心中斟满了疑问:我如何让这些"马"踏出个八面威风?如何把"车"驾驭出稳定人心的局势?这"相"怎样在有限的界面中防守住自己的

"将"？经过虚心的讨教及反复的研究，这座冰山向前漂移了，而且运行惊动四方！他不仅能沉稳地用大脑指挥棋子，与明眼棋友对弈，还屡次在多场象棋大赛中临危不乱、获得佳绩。

1974年，他参加诏安县象棋比赛，荣获冠军。此后，多次参加福建厦门、漳州和广东汕头、潮州等地举办的棋艺比赛，把一个个桂冠摘回家。1991年，他荣获北京、上海、天津等十省市联合举办的盲人象棋比赛第三名；2003年9月应邀参加在南京市举办的全国第六届残运会，与曾获七省市盲棋个人亚军的李义茂对弈和棋。

他的象棋对局、排局，多次在《中国象棋报》《象棋研究》《百花棋谱》《羊城棋苑》，中国台湾《高雄棋园》以及新加坡《北斗棋苑》、菲律宾《世界日报》、马来西亚《世界时报》等国内外报刊刊载。

沈冰山多次在省市级象棋比赛中获胜

荣誉虽然纷至沓来，但追逐艺术的脚步是无法停息的，充实精神的世界是不能懈怠的。在研习象棋的时间里，冰山继续着对音乐的追求。

改革开放后，大批洋乐器漂洋过海，成了人们手中新的学习对象，传统民乐被逐渐边缘化，面临着岌岌可危的境况。热爱中国传统文化的冰山急了，心也疼了！

这一急，这一疼，终于有了1980年46岁的冰山自费创办中国第一支少年女子民乐队之举。这个思想超前的异类之行很快招来大家的惊疑，他们在一旁不屑道："这个盲人真是神经病，都看不见了，还教一批没用的小毛孩做什么，想倾家荡产吗？"实际上，冰山真几乎是倾家荡产了。当时冰山的家境已相当窘迫，在黑暗的日子中把生活拧了又拧，拧得特别的紧，可钱还是不够。为了凑齐乐器，他把家中珍贵的老红木家具都变

沈冰山带领女子乐队在诏安表演

卖了，连楼板都撬来作价出售了，有人用闽南语戏称："你厉害呀，刘邦（楼板在闽南话的谐音为刘邦）汉高祖都被你吃光了。"他笑了笑，摆了摆手，不理睬这些是是非非。

在画坛已有"沈老虎"之誉的哥哥听说冰山此举，心里也很担心，说："冰山，你胆子不小啊，你没系统学过音乐，又没学过心理学，为什么要当老师？"冰山回答："别人没做的事，我为什么不能尝试呢？你看下去，我把这些学生好好教给你看，看是坏还是好？"

女孩们更是颇多感慨，跟着冰爷爷学习不仅免费而且受惠颇多。一来，逢年过节，街边、广场、剧院都少不了她们美妙的乐声，既提升了琴艺，也锻炼了胆量；二来，表演后还有食物、衣服等奖励。有钱的时候，冰山会把钱分给小孩，让她们自由花费。正值青春的女孩们，陶醉得比花还鲜艳。她们的母亲纷纷说："跟别人学东西都是要交学费的，冰山老师不但不要交，还帮助我们挣钱。"

冰山的教育方式超前而先进。他注重对音乐、对艺术的理解，他会把一种乐器的基本常识讲解出来，以此让孩子们理解音乐。他更注重对心灵美的塑造，常常教导她们对艺术的追求要圣洁，学音乐不是单纯为了谋生，而是要让自己变得乐观坚强，有一颗美好的心灵，这样才能有大作为。

冰山用心教育孩子们，更是用心聆听艺术。他听到的是掩藏心底的思维呼唤与精神呐喊，是岿然屹立的人生观与价值观，这些引领着他走进了创作殿堂。1984年，他的扬琴独奏《落水莲》一曲，获福建省残疾人文艺汇演二等奖；同年，合奏曲《蛟龙吐珠》，获全国残疾人音乐录音比赛团体二等奖；1988年，由他创作、少年女子民乐队演奏的《校园晨曲》，获得福建省中小学音乐比赛的最高奖项；1992年，少年女子民乐队受邀在中国女排首获世界冠军十周年的文艺联欢晚会上演出；1993年，他创作的民间乐曲《春到人间》，荣获福建省第四届残疾人文艺汇演创作优秀奖、演奏一等奖……

1992年，沈冰山指导的女子乐队受邀在中国女排首获世界冠军十周年文艺联欢晚会上演出

一个盲者在艺术上能有如此多的成就和良苦用心，让女学生们的心真真切切地被感化了，她们也慢慢学会了用心表演、用心做人。一位叫林玲的学生热泪盈眶地说："冰爷爷的精神感染了我，让我有了一颗乐观向上的心，懂得用心灵追求艺术，他是我这辈子最重要的老师。"

林玲是女子乐队中极为出色的一名扬琴手,她通过冰山老师的教导及自身的努力,很快就把所学的扬琴奏响到了国际舞台上。2005年的一个晚上,在加拿大渥太华国会山庄里,她演奏的《山丹丹花开红艳艳》飘扬在表演厅的上空,民俗化的仙声雅乐感染惊艳了中国与加拿大建交35周年的晚宴现场。在场的嘉宾叹为观止,表演后有人热情地拉着林玲的手,直叹加拿大就缺这样的乐师,还一个劲地问是哪位大师教授了如此好的琴艺。

当林玲兴奋地将此事告诉远隔重洋的冰山老师时,他自豪而爽朗地下了挑战书:"你都打到国际上了,看来我又多了位竞争者。你等着啊,我一定会超越你的,哈哈……"

心手画云烟

1932年,美国著名作家海明威在创作《午后之死》中提出了著名的"冰山理论",他说:"冰山运动之雄伟壮观,就在于它只有八分之一的部分在水面上,而深深隐藏在水下的八分之七才是丰富的内涵,需要被挖掘与体会。"对于中国盲者奇人沈冰山而言,琴棋就是那浮于水面的八分之一的冰山一角,剩下的八分之七是酝酿了许久、他一生中最为出彩的书画艺术。

在失明后的第四年,当其他盲者还颓废着感叹再也看不到碧海蓝天,滞留在迷蒙与晦冥中混混沌沌地摸索时,冰山就已为自己规划好了一切,他把身心重重地托付给了中国画。中国画历史悠久、博大精深、门类颇多，有工笔、写意、半工半写及大写意等，冰山根据自己的兴趣及缺陷，义无反顾地选择了大写意画。

为何要从事视觉艺术，这不自找麻烦吗？冰山对此却持否定态度，他的志向总是高远得令人吃惊，他意气风发地与人们说："纵观中外的盲人世界，就是没有盲人在书画艺术上出过彩，所以我一定要来填补这个历史的空白。我要努力让自己创作的艺术作品表现出美，给有眼睛的人欣赏。"

反对，坚决地反对！至少，在听了冰山的决定后，亲人是这么做的。"你学琴、学棋，我们都允许。但绘画写字这样困难的事你要怎么学？这简直是奢望，要耽误你的一生啊！"冰山的姐姐和兄长都极力劝阻，连最知心、最支持他事业的莫逆之交也都不赞成。

支持率出奇的低，冰山变成了浩瀚海洋中的一叶孤舟。他想哭，可他深知哭也无用，知难而上、以苦为乐才是最好的减压办法！无功不自现，从那时开始，冰山选择曲线圆梦，优先学习棋琴技艺，但在刻苦中仍有意破除万难凝聚画艺。如何破除？扬长避短嘛，冰山调动了除视觉以外的各种感觉，用摸、用听、用嗅，更是用心细致灵敏地体会着大千光影；他四处奔走，在荆棘之间艰难地摸行，踽踽而行的背影叩击着路人无声的灵魂。

幽幽晨烟中，他起身到荷花池边仔细感受荷的茎、叶的骨，让自己沉入墨绿之中领略暗香浮动的气息，体悟荷深藏淤泥而不染的高贵品质，用心感悟碧波荡漾中千姿百态的花韵；沉沉暮霭下，浪花滔滔而来，带着笑靥使他的胸怀敞开。伫于心中的灵感迸发了，他将手比拟成笔，以天空为纸，大气磅礴地挥舞出一幅又一幅美妙而令人惊叹的画作。春煦秋阴中，用双手感知鱼虾在水中游弋的动作、抚摸鸡鸭鹅猫由外至内的身骨体形，想象中比画着它们的姿态趣影；夏雨冬寒时，竖起耳朵细细聆听风声、雨声、泉声、涛声、雪声等自然界的交响，把心融入天籁之境。

《开放》（1989年）

那个时候，一叶一花一树木就是他忠实的朋友，一桌一椅一画笔就是他热爱的伙伴。有时，他乏了，累了，就飘进睡梦中，在云间挥毫泼墨，乐在仙境；有时，他醒了，就继续躺在床上，在被褥上比比划划，好不自在；有时，他又竖起耳朵仔细来听，听八大山人，听石涛，虔诚地追寻这些大师的踪影……他似乎能听到来自遥远的窸窸窣窣的行墨声，恍惚间时空交错渐行渐近，来自古代与现代的艺术精粹，在冰山的大脑中完成了数百年的汇聚、契合。他的心，储存着诸多美术经典，就像一座斑斓多彩的艺术宝库。

经过经年累月的千锤百炼，这个艺术爱好者和追求者的技艺开始澎湃起来，他找到了大写意创作的根本途径，简说起来就是"听、读、摸、思、练、作"六字。真的，他靠自己的艰苦磨炼进步了！从前，他用木炭、粉笔在地板上涂鸦，提起双手凌空挥舞；1987年，年过五旬的冰山踌躇满志拿起画笔，在宣纸上做起了中国画，打响了他志在必胜的"填补空白"之战。

这一画，就不可收拾了！妙哉神哉的笔锋，让周围的人，让已

《柳下停舟》（1990年）

被公认为美术界翘楚的外甥董希源，也让各地的美术家震撼不已。著名画家董寿平见后，感慨万分，蒙住自己双眼写道："盲人能书画，而甚空灵，有奇气，可服、可服。今之不盲者，见此有何感想也！"

向有自信的冰山，却少有地腼腆起来，担心外甥和周围的人出于好心忽悠他，坚请画家外甥带他去上海、北京，请那些他素怀景仰的大师们鉴定指导。大家看了这位盲者的作品，又见识了他的现场作画，惊呆之余，赞曰："纵使齐白石、徐悲鸿先生活过来，看了你的画也准会高兴！"曾任中共中央政治局委员、国务院副总理，本身也是书法家的方毅，夸奖之余，鼓励他一定要到全国各地展览，还亲自题写了"盲人沈冰山书画展"。冰山笑了，这才确信自己夙兴夜寐的事落到了实处。

各种展览及好评像流星雨一样纷至沓来，四方辐辏。冰山忙起来了，可不，这座"冰山"确实雄伟壮观，值得世人举目瞻仰。1989年春节期间，冰山在家中举办民间书画展。是年3月，作品《荷花》《葫芦》参加在北京举行的"首届全国残疾人艺术作品展"，并获特别

《猫》（1990年）

奖。这两幅作品还分别被"八大山人纪念馆""石涛书画研究会"收藏。

1990年10月,冰山应邀出席在北京召开的"国际残疾人康复大会第十五届年会暨亚太地区第九届会议",并现场为来自90多个国家的嘉宾作画4次,举座皆惊,有人还怀疑东道主"弄个假盲人闹笑话"。为此,中国残联理事长邓朴方特意安排冰山到北京两家医院检查、验证。冰山的画桌上,放着各式各样的钱和手表,有人纷纷要求高价买画,一位日本友人还表示愿出10万美元买画,但都被冰山谢绝了。实在却之不恭的,他就把润笔费分别赠给中国残疾人基金会和北京市残疾人联合会。时任中共中央顾问委员会主任的陈云,听了中国残联汇报后,指示要把这位德艺双馨的中国盲人画家的专题报道在北京连播两天。

1994年11月,"盲人沈冰山书画展"载着上海美术馆的温度和巨大声誉来到北京,在中国美术馆与首都观众见面,时任国务院副总理李岚清寄来贺词。20多位画家、美术教授观看画展后,热情洋溢题词或发表评论,称冰山为"中外画坛的奇人"

《荷塘小品》(1993年)

"中国国画史上盲人在中国美术馆办展第一人"等。

毛主席纪念堂、人民大会堂、中央电视台"春节联欢晚会"、北京电视台等单位纷纷邀请冰山现场作画,并收藏其作品。一次,一位采访现场的美国女记者表示怀疑,为此,冰山就请她用黑布蒙住自己的双眼,再行作画。

有些单位和个人,把冰山当成了熊猫,主动提出要与他高薪签约,今后琴棋书画到处演出,可以收门票。冰山毫不犹豫地回绝了,说你们这不是在耍猴子吗?!

某年,一位艺术家教授亲自从上海跑到诏安来看望冰山,住了三日三夜,把他使用的一切都拍成照片。离开时,教授拿出几万块钱给冰山,动情地说:"冰山啊,我来这几天,看到你生活这样朴素,太过于简单,厨房不像样,卧室也不像样,省内外、境内外的棋友、画友和音乐朋友,都经常需要你接待,真够你辛苦的!"冰山依旧谢绝:"我不能收你的钱,你来看我的路费,本来也要由我出才对。"

一年夏天,某单位慕名邀请冰山晋京商量办展,说好来回都可以坐飞机,但冰山考虑,虽然人家单位出钱,我也要节约办事,结果坐了火车去,还笑着对陪同赴京的亲戚说:"坐火车有一个过程,等于是穿梭在祖国的大地河山,虽然看不见,但可以领略。"途中过长江、过黄河,或经过什么大山,冰山都要这位亲戚讲给他听,让他感受祖国的河山壮美。

2006年1月,冰山应邀在北京中华世纪坛2005年中国吉尼斯世界纪录颁奖晚会上现场作画,赢得阵阵喝彩。

冰山的画作及评论曾多次被中央电视台、中央广播电台等媒体介绍。一石激起千层浪，以冰山为中心的圆晕环层层波荡，还从大陆扩散到了宝岛台湾。2005年暮秋，台湾身心障碍者艺文推广协会名誉理事长、台北大学和文化大学教授廖正豪偕夫人林丽贞慕名来到诏安，诚邀冰山赴台展出。廖政豪还送上两万元新台币给冰山，说作零花钱用，冰山却分文不受。翌年7月，冰山在台湾台北中正纪念堂举办"一点也不瞎——大陆盲人书画家沈冰山个展"，现场还表演了"触觉作画"，把随机摸到的东西神形兼备地画了出来。这股"冰山热"，将两岸同胞的情谊拉得更近了。

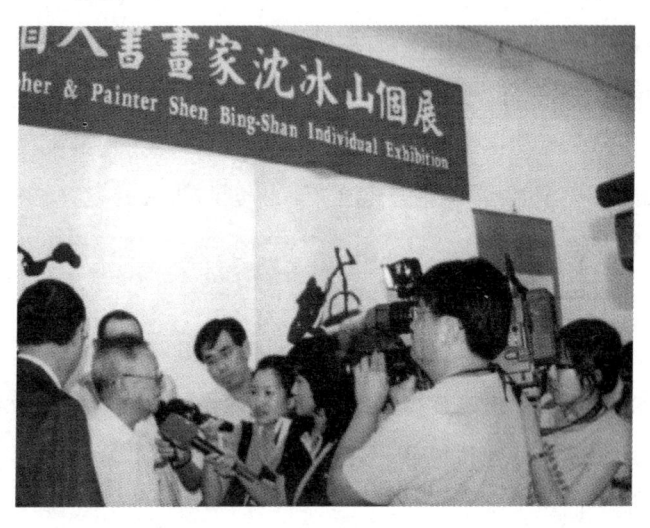

2006年，沈冰山在台北中正纪念堂举办"一点也不瞎——大陆盲人书画家沈冰山个展"

荣誉不断，令人艳羡。如何创作？且看此景：绘画之前的他先用双手抚摸丈量宣纸的四角，在上面比画了几下，做到心中有数，然后伸手接过助手蘸好墨的笔疾速挥毫，起承转合，层次分明，基本不差。创作一幅画，最短一分钟以内，被称为"闪电式的创作"，最慢也没有超过十分钟。细观冰山的作品，随性而又有道，简约而不空乏、清空而又热烈、高逸而又沉雄，有着八大山人的画髓，但又有几丝迥异，更贴近现代精神。

旁人又惑了，笔才一二，像已应焉。作揖借问，技巧何在？聪明如冰山，创造性地将琴棋集于书画之中，融会贯通，相得益彰，下笔就如有神。

最巧妙的是，冰山在创作中国大写意画时，选用了棋盘定位法，以中国象棋的排局理念来统筹画局，解决视觉缺陷下的无衡感。"象棋盘由九道直线和十道横线交叉组成，棋盘上共有九十个交叉点。棋子摆在这些交叉点上，并随棋局的发展变化而在交叉点上活动。中间有河界，棋盘两头又有九宫格……"亲朋好友详细的解说，让冰山铭心熟记了这一切，为作画的构图与布局提供了方位，增添了不少审美性。再者，象棋排局的精妙动人就在于"以少胜多，出奇制胜"，勤学细心的冰山精心领悟其真谛，使得画作线条简洁，高度集中概括，有着惜墨如金与虚实相生的独特风格。他的大写意中国画，真正做到了笔墨精简、内蕴丰富。

在画中融入棋术的时候，冰山也创造性地带入了琴艺。琴音的大小、强弱、快慢等律动，在冰山的心中就是大小、粗细、长短的线条。书画意象主要是借线条来表现的，这些线条是音乐情感冲动的轨迹。音乐的抑扬顿挫让冰山的创作异于常人作画，游离于死板保守的束缚理念之外，手腕在悬空中飞跃，落下的线条顿时变得张弛有度、舒展自如、韵气有加，从而使丰沛的情感在画中得到自然宣泄，创造出一方精神栖居地。

这些简练的笔墨背后，似乎还深藏着冰山高贵的人格；这忽浓忽淡的线条里，似乎还绘制着一幅灵魂的愿景。观冰山融琴棋书于一体的画作后，中国人民大学美术教授陈传席如是叹道："这和有目无目无关。所关乎者人的精神状态、人的品格高低，以及对中国艺术的理解。所画之物，笔墨、色彩与其神遇而迹化。见于纸上者，乃是人的精神、学识和功力的显现。古人云：'非画也，乃道也。'"

怀道一何深，岁月鬓白头。年轻时，有着凌云之志的冰山舍弃掉了许多诱惑，财产、爱情、婚姻、后代等皆抛诸脑后，孑然一身心无旁骛地投入艺术。当他以双手丈量出艺术高度，用敏锐的心过滤出艺术世界的时候，已行至暮年，身体每况愈下。壮心不已的他还想着大展宏图，但关心他的亲朋好友却忧心了：没有一个人来照顾他的饮食起居，扶他去海边听潮，去池边摸荷、摸鱼、摸虾，这艺术之路该如何走下去？

冰山的名气与才气令不少女子动心仰慕，曾有好些佳人慕名而来，主动表示要嫁给他，负责他的生活。冰山一百个不愿意，我一个男人，为什么要女人来养？更何况，来者多半是些爱财之人。一个向着最高目标、精神高地前进的人，一个心灵洁净清澈、质朴纯真的艺术家，容不得半粒俗世的尘埃，又怎可能容忍这些拜金又俗气的女子？

他的要求很简单，有一颗真诚实在的心即好。后来，好运的冰山终于等来了一位心地纯洁、实实在在的妻子。他们于1997年完婚，开始了一段绚烂多彩的黄昏恋。知情人又为冰山感到奇怪："原先的黄花闺女一个个不要，却要个寡妇，还要抚养她的子女，也太不会享受人生了！"

站在精神高地、始终有悲天悯人情怀的冰山，不需要解释，更不在乎人们的眼光，所谓冷暖自知：有了妻子的温情关爱，他的创作力是愈发的强烈，而妻子一家的生活也幸有着落了。

《金蕊凝香》（2004年）

回首往昔，展望未来，冰山始终带着感恩的心："我是画给明眼人看的，愿望是将美和光明奉献给人间。能否如愿？世人特别是当代许多书画名家的评论，是对我最大的指教、帮助、关爱、激励和鞭策！我深深地感谢他们，并且以此为动力，继续大写意中国画的创作和探索，也恳切期望再得到批评和指导。

我将乐此不疲,直至生命的最后一刻!"

心中有花自见香

国庆 60 周年阅兵大典开始后,冰山始终坐在家里的电视前,让人把阅兵现场的画面、每个方阵表现什么,都讲给他听。听了航天事业的发展介绍,他激动起来,说中国人不仅是站起来了,而且走向繁荣昌盛了。他还向后辈回忆了小时国家积贫积弱遭欺凌、日本兵经过诏安的场景,还有什么"华人与狗不能入内",等等。检阅直播结束,他虽觉疲劳了,但仍按捺不住地叫妻子铺纸拿笔,即兴创作了一幅六朵盛开的牡丹花,题上"祖国万年春"五个大字。

冰山年纪渐大,前列

《祖国万年春》(2009 年)

腺、糖尿病等各种病接踵而至，一天要吃几种药。身子虚弱的他，经常眩晕倒地。但他总能创造奇迹，十多年来最大的奇迹，就是战胜了帕金森综合征，如果被这个病打败了，那接下来面对画画只能是望洋兴叹。

艰难困苦，玉汝于成。但冰山却自称还不算成功。他理想中的成功，首先是要让世界认识他的画，知道中国有个盲人画家，让世人了解中国书画的精髓和中国人的精神。他还说："我的许多想法还在实施中，比如组建一个基金会，帮助盲童，这也是我还没达到的事。我要把我的画献给社会，用来扶持那些需要帮助的人们……"

岁月改变了容颜，不变的是冰山心中的画笔及永恒的毅力、无疆的大爱。如今的冰山，依旧保持着与生俱来的艺术兴趣，也许未来的他在艺术领域中会有更多更高的成就，也许真能如他所愿打入国际艺坛，也许……未来如谜，有无限的可能性。我们希望他能梦想成真，无关崇拜，只是真心。

因为，在我们关于盲者的有限印象里，他们似乎有着一种让人怜惜的呆活之美。时间老人在他们身上烙下了太多伤痕累累的印迹，可他们始终乐意沉潜于人生的轨道上，维系着寂寞而延绵的生存状态。冰山是诸多同类中最为奇异的一派，他没有呆活，没有苟活，是神采飞扬地活着。他是盲非盲，用心吮吸着艺术殿堂的斑斓五彩，洞悉悟出真切自然的艺术，秉承延续艺术的生命，已非常人所为；他心如明镜，用心看清混浊幽阔的世界，体悟到实际的道理与灵魂，冥冥之中也揭示了艺术世界的某种神性。上海美术馆副馆长丁羲元教授为人民美术出版社出版的《沈冰山画集》作序并感叹道:"音乐的阿炳与书画的冰山,堪称盲人艺术家中的双璧。"

本书作者采访沈冰山

美国盲人作家海伦·凯勒曾希望能给她三天光明,我们据此问冰山,如果有来生可以选择,他会追求什么?他爽朗地说:"如果还能再活一次,希望还是看不见,我还想挑战极限,用精神来挑战人类的极限!"

一位有着强大内心并凝聚艺术精髓的风向者,俯瞰到了成千上万的迷失群族。

见贤思齐的众人踮起脚尖簇拥着问,无花果的花香绽放在哪儿?

我们没有问,想来便觉心中有花自见香。

(摘自钟兆云、翁晶晶合著《残墨惊艳乐云间——沈冰山传》,海风出版社2014年版)

"叙旧文丛"已出版书目

《缘来如此：胡兰成、张爱玲、苏青及其他》	黄 恽
《风雨飘渺独自在：民国文人旧事》	姚一鸣
《闲读林语堂》	黄荣才
《旧时文事：民国文学旧刊寻踪》	何宝民
《杂拌儿民国》	王学斌
《临水照花人：〈色·戒〉中的郑苹如与张爱玲》	蔡登山
《风起青萍：近代中国都市文化圈》	张 伟
《左右手：百年中国的东西潮痕》	肖伊绯
《苦雨斋鳞爪：周作人新探》	肖伊绯
《胡适的背影》	肖伊绯
《民国遗脉》	萧三匝 陈曦等
《大时代的小爱情：民国闽都名媛》	陈 碧
《炉边絮语话文坛》	陈漱渝
《帝王学的迷津：杨度与近代中国》	羽 戈
《一代文宗 刹那锦云：也是鲁迅，也是胡适》	姜异新

《纸江湖：1898—1958 书影旁白》　　　　　　　　肖伊绯

《苏雪林和她的邻居们：一条街道的抗战记忆》　　张在军

《君子儒梅光迪》　　　　　　　　　　　　　　　书　同

《汉学家的中国碎影》　　　　　　　　　　　　　叶　隽

《旧时书影：风物人情两相宜》　　　　　　　　　吴　霖

《入世才人灿若花》　　　　　　　　　　　　　　王炳根

《思我往昔》　　　　　　　　　　　　　　　　　陈衍德

《漂泊东南山海间——抗战烽火中的文化人》　　　张在军